BİRİNCİ BÖLÜM

İstanbul'un kenar semtlerinden birinde kırık dökük, irili ufaklı ahşap evlerin sıralandığı dar ve küçük bir sokakta başlamıştı her şey. Yağmur yiye yiye tahtaları aşınmış, her rüzgâr esişte yıkılıverecekmiş intibaını uyandıran, kırılan camların yerine sararmış gazete kâğıtları yapıştırılmış, rengi solgun, yer yer yamalı, basma perdeli evleri ile «Huzur Sokağı»nın ilk bakışta fakir bir sokak olduğu anlaşılırdı...

Sâkinleri, kanaat ve huzur içinde yaşayan, zenginlik ve debdebede gözleri olmayan mü'min ve mütevazi kimselerdi.. Bu mütevekkil, asil insanlar, bütün fakr- u- zaruretlerine rağmen yaşayış tarzlarından gayet memnun, içinde bulundukları hayat şartlarından dolayı da o derece müsterihtiler...

Bu sokak, âdeta yılların tahribatı ile aslî veçhesini kaybetmiş, maddeci ve materyalist insanların hırs ve ihtirasları üzerine inşa edilmiş, yeni ve modern İstanbul'un bir parçası değil de, Osmanlı devrinin bütün ince ahlâk ve faziletlerini sinesinde yaşatan ve sanki şu tefessüh etmiş cemiyetle bütün bağlarını koparmış âsude bir köşeydi...

Herkeste köklü bir gönül birliği vardı... Herkes birbirine karşı sonsuz bir sevgi, derin bir muhabbet, samimi bir kardeşlik, candan bir bağlılık duyardı... Komşuluk münasebetleri öylesine kuvvetliydi ki, şairin: «Ferde râci sadmeden efrâd olurmuş lerzedâr.» Dediği gibi, sokak sâkinlerinden bir kişiye veya aileye gelen herhangi bir musibet ve felâket, bütün sokağın derdi ve elemi olur, felâketzedeye yardımcı olmak, onu teselli etmek, derdine derman olmak için herkes birbiriyle göz yaşartıcı bir fazilet yarışına girişirdi...

Şayet musibet hastalık ise, elbirliğiyle tedavisine çalışılır, ameliyatı mucib hâl karşısında ameliyat ücreti bir anda toplanır, hasta en mükemmel hastahanede ameliyat ettirilir, hastanın evi âdeta bir ilâç deposu haline getirilirdi...

Dükkânı soyulan şahıs, üzülmeye dahi vakit bulamazdı. Zira zayıf bütçelerine rağmen Huzur Sokağı sakinleri, yine bir anda aralarında topladıkları paraları küçük bir sermaye hâline getirir, dükkân için lüzumlu malzemeleri derhal temin ederler ve kardeşlerinin yüzünü güldürürlerdi...

Evi yanan şahsın evi de, eşsiz bir yardımlaşma ve gayret neticesi, eskisinden de mükemmel bir tarzda, eşyaları ile birlikte en kısa zamanda kendisine hediye edilirdi.

Sokak sakinlerinden birinin kızı evleneceği zaman, bütün komşu genç kızları ve hanımları, onun çehizini hazırlamak için seferber olurlar, dantelli yatak takımları, oyalı yemeniler, nakışlı örtüler ve sırmalı seccadelerle sandığını hazırlarlar, hayır dualarla onu gelin ederlerdi...

Bu sokakta herkesin, ateşten çekinir gibi çekindiği ve en ziyade nefret ettiği şey, dedikoduydu... Hiç kimse, hiç kimsenin arkasından konuşmaz, kimse birbirini çekiştirmeye tevessül etmezdi... Herkes birbirinin kusurunu hoş görür, ayıbını yüzüne vurmazdı. Çekememezlik, hased, kıskançlık ve rakabet gibi hisler, bu faziletli insanların kalbinde yer bulamıyordu bir türlü... Çünkü herkes kardeşinde, komşusunda olan yüksek meziyetle iftihar ediyor, onun meziyetini, kendi meziyeti olarak kabul ediyordu...

Hâsılı, İslâm ahlâk ve yaşayışının topyekûn iflâs ettiği şu bozuk cemiyet içinde bu sokak, tesanüd, teavün, ittihad, ittifak ve uhuvvetin âbideleştiği bir fazilet, bir asalet, bir şecaat otağı, kalbleri birbiri için çarpan fertlerden müteşekkil sarsılmaz bir aile ocağıydı...

* * *

Gün, her sabah böyle başlardı Huzur sokağında... Gecenin bütün mahremiyetini kalın ve koyu bir perde gibi sinesinde gizleyen zifiri karanlıklar, fecre yakın saatlerde gitgide açılır ve gecenin bu son saatleri, perdeleri sımsıkı örtülmüş ahşap evlerin üzerine açık mavi bir tül gibi iner, ortalık sihirli bir güzellik içine bürünüverirdi..

İşte böyle sabahlardan birinde Huzur Sokağı... Etraf, henüz alaca karanlık... Şafak, sökmek üzeredir...

Biraz sonra bu küçük ve sakin sokağı, her sabah olduğu gibi

lâhutî bir ses kaplıyacak ve Huzur Sokağında günün ilk hareketleri başlamış olacak...

Mahallenin herkes tarafından sevilen, hürmet edilen nur yüzlü ve umumî kültürü yüksek, engin bilgili müezzini Sadi Hoca, köşe başındaki küçük caminin şerefesi kırık minaresinden, sesinin bütün ulvîliğiyle uykuda olan semt sakinlerini sabah namazına davet edecek.. Ve.. Huzur Sokağında kapılar bir bir açılacak... Yaşlısıyla, genciyle bütün erkekler, yüzlerinden o hiç eksik etmedikleri mes'ut tebessümleriyle hep bir istikamete doğru yönelecekler...

İşte, nitekim o tatlı, o lâhutî ses, muhiti sıcak bir ana şefkatiyle kucaklamağa başladı...

Sadi Hocanın Sabâ makamından okuduğu yanık ve içli sabah ezanı, ince bir tül gibi ortalığı örten alaca karanlığı delercesine dalga dalga, perde perde göklere yükselmekte...

«Esselâtü hayrün minennevm! Esselâtü hayrün minennevm!...»

«Namaz uykudan hayırlıdır! Namaz uykudan hayırlıdır!...»

Huzur Sokağında bu sese, bu ilahî davete icabet etmeyen kimse yoktu. Bu ulvî sesle, bu ilâhî davetle uyanan herkesin evinde birer birer ışıklar yanmaya başlar, nalın tıkırtılarının, su şıkırtılarının sesi, sokağa mânevi bir musikinin nağmeleri gibi yayılırdı..

Nitekim, ezan bittikten bir müddet sonra ahşap evlerin demir halkalı kapıları, bir bir açılmaya ve dışarıya bir kaç orta halli olan müstesna oldukça fakir, fakat temiz kıyafetli, temiz yüzlü genç- yaşlı erkekler çıkmağa başladılar...

Her zaman olduğu gibi, camiye gitmek üzere evinden en erken çıkan, yine Bekir Ağa olmuştu. Orta yaşlı, halim- selim bir adam olan Bekir Ağa, inşaatlarda, amelelik yaparak nafakasını temin ederdi. Ters çevrilmiş kasketi, kırmızımtırak yüzü, derinden gülen şefkat dolu gözleri ve hele hele mali durumunun hiç de iyi olmamasına rağmen elinin haddinden fazla açıklığı ile herkesten ziyade çocukların sevgilisiydi Bekir Ağa... Her akşam eve dönüşünde sokaktaki bütün çocuklara çikolata, sakız, leblebi, çekirdek gibi yiyecekler, onların hoşuna gidecek balon, lâstik top v.s. gibi ufak tefek oyuncaklar dağıtırdı.

Yeşil yağlı boyaları yer yer dökülmüş olan, tek katlı küçük bir evin açılan kapısından çıkan nur yüzlü sevimli ihtiyar ise, sokaktaki kedilerin sevgilisi, sayacı Hayri Dedeydi. Hayri Dedenin de akşam üstü iş dönüşü sokağa girişi görülecek manzaraydı doğrusu.. Daha sokağın başında görünür görünmez, nerden haber alırlar, nasıl sezip görürler bilinmez, bir anda sokağın sarı, beyaz, arap, tekir, bütün kedileri Hayri dedenin etrafını sarar, hoplayıp zıplamaya başlarlardı. O da, elindeki paket paket işkembeleri ve ciğerleri büyük bir neş'e ve keyifle etrafında miyavlıya miyavlıya fır dönen kedilere dağıtır ve biçarelerin karınlarını doyurmadan eve adım atamazdı...

Kapılar tek tek açılmaya devam ediyor... İşte kabzımal Sedat bey! İşte bakkal Mehmet efendi! İşte simitçi Sadık. Her sene olduğu gibi sınıfını bu sene de iftiharla geçen orta okul son sınıf talebesi Nedim. Manav Necati.. Marangoz Halil usta... v.s....

Kapıdan çıkan şahıslar, sağ ellerini göğüslerinin üzerine koyarak: «Selamün Aleyküm» diye diğer komşularıyla selâmlaşıp üç beş kişilik gruplar halinde aynı istikamete doğru ilerlemekteler...

Hepsinin de yüzleri nur nur, ışıl ışıl. Mesut, bahtiyar, gamsız, kedersiz insanlar hepsi de...

Acaba niçin sokak sakinlerinin «konak yavrusu» ismini taktıkları, kapıları ve saçakları oymalı, işlemeli, pencereleri pancurlu, iki katlı, eski fakat sevimli evin kapısı hâlâ kapalıydı?..

Fakat hayır, hayır!.. O kapının Sabah namazı vaktinde açılıp kapanmadığı hiç bir gün olmamıştı. Şu halde bugün de açılacak ve o abdestli ayaklar her sabah olduğu gibi bu sabah da köşedeki camiye doğru yönelecekti...

Ve işlemeli eski tahta kapı, tatlı bir gıcırtı ile açıldı. Kapının eşiğinde ütülü pantolonu, kolalı gömleği ile tertemiz kıyafetli, temiz ve asil çehreli, güzel, yakışıklı ve nezih bir genç belirdi. Huzur Sokağının ağır başlı ve efendi delikanlısı, Bilâl...

Bilâl, yüksek tahsilini İstanbul Üniversitesi Kimya Fakültesine devam ederek tamamlamaktadır. O ahlâkı, terbiyesi, çalışkanlığı ve yüksek imanıyla Huzur Sokağındaki kız sahibi bütün anne ve babalar için yegâne damat namzedi, başlarında tertemiz oyalı yemenilerle perde arkalarında çehiz işleyen bütün genç kızların hayâllerinde yaşattıkları ve istikbâl için ümit besledikleri ideal bir eş, biricik annesinin ise üzerine titrediği, terbiyeli, itaatli, hayırlı bir evlâd olarak Huzur Sokağının gözbebeği sayılan, sevilen, her bakımdan mükemmel ve müstesnâ yaradılışlı bir gençtir. Mâneviyata olan sonsuz bağlılığından dolayıdır ki, fevkalade üstün başarı gösterdiği derslerinin yanında Allah'ın büyük- küçük, genç- yaşlı, cahil münevver ayırd etmeksizin her müslümana farz kıldığı beş vakit namazını da asla ihmâl etmemekte, hattâ sesinin çok güzel oluşundan dolayı Sadi Hocanın ve muhitinin ısrarları üzerine köşe başındaki küçük mescidin tek şerefeli minaresine çıkarak çok kere sabah ve yatsı vakitlerinde yanık sesiyle ezan da okumaktadır. İnsanın, onu dinlerken, İslâm'ın ilk müezzini Bilâl- i Habeşî'yi hatırlamaması imkansızdır...

Bilâl, kapının eşiğinden adımını atmadan evvel her sabah olduğu gibi, kapının yanına kadar gelerek kendisini hayır dua ile camiye uğurlayan beyaz namaz örtülü annesinin elini ve yanaklarını sıcak bir sevgi ve hürmet hissiyle öptü... Sonra cemaate yetişebilmek için koşarcasına evden ayrıldı... Alaca karanlık içinde ilerliyen silueti küçüldü, küçüldü ve nihayet sokağın dibinde, köşede gözden kayboldu..

Caminin önüne gelince, içeriye girmeden, şöyle bir durdu. Kendisine küçücük yaşlarından beri şefkat kucağını açan bu riyasız dost kapıyı, sevgi ve muhabbet yüklü gözlerle bir müddet seyretti. Her zaman böyle yapardı o. Adetiydi çocukluğundan beri; bu küçük, minyatür yapılı sevimli camiye her gelişinde, sanki ilk defa görüyormuş gibi uzun uzun her yanını tetkik eder, hayran hayran seyrederdi onu...

Eğildi, ayakkabılarının bağlarını çözdü, eline aldı ve delikleri itina ile annesi tarafından örülmüş temiz çorapları ile dışarıda kapının önünde serili olan hasırın üzerinden geçerek, caminin yeşil meşin örtülü kapısını kaldırdı, usulca süzüldü içeriye. Henüz namaza başlanmamıştı...

Bilâl'in girişiyle cemaatte tatlı bir dalgalanma, bir kıpırdanış oldu. Herkes, ona kendi yanında yer vermek için can atıyor, eliyle «Buraya, buraya gel» mânâsında işaretler yapıyordu. Bilâl'i, yıllardır hiç eksilmeyen, bilâkis hergün biraz daha artan bu samimi sevgi şımartmamış, komşularının bu sevgi ve teveccühü onu, günden güne daha ziyade olgunlaştırmış ve derin bir tevazua yöneltmişti.

Herkesin gönlünü almak istercesine bu gün de yine tatlı tatlı tebessüm ederek, başı ile herkesi selâmladı ve en arka safta, simitçi Sadık'ın yanında sünneti kılmak üzere namaza durdu.

Selâm verdikten az bir müddet sonra sabah namazının farzını kılmak üzere cemaat halinde imamın arkasında kıyama durmuşlardı.

İmamın «Allahü Ekber» işaretiyle hep bir anda harekete geçen bu küçük cami cemaati, ordu kumandanının «Arş» emri ile bir anda harekete geçen muntazam bir bölükten farksız, hatta ondan çok daha disiplinli, intizamlı bir iman ordusuydu. Milli bayramlarda resmi geçit yapacak olan erlere, orduda günlerce provalar yaptırılır, sağ ve sol ayakların hep bir anda ileri atılmasını, kolların hep aynı hizada öne ve arkaya sallanmasını temin için subaylar kan ter içinde kalırlar. Halbuki bu cami cemaatleri, hiç bir provaya tabi tutulmazlar. İmamın «Allahü Ekber» sesiyle hep birlikte O, yüce kumandanın huzurunda kıyama durur, rükua eğilir ve secdeye baş koyarlar, bu iman ordusunun erleri olan müslüman insanlar...

Ohh! Bu ne güzel, bu ne ulvî manzara Yarabbi!...

Gözlerde meleki bir safiyet. Başlar, hakiki bir teslimiyet ve tevekkülle hafifçe yana doğru eğik.. Dudaklar kıpır kıpır. O'nu, kâinatın ve kâinat içindeki cümle mevcudatın Hâlık'ı, yaradıcısı, hakiki sahibi olan ALLAH'ı zikrediyor. Gönüller, kâlb'ler, O büyük Yaradan'a ibadet etmenin lezzeti ve huzuru ile seher vaktinin saflığı ve duru berraklığı içinde sermest...

Ve... Duaya kalkan eller... eller...

Bilâl'in yüzünde dalga dalga, huşû, vecd ve zevk, dolaşıp durmakta. Bu anlar, ibadet anları onun için hayatının en lezzetli, en huzurlu ve en kıymetli anları. Her zaman duayı en son bitiren ve camiden en son çıkan o olurdu...

Bu gün de öyle oldu...

Bilâl, duasını bitirip, camiden çıktığında caminin dış kapısının önünde dağılmak üzere olan cemaat birbirleriyle şakalaşmaktaydılar.

Gün ağırmış, aydınlık, güneşli, güzel bir gün başlamıştı.

Marangoz Halil, Bekir Ağa'ya seslendi:

- Akşam eve geç döneyim deme Ağa... Çocukları sokaktan içeri alamıyoruz yahu!... Görsen Ağam, geciktiğin günlerde hep birlikte el çırpıp, koro halinde bir türkü tutturuşları var ki, ömür billâhi...

İki elini ağzının kenarına, yüksek sesle birisine seslenirmiş gibi koyarak çocukların taklidini yapmaya başladı:

- «Bekir Ağa'm! Bekir Ağa'm! Nerde benim çikolatam?»

«Bekir Ağam, benim canım, hani benim sakızım?»
«Bekir Ağam bir tane, alır bana kestane».
Halil Efendi tatlı tatlı gülerek:
- Daha neler de neler, diye devam etti.. Yumurcaklar köşe başlarına gözcü- haberciler bile koymuşlar..

Bütün cemaat, Marangoz Halil'in canlı canlı anlattıklarına kahkahayla gülüyordu. Bu tatlı, kısa cami önü sohbetinden sonra herkes birbirine «Selamün aleyküm» diyerek, günlük maişetlerini temin etmek üzere ayrı ayrı istikametlere doğru dağıldılar...

Bilâl ise, geldiği yolları tekrar çiğneyerek sabah kalvaltısı için evde kendisini bekleyen biricik anneciğinin gözlerini yollarda bırakmamak düşüncesiyle evine dönüyordu... Bütün saadet ve huzuru, bu kırık dökük, fakirane döşeli, mütevazi evinde bulurdu o...

Kalbinde İlâhi neş'eler, manevi lezzetler ve dudaklarında saadet tebessümleri yüklü olduğu halde kapıyı açtı. Ayakkabılarını çıkararak gıcırdayan tahta merdivenlerden üst kata çıktı. Pencereleri sokağa bakan büyükçe bir odanın kapısını açarak içeri girdi...

Burası, fakirane döşenmiş bir odaydı.. Yerde eski bir kilim, duvar diplerine serpiştirilmiş bir kaç basma yer minderi,köşede üstü kitaplarla dolu eski bir komidin, pencere dibinde rengi solmuş, basma örtülü, tahta bir divan ve duvarda asılı bir kaç âyet- i kerime ve üzerinde ibretli sözler bulunan çerçeveli bir kaç tablodan başka hiç bir eşya yoktu bu odada... Sade, temiz, mütevazi bir oda...

Bilâl, ceketini çıkarıp kapının arkasındaki çiviye astı, kravatını gevşetti ve annesinin odayı havalandırmak üzere açık bıraktığı pencerenin önüne gelerek, derin bir nefesle serin sabah rüzgarını ciğerlerine doldurdu..

Kendisini kuş gibi hafif hissediyordu. Sabah namazı ona, bambaşka bir zindelik veriyordu. Pencerenin yanından ayrıldı, elleri pantolonunun ceplerinde olduğu halde odanın içinde dolaşmaya başladı. Bu hareketinden, her sabah olduğu gibi yine,duvardaki yazılı büyük tabloları teker teker okuyacağı anlaşılıyordu.

O, odasının duvarlarını lüzumsuz resimlerle süslemeyi sevmezdi. Her bakışta kendisine insanlık vazifelerini hatırlatacak levhaları, en paha biçilmez kıymetteki san'at eserlerinden, en değerli yağlı boya peyzaj ve potrelerden daha kıymetli, daha değerli, daha lüzumlu ve daha faideli görürdü. Bunun için okuduğu kıymetli eserdeki güzel sözleri, imanlı bir ressam arkadaşına, büyük boy kartonlar üzerine yazdırarak, odasının en kıymetli eşyası olarak camlatıp, geniş ve yaldızlı çerçeveler içinde, duvarlarını bu veciz, yüksek iman hakikatleri ile tezyin etmişti.

İşte şimdi de; üzeri çeşitli kitaplarla yüklü komidinin üstünde, asılı duran levhanın önünde... Sanki onu ilk defa görüyor, ilk defa okuyor:

«Hayatın lezzetini ve zevkini isterseniz,hayatınızı iman ile hayatlandırınız, feraizle (farzlarla) zinetlendiriniz. Ve günahlardan çekinmekle muhafaza ediniz.»

Sonra bir başka levhanın önünde durdu ve en mahir bir ressamın fırçasından çıkmış, şahane manzaralı bir tabloyu seyreder gibi gözlerini levhadaki yazılar üzerinde gezdirmeye başladı.

«Ey zevk ve lezzete mübtelâ insan! Hakiki zevk, elemsiz lezzet, kedersiz sevinç ve hayattaki saadet, yalnız imandadır. Ve iman hakikatleri dairesinde bulunur. Yoksa dünyevî bir lezzette çok elemler var. Bir üzüm tanesini yedirir, on tokat vurdurur gibi hayatın lezzetini kaçırır...»

Bir resim sergisini geziyormuşçasına yavaş yavaş ve teker teker sırayla tabloları dolaşmaya devam etti. Şu anda önünde durduğu levha, onun en sevdiği levhaydı. Yüksek sesle, ağır ağır kelimelerin üzerine basa basa okudu:

«Ey nefis! Bil ki, dünkü gün senin elinden çıktı. Yarın için ise, elinde sened yok ki, ona maliksin. Öyle ise hakiki ömrünü, bulunduğun gün bil. Lâakal günün bir saatini, ihtiyaç akçesi gibi, hakiki istikbal için teşkil olunan bir sandukça- i Uhreviye (Ahiret sandığı) olan bir mescide veya bir seccadeye at. Hem bil ki: Her yeni gün sana, hem herkese bir yeni alemin kapısıdır. Eğer namaz kılmazsan, senin o günkü alemin zulûmâtlı (karanlık) ve perişan bir halde gider. Eğer namazı kılsan, o namazın ile, o âlemin Sâni- i Zülcelâline müteveccih olsan, birden sana bakan âlemin tenevvür eder - nurlanır - âdeta namazın, bir elektrik lambası ve namaza niyetin onun düğmesine dokunması gibi o alemin zulûmâtını (karanlığını) dağıtır..»

Ruhunda yeni yeni bahar iklimleri açılıyordu sanki Bilâl'in.. Bülbül, gülü gördüğü zaman nasıl en güzel nağmelerle serenada başlarsa, o da levhalarının önüne her geçişinde böyle coşar, ahenkli okuyuşla sanki onlara, kendisine iman ve fazilet duyguları aşılayan bu levhalara karşı olan sevgi ve muhabbetini izhara çalışırdı. İşte kendisine hayat yolunu çizen bir başka levha:

«Elde Kur'an gibi bir mucize- i bâki varken
Başka bürhan aramak aklıma zaid görünür.
Elde Kur'an gibi bir bürhan- ı hakikat varken,
Münkirleri ilzam için gönlüme sıklet mi gelir?»

Nihayet ince ve küçük bir çerçevede yazılı olan şu tek cümlelik levhanın önüne geldi. Levhada:

«Ey kendini insan bilen insan! Kendini oku.» yazılıydı...

Her nedense Bilâl, en ziyade bu tek cümlelik küçük levhanın önünde durdu. Sanki üzerinde sahifeler dolusu yazı varmış gibi, gözlerini levhanın üzerinden uzun müddet ayıramadı.. Zihninin uyuştuğunu, beyninin karıncalandığını hissediyordu. arkasını levhaya dönüp, tahta divana doğru yürürken, ağzından bir kere daha aynı sözler döküldü:

«EY KENDİNİ İNSAN BİLEN İNSAN. KENDİNİ OKU!..»

Annesinin çehizinden kalma, yıkana yıkana rengi solmuş, kanaviçe işli iki yastığı üst üste koyarak, tahta divanın üzerine arka üstü uzandı. İki elini başının altında kenetledi, gözlerini tahta oymalı tavana dikti, düşünmeye başladı. «KENDİNİ OKU!..» hitabındaki ince manayı uzun uzun tefekküre koyuldu.

İnsanın kendini okuyabilmesi için, mutlak surette iman ziyasına, iman nuruna ihtiyacı vardı. Çünkü bütün sırlar o nur, o ziya ile çözülebilirdi ancak.

«Ohh!..» diye derin bir nefes aldı. Dudaklarında mesut bir tebessümle gözlerini yumarak, Allah'a hamd- ü sena etti. Kendisini iman nurundan, iman ziyasından mahrum etmediği için, Rabbine karşı kalbi bir kere daha minnet ve şükranla doldu...

Kalbindeki imanın nuru ve ziyası ile, çok zaman yaptığı gibi bir kere daha kendine baktı. Vücudunu düşündü. Sabahın ruha serinlik verici tatlı sessizliği içinde kalbinin vuruşunu derinden derine dinledi. Sonra damarlarında mütemadiyen deveran eden kan. Sonra mide, bağırsak, akciğer, karaciğer, böbrek, safra, v.s. gibi iç vücud organlarındaki, milyarlarca al ve ak yuvarlardaki hayretnümâ faaliyet. Sonra bütün organların idare merkezi olan beyin.. Sonra akıl, ruh, his ve düşünce gibi elle tutulup, gözle görülemeyen letaif. Sonra dünya güzelliklerinin temaşası için dünyaya açılan iki küçük pencere...

Kulaklar, burun, ağız, eller ve ayakların ayrı ayrı vazifesi!...

Vücud... İnsan vücudu... Ne muazzam, ne hassas bir makine... Ya bu makinenin mühendisi, ustası ?

Vücud... İnsan Vücudu. Her sahifesi binlerce hikmetle dolu, en eşsiz bir kitap. Ya o kitabın kâtibi?..

Vücud... İnsan Vücudu... Her zerresi ayrı bir motifle işlenmiş, ne ince bir nakışlar manzumesi... Ya o nakışın nakkaşı?..

Vücud. İnsan vücudu. Hiç bir mimarın, hiç bir mühendisin, hiç bir ustanın, hiç bir san'atkârın ve dünyadaki hiç bir kudretin meydana getirmeye muktedir olamadığı, ne büyük, ne ince ve ne şahane bir san'at eseri. Peki, ya onun san'atkârı?..

Evet, evet... Demek insan, kendi vücuduna iman nuru ile baksa, kendini okuyor, kendi mahiyetini keşfedebiliyordu. Hem yalnız kendini değil, o nur, o ziya ile bil vesile hakiki sahibini yani Rabbını, yani Hâlîk'ını, yani kendisine vücud libasını giydiren ve akıl, kalb, ruh, irade ve düşünce gibi yüksek letaifle mahlukatın en şereflisi en yücesi, en mükerremi kılan Yaradanını da buluyordu. Kâinat kitabının sahifeleri, hep o nurla, imân nuruyla teker teker açılıp, okunuyordu insanoğlunun önünde.

Nebatlar, hayvanlar ve nihayet insanlar, gözlerinin önünde bir bir resm- i geçit yapmaya başladı. Kalbi, tatlı bir haz, ulvî bir ürperti ile çarpıyordu. Mütebessim dudaklarının arasından gayr- i ihtiyarı Yunus'un:

«Yaratılmışı hoş gördüm, Yaradan'dan ötürü.» mısra'ı döküldü...

Manâ iklimlerindeki bu tefekkürî seyahat, ruhuna İlâhi neş'eler katmış, vücudu tatlı bir rehavetle bir tüy hafifliğine bürünmüştü.

Kendisini bu tatlı hâletten , oda kapısının o âşina gıcırtısı uyandırdı. Gözlerini açtı, baktı: Açılan kapının eşiğinde, elinde içi kahvaltılıkla dolu yer sinisi olduğu halde, annesi duruyordu. Uğruna bütün hayatını vakfedecek kadar sevdiği, fedakar, vefakar, sevgi ve şefkat abidesi biricik anneciği...

Bilâl, âniden, o her zamanki terbiyeli, efendi haliyle ayaklarını topladı, yerinden doğruldu. Bir ânda, dalmış olduğu mâna âleminin tatlı sarhoşluğundan büyük bir maharetle sıyrılarak koştu ve neş'eli bir sesle:

- Boyunca evladın varken o tepsiyi taşımak sana mı düştü. Benim fedakar anacığım?

Diyerek annesinin elinden tepsiyi kaptı, yere koydu. Tepsinin kenarındaki eski kareli sofra örtüsünü kilimin üstüne yayarak, tepsiyi ortasına koydu. Doğrulup başını kaldırdığında, odanın ortasında annesi ile yüz yüze geldiler. Kadının gözleri yaşlı yaşlıydı. Ana- oğul, bir an bakıştılar. Sonra Bilâl, olanca sevgi ve muhabbetiyle annesinin boynuna sarıldı:

- Ah benim sulu gözlü, melek yüzlü anneciğim. Seni gözünde yaş olmadığı bir zaman göremiyecek miyim ben? Elimi oynatsam gözünde yaş, dilimi döndürsem yine yaş, yine yaş...

Beyaz örtülü, nur yüzlü kadın, oğlunun yüzünü iki elinin arasına aldı. Gözünde titreşen pırıl pırıl yaşlarla onu uzun uzun seyretti ve nihayet içli, ağlamaklı bir sesle:

- Yavrum. Bilâl'im benim.. Allah'ıma her el açışta dua ediyorum. Gözümdeki bu yaşları hiç, ama hiç eksiltmesin diye...

Yanaklarından berrak damlacıklar süzülürken, dudaklarında mes'ut bir gülümseme dolaşmaktaydı. Sözlerine devam etti:

- Zira onlar, saadet yaşlarıdır yavrum... Cenab- ı Hakk'ın bana senin gibi imanlı ve hayırlı bir evlâd bahşetmesinden daha büyük saadet olur mu hiç? Allah seni her türlü fenalıklardan korusun, canım, ruhum, evlâdım benim.

Bilâl, annesinin ıslak yanağına küçük bir öpücük kondurarak:

- Beni şımartıyorsun ama. Korkarım ki bu gidişle kendimi hakikaten bir şeyler zannedeceğim.. dedi..

Nur yüzlü kadın, oğlunun yüzünden ellerini çekip yerdeki sofranın başına diz çökerken derin bir iç geçirip namaz örtüsüyle gözyaşlarını kuruladı. Başını, ayakta bir fazilet âbidesi gibi duran Bilâl'e doğru kaldırdı:

- Senin şımarman bile olgun ve ölçülüdür, dedi. Kaldı ki, bu güne kadar bir kere olsun şımardığını görmedim senin. Haydi, gel evlâdım. Okuluna gitmeden önce karıncığını bir güzel doyur. Bizim Halil Ustalara memleketten bir teneke yağ gelmiş. Sağ olsun, bütün komşulara dağıtmaktan kendine bir şey kalmadı biçarenin. Ama yağ değil, kaymak mübarek sanki. Akşam kaynattığım kayısı reçeli de ağzına layık olmuş hani...

Bilâl, sessizce, yere, annesinin karşısına diz çöktü ve annesinin incecik kesilmiş ekmek dilimlerine büyük bir itina ile özene bezene yağ ve reçel sürüşünü seyre koyuldu. Gencecik yaşında dul kalan bu çileli, bu vefakar kadın, bütün çile ve ızdırablarına rağmen hala eski güzelliğini kaybetmemişti. Hele başından hiç çıkartmadığı beyaz örtüsü, ona öyle nurani, öyle cazibeli bir hal veriyordu ki, en iyi cins ve en pahalı makyaj malzemeleri, onun parlak cildinde sönük kalırdı..

Eserlerini büyük bir iştiyakla okuduğu bir büyük zatın bir eserindeki şu sözleri kulaklarında çınladı:

«İnsanın en birinci üstadı ve tesirli muallimi onun validesidir. Ben bu seksen sene ömrümde, en büyük zatlardan ders aldığım halde, yemin ediyorum ki, en esaslı ve sarsılmaz ve her vakit bana dersini tazeler gibi, merhum validemden aldığım telkinat ve manevi derslerdir ki, o dersler fıtratımda, adeta maddi vücudumda çekirdekler hükmünde yerleşmiş. Sair derslerimin o çekirdekler üzerine bina edildiğini aynen görür gibiyim...»

Annesine daha derin bir şefkat ve sevgiyle baktı. Kendisini küçük yaşından beri lezzetli, güzel yemek ve reçeller yanında manevi gıdalarla da besleyen bu asil kadına karşı, kalbi bir kere daha minnet duyguları ile taştı. Üzerini kalın bir yağ ve reçel tabakasiyle kapladığı ekmeği, kendisine uzatan annesinin elinden alırken o beyaz, yumuşak eli kendine doğru çekti ve insiyaki bir hareketle, minnetle, o minik eli öptü. Oğlunun bu hareketi kadının gözlerini bir kere daha yaşartmaya kafi gelmişti.. Kendisine kâinatı bağışlasalardı bu derece memnun ve mes'ut olamazdı o...

* * *

İstanbul Üniversitesi, Fen Fakültesinin kantinindeyiz. Fakat insanın, burasının Fakülteye ait bir bölüm olduğuna inanası gelmiyor. Adeta bir Holivut'du burası.

İçerisi kız ve erkek talebelerle dolu... Çok güzel bir genç kız, masalardan birinin üzerine çıkıp oturmuş. Masanın etrafında, kendisini yarım bir çember içine almış 15- 20 erkek talebeye bir şeyler anlatıp,

yarım bir çember içine almış 15- 20 erkek talebeye bir şeyler anlatıp, işveli kahkahalar atıyor. Esasen mini olan eteği öylesine yukarılara doğru sıyrılmış ki, gençler, kızın anlattıklarından ziyade onu çorapsız bacakları ile alakadar olmaktalar. Genç kızın dudaklarında şeytanî bir gülümseme dolaşmakta. Zira gençler üzerinde uyandırdığı şiddetli tesirden emin... Gençler ise kıza karşı adeta bir kompliman yarışına girişmişler. Aslında hepsi de zamanla ve sırayla kızdan kendilerine düşen payı alacaklarından emin bulunmaktalar. Daha dün gece arkadaşları arasında Don Juan ismi ile anılan Necdet'in Klüb X'e davetine icabet etmemiş miydi? İşte bu gün de hepsinin gözü önünde Taner'in sinema teklifine «Evet» diyor. O halde yarın Erol, öbür gün Sami ve onu takib eden günlerde Cemil, Mete, Kaya, Selçuk ve diğerlerine de sıra gelecekti elbette.

Diğer masalar, elele, gözgöze, dizdize oturmuş çiftlerle dolu. Kızların hemen hepsi, Holivut Film artistlerinden farksız. Kiminin saçları bir baloya, bir kokteyle gidecekmişcesine kuaförden çıkmış, kimininki ise süpürge gibi dümdüz, sırtlarından aşağı salkım saçak salınmıştı. Hele bir tanesi saçını öylesine saçma bir tarzda taramıştı ki, sol gözü tamamen saçlarla örtülmüş, etrafı tek gözüyle seyrediyordu.

Ya makyajları?..

Aman Ya Rabbim!... O, ne maskaralıktı öyle? Bir karnaval geçidinde bile bu derece acaip ve gülünç suratlara rastlamak zor olurdu.

Kimi, Allah'ın verdiğini beğenmiyerek kaşlarını tamamen yolmuş, çıplak teninin üzerine siyah boya ile daha değişik, fakat gülünç bir kaş şekli çizmişti. Kimi de kirpiklerini vıcık vıcık rimellerle boyayıp tel tel ayırarak kıvırma makinesiyle yukarı doğru kıvırdığı yetmiyormuş gibi, yine siyah boyalarla göz kapaklarının üst kısmında kaşlarına kadar uzanan alt kısmında yanaklarına doğru inen uzun oklar biçiminde kirpik şekilleri çizmişti. Kiminin dudakları yaldızlı pembe rujlarla, kimininki kan kırmızısı boyalarla boyanmıştı.

Ruh asaletinden, fazilet duygularından, ahlâk kaidelerinden mahrum yetiştirilmiş, zavallı varlıklardı bunların çoğu.

Erkek talebeler, büsbütün ayrı bir alemdi. Kiminin bıyıkları ince bir şerit halinde çenesine doğru sarktıkça sarkmış. Kiminin saçları bitli turistlerden farksız, karma karışık bir halde kadınlar misali, omuzlarına doğru uzamış. Kiminin favorileri çene hattına kadar inmiş. Kimi allı güllü veya işlemeli dantel gömlekler giyerek kadınlara özenmiş.. Kimi, lastikten bir korse gibi vücudunu ve bacaklarını saran daracık pantolonunu bel hizasından, kalçasının ta alt kısımlarına kadar düşürmüş ve üzerine gayet geniş bir kemer takarak, göbeğinin aşağısına göbek atan çengiler gibi iri bir toka oturtmuş. Kimi, içinde hiç bir çamaşır olmadığı halde gömleğinin düğmelerini bel veya göbek hizasına kadar açarak kolye- madalyon yerine kıllı çıplak göğsüne kalın bir zincir üstünde sallanan iri madeni bir otomobil arması takmış.

Hasılı burası ilim ve irfan yuvası olması icabeden bir üniversite binası değil de, bir maskaralıklar meşheri, bir karnaval meydanıydı sanki...

Kızlı erkekli bir kaç kişiden müteşekkil bir gurubun oturduğu masadan, ince ve yırtık bir kız sesi yükseldi:

- Ay Kemal!.. Karışmam bak!.. Niye çekiyorsun saçımı?

Kemal denilen genç:

- Canım öyle istedi de ondan. Küçükken de kızkardeşlerimin saçlarını çekmeye bayılırdım.

Genç kız hırçın ve şımarık bir sesle:

- Ama ben senin kızkardeşin değilim.

- Peki neyimsin?

Kemal isimli gencin bu suali üzerine iki genç manalı manalı birbirlerine bakıştılar. Sonra birbirlerine iyice sokularak, masalardaki arkadaşlarıyla birlikte kahkahalarla gülmeye başladılar.

Bilâl, bu çılgın güruhun içinde tek başına bir masada oturmaktaydı. Etrafındaki erkekleşmiş kızların, nazik ve kibar görünmek için kırım kırım kırıtan kadınlaşmış erkeklerin ona utanç ve ızdırab veren çirkin hal ve davranışlarını görmemek için gözlerini, önüne açtığı kalın ders kitabından ayırmamaya büyük gayret sarfettiği belliydi. Bir yandan da elindeki peynirli sandviçi yiyor, ara sıra önündeki ayran şişesini yudumluyordu.

Karşı masada oturanlar, insafsızca hacı ve hocalara çatıyorlardı. içlerinden biri:

- Topunun Allah belasını versin, dedi.

Diğeri:

- Ulan o kara kara çember sakallarına öyle bozuluyorum ki, namussuzların.

Bir başkası işi daha ileri götürdü:

- Anasını satayım, dedi, bunların hepsini asker gibi sıralayıp, teker teker usturayla kazıtacaksın o sakallarını. Yirminci asırda böyle yobazlık olur mu be? Ah! Bu milletin Başbakanı ben olacaktım. Bak o zaman bir tane sakallı kalır mıydı bu memlekette...

Kızlar, kahkahadan kırılıyordu. Hep birlikte:

- İstikbalin Başbakanı, bravo!. On yıl sonra sakallılara ölüm.

Diye gülerek bağrıştılar.

Bilâl yerinden fırlayıp, bu soysuz, bu imansızlara hadlerini bildirmek arzusuyla yanıp kavrulduğu halde bu gibi şımarık züppelerin ne şirret ve çirkef olduklarını düşünerek, yumruklarını ve dişlerini hınçla sıkmaktan başka bir şey yapamadı...

Tam başını yeniden kitabının sahifelerine eğmek üzereydi ki, karşı masadan, yeni bir sevinç çığlığı yükseldi. Az evvel hacının, hocanın sakalına söven kız ve erkekler kantin kapısından girip kendilerine doğru ilerliyen birisini çılgınca alkışlamaktaydılar. Hepsi sevinçle bağrışıyorlardı:

- Yahu Tanju nerelerdesin?..
- Dersleri amma da astın ha!...
- Ne o, sarışın bebek yok mu yanında?..
- Yoksa onu da mı ektin oğlum?..
- Üzülme be Tanju. Gitsin sarışın, gelsin esmer, değil mi ya?

Bilâl, bu aşırı gürültüye sebep olan gence bakmak için başını kaldırdığında hayretten küçük dilini yutacaktı neredeyse. Gençlerin coşkun tezahürat yaptığı genç esmer, sırık gibi upuzun boylu sıska ve apaş kıyafetli birisiydi. İşin en hayret edilecek tarafı ise, Tanju isimli bu züppenin yüzünde kapkara, darmadağınık bir sakalı bulunması idi.

Biraz evvel «sakallılara ölüm» diye bağırıp, çağıran mini etekli kızlar, kara sakallı Tanju'yu aralarına oturtmuşlar, ona biraz daha güzel görünmek için fıkır fıkır kaynıyorlardı.

Tanju:

- Kızlar, kararı verdim. Sakalı kesiyorum, dedi...

Kızlar hep bir ağızdan:

sakal.

Diye itiraz ettiler. Kakülleri alnına dökülmüş, iri yeşil gözlü bir kız, delikanlıya baygın baygın bakarak:

- Biliyor musun? dedi. Bu halinle Herkül gibi azametli ve heybetlisin.. Sonra seni bütün kızlar, protesto ederiz, karışmam.

Bilâl, bu acınacak mahlukların gülünç halleriyle için için alay etmekten kendini alamadı. Fakat bir yandan da, her zaman olduğu gibi, kalbinde derin bir köşenin yine onlar için sızladığını hissetmekteydi.

Onlar. Hareketleri kalıplaşmış robot insanlar.. Zavallılar... Biçareler... İçinde bocaladıkları gafletin derinliğini ve koyuluğunu dahi düşünemiyecek hale getirilmiş gafil... gafil... gafil gençler...

Sandvicinden bir lokma daha ısırdı. Ayranını yudumladı ve kitabını okumaya devam etti. Kitabına öylesine dalmıştı ki, artık ne etrafındaki sesleri, ne de o nefret ettiği hareket ve davranışları görüyordu.

Yanında ve karşısında boş duran iskemlelere, koltuklarında kitaplarıyla üç genç kızın oturduğunu bile hissetmedi önce...

Bu kızlara üniversite talebesi demeye insanın dili varmazdı... Barlarda vazifeleri gönül eğlendirmekten ibaret olan konsomatris kızlardan ayırt edilemiyecek kadar aşağı bir zavallılık içindeydiler...

Bilâl ancak kızlardan birinin, yüzüne doğru üfürdüğü sigara dumanı ile onların masadaki mevcudiyetini hissetti.. Fakat büyük bir kayıtsızlık içinde başını kitabından kaldırıp, yanında ve karşısında oturan kızlara bakmadı.. Gözleri ısrarla kitabın üzerinde dolaşmaktaydı..

Kızlar, birbirlerine manalı bir tarzda başları ile Bilâl'i işaret ederek, alaylı bir şekilde göz kırpışıp kıkır kıkır gülüşmeye başladılar. Tam Bilâl'in karşısına düşen, saçları çıplak omuzlarından aşağı dökülmüş, sarışın, iri yeşil gözlü olanı, derin bir iç çekti.. Yatak içinde geriniyormuşcasına bir hareketle arkasına doğru yaslandı ve başı önündeki kitaba eğik olan Bilâl'e bakarak yüksek sesle:

- Off!. Çocuklar, dedi. Canım öyle sıkılıyor ki.. Her gün evden okula, okuldan eve... Evde ders, okulda ders... Düşünüyorum da biz bu dünyaya sadece ders çalışmak, somurtup oturmak için mi geldik, demeden yapamıyorum.. Haksız mıyım ama? Gencim.. Gezmek, eğlenmek istiyorum.. Bu dünyaya bir defa geldik.. Bir daha dönüş yok.. Ama kime anlatırsın?..

Avrupa özentisi, Garb bozuntusu acaip varlıklarla mı mukayese edecekti annesini?

Bunun düşüncesi bile ruhuna ürperti verdi. Zulmetin yanında nurun haşmeti, gecenin yanında gündüzün şa'şaası, kışın yanında baharın renkli ihtişamı ne derece tebarüz ederse, çevresindeki kız ve kadınların süfliliği yanında, annesinin asalet ve fazileti o derece zahir bir şekilde bir kere daha gözlerinin önünde canlandı.. Ve dudaklarının arasından bir kere daha:

- Benim, melek anneciğim..

Sözleri döküldü..

Bilâl'i en ziyade üzen şey, Anadolu'nun tertemiz havası içinde yoğrulmuş, dürüst, mazbut ve faziletli genç kızların, liseyi müteakip yüksek tahsil görmek için geldikleri İstanbul'da kısa zaman içinde çevreye ayak uydurarak gerek kılık-, kıyafet ve gerekse ahlakça bozulmalarıydı. Bunlardan bir tanesinin nasıl uçuruma yuvarlandığına yakînen vâkıftı. Hâdiseler bir film şeridi gibi gözlerinin önünden geçmeye başladı:

Fakülteye giriş muamelelerini yaptırdığı günlerden biriydi.. Uzun, örgülü saçlı, mahcub ve sessiz bir genç kız, yanında siyah çoraplı, büyük örtülü annesi olduğu halde giren çıkan talebelerin arasında şaşkın ve çekingen bir vaziyette durmaktaydı. Genç kızın yüzünde hiç bir makyaj izi yoktu. Sade ve tabii bir güzelliği vardı. Üzerinde kolları uzun ve manşetli, yakası kapalı bir bulüz, dizlerini tamamen örten rahat bir eteklik bulunduğuna göre her ne kadar tam İslâmî değilse de,mazbut kıyafetli bir genç kız olduğu anlaşılmaktaydı. Esasen her hallerinden, Anadolu'dan yeni gelmiş bir anne- kız olduklan belli oluyordu...

Böyle el değmemiş civan kuzuları, yaman kurtlar görürler de dururlar mı hiç?..

İşte Bilâl'in muamelelerini yürüten favorili genç de, kalın siyah çerçeveli gözlüklerinin üstünden mer'ada tek başına dolaşan bir kuzu görmüş aç bir kurt tavrıyla genç kıza bakıyor... Bilâl içden içe hırslandığını belli etmeden durumu kritik etmekte... Gözünün ucuyla genç kıza baktı. Gözlüklü gencin ısrarlı bakışları karşısında yüzü, alı, al, moru mordu genç kızın. Bu ender rastlanılan hayâ ve hicab tablosu karşısında Bilâl'in içinde genç kıza karşı derin bir takdir ve şefkat duygusu belirdi..

Muameleyi yapan gözlüklü genç, büyük bir çabuklukla işini görüp, Bilâl'i başından savmaya muvaffak olur olmaz bulunduğu yerden çıkarak anne- kıza doğru ilerledi ve genç kıza:

- Niçin bu kadar çekingensiniz? Üniversiteye giriş kaydını yaptıracaksınız, değil mi? Ama bunda bu kadar utanıp çekinecek ne var canım?

Diye centilmen bir tavırla yanaşmak istedi. Fakat Bilâl, bu neticeyi beklediği için, işi bittiği halde kapıdan çıkmamıştı. Prensip itibariyle kadın ve kızlara yanaşmaktan daima kaçındığı halde, bu himayesiz kızı hakiki bir ağabey muhafazakarlığı ile korumak hususunda kuvvetli bir duyguyla ileri atıldı. İnsiyaki bir hareketle gözlüklü gençle kızın arasına girdi ve gence:

- Azizim, dedi.. Yardımına teşekkürler. Fakat bu kız benim yeğenimdir.. Arkamı döndüğümde geldiklerini yeni gördüm. Muamelesini ben yaptıracağım..

Gözlüklü genç «Bu da nereden çıktı?» gibilerden hiddetle yumruklarını sıktı.. Sonra genç kıza dönerek:

- Siz bu genci tanıyor musunuz?

Diye sordu.. Genç kızın cevap vermesine meydan bırakmadan, kızın annesi atıldı:

- Evet oğlum, yeğenidir. Sen işine bak hele...

Çapkın kurt, elinden avını kaptırmışların hiddeti içinde arkasını dönerek, küskün ve hırslı, yanlarından uzaklaştı...

Kadının içinde Bilâl'e karşı derin bir itimad duygusu belirmişti. Zira o gözlüklü züppe genci, hiç mi hiç gözü tutmamıştı. Minnetle Bilâl'e bakarak:

- Allah senden razı olsun evladım, dedi.. Seni Allah çıkarttı bizim önümüze, Kızım çok utangaç ve çekingen. Ben ise gördüğün gibi cahil bir kadınım, bu işlere aklım ermez.. Şu kağıtları al da, sen önayak oluver bize...

Bilâl, kadının uzattığı kağıtları aldı, kıza da birlikte gelmesini söyliyerek muamele için sıra bekleyenlerin arasına karıştılar...

Genç kız hiç konuşmuyordu. Bu büyük şehirin, bu yabancı çevrenin onu ürküttüğü belliydi.. Yalnız «Yeğeniyim» diyerek kendisine sahip çıkan gencin yüzündeki ciddi hatlar, ona bir parça emniyet hissi vermişti...

Nihayet sıra, onlara geldi. Gözlüklü genç, gözlüklerinin altından ters ters Bilâl'e bakıyordu.. Kağıtları aldı, muameleye başladı. Herşey tamam olup, giriş kağıdını uzatırken alaylı bir şekilde yalnız Bilâl'in duyacağı bir sesle:

- Desene şu dünyada bizden de açık gözler varmış.

Biz o dalgayı yutmadık amma, neyse nasip seninmiş, süt kuzusu!..

Diye yayvan yayvan mırıldandı.. Bilâl bir hadise çıkmaması için sabırla dişlerini sıktı, kağıdı alarak genç kızla birlikte ayakta kendilerini bekleyen kadının yanına geldiler..

- Kızının muamelesi tamam teyze..

Kadın Bilâl'e çok ısınmıştı:

- Dedim ya evladım, dedi. Allah senden razı olsun. Hem yüz bin defa razı olsun. Ne muradın varsa göresin..

Sonra kızına döndü:

- Zeyneb, sen de teşekkür etsene ağbine, kızım...

Genç kızın yanakları al al olmuştu. Başını önüne eğerek:

- Teşekkür ederim efendim.. Size çok zahmet oldu.

Dedi... Bilâl, genç kızın teşekkürünü ağız kalabalağıyla kaynatmak istedi:

- Eviniz İstanbul'da mı teyze?
- Hayır evladım, biz Elazığlıyız.
- İstanbul'da yakın akrabanız filan var mı?
- Hayır yok...
- Peki kızınızı kime emanet edeceksiniz bu koca şehirde?...

Kadın mütevekkil bir edayla iç çekti ve :

- Allah'a.. dedi.

Bilâl:

- Doğru, nice anne, babalar, kızlarını okutmak için böyle koca koca şehirlerde tek başına bırakır, Allah'a emanet ederler, ama onlar eninde sonunda şeytana esir olurlar..

Kadın adeta inlercesine:

- Sus oğlum, sus.. Yaramı deştin bu sözlerinle, dedi. Biz senin o bildiğin ana, babalardan değiliz. Babası da ben de liseden sonra kızımızı okutmamaya kararlıydık. Ama gel gör ki, büyük söylemişiz;

liseyi bitirince kıza bir hal oldu.. Ne babası, ne ben, önüne alamaz olduk.. Tutturdu «İlle okuyacağım» diye.. Bütün arkadaşları yüksek tahsile devam ederken, o cahil kalamazmış.. Ağladı, sızladı, razı olmadık... Babası: «İstanbul'a gidip de o okumuş yosmalardan mı olacaksın?» diye ter ter tepindikçe kız! Ben namuslu, dürüst olduktan sonra kimse bana bir şey yapamaz...» diye sızlanıyordu. Bir de baktık, kız üzüntüsünden ateşlenip yataklara düştü. Çaresiz okutmayı kabul ettik... Artık koruyucusu Allah olsun; ne denir?...

Kadın ıslanan göz pınarlarını mendiliyle kuruladı. Zeyneb, suçlu bir çocuk gibi önüne bakmaktaydı. Bilâl, içi sızlayarak yine kadına sordu:

- Peki şimdi nerede kalacak kızınız?

- Cağaloğlu'ndaki (............) yurduna bin bir güçlükten sonra sokabildik, şükürler olsun...

Bilâl'in içi bir kere daha sızladı.. Bir kaç kere önünden geçtiği olmuştu bu yurdun.. Geçmişti de, kapı önünde burun buruna sevişen çiftlerin o hayasız davranışları midesini bulandırmıştı her defasında.. Birden Zeyneb'i de o güruhun arasında görür gibi oldu.. Sinirli ve aceleci bir halle:

- Neyse, Allahaısmarladık, teyze. Kızınızı Allah muhafaza etsin. Size de muvaffakiyetler dilerim, Zeyneb hanım...

Diyerek anne- kızın hayret dolu bakışları arasında yanlarından ayrılıp dışarı fırladı...

Branşları aynı olduğu için Bilâl Zeyneb'i her gün sınıfta görebiliyordu. Annesi gittikten sonra genç kız tamamen ortada kalmıştı.. Sınıfta hiç kimsenin yanına yaklaşmıyor, ahlakına ve ciddiyetine güvendiği için sadece Bilâl'le konuşuyor, her sıkıntısını, her müşkülünü ona açıyordu. Yaşları aynı olmasına rağmen, Zeyneb, ona «Bilal ağabey» diye hitab ediyordu.. esasen Bilâl de bu saf ve temiz genç kıza karşı kendisini bir ağabey mevkiinde görüyordu. Hele Zeyneb'in 5 vakit namaz da kıldığını öğrenince dünyalar onun olmuştu...

Şimdi kızkardeşinin üstüne titreyen bir ağabey gibi, onunla yakından alakadar olmaktaydı. Onu her türlü cereyana karşı muhafaza edebilmek için çırpınmaktaydı..

Fakat sene sonlarına doğru Zeyneb, Bilâl'i büyük bir sükut- u hayale uğrattı. Kıyafeti yavaş yavaş değişmişti Zeyneb'in. Artık makyaj da yapmıya başlamıştı Zeyneb..

Etekleri santim santim yukarılara doğru kısalmaktaydı.. Zeyneb bir başka Zeyneb olup çıkmıştı.. Uzun örgülü saçlarını kestirmiş, kuaförde türlü şekillere sokmaktaydı kısacık saçlarını.. Artık Bilâ'e de eskisi gibi yaklaşmıyordu Zeyneb.. Etrafında bir sürü kız ve erkek arkadaş vardı.. Arkadaşları ona «Zeynoş» diye hitab ediyorlardı. Hasılı Zeyneb hayatından memnundu.. Havalarda uçuyordu sanki Zeyneb...

Bilâl, yıkılmıştı. Onu bu çılgın, bu dünyaperest ve nefisperest güruha karşı korumak için yapmış olduğu bütün gayret ve çırpınmaların boşa gittiğini görmek harab ediyordu Bilâl'i...

Bir gün, ders sonu kapıdan çıkarken, yalnız bulduğu bir anda yanına yaklaştı:

- Zeyneb, dedi.. Artık öğle namazlarında camiye gelmez oldun.. Yoksa kazaya mı bırakıyorsun?..

Zeyneb, artık o mahcub, o utangaç kız değildi.. Serbest bir gülüşle:

- Yok Bilâl ağabey, kazayı da kılamıyorum. Derslerimden vakit kalmıyor Vallahi.. Anlıyacağın bıraktım namazı.. Hele bir mezun olayım, o zaman düşünürüz.. dedi..

Bir müddet hiç konuşmadan yürüdüler, sonra Bilâl müsaade isteyerek ayrıldı...

Aradan birkaç gün geçmişti...

Bilâl, her zaman olduğu gibi öğle namazını cemaatle beraber Beyazid Camiinde kılmaktaydı.. Namaz bitip, cemaat dağıldıktan sonra adeti veçhile oradaki Kur'anlardan birini alıp, sessiz sessiz okumaya başladı. Bir ara arka taraflardan bir kadın hıçkırığı yükseldi. Hıçkırık perde perde yükselerek, camiin kubbelerinde derin akislerle etrafa yayıldı.. Bilâl, «Mâbedin ulvîliği karşısında içi dolan bir mü'minedir...» düşüncesiyle okumaya devam etti...

Fakat hıçkırıklar kesileceği yerde gitgide artmakta, camiin içine derin bir hüzün havası yayılmaktaydı.. Üstelik bu ses Bilâl'e hiç de yabancı gelmiyordu. «Sadakallahülazîym» diyerek Kur'anı kapattı, arkasına döndü...

Fakat o ne?...

Kadınlar kısmında ellerini yüzüne kapamış, hıçkırıklarla sarsılan, Zeyneb'in ta kendisiydi. Bilâl, ona doğru iyice yaklaştı ve :

- Zeyneb!..

Diye seslendi...

Zeyneb, ellerini yüzünden çekmeden katılırcasına ağlıyordu şimdi.. Bilâl, hayretle bir daha seslendi:

- Zeyneb!.. Ne oldu?.. Sana bir şey mi yaptılar? Rica ederim cevap ver bana..

Bu ısrarlı sualler karşısında Zeyneb, bir an ellerini yüzünden çekti. Yüzü gözyaşları ile sırılsıklam, perişan bir halde, dudaklarını büzerek:

- Ben mahvoldum, Bilâl ağabey!.. Mahvoldum ben!..

Dedi ve ellerini yeniden yüzüne kapıyarak hıçkırmaya başladıl.. Bilâl onu güçlükle ikna ederek, camiden dışarıya çıkardı. Üniversitenin bahçesine götürerek, tenha bir yerde bir bankın üzerine oturttu. Kendisi de bankın öbür ucuna ilişti.. Hıçkırıkları hala devam eden genç kızı güçlükle teskin ettikten sonra:

- Şimdi anlat, bakalım, dedi. Ama evvelce olduğu gibi hakiki bir ağabeyinle konuşur gibi anlat..

- Utanıyorum ağabey..

Bilâl :

- O eskidendi dedi.

Zeyneb yine ağlamıya başladı :

- Doğru, ne söylesen haklısın bana... Ama ne olur önce beni dinle de ondan sonra acı konuş..

Ve anlattı, anlattı:

- Bilirsin, şiire ve edebiyata karşı son derece büyük zâfım vardır. Hatta birkaç şiirimi de okumuştum sana.. Benim bu zaafımı bilen arkadaşlar, müzikli bir şiir ve edebiyat matinesinden bahisle, beni bu matineye davet ettiler..

Bir şiir matinesinde hiç bir kötülük olmıyacağını düşünerek, kabul ettim. Kız ve erkek arkadaşlarla bir grup halinde bahsedilen yere gittik. Burası, Beyoğlu'nun ara sokaklarından biriydi.. Üzerinde «Hacı baba» yazılı küçücük, tahta bir kapıdan ancak belimizi bükerek geçebildik.. Birden kendimi dar ve karanlık bir koridor içinde buldum.. Arkadaşlar, «Yürü, yürü gözlerin alışır» diye beni dürtüyorlardı. Nihayet, ölgün, sarı ve kırmızı ışıklarla aydınlatılmış, son derece loş, küçük bir salonda buldum kendimi... Yerlerde ağaçlardan yapılmış kübik masalar ve koltuklar vardı... Duvar kenarlarına şark sitili minderler atılmıştı. Duvarlar hasırlarla kaplıydı. Küçük hasır sepetlerin içinde renkli ampuller konulmuştu... Duvardaki hasırların üstüne demet demet mısırlar, sarımsaklar ve soğanlar asılmıştı... dip köşede yerden bir karış yükseklikteki kare biçimindeki sahnede, çeşitli batı müziği enstrümanları duruyordu. Kızlı erkekli gruplar, ağaç koltuklara ve yer minderlerine oturmuşlar, fısıltı halinde konuşuyorlardı. Bir başka köşede ise yine ağaçtan yapılmış bir büfe vardı..

Biz de ağaçtan yapılmış bir masanın etrafına oturduk. Önceleri korktuğum bu yer, bir müddet sonra bana çok romantik ve sevimli görünmeye başladı... Sahnede tatlı bir parça çalmıya başlamıştı. Arkadaşlara sordum:

- Bu nasıl edebiyat matinesi? Hani şiir miir yok?

- Sen meraklanma, önce biraz müzik, sonra şiir... Böyle daha orijinal oluyor.. dediler...

Hakikaten de biraz sonra birbiri ardınca sahneye genç şairler çıkıp, müzik eşliğinde şiirler okumaya başladılar. Ama bunların hepsi de san'at değeri olmayan son derece açık, saçık müstehcen sözlerle dolu şiirlerdi..

Bu tahrik edici şiirler okunurken, gençler yanlarındaki kızlarla ayağa kalkıp, müziğin ritmine uyarak masalar arasında dans etmeye başladılar.. Ben tekrar sordum:

- Çocuklar, sahi bu ne biçim şiir matinesi böyle? Benim bildiğim, bir şiir matinesinde dans edilmez.

Benim bu sözlerime Sevil'in erkek arkadaşı Erol cevap verdi:

- Bak Zeynoş.. Hayatımız hep monoton geçecek değil ya? Biraz da ona renk katmak lazım değil mi ya?.. İşte bu gençler de şiir matinesini bu güne kadar alışılmamış bir şekilde, dans ve müzikle karışık düzenlemişler. Bizler de hayatımızın henüz baharını yaşıyan gençleriz... Eğlenmek, gülmek, dansetmek en tabii hakkımız..

Bu sırada masamıza, büyük ağaç maşrabalar içinde meşrubat cinsinden bir şeyler geldi..

- İçkiyse içmem.. dedim..

Gülüştüler..

- Şeftali suyu, üzüm suyu, nar suyu, karma karışık meyve suları işte.. İç iç şifadır, dediler..

Onların yanında hiçbir şey bilmeyen bir cahil durumuna düşüp

Onların yanında hiçbir şey bilmeyen bir cahil durumuna düşüp gülünç olmamak için, tahta maşrabayı sonuna kadar içtim, bitirdim. Yavaş yavaş benliğimi tatlı tatlı bir sıcaklığın kapladığını hissediyordum. Bu rehavet içinde elimde olmadan Erol'un sözlerine hak vermiye başladım.. «Öyle ya, diyordum.. Ben de gencim.. Üstelik hayatımın henüz baharını yaşıyorum. Eğlenmek, gülmek, dansetmek benim de hakkım!..»

Daha sonra masamızdaki gençlerden biri beni dansa kaldırdı. Hayatımda bir erkekle ilk dansımdı bu benim. Orkestra son derece romantik bir parça çalıyordu. Bu loş ışık altında müziğin ritmine ayak uydururken kendimi adeta bir rüya aleminde zannediyordum... Fakat kısa bir müddet sonra başım fena halde dönmeye başladı.. Etrafımdaki her şey, herkes dönüyor, dönüyordu.. Kırmızı yeşil, mavi, sarı ışıklar... Orkestra... Masalar... Maşrapalar... Ve insanlar... İnsanlar... İnsanlar... Gerisini hatırlamıyorum...

Gözlerimi açtığımda kendimi jaluzilerinden bol güneş ışığı süzülen son derece lüks ve konforlu bir yatak odasında buldum. Odada kimseler yoktu... Buraya ne zaman gelmiştim? Niçin gelmiştim?... Bu geniş karyolada ne işim vardı?...

Çılgınca bir hamleyle yerimden fırladım.. Fakat o ne? Üzerimde hiç bir giyim eşyası yoktu. İşte o an acı hakikat balyoz gibi beynime çakıldı kaldı.. Ve perişan bir halde tekrar yatağın üzerine kapanarak avaz avaz bağırıp haykırmaya, hıçkırıklarla sarsılmaya başladım... Ağlamamın, dövünmemin, faidesiz olduğunu bile bile...

Kendime gelince sağa sola fırlatılmış olan çamaşırlarımı ve elbisemi toplayıp, alelacele giyindim... tam kapıdan çıkacağım an köşedeki pufun üzerinde bir kravat gördüm. Bu kravat dün akşam kimin üzerindeydi?.. Cengiz'in mi, Erol'un mu, Ali'nin mi, Turgut'un mu? Hiç... hiç bir şey hatırlamıyordum.. Kapıyı açtım, dışarıya, geniş bir hole çıktım. Ağlıyarak avazım çıktığı kadar:

- Baksanıza buraya!... Kimse yok mu?

Diye bağırıp evin dört bir yanını dolaşmaya başladım... İn cin top oynuyordu evde.. Daire kapısını açıp çıkmak üzere elimi kapıya uzattığımda, kapının üzerine raptiyeyle tutturulmuş bir kağıdın üzerindeki tek kelimelik yazı ile olduğum yerde şiddetle sarsıldım.. Kağıdın üzerinde kırmızı renkli kalemle ve koca koca harflerle sadece

«MERSİ» yazmaktaydı...

Katıla katıla ağlıyarak kapıyı açtım ve bilmediğim yerlerden koşarcasına geçerek, nereye gideceğimi bilemez bir halde perişan ve âvare dolaştığım sokaklardan sonra kendimi Bayezid Camiinde buluverdim.

Anlıyorsun beni değil mi, Bilâl Ağabey? Ben mahvoldum. Ben o yüzüne tükürdüğümüz kötü kadınlardan oldum artık. Haydi ne duruyorsun öyle taş gibi karşımda... Tükürsene yüzüme!.. Tükürsene!.. Tükürsene!...

* * *

Bilâl genç kızın nöbet halini almış keskin ve iç paralayıcı hıçkırıklarını bugünkü gibi hatırlıyordu... En kıymetli en mukaddes mefhumu namusunu kaybetmenin faidesiz çırpınışları içinde yeniden sinir krizleri geçiren Zeyneb'e bundan sonraki hayatı için güzel bir nasihattan başka yapılacak hiç bir şey yoktu.

O da Zeyneb'in bütün hırçın ısrarlarına rağmen onun yüzüne tükürmemiş ve kendisini teskin ederek uzun uzun nasihatte bulunmuş, içi kan ağlıyarak onu teselli etmiye çalışmıştı..

Zeyneb onu dinlemiş miydi, dinlememiş miydi bilmiyordu ama, konuştuğu müddetçe genç kızın, yaşlı gözlerini çok uzaklarda sabit bir noktaya dikerek ölü bir sükût içinde hep aynı noktaya bakması hiç hoşuna gitmemiş, genç kızı yurdun kapısına kadar uğurlamadan içi rahat etmemişti...

Kuşkusunda yanılmadığını iki gün sonraki gazeteleri okuyunca anlamıştı.. Zeyneb, gecenin geç saatlerinde kendisini Sarayburnu'ndan denize atarak «henüz baharını sürdüğü» (!) hayatına son vermişti!...

Hem de intiharın bir müslüman için ebedi bir felaket ve helaket kapısı olduğunu bile bile...

Bilâl, bu acı hatıranın ezikliği içinde bir müddet daha dalgın ve düşünceli, dışarıyı seyretti... Evet, Zeyneb mahvolmuştu. Fakat Zeyneb'in mahvoluş hikayesinin içindeki gerçek, cemiyetin mahvoluş hikayesiydi... Zeyneb, ahlak, fazilet, namus ve iffetini kaybetmenin acısı ile intihar etmişti.. Bu intihar, ahlak, fazilet, namus ve iffet mefhumlarından sıyrılan bir cemiyetin, mutlak ve kaçınılmaz sonunu göstermesi bakımından da ibretle düşünülmeye değer bir vakıadır...

Zeyneb, şu tefessüh etmiş, her gün bir adım daha intihara doğru yaklaşmakta olan dejenere cemiyetin ne ilk kurbanıydı, ne de son... Ve ne acı bir gerçektir ki, ahlak ve maneviyat kayıtlarından gün be gün uzaklaşmayı medeniyet addeden bu günkü müflis cemiyet, vermiş olduğu bu sayısız kurbanları, yükselmek (!) yolunda kendisine basamak yapmanın gurur ve azameti içinde insanlıkla adeta alay etmekte...

Akif'in «Medeniyet dediğin tek dişi kalmış canavar» diye bahsettiği bu olsa gerekti..

Bilâl, birden zihninden bütün düşünceleri atarak saatine baktı; 5'i geçmişti. Halbuki arkadaşları kendisini saat 5 te bekliyeceklerdi...

Koşa koşa merdivenleri indi... Kapıya doğru ilerlerken bir grup gencin kendisine seslenmesiyle adımlarını yavaşlatı. Bunlar da diğerleri gibi hayatı yemek, içmek, yatmak, gezmek ve eğlenmekten ibaret sayan takımındandı. Fakat Bilâl, onları daima hoş tutmak ve kırmamak prensibiyle hareket etmekteydi..

Konuşa konuşa fakültenin kapısından çıktılar.. Sonra Bilâl, ayrılmak üzere hepsiyle ayrı ayrı tokalaşmaya başladı. İçlerinden biri:

- Bilâl, dedi.. Sen de bizimle gelmez misin? Beyoğlu'nda bir tur atar, sonra bir diskoteğe girer eğleniriz, ha?.

Tur atmak.. Diskotek.. Eğlenmek..

Bilâl, içinden «zavallılar» diye söylenirken, bu hissini belli etmemek için bir kere daha saatine baktı.. Ooo!... Saat 5'i yirmi geçiyordu!. Nezaketle:

- Kusura bakmayın çocuklar, arkadaşlarla buluşacaktım. Esasen geciktim. Sonra ayıp olur...

Diyerek özür dilemek istedi.. Fakat bunlar laf anlıyacak cinsten kimseler değildi... Nitekim arkadaşları arasında apaş kıyafetleri ile nam yapmış olan Esat o her zamanki gürültülü konuşmasıyla sinirli bir şekilde ileri atıldı:

- Yahu sen de amma mızıkçısın be... Ne zaman gel bir tur atalım, eğlenelim desek: «Arkadaşım bekliyor, ayıp olur.» der çıkarsın. Biz arkadaş değil miyiz ulan?. Nemiz eksik onlardan?..

Erdal'ın ukalalıkta Esat'tan kalır yeri yoktu hani:

- Sahi senin şu her zaman söylerken ağzından bir daha çıkan arkadaşların ne mene şeyler, Bilâl?..

Manalı manalı göz kırptı ve gülerek:

- Yoksa... Yoksa... ha?... He... He... Heeee... Biz de de var onlardan be kardeşim!...

Elini ağzına götürdü:

- Hem de hımm... hımmmh!..

Bilâl, bunlarla başa çıkmanın ne kadar imkansız olduğunu biliyordu:

- Kuzum, siz hiç iyi şeyler düşünmez misiniz? dedi.. Size yalan söylemeye ne mecburiyetim var?. İnanın arkadaşlarım bekliyor.. Hem öyle zannettiğiniz cinsten arkadaşlar değil...

Gençler, hep bir ağızdan gülüşmeye başladılar... Erdal, arkadaşlarını kollarından tutup uzaklaştırırken, arkasını dönüp yüksek sesle bağırdı:

- Anladık oğlum, anladık. Yolcu yolunda gerek. Herkes kendi avantasına bakar di mi ya?

Yüksek sesle güle konuşa, acaib el kol hareketleri yapa yapa uzaklaştılar. Bilâl, arkalarından uzun uzun, acı acı baktı... O sırada aklından Einstein'in şu sözleri geçmekteydi:

«Bu günün gençleri, çabuk iş gören bir makine gibi yetişiyorlar. Fakat insan asla bir makine olmamalıdır. İnsanın iyi ile kötüyü, güzel ile çirkini ayırt edebilecek bir kafası olmalıdır. Ben bugünkü gençlikte en büyük eksiklik olarak bunu görüyorum. Çocuklarımıza başka türlü bir terbiye verelim. Yoksa talimli köpeklerden farkları kalmayacak»...

Arkadaşlarını daha fazla bekletmemek için hızlı hızlı oradan uzaklaştı. Caddede kalabalığın arasına karıştı. Bir müddet yürümüştü ki, koluna bir el yapıştı. Döndü baktı, biraz evvelki şımarık grubun içinde konuşmalara hiç katılmayan Necati'ydı bu. Necati'nin koşmaktan yüzü al al olmuştu... Nefes nefeseydi. Bilâl sordu:

- Ne o Necati, Sen de onlarla beraber değil miydin? Niçin dönüp geldin?

Necati bu sözleri duymamış gibiydi. O güne kadar Bilâl'in hiç tesadüf etmediği bir hal vardı, Necati'nin üzerinde. Bir müddet hiç konuşmadan Bilâl'in yüzüne baktı. Sonra başını suçlu bir tavırla önüne eğdi. Sonra tekrar kaldırdı. Bilâl'le göz göze geldiler. Necati:

- Bak Bilâl, dedi. Senden çekinecek değilim. İkimiz de İstanbul çocuğuyuz. Fakat arkadaş seçiminde muhakkak ki çok farklıyız. Senden arkadaşlarım namına özür dilesem beni affedermisin?

Bilâl şaşırmıştı:

- Anlamadım, benden mi özür diliyeceksin? Peki ama niçin?

Diye sordu. Necati üzgün ve müteessir:

- Biraz evvel onların sana karşı olan kaba sözleri ve yakışıksız hareketleri için..

Dedi ve ayak üstü içini boşaltmak istercesine devam etti:

- Bu güne kadar onlarla gezdim, tozdum, içtim, eğlendim. Fakat onların gerçek karakterlerini ancak bugün, senin gibi temiz ve dürüst bir gence karşı bayağı davranışlarından sonra anladım. Ve yaptıkları bu adi hareketten dolayı yüzlerine tükürürcesine onlardan ayrılıp işte gördüğün gibi sana geldim...

Necati, bir an nefes aldı, sonra:

- Söyle Bilâl, dedi. Beni de «arkadaşlarım» diyerek her zaman bizden ayrı bir mevkide tuttuğun o gerçek arkadaşlarının arasına dahil edip onlardan biri olarak göremez misin?

Bilâl, gülümseyerek elini Necati'nin omuzuna koydu:

- Seni de gerçek arkadaşlarımdan biri olarak görmek mi? Tabii, niçin olmasın? Ne var ki Necati, bunun için senin de içinde bulunduğun çevreden uzaklaşıp her halinle onlara benzemen icabeder, değil mi ya?

Necati, üzüntüyle başını önüne eğdi, sonra ani olarak kaldırdı ve:

- Beni de o arkadaşlarının yanına götürür müsün, Bilâl?..

Dedi.. İki arkadaş dostça bakıştılar... «Anlaştık» kabilinden samimiyetle tokalaştılar ve yan yana yürümeye başladılar..

Büyücek bir apartmanın önünde Bilâl zillerden birine basarken, Necati benliğini tatlı bir heyecanın kapladığını hissediyordu. Üstelik büyük bir merak da duyuyordu. Acaba, öteden beri ahlak ve faziletine gıpta ettiği, fakat bir türlü onun gibi olamadığı Bilâl'in arkadaşları nasıl insanlardı?

Otomatikle açılan kapıdan içeri girdiler... İki kat merdiveni koşarcasına çıktılar ve kapısı açık olan bir daireden içeri girdiler... Bilâl, ayakkabılarını çıkartmak için eğildiği sırada, Necati, o her zamanki alışkanlığıyla ayakkabı ile içeri dalmak istedi. Fakat Bilâl arkasından ceketini çekerek:

- Hop arkadaş! Seninle anlaşılan işin «A» sından başlamamız gerekecek.

Diye güldü ve bir çift terlik uzatarak:

- Giy şu terlikleri de müslüman evine girdiğimiz anlaşılsın... dedi.

Necati mahcup bir tavırla ayakkabılarının bağlarını çözdü ve Bilâl'in uzattığı terlikleri giydi. İki arkadaş, kalın bir erkek sesinin duyulduğu bir odaya doğru yürüdüler ve kapıyı tıklatarak içeri girdiler.

Burası, güzel döşenmiş, genişçe bir odaydı. İçerde oldukça kalabalık bir erkekler topluluğu vardı. Saçlarına kır düşmüş orta yaşlı biri müstesna, odadakilerin hepsi de temiz kıyafetli gençlerdi. Birisinin elinde kitap vardı. Diğerleri de anlaşılan oturdukları yerde okunulan kitabı dinliyorlardı. Bilâl içeriye girer girmez topluluktan:

- Nerde kaldın, aziz kardeşim? Gözlerimiz yolda kaldı, inan...

Diye sesler yükseldi. Bilâl:

- Lütfen kesmeyin arkadaşlar. Prensibi bozmıyalım.

Dediyse de arkadaşları kalkarak ısrarla kendilerine yer vermek istediler. Bilâl:

- O halde size sınıf arkadaşım Necati'yi tanıtayım, dedi. Okumaya ara verdiğinize göre siz de teker teker meslek ve isimlerinizle kendinizi tanıtın bakalım.

Necati'ye hep bir ağızdan «Hoş geldiniz» dedikten sonra, herkes oturduğu yerden kendini takdim etmeye başladı:

- Ahmet Sevil... Tıp Fakültesi.
- Rıza Eğilmez... Hukuk.
- Erdoğan Saymaz... Yüksek Makine Mühendisi.
- Seyfettin Namlı... Edebiyat Fakültesi.
- Mehmet Kanlıca... Fen Fakültesi- Botanik.
- Orhan Erenler... Yüksek Mimar.
- Nazım Soyluer... Doktor... v.s.

Tanışma faslı bitince Dr. Nazım, yavaş yavaş arkasına yaslandı ve elinde kitab tutan gence dönerek:

- Evet!.. Şimdi devam edebiliriz artık Seyfettin, dedi. Okuyan bir edebiyatçı olunca, hakikatler daha bir cazibe kazanıyor doğrusu...

- İltifat ediyorsun ağabey...

- Peki, peki öyle olsun.. Haydi sen başla okumaya.

Seyfettin ciddi ve Dr. Nazım'ın iltifatına fazlasıyle layık çok güzel bir okuyuşla elindeki kitaba kaldığı yerden devam etti:

«Gençlik, hiç şüphe yok ki, gidecek. Yaz, güze ve kışa yer vermesi ve gündüz, akşama ve geceye değişmesi kat'iyetinde, gençlik dahi ihtiyarlığa ve ölüme değişecek. Eğer o fani ve geçici gençliğini iffetle hayratla- istikamet dairesinde- sarfetse onunla ebedi, baki bir gençlik kazanacağını bütün semavi fermanlar müjde veriyorlar. Eğer sefahate sarfetse nasıl ki, bir dakika hiddet yüzünden bir katl, milyonlar dakika hapis cezasını çektirir. Öyle de gayri meşru dairedeki gençlik keyfleri ve lezzetleri ahiret mesuliyetinden ve kabir azabından ve zevalinden gelen teessüflerden, günahlardan ve dünyevi cezalardan başka, ayni lezzet içinde o lezzetten ziyade elemler olduğıunu aklı başında olan her genç tasdik eder.

Mesela haram sevmekte, bir kıskançlık elemi, firak elemi ve mukabele görmemek elemi gibi çok arızalar ile o cüz'i lezzet, zehirli bir bal hükmüne geçer. Ve o gençliğin su- i istimali ile gelen hastalıkla hastahanelere ve taşkınlıklarıyla hapishanelere ve kalb ve ruhun gıdasızlık ve vazifesizliğinden doğan sıkıntılarla meyhanelere, sefahathanelere veya mezaristana düşeceklerini bilmek istersen, git hastahanelerden, meyhanelerden ve kabristandan sor. Elbette ekseriyetle, gençlerin gençliğinin su - i istimalinden, taşkınlıklarından ve gayr - i meşru keyflerin cezası olarak gelen tokatlardan eyvahlar, ağlamalar ve esefler işiteceksin. Eğer istikamet dairesinde gitse, gençliğin gayet şirin ve güzel bir nimet - i ilahi ve tatlı kuvvetli bir hayır vasıtası olarak âhirette gayet parlak ve bâki bir gençlik netice vereceğini, başta Kur'ân olarak çok kat'î âyetleriyle bütün semavî kitaplar ve fermanlar haber verip, müjde ediyorlar...

Madem, hakikat budur. Ve madem, helal dairesi keyfe kâfidir. Ve madem haram dairesindeki bir saat lezzet, bazen bir sene ve on sene hapis cezasını çektirir... Elbette gençlik nimetine bir şükür olarak o tatlı nimeti iffetle, istikamette sarfetmek lazım ve elzemdir.

Ey aziz kardeşim, bil ki, dünyanın lezzetleri, zevkleri, zinetleri, Halikımızı, Malikimizi ve Mevlâmızı bilmediğimiz takdirde Cennet olsa bile, Cehennemdir...

Arkadaş! Küfür yolunda yürümek, buzlar üzerinde yürümekten daha zahmetli ve tehlikelidir. İman yolu ise suda, havada, ziyada yürümek ve yüzmek gibi pek kolay ve zahmetsizdir.»

Kitap, bu minval üzere birbirinden yüksek iman hakikatleriyle devam etmekteydi. Necati, dirseklerini dizlerine dayamış, başı ellerinin arasında, tarifi imkansız bir vecd dalgası içinde okunanları sanki dinlemiyor, adeta içiyordu... O şimdi kendi iç alemiyle başbaşaydı. Ruhunda kasırgalar, fırtınalar kopuyor; kalbi biribirine zıd hislerle dolup dolup taşıyordu. Okunan hakikatler bir ab- ı hayat gibi ruhunu serinletmekte, teneffüs etmekte olduğu bu ulvi hava kalbine, o güne kadar hiç tatmadığı İlâhî neş'eler bahşetmekteydi. Bahisler ilerledikçe, kalbindeki süflî hislerin yerini en temiz ve ulvi hislere terkettiğini hisseden Necati, artık iyice belliydi ki yeni bir his ve fikir inkılabının eşiğinde bulunmaktaydı..

Yakınlardan duyulan bir ezan sesi, odanın içine dalga dalga yayılınca, Seyfeddin elindeki kitabı kapadı. Şimdi herkes derin bir vecd ve huşû içinde okunan akşam ezanını dinliyordu.

Ezan bitince Seyfeddin, içlerinden yaşca en büyükleri olan Doktor Nâzım'a:

- Ne dersin ağabey, bahsi tamamlayalım mı, yoksa sonra mı devam ederiz?.. dedi...

Dr. Nâzım, her zamanki şen ve neş'eli haliyle cevap verdi:

- Biliyorsunuz parolamız, önce namaz, çocuklar. O halde Rıza, Hak rızası için şöyle her zamanki gibi bir aşir okusun da namaza kalkalım.

Genç hukuklu hiç itiraz etmeden tatlı ve yanık sesiyle «El- Asr» suresini okumaya başladı. Sesi odanın içinde dalga dalga yükseliyor; kalb ve gönüllere inşirah veriyordu...

Sonra herkes namaza kalktı. Ceketini çıkaranlar, gömleklerinin kollarını dirseklerinden yukarıya doğru sıvıyarak odadan dışarıya çıkıyor, birkaç genç de yerlere seccade seriyordu. Bunlar olurken gençlerin arasında nezaket çerçevesini aşmayan tatlı latife ve espriler teati edilmekteydi.

Necati, gömüldüğü koltukta kendisini derin düşüncelerin akıntısına kaptırmış, düşünüyor, düşünüyor ve düşünüyordu... Belki hayatında ilk defa böyle ciddi olarak düşünmekteydi...

Bu sırada Bilâl, abdest almak üzere kollarını sıvıyarak, çok değişik bir ruh haleti içinde bulunduğunu hissettiği Necati'nin yanına geldi ve müşfik bir sesle:

Necati için bu beklenmedik teklif, onun yüzündeki ızdırab çizgilerini bir kat daha derinleştirdi... Bu öyle ani bir teklif olmuştu ki, Necati'nin hayret ve şaşkınlıktan dili dolaşmıştı...

Adeta kekeliyerek:

- Ben... ben mi? dedi...

Bir müddet arkasını getiremedi, sonra ızdırabla alnını oğuşturarak Bilâl'e baktı. İnlercesine devam etti:

- Şey, Bilâl.. Ben, namaz kılmasını bilmiyorum ki Hem sonra..

- Hem sonrası ne?.. Sen bir kere «Bismilâh» de, sıva kollarını, gerisi kolay. Abdesti beraber alırız, sonra da biz ne yaparsak sen de onu taklid edersin olur biter..

Necati, hiç bir şey söyliyemedi. Büyülenmiş gibi yerinden kalktı, ceketini çıkardı, gömleğinin kollarını dirseklerine doğru sıvıyarak, kapıya doğru yürüyen Bilâl'i takib etti.

Biraz sonra gençlerin hepsi saflar halinde namaza durmuşlardı. Dr. Nâzım bey, imam olmuş, arkasındaki genç cemaate namaz kıldırıyordu.. Yüksek sesle okuduğu sûreler, Necati'nin ruhuna ilahî katreler halinde akmakta, onu, mâna iklimlerinin derinliklerine sürüklemekteydi...

Evet, Necati de her biri derin bir tevazu ve teslimiyet içinde kalblerini Allah'a bağlamış, yüzlerini O'na, O yüce Yaradan'a dönmüş, samimi ve temiz bir cemaat içindeydi artık... Zaten ne zaman bir cami önünden geçse içerde bulunan cemaate imrenir, gıbta ederdi o.. Lâkin bir kere olsun bu imrendiği mes'ut ve bahtiyar insanların arasına karışmak için şeytanın bacağını kırmaya, nefsine söz geçirmeye muvafak olmamıştı. Üstelik yaşadığı hayat tarzından dolayı kendisini bu temiz ve nezih cemaate yakıştıramıyordu bir türlü...

Fakat bu insanlar, kalbleri imân yüklü bu asil ve necib gençler, müşfik kollarını sevgi ve şefkatle kendisine uzatmışlardı işte.. Onu topluluklarına layık görmüşler, bir kardeş muhabbetiyle bağırlarına basmışlardı işte.. Ve işte şimdi o da onlarla beraber, onlarla yanyana omuz omuza namaz kılıyordu...

Necati'nin namazı görünüşte çok gülünç olmakla beraber, mana ölçüsünde çok mühim bir değer taşımaktaydı. Kıyamda, rükûda ve sücudda hareketlerinde yanılmamak için kâh sağındakine, kâh solundakine, kâh önündekine bakıyor, gördüğü hareketleri acemice taklid ediyordu. Yüzü saçlarının dibine kadar kıpkırmızı kesilmiş, alnında boncuk boncuk terler birikmişti. Utanç, mahcubiyet, üzüntü, pişmanlık ve nedamet hisleri benliğini alev gibi yakıp kavuruyordu.

Eline verilen tesbihi, ne söyliyeceğini bilmeden çekmeye başladı. Sıra duaya gelince herkesle birlikte onun da elleri açıldı Allah'a... Aman Allah'ım... O ne ızdırab yüklü bir yüz öyle? Alnındaki çizgiler derinleştikçe derinleşiyor Necati'nin... Boynu sağa doğru bükük, gözleri yumulu. Yanaklarından aşağıya saf ve berrak yaşlar süzülüyor. Ağlıyor Necati.... Belki günahlarından mütevellit elem, belki kavuştuğu saadetten dolayı sevinç gözyaşları bunlar... Ama mühim olan Necati'nin ağlaması, ağlıyabilmesi...

Zira ister günahtan mütevellit nedamet, ister kavuştuğu bahtiyarlıktan mütevellit sevinç ve saadet gözyaşları olsun.. Ne çıkar? Neticede ikisi de aynı kapıya çıkmıyor muydu?

Namazın sonunda Kur'ânı Bilâl okudu. Necati'nin ruhunda kopan fırtınaları dindirecek bu kadife gibi yumuşak ses, muhakkak ki, bütün cemaatin kalbini de en ulvi hislerle yıkamaktaydı. Fakat Necati üzerindeki tesiri, hiç bir kelime ile ifade edilemiyecek derecede muazzam bir üstünlük taşımaktaydı bu sesin... Bu ses, bu yüce Kur'ân'ı tilavet eden güzel ses, bir imam, müezzin veya her hangi bir hocanın hançeresinden dökülmüş olsa idi, Necati için belki bu derece ehemmiyetli olmayacaktı. Mühim olan, Kur'ânı tecvid üzere kıraat edenin kendisi gibi bir üniversite talebesi olmasıydı...

Küçüldü, küçüldü, küçüldü Necati.. Ve gözyaşlarının arasında adeta kayboldu, yok oldu...

Dr. Nâzım, İslâm'i bilgilere fevkalade vukufiyeti olan bir zattı. Her zaman okunan sûrelerin arkasından açıklamalarını yapar, etrafına faideli olmaya çalışırdı. Şimdi de Bilâl'in okuduğu sûrenin manasını açıklıyordu:

«Göklerde ve yerde ne varsa Allah'ı tesbih ve tenzih etmektedir. O mülkünde galib- i mutlak, sun'unda sahib- i hikmettir.

Göklerin ve yerin mülk-ü tasarrufu O'nundur.. Hem diriltir, hem öldürür. O her şeye hakkiyle Kadirdir.

O hem evveldir, hem ahirdir, hem zahirdir hem batındır. O her şeyi kemaliyle bilendir.

O, gökleri ve yeri altı günde yaratan, sonra hükmü arşı istilâ edendir. Yere giren, oradan çıkan, gökten inen, oraya yükselen şeyleri O bilir. Nerede olursanız olun. O sizinle beraberdir.. Ne yaparsanız O hakkıyla görücüdür..

Göklerin ve yerin mülk- ü tasarrufu O'nundur. Bütün işler, ancak O'na döndürülür.

Allah'a ve Peygamberine iman etmekte sebat edin. Sizden evvel geçenlerin ardından Allah'ın size tasarruf için vekâlet verdiği maldan Onun uğrunda harcayın. İçinizden iman edip de o suretle harcayanlar yok mu? Onlar için büyük bir mükafat vardır.

Peygamber, Rabbinize iman etmeniz için sizi davet edip dururken, size ne oluyor ki, Allah'a iman etmiyorsunuz? Halbuki O sizden kati teminat da almıştı.. (Elestü birabbiküm bezminde). Eğer O'na iman edecekseniz, hemen buna koşun.

O sizi küfür karanlıklarından iman aydınlığına çıkarmak için kulunun üzerine açık açık ayetler indirmekte olandır. Şüphesiz ki, Allah sizi çok esirgeyen, rahmetini raygan edendir.

Yani sizi uyandırmak için Peygamberler göndermiş, ayetler indirmiştir. Yalnız akli hüccetlerle iktifa buyurmamıştır...»

* * *

Dışarda hava iyiden iyiye kararmıştı. Serin bir rüzgar Necati'nin ateş gibi yanan yüzünü tatlı bir muhabbetle yalayıp geçti. İki arkadaş hiç konuşmadan yanyana yürüyorlardı. Bilâl, Necati,'nin şu andaki ruh haletini çok iyi hissediyor, fakat onun his ve düşüncelerine bir nevi tecavüz olur düşüncesiyle tek kelime dahi konuşmaya cesaret edemiyordu. Sessiz ve aheste, bir müddet yürüdüler. Bir parkın içinden geçiyorlardı...

Necati ani bir hareketle Bilâl'in karşısına geçerek onu durdurdu.. Yüzü, biraz evvelkine nisbeten daha sakindi... Ciddi bir karara varan insanların tavrı vardı üzerinde. Bu defa o, Bilâl'in omuzuna koydu elini ve kesin bir ifadeyle konuştu:

- Bilâl, artık beni de gerçek arkadaşlarından, daha doğrusu o tertemiz ve saf iman kardeşlerinden biri sayabilirsin. Gel, şu bankın üzerine oturalım biraz. Sana bütün samimiyetimle içimi açmak, hislerimi ifade etmek istiyorum bu akşam.. Beni bir parça dinlemek zahmetine katlanırsın değil mi?

Bilâl, esasen bunun böyle olacağını biliyordu. Dostça güldü:

- Seni şu anda dinlemek benim için zahmet değil, belki en büyük bir rahmettir Necati.. Beni bir arkadaş değil, bir öz kardeşin gibi kabul edersen buna daha memnun olurum.

- Ben bu kardeşliğe layık mıyım?

- Birkaç saatten beri, evet.. Haydi seni dinliyorum Necati...

Caddeye bakan bir bankın üzerine oturdular.. Necati başını iki eli arasına almış, adeta ağlamaklı bir sesle anlatmaktaydı:

- Sana ne kadar teşekkür etsem azdır, Bilâl. Yıllardır ne büyük bir gaflet içinde olduğumu ancak bugün, şu birkaç saat zarfında ve senin sayende anladım. Bu birkaç saat evveline kadar benim de hakiki bir iman lezzetinden mahrum diğer gençler ve gaflet içinde bulunan bütün insanlar gibi şöyle bir hayat felsefem vardı: «Bu dünyaya bir kere geldik, bir daha gelecek değiliz. Eninde sonunda vücudumuz kara topraklar içinde çürüyüp yok olacak. Bunun için bu dünyada ne kadar eğlenip, zevk alırsak, yanımıza kar kalacaktır. ölüm hatıra geldikçe verdiği huzursuzluk ve manevi sıkıntıdan kurtulmak için ancak çılgınca eğlenceler, felsefi nazariyeler, acaib demagojilerle kâh sarhoşluklar ve kâh sefahat alemleri ile kendimizi avutup mes'ud olabilir, aradığımız saadete ancak böyle ulaşabiliriz» diyordum.

Necati, sözlerinin burasında durdu, gözlerini dalgın bir şekilde karanlıkların içine dikti ve dudağının kenarında beliren acı bir tebessümle başını hafif hafif iki yana salladı. Sonra Bilâl'e dönerek sordu:

- Ne garib ve sapık bir felsefe değil mi, Bilâl?.. Halbuki çok geç de olsa, bugün, şu birkaç saat içinde öğrenmiş bulunuyorum ki: Hakiki saadet ve elemsiz, lezzet, ancak İslâmî emirlere riayette ve iman hakikatleri dairesindeymiş. Bilemezsin Bilâl, biraz evvel namazdaki o acemice ve gülünç hareketlerime ve aranızda duymuş olduğum büyük utanç ve ızdırabıma rağmen o anlar belki hayatımın en mes'ut ve en huzurlu anlarıydı. Okuduğunuz o güzel eserleri dinledikçe dünyamın değiştiğini, dünya görüşümün yepyeni bir aydınlığa kavuştuğunu hissediyordum... Bize gerilik ve iptidailik olarak gösterilmek istenen dinimiz, meğer ne ulvi bir yüceliğe sahipmiş!.. Ve o yüce dinin mensubu olduğumuz halde ona sırt çeviren biz gafiller meğer ne cüce birer varlıkmışız!..

Hasılı görüyorsun ya Bilâl, ben değiştim, ben bambaşka bir insan oldum işte... Bana yepyeni bir dünya kazandırdığın, benim hidayetime vesile olduğun için sana nasıl teşekkür edeceğimi bilemiyorum.

- Hidayeti veren yüce Rabbimizdir, Necati. Biz sadece arada aciz bir vasıtayız.

- Kabul.. Ama beni arkadaşlarınla tanıştırmasaydın, onların yanına götürmekten kaçınsaydın, ben bu hidayete nereden ve kimbilir ne zaman erişecektim?

Bilâl güldü:

- Neler söylüyorsun Necati? Seni imanlı arkadaşlarımın yanına götürmekten kaçınmam için mutlaka şuursuz bir müslüman olmam gerekti. Farzedelim ki, sen sağlam ve emin bir kayıkla bir ummanda yol alıyorsun. Kendisini dalgalar arasında korkunç bir girdabın akıntısına kaptırmış ve boğulup yok olmak endişesiyle feryad eden bir kimseyi kurtarıp, onu da varacağın selamet sahiline ulaştırmak istemez misin? Cemiyette fertlerin, iman hakikatlerine teveccühle kendilerini ebedi zulûmattan kurtarabilmesi şüphesiz iyi bir şey.. Fakat cemiyetin kurtuluşu, her kurtarılanın bir başkasını kurtarmasiyle mümkün olur ki, işte matlub olan da budur.

- Şu halde, bu andan itibaren ben de imanlı müslümanlar kervanının bir ferdi olduğuma göre, benim de prensibim, kendimi kurtardığım andan itibaren çevremdeki insanları gaflet bataklığından çekip kurtarmak olacak, öyle mi?

- Elbette Necati. Meşhur bir söz vardır bilirsin: «Herkes kapısının önünü süpürse, sokak tertemiz olur» derler.. İşte her imanlı müslüman bu sözün manasına ererek kendi yakınlarını ve çevresindekilerini maneviyatsızlıktan kurtarmıya çalışsa, şüphesiz ki cemiyet de bütün kir ve paslarından temizlenip, istenilen manevi seviyeye yükselmiş olur.

Park lambalarının ışığı altında Necati'nin yüzü mes'ut bir gülümseme ile ışıl ışıl parlamaktaydı. Yeşil gözlerini Bilâl'e çevirerek:

- Biliyor musun Bilâl, dedi, seninle konuştukça, kendimi hür bir kelebek kadar hafif hissediyorum.. Büyükbabam söylerdi de kulak asmazdım. «Kötü arkadaş, iyi insanı bile kötü eder. İyi arkadaş ise, kötüyü bile iyi eder..» derdi her zaman rahmetli dedem... Bunun doğruluğunu, ancak şimdi anlıyorum.

- Öyleyse büyükbabanın ruhunu şadetmek için gel birer Fatiha okuyalım.

- Şey.. Büyükbabam küçükken öğretmişti ama, aradan çok geçtiği için unuttum, Fatihayı.. Görüyorsun ya ne zavallı bir nesil olarak yetiştirilmişiz? Ölmüşlerimizin ardından bir Fatiha bile gönderemiyecek kadar zavallı bir nesil...

- Üzülme Necati.. Onu da öğrenirsin.. İstersen öğle namazlarında Beyazid camiine beraber gidelim, sana Kur'anı öğreteyim, ne dersin? Bir ay bile sürmez, sen de benim gibi yüzünden okursun Kur'anı...

Necati heyecanlanmıştı... Titrek bir sesle:

- Sahi Bilâl, öğrenebilir miyim Kur'anı? O sefil hayattan bu kadar çabuk dönüş yapıp bu kadar kısa zaman da böylesine değişeceğim, daha düne kadar aklımın kenarından dahi geçmezdi.. Şimdi ise yepyeni, ışıklı, nurlu, aydınlık bir hayatın eşiğindeyim.. Demek bundan sonra beni yalnız bırakmıyacaksın Bilâl?. O halde, ben de senin gerçek arkadaşlarından biriyim artık. Bu gece imkansız uyku girmez gözüme...

- Uyku dedin de, biz saati filan unuttuk azizim. Annem şimdi gözü pencerelerde beni bekler durur..

İki arkadaş kalktılar, ayrılacakları sıradı Bilâl:

- Söylediğin gibi gece uykun kaçacak olursa, al şu kitabı; okur, faidelenirsin..

Necati, bir çocuk gibi mahzunlaşmıştı. Bilâl'in uzattığı kitabı alırken derin bir iç çekti:

- Demek ayrılık saatimiz geldi, öyle mi? Halbuki ben seninle sabaha kadar hep böyle konuşmak isterdim. Ama haklısın.. Senin pencere önünde yollarını gözleyen bir annen var. Bizimkiler ise bu saatte ya bir gece gezmesinde, bir eğlence yerinde, ya da rahat yataklarında mışıl mışıl uyuyorlardır. Benim bu vakitlerde, hatta çok daha geç saatlerde bir dans kulübünden veya bir arkadaş partisinden dönüşüme alışkındırlar zira.. Böyle başı boş yetişmiş bir sosyete çocuğuyum işte ben Bilâl. Zavallılığımın derecesini anlıyorsun değil mi?

- Seni çok iyi anlıyorum Necati.. Ancak, bundan böyle sen, geçmişinle üzülmek yerine, geleceğinle övünmeye gayret sarfedeceksin.. Haydi aziz kardeşim iyi geceler..

- Ben de sana, ismini unuttuğum bir şairin çok sevdiğim şu

- Ben de sana, ismini unuttuğum bir şairin çok sevdiğim şu mısraları ile veda etmek isterim:

«İyi geceler... İyi geceler
Ayrılık tatlı bir keder
Sabah oluncaya kadar
İyi geceler...»

* * *

Bundan sonraki günlerde Bilâl'le Necati birbirinden ayrılmaz iki arkadaş olmuşlardı.. Derste yanyana oturuyorlar, öğle namazında birlikte camiye gidiyorlar; okuldan çıkar çıkmaz, Beyazid'deki üniversitenin bahçesinde her gün iman hakikatlerine ait eserlerden bir kaç sahife okuyorlar, haftanın muayyen iki gününde de imanlı arkadaşları ile bir evde toplanıp yüce hakikatleri muhtevi dersler yapıyorlar, topluca namaz kılıyorlardı...

Necati, kısa zamanda bambaşka bir insan oluvermişti. O eski uçarı halinden eser kalmamıştı. Eski havailiğine veda ettiği için şimdi derslerine evvelkinden daha sıkı çalışıyor, derslerinden artan vakitlerini ise Bilâl'den aldığı tahkiki iman derslerini havi kitapları okumakla değerlendiriyordu. Beş vakit namazını muntazam kılıyor, böylece günden güne İslâm'a uymanın, İslâmca yaşamanın faziletine ve saadetine bir kat daha inanıyordu..

Necati artık eski arkadaşlarıyla da eskisi gibi samimi değildi. Allah'ın lütfu ile içinden sıyrıldığı bu gruba şimdi iğrenerek ve ibret duygularıyla bakmaktaydı. Hareketleri ne kadar kalıplaşmış, ne kof ve boş insanlarmış meğer bu insanlar diyordu... Fakat onlara acımamak da elinden gelmiyordu. İnsanın kalbinin iman nuruyla aydınlanışından sonra, bu gafil ve maneviyatsız zavallılara acımaması, onlar için elem ve ızdırab duymaması kabil midir? İşte Necati'nin duyduğu ızdırab da böyle bir ızdırabdı. İstiyordu ki Necati, kendi bildiği, öğrendiği hakikatleri, herkes bilsin, öğrensin... Ve kendi tatmış olduğu saadet ve huzura herkes de kendisi gibi erişsin... Ah diyordu, imandaki ve İlâhi emirlere riayetteki bu eşsiz lezzeti bir tadabilseler.. O zaman onlar da benim gibi gafletle geçirmiş oldukları zamanlara dövünüp ağlıyacaklar... ama bilebilseler!...

Gençlik nimetinin kıymetini idrakten mahrum nice gençler vardı ki şu koskoca üniversitenin içinde, bunlar gençliklerini sefihane bir tarzda sarhoşcasına heder etmekteydiler. Necati, işte böyle bir zavallı güruhun arasından çekip koparabilmişti kendisini... Ve ancak bu avare güruhun arasından koptuktan sonra anlamıştı gençlik nimetinin kadrini...

* * *

Huzur Sokağı... Huzurlu Sokak...

İşte yine her zamanki edebli sukûneti içinde bugün de.. Ara sıra geçen sebzeci ve satıcılarla, oynayan küçük çocukların ahenkli seslerinden başka sokağın sükunetini ihlal edecek hiç bir ses yok bugün de Huzur Sokağında..

Bilâl, yeşil pancurları dışarıya açılmış pencerenin önünde, ders kitaplarından birisini okumakla meşgul... Arada bir başını kitaptan kaldırıp tam karşılarına düşen boş arsadaki çocukların neş'eli neş'eli körebe oynayışlarını seyretmekte...

Bilâl'in hayatta en ziyade sevdiği şeylerin arasında çocuk sevgisi büyük bir yer tutardı. Sokaktaki çocuklar da onu çok severlerdi.. Oyundaki şikayetlerini ekseri ona yaparlar, onun sözünün dışına çıkmazlardı. Bilâl de onların hakemi olur, şikayetlerini dikkatle dinler, sonra haklı ile haksızı ayırıp, onlara müşfik bir sesle tatlı tatlı nasihat eder, iyi geçinmelerini, birbirlerinin hakkını yememelerini tavsiye ederdi.

İşte bu gün de bir yandan ders kitabını okurken, bir yandan da hakemlik vazifesini yerine getirmekteydi...

Bir ara çocukların cıvıl cıvıl seslerine kalın bir korna sesi karıştı. Ve çok geçmeden uzun, siyah bir taksi. Boş arsanın önünde durdu. Taksiden inen 5 adamdan zayıf ve uzun boylu olanının elinde çelik bir mezro vardı. Şişman, göbekli ile arsayı ölçmeye başladılar.. Çocuklar oyunu bırakıp merakla adamların etrafında toplandılar..

- Amca niçin ölçüyorsunuz burayı?
- Bundan sonra burda gürültü etmiyesiniz diye!..
- Ama biz gürültü yapmıyoruz ki!.. Oynuyoruz sadece...

hazırlayacağız.. Ha... Haaa.. Haaa... Apartman yapacağız evladım buraya.. Apartman... Anladın mı şimdi?

Adamlar tekrar arabaya binip, uzaklaştılar. Çocuklar, ellerinden oyuncakları alınmış gibi, hatta daha büyük bir şaşkınlık ve mahzunluk içinde kalmışlardı. Bilâl olanları pencereden seyretmekteydi. Nihayet çocuklardan biri ağlamaklı bir sesle:

- Bilâl ağabey, gördün mü şu işi? Biricik sahamızı bize çok gördüler... Buraya apartman kuracaklarmış..

Diye bağırdı..

Bilâl'in boğazına bir düğüm tıkanmıştı sanki.. Gözleri buğulu buğuluydu. Birden gözlerinin önünde çocukluğu canlandı... Aynı arsanın içinde kendi yaşıtları ile hoplayıp zıpladığı, saklambaç, körebe, köşe kapmaca oynadığı renkli çocukluk günleri... Mes'ut, gamsız, neşeli, hayat dolu günler...

Evet, onun da çocukluğu bu emektar arsada geçmişti... Şimdi bu sevimli arsanın yerini demek soğuk ve ruhsuz bir taş yığını alacaktı!..

Çocukların da neşeleri kaçmış, o cıvıl cıvıl seslerin yerine, arsayı derin ve can sıkıcı bir sükût kaplamıştı... Bu kara haber, yavrucakların üstüne bir kara kabus bulutu gibi çökmüştü...

Hayatın dert ve meşakkatlerinden, cemiyetin, süfliyyat ve rezaletlerinden kurtulmak, huzurlu ve asude bir hayat yaşamak isteyenler için, şu koca şehrin içinde Huzur Sokağı ideal bir köşeydi... Gerek estetik manzarası ve gerekse sakinlerinin ahlak ve karakteri bakımından bu sakin sokağın, komşu bulunduğu yan ve arka sokaklarla dahi irtibatı yok gibiydi...

Civar sokaklardaki mini etekli genç kızlar, adeta sözbirliği etmişçesine bu sokaktan geçmezlerdi. Daha doğrusu bu ciddi, mazbut ve muhafazakar sokaktan geçmekten, gizli bir utanç ve çekinme hissi duyarlardı. Sokaklarda kayıtsızca bağırıp çağıran, naralar atan, serseri kılıklı zamane gençleri de Huzur Sokağını kendileri için bir nevi yasak bölge saymakta, bu sokaktan geçmek zarureti hasıl olduğu zaman da terbiye ve edeb dairesinde hareket etmeye azami gayret sarfetmekteydiler...

Bir akşam üstü...

Güneşin son ve ölgün ışıkları, kırık camlara aksetmiş...

Gurubun yedi rengi Huzur Sokağının ahşap evlerinin üzerinde

büyülü haleler meydana getirmişti...

İşte sokağın başında sayacı Hayri Dede belirdi. Ak saçlı sevimli ihtiyarın eli kolu, her akşam olduğu gibi irili ufaklı paketlerle dolu... Daha sokağın başında görünür görünmez adamcağızın etrafını bir sürü kedi istila ediverdi. Sarı, siyah, beyaz, tekir ve küçük, büyük, belki yirmi otuz kedi.. Kimi damdan atlayıp geldi, kimi duvardan... Ama hepsi de bir gaye ile Hayri Dedenin çevresine koşuşmuşlardı. Yaşlı adamın üstüne sıçramaları, adeta bir koro halinde miyavlamaları, hep paketlerin içindekilere duyulan iştiha ve haklı iştiyakın tezahürüydü...

Hayri Dede, bu aç gözlü afacanların iştahını kabartmak için onları önce türlü oyunlarla oyalamaya bayılırdı. Nihayet orkestra en tiz perdeden çalmaya başlayınca elindekileri sağa sola serpmeye başlardı. Bu akşam da , o her zamanki keyifli ve gamsız haliyle bir yandan sevgili kedilerine çeşitli diller döküyor, bir yandan da türlü hokkabazlıklarla paketlerdeki ciğer ve işkembeleri yalvaran bir edayla miyavlayıp zıplayan, bacaklarına sürünüp sürünüp etrafında dolanan kedilere atıyordu. Fakat denebilir ki, Huzur Sokağının sakinlerindeki huy ve karakter güzelliği sanki sokağın kendilerine bile sirayet etmişti. Hepsinde mütevekkil, hakkına rıza gösterir bir hal vardı bu kedilerin. Hiç biri diğerinin önündekini kapmak için ileri atılmıyor, kimse kimsenin hakkına tecavüz etmiyordu.. Hayri Dedenin de işin en çok hoşuna giden tarafı buydu zaten.. O, kedilerini daima bu zamanın gözünü hırs bürümüş, muhteris insanlarıyle mukayese ederdi... Ederdi de sevgili kedilerine olan muhabbeti, bu mukayese sonunda bir kat daha artardı..

Hakkını hak bilip bu hakka rıza gösteren kaç kişi vardı şu koca memlekette? Başkasının önündekini kapma, başkasının elindekine sahip çıkma yarışı içinde bulunanlar, üstelik alkışlanan ve itibar gören insanlar olup çıkıyorlardı. Bu alkışlıyanlar ve alkışlananların kalbinde kanaat ve rıza gibi en yüksek insani hislerin yerini hased ve hırs duyguları bürümüştü.. ki işte Hayri Dedenin kedilerini, dert, istek ve ihtiyaçlarını dile getirmekten aciz olan bu biçare hayvancıkları, bir takım insanlardan üstün ve faziletli kılan da, onların bu gibi süfli duygulara kalblerinde yer vermeyişleriydi...

Hayri Dede, kedileriyle oynaşırken, sokağın başında koltuğunun altında kitaplarıyla fakülteden dönen Bilâl göründü. Bilâl, Hayri Dedenin arkasında, ona görünmeden bu filme çekilecek kadar enteresan manzarayı gülerek seyre koyuldu. Kedilerinden birinin yiyeceğini bitirip tatlı tatlı yalanarak Hayri Dedenin üzerine sıçrayıp omuzuna oturuşu ile kahkahalarını tutamadı. Neşeli neşeli gülerek ihtiyarın karşısına geçti:

- İlahi Hayri Dedeciğim. Hep o çocukluğumda görüp bildiğim aynı Hayri Dedesin. Beyazlanan saçın ve sakalından başka hiç, ama hiç değişmemişsin...

Hayri Dede tatlı tatlı gülerek başını kaldırdı:

- Ne yaparsın evlad, dedi. Bütün ömrüm boyunca çoluk çocuğa sahip olmam nasib değilmiş... Eeee... İşte benim evladlarım da şu gördüğün arsız nevaleler. Ne edeyim ki, onların karıncıkları doymayınca, benim de yediğim kursağımda kalıyor.. Bak, bak hele şu keratanın haline... Nasıl da cilve yapıyor?..

Sonra yeniden elindeki işkembeye sıçrayan kedilerine döndü ve kendi alemine daldı:

- Heyt, benim arslan yavrularım!.. Helal olsun!... Yiyin, yiyin de; sizin de, benim de keyfimiz yerine gelsin..

Bilâl, bu şefkatli, iyi kalbli ihtiyarı kedileri ile baş başa bırakıp, «Allah'a emanet ol» diyerek yürüdü. 20- 30 adım atmıştı ki, biraz ilerde kalabalık bir çocuk topluluğunun ortasında çocukların sevgilisi Bekir Ağayı gördü. Bekir Ağa, çocuk çığlıkları ve gürültüleri arasında:

- Durun yahu!.. Hepinize vereceğim.. Durun, bağırmayın!...

Diye çırpınıp bağırmakta, bir yandan da adeti vechile etrafını bir halka halinde çeviren çocuklara ciklet, çikolata, yemiş ve irili ufaklı rengarenk balonlar dağıtmaktaydı. Bilâl, bu defa bu zevkli manzarayı seyretmek için adımlarını sıklaştırdı ve onların yakınlarında bir yerde durdu. Çocukların:

- Bana da Bekir Ağa.. Bana da.. Ben balon isterim. Benim çikletimi ver.. şeklindeki çığlık ve saldırışları karşısında çırpınan ve hepsine ayrı ayrı söz anlatmaya çalışan Bekir Ağa'nın durumu, onu evvelkinden daha ziyade neşelendirmişti. Bilâl'in yüksek sesle gülmeye başlaması üzerine Bekir Ağa ona döndü:

- Orada gevrek gevrek güleceğine gelsene beni şu yumurcakların elinden kurtarasın...

- Kendi düşen ağlamaz ağacığım. Ne var ki, senin her gün bu ha lini gören, seni en azından bir banker sanır. Sen, bu gidişle sermayeyi tez tüketirsin...

- Şükür Allah'a, helalinden rızkımızı veriyor be, Bilâlciğim. Sen gam yeme.. Soğan ekmek de olsa şu fani dünyada geçinip gidiyoruz işte. Ama şu çocuklar yok mu, şu tatlı yumurcaklar.. Milyonlarım olsa inan, yine bunlara sarfederim..

- Sağol Bekir Ağa. Hani neredeyse seni böyle gördükçe, benim de yeniden çocuk olasım geliyor..

Neşe ile gülerek oradan da uzaklaştı. Kapılarının önüne gelince, cebinden anahtarı çıkarttı. Ses çıkartmamaya gayret ederek usulca kapıyı açtı. Niyeti, ara sıra yaptığı gibi annesini arkadan hafif tertip korkutmaktı. Fakat içeri girip kapıyı kapıyacağı sırada annesinin kendisinden evvel davranıp, aniden kapı arkasından karşısına çıkıvermesiyle planının suya düştüğünü gördü. Gülerek annesine sarıldı. Onların böyle aşırı bir muhabbetle sarmaş dolaş olduğunu görenler, ana oğulun aylardır birbirlerine hasret kaldığını zannederlerdi. Bu tatlı kapı ağzı faslından sonra Bilâl, ayakkabılarını çıkarıp koşa koşa tahta merdivenlerden çıkarak, üst kattaki odasına girdi.. Annesi, her zaman olduğu gibi yine oğlunun akşam namazını kılması için keçe seccadesini kıbleye doğru serip hazırlamıştı. Bilâl, cebinden takkesini çıkarıp giyerek namaza durdu.

O namaz kılarken, annesi de yemek sinisini getirmiş ve mütevazi yer sofralarını kurmuştu. Yaşlı kadın, sofranın başına oturmuş derin bir vecd ve huşu içinde namazını eda eden oğlunu şefkat ve hayranlık ifadesi yüklü bakışlarla seyrediyordu. Bilâl, duasını bitirince:

- Allah kabul eylesin evlâdım, dedi. Haydi yemekler soğumadan otur. Kim bilir karnın nasıl acıkmıştır?

Bilâl, neşeyle sofraya oturdu: Çorba kasesinden henüz bir kaç kaşık almıştı ki, annesinin elinde kaşık, yemek yemeyip endişeli gözlerle kendisini seyrettiğini farketti. Tam bunun sebebini soracakken annesi konuştu:

- Bu bir kaç gündür neşen iyice yerinde evladım.. Gözlerin pırıl pırıl.. Sanki için içine sığmıyor. Benden saklama yavrucuğum, doğrusunu söyle anacığına. Yoksa hayatına seni böyle değiştirecek birisi mi girdi?.

- Senin altıncı hissin meğer zannettiğimden de kuvvetliymiş, benim melek anacığım. Nerden bildin hayatıma birinin karıştığını?

Oğlunun bu sözleri üzerine yaşlı kadının yüzünde büyük bir hayal kırıklığı ifadesi belirmişti. Adeta ağlamaklı bir sesle:

- Allah'ım, büyük Allah'ım... Nihayet korktuğum başıma geldi? Demek seni avlamak için kuyruk sallayıp peşinde koşuşan, etrafında fır dönen o yılışık kepazelerden biri nihayet seni elde etmeye, baştan çıkarmaya muvaffak oldu ha?.. Anlat Bilâl'im anlat.. Nasıl şey, ne tipte ve ne karakterde bir insan hayatına giren, söyle yavrum... diye inledi.

Bilâl, yapmacık bir ciddiyet takındı:

- Şey anneciğim. Madem bu kadar merak ve ısrarla soruyorsun, söyliyeyim. Sarışın, uzun boylu, gözleri zümrüt yeşili, güzel, tertemiz kalbli bir insan işte..

- Tabii başı açık ve mini etekli zillilerdendir muhakkak...

- Başı gerçi açık ama, korkma, zannettiğin gibi mini etekli değil anacığım... Bacağında pantolon var.

Kadın, bu söz üzerine perişan bir halde ellerini yüzüne kapadı:

- Pantolon mu dedin? Aman Allah'ım, Bilâl!.. Demek senin fikrini çelen, şu palyaço kılığındaki pantolonlu meymenetsiz nesnelerden öyle mi?

Bilâl aynı yapmacık ciddiyetle:

- Evet anneciğim, dedi. Hele şu son günlerde, çok daha kuvvetli bağlarla bağlandığımı hissediyorum ona.Adeta hayatıma yeni bir renk ve cazibe kattı. Peki ama anneciğim, bu seni niçin bu kadar üzdü anlamıyorum. Hayatta birisini sevmem bu derece anormal bir şey mi?

Kadıncağız perişan bir hale gelmişti.. Gözlerinden bir anda yağmur gibi yaşlar boşanmaya başladı.. Sertçe fakat çaresiz bir sesle:

- Sual sormayı bırak şimdi, sen benim sorduklarıma cevap ver. Nerede tanıştın onunla? Nasıl oldu anlaşmanız, anlat!...

Bilâl:

- Fakülte'de tanıştık anneciğim. Ama inan, çok iyi bir insan. okuduğum kitaplara büyük ilgi göstermesi üzerine arkadaşlığımız ilerledi. Şimdi hemen her gün beraberiz. Birlikte kitap okuyoruz.

- Ah evladım, canım Bilâlim benim. Ben bilmiştim zaten. Ne kadar imanlı ve ciddi bir erkek olursan ol, günün birinde kendini kaptırıverirsin bulunduğun o rezalet muhitinde birine diye. İşte çıktı dediğim!...

Bir yandan konuşuyor, bir yandan da titreyen elleriyle namaz örtüsünün kenarlarına göz yaşlarını silerek kuruluyordu. Dertli bir iç çekişle sordu:

- Peki, ismi cismi ne?. Ailesi, soyu, sopu, nasıl insanlar? İyi tahkik ettin mi?

Bilâl gayet ciddi, annesinin suallerini cevaplandırdı:

- İsmi Necati, anneciğim. Babası zengin bir tüccar. Annesi, bir bankada memurmuş. Yani gafil olmakla beraber iyi bir ailenin oğlu.

Bilâl'in annesi adeta şok olmuştu. Şaşkın ve bir şey anlıyamıyan nazarlarla bir müddet oğlunun yüzüne baktı, baktı.. Sonra güçlükle yutkunarak bir solukta konuştu:

- Oğlu mu dedin?

Bilâl, artık kahkahalarını tutamıyordu. Sevgi ve şefkatle, bu saf kadının, biricik sevgili annesinin boynuna sarılıp, ıslak yanaklarından öperek:

- Ah benim saf yürekli anacığım, dedi. İsmi Necati olan bir kimse elbette erkek olacak; değil mi ya?. Haydi şimdi sil o gözlerinin yaşını da rahatla biraz. Senin oğlun Allah'ın izniyle öyle kolay kolay gönlünü kimseye kaptırmaz; sen meraklanma anacığım. Necati'ye gelince; Necati, sözde kültürlü, aslında serseri ruhlu bir takım arkadaşlarının tesirinde, o kulüp senin, bu pavyon benim, zevk ve sefahat alemine dalmış, uçarı bir gençti. Fakat bundan bir müddet evvel imanlı arkadaşlarımla kendisini tanıştırdıktan sonra çocuk ani bir dönüşle tamamen değişti. İman hakikatlerine kavuştuğu andan itibaren bütün o eski arkadaşlarını ve sefihane yaşayışını terketti. Şimdi görsen anneciğim, okulda olsun dışarda olsun bir dakika dahi yanımdan ayrılmak istemiyor. Vakitlerinde namazını muntazam kılıyor. Derslerine eskisinden daha çok çalışıyor ve bu arada hidayete kavuşmasına vesile olan dini ve ilmi eserleri de büyük bir iştiyakla okuyarak imanını kuvvetlendirmeye, daha doğrusu tahkiki bir imana sahip olmaya çalışıyor.. Görsen anneciğim, onu en az sen de benim kadar seversin..

Yaşlı kadın rahatlamış, derin bir nefes almıştı... Şimdi oğluna iftihar nazarlarıyla bakıyor, kalbi evladı için en derin takdir hisleri ile dolup taşıyordu:

- Allah senden ve senin gibi kıymetli, imanlı arkadaşlarından razı olsun evladım, dedi. Sizler böyle nice gençleri, kapılmış oldukları yanlış yoldan çeviriyor ve onları hem bu dünyanın hem de daimi dünyamız olan ahiret hayatının karanlıklarından ve azablarından kurtarıyorsunuz. Ama bilsen Bilâl'im, biraz evvelki sözlerinde şaka ettiğini anlamadan evvel yüreğim öyle acı bir hop etti ki..

- Seni üzdüğüm için beni affet anne. Ama sana ciddi olarak şunu söyliyeyim ki, şimdilik gerçi evlenmek diye bir şey düşündüğüm yok. Fakat evlenmek istediğim evlenecek duruma gelip böyle bir şeye teşebbüs ettiğim zaman müsterih ol. Giyiniş ve gidişatları ile seni olduğu kadar beni de tiksindiren ve korkutan, o bahsettiğin giyim kuşam ve eğlenceden başka bir şey düşünmeyen ve kendilerini vitrindeki satılık eşyalar gibi cümle aleme teşhir eden, açık saçık kızlardan değil; giyimi, hareketleri ve her tavrıyla dininin emirlerine bağlı, saadeti yalnız evinde arıyan hanım hanımcık, evinin hanımı, evet yalnız bana ait olacak dürüst ve mazbut bir genç kızla hayatımı birleştirmek isterim. İşte böyle anacığım... Şimdi sen söyle bakalım, bu gün ne yaptın? Yoksa yine her zamanki gibi oturup, gününü bana süeter, kazan örmekle mi geçirdin?

- Yok evladım. Bugün elime doğru dürüst şişi almam nasib olmadı. Köşedeki Kabzımal Sedat Beyler var ya... İşte onlara gittim yavrum. Hani isabet olmuş, Meğer hanımın teselliye ihtiyacı varmış. Görsen, kadıncağız iki gözü iki çeşme. Bir söylüyor, on ağlıyor zavallı..

Bilâl merakla sordu:

- Hayırdır inşallah.. Başlarında bir felaket mi var yoksa?

- Yok evladım, öyle felaket değil ama hani derler ya: İnsanın evladı var mı, derdi var diye.. İşte onlarınki da evlad derdi. Daha dün şu arsada hoplaya zıplaya saklambaç oynayan Şükran, bugün görsen, koskoca bir gelinlik kız olmuş. Bir de güzel, bir de narin ki, hani insan bakmaya kıyamıyor. Şimdi Şükran'ı isteyen isteyene. Kız çok güzel olduğu için, taliplerinin hemen hepsi de varlıklı ve yüksek mevki sahibi insanlar olarak çıkıyor: Mühendisler, doktorlar, kimyagerler filan... Fakat tabii bunların hemen hepsi, kızı, abdestli, namazlı örtülü olduğu için değil, güzelliği ve terbiyesinden dolayı istediklerinden yalnız anne babası değil, Şükran da bunların hiç birini istememiş bu güne kadar. Fakat şimdi Şişli'de konforlu bir muayenehane sahibi, lüks apartmanları, yazlık köşkleri, arabaları olan çok zengin bir doktor talipmiş. Adam aklına koymuş kızı almayı.. Kapıyı günaşırı aşındırıyorlarmış. Ailesi, evvelkilerde olduğu gibi, önceleri bunu da abdestli namazlı değil diye istememişler. Ama gel gör ki, saf insanların sonradan zenginlik, şatafat ve makam gözlerini mi boyadı nedir, şimdi vermek taraftarıymışlar kızcağızı...

- Peki Şükran ne diyor bu işe?

- İşte anne, babanın bütün derdi de o ya evladım.. Kadın ağlıya ağlıya anlattı. Şükran diretiyormuş: «İcabederse ömrümün sonuna kadar bekar kalırım, ama yine de namazsız, abdestsiz bir kimseyle evlenmem» diye...

- Bak hele... Sonra?..

- Kızın kararı katiymiş: «İsterse Kârun kadar zengin olsun ve bana istediği kadar saltanat içinde, şatafatlı bir hayat temin etsin ve hatta doktor değil, mevki bakımından bir padişah veya prens de olsa, şayet Allah'ımızın, Yaradanımızın emirlerini yerine getirmiyorsa, böyle bir insan benim nazarımda en değersiz ve en kıymetsiz bir varlıktır» diyormuş. Çok da zeki bir kızmış.. «Onlar beni sadece güzelliğim için istiyorlar» demiş. «Evlendikten sonra Allah'ın emriyle örtmüş olduğum başımı ve vücudumu açacak, açık saçık kıyafetlerle balolarda, çaylarda, erkekli kadınlı danslı partilerde beyefendi, gururla göğsünü kabartacak, «Bakın karım ne güzel» dercesine güzelliğimle iftihar edecek aklı sıra. Tabii bunun yanında zamanla kıldığım namazla dahi alay ederek, «Bizim yaşayışımıza ve bu zamana uymuyor» bahanesiyle belki de ondan dahi men etmeye kalkacaklar beni... Hasılı, dinine bağlı bir müslüman kızı olan beni de, diğer bazı arkadaşlarıma yaptıkları gibi, Hıristiyan kadın ve kızlardan farksız bir duruma düşürecekler. Ama Allah'a şükür ve hamd olsun, bana öyle bir iman ve şuur ihsan etmiş ki, ölüm pahasına da olsa böyle vartalara düşüremez kimse beni..» demekteymiş..

- Anneciğim, doğru söyle... Bunları bizim Şükran mı söylüyormuş?

- Tabii evladım, tabii... Annesi daha güzelini anlattı ama, ben sana o kadarını anlatamıyorum yine... Hem dur, dahası var. Son söz olarak şunu söylemiş Şükran: «Dini vazifelerimden uzak, böyle şatafatlı fakat kepaze bir hayat yaşamaktansa, kendisini yoktan var eden Allah'ının emirlerini yerine getiren imanlı bir yol amelesiyle evlenip, zemini toprak, küçücük bir kulübede soğan ekmek yemeyi tercih ederim» İşte böyle... Annesi kızın bu sözlerini anlatınca kalbim nasıl dağlandı bilsen Bilâl'im...

Bilâl hayretle başını salladı:

- Bravo Şükran'a doğrusu.. Aaah.. Ah!.. Bu sözleri bizim fakültedeki kızlar işitse... İnan kızcağızı «Akıl hastası» diye Bakırköy'e tımarhaneye yollamak isterler.

Yaşlı kadın, bir müddet sustuktan sonra, bir iki yutkundu ve oğluna biraz daha yaklaşarak:

- Bilâl, bak ne düşündüm, biliyor musun evladım? dedi. Şükran açılmamış ve koklanmamış gonca gibi bir kız... Terbiyeli, hamarat ve en mühimi tam senin istediğin gibi mazbut giyimli, kapalı ve imanlı bir genç kız. Hani demek istiyorum ki, tam sana göre.

Bilâl, annesini kırmamaya gayret ederek:

- Anneciğim, ben sana daha biraz önce söylemedim mi, daha evlenmeyi düşünmüyorum diye? Hele fakülteyi hayırlısı ile bitireyim, istikbalimi elime alayım, bu mevzuları o zaman düşünürüz, dedi..

Kadın iyice mahzunlaşmıştı:

- Ama evladım, böyle mükemmel bir kızı her zaman nerede bulacaksın? Bak, kızcağızın ardında önünde dolaşanların sayısı günden güne artıyor. Rahmetli baban mürüvvetini göremeden göçtü gitti. Ben de görmeden gideceğim diye ödüm kopuyor. Nasılsa fakülteyi bitirmene bir senen kaldı. Şimdi söz keseriz, nişan takarız, mezun olunca da evlenirsiniz. Ha benim tatlı yavrum?

Bilâl, annesinin evlenme mevzuunda kendisini ikna etmek için söylediği sözlere kararlı bir sesle cevap verdi:

- Bütün söylediklerin doğru, güzel ama anneciğim, ben öyle bir kızla aylarca sözlü, nişanlı kalabilecek erkeklerden değilim. Söz kesildiği andan itibaren o kız artık benim namusum, her şeyim demektir. Müstakbel eşimin meşru olarak evime ayak basışına kadar geçen zaman içinde rahatım ve huzurum kaçar... Böyle de olunca derslerime salim kafayla çalışıp fakülteyi vaktinde bitirmem, ancak bir hayal olur. Hasılı böyle bir mesuliyet altına girmeyi asla göze alamam. Ben, biliyorsun bir an evvel mezun olmaya ve istikbalimi temin etmeye çalışıyorum, anneciğim. Aklımı fikrimi böyle şeylere takamam...

Kadının berrak gözlerine bir kere daha koyu bir mahzunluk çökmüştü. Bilâl annesinin hiç ses çıkartmadan üzüntüyle başını önüne eğmesine içten içe üzüldü. Fakat onu bir nebze de olsa teselli ve memnun edecek bir şey geldi aklına:

- Bak anneciğim, Şükran'ı en az ben de senin kadar takdir ettim ve yine en az senin kadar üzüldüm, onun içinde bulunduğu duruma... Böyle ender bulunur, nezih ve imanlı genç kızları, zevk ve eğlenceden başka bir şey düşünmeyen sosyete züppelerine kaptırmak muhakkak ki en azından cinayettir. Bunun için onu hemen, tam istediği gibi imanlı, namazlı birisiyle baş göz etmeye çalışacağım... Hem de ailesine ibret olsun diye yine zengin bir doktorla... Kim biliyor musun? Bizim şu kırkında olduğu halde otuzunda görünen, yakışıklılığıyla tanınmış Dr. Nazım beyle. O da zaten tam böyle yüksek imana sahip bir kız arayıp duruyordu. esasen bu güne kadar evlenmeyişinin sebebi de, böyle bir kıza rast gelmeyişidir ya... Nasıl, memnun oldun mu anneciğim?..

Kadın derin bir iç çekerek boynunu büktü ve:

- Sen bilirsin oğlum, dedi. Şükran benim gelinim olsun istemiştim ama, nasib değilmiş ne denir?

* * *

Çocukların, kuş seslerini andırır cıvıltılarla oynayıp zıpladığı arsayı şimdi bir sürü amele ve inşaat malzemesi doldurmuştur. Elinde kazma kürek bulunan ameleler daha evvel ölçülen arsada temel kazmakla meşguller.. Çocuklar, yine toplanmış, gücenik ve içerliyen nazarlarla ellerinden alınan biricik oyun sahalarında amelelerin çalışmalarını seyretmekteler..

Ve nihayet inşaat, başladıktan üç- dört ay sonra bitti.. Göğe doğru heybetle yükselen 5 katlı bu büyük apartman, Huzur Sokağının kırık dökük ahşap binaları arasında, bu mütevazi evlere yukardan bakarcasına bir gurur ve azamet içindeydi sanki.. Geniş pencerelerinin camlarında beyaz kireçlerle yazılmış «SATILIK» kelimesi okunmaktaydı...

Bilâl, penceresinin önündeki divana uzanmış, kitap okumaktaydı. Fakat okuduklarının hiç birisi aklına girmiyordu bir türlü. Karşısında bir heyula gibi yükselen bu ruhsuz taş yığını günden güne canını daha fazla sıkmaktaydı...

Yerde, bir minderin üstünde, elinde yün şişleriyle annesi, kendisine kışlık kazak örüyordu. Başını kitaptan kaldırıp, bir an sevgiyle annesine baktı. Sonra yaşlı kadına hitaben.

- Biliyor musun anne, dedi. İçimde tuhaf bir hüzün var. Bugün Pazar.. Çocukların tatil günü. Ama çocukların o bülbül şakımalarını andıran cıvıltılarından eser yok. Şu koca apartman buraya dikildi dikileli yavrucakların ağzını bıçak açmıyor..

- Ah yavrum, yalnız onların mı? Bu apartman meselesi ortaya çıktığından beri, ne kadar birbirimizden saklasak da senin, de benim de ağzımı bıçaklar açmıyor..

- Ben bir yana ama anneciğim, apartmanın yapılışı seni niçin bu kadar üzüyor?

- Neden olacak a evladım? Bizler fakir fukara insanlarız. Şu kırık dökük evler içinde bir saray gibi yükselen bu apartmana taşınanlar kimbilir bizleri ne kadar hakir görecekler ve bize nasıl yüksekten bakacaklar. Yani anlıyacağın, sokağın tadı tuzu kaçacak...

Bilâl, elindeki kitabı kapatıp doğruldu:

- İlahi benim biricik anam, dedi. Sen bunca zamandır tatlı canını demek bunun için mi üzüyordun? Sen bilir misin ki anacığım, onlar bütün lüks ve debdebeli yaşayışlarına rağmen aslında ne zavallı, ne acınacak insanlardır? Onların muhteşem döşenmiş salonlarda, kristal avizeler altında, lake yemek masalarında gümüş çatal ve bıçaklarla yemiş oldukları yemekler, emin ol, bizlerin şu fakir çatı altındaki fakirane yer sofracığımızda yemiş olduğumuz yemekler kadar lezzetli değildir. Ve yine emin ol ki, ne kadar zenginlik ve şatafat içinde, rahat bir hayat içinde bulunurlarsa bulunsunlar, İslâmî emirlere riayetteki o büyük lezzet ve saadetten mahrum oldukları için bizdeki şu ahenkli huzur ve saadetten onlar mahrumdurlar. Yüzlerindeki o sahte tebessüme aldanma sen. Yüzlerindeki o tebessüm, attıkları kahkahalar ve yaşamış oldukları çılgınca eğlenceli hayat, hep içlerindeki huzursuzluğu gizlemek, belli etmemek içindir. Bu apartmanın mütevazi sokağımıza dikilişinden dolayı benim duymuş olduğum üzüntüye gelince, senin düşüncelerinle tamamen zıd istikamette.. Evet, bu apartman Huzur Sokağının huzurunu kaçıracaktır. ama hangi cihetten? Bir kere şayet daireleri satın olacak olanlar, yaşayışları ile şu ecnebilerden farksız ailelerdense, herşeyden evvel İstanbul içinde her nasılsa bozulmadan kalabilmiş, eski örf, adet ve an'anelerine sadakati sarsılmamış, kıymetli ahlak ve fazilet değerlerini aynen muhafaza edebilen, memleketin yegane sokağı olarak iftihar edip üzerine titrediğimiz şu emsalsiz ve mütevazi sokağımız için bu apartman zarar üstüne zarardır..

Zira bizim çocuklarımız, onların çocuklarını, bizim genç kızlarımız, onların genç kızlarını ve bizim hanımlarımız da onların hanımlarını göre göre zamanla sokağımız, bu günkü veçhesini kaybedip, farkında olmadan tedrici bir bozuluşa gidecektir. Ne derler: Üzüm üzüme baka baka kararırmış. Ya, işte böyle benim canım anneciğim. Oğlunun yegane endişesi budur.

Yaşlı kadın minnetle oğluna baktı.. Sonra asil bir olgunlukla, samimi bir itirafta bulundu:

- Şu olgun yaşımda benim sana vermem icabeden dersi, sen bana verdin, yavrum. Allah senden ve seni bu derece şuurlu ve yüksek imanlı bir genç olarak yetiştiren o İslâmi eserlerin sahibinden razı olsun. Doğrusu senin şu hakikatin ifadesi olan sözlerini dinleyene kadar içimde hep gelecek günlerin garip korkusu ve ezikliği vardı. Karşımıza taşınacak olan asri aileler tarafından ayıplanmak, kınanmak ve küçümsenmek korkusuyla bir müddettir büyük bir aşağılık duygusu içinde bulunmaktaydım. Ama seni dinledikten sonra, onların karşısında küçülmek değil, başımızı vekar ve izzetle dimdik tutmak icabettiğini anladım. Sen, her sözünde bir cevher gizli olan harika bir insansın Bilâl'im... Her zaman söylerim. Bir kere daha söylemek isterim ki, seninle iftihar ediyorum evladım...

Bilâl, annesinin bu içten itirafları arasında sarf etmiş olduğu «aşağılık duygusu» sözü üzerinde uzun uzun düşündü. Ne acı bir hakikatti. Bu, yaşını başını almış, olgun ve imanlı bir kadın böyle bir duyguya kapılırsa, apartmanın müstakbel sakinlerinin asri hayatları karşısında sokağın yeni yetişen genç kızları ve genç hanımlarının hali nice olmazdı ki?...

Memleketimiz bir baştan bir başa hep bu sistemle asli veçhesini kaybetmiş, dinine, örf, adet ve an'anelerine sımsıkı bağı olan halkımız hep bu sistemle İslâmî prensip ve yaşayışlarından uzaklaştırılarak bozulup dejenere edilmiş değil miydi? Kadınları, kızları örtülü, halkı topyekün İslâmî emirlere riayetkar, tertemiz, sakin bir kasaba mı mevcuttur bir köşede?.. Oranın da diğer bozulmuş kasaba ve şehirler gibi olmasını temin etmek için şer kuvvetlerin elinde gayet basit ve kolay çareler vardır... Ya o kasaba en ufak bir tarihi kıymeti haiz ise veya manzara itibariyle tabii bir cazibeye sahipse orası derhal turistik mahal olarak ilan edilir. Otel ve moteller inşa edilerek edeb ve ahlak kaidelerini hiçe sayan şortlu ve mayolu çırılçıplak turistlerin buraya akını sağlanır. Ya askeri veya sivil her hangi bir tesis kurularak inşa edilen modern lojmanlarda hanımları, kızları mini etekli, kendileri içkici ve kumarcı olan büyük şehirden getirilmiş maneviyatsız memur ve müstahdemler oturtulur. Veya en mükemmel ve tesirli çare olarak «genç kızları eğitme» ismi altında oraya bir Kız Enstitüsü kurulur; okulun başına açık saçık, makyajlı, maneviyat ve mukaddesat düşmanı bir müdire hanım ile öğretmen kadrosuna da yine aynı giyim ve fikriyatta olan mini etekli kadın öğretmenler, sosyalist, din ve iman düşmanı erkek hocalar tayin edilir..

Böyle bir kasabayı, bu üç tesisten herhangi birinin kuruluş şanssızlığına uğrayışından 5, hatta 2 sene sonra görenin, yüreğinin kan ağlamamasına imkan yoktur:

Artık kasabanın yalnız yaşlı kadınları örtülüdür. Genç hanımlar ve hele hele yeni yetişen genç kızlar, örtülerini bir kenara atmışlar, başları, kolları, gerdanları açık ve mini etekli birer asri (!) insan olan bu yabancılara karşı küçük görünmek, hor görülmek, bilgisiz, görgüsüz, cahil insanlar olarak görünmek korkusu ile doğan «aşağılık duygusu», bir iki sene içinde bu kasabanın nezih ve mazbut çehresini değiştirip onu da diğer yerlerde olduğu gibi soysuzlaştırıp mübtezelleştirmeğe kafi gelen bir sebepti. Ve şu koskoca memleket, bu, dine, maneviyata sırt dönmüş bir avuç soysuzun karşısında duyulan «aşağılık duygusu»nun narına yanmıştı.

Şimdi sokaklarında kurulan bu büyük apartman, Bilâl'in gözüne bir veba mikrobu kadar tehlikeli olarak görünmekte, yılların yıpratamadığı Huzur Sokağı için bu binanın, ilerde pek çok zararlar tevlid edeceğini düşünerek imanlı gencin üzüntüsü her an biraz daha artmaktaydı.

Derhal karar verdi. Müezzin Sadi Hoca'ya düşüncelerini açtı. Ve fikirinin hoca tarafından da tasvip ve takdirle karşılanışı üzerine harekete geçip apartmana henüz kimse taşınmadan bir gece yatsı namazından sonra bütün sokak sakinlerini camide bir araya toplıyarak birkaç merdivenle çıkılan minbere çıkıp oturdu. Hanımlar ve genç kızlar, kadınlar için perdelerle ayrılmış arka bölümde adeta üst üste oturuyorlar ve Bilâl'in «mühim bir mevzu» olarak bahsettiği konuşmasını dinlemek için nefes dahi almaktan çekiniyorlardı. Erkekler de aynı merak ve heyecan içinde birbirlerine sokulmuşlar, gözlerini bu aydınlık yüzlü gençten ayırmıyorlardı. Zira, bu, Bilâl'in camide yaptığı ilk konuşmaydı. O halde ortada cidden mühim bir mesele vardı...

Bilâl:

- Allah'ın ve Resulullah'ın selamı üzerinize olsun.

Diyerek sözüne başladı..

- Sokağımızın asil fertleri olan muhterem kardeşlerim, ağabeylerim, yengelerim ve kızkardeşlerim!... Bu gün sizleri olağanüstü bir şekilde camimizde toplamam, muhakkak ki, haklı olarak hayret ve merakınızı mucip olmuştur. Bir an evvel mevzuya girmek suretiyle, meraklarınızı zail etmeye çalışacağım. Evvela hepimizin bildiği bir husustur ki, içinde yıllar yılı eksilmeyen bir huzurla yaşadığımız, dert, felaket, üzüntü ve sevinçlerimizi hep birlikte paylaştığımız bu sokak, şu ahlaken her gün biraz daha bozulmakta olan cemiyetin süfliliği arasında eski fazilet devrinden kalmış paha biçilmez bir antika hükmünde ve kıymetindedir. Bizler, kendimizi, Huzur Sokağı sakinleri olarak genciyle yaşlısıyla, kadınıyla erkeğiyle bu kıymetli antikayı gözümüzün bebeği gibi sonuna kadar her türlü tehlikeden korumak, maddi ve manevi tahribattan muhafaza etmekle mükellef addetmeliyiz.

Biliyorsunuz, sokağımıza, mütevazi evlerimiz arasına yeni bir bina, büyük ve modern bir apartman kuruldu. Allah sokağımız için hayırlı etsin. Temenni edelim ki, buraya taşınanlar, bu sokak sakinlerinin mazbut yaşayışına zıd düşünceli ve hareketli insanlar olmasınlar. İmanlı, mukaddesatçı, muhafazakar insanlar olarak bizlere komşu olsunlar. Ancak bu günkü cemiyet içinde 8- 10 daireli bir apartmanın bütün dairelerinin de imanlı ve muhafazakar insanlar tarafından satın alınması, maalesef hemen hemen imkansız bir şeydir. Bu bakımdan, taşınacakların ekseriyetinin kozmopolit, yani maneviyattan habersiz,

Garb taklidçisi asri kimseler olabileceğini hesaba katarak, güzel sokağımızın, asil çehresinin zamanla değişebileceği endişesi içinde bazı mevzulara temas etmek yerinde olacaktır.

Göreceksiniz, bir müddet sonra sokağımıza eşya dolu kamyonların biri girip, biri çıkacaktır. Bu kamyonların içinden şahane koltuk takımları, lüks yatak odası ve yemek takımları, kıymetli halılar ve avizeler ve daha bir sürü pahalı, gösterişli, şatafatlı eşyalar inecektir. gerek bu birbirinden kıymetli ve gösterişli eşyalar, gerekse geniş pencerelere takılan ağır ipek perdeler, naylon tüller, olabilir ki yeni yetişen genç kızlarımızın ve bazı genç hanımların yüreğini kabartıp içlerinde bir nevi yerinme duygusuna yol açabilir. Başlangıçta olmasa bile ilerde onlarda beğenmediğimiz bir takım şeyler, bize cazip görünüp kendi hayat tarzımızı, onların hayat tarzlarına, kendi kıyafetlerimizi onların kıyafetine benzetmek meyli kalblerimizde uyanabilir.

Şuna şimdiden muhakkak gözüyle bakabiliriz ki apartmana taşınacak kimselerin çoğu bizlere yüksekten bakacak, bizleri hor görmeye kalkacak ve hatta giyim, kıyafet, hareket ve düşüncelerimizden dolayı bizi küçük görüp, alaya dahi almaya cür'et edecekler..

Muhterem kardeşlerim, kendi dinlerinin icaplarına saygısızca sırt dönmüş kimseler oldukları için kendilerini medeni ve dinimizin emirlerini, hakiki müslümanlığa yaraşır şekilde yerine getirdiğimizden dolayı bizleri cahil, basit, görgüsüz ve gerici olarak görüp kabul etmiye alışmış ve insanlara karşı gereken insani ve islami vazifelerimizi yerine getirmekle beraber, son derece uyanık olmamız da zaruridir.

Huzur Sokağı sakinleri olarak izzetimizden zerre miktar fedakarlıkta bulunmamaya gelin, burada hep birlikte yemin edip and içelim...

Sokağımızın muhterem hanımefendileri ve kıymetli kızkardeşlerim, sakın, sakın, o pırıl pırıl, şatafatlı eşyalara iç geçirerek bakmasınlar. Onların solmuş basma perdeleri arkasındaki her biri nice emek mahsulü, göz nuru ile işlemiş oldukları yastıklar, divan örtüleri ve çeşitli nakışlı örtülerle süslemiş oldukları mütevazi evleri, diğerlerinin yanında mana itibariyle çok daha kıymetli ve makbuldürler. İmanlı hanımlar ve genç kızlar, daima mütevekkil ve kanaatkar olmakla tarihte en mutena yeri işgal etmişlerdir... Kanaat, kadının ziynetidir... O, maddi olan her eşyadan daha kıymetli ve daha değerlidir gerçek manasında... Kıyafet mevzuuna gelince, sokağımızda mazbut giyimli, imanlı ve asil genç kız ve hanımlarımızın, Avrupanın sokak fahişelerinden farksız kıyafetteki benliklerinden kopmuş, açık saçık, mini etekli, müstehcen kıyafetli bu nevi süfli kadın ve kızlara gıpta nazarlariyle bakarak, bu kepaze kıyafetli kadın ve kızları kendilerine örnek alabilecek kadar küçülebileceklerini düşünmeyi dahi abes görmekteyim...

Hasılı bu sokağın şerefini, namusunu, iffetini, izzet ve haysiyetini korumak ve İslâmî yaşayış ve prensiplerimize en ufak bir halel düşürmemek yolunda, bu günden itibaren birbirimizle adeta yarışa girişmeli, en ufak hata veya birimizin o tarafa meyil etmemiz karşısında birbirimizi incitmeden ikaz etmeliyiz kardeşlerim...

Sözlerim, bundan ibarettir. Hepinize en büyük cihad olan nefis mücadelenizde muvaffakiyet ve muzafferiyetler diler, dinleme lütfunda bulunduğunuzdan dolayı şükranlarımı arzederim efendim..»

Bilâl, minberden erkeklerin omuzları üzerinde indirildi. Caminin içi fokur fokur kaynıyordu adeta...

Herkes birşey söylüyordu:

- Allah razı olsun!...

- Sokağımızın medar- ı iftiharı, varol!...

- Allah seni vatana ve bizlere bağışlasın!..

- Söz veriyoruz ve and içiyoruz: Sokağımız 40 sene sonra dahi, aynı karakterini muhafaza edecektir.

Erkeklerden sonra dışarı çıkan kadınların gözleri de yaşlı yaşlıydı. Camiden çıkan herkes, Bilâl'in bu konuşmasından bir şeyler alarak dönüyordu evine. Bilâl de kalbinin bir tüy kadar hafiflediğini hissediyordu. Sanki omuzlarından büyük ve mes'uliyetli bir yük atmıştı da rahatlamıştı...

Bir müddet sonra Bilâl'in camide söyledikleri, ayniyle tahakkuk etmiye başladı. Katlardaki «SATILIK» yazıları teker teker siliniyor ve temizlikçi kadınlar, geniş camları pırıl pırıl parlatıyorlardı. Birkaç gün ara ile geniş apartman kapısının önünde eşya yüklü kamyonlar duruyor, birbirinden lüks, birbirinden gösterişli birbirinden şatafatlı eşyalar, ihtimamla içeriye taşınıyordu. Başka bir sokakta olsa, yeni taşınan eşyaları görmek için sokağın bütün kadınları pencerelere üşüşür, sonra da aralarında «şusu vardı, busu yoktu!..» kabilinden eşyaların ve taşınanın dedikodusu yapılırdı. Apartmana taşınanlar da bunun her yerde böyle olduğunu bildiklerinden, hamallara yüksek seslerle: «Ay o sehpalar formika değil, lakedir, lake.. Dikkat edin!.. Tuvalet masasının aynasını aman bir yere çarpmayın»... gibi sözlerle çıkışıyorlar, akılları sıra komşularına gösteriş yapıyorlardı. Fakat bir de başlarını kaldırıp evlerin pencerelerine göz atınca, pencerelerin hiç birinde kimselerin bulunmayışını farkettikleri zaman yüzlerinin aldığı hal görülecek şeydi doğrusu. Kendilerine verilen maddi nimetlerle etrafındakilere daima caka satmaya alışmış olan bu gösteriş meraklısı maddeci insanlar, karşısındakilerin gıbta duygularını kabartmaktan her nedense sadist bir zevk alırlardı. Gel gelelim, bu sokakta, o güzelim eşyalarını gösterebilecekleri, kıskanç nazarlarını bu lüks ve modern eşyalar üzerine celbedebilecekleri bir tek kişi yoktu görünürlerde..

Huzur Sokağının bütün genç kızları ve hanımları, Bilâl'in cami sohbetinden sonra aralarında karar vermişlerdi: Sokağa eşya yüklü bir kamyon girdi mi, hiç kimse pencereden bakmıyacak, herkes çoluk çocuğunu toplıyarak arka hole veya arka odalardan birine çekilecekti. Böylece bu, her şeyi madde ile ölçmeye kalkan gösteriş meraklılarına haketmiş oldukları güzel bir ders olacaktı...

Ve nitekim öyle de oldu. Kadınlar, apartmandakilere karşı giriştikleri ilk pasif direnmeden izzetle ve alınlarının akıyla çıktılar. O güzelim halılar, koltuklar, yaldızlı sehpalar, avizeler kamyondan inerken ne bir tek kadın, ne bir tek genç kız, merak saikasıyla da olsa pencerenin çevresinde dahi dolaşmaya veya sık dokulu tüllerden, inen eşyaları seyretmeye tenezzül etmedi..

* * *

Rüzgarsız, durgun bir Sonbahar günüydü. Kabzımal Sedat Beylerin kapısı önünde mavi bir hususi araba durdu. Açılan kapıdan önce şakaklarına hafif kır düşmüş, siyah elbiseli, yakışıklı bir erkek çıktı. Bu, Dr. Nazım beydi. Yürüdü, arabanın arka kapısını açtı, biri yaşlı, diğeri genç iki kadının inmelerine yardım etti.

İki kadın evden içeriye girince, Dr. Nazım tekrar arabaya girip

çocuk sarıvermişti. Gelin arabası, onlara her şeyden daha cazip ve seyre layık görünüyordu besbelli. Pencerelerde de kadınlar ve kızlar doluydu. Ahşap evlerin pencerelerindekilerin hepsi namaz örtülü veya yemenili kadınlar, kızlardı. Apartmanın pencereleri ise dekolte kıyafetli, birbirinden açık kız ve kadınlarla doluydu. Herkes merak içinde gelinin çıkışını görmek istiyordu..

Hemen hepsi aynı kafada oldukları için apartmandakiler, kısa bir zaman içinde birbirbirleriyle çok iyi anlaşmışlar, apartman içinde aşırı bir samimiyet kurmuşlardı. Avukatın hanımı sarışın Gülhan Hanım, ikinci kattaki Bankacının Hukukta okuyan kızına seslendi:

- Ülkerciğim ne dersin, ayağımız uğurlu geldi galiba. Baksana kızlar arka arkaya gidiyorlar. Daha geçen gün yanımızdaki evin küçük kızını gelin ettiler. Pek de küçüktü yavrucak...

- Bu da öyle Gülhan Hanımcığım, gösterişi fazla ama, yaşı küçük kızın...

- İsmi neymiş?

- Şükran, dediler. Ama kızı gördüm. İnsan bakmaya kıyamıyor. Taş bebek gibi güzel.

Üçüncü kattan beline kadar sarkmış olan Serpil dayanamadı söze karıştı:

- Neye yarar güzelliği? Kızcağızın güzelliğini, rüküş örtüler altında gizliyorlar, görmüyor musunuz? Ben de gördüm bir sefer kendisini. Hakikaten taş bebek gibi güzel bir kız. Anne- baba korkusuyla bu derece örtünülmez doğrusu. Ama bunun ki pek ana baba korkusuna da benzemiyor. Çünkü anne ve babasından korktuğu için örtünen çok kız gördüm ben, ya cam kenarında, ya köşebaşında kaçamak kaçamak başlarındaki örtüyü açarlar. Bu kız öyle değil... dedim ya... Kendi enayiliği de var işin içinde...

Ülker, başını arkadaşının penceresine doğru kaldırdı:

- Biliyormusun, dedi, kızın başındaki örtüyü, ayağındaki kalın çorapları bir at, şöyle bir salıver, gümrah saçlarını omuzlarına doğru... Bir de en son moda bir mini etek giydirdin mi üzerine, değme artistlere taş çıkartır billahi...

- I ıh... Enayiliğine doymasın. O güzellik bende olacak da...

- Serpilciğim, ne de olsa cahil insanlar işte... Çok görmemek lazım. Benim şaştığım, böyle bir kızı, böyle kültürlü yakışıklı bir erkeğin alması. Biliyor musun, damat bey koskoca bir doktormuş. Üstelik bir hayli de zenginmiş...

- A... A... Vallahi küçük dilimi yutacağım. Ülker, ayol münevver bir doktor, böyle basit ve üstelik kapalı bir mahalle kızına nasıl tenezzül eder?

Ülker, üstüne basa basa:

- Bırak münevverini, zenginini. Bir de yakışıklı ve güzel olması yok mu, insan inanamıyor bir türlü... Bak bak... arabadan çıktı. İster Gary Grant de, ister Alain Delon de... Öylesine yakışıklı ve güzel...

Bu defa Serpil'in ablası atıldı:

- Sahi Ülkerciğim, o sarınıp bürünmüş eski zaman kızını isteyen bu adam mı? Üstelik de doktor... pes doğrusu ... Şekerim adamda da akıl yokmuş...

Ülker:

- İlahi Süha. Hiç de zannettiğin gibi değil. Adam bal gibi akıllı adam. Böyle güzel mi güzel bir kızı görüp de hangi erkek vurulmaz? Evlendikten sonra kızın üstünde örtü mörtü bırakır mı o?

- Doğru.. Ekseri böyle yapıyorlar zaten. Bizim yakın bir ahbabımız da böyle yaptı. Kapalı, çok güzel bir kızı aldı, üç gün sonra açıverdi. Şimdi hanımefendiyi gören tanıyamıyor. Bir modern, bir modern ki, sorma!..

Bu esnada Şükran'ların kapısında bir kaynaşma oldu. Gelin almaya gelen birkaç hanımın arasında Şükran sokak kapısında belirince, apartmanın sakini hatunları dilleri bütün bütün tutulmuştu. Zira Şükran zarif gelinlik elbisesinin üzerine yine bol ve uzun pardesüsünü giymiş, başını da her zamanki gibi büyük ve güzel bir eşarpla örtmüştü.

Hayret ve şaşkınlık içinde ilk konuşan Serpil oldu:

- A.. a.. a.. Ayol yobazlığın bu kadarı da fazla doğrusu..

- Şekerim, dul kadın mı ki bu, gencecik kıza gelinlik bile giydirmemişler..

Süha bilmiş bilmiş atıldı:

- Bu kapalı müslümanlar, kızların gelinlikle başka erkeklere göstermezler: Salona gidince giydirirler gelinliği..

Alev Leyla dudak bükerek:

- Şekerim, bu kadar taassuba doktor olacak damat bey nasıl

göz yumuyor peki?..

- Adama yüklenmeyin kızlar. Ne yapsın biçare. Köprüyü geçinceye kadar böyle hareket etmek gerektiğini bilerek, her şeyi sineye çekecek elbet...

Şükran, arabaya girdi ve kendisi için ayrılmış olan arka kısma gelin alıcı iki hanımla birlikte oturdu. Heyecanından pembe beyaz yüzü büsbütün pembeleşmiş ve güzelleşmişti.. Gözlerinden süzülen yaşlar yanaklarını ıslatmaktaydı. Bunlar, sevinç ve saadet göezyaşlarıydı. Evet, mesuttu Şükran... Allah nihayet dualarını kabul etmiş ve en kritik zamanda, önüne böyle yüksek imanlı bir kimse çıkartmıştı. Bu, muhakkak ki, Cenâb-ı Hakk'ın emrettiği yoldan gitmesine karşılık yine Cenâb- ı Hakk'ın kendisine bahşetmiş olduğu manalı bir hediyeydi...

O sırada birkaç araba daha geldi evin önüne. Diğer kadınlar ve erkekler de bu arabalara doluştular. Ve gelin konvoyu hareket etti.

Apartmandakilerde çıt yok. Ne gülen, ne kahkaha sallayan, ne de ağzını açıp da bir söz söyleyen var. Herkes, derin bir hayret içinde konvoyun ilerleyişini seyrediyordu...

İKİNCİ BÖLÜM

Şükran'ın hayır dualar ile gelin edilişinden bir kaç gün sonraydı. Bilâl, her zamanki adeti vechile başının altına iki yastık almış ve sırtüstü uzanmış olduğu halde pencere önündeki divanda ders kitabı okuyordu. Saatlerden beri hiç ara vermeden okuduğundan olacak bir müddet sonra, üzerine çöken tatlı rehavetle kitap tutan eli yana düştü ve gözleri kapanıverdi. Olduğu yerde öylece uyuyakaldı..

- Teoman! Teomaaan!..

Bu, bir müzik nağmesi miydi? Yoksa insanı büyüleyici, sihirli bir melodi mi?..

Bilâl, uykusunun içinde tuhaf bir ürperti hissederek gözlerini araladı...

- Teoman... Teomaaan!..

Bir kadın sesi... Daha doğrusu billurdan bir ırmağın akışına benzeyen taze, sıcak, bir genç kız sesiydi bu...

Bilâl bu defa gözlerini tekrar yumdu. Ama kalbine ılık ılık bir şeylerin akıp durduğunu hissediyordu...

Ses, üçüncü defa bütün can alıcılığıyla odanın içinde kristalden yayılan nağmeler halinde tatlı akisler yaptı:

- Teoman!... Teomaaaan!...

İliklerine kadar bir kere daha ürperdi Bilâl... Fakat ne oluyordu? Hayatı müddetince kadınların ne seslerine, ne de kendilerine pek ehemmiyet vermezdi o... Ya şimdi?..

Kalbi tekrar deli deli çarpmaya başladı. İnsiyaki bir hareketle, uykuda geziniyormuşçasına doğruldu. Büyülenmiş gibi eli perdeye gitti. Ve ömründe hiç yapmadığı bir hareketle perdeyi açıp, sesin sahibini görmek için dışarıya baktı...

Apartmanın tam karşı hizalarına tesadüf eden dairelerinden birinin penceresinden bir genç kız aşağıya sarkmış, sokakta oynayan çocuklara doğru sesleniyordu:

- Teoman!... Haydi gidiyoruz. Al topunu hemen gel!.

Bilâl, ne yaptığını bilmez halde genç kızdan gözlerini ayıramıyordu bir türlü. En mahir bir ressamın fırçası dahi böyle bir güzellik tablosunu canlandıramazdı. Simsiyah, omuzlarından aşağı bir şelale gibi dalga dalga dökülmüş gümrah bir saç yığını. Göz alıcı beyazlıkta sedef gibi duru ve pırıl pırıl bir ten... efsunlayıcı, şahane bir güzellik... Yalnız aşağıya baktığı için gözlerini görmek kabil değil...

Nihayet başını kaldırdı. Fakat keşke kaldırmaz olsaydı. Tatlı bir kavisle uzanan simsiyah kaşların altında, yine koyu siyah, sık uzun ve kıvrık kirpiklerin çerçevelediği iri, yosun yeşili bir çift göz, bir anda Bilâl'in gözlerine takıldı kaldı...

Bilâl, alt üst olmuştu. Nefesinin kesildiğini, başının döndüğünü hissetti. Vücudunda deveran eden kan, alev alev yanıyordu sanki.. Bu bir anlık bakışma, onun bütün irade ve şuurunu bir anda eritmiş, hareketlerinin istikametini şaşırtıvermişti...

Bütün gücünü sarfederek, kendini toplayacağı bir anda, beklenmedik bir şey oldu. Kız, Bilâl'in yüzüne karşı aniden pencereyi kapatıverdi ve tül perdeyi yaşmak gibi şahane gözlerinin altına tutarak can alıcı bir gülümseyişle Bilâl'e bir daha, ama bir erkeği çileden çıkaracak manalı bir bakışla baktı. Sonra yine sert ve ani bir hareketle perdeyi örterek içeri kaçtı; gözden kayboldu...

Bilâl bir an olduğu yerde şaşkın kalakaldı. Sonra o da açtığı perdeyi hırsla kapatıp doğruldu, ayağa kalktı. Sinirden çeneleri birbirine kenetlenmişti. Sanki neden açmıştı perdeyi?.. Niçin bu iki paralık şımarık kıza bakarak küçültmüştü kendini? İzzet- i nefsini şu züppe zamane kızına bir çırpıda çiğnetivermişti işte... Pişmanlık duygusu kalbini yakıp kavurmaya başlamıştı. Ani bir dönüşle arkasını pencereye çevirip kollarını kavuşturarak hiddet ve öfke ile odanın ortasında dimdik ayakta durdu.

Fakat şuuru altüst olmuştu bir kere. O gözler?.. O, içinde bir an eriyip, yok olduğunu hissettiği yosun yeşili, iri, kadife gözler? Ya o billur ses?..

Bir müddet öylece kolları bağlı, hiç kıpırdamadan ayakta durdu. Öylesine sersemlemiş bir hali vardı ki, sanki bir adım atsa sarhoş gibi yalpalıyacak ve yüzü koyun yere kapaklanacaktı. Bu güne kadar hiç bir

yalpalıyacak ve yüzü koyun yere kapaklanacaktı. Bu güne kadar hiç bir kadın ve kız kendisine böyle tesir etmemişti...

Peki ya şimdi? Bu kalbini yerinden fırlatacak kadar kuvvetli gümbürtü neydi? Üstelik o güne kadar hiç tatmadığı tatlı bir sıcaklık kaplamıştı bütün vücudunu. Ve bunların hepsi birkaç saniyenin içinde olup bitmişti.

O, arkası dönük, karmakarışık hislerini toparlamaya ve tahlil etmeye çalışırken karşı pencere bir kere daha açıldı. Ve aynı kızın sesi, bu defa daha sert, ama yine çok tatlı bir musiki nağmesi gibi odanın içinde dalga dalga yükseldi:

- Teoman!... Çabuk gel diyorum sana. Hem ben sana kaç kere söylemedim mi, o pis, burnu sümüklü çocuklarla oynamayacaksın diye? Alacağın olsun!... Gel çabuk yukarı diyorum!...

Bilâl, olduğu yerden kıpırdamadı. Arkasına dönüp bakmadı. İşittiği sözler karşısında vücudu taş gibi katıldı kaldı...

Bu sırada odanın kapısı açıldı ve elinde kahve tepsisiyle annesi girdi içeriye. Kapıyı ayağı ile örttü. Odanın ortasına doğru yürürken:

- Dersin bitti mi oğlum? dedi. Ben de biraz zihnin açılsın diye kahve pişirmiştim sana. Ama neyin var senin? Niye öyle ayakta, sinirli duruyorsun? Yüzündeki bütün kan da çekilmiş.. Yoksa seni üzen bir şey mi oldu yavrum? Söyle çekinme...

Bilâl, bu yumuşak, fakat endişeli sesle kendini toparladı. Annesinin elinden kahveyi alırken:

- Yok anneciğim mühim bir şey değil, dedi. Şu karşıya yeni taşınanların şımarık kızı bozdu asabımı... Kardeşini, bizim sokağın çocukları ile oynuyor diye öyle küstahça bir azarlayışı var ki... Bizim gözümüzün bebeği gibi bakıp, üstüne titrediğimiz masum yavrucaklar haspama göre pis ve sümüklü yaratıklarmış!..

- Tatlı canını böyle şeyler için üzme yavrum. Herkes, ne ekerse onu biçer bu dünyada. Hem sen kendin söylememiş miydin camide, «Bunlar bize hor bakacaklar, bizi aşağı görecekler, hatta bizimle alay edecekler. ama biz bunlara aldırmamalıyız..» diye? İşte söylediklerin aynen çıkıyor. Fakat biz aldırış etmeyeceğiz, değil mi evladım? Haydi sen iç kahveni, de sinirlerin yatışsın, dersceğizine devam et. Ben de ineyim, aşağıda yarım bıraktığım çamaşırları yıkayıvereyim.

Annesi, elbisenin düşen kollarını yeniden dirseklerinden yukarı sıvıya sıvıya kapıdan çıktı. Bilâl bir yer minderinin üzerinde kahvesini ağır ağır yudumladı. Sonra fincanı köşedeki komidinin üstüne bırakarak tekrar kitabını aldı ve zihnindeki bütün düşünceleri atmıya çalışarak, sırt üstü divana uzandı. Kaldığı yerden okumaya başladı. Fakat ne mümkün? Satırlar sanki gözlerinin önünde raksediyordu. Ve bu satırların arasında karşıki şımarık kızın yaşmaklı, gülümseyen iri, yeşil gözleri beliriverdi birden. Hep öyle can alıcı nazarlarla bakıyordu Bilâl'e bu yeşil gözler... Bilâl, bir an tatlı bir haz içinde çok değişik, hiç tatmadığı bir duygu ile gözlerini yumdu. Fakat bu saadet anı, ancak birkaç saniye kadar sürebildi... Kızın sesi, derin uğultular halinde kulaklarında çınlamaya, daha sonra da duvarlara çarpa çarpa odanın içinde derin ve sinir bozucu akisler halinde yükselmeye başladı:

- «O pis burnu sümüklü çocuklarla oynamayacaksın!...»

Kitabını kapattı. Bu defa ilmi bir eser aldı eline. Onu okumaya çalıştı. Aynı gözler, aynı bakış, satırların üzerinde aynı gülümseyen tavırla kendisine bakıyor... Bir başka sahife, bir başka kitap... Fakat nafile... Hep aynı gözler, aynı bakışlar, satırları sanki kalın ve büyülü bir perde gibi örtüyor; Bilâl'in hislerini altüst ediyordu. Sonra da her seferinde ardından o ses:

- «O pis, burnu sümüklü çocuklarla oynamayacaksın!!!...»

Bilâl, kendisine bir anda ne olduğunu anlıyamıyordu bir türlü. o, böyle bir çift gözün tesirinde kalacak bir insan değildi. Olsa, olsa, gelip geçici bir histi bu... Hem de geçecekti... Geçmesi lazımdı.

Bu düşünceyle bir yay gibi yerinden fırladı. Ceketini ve ders kitabını kaptığı gibi kapıyı açtı, koşarcasına merdivenlerden indi. Aşağı taşlıkta çamaşır yıkayan annesinin yanından geçerek, kapıya doğru yürüdü. Ayakkabılarını giyip kendisine hayretle bakan annesine «Allahaısmarladık» diyerek kapıdan çıkmak üzereydi ki, annesi:

- Evladım, hani çok dersin vardı? Nereye gidiyorsun?,diye sordu.

Bilâl sadece:

- Dışarıda çalışacağım. Akşam üstü gelirim anneciğim...

Diyerek sokak kapısını açtı ve kendisini dışarı zor attı.

* * *

Dalgaların sahile çarptığı bir deniz kenarı.. Bilâl kıyıda bir kaya parçasının üzerine oturmuş, elinde bir kitap, yosun kokulu temiz deniz havasını uzun müddet derin nefeslerle ciğerlerine doldurmaya çalışıyor... Sahile ve kayalara çarpan su damlacıkları, ara sıra yüzüne ve saçlarına da sıçramakta... Ortalıkta dalgaların hışırtısı ve martıların çığlıklarından başka ses seda yok. Bilâl için sakin bir kafa ile ders çalışabilecek ideal bir yer burası.

Kitabını açtı. Ve tekrar kaldığı yerden okumaya başladı. Fakat tuhaf!... Okumasına imkan yoktu kitabı... Satırlar birdenbire yine birbirine karışıverdi. Ve kitabın sahifelerinde yine yaşmaklı, yosun yeşili bir çift göz beliriverdi. O manalı, o yakıcı, o şahane gözler!...

Bilâl, sanki tatlı bir rüyanın renkli alemi içinde yüzüyordu. Hava oldukça serin olmasına rağmen vücudu ateş gibi yanmaktaydı. Hele kalbi? Nasıl da deli deli çarpmaya başlamıştı yeniden?

Gözlerini kitaptan kaldırıp, önünde mavi bir kumaş gibi uzanan denizin sonsuzluklarına daldırdı.

Bu defa aynı şahane gözler, suların içinde belirdi. Büyüdü, büyüdü, büyüdü... Ve adeta bütün bir denizi kapladı.

Sonra ıslık gibi bir ses, kulağını yaladı geçti. Aynı ses, biraz sonra perde perde yükselerek, havada derin ve sinir bozucu akisler meydana getirmeyi başladı:

- «O pis, burnu sümüklü çoçuklarla oynamıyacaksın!»

Bilâl, başını iki eli arasına aldı.. Her halinden nefsiyle derin bir mücadele halinde olduğu belliydi.. Kendisinde olan bu ani değişikliğe, bir tek bakış ve bir iki sözün ruhunda kopardığı fırtınaya bir türlü mana veremiyordu. Birbirine zıd his ve düşünceler içinde, şu kısacık müddet zarfında nasıl da benliği alt üst oluvermişti. Birden bütün kalbiyle Rabbine sığınmak ihtiyacıyla dolup taştı:

- Yarabbim... dedi... Bana ne oldu böyle? O şımarık züppe kız neden birden bütün benliğime hakim oldu?.. Yoksa sevgi denilen, aşk denilen şey, bu mudur? Lakin ben böyle bir kıza aşık olamam. Hayır, hayır.. Bu geçici bir histir. Eminim ki, yarın hiçbir şeyim kalmayacak. Onu hiç düşünmeyeceğim. Pencerelerine de bir daha bakmayacağım. Allahım!... Sen bana yardım et, Sen kolaylık ver...

Gözlerinin önünde martılar uçuşuyordu. Dalgalar gittikçe daha sert çarpmaktaydı kayaların üstüne... Ortalığa yavaş yavaş alaca bir karanlık çökmeye başlamıştı. Ufukta yedi rengiyle kaybolan güneş, yerini parlak bir dolunaya terkediyordu...

Bilâl, hala gözleri denizin dalgalarında, kayanın üstünde oturmakta ve kararan suları dalgın dalgın seyretmekteydi. Nihayet yavaş yavaş kalktı, omuzları düşük bir vaziyette ayaklarının altında şakırdayan çakıl taşlarını çiğneye çiğneye yürümeye başladı. Akşamın karanlığında uzaklaşan silueti küçüldü, küçüldü ve nihayet karanlıklar içinde görünmez oldu.

Gece...

Bilâl, yatağında sırt üstü uzanmış yatmakta... Gözleri tavanda sabit bir noktaya dikilmiş, yüzü durgun ve düşünceli... Birden baktığı noktada, karşı kızın yaşmaklı güzel gözleri beliriverdi yine. Bilâl insiyaki bir hareketle koluyla gözlerini kapadı. Sonra, benliğini altüst eden bu hayalden kurtulmak istercesine, yatağının içinde duvara doğru yan döndü. Fakat nafile!... Kızın gözleri, ayni işveli bakışıyla orada, duvarın üzerinde beliriverdi. Bilâl, çıldıracak gibiydi.. Bu defa çaresizlik içinde yorganı başından yukarı doğru çekerek, bu rahatsız edici nazarlardan kurtulmak istedi. Lakin o gözler, o yakıcı, efsunlayıcı yeşil gözler, bir an dahi peşini bırakmıyor, uykuda dahi kendisini tedirgin ediyordu.

Ertesi gün...

Profesör, Fakültede, ders odalarından birinde bazı formüller üzerinde izahat vermekte... Sıralarda oturan talebeler, dikkatle profesörün anlattıklarını dinliyorlar. Bilâl, uykusuz ve huzursuz geçen bir gecenin yorgunluğu içinde sıralardan birinde oturuyor. Yanında her zaman olduğu gibi Necati var.

Profesör, tahtaya dersle ilgili formüller çiziyor... Bilâl, her zamanki gibi gözlerini dikkatle tahtaya dikmiş, hocanın çizdiği şekillere bakmakta. Fakat bir müddet sonra tahtadaki şekiller birdenbire karıştı, birbirine girdi. Sonra bütün şekiller siliniverdi. Ve kara tahtada yalnız o mütebessim, yaşmaklı bir çift göz belirdi yine..

Bilâl, birden elini alnına götürerek, perişan bir halde eliyle alnını oğuşturmaya başladı. Necati, dersin başından beri Bilâl'deki bu durgunluğun ve değişikliğin farkındaydı. Nihayet dayanamadı ve eğilerek yavaş bir sesle sordu:

- N'en var Bilâl? Hasta mısın?

Bilâl'in cevabı sadece iki kelime olmuştu:

- Kimbilir? Belki de...

Ders bitmişti. Kahkahalar ve türlü şaklabanlıklar arasında sınıftan çıkmakta olan kızlı erkekli talebelerin arasında Bilâl'le Necati, yan yana fakat hiç konuşmadan kapıya doğru ilerliyorlardı. Fakültenin kapısından çıktılar. Sokakta bir müddet öyle hiç konuşmadan yürüdüler. Necati adımlarını Bilâl'e uydurmuştu. Yöneldikleri tarafa bakılırsa, ikindi namazını çok zaman olduğu gibi yine Şehzadebaşı Camiinde kılacaklardı. Necati, Bilâl'i üzmek ihtimaliyle ağzını açıp tek kelime konuşmuyordu. Ama için için arkadaşının vaziyetine üzülüyor. «Acaba başlarında bir felaket filan mı var?» diye düşünüyordu.

Cami duvarının kenarından, camiin kapısına doğru yaklaştıkları bir sırada, arkadan iki arkadaşın aşina bulunduğu yayvan bir sesin kendilerine seslenmesiyle durdular ve başlarını çevirip, arkalarına baktılar. Necati'nin bir müddet evvel içlerinde bulunduğu gurup, kendilerine doğru yaklaşıyordu. Bazılarının kollarında mini etekli fakülteli kızlar vardı. Bir müddet evvel Bilâl'le alay eden Esat, bir yandan onlara doğru yayvan yayvan, serseriler gibi bağırıyordu:

- Hey Necati! Bu ne kalleşlik ulan? Bakıyoruz artık yanımıza yaklaşmaz oldun...

Necati bu söze hiç cevap vermedi. Yanına yaklaşan arkadaşlarına karşı içinde eski sevgiden eser dahi kalmamıştı. Şimdi onlara yalnız acıyor hem pek çok acıyordu..

Esat:

- Haydi var mısın? dedi. Bizim Ersin'in partisi var. Oraya gidiyoruz. Hem bu seferki alem bambaşka... Yani o biçim!...

Necati güldü:

- Bir şartla kabul, dedi. Siz benimle birlikte şu camiye girip, yine benimle birlikte namaz kıldığınız takdirde, ben de söz veriyorum: Sizinle beraber Ersin'in «o biçim» partisine geleceğim!...

Kızlar ve erkekler, bu söz üzerine hep bir ağızdan kahkahalarla gülüşmeye başladılar. İçlerinde «Dev Mustafa» diye isim taktıkları iri kıyım, boyu 1.80 den yukarı atletik yapılı bir genç, elindeki zinciri şıngırdatarak:

- Oğlum, sen Bilâl'in arkasından gittiğinden, onun etrafında kuyruk sallamaya başladığından beri iyiden iyiye molla olmuşsun, dedi. Bizi de Allah'lık yapmaya uğraşıyorsanız, haberiniz olsun oltanız boş çıkar!.. Allah'ın bizim kıldığımız namaza ihtiyacı yok ama, he he he hee.. Bizim, içip eğlenmeye ihtiyacımız var... Hem bizim, Allah baba ile anlaşmamız var!..

Necati, beynine bir balyoz inmişçesine sersemledi. Kendine hakim olamadı ve birden Dev Mustafa'nın üzerine atıldı. Fakat Necati'nin eski kız arkadaşlarından Seval, Necati'nin önüne geçip ona mani olmak için kollarını tuttu ve:

- Dur Necati, dedi. Vurup kırmakla hiçbir şey halledilmez. Üstelik senin gibi bir çocuğa da yakışmaz bu. Düşün ki, daha düne kadar sen de bizlerin içindeydin.. Evvelce beraber geziyor, beraber eğleniyorduk... Söyle Necati, sana ne oldu birdenbire böyle? Niçin aramızdan uzaklaştın, bizi terkettin?

Necati, hırsından yumrukları sıkılmış, tir tir titriyordu. Genç kıza bakarak:

- Bunları bir başka zaman konuşuruz Seval, dedi. Zira ikindi namazı geçmek üzere. Yalnız şu kadarını söylemek isterim ki, sizler gerçekten zavallı insanlarsınız. Şu halinizle değil Müslümana, Hıristiyanlara dahi benzemekten ne kadar uzak olduğunuzun farkında bile değilsiniz. Zira taklit etmeye çalıştığınız o Hıristiyanlar dinlerine karşı sizden daha saygılı ve riayetkardırlar. Zevk, eğlence, sefahat, gözlerinizi bürümüş sizin. Ya siz kızlar? Bir Müslüman Türk kızı demek için haya duyar insan size. Bir kız için en kıymetli mefhumlar olan iffet ve namusunuzu bozuk para gibi harcıyorsunuz. Bunun da adına medeniyet diyorsunuz. Öyle mi? Yazıklar olsun size, kendimi aranızdan çekip kurtarmakla ne kadar isabet ettiğimi bugün daha iyi anlıyorum. Allah sizlere de hidayet kapılarını açsın, hakikati göstersin. Başka ne diyeyim?

Seval, suratına bir şamar yemiş gibi olduğu yerde sarsıldı. Bütün bu sözleri, ağzı hayretten açılmış bir halde Necati'nin yüzüne bakarak, taş gibi hareketsiz dinlemişti. Necati susunca, hiç bir tepki göstermeden, bir cevap vermeden suçlu bir insan gibi başını önüne eğdi ve sustu.

Esat Dev Mustafa'yı bırakıp, Seval'i yaylım ateşine tutan Necati'nin karşısında önce bir baba hindi gibi kabardı ama, sonra kavga ede-

cih etti. Aynı yılışık ve yayvan sesiyle arkadaşlarını kollarından tutup oradan uzaklaştırmaya çalıştı.

- Haydiii!... Yürüyün be... Onun göbeği Bilâl'le bitişmiş, görmüyor musunuz? Onunla sıkı fıkı olalı pabucumuz dama atıldı. Haydi oğlum, haydi... Siz kendi yolunuza, biz kendi yolumuza... Vaaz dinleyecek vaktimiz yok...

Uzaklaşırlarken, alaylı kahkahalar arasında dönüp dönüp Bilâl'le Necati'ye bakıyorlar ve ellerini ağızlarına götürerek:

- Kukurikuuu!... Kukurikuuu!...

Diye tahrik edici acaip hareketler yapıyorlardı... Bilâl Necati'nin hırsını yatıştırmak için elini onun omuzuna koydu:

- Aldırma Necati, dedi. Bu gibi hareketlere alışmalısın. Böyle manen ve ahlaken çökmüş, ölüm döşeklerinde yaşayan fertlerin meydana getirdiği bir cemiyette daha nelerle karşılaşacaksın, dur bakalım. Haydi şimdi bırak şu nasipsizlere sinirlenmeyi de gel camiye girelim. İkindi namazı bir hayli gecikti..

Necati, sıkılan yumruklarını gevşetti ve:

- Allah belalarını versin, diye soludu...

Bilâl:

- Yanlış oldu. Allah hidayet versin, diyeceksin, dedi.

Camiin kapısına doğru yürümeye başladılar. Tam kapıdan girecekleri sırada, Dev Mustafanın o dev gibi gümbürtülü, küstah sesiyle başlarını arkaya çevirdiler. Dev Mustafa, kızlı erkekli grubun ortasında durmuş, elleri beline dayalı kahkahalarla gülüyor ve şöyle bağırıyordu:

- Ha... haaaa... haaaa... haaaa... Yobazlar. Ulan aklınızı peynir ekmekle mi yediniz be? Eller ayın kapısını tıklatırken, bizim saman kafalılar cami kapılarında ömür tüketiyorlar. Vah zavallı örümcek kafalılar, vah!.. Haa... haaa... haaa... haaaa!...

Bilâl, Necati'nin koluna girerek, adeta sürüklercesine soktu onu içeriye. Aksi takdirde çocuğun başı mutlaka derde girecekti...

Kızlı erkekli grup, bir müddet onların camiye girişlerini alaylı kahkahalar atarak seyretti. Yalnız biraz evvel, Necati'nin yüzüne tükürürcesine haykırdığı ve «Kızlık iffet ve namusunu bozuk para gibi harcıyorsunuz» diye hakaret ettiği Seval, âdeta taştan bir heykel gibi yüzünde hiçbir ifade belirmeden öylece durmaktaydı. Esat, kızın kolunu çekti:

- Hey,kızım!... Uyan artık gidiyoruz. Ne o, bakıyorum pek alındın az önceki sözlere? Böyle bir softadan başka türlü söz duyacak değildin ya. Haydi, haydi, yürü..

Ve yürüdüler. Biraz ilerlemişlerdi ki, Seval:

- Çocuklar, dedi. Benim fena halde başım ağrıyor. Bugün sizinle gelemiyeceğim. Kusura bakmayın, yurda dönmek istiyorum. Size iyi eğlenceler, dedi.

Gençlerin hepsi birden:

- Aa... Düpedüz mızıkçılık bu!...

Diye itiraz etmeye başladılar. Esat, Seval'i kendine doğru çekmek istedi:

- Bunu da nereden çıkardın Seval? Ersin'e söz verdiğini unutma. Haydi, haydi, döneklik yapma da yürü. Hem orada eğlence, dans filan derken başının ağrısını unutursun inan..

Fakat Seval, arkadaşlarının bütün ısrarlarına rağmen onlarla gitmeyi kabul etmedi. Ve hepsinin hayret dolu bakışları arasında ayrıldı onlardan. Bir dolmuşa doluşan arkadaşları, yanından geçerken ona el salladılar. Seval bir an onların arkasından baktı, sonra kararlı bir şekilde dönerek, zıt istikamete, geldiği yöne doğru gerisin geriye koşmaya başladı. Kumral saçları rüzgarda uçuşuyor, ayakları birbirine dolanıyordu..

Şehzadebaşı Camiinin kapısı önüne gelince bir an durdu. Nefes nefeseydi. Boynuna fular olarak taktığı küçük eşarbı çıkartarak başını örttü. Avludan geçti. Sonra ayakkabılarını çıkarıp eline alarak ürkek ve çekingen adımlarla caminin içine süzüldü. Aynı ürkek tavırla birkaç adım attı. Gözleri, biraz ilerde başlarında bembeyaz takkeleriyle namaz kılan Bilâl ve Necati'ye takıldı.

Derinden derine bir Kur'an sesi duyulmaktaydı... Seval, camiin ve namaz kılanların arzettiği güzel manzara karşısında kendisini ulvi bir havanın cereyanına kaptırmış gibiydi. Adeta büyülenmişti. Yerinden kıpırdıyamıyor, sadece nutku tutulmuş gibi caminin sütunlarına, işlemelerine, avizelerine, mihraba, minbere ve boyunları hafifçe yana doğru eğik, derin bir teslimiyet içinde namaz kılan insanlara bakıyor, bakıyordu...

Bu garib halet içinde kadınlar kısmına geçmeyi dahi akıl edemedi. Ve hemen kapının oracığına, yere, dizleri üzerine çöküverdi. Gözlerini, önünde namaz kılmakta olan Necati'nin hareketlerinden ayıramıyordu bir türlü.. Bu haliyle, annesinden tokat yeyip de, yine onun şefkatli göğsüne sığınan bir çocuğu andırıyordu.. Necati'nin sözleri en şiddetli tokattan da beterdi kendisi için ama, kendisini onun ardından camiye çeken de yine bu şiddetli tokat olmuştu işte...

«- Sizler zavallı insanlarsınız. Şu halinizle değil Müslümana, Hristiyanlara dahi benzemiyorsunuz. Zira taklit etmiye çalıştığınız o hristiyanlar dinlerine karşı sizden daha saygılı ve riayetkardırlar.»

Hayatı müddetince bu nevi sözleri hiç kimseden işitmemişti o.. Ve hayatı müddetince kimse tarafından bu şekilde bir hakarete maruz kalmamıştı. Gerek aile hayatında, gerek okulda ve gerekse cemiyet hayatında daima elbebek, gülbebek edilmeye, el üstünde tutulmaya alışmıştı.

O halde bu haraketamiz sözlerin, üzerinde daha aksi bir tesir uyandırması icabederdi.. Hiç değilse izzeti nefsini kurtarmak için alaylı bir kahkaha sallayıp geçebilirdi o da diğer arkadaşları gibi. Ama bunu yapmadı Seval. Necati'nin sözleri onda hayret edilecek bir şok tesiri yapmıştı.

Şu kısacık zaman içinde aklından neler geçmiyordu ki... Kendisini, kendi durumunu düşünüyordu:

«- Ben bir müslüman mıyım?» diye kendi kendine soruyor, sonra bunun cevabını veriyordu: «Müslümanlığın icaplarını yerine getirmediğime, yaşayış tarzımla İslamiyete uymadığıma göre hayır. Ben, hakiki bir Müslüman kızı olamam.» Arkasından yine soruyordu: «Peki Hristiyan mıyım o halde?» Bir müddet düşündükten sonra: «Hayır hayır» diyordu, «Necati'nin söylediği gibi Hristiyanlar da dinlerinin icaplarını yerine getiriyorlar, hiç değilse haftada bir kere kiliseye giderek Allah'a ibadet ediyorlar. Demek bir Hristiyan kadar bile olamam ben.»

Bu düşüncelerden sonra yüzünde birdenbire derin bir ızdırab ifadesi belirdi. Yine kendi kendine:

- Ne Müslüman, ne de Hristiyan'a benzemediğime göre yoksa ben bir dinsiz miyim? Aman Allah'ım... Hayır hayır. Dinsiz bir kız olamam ben.. Beni affet Rabbim Ben artık sana layık bir kul, tam bir Müslüman kızı olacağım. Bana yardım et.. Beni affet!.. Beni affet!..

Yanaklarından süzülen rahmet yaşları, kalbindeki bütün pislikleri beraberinde sürükleyip götürüyordu sanki. Kendisine şefkat kucağını açan, kendisini sıcak bir muhabbetle bağrına basan bu yüce ibadethanede bir ömür boyu hep böyle, bu ulvi hislerle kalabileceğini düşünüyor, «Bir ömür boyu Rabbime günahlarımdan dolayı tövbe ve istiğfarda bulunurum böylece» diyordu.

Bu sırada Necati ve Bilâl, namazlarını bitirmişlerdi. Camiden çıkmak üzere kapıya doğru ilerlemekteydiler ki, kapının hemen ağzında başı önüne düşmüş, sessizce ağlıyan Seval'i gördüler..

Genç kız, onların yaklaştığının farkında bile değildi. İki arkadaş Seval'in yanıbaşına gelince bir an hayret ve şaşkınlıkla birbirlerine baktılar. Sonra Necati, yavaşça genç kızın omuzuna dokundu ve müşfik bir sesle sordu:

- Seval, ne arıyorsun burada?..

Seval, yaş dolu gözlerini kaldırdı ve cevap olarak sadece dokunaklı bir sesle:

- Bugüne kadar kaybettiklerimi arıyordum. Ama artık buldum, buldum artık, Necati. Anlıyorsun değil mi, buldum artık...

Dedi ve iki elini yüzüne kapıyarak hıçkırıklarla sarsıla sarsıla ağlamaya başladı.

Necati içinden: «Elhamdülillah, o gafil güruh içinden bir kişi daha eksildi. Hem de aynı benim eksildiğim gibi.. Ani bir dönüş.. Ve nedamet.. Ve pişmanlık..» diye geçirdi. Seval ağlarken, o memnun ve mes'ut bir gülümseme taşıyordu dudaklarında.

* * *

Güneşli, aydınlık bir gün...

Bilâl, yine adeti vechile tahta divana sırtüstü uzanmış, kitap okumakta.. Kitaba öylesine dalmış ki, yanında top patlasa, duymayacak gibi... Fakat bir ara karşı pencerenin açılışı ve billur sesli kızın sesinin odada tatlı akisler meydana getirişiyle kitabı birden kapadı.

- Teoman!.. Haydi sofraya oturuyoruz. Çabuk gel!.

Bilâl, bir an hafifçe doğrulur gibi oldu. Sonra vazgeçti ve tekrar yattı. Fakat huzursuzdu. Hislerini gemlemek için bütün uğraşmalarına rağmen bunda muvaffak olamadı ve bir kere daha doğruldu. İnsiyaki bir hareketle ürkek ürkek adeta bir suçlu gibi elleri titreyerek perdeyi açtı...

Bu esnada karşıki genç kız da Bilâl'lerin penceresine dikmişti gözlerini. Genç kız, Bilâl'i görünce tatlı bir gülümseme ile ona başıyla hafif bir selam verdi. Bilâl, bir kere daha altüst olmuştu. Perdeyi açtığından dolayı sonsuz bir pişmanlık duyarak bu defa, o kızın yüzüne karşı hırsla indiriverdi perdeyi. Tekrar kitabını açtı. Ama okumak mümkün müydü artık?...

* * *

Huzur Sokağındaki yeni apartmanda, dairelerden birinin geniş ve konforlu salonu...

Burası, birkaç gündür Bilâl'in dünyasını değiştiren, onu hissi bakımdan altüst eden Feyzâ'ların dairesiydi. Ortadaki uzun masanın etrafına, apartmanın bütün genç kızları toplanmışlar, bir kısmı iskambil oynamakta, bir kısmı da sigaralarını tüttüre tüttüre oynıyanları seyretmekteydiler.

Bir ara bankacının hukukçu kızı Ülker iç çekerek:

- Size bir şey söyliyeyim mi kızlar? dedi. Daha hayatımda erkeğin böylesine rastlamadım. Karşısında bunca güzel kız olacak da, başını çevirip bakmayacak. Olur şey değil Vallahi. Akıl sır erdiremedim bu işe...

Serpil:

- Şu karşıdaki yakışıklı delikanlıdan mı bahsediyorsun? diye sordu.

- Tam üstüne bastın. Ne esrarengiz çocuk o öyle?

Bir eczahanenin mes'ul müdürü olan Nesrin sigarasından derin bir nefes çekip, dumanını halka halka yukarı doğru savurduktan sonra:

- Ben, hakkında bir hayli malumat topladım, dedi. İsmi Bilâl'miş. Kimya Fakültesine devam ediyormuş. Babası 4 sene evvel ölmüş. Şimdi annesiyle yalnız oturuyormuş.

Serpil'in ablası Süha da lafa karıştı:

- Senin bilmediğin hususları da ben tamamlıyayım bari Nesrin'ciğim: Efendim, cici beyimizin pek güzel de bir sesi varmış. Ama bu güzelim sesini romantik aşk şarkılarıyla değerlendireceğine ne yapıyormuş biliyor musunuz? Bazı ikindi vakitlerinde, yatsı vakitlerinde filan minareye çıkıp, ezan okuyormuş!..

Bu söze Feyzâ hariç, bütün kızlar kahkahalarla gülüştüler. Süha gülerek devam etti:

- Beyimiz üstelik beş vakit namaz da kılıyormuş... Anlıyacağınız pek sofu bir şey...

Ülker, elindeki iskambil kağıtlarını hırsla masaya vurarak:

- Ayol fakülteye giden kültürlü bir insan nasıl namaz kılar, aklım almıyor bir türlü. Üstelik böylesine genç ve yakışıklı...

Kızıl renkli saçlarıyla arkadaşları arasında Alev Leyla diye anılan bir genç kız, hepsine hitaben:

- Çekiştirmeyi bırakın kızlar. Açık olalım. Bütün tenkitlerinize rağmen aslında hepinizin kalbi onun için çarpıyor mu, çarpmıyor mu?..

Bu söze hiç kimse bir cevap veremedi. Bir müddet salona derin bir sessizlik çöktü. Bu halleriyle bütün kızlar, Bilâl için duydukları hisleri açıkça dile getirmişlerdi. Nitekim bir müddet sonra konuşan Süha, hepsi hesabına açık bir itirafta bulunuyordu:

- Birbirinizden saklamaya ne hacet? dedi. Böyle güzel, yakışıklı, üstelik de kültürlü bir genç için kalbi çarpmıyacak bir genç kız elbette tasavvur edilemez. Ama bizim bu duygularımızın ne önemi var ki? Görmüyor musunuz, bellerimize kadar pencerelerden sarktığımız halde, evine girmek için önümüzden geçerken başını çevirip de hiç birimize bakmıyor...

Alev Leylâ, bu itiraf üzerine:

- Peki, dedi. Farzedelim ki, baktı. Ve içinizden birine evlenme teklifinde bulundu. Kabul eder misiniz?

Ülker:

- Namazı mamazı olmasa, can atarım, dedi.

Süha ise:

- Allah esirgesin, dedi. İstediği kadar yakışıklı ve kültürlü olsun. Böyle bir kimseyle evlenip de bir manastır hayatı yaşamak istemem...

Masa başında oturmuş kızların her biri buna benzer sözlerle, Bilâl'i namazından dolayı alaya alıp gerici ve sofu olduğunu ileri sürerek böyle bir izdivaç yapmayacaklarını söylemekteydiler. Hepsinin de istediği, arzu ettiği hayat, lüks, modern ve eğlenceli bir hayattı.

Gece kulüpleri, danslı partiler, balolar, çaylar, plajlar v.s. Alev Leylâ da arkadaşları ile aynı fikirdeydi...

Yalnız Feyzâ, oturduğu yerden konuşulanları sadece dinlemekte, hiç lafa karışmamaktaydı. Onun bu durumunu farkeden Alev Leylâ, bu defa Feyzâ'ya döndü:

- Kuzum, sen niçin hiç fikrini söylemiyorsun Feyzâ!.. Mesela Bilâl seni isterse onunla evlenir misin?

Feyzâ'nın cevabı herkesi şaşırtacak mahiyetteydi:

- Elbette evlenirim... Yeter ki, öyle bir talih kuşu başıma konsun.

Kızlar hep bir ağızdan hayretle bağrıştılar:

- A... aa... a... aa... Sen şaşırmışsın ayol! Öyle bir molla ile evlenip daha genç yaşında ölmeden mezara mı girmek niyetin yoksa?

Feyzâ muzip muzip güldü:

- Yok canım, ne münasebet. Hiç birinizin aklı doğru dürüst çalışmıyor vesselâm. İş, onu elde edinceye kadardır. O zamana kadar abdestinde namazında tam onun istediği gibi dindar bir kız gibi görünür, evlendikten sonra tam manasıyla istediği gibi bir eş olacağımı va'dederim, olur biter. Evlendikten sonra ise, artık keklik çantada sayılır. Unutmayın ki meşhur sözdür: «Kadının fendi, erkeği yendi» derler. Kadın bir kere istemiye görsün. O beni yola koyduğunu sanarken, kendisinin nasıl rotayı şaşırdığını anlamıyacak bile... Bir de çocuk oldu mu? Oh, artık garantide sayılırım. Onu yakın bir zaman içinde kendime râm edip erkek arkadaşlarımın yanında sigaramı yakmak için çakmağına davranan centilmen bir salon erkeği haline getirmezsem, bana da Feyzâ demesinler.

Kızlar:

- Vallahi senden korkulur Feyzâ. Dehşet bir kızsın, diye gülüşmeye başladılar.

Bu esnada Feyzâ'nın dadısı Ayşe Hanım, masadaki çay bardaklarını topluyordu. Konuşulanları yüzünde memnuniyetsiz bir ifade ile dinlemişti. Nihayet beyaz örtülü başını üzüntüyle iki yana sallayarak hepsine birden hitaben:

- Allah cümlenizi islah etsin, ne denir? Bizim zamanımızda kızlar ağızlarına «koca» lafını almaktan haya duyarlardı.

Dedi ve elindeki tepsiyle mutfağa doğru yürüdü.

Birkaç gün sonra...

Feyzâ, kendisine ait konforlu yatak odasında, sırtında bir saten sabahlık, karyolasına sırt üstü uzanmış, elleri başının altında kenetli, gözleri tavana dikili vaziyette yatmaktaydı. Komidinin üzerindeki radyoda hafif hafif bir dans müziği çalmaktaydı..

Genç kız, bir ara yavaşça yerinden kalktı ve kimsenin bulunmadığı salona geçti. Pencerenin ağır tül perdelerini aralayıp karşı eve, yani Bilâl'in penceresine doğru baktı. Fakat Bilâl'in perdesi kapalıydı.

Feyzâ, bir müddet öyle cam önünde durdu. Sonra mahzun bir şekilde tekrar yatak odasına döndü. Ve aynı şekilde, karyolasının üstüne sırt üstü uzandı.

Ne yapacağını bilemez bir halde, kararsız ve şaşkın, elindeki ipek mendilin ucunu dişleriyle ısırmaya başladı. Sonra komidine doğru uzanıp, hırsla radyoyu kapattı. Tekrar düşünmeye başladı.

Bir ara odanın kapısı açıldı ve içeriye Ayşe dadı girdi. Feyzâ hiç oralı değildi. Başını çevirip, bakmadı bile. Dadı yavaş yavaş karyolaya yaklaştı, yatağa ilişti ve müşfik bir tavırla Feyzâ'nın saçlarını okşamaya başladı. Sonra yavaş, fısıltı gibi bir sesle:

- Hani senin benden sakladığın hiç bir sırrın olmazdı, tatlı küçüğüm? Söyle bana; karşıki o oğlanı düşünüyorsun değil mi?

Feyzâ birden şaşırmış bir halde başını çevirdi... Dadısının gözlerinin içine baktı ve hayretle sordu:

- Nereden bildin dadı?

Dadı Feyzâ'nın küçük burnuna parmağıyla bir kaç fiske vurarak konuştu:

- Gerçi küçücük yaşından beri elimde büyüttüğüm senin, Feyzâ'mın kalbinin içini dahi bilen bir kadınım ben ama, böyle olmasam bile dakika başı salonun penceresine koşan ve dikakalarca karşıdaki pelit yapılı delikanlının pencerelerini gözleyen bir kızın derdini ve sırrını anlamamaya imkan var mı?

- Ah, dadıcığım, ömürsün sen billahi! Demek işi gücü bırakıp, benim hareketlerimi gözlüyorsun?

Sonra birden, damdan düşer gibi sordu:

- Dadı, söyle Allah aşkına benimle evlenirmi dersin ?..

- Öyle kendi kendine gelin güvey olma bakalım. Baksana çocuğun gözü derslerinden başka bir şey görmüyormuş.

çocuğun gözü derslerinden başka bir şey görmüyormuş.

- Beni gördü ama!...

- Nasıl yani?

- Bayağı gördü işte... Ve sanki nutku tutulmuş gibi iki defa uzun uzun baktı yüzüme. Halbuki bizim kızların söylediklerine bakılırsa hiç bir kıza başını çevirip bakmazmış...

Ayşe dadı bir müddet Feyzâ'nın yüzünü seyretti... Sonra birden soruverdi:

- Söyle bakayım, yoksa onu seviyor musun?

- Her an onu görmek istediğime göre her halde seviyorum. Sevgi denilen şey budur, değil mi dadı?

- Bilmem ki kızım, herhalde... Ama bu imanlı delikanlı da herhalde evleneceği kızın kendisi gibi dindar olmasını ister değil mi ya? Halbuki sen namazını dahi kılmıyorsun.

Feyzâ, başının altına bir kuş tüyü yastık daha yerleştirdi ve:

- Düşündüğün o olsun, dedi. Dedim ya, onun karısı oluncaya kadar namaz kılan dindar bir kız gibi görünür, evlendikten sonra da onu bile namazdan caydırmasını bilirim ben. Asıl mesele birbirimizi sevmemizdir. Ama eminim, o da beni seviyor. Aşkı uğruna namazı terketmiş çok mu yani?

Dadı, iliklerine kadar ürperdiğini hissetti:

- Fesübhanellah.. Bana kalırsa sen ateşle oynuyorsun Feyzâ'm... Çocuğu baştan çıkaracağın yetmiyormuş gibi, dinden imandan da çıkaracaksın desene? Tevekkeli dememişler, kadın kısmı şeytan gibidir diye?..

- Off! Dadıcığım, sen de amma sıktın, ha... Ayol zaten koskoca kimya mühendisi çıkacak böyle kültürlü ve yakışıklı bir genç tutup da namaz kılıyor diye basit bir mahalle kızı alacak değil ya!... Elbet de mevkiine uygun benim gibi kültürlü, modern bir kızla evlenecektir. Hem göreceksin bak, hem de pek yakın zamanda...

Dadı kalktı, kapıya doğru yürüdü ve tokmağı çevirirken:

- Allah büyük konuşanı daima yanıltır, hüsrana uğratır, bunu aklından çıkarma koca bebek!...

Dedi ve kapıyı açarak çıktı...

Feyzâ yine kendi kendine kurduğu hayal alemlerinin içine dalıp, gitti.

* * *

Yağmurlu, sıkıntılı bir gün.. Kara kara bulutlar, yağmurun, toprağı daha şiddetli döveceğinin habercisi gibi havada koca koca kümeler meydana getirmiş. Halbuki biraz evvel hava günlük güneşlikti. Allahın hikmetinden sual olur mu hiç? İşte bir saate kalmadan hava kararı vermiş ve sağnak halinde yağmur yağmaya başlamıştı.

Sokaktaki bütün çocuklar oyunlarını terkederek, evlerine kaçışmışlardı. Hayri Dedenin kedileri bile evlerin saçakları altına sinmişler, yağmurun geçmesini bekliyorlardı...

Apartmanın bodrum katındaki küçük kapıcı odasında Feyzâ, yaşlı kapıcı kadınla birşeyler konuşmakta... Hal ve hareketlerinden ona bir şeyler tembih ettiği belli. Nitekim, yaşlı kadının «kabul» manasında başını sallaması üzerine buruşuk ellerinin arasına bir miktar kağıt para sıkıştırıp, sevinçle yanaklarından öptü ve koşa koşa merdivenleri çıkmaya başladı.

Henüz birinci kat merdiveni dönmüştü ki, Ayşe dadı da gizlendiği yerden çıkarak, loş koridorları geçip ağır ağır, fakat görünmemiye dikkat ederek onun arkasından merdivenleri tırmanmağa başladı.

Dışarda yağmur bütün şiddetiyle devam etmekteydi.

Bilâl, henüz eve gelmemişti. Evin en ferah ve misafir kabul etmeye en müsait odası Bilâl'in odasıydı. Yer minderlerinin üzerinde Bilâl'in annesiyle karşı apartımanın kapıcısı yaşlı kadın, karşı karşıya oturmuş konuşmaktaydılar. Kapıcı kadın tipik bir Anadolu şivesiyle:

- Ah gozel gardaşım, dedi. Hanidir gelmek istedim, istedim, gısmet olmadı bir dürlü. Garşıdan bakar bakar öz gardaşım gibi severim sizi...

Bilâl'in annesi çok alçak gönüllü, mütevazi bir hanımefendiydi.

- Sağol kardeşim, hiç çekinme. Her zaman gel, dedi... Gördüğün gibi bütün gün evde yalnızım. Oturur, konuşur, vakit geçiririz.

- İlahi hanımcığım. Nirde bende o vakit? Gapıcı değil miyiz? «Zehra gadın goş bağğaldan şunu al, bunu al. Zehra gadın çocuğu oğula götür. Zehra gadın çöpleri dök, taşları sil..» gibi emirlerle gayri dağiğa başı goşturuyoruz. Eh gine de şükür Allah'a...

Bu sırada aşağıda sokak kapısının açılan sesi duyuldu. Bilâl'in annesi:

- Benim de hayatta varım yoğum bir tek oğlum var, Allah

bağışlarsa kardeşim, dedi, işte o da geldi..

Kapıcı kadın heyecanlanmıştı. Yapmacık bir harekete:

- Disene bağa gakmak düştü? Hadi eyvallah hanım.

Diye kalkmak isteyince Bilâl'in annesi:

- Ayol sen onun ninesi sayılırsın. Otur Allah aşkına...

Diyerek kadını tekrar oturttu. Ve elinde kitaplarıyla kapıyı açan Bilâl'e:

- Gel oğlum gel, çekinme, dedi. Hanım teyzen karşı apartmanın kapıcısıymış. Bizim kendilerini ziyaret etmemiz lazımken, sağolsun kendisi kalkmış gelmiş..

Bilâl ilerledi, önce yaşlı kapıcı kadının, sonra da annesinin elini hürmetle öptü. Kitaplarını komidinin üzerine koyup oda bir minderin üzerine oturdu ve kadının hatırını sordu.. Kadın heyecanını bastırmak için yılışık bir gülüşle mukabele etti. Hal hatırdan sonra Bilâl'in annesi:

- Ben ineyim bir kahve pişireyim de, hep beraber afiyetle içelim. Siz hanım teyzenle konuşa durun Bilâl... dedi ve çıktı odadan...

Annesi odadan çıkar çıkmaz yaşlı kadın hiç vakit geçirmeden Bilâl'e doğru eğilerek, yavaş bir sesle.

- Bak evladım, dedi. Anan gelmeden diyivereyim hele. Ben aslında bura seninle mühim bir şey gonuşmak için geldim. Yalnız önce bağa aramızda galacağına dair söz virmelisin ki, diyivereyim...

Bilâl güldü:

- Ne o? Yoksa bana devlet sırrı mı vereceksin teyze? Hadi söyle bakalım, merak ettim doğrusu...

- Yok olmaz.. Önce söz ver hele...

- Tamam tamam söz; söyle haydi...

Kadın hep öyle yapmacıklı haliyle:

- Ah evladım, gozümün nuru, dedi. Bizim apartomanda Feyzâ adında gozel bir gız var ya. Hani tam sizin garşınızdaki dairenin gızı...

- Eee.. Ne olmuş?..

- Sorma oğlum, sorma. Gariban öyle bir darde düşmüş gi, sırrını gimselere diyemiyo. Bir tek bağa açılabiliyo. iki gözü, iki çeşme gızın..

- Merak ettim be teyzeciğim, derdi neymiş kızcağızın?..

- Ne olacak, gara sevda evladım.. Daha açık diyivereyim:

Anlıyacağın gız, sağa tutulmuş. Hemi de öyle bir gönül bağlamış ki, günden güne eriyip gidiyo biçare... Bağa tenbih etti. gimselere söyleme deye emme, ben gene de sabridemedim gayri. Sağa bunları söylediğimi duysa, alimallah govdurur beni işten...

Bilâl, elinde olmadan heyecanlanmıştı. Sordu:

- Peki ama teyzeciğim, bunları bana niye söylüyorsun? Ben ne yapabilirim ki, bu durumda?..

Kadın sesini daha da alçalttı:

- A evladım. Belkim gızın haline acıyıverirsin de alıverirsin tazeciği diye düşündüm. Ne dirler? Çok seven, çok mesud idermiş. Soracığıma... Ne bilem, sen gozel, o gozel... Birbirinize de pek yağışırsınız hani.

Bilâl'in heyecanı bir kat daha artmıştı. Yüzü birden bir kız gibi kızardı:

- Bak teyze, dedi. Daha değil anama, kendime bile itiraf edemediğim şeyi, sana söyliyeceğim. İnan ki, ben de Feyzâ Hanımı en az onun beni sevdiği kadar sevdiğimi hissediyorum. Ancak hayatta öyle şeyler vardır ki; sırasında en büyük sevgiyi dahi göz kırpmadan tepmemize yol açar. Mesela ben, müslüman bir erkek olarak, hanımımın da en az benim kadar dini emirlere riayetkar olmasını isterim. Halbuki Feyzâ hanımların yaşayış tarzları ile bizim İslâmî yaşayışımız arasında dağlar kadar fark var...

Kadın, rolünü muvaffakiyetle oynuyordu:

- Yok evladım, yok. Sen yanlış bellemişsin. Görünüşe ne bakarsın? Sen onun açık saçık gıyafetine bakma. Aile gorgüsü işte. Velakin imanlı mı imanlı bir gız... Feyzâ beş vakit namazını gün be gün hiç gaçırmadan gılıyo. Ve «Onunla evlenirsem, tam ona layık, onun istediği gibi bir gadın olacağım» deyo...

Bilâl hayretle:

- Sahi mi söylüyorsun teyze? dedi. Feyzâ hanım mı söyledi bunları?

- Tabii a evladım... Emme gozüne gurban olayım benim sağa söylediğimi duymasın. Didim ya, dilimi goparır, beni gabı dışarı itdidir, alimallah...

O sırada Bilâl'in annesi elinde kahve tepsisiyle içeri girdi.

- Kusura bakmayın, beklettim. Dalgınlık işte... Birincisinde taşırdım, yeniden pişirmek mecburiyetinde kaldım...

Diyerek misafire ve oğluna kahvelerini verdikten sonra kendi de fincanını alıp eski yerine oturdu.. iki kadın, bir yandan kahvelerini içiyor bir yandan da havadan sudan konuşuyorlardı..

Bilâl, elindeki fincanın titremesine mani olamıyordu bir türlü.. Büyük bir heyecan içinde dalgın ve düşünceliydi. Konuşulanları duymuyordu bile..

Bir müddet sonra yaşlı kadını, ana oğul, sokak kapısından uğurladılar. Kadın kapıdan çıkarken Feyzâların bir penceresinin aralanan perde aralığında Feyzâ, diğer bir odanın penceresinde tül perdenin ardında ise Ayşe dadı, birbirlerinden habersiz, kadının çıkışını takip etmekteydiler...

* * *

Kapıcı kadının bodrum katındaki odasında yaşlı kadın hararetli Feyzâ'ya olanları anlatıyor. Feyzâ, bacağında her tarafını sımsıkı saran daracık yeşil kadife bir pantolon, sırtında kolsuz, dik yakalı alev kırmızısı bir bulüz olduğu halde merak ve heyecanından yerinde duramıyordu adeta...

- Peki, o ne dedi Zehra kadın, o ne dedi?

- Ah urda olup da gorecektin gızım. Lafın sonunda senin de namaz gıldığını, evlenince tam ona layık bir gadın olacağını söylediğini diyiverince bir sevince gapılışı vardı ki, görecektin... Hele gendisinin de seni sevdiğini süylerken görsen yüzü eski zaman gızları gibi gıbgırmızı oluverdi...

Feyzâ:

- Ah benim canım Zehra kadınım. Bana dünyaları verseydin böyle sevinmezdim, diyerek sevinçle kadının boynuna atıldı... Ve yanaklarından öperek yine odadan fırladı... Şarkı söyliyerek koşa koşa merdivenleri uçarcasına çıktı.

Dadı, bodrum katındaki ayni yerde, geniş sütunun arkasında gizlenmişti yine. Gizlendiği yerden çıkarken, alnında derin bir üzüntünün bariz çizgileri belirmişti.

* * *

Aynı gece...

Feyzâ, kısık gece lâmbasının hafifce aydınlattığı loş yatak odasında ipek örtülerle süslü karyolasında elleri başının altında kenetli, arka üstü yatmaktaydı... Gözleri tavana dikilmiş, yüzünde son derece mes'ut fakat muzip bir ifade vardı.. Saatler ilerliyor, düşünceler birbirini kovalıyordu:

«- Seviyor... O da beni seviyor, diyordu. Tam düşündüğüm gibi. Benim de istediğim bu sevgi değil miydi?... İlerde artık gözleri benden başka hiç bir şeyi görmez olacak... Namazı bile... Eminim buna...»

Bilâl de aynı anlarda başucundaki küçük gece lambasının ölgün ışığı altında, yatağının içinde gözleri tavana dikilmiş, arka üstü yatmaktaydı. O da mes'uttu. Ama düşünceliydi... Durgundu...

«- Demek o da beni seviyormuş... Ama en mühimi namaz kılması, diyordu... İmanlı bir kız oluşu... Hayret, Bu zamanda... Üstelik böyle bir kız... Evlenince tam benim istediğim gibi bir hanım olacağını söylemesine bakılırsa, demek ki, içinde bulunduğu hayattan o da memnun değil... Kurtarmalı. Bu hayattan kurtarmalı onu... Ama nasıl?..»

O böyle düşünceler içindeyken, yatmak üzere olan annesi içeri girdi... Elinde bir sürahi suyla, bir bardak vardı:

- Suyunu tazeliyeyim dedim, yavrum. Gece pek su içiyorsun, dedi.

Elindekileri oğlunun başucundaki komidinin üzerine koydu:

- Allah rahatlık versin oğlum... iyi geceler.

Kadın tam kapıdan çıkmak üzereydi ki, Bilâl:

- Anne!

Diye seslendi, Annesi döndü:

- Bir şey mi istedin yavrum?

Bilâl, yatağının içinde doğruldu.

- Şey... Seninle biraz konuşmak istiyordum anneciğim...

Kadın, kalbi çarparak kapıyı kapadı, döndü. Oğlunun yatağının kenarına ilişti:

- Söyle evladım, bir derdin mi var?

Bilâl susmaktaydı... Bir müddet başı önünde konuşamadı... Sonra annesinin ısrarları üzerine sıkıla sıkıla konuşmaya başladı:

- Anne, asri bir hayat içinde, o hayatın icaplarına göre yaşıyan, fakat yaşadığı bu hayat tarzını beğenmiyen, benimsemiyen, temiz bir genç kızla evlenip, onu istemediği o hayattan kurtarmak mı daha sevaptır?.. Yoksa küçük yaşından beri dini emirlere riayetkar bir şekilde yetişmiş bir genç kızla evlenmek mi daha sevaptır?

- Elbette yaşadığı hayatı benimsemiyen ve o hayattan kurtulmak için çırpınan bir kızı o hayattan kurtarmak ve onu ıslah etmek daha büyük bir sevaptır. ama oğlum, bunu bana niçin sordun?

- Hiiç... Oğlunun böyle bir kızı kurtararak böyle bir sevap işlemesi seni memnun eder mi anne?

Kadın, şaşkın:

- Tabii eder yavrum, dedi. Ama bu zamanın kızlarına güvenilmez ki... Yoksa böyle bir şey mi var Bilâl'im?..

Bilâl, mahcub bir edayla cevab verdi:

- Var anneciğim... Fakat bu, öyle güvenilmiyecek kızlardan değil... duyduğuma göre çok imanlıymış ve beş vakit namazını da muntazaman kılıyormuş.

- Allah.. Allah.. Demek hem açık, asri, hem de abdestli namazlı...

- Öyle anneciğim... Üstelik de bir prenses kadar güzel...

Kadın dikkatle oğlunun yüzüne baktı:

- Bahsettiğin kız kimse, senin onu çok sevdiğin belli... Bari o da aynı şekilde seni seviyor mu?

- Hem de bütün hayatını değiştirecek kadar anneciğim...

Yaşlı kadının yüzünde endişeli gölgeler belirmişti.

- Peki ama, dedi. Hani sen, mezun olmadan evlenmeyi düşünmüyordun?

- O evvelki düşüncemdi anneciğim... Hemen evlenmem şart değil... Önce söz keser, nişan takarız... Mezuniyetimden sonra da evleniriz...

- Ama Şükran mevzuunda ben sana aynı şeyleri söylediğimde: «Ben öyle sözlü, nişanlı kalacak insanlardan değilim.» demiştin...

- Bu Şükran meselesi gibi değil, anneciğim. Derhal bir bağ kurulması lazım... Hem Şükran'dan bahsetmesen artık çok daha iyi olur... O şahane bir izdivaç yaptı... Ve kalbine göre aradığını da buldu. Biliyorum senin aklın fikrin Şükran'da takıldı kaldı ama, inan bu müstakbel gelinin de sana onu aratmıyacak...

Annesi üzgünlüğünü belli etmemiye çalıştı.

- Vallahi ne bileyim evladım, sen her şeyi çok doğru düşünürsün ve yaparsın... İnşaallah bunda da yanılmazsın. Hakkında hayırlısı demekten başka elimden ne gelir?

Kadıncağız, boğazında birşeylerin düğümlendiğini hissederek kapıya doğru yürüdü:

- Allah rahatlık versin evladım...

- Sana da anneciğim...

Saatler geçti... Bilâl hala uyuyamıyordu bir türlü. Yatağının içinde huzursuz bir şekilde bir o yana, bir bu yana dönüyor, çeşitli düşüncelerin pençesi altında kıvranıp duruyordu.

Acaba düşüncesinde yüzde yüz isabetli miydi? Acaba hisleriyle mi hareket ediyordu? Ama mantığı doğru dürüst işlemiyordu ki... İradesi elinden alınmış, düşünme kabiliyetini kaybetmişti adeta.. Halbuki düşünmesi, uzun uzun düşünmesi, derin derin düşünmesi, mantığını her zamankinden daha ölçülü olarak işletmesi lazımdı... Bu, hayati bir meseleydi... Vereceği karar, hem dünyası, hem de ahireti için çok büyük bir ehemmiyet taşımaktaydı...

Ve bütün gayretini toplıyarak düşündü, düşündü... Saatler ilerledikçe Bilâl'in yüzündeki ifadeler gitgide değişmekteydi... Nihayet saatlerce süren nefis ve vicdan mücadelesinin sonunda yerinden doğruldu, ayağa kalktı, şaşkın ve perişan bir halde kapıya doğru yürüdü. Vakit, sabah namazına yaklaşıyordu... Kapıyı açtı, merdivenleri yavaş yavaş inerek aşağıda, annesinin bahçeye bakan odasının kapısına doğru ilerledi... Yaşlı kadının kapısının altından ince bir ışık süzülmekteydi. Demek o da bu saate kadar uyumamıştı... Bilâl, hafifçe kapıyı tıklatarak tokmağı çevirdi ve girdi içeriye...

Tahmin ettiği gibi annesi uyumamıştı. Kadın kapının eşiğinde pijamalarıyla beliren oğlunu görünce yatağının içinde doğruldu.

- Anne!..

- Gel yavrum, gir içeriye... Gel, çekinme...

Bilâl kapıyı örttü, geldi annesinin yatağının kenarına oturdu...

- Sen, bu zamanın kızlarına güvenilmez demiştin, değil mi anne? Bu söz beni saatlerdir uyutmadı işte... Öyle ya, ya ben onu kurtarayım derken, o beni yolumdan şaşırtmaya kalkarsa? Allah'ın izniyle beni hiç kimse yolumdan döndüremez... Ama hayatım zindan, yuvam perişan olur... Evlendikten üç gün sonra değişmiyeceğini, fikir değiştirmiyeceğini, lüks ve eğlenceli bir hayat istemiyeceğini, kim temin edebilir?.. Söyle anne, yoksa yanlış bir karar mı veriyorum? Cevap ver bana... Düşüncelerim yanlış mı?

Yaşlı kadın uzandı, şefkatle oğlunun dağınık saçlarını okşadı ve:

- Vah benim zavallı yavrucuğum. Aşk, seni mantığını işletmiyecek kadar mı büyülemiş? dedi...

Bilâl ani bir hareketle, annesinin başında dolaşan elini avucuna alarak, bu müşfik eli minnetle öptü, öptü. Sonra annesine sevgi yüklü nazarlarla bakarak:

- Anne, dedi... Biraz evvel söylemiş olduğum sözleri unut e mi? Bütün gece bu meseleyi enine boyuna düşündüm durdum. Birbirine zıd fikirler içinde sıkıntılı saatler geçirdim... Şimdi, senin yanında daha da rahat düşünebiliyorum. Hayır, hayır anneciğim... Hiç bir zaman şüpheler altında yaşıyan bir erkeğin zavallılığına düşüp, tehlikeli oyunlarla dünya ve ahiret hayatımı zindan etmek istemem ben... Sen canını üzme anacığım, oğlun tam senin istediğin gibi bir gelin alacaktır sana...

- Ya aşkın evladım? Onu yenebilecek misin?..

Bilâl, verdiği kararla rahatlamıştı:

- Şerefim, namusum dünya ve ahiretteki huzurum için şu kasırga gibi aniden benliğimi saran, günlerdir beni alt üst eden bir aşkı feda edecek kadar şuurum var henüz anacığım...

- Peki ya sana ümidini bağlamış, seni seven o kız ne yapacak?...

- Eğer hayatından hakikaten memnun değilse, o hayattan samimi olarak kurtulmak istiyorsa, Allah onun da kalbine göre verir anneciğim... Seni gece vakti böyle üzdüğüm için beni affet.. Ne kadar büyürsem büyüyeyim, yine de arasıra böyle çocukluğum tutuyor işte... Haydi hayırlı geceler anneciğim, neredeyse sabah ezanları okunacak...

Kadın hiç bir cevap veremedi... Oğlunun kapattığı kapının ardından uzun uzun baktı... Kalbi biricik evladı için derin dearin sızlamaktaydı...

* * *

Kristal avizelerden süzülen ışıkların altında kurulmuş muhteşem sofrada Feyzâ, annesi, babası ve erkek kardeşi Teoman ile yemek yiyordu. Dadı, sofraya hizmet ediyor, sofra ile mutfak arasında mekik dokuyordu. Sofrada can sıkıcı bir sessizlik hüküm sürmekteydi... Feyzâ'nın babası Necmeddin Bey, yakında Avrupa'ya yapacağı iş seyahatini düşünüyor. Annesi Emel Hanım zihninde haftanın programını çiziyor, kuaför, terzi ve poker partilerinin saatlerini tesbite çalışıyor, Feyzâ ise aklını fikrini Bilâl'e takmış, onu, yalnız onu, her zaman onu düşünüyordu...

Bu sessizlikten en çok canı sıkılan muhakkak ki, küçük Teoman'dı... Nihayet dayanamadı ve damdan düşer gibi, çatalını tabağının kenarına vura vura başladı konuşmaya:

- Şu karşı evde oturan Bilâl abi, var ya... Mahallenin bütün çocukları onu öyle seviyorlar ki... Bilâl abi hep onların oyunlarında hakemlik yaparmış... Bazan hatta kendisi de çocukların oyunlarına katılırmış. Ama çocuklar söylüyor. Şimdi çok değişmiş... Artık eskisi gibi onlarla şaka bile yapmıyormuş. Bütün gününü aşağıda, deniz kenarındaki kayalıklarda geçiriyormuş...

Feyzâ ile dadı bir anda insiyaki olarak bir ağızdan bağırdılar:

- Ne, deniz kenarında mı?

- Hı... hı... Arkadaşlar söylüyor...

Emel hanım olanlardan hiç bir şey anlamamıştı... Canı sıkılmış bir tavırla:

- Canım şimdi ne alemi var elalemin oğlundan bahsetmenin? Başka mevzu mu yok ortada?

Dedi ve kocasına döndü:

- Hayatım, iş seyahatine haftaya mı çıkacaktın? Bu defa beraber gideriz, olmaz mı?

Bu esnada, tatlı ve yanık bir ezan sesi odaya perde perde yayıldı... Feyzâ'nın elindeki çorba kaşığı düştü... Genç kız, anne ve babasının hayret dolu bakışları arasında bir an dikkatle dışarıya kulak kabarttı... Sanki rüyadaymış gibi bir hali vardı... Ağzından gayri ihtiyari şu sözler döküldü:

- Onun sesi!... Ezanı o okuyor...

Emel Hanımla Necmeddin bey önce birbirlerine hayretle bakıştılar.. Sonra ikisi birden kızlarına dönerek sordular:

- O dediğin kim Feyzâ?

- O işte... O... Bilâl!...

Sofradakilerin hepsi derin bir şaşkınlık içindeydi. Feyzâ, bu şaşkın bakışlar arasında peçeteyle ağzını sildi, sofradan kalktı ve odasına girip, içerden kapıyı kilitledi... Dadı, arkasından söylenip, duruyordu:

- Fesübhanallah... Bu kıza bu günlerde bir haller oldu ya... Allah encamını hayır eylesin...

Teoman hakikaten haklıydı. Bilâl, verdiği karara rağmen, kalbindeki yangını söndürmeye muvaffak olamıyordu bir türlü. Çok zaman okula bile gitmediği oluyordu. Bir avereliktir çökmüştü üzerine... Ekseriya vaktini, evlerinin bir hayli aşağısına düşen deniz kenarında, sahildeki kayaların üzerine oturup uzun uzun düşünerek geçirmekteydi...

Mantığı Feyzâ ile evlenmesinin asla doğru olmadığını söylüyor, fakat kalbine söz geçirebilmesi çok zaman imkansız bir hale geliyordu. Nereden gelmişti bu kız, üstelik tam karşılarına? Bu söz üzerine uzun uzun düşünürdü: Bu dünyaya niçin gönderilmişti o?..

Hayatı biteviye toz pembe, pürüzsüz ve cilalı mı geçecekti hep böyle?.. O zaman «İmtihan»ın ne manası kalırdı? Hayrın karşısında şerri görmeden, tatlının yanında acıyı tatmadan, saadetin yanında elemi çekmeden o imtihanın kıymeti kalır mıydı hiç? Cenab-ı Hak, kulunu hele imanlı kulunu işte böyle şerlerle, acılarla, elemlerle imtihana tabi tutacaktı elbette. Bu işten alın akıyla çıkabilmekteydi bütün iş... Ya nefsinin zebunu olup, Cehennemin esfel-i safiline sürüklenip felaket vadilerine yuvarlanmak vardı işin içinde... Veya nefsini zincire vurup, ona galebe çalarak nefsini kendisine köle yapıp ala-yı iliyyine, yani en yüksek mertebelere hak kazanmak...

Bilâl için makbul olan elbette ikincisiydi... Fakat o nefis yok mu, o mel'un nefis? İnsanın onu zincire vurması, ona galebe çalması, onu kendine köle yapması, şeytanı kavanozun içine tıkması demekti.

İşte bugün de saatlerdir kayaların üzerinde kendi kendine yaptığı şey, bu çetin nefis mücadelesiydi... Akşamın serin rüzgarı, Bilâl'in siyah saçlarını tatlı tatlı okşamaktaydı. Ortalığa hafif bir karanlık çökmüştü... Gökkubbede bütün ihtişamiyle parıldamıya başlıyan Ay, denizin duru suları içinde sanki pırıl pırıl yıkanmaktaydı...

Bilâl, her zamanki gibi kayaların en büyüğünün üzerine oturmuş, gözlerini denizin derinliklerine daldırmış, düşünüyordu. Arkasından yaklaşmakta olan ayak seslerinin farkına bile varmadı... Birden o pek aşinası olduğu büyülü sesle irkildi:

- Bilâl bey!..

Bilâl, hayretle ve inanmıyan gözlerle arkasına döndü baktı. Evet evet, rüya değildi bu... Karşısında bütün güzelliği ve göz alıcığıyla Feyzâ durmaktaydı. üzerinde incecik, iri desenli bir ipekli elbise vardı... Saçları her zaman olduğu gibi omuzlarından aşağı bir şelale gibi dalga dalga dökülmüştü. Ve gözleri... Simsiyah uzun kirpiklerin çevrelediği, o büyüleyici yosun yeşili gözler, ay ışığında daha bir efsunlayıcı güzellik taşıyordu.

Bilâl, insiyaki bir hareketle yerinden kalktı, kıza yaklaştı. İki genç, bir müddet karşılıklı durup bakıştılar. İkisinin de kalbi yerinden fırlayacakmış gibi çarpıyordu. Nihayet Bilâl yavaş yavaş kendini bu sihrin cazibesinden kurtarıp ayıldı:

- Burada ne işiniz var Feyzâ Hanım?..

Feyzâ, bir güzellik abidesi gibi olduğu yerde ayakta dimdik duruyordu. Ay ışığının aydınlattığı yüzünden heyecanının büyüklüğünü okumak mümkündü. Fısıltı gibi bir sesle:

- Ben de bilmiyorum Bilâl Bey, diye cevap verdi. Yalnız şu kadarını söylemek isterim ki: Artık tahammül edemedim ve işte gördüğünüz gibi nihayet bir kaç kelime de olsa konuşmak için sizi buldum. Birbirimizden daha fazla saklamıya ne hacet, Bilâl Bey, ikimiz de birbirimizi seviyoruz... Bu aşikar... O halde niçin hislerimizi birbirimize açmak için tereddüt ediyoruz?

Bilâl'in ilk şaşkınlığı geçmişti... Kendini toparlıyarak sertçe bir sesle konuştu:

- Size ilk olarak genç kızlarla böyle tenha köşelerde başbaşa konuşma huyumun olmadığını ve böyle bir hareketin prensiplerimle bağdaşmadığını söylemek isterim Feyzâ Hanım. Size gelince; bir genç kız olarak akşamın bu saatinde böyle ıssız yerlerde bir genç erkekle birlikte bulunmanız, daha doğrusu onun arkasından gelmeniz ne dereceye kadar doğru bir harekettir, söyler misiniz? Ne yazık?!.. Halbuki ben, sizi çok daha ağır ve mazbut bir genç kız olarak tahayyül etmiştim!..

Bu sözler, Feyzâ'nın izzet-i nefsine indirilen şiddetli bir darbe olmuştu. Genç kız, olduğu yerde bir heykel gibi hareketsiz durmaktaydı.. Bilâl elinde olmadan sesini yumuşatarak tatlı bir sesle devam etti:

- Hem sırtınıza da bir şey almamışsınız. Hava bir hayli serin. Sonra üşütür, hasta olursunuz...

Dedi ve sırtındaki pardesüsünü çıkararak Feyzâ'ya uzattı:

- Alın, giyin bunu... Ve doğruca evinize dönün. Nezih bir genç kız için en doğru yol budur...

Feyzâ'nın yumrukları sıkılmış, dişleri birbirine kenetlenmişti. Birden gözlerine yaşlar hücum etti. Dudakları büzüldü ve ani bir hareketle Bilâl'in uzattığı pardesüyü elinin tersiyle yana doğru fırlattı. Arkasını döndü ve ağlıya ağlıya çılgınca koşarak uzaklaşmaya başladı. Bilâl, ay ışığında gittikçe küçülen ve nihayet gözden kaybolan genç kızın ardından uzun müddet dalgın düşünceli baktı, baktı... Sonra Feyzâ'nın çakıl taşları üzerine fırlatıp attığı pardesüyü yerden alıp omuzuna koydu ve o da aynı istikamete doğru yavaş yavaş yürümeye başladı.

* * *

Ertesi gün...

Bilâl yine aynı sahilde ve aynı kayanın üstünde oturmuş, karmakarışık olan hislerini tahlil etmeye çalışıyordu. Bir evvelki akşam Feyzâ ile yaptığı konuşma, onu yeniden alt üst etmeye kafi gelmişti. Bir yandan onun bu derece serbest ve cüretkar bir kız oluşundan dolayı, kendine asla istediği gibi eş olamıyacağını düşünüyor, fakat bir yandan da onun güzellik ve cazibesinin sihrinden kendini kurtaramıyordu bir türlü..

Fakat o ne? Arkasından yine gittikçe yaklaşan ayak sesleri geliyordu. Bilâl, arkasına dönüp bakmaya fırsat bulamadan bir kadın sesi ile irkildi:

- Bilâl Bey!..

Bilâl, adeta yerinden sıçradı ve döndü. Gelen Feyzâ'nın dadısıydı. Fakat bu ne demek oluyordu? Bir erkeğin üstüne bir genç kızın bu derece düşmesi, neyle telif edilebilirdi? Bilâl bu defa hafif alaylı bir edayla:

- Buyurun dadı hanımcığım, dedi. Feyzâ hanım bu defa da sizinle mi haber gönderdi yoksa?

Ayşe dadı üzüntüyle başını salladı:

- Yanılıyorsun evladım... Ben, bin bir yalan dolanla, para karşılığı senin zihnini çelmeye kalkan o karaktersiz kapıcı kadına benzemem. Eğer Feyzâ, kendi saadetini bozmam için buralara geldiğimi bilse, ömrü billah yüzüme bakmaz benim..

- Saadetini bozmak için mi dediniz? Feyzâ hanımın saadetini mi bozmak için?..

- Evet yavrum. Senin saadetini korumak uğruna... Yıllardır emek harcadığım, elimde büyüttüğüm ve öz kızım gibi sevdiğim Feyzâ'nın saadetine mani olmak mecburiyetindeyim. Sen imanlı bir gençsin evladım... İbadetine düşkün, halim selim, ağır başlı bir insansın sen. Bizim Feyzâ ise... Ah, zirzop kız, ah... Göz göre göre seni ateşe atmak ister miyim hiç evladım?

- Sağol dadı. Allah razı olsun, ama. Feyzâ hanım da imanlı, abdestli namazlı bir genç kız değil mi?

Dadı boynunu büktü:

- Nerde evladım, nerde?.. Geçen akşam bana senin hakkındaki düşüncelerini açtığı zaman senin için nasıl kalbim titredi bilsen. Olmaya ki, onun söz ve va'adlerine kanasın yavrum!...

Bilâl meraklanmıştı:

- Meselâ ne gibi şeyler söyledi dadı?

- Ah evladım. Benim için bunu söylemek çok zor. Ama senin gibi müslüman bir genci yakmamak, ayağını denk almanı sağlamak için söyliyeceğim. Feyzâ diyor ki: «Evleninceye kadar onun istediği gibi bir kız olarak görüneceğim, evlendikten sonra ise değil namaz kılmak, onu dahi namazdan vazgeçirip sigaramı yakacak bir salon erkeği haline getireceğim.» Fikrine şeytan mı girmiş nedir bu kızın, anlamadım gitti...

Bilâl hayretler içindeydi.. İşittikleri karşısında donup kalmıştı...

- Allah Allah.. Demek böyle dadı, diye mırıldandı... Allah senden razı olsun.. Gerçi böyle bir izdivacın olmıyacağına dair ben kararımı vermiştim. Ama, yine de zaman zaman hislerime mağlup olup kararımı değiştirdiğim oluyordu. Beni uyandırdığın için sana minnet borcunu nasıl ödeyebilirim dadı?

Dadı gülümseyerek:

- Sana yapmış olduğum bu iyilik, benim vicdanımın borcuydu oğlum. ama ille beni memnun etmek istiyorsan, bugün buraya gelip seninle konuştuğumu kimseye söyleme, yeter. Haydi Allah'a emanet ol, evladım.. Allah seni bahtından güldürsün...

Dedi ve geldiği istikamete doğru dönüp uzaklaştı.

* * *

Bundan sonraki günlerde Bilâl, başı boş avare kimseler gibi kırlarda, bayırlarda dolaştı durdu. Kâh bir deniz kenarında saatlerce dalgaların sahile çarpışını seyre dalıyor, kah kuytu koruluklarda, ağaçların gölgesine uzanıp yaprak hışırtıları, kuş cıvıltıları arasında vakit öldürüyordu...

Evet, vaktin kıymetini herkesten iyi bilen ve bu vakitleri değerlendirmesini de çok güzel bilen Bilâl, şimdi avareler gibi vakit öldürüyordu orada burada. Halbuki böyle boş zamanlarında ve üstelik böyle güzel köşelerde o, daima yüce Allah'ını düşünür. O'nun sonsuz rahmetini, şefkatini, kudretini ve keremini uzun uzun tefekküre dalardı... Ve bilirdi ki, böylesine müsbet tefekkürle geçen anlar, binlerce sene ibadete bedeldi.

Lakin şimdi o, Allah'ı bırakmış, şeytanı düşünüyordu işte...

Evet Şeytan... Şeytanı düşünüyordu...

Çeşitli eserlerde kaç kere okumuştu: İnsanın fikrini Allah'dan çeviren kimseler aslında insan suretine bürünmüş şeytanlardır, diye... üstelik her namazın arkasında da «Allah'ım, sen beni insi ve cinni şeytanların şerrinden koru.» diye dua ederdi.

Ama işte bir insi şeytan kısacık bir zaman içinde benliğini alt üst edivermişti birden... Aklında o, fikrinde o vardı yalnız. Feyzâ, düşüncelerini de, iradesini de, mantığını da allak bullak etmişti kısa zamanda... Bir yandan ondan bütün benliğiyle nefret ederken, bir yandan da bütün ruhuyla onu sevmekten kendini alamıyordu.. İki zıd his içinde bocalamaktan bitkin ve yorgun düşmüştü...

Okuluna devam edemiyor, derslerine çalışamıyor ve müptelası olduğu dini eserleri dahi eline alamıyordu artık. Bu duruma mutlaka, ama mutlaka bir son vermesi, onu hayatından tamamen silecek bir çare bulması lazımdı. Fakat en önemli mesele, bu «son»un tayiniydi.

Bir akşam, anacığını karşısına aldı Bilâl.. Ve sabaha kadar ana-oğul, bu «son»un tayini, bu çarenin şekli üzerinde konuştular, konuştular.. Ancak sabah namazlarını kıldıktan sonra birkaç saatliğine yattılar. Uykuya daldıkları zaman, her ikisinin de yüzünde makul bir karara varmanın mes'ut bir ifadesi vardı.

Aradan bir ay ya geçmişti, ya geçmemişti... Huzur Sokağı olağanüstü günlerinden birini daha yaşamaktaydı.

Çocuklar: «Gelin bugün gelecekmiş» diye cıvıldaşıyorlar, neş'eli neş'eli hoplayıp zıplıyorlardı. Huzur Sokağındaki bütün pencereler açılmış, örtülü genç kız ve kadınlar pencerelerden sarkmışlardı.

Apartmanın da bütün pencereleri açılmış, apaş kıyafetli, züppe, şımarık kız ve kadınlar, pencerelere doluşmuşlardı yine.

Apartmanın pencerelerinden yarı bellerine kadar sarkan kızlar, yine yüksek sesle bir birleriyle konuşmaktaydılar.

- Ayol nasıl da haberimiz olmadı? Kaşla göz arasında işi beceriverdiler... Davetli olmadan düğün yapılır mı hiç?...

- Şekerim, kızı Bursa'dan almışlar. Nikahı da orada kıymışlar.

- Peki ama kardeşim, bu sokakta hiç mi kız yoktu da gidip, tee Bursa'dan kız aldılar?

- A.a.a.a!... Suale bak. ayol, çocuk elbette doğru düşünmüş.. Bu sokaktaki kız bolluğu belki hiç bir sokakta yoktur. İşte onun için içlerinden birini alsa, diğerleri gücenecek diye, en iyi çareyi dışardan kız almakta bulmuş çocuk.

- Fakat biliyor musunuz kızlar, iyiden iyiye merak etmiye başladım şu gelin hanımı. Tabii gelinlikle getirirler değil mi?

- Aa... Gayet tabiii.. Bizim Yıldız'ı Bursa'dan almışlardı da gelinlikle getirmişlerdi eve.

Kapıcı kadın aşağıdan, kapının ağzından başını yukarı kaldırarak hepsine birden seslendi:

- Canım heç mi gelin görmediniz omrünüzde be? Merahlanmayın gayrı... Adamın söylediği gibi sagalınız onunüze duştüğünce gorürsünüz işte.

Feyzâ'ların penceresinde ise Feyzâ, annesi ve dadı, konuşmalara hiç katılmadan duruyorlardı. Feyzâ yüzünün bütün kanı çekilmiş bir halde adeta heykelleşmiş gibiydi. Üzerinde geniş ekoseli, bol godeli güzel bir sabahlık vardı. Saçları darmadağınık, perişan bir halde merak ve heyecanını bastırmak için büyük bir gayret sarfediyordu...

Nihayet çocukların beklenilen sevinç çığlıkları bir anda sokağı bayram yerine çeviriverdi...

- Geliyorlar!... Geliyorlar!...

- İşte, işte!... İnan olsun ki, Bilâl ağabey de içinde!..

Herkes susmuş, merak ve heyecan içinde çocukların el çırparak koştuğu tarafa bakıyorlardı. Az sonra beklenilen araba görüldü. araba yavaş yavaş Bilâllerin evine doğru yaklaşmaktaydı. Nihayet çocukların sevinç çığlıkları ve hoplayıp zıplamaları arasında kapılarının önünde durdu. Açılan arka kapıdan önce Bilâl'in annesi indi. Sonra, üzerinde pembe, zarif bir pardesü, başı bir tel saçını dahi göstermiyecek şekilde bir eşarpla örtülü mütevazi ve oldukça güzel bir kız indi. En sonra inen Bilâl, önden koştu ve elindeki anahtarla sokak kapısını açtı.

Fakat arabadan gelin kıyafetinde veya hiç değilse şapkalı veyahut açık bir genç kız çıkacağını zan ve ümit eden apartman sakini kız ve kadınlar, taksiden inenin başörtülü ve pardesülü bir kız olduğunu görür görmez, önce bunu hayret nidalarıyla karşıladılar, daha sonra da Bilâl'in ve yeni gelinin yüzüne karşı alaylı kahkahalar savurmaya başladılar...

Yalnız Feyzâ, gözleri alabildiğine hayretle açılmış hala taştan bir heykel gibi durmaktaydı pencerenin önünde..

Bilâl, alaylı kız ve kadın kahkahaları arasında vekarla önce annesini içeriye soktu, sonra genç kızın içeriye girmesini bekledi ve arkadan da kendisi içeri girerek kapıyı kapadı...

Kapanan tahta kapının çıkardığı ses, Feyzâ'nın beyninde büyüdü, büyüdü ve Feyzâ bir külçe gibi dadısı koşup yetişemeden parke zemin üstüne yığıldı kaldı... Bayılmıştı...

Annesi ve dadı, Feyzâ'yı büyük bir telaş ve üzüntü içinde kucaklayarak, doğruca yatak odasına götürüp karyolasına yatırdılar. Emel Hanım, bir yandan ağlıyor, bir yandan da kızının bileklerini, göğsünü kolanyalarla ovuyordu...

Feyzâ, birbuçuk iki saat süren bir baygınlıktan sonra gözlerini açtı. Karşısında annesi gözyaşı döküyordu. Dadı ise üzüntüyle ellerini oğuşturup duruyordu.. Feyzâ bu iki kadını ancak kalın bir sis perdesinin ardından görebiliyordu. Vücudunun her tarafı ateş gibi yanmaktaydı. Annesinin koyduğu dereceye göre, ateşi kırk dereceye yaklaşıktı...

Birkaç saat geçmesine rağmen ateşin düşmeyişi ve Feyzâ'nın gittikçe fenalaşması üzerine Emel Hanım, bir doktor çağırttı...

Muayeneden sonra odadan çıkan doktora Emel Hanım, ağlamaktan şişmiş gözleriyle perişan bir halde sordu:

- Doktor Beycim.. Rica ederim saklamayın. Durumu vahim midir? Yavrucuğum birdenbire neden böyle oldu? Yalvarırım söyleyin!..

Doktor, sakin ve olgun bir sesle:

- Endişeye mucib bir hal yok hanımefendi, dedi. Ancak ani ve büyük bir üzüntü geçirdiği anlaşılıyor. Nevrastenik bir rahatsızlık. Verdiğim ilaçlarla, bilhassa damardan zerkedilecek olan bu iğneyle sinir krizleri kısa zamanda geçecektir. Ancak kızınızın hayatında kendisini avutacak büyük ve müsbet bir değişiklik olmazsa, durumu ilerde ciddiyet arzedebilir... Yokk... yoookk.. Ağlamayın öyle. Hayatın zevk ve lezzetleri olduğu gibi, işte böyle elemli ve azablı tarafları da vardır. Ve muhakkak ki, her ikisinde de Allah'ın hikmetleri mevcuttur.

Kadın, daire kapısını açıp doktoru uğurlarken, gözlerini silerek:

- Teşekkür ederim doktor beyciğim. Sağ olun, dedi. Amma ne de olsa annelik işte. Evladımın birdenbire böyle yemekten içmekten kesilip, yataklara düşmesi çok acı geldi bana. Biz onu el üstünde büyüttük. Yavrucağızım, hayatınca acı yüzü görmemişti daha. Her neyse size de çok teşekkür ederim. Verdiğiniz ilaçları hemen aldıracağım...

- Allahaısmarladık...

- Güle güle beyefendiciğim... güle güle...

* * *

Günler ilerlemekte, fakat Feyzâ'nın durumunda müsbete doğru hiç bir ilerleme görülmemekteydi. Feyzâ, yatağın içinde eridikçe erimiş, bir kaç gün içinde farkedilir derecede zayıflamıştı. Yüzü bir sonbahar yaprağı gibi sararıp solmuş, dudaklarının rengi çekilmiş, o büyüleyici gözlerin feri kaçmış, eski canlı parlaklığı kalmamıştı...

Günlerdir ağzına bir lokma yemek koymamıştı... Verilen herşeyi reddediyor, kimseyle konuşmak istemiyordu.

Gece gündüz düşünüyor, düşünüyor; ağlıyor, ağlıyor, ağlıyor; derin düşüncelere dalıyordu yeniden.

Bilâl'in aniden evlenmesi, onun için bir şok olmuştu adeta... düşünüyor, düşünüyor, kabul edemiyordu bir türlü bu neticeyi...

Yine böyle kabuslu düşüncelere dalmış olduğu bir akşam, yatağının içinde kesik kesik hıçkırırken dadı da bir yandan büyük bir şefkatle onun saçlarını okşamaktaydı. Nihayet Feyzâ ilk defa konuştu. Hasta, perişan ve buhranlı bir halde başını hafif hafif iki yana sallayarak ve içli içli ağlıyarak:

- Niye dadı, niye bana bunu yaptı?.. Oysa beni seviyordu, dedi. İnan ki, seviyordu beni dadıcığım... Hem sonra benim kendisini çıldırasıya sevdiğimi de biliyordu. Cahil ve basit bir mahalle kızını benim gibi bir kıza nasıl tercih edebildi? inanamıyorum dadı, inanamıyorum... Söyle, neden, niçin?..

Dadı eğilip, Feyzâ'nın göz yaşlarından sırıl sıklam olmuş yanağına küçük bir öpücük kondurdu:

- Sana bunların cevabını şimdi veremiyeceğim, benim şımarık bebeğim... değil mi ki, «Neden? Niçin?» gibi sualler zihnini meşgul etmeğe başladı... Günün birinde eminim ki, bunların cevabını sen kendi kendine bulup vereceksin. Haydi şimdi artık bırak bu düşünceleri de, gözlerini sil, uyumaya bak biraz da...

- Uyumak mı? Bu düşüncelerin meydana getirdiği kabuslarla günlerdir gözüme uyku girebiliyor mu acaba?... Perişan oldum, dadıcığım.. Bittim artık ben.. Hayatta ciddi olarak sevdiğim, yegane erkekti o benim için.. O gece sahilde beni bir küçük çocuk gibi bir yandan azarlarken bir yandan da heyecandan boğuklaşmış bir halde tatlı, sevgi dolu bir sesle söylediği sözler hiç hatırımdan çıkmıyor.. «Feyzâ hanım, sırtınıza da bir şey almamışsınız.. Hava bir hayli serin. Sonra üşütür, hasta olursunuz. Alın giyin bunu..» diyerek üstünden pardesüsünü çıkarıp vermişti bana. Söyle dadı, bu sözleri de beni sevdiğinin isbatı değil mi?..

Feyzâ, yeni bir nöbetle yüzünü yastığının içine gömerek hıçkırmaya başladı:

- Peki, niçin, niçin Allah'ım, o basit kılıklı kızı bana tercih etti? Artık düşünemiyorum, zihnim işlemiyor, çıldıracağım dadı, çıldıracağım!..

Dadı, düşünceli bir halde ayağa kalktı. Kapıya doğru yürürken:

- Düşünmek için daha çok zamanın var, dedi. Dedim ya sana.... İyi düşünürsen bulursun bunların cevabını diye... Haydi Allah rahatlık versin. Uyumaya çalış, kendini daha fazla hırpalama...

* * *

Karaköy'de, büyük iş hanlarından birinin beşinci katında asansörden inen uzun boylu, fötr şapkalı genç bir adam, koridorun tam karşısına gelen kapıya doğru yürümekteydi. Kapının önüne gelince başındaki şapkasını çıkarttı ve kapıyı vurarak girdi içeriye.

Burası son derece lüks ve konforlu döşenmiş geniş bir yazıhaneydi. Kapının tam karşısındaki büyük çelik masanın başında Feyzâ'nın babası Necmeddin Bey, telefonla konuşmaktaydı... İçeri giren genç adama, yan masada ki sarışın mini etekli sekreter kız, oturması için yer gösterdi.

Bir kaç dakika sonra Necmeddin Bey, telefon konuşmasını bitirmiş, sempatik bir gülümseyişle misafirine elini uzatmıştı... Genç adam, lafı uzatmadan bir an evvel mevzua girmek istiyordu. Kendisinden emin bir edayla oturduğu meşin koltuğa biraz daha gömülerek:

- Efendim, dedi... Sebeb-i ziyaretimi arzetmeden evvel kendimi tanıtayım. Bendeniz, İnşaat Yüksek Mühendisi Selim Taner. İnşaat işlerinin yanında ticaretle de meşgul olurum. Ziyaretimin sebebine gelince: Kerimeniz Feyzâ Hanıma, şayet sizce bir mahzuru yoksa talib olmak istiyorum. Kendisine tahmininizin fevkinde rahat ve lüks bir hayat yaşatacağımdan emin olabilirsiniz...

Necmeddin Bey piposundan çektiği derin bir nefesten sonra memnuniyetini belli eden bir gülümseme ile sağ kaşını yukarı kaldırarak cevap verdi:

- Vallahi Selim Beyciğim, kendinizi uzun boylu tanıtmanıza lüzum yok. Her ne kadar şahsen değilse, iş sahasında gıyaben tanıyorum sizi... Ancak Feyzâ öyle bir kız ki, onu babası olduğum halde ben bile anlıyamıyorum. Bu güne kadar çıkan bütün taliplerini nedense hep reddetti... Yani anlıyacağınız iş bana değil, doğrudan doğruya Feyzâ'nın vereceği cevaba bağlı...

- Beyefendi, ben Feyzâ Hanımı, bu yılbaşı verilen Çınar'daki büyük baloda gördüm ilk defa... Fakat hiç de öyle söylediğiniz kadar müşkülpesent olabilecek bir genç kıza benzemiyor, Feyzâ Hanım... Meseleyi kendisine açtığınızda müsbet bir cevap vereceğini tahmin ve ümit etmekteyim..

- İnşaallah Selim Bey.. Böyle bir izdivaca şahsen ben de memnun olurum. Kendisi şu günlerde gerçi biraz rahatsız ama, meseleyi ilk fırsatta kendisine açıp sizi haberdar etmeye çalışacağım.

Selim, memnun bir şekilde ayağa kalktı:

- Beni bahtiyar edersiniz efendim O halde şimdilik müsaadenizle. Buyrun kartımı. telefonunuzu sabırsızlıkla bekliyeceğim.

Dedi ve Necmeddin Beyin dostça uzanmış elini sıkarak geldiği gibi yine kendinden emin adımlarla çıktı odadan...

* * *

Babasının bildirdiği teklif, Feyzâ için adeta bir can simidi olmuştu... Düşünmek için müsaade istemek lüzumunu dahi duymadan, babasına bir çırpıda «Evet» cevabını verivermişti.

Bu işe Emel Hanım da, Necmeddin Bey de, Ayşe Dadı da hayret etmişler, Feyzâ'nın nasıl olup da böyle uzun uzadıya düşünmeden bir anda hayati bir karar verebildiğine şaşmışlardı.

O gece yatak odalarına çekildiklerinde Necmeddin Bey son derece neş'eliydi.

- Biliyor musun Emel'ciğim, dedi... Feyzâ hayatının belki en isabetli kararını verdi.

- Emin misin Necmeddin?

- Elbette eminim. Sen ne diyorsun Emel, adam memleketin en tanınmış, müteahhidlerinden biri... Zenginlik, servet, yakışıklılık, ne istersen hepsi var üzerinde... Hülâsa tam bizim aradığımız tipte bir damat...

- Ama Feyzâ'yı görmüyor musun? Hani sanki lütfen evet demiş gibi bir hali var... Bana kalırsa kabul etti ama, içine sine sine bir «Evet» deyiş değildi o...

Necmeddin Bey, birden kaşlarını çattı ve gürledi...

- Karşıki softa bozuntusu delikanlı olaydı, içine sinerdi ama, değil mi hanım?...

Odada uzunca süren derin bir sessizlik oldu... Sonra Emel Hanım, ürkek ürkek:

- Demek sen de anlamıştın durumu, öyle mi Necmeddin?

- Anlamamak için insanın meşe odunu olması lazım. Gönlünü kaptırdı kaptıralı haspamın yüzünden düşen bin parça oluyordu.

- Haksızlık ediyorsun Necmeddin, ayol, sen hiç sevmedin mi? Unutma ki biz de birbirimizi severek evlendik.. Yani sevmenin ne demek olduğunu sen de biliyorsun, ben de biliyorum...

- Şekerim, Emelciğim.. Doğru söylüyorsun ama, ne sen, ne de ben tutup da böyle Allah'lık bir softaya gönlümüzü kaptırmadık. Ne derler: Deve dengiyle kalkar.. İşte bak, nitekim çocuk buldu kendine göre bir kıtipiyoz, aldı oturttu aşağıya... Bizim kızımızda öyle hanım hanımcık evceğizinde oturup akşama koca bekliyecek göz var mı? Elbette bütün gün fertik fertik gezmek istiyecek...

- Ne dersen de Necmeddinciğim... Softa mofta.. Bilâl denilen şu yiğit yapılı delikanlının aniden evlenmesi, Feyzâ'yı mahvetti... Kızcağızımın hayatının nuru söndü sanki.. Selim Beyin teklifini de bir çırpıda kabul ediverişi hep, bir an evvel buradan, yani onun karşısından kurtulmak içindir. Zavallı, zavallı yavrum benim...

- Eeeh... Üzme, tatlı canını be nonoşum... Görürsün bak, o zenginlik, o ihtişam ve o hareketli ve renkli hayat, çok kısa zamanda Feyzâ'yı tekrar eski neş'eli haline döndürecektir...

- İnşallah Necmeddinciğim. İnşaallah dediğin gibi olur.

* * *

Bir kaç ay içinde Huzur Sokağına giren, bu üçüncü gelin arabasıydı. Apartmanın önünde duran son model kırmızı Mercedes arabanın bütün çevresi zambaklar karanfiller ve yeşilliklerle süslenmişti. En öne de sarı saçlı, kocaman bir gelin bebek oturtulmuştu... Kırmızı arabanın arkasında ise, sokağın diğer ucuna kadar uzanan bir araba konvoyu vardı...

Mektepten çıkan çocuklar, gelin arabasının etrafını çevirmişler, bu süslü püslü lüks arabayı merak ve hayranlıkla seyretmekteydiler... Hele öndeki gelin bebek hepsinin rüyalarına girecek kadar güzeldi.

Manzara öncekilerden pek farklı değildi.. Yine ahşap evlerin pencerelerinden örtülü genç kız ve hanımlar, apartmanın pencerelerinde ise neredeyse bellerine kadar sarkmış, açık saçık kadınlar doluydu...

Bilâl'lerin penceresinde ise Bilâl'in annesi ve hanımı, çıkacak olan gelini görmek için sabırsızlanmaktaydılar. Her kafadan bir ses çıkıyor, yine apartmandan herkes bilir-bilmez konuşuyordu.

Nihayet çocuklar, apartmandan içeriye bakarak hep bir ağızdan:

- Geliyor... Geliyor!... Gelin abla geliyor!...

Diye tempo tutup bağırmaya başladılar. Herkes, adeta soluğu kesilmiş gibi dikkat kesilerek, gelinin dışarıya çıkmasını beklemekteydi. Biraz sonra Feyzâ, yanında damat elbiseleriyle Selim Bey olduğu halde, sırtında şahane kuyruklu bir gelinlikle kapıda belirdi. Bembeyaz tüller arasında güzelliğinin ihtişamı bir kat daha meydana çıkmış, bu haliyle çocukların hayallerinde yaşattıkları peri masallarındaki nazlı prenseslere benzemişti... Saçları, tatlı kıvrımlarla bukle bukle omuzlarından aşağıya dökülmüş, buklelerin aralarına yapma beyaz çiçekler yerleştirilmişti...

Daha gelinle damat kapıda görünür görünmez, apartmandaki kız ve kadınlar sevinç çığlıkları ve kahkahaları ile pencerelerden aşağıya, gelin ve damadın üzerine şerit ve serpantin yağdırmaya başladılar.

Bu esnada Bilâl'in annesi, pencerede sessiz sessiz gözyaşı dökmekteydi. Oğlu, ona herşeyi anlatmıştı... Yaşlı kadın, gelinliği içinde bu periler kadar güzel genç kızın biricik yavrusunun, Bilâl'inin ilk aşkı olduğunu düşündükçe, oğlunun onca zaman çektiği ızdıraba hak veriyordu... doğrusu bu kadar şahane bir güzelliğe sahip böyle bir genç kızın cazibesine ve yakın alakasına iyi dayanabilmişti Bilâl... Yaşlı kadın bu düşüncelerle, namaz örtüsünün ucuyla yanaklarına süzülen yaşları kurularken onun ağladığını farkeden genç gelini:

- Ne o anneciğim, niçin ağlıyorsunuz...

Diye sordu. Bilâl'in annesi durumu belli etmemek için büyük bir gayretle:

- Hiç yavrum, hiç bir şeyim yok.. Ah işte, kadın kısmı değil miyiz, bir gelin gördük mü dayanamayız.

Diyerek vaziyeti kurtarmağa çalıştı. Bu arada gelin ve damadın arabaya binmesinden sonra, konvoy en önde gelin arabası olduğu halde klakson çala çala ilerlemeye başlamıştı. Taksilerin klakson sesleri, sokağı bir anda bir bayram yerine döndürüvermişti.

Konvoy, sokakta biraz ilerlemişti ki, sokağın başında, koltuğunun altında kitaplarıyla okuldan dönmekte olan Bilâl göründü.

Konvoy, ağır ağır Bilâl'e doğru ilerlemekteydi. Nihayet sokağın en dar yerinde karşı karşıya geldiler. Bilâl, en öndeki gelin arabasının içinde gelinlikle oturan Feyzâ'yı görmüştü. Bir anda kalbinin tellerinden bir ikisinin kırılmış gibi olduğunu hissetti. Başı döndü, gözleri karardı.. Fakat araba iyiden iyiye üzerine yaklaşmaktaydı. arabadan kurtulmak için yana doğru kaçmak istedi. Ne var ki ayağı bir taşa takıldı ve arkası üstü yere düşüverdi. elindeki kitaplar, etrafa yayılmıştı.

Bu aksilik karşısında konvoy ister istemez biraz duraklamak mecburiyetinde kaldı. Bilâl, üzerindeki sersemliği atarak bir çırpıda doğruldu, eğilerek yerdeki kitaplarını topladı ve bir kapının basamağına çıkarak, geçmesi için arabalara yol verdi.

Bilâl'in düşüşü, Feyzâ için intikam almak bakımından bulunmaz bir fırsat olmuştu... Feyzâ, Bilâl'i öyle kitapları yere saçılmış, sırtüstü yere yuvarlanmış vaziyette görünce, Bilâl'in duyabileceği hızlılıkta alaylı kahkahalarla gülmeye başlamış, sonra da onun görebileceği bir şekilde yine gülerek, mes'ut bir ifadeyle başını Selim'in geniş omuzuna yaslamıştı.

Konvoy sokağı kıvrılıp diğer sokaklardan geçerek ana caddeye çıktığında Selim, siyah elbisesinin yakasına bir kaç damla yaş süzüldüğünü görerek, Feyzâ'nın omuzuna dayadığı başını eliyle hafifçe yukarı doğru kaldırdı...

Hayret, Feyzâ ağlıyordu... Selim, genç kızın yüzünü çenesinden tutarak şefkatle kendi yüzüne çevirdi ve:

- Ne o ağlıyor musun Feyzâ? Ama seni anlıyorum, dedi... Her genç kızın duyduğu normal bir heyecanın tezahürüdür bu...

Feyzâ, Selim'in sözlerine hiç cevap vermedi. Gözlerinden yağmur gibi yaşlar yuvarlanıyor, derin derin iç çekerek içli içli ağlıyordu mütemadiyen. Bir müddet sonra ise hıçkırıklarını büsbütün zabtedemez bir duruma gelmişti... Bilâl'in yüzüne karşı savurduğu kahkahaların yerini şimdi asabi hıçkırıklar almıştı... Bu arada Selim'in bütün ısrarlı suallerine karşılık, ancak:

- Hiç!... hiç, bir şey değil!... Rica ederim Selim, bana bir şey sorma.

Diye cevap vermekteydi... O, gerçi Huzur Sokağından ayrılmıştı ama, vücudunun en hassas uzvunu, kalbini bırakmıştı orada...

Arabalar, Hilton Otelinin önünde durduğu zaman Feyzâ kendini oldukça toplamıya gayret ederek, uzun tül duvağını koluna atıp arabadan indi. Gözyaşlarından bozulan göz makyajını tazelemek için emel Hanım kızını alarak doğruca soyunma ve makyaj odalarının bulunduğu yere gitti. Feyzâ, bir robot gibi annesine tabi oluyor, o ne yaparsa sesini çıkarmıyordu... Nihayet siyah ve yeşil farlarla gözleri boyandıktan sonra dışarıya çıktı. Selim, üzgün bir vaziyette dışarda beklemekteydi. Duvağının altındaki yüzüne endişeyle bakarak:

- Nasıl oldun, meleğim? diye sordu.

Feyzâ sadece:

- Teşekkür ederim, lütfen girelim artık içeriye, diyebildi.

Salonda orkestra «Mavi Tuna»yı çalarak, gelin ve damadı çağırmaktaydı... Genç çiftin kolkola salonda görünmesiyle, kulakları çınlatan bir alkış tufanı koptu...

Hemen hemen bütün İstanbul sosyetesi, düğünde hazır bulunmuştu... Kodaman iş adamları ve isimleri gazetelerin dedikodu sütununa geçmiş bir sürü zengin ve koket hanım bir araya gelmişler, yüksek perdeli konuşma ve kahkahalarla akıllarınca düğünün tadını çıkarıyorlardı.

Feyzâ, Selim'in kolunda ağır ağır pistin ortasına doğru ilerlerken, dizlerinin bağlarının çözüldüğünü, tutunmasa salonun orta yerine yığılıvereceğini hissederek Selim'in koluna iyice yapışmıştı. Yüzü olanca makyaja rağmen renksiz ve durgundu. Pistin ortasına gelince. «Yaşa, varol» sesleri arasında Selim, Feyzâ'nın duvağını açtı ve herkesin içinde ona sarılarak aşk filmlerindeki sahnelere taş çıkartacak bir ustalıkla medeniyetin (!) bir icabını daha yerine getirdi.

Davetlilerin çılgınca eğlendikleri, daha doğrusu eğlenmelerinin temin edildiği bir düğündü bu.

Böyle bir düğünün içinde memnun ve mesud olmayan bir tek kişi vardı Feyzâ!

Ak ak gelinlikler içinde karalar bağlamış bir gelin...

* * *

Karlı, soğuk bir gün...

Günlerdir aralıksız yağan kar, şehir hayatını adeta felce uğratmış... Cerrahpaşa Hastahanesi Doğum Kliniğinin koridorları, içeri girenlerin ayakkabılarından dökülen kar suları ile ıslak ıslak...

Bilâl, bu uzun koridorlarda sinirli ve heyecanlı adımlarla bir aşağı, bir yukarı dolaşıp durmakta. Önünden sedye içinde geçirilen hastaların iniltileri, kendisi gibi bekleşen hasta sahiplerinin göz yaşları, kalbine tuhaf bir eziklik vermekteydi. İçersinin sıcak bulunmasına ve kendisinin de çok sıkı giyinmiş olmasına rağmen iliklerine kadar üşüdüğünü hissediyordu... Dudakları kıpır kıpır oynuyor, mütemadiyen dualar okuyordu.

Bu koridorları arşınlayalı ne kadar zaman olmuştu, bilemiyordu... Geldiğinden beri dinlenmek için bir kere dahi duvar kenarlarına konulmuş kanepelere oturmamıştı... Saatler ilerledikçe heyecanı bir kat daha katmerleşiyor, paltosunun içinde büzüldükçe büzülüyordu.

Nihayet karşıdan bir hemşire göründü. Orada bulunan bütün hasta sahipleri, ümitle parıldayan gözlerini, yaklaşmakta olan genç hemşireye dikmişlerdi... Hemşire, adeta koşarcasına yaklaştı, yaklaştı ve elleri cebinde heykel gibi hareketsiz, kendisine bakan Bilâl'e doğru yürüdü. tam karşısına gelince tatlı bir gülümseyişle:

- Müjde efendim, dedi. Nur topu gibi bir oğlunuz var.

İşte bu, Bilâl'in nihayet duymak için belki ömrünü verebileceği bir çift sözdü... Büyük bir sevinçle:

- Sahi mi söylüyorsunuz hemşire hanım, inanamıyorum, dedi.

Sonra kendi kendine: «Oh, çok şükür Rabbim» diyerek tekrar heyecanla hemşireye döndü:

- Hemşire hanım, peki annesi nasıl? Ne zaman görebilirim kendisini?

- Anne de iyidir efendim, merak etmeyin. Bir saat sonra görüşmeniz mümkün olur zannederim.

Sevinç ve heyecanından teşekkür bile etmek aklına gelmemişti Bilâl'in... Ama hemşireler alışkındı böyle hallere... Nitekim genç hemşire de teşekkür beklemeden arkasını dönüp uzaklaşmıştı bile...

* * *

Dışarıda lapa lapa kar yağıyordu. Hava şiddetli soğuk olmasına rağmen Bilâl'in vücudu evvelkinin aksine şimdi sanki alev alev yanıyordu...

Paltosunun yakası kalkık, elleri ceplerinde, böyle sokak aralarında avere avere ne zamandan beri dolaşmaktaydı, hatırlamıyordu. Evde haber bekliyen annesi hatırına gelmeseydi kimbilir daha da ne kadar bu şekilde dolaşıp duracaktı. Sevincini dağa taşa haykırmak, yanından geçen herkesi çevirip: «Benim oğlum oldu!..» diyerek müjdeli haberi bütün insanlara duyurmak istiyordu:

Başının üstü ve paltosu bembeyaz karlarla bezenmişti. Buz gibi havayı ciğerlerine doldurarak: «Oh, Rabbim, dedi... Meğer evlad sahibi olmak ne güzel şeymiş...» Sonra evladı olmayan herkesi evlad sahibi kılması için Allah'a dua etti.

Evinin merdivenlerini koşarak çıkarken bir çocuk kadar sevinçli ve neş'eliydi. Annesi yukarıda, seccadesinin üzerinde ellerini açmış dua ediyordu. Oğlunun geldiğini görünce ellerini yüzüne sürdü ve doğruldu... Bilâl:

- Müjde anneciğim, müjde... Arslan gibi bir erkek torunun var.

Diye annesinin boynuna sarıldı. Yaşlı kadın, hiç bir cevap vermeden, bir anda gözlerinden boşanan yaşlarla tekrar seccadesinin üzerinde durdu. Ve ağlıyarak iki rek'at şükür namazı kıldı... Uzun uzun dualar etti...

Yeniden doğrulduğunda Bilâl, heyecanlı ve kararlı bir sesle konuşmaya başlamıştı:

- Bak anneciğim, ne düşündüm biliyor musun? Oğlumu daha rahat bir evde, daha geniş şartlar altında yetiştirmek için, daha geniş ve konforlu bir eve çıkalım diyorum. Gerçi aslında doğup büyüdüğüm, acı tatlı hatıralarım olan bu sokağı ve bu mütevazi evceğimizi ömrümün sonuna kadar bırakmak istemiyorum ama, sen de biliyorsun ki, bugün artık sokağımız eski huzurlu «Huzurlu Sokağı» değil. Karşımızdaki şu apartman sokağa dikildi dikileli canım sokağımızın veçhesi birden değişti. Hepsinden mühimi de her an karşımda bana acı bir hatıramı tazelendirecek olan bir pencereyle karşı karşıya bulunmak istemiyorum.

Gözlerini bir müddet karşıya, Feyzâ'ların penceresine dikti... İnce tül perdelerin arkasında sanki Feyzâ kendisine bakıyordu. Karşı pencereye gözü her ilişişinde o gülümsüyen şahane gözlerin aynı tatlılığı ve yakıcılığıyla kendisine baktığını hisseder, her defasında da alt üst olurdu Bilâl... Halbuki şimdi evlenmişti ve üstelik bir de çocuğu olmuştu.

Artık onu düşünmemesi tamamen ondan uzaklaşması lazımdı... Gözlerini aniden tekrar annesine çevirdi ve sözlerine devam etti:

- Anlıyorsun beni, değil mi anneciğim? Huzur Sokağı artık benim için eski huzur dolu ahengini kaybetti... Allah'a şükürler olsun, tahsilimi bitirdim... Yine hadsiz hamd olsun ki, fevkalâde bir işim ve iyi bir gelirim var. Mazbut bir muhitte, güzel, geniş bir daireye taşınalım diyorum. Sende, bizler de, daha rahat ederiz; ne dersin anneciğim?

Yaşlı kadın ne kadar belli etmek istemiyorsa da üzgün görünüyordu. Biraz evvelki müjde haberinin hemen arkasından bu teklif, adeta üzerine soğuk bir duş tesiri uyandırmıştı. O, bu eve gelin gelmişti. Bu evde evlat sahibi olmuştu... Ve bu evde çok sevdiği kocasını toprağa vermişti... Bu ev onun için acı tatlı hatıralarla dolu bir mekandı... Bu evi terketmek ona muhakkak ki, çok acı gelecekti... Fakat oğlunun biricik yavrusunun da saadetini düşünmek mecburiyetindeydi... Oğlunu ilk aşkının acı hatıralarından kurtarmak için, kendisinin de fedakarlık ve feragat göstermesi icabetmekteydi. Nihayet kendisinden cevap bekliyen oğluna dönerek:

- Sen bilirsin evladım, dedi. Madem bu şekilde münasip görüyorsun, öyle olsun. Kazancına göre yaşamak ve yaşatmak herkes gibi senin de hakkın elbette...

* * *

Aradan bir seneye yakın bir zaman geçmiş, Bilâl Fatih'ten güzel bir daire kiralamış, Huzur Sokağındaki evlerini de imanlı, müslüman bir aileye kiraya vermişti. Şimdi kimyevi imalat yapan büyük bir fabrikada kimya mühendisi olarak yüksek maaşla çalışmaktaydı...

Annesi ilk zamanlar muhite ve eve pek ısınamamıştı. Ama, zamanla o da ister istemez alışmıştı. Bilhassa evin kaloriferli oluşu, kış gelince soba yakma derdinin olmayışı, çok hoşuna gitmişti. Yaşlı kadın, kendinden ziyade, genç gelininin rahatını düşünüyordu. Bu iyi huylu, terbiyeli ve itaatkar kadını, yalnız oğlunun eşi olduğu için değil, güzel ahlakından dolayı gittikçe artan bir sevgiyle kendi kızı gibi sevmekte ve üzerine titremekteydi. İsmini söylerken ağzından bir kere daha Hacer dökülüyordu, adeta. Hele onbir aylık torunu, kendisi için yeni bir hayat kaynağı olmuştu.

O gece annesi ve eşi Hacer'le birlikte sofrada yemek yerken aklına birden bir şey geldi:

- Az kalsın söylemeyi unutuyordum. Bu gece Necati'ler ve Dr. Nazım'lar gelecekler. Dün telefon etmişlerdi..

Hacer buna çok sevinmişti:

- Ah ne iyi, dedi. Çoktandır Şükran hanımla da, Seval'le de görüşemez olmuştuk. Bayağı göreceğim geldi...

Yemeklerini alelacele yediler. Hacer sofrayı kaldırırken, kayınvalidesi de çocuğun üstünü değiştirmek için bavuldan giyecekler çıkarmaktaydı. Bilâl ise, tahta parmaklıklar içinde tutuna tutuna sıralamaya çalışan sevimli oğluyla şakalaşmakta,. çocuğuyla adeta bir çocuk gibi oynamaktaydı...

Biraz sonra kapı çalındı. İlk gelenler, Dr. Nazım'la Şükran'dı. Bilâl, Nazım'ı misafir odasına alırken, Hacer, Şükran'ı hem oturma odası, hem de ikinci misafir odası olarak kullandığı tarafa buyur etti. Çok geçmeden Necati'ler de çıkıp geldiler.

Necati'yi Seval'le evlenmesi için Bilâl teşvik etmiş, neticede iki gencin hayatlarını birleştirmelerini sağlamıştı.

Necati, yanında pür tesettür kıyafetiyle tam bir İslâm hanımı görünüşündeki Seval'le iftihar duymaktaydı. Genç evliler, İslâmî usullere uygun olarak kurdukları yuvaların da son derece mes'ut ve huzurluydular...

Hacer, Şükran ve Seval, iman kardeşliğinin bahşettiği bir sevgi ve muhabbet atmosferi içinde İslâmî mevzularda daldan dala atlıyor, her biri başlarından geçen enteresan vak'aları anlatıyor, İslâmî hizmet sahasında neler yapabileceklerini kararlaştırmaya çalışıyorlardı.

Diğer taraftan misafir odasında oturan üç arkadaş, Bilâl, Dr. Nâzım ve Necati, de, çeşitli mevzularda sohbete dalmışlardı. Bir ara Dr. Nâzım, her zamanki neş'eli haliyle Necati'ye Bilâl'i işaret ederek:

- Azizim, hayatımda şu çocuk kadar maharetli çöpçatan görmedim, dedi. ikimizin saadeti de evvel Allah onun sayesinde değil mi?

Necati, düşünceli bir şekilde adeta mırıldanır gibi:

- Evet, gerçi öyle, ama ne garib değil mi? dedi. Başkalarının saadetine vesile olan bir insan, bazen kendi saadetini elde etmiye muvaffak olamıyor..

Bilâl, Necati'nin ne demek istediğini anlamıştı..Kalbinin içten içe burkulduğunu hissetmesine rağmen vaziyeti kurtarmak için :

- Bunu da nereden çıkardın Necati? dedi. Allah'a şükür idealime uygun bir eşim, nur topu gibi bir de oğlum var. Bundan büyük saadet düşünülebilir mi?

Necati :

- Her neyse, dedi. Keselim bu mevzuu burada, insanın hayatında öyle şeyler vardır ki, deşilmeye gelmez..

Bilâl, hiç cevap vermedi. üç arkadaş bir müddet hiç bir şey konuşmadılar. Sonra Bilâl, gözleri ışıldıyarak birden ayağa kalktı ve kapıya doğru yürüdü:

- Durun size benim arslan oğlumu getireyim. Kerata sıralamaya başladı bile...

Diyerek çıktı dışarıya. Biraz sonra içeri girdiğinde, kucağında yumak yumak, gürbüz bir erkek çocuğu vardı. Çocuk, Dr. Nazım'ın el çırpışlarına küçük çığlıklar atarak tatlı tatlı gülüyordu. odanın içi bir anda neş'e ve kahkahalarla dolmuştu...

* * *

İki sene sonra...

Bilâl, aynı hastahanenin aynı koridorlarını bu gün bir kere daha sinir ve heyecanla adımlayıp durmaktaydı..

Dışarda bütün haşmetiyle bahar hüküm sürmekteydi. Güneşin rahavet verici sıcaklığı altında tomurcuklar patlamış, ağaçlar süslü birer gelini andırmaktaydı. insanlar bile daha bir başka oluyordu bu efsunlu mevsimde. Hemen bütün yüzlerde neş'e, sıhhat ve ümit izleri bulunmaktaydı.

Hastahane koridorlarını aşağı yukarı dolaşıp duran Bilâl'in dışardaki hayatla alakası kesilmiş gibiydi sanki. Yüzü endişeli ve huzursuz bir ifadeyle sapsarı kesilmişti. Dudaklar, yine kıpır kıpırdı. Okuyor okuyor, yine okuyordu. Esasen böyle anlarda içine ferahlık verecek yegane ilaç, duaydı onun için...

Karşıdan gelen bir hemşire ona doğru yaklaşmaktaydı. Geldi, tam karşısında durdu ve üzüntülü bir sesle:

- Beyefendi, dedi. Vereceğim haber karşısında metanetinizi muhafaza etmenizi rica edeceğim. Sinirlerinize azami derecede hakim olmanız icabediyor...

- Ne demek istiyorsunuz hemşire hanım, yoksa? Açık konuşun, rica ederim!..

- Maalesef çocuğunuzu kurtaramadık efendim!.. Doğum esnasında gösterilen bütün gayretlere rağmen bu üzücü neticeyi önlemek ne yazık ki, mümkün olmadı...

Bilâl'in yüzü bir kat daha sarardı. Fakat kendisini çabuk toplıyarak:

- Peki, ya annesi? Eşimin durumu nasıl?

Bu defa hemşire başını önüne eğdi ve üzüntüden kısılmış bir sesle bu sualin de cevabını güçlükle verdi:

- Siz, müttaki bir zatsınız, beyefendi. Kaderin önüne hiçbir şey geçemez. Hanımınız henüz hayattadır.. Ancak durumu çok tehlikeli. Bir-iki saat yaşayıp yaşamıyacağı şüpheli Arzu ederseniz son anlarda fazla yormamak şartıyla kendisi ile görüşebilirsiniz. Lütfen, buyrun benimle..

Bilâl, perişandı. Hiç bir söz söylemeden omuzları düşük, yıkılmış bir halde hemşirenin arkasından yürüdü. Ve hemşirenin açtığı tek kişilik hususi bir odadan içeri girdi..

Hacer, bembeyaz örtüler içinde, başı yine güzelce bir büyük namaz örtüsüyle örtülmüş olduğu halde yatmaktaydı. Bilâl, yavaş yavaş yanına yaklaştı. Fedakar ve vefakar eşinin elini şefkatle avuçlarının içine aldı ve yavaşça dudaklarına götürerek bu küçük eli öptü. Hacer bu temasla gözlerini açtı, karşısında sevgili erkeğini, Bilâl'i görünce, gözlerinden yuvarlanan yaşlar, şakaklarına doğru sızmaya başladı...

Bilâl heyecanla:

- Hacer!..

Dedi ama, Hacer onun konuşmasına fırsat bırakmadı. Parmağını yavaşça dudağına götürdü. Sonra kesik kesik:

- Sus Bilâl, dedi. Sen konuşma... dinle. Zira benim bu dünyada geçirecek çok az vaktim kaldı. Evlendiğimizden bu yana hep seni mes'ud etmek için çırpındım. eğer edebildiysem gözlerim açık gitmiyecek. Şükürler olsun Allah'ıma, sana nur gibi bir erkek evladı yadigar bıraktım. Bir de kızımız olsun istiyordum. Ama, kader; ne denir?

Oğluma iyi bak Bilâl.. Annem sağ olsaydı torunuyla o meşgul olurdu. ama artık o da yaşamıyor. Ne hazin bir tecelli ki, bir yıl içinde hem anneni, hem kızını, hem karını kaybetmiş oluyorsun...

- Hacer, böyle konuşma.. Allah'dan ümid kesilmez.. Sen yaşıyacaksın inşaallah ve oğlumuzu birlikte büyüteceğiz..

Hacer, acı acı güldü ve güçlükle konuşarak:

- Kendi kendimizi aldatmıyalım, Bilâl dedi. Benim belki birkaç dakikalık ömrüm kaldı. Sen beni teselli etmeyi bırak da beni dinle. Oğlumuza iyi bak, demiştim. Bunun ne kadar zor olduğunu çok, çok iyi biliyorum. ama sana güveniyorum. Oğlumuz şimdi 4 yaşında.. Onu da kendin gibi dini emirleri yerine getiren temiz bir müslüman genci olarak yetiştireceğinden şüphem yok. Oğlum, şu misafirhane olan üç günlük dünyanın gösterişine aldanan gafil gençlerden olmamalı. İyi bir tahsil gördür ona... Allah'ım her ikinizi de bütün kötülüklerden muhafaza etsin...

Burada sustu. Hafif bir fenalık geçirdi... Sonra tekrar, ama çok büyük bir güç sarfederek konuştu:

- Yaklaş, Bilâl.. Son nefesimi vermeden bilmeni istiyorum ki.. Bir başkasına ait olduğu için.. Evliliğimiz müddetince.. kalbinde bir yer edinemedim. Ama kalbinde değilse bile birkaç sene için de olsa.. hayatında bir yerim olduğu için çok.. çok... bah... ti...ya...rım...Eş...hedü...en...lâ... İlâhe illallah... Ve eşhedü...enne...Muham..meden... Resu...lul...lah.

Hacer, sözünü ancak heceliyerek tamamladı ve son heceyi mırıldanır mırıldanmaz başı yana düştü. Gözleri hafif aralık kalmıştı!..

Yüzünde mesut bir gülümseme vardı. Bilâl, şaşkın, bir an baktı, sonra heyecanla:

- Konuş Hacer, konuş!.. Hacer'im!..

Diye mani olamadığı hıçkırıklı bir sesle onu omuzlarından bir iki kere sarstı ama, Hacer artık onu duymuyordu. Bir melek safiyeti içinde ebediyet yolculuğuna çıkan fedakar, sadık, itaatli ve vefakar hanımının sıcaklığını aynı hararetiyle muhafaza eden küçük ellerini hala avuçları içinde tutan Bilâl, bütün perişanlığına rağmen kendini çok çabuk toparladı... Ve kadere inananlara has bir sabır ve tevekkül olgunluğu içinde elinin içine hapsettiği bu yumuk, minik elleri adeta incitmekten korkarcasına şefkatle Hacer'in göğsü üzerinde birleştirdi..

Şimdi bu fani hayatla tamamen alâkasını kesmiş, ebediyet alemine ilk adımını atmış olan fedakar eşinin yüzünü büyük bir takdir ve hayranlıkla seyrediyordu. Çünkü biliyordu ki, çocuk dünyaya getirirken ölen annelerin mertebesi Cenab-ı Hak katında şehitlikti. Evet, Hacer de, şimdi bu mübarek şehidler kervanına dahil olmuştu. Üstelik kendisi ile birlikte vefat eden sabi yavrusu da ona ahirette kat'i şefaatçı olacaktı. O halde onun ölümüne üzülüp, dövünmek yerine, böyle bir ölüye gıpta ile bakmak daha doğruydu...

Odanın kapısı hafif bir gıcırtıyla açıldı. Biraz evvelki hemşire, yatağa doğru yaklaştı. Hacer'in nabzını eline aldı. Sonra yüzünde gizliyemediği bir üzüntüyle tekrar göğsünün üzerine bıraktı. Adeta fısıltı gibi bir sesle, Bilâl'e:

- Beyefendi, üzüntünüzü anlıyorum, dedi. Fakat artık onu terketmeniz icabedecek. Zira gördüğünüz gibi, o sizi terketti bile. Başınız sağ olsun beyefendi...

Bilâl, başı önünde son bir defa daha Hacer'e bakarak sessizce kapıdan çıktı...

Artık o, biricik oğluyla hayatta yapayalnız kalmış bir insandı...

ÜÇÜNCÜ BÖLÜM

İstanbul'un en modern ve kozmopolit semtlerinden biri olan Levent'de bahçe içinde tek katlı şahane bir villa..

Villanın bahçesi, her noktası ile görülmemiş bir zevk ve itinayla tanzim edilmiş. Tatlı bir melodi sesiyle açılan oymalı bahçe kapısından, bir hayli içerlek olan villanın kapısına kadar üzerinden sarmaşık gülleri sarkan bir geçit kameriya uzanmakta. Villanın en büyük hususiyeti bahçenin hemen hemen dörtte üçünü kaplıyan büyük ve modern yüzme havuzu... Pembe renkli mermerden yaptırılmış olan havuzun kenarlarına diz çökmüş vaziyette, ellerinde testiler bulunan beş tane yarı çıplak kız heykeli bulunmakta... Kızlar, ellerindeki testileri havuza doğru uzatmışlar, havuzun devirli suyu aralıksız olarak bu testilerden akmakta... Havuzun kenarında rengarenk çakıl taşları, güneşli havalarda parlak cam parçaları gibi ışıl ışıl parlıyor... Bahçenin tarhlara bölünmüş diğer kısımlarında ise en nefis kokulu, en nadide çiçekler yer almış... Bilhassa aralara serpiştirilmiş yasemin ağaçları, etrafa saçtıkları enfes kokuları ile bahçeye sihirli, büyülü bir cazibe vermekte...

Bu, büyük emek sarfı ile meydana getirilmiş bahçenin ortasında nazlı bir prenses edasıyla duran narin yapılı villanın içi ise dışından daha gösterişli ve şatafatlıydı...

Villanın iç dekoru için hiç bir maddi fedakarlıktan çekinilmediği belliydi. Misafir salonu, yemek salonu ve yatak odası, en ağır, en pahalı eşyalarla döşenmiş, oturma odası ise ipek ve atlas kumaşlarla, sırmalı püsküllerle ve ortada büyük yuvarlak bir tepsi içindeki eski tip bakır mangalı ile tam bir şark stilinde döşenmişti...

Burası, Huzur Sokağından ayrıldığından beri Feyza'nın içinde şatafatlı, lüks ve debdebeli bir hayat sürdüğü evdi...

İşte bu gece de davetli oldukları bir baloya yetişmek için tuvalet masasının aynası önünde oturan Feyzâ'nın üzerinde yakası cömertçe açık, kolsuz, yaka ve etek kenarları uzun renkli tüylerle süslü, cam göbeği, uzun, şık bir gece tuvaleti vardı. Makyajının son rötuşları tamamlandığı sırada içeriye siyah ve son derece şık smokiniyle Selim girdi. Yüzünü buruşturarak bir saatine, bir Feyzâ'ya baktı...

- Tam bir saattir aynanın karşısındasın. Bu gidişle balonun sonuna zor yetişeceğe benziyoruz.

Feyzâ, ufak bir kahkaha attı:

- İlahi Selim.. Her zaman «Salonda en güzel kadın benim karım olmalıdır» diyen sen değilsin sanki...

Selim, keyifli keyifli:

- Ohoo. orası öyle, dedi. ama biraz daha gecikirsen gitmekten vazgeçmemiz icabedecek de...

- Tamam, tamam... Hazırım işte... İnsanın elini ayağına dolaştırmaktan zevk alıyorsun bayağı...

Son bir defa daha aynaya baktı. Güzelliğinden emin bir halde ayağa kalktı ve lame gece çantasını alarak odadan dışarı çıkarken iç tarafa doğru seslendi:

- Dadı... Dadıcığım!.. Siyah astraganı getirir misin?..

Dadı, elinde ağır ve pahalı bir astragan manto olduğu halde sokak kapısının orda kendisini bekleyen Feyzâ ve Selim'in yanına geldi. Selim:

- Sen bırak, dadı. O şeref bilirsin her zaman bana aittir.

Dedi ve Dadının elinden aldığı mantoyu centilmen bir edayla Feyzâ'nın omuzlarına koydu. Kapıdan çıkacakları sırada Feyzâ, «Allahaısmarladık» diyerek dönüp Dadısını iki yanaklarından öptü. Ve Dadının durgun hali karşısında sitemle sordu:

- Ne o? İyi eğlenceler demek yok mu yine dadıcığım?...

Dadı:

- Sizinki eğlence değil, zıkkımın kökü!...

Diye homurdandı hırsla... Ve kapıyı Feyzâ'nın yüzüne kapayıverdi. Feyzâ da, Selim de, Dadıyı kızdırmaya bayılıyorlardı. Gülerek villanın basamaklarını indiler. Uzun kameriyenin altından, mis kokulu çiçeklerin arasından geçerek arabalarına binip uzaklaştılar.

Araba uzun yollar kat ettikten sonra kahkaha ve müzik seslerinin dışarıya taştığı büyük bir salonun kapısı önünde durdu. Feyzâ ile Selim, arabadan inerek salonun kapısına doğru yürüdüler ve üniformalı bir zenci kapıcının açtığı büyük kapıdan içeriye girdiler.

* * *

Feyzâ, evleneli beş seneyi bulduğu halde hala Bilâl'i unutmamıştı. Bilâl, onun ciddi olarak sevdiği, bütün kalbiyle, vücudunun bütün zerreleriyle bağlandığı ilk erkekti... Evlendiği günden bu yana günler haftaları, haftalar ayları, aylar da seneleri kovaladığı halde Bilal'e karşı duymuş olduğu büyük aşktan hiç bir şey kaybetmemişti. Bilinen bir hakikattir ki, en büyük aşklar bile zamanla küllenir ve hatta daha ilerde unutulup giderler bile... Ne var ki, Feyzâ'nın Bilâl'e karşı duymuş olduğu derin ve köklü aşk, bu hakikatın tam zıddına, zamanla külleneceği yerde her dakika, her an daha ziyade hararetleniyor ve benliğinin her zerresini yakıp kavuruyordu. Üzüntüsünü, derdini kimselere açamıyor, dert ve sır ortağı olan biricik dadısına bile bu mevzuda açılamıyordu. Hem açılsa bile neye yarardı ki... Artık iş işten geçmiş, Bilâl de kendisi de evlenmişlerdi.

Feyzâ'nın bütün arzusu bir çocuk sahibi olmaktı... Çocuğu olursa ona olan bağlılığıyla derdinin nisbeten hafifliyeceğini umuyordu. Fakat bütün arzu ve isteğine rağmen üç sene çocuğu olmadı. Doktorların tamamen ümidi kestiği bir sırada dördüncü sene Allah ona güzel bir kız evlâdı bağışladı. Gerçi Feyzâ, çocuğunun erkek olmasını istiyordu. Öyle olsa idi ismini Bilâl koyacaktı... Kız olunca Bilâl'i hatırlatması bakımından kızına Hilâl ismini verdi. Hilâl, artık Feyzâ için yegane teselli kaynağı olmuştu. Kızının her türlü ihtiyacıyla bizzat kendisi meşgul oluyor, ancak balo, kulüp, kokteyl gibi gece eğlencelerine gittikleri zamanlar onu Dadıya emanet ediyordu.

Bu beş sene içinde gece hayatı Feyzâ için vazgeçilmez bir alışkanlık haline gelmişti. Derdini ve üzüntüsünü ancak kızının yanında ve gece hayatının o müzikli ve eğlenceli çılgın atmosferi içinde kısmen hafifletebiliyordu. Evliliği müddetince bütün arzusuna rağmen kocasına en ufak bir yakınlık duyamamış, Selim'i bir türlü sevememişti. Bu yüzden aile hayatları, eğlenceli gece hayatının dışında, gayet sönük geçmekteydi.

Bir pazar günü ailece villanın şark salonunda oturmaktaydılar... Feyzâ, ucundan sırma püsküller sarkan uzun, yuvarlak yastıklı, alçak şark divanının üzerine uzanmış, bir yandan elindeki magazin mecmuasını okuyor, bir yandan da arada bir mecmuadan başını kaldırıp, portatif çocuk hoppalasında sevinç çığlıkları ata ata zıplayan küçük kızını gülerek, sevgi ve muhabbetle seyrediyordu. Dadı, etrafı kalın sim kordonlarla çevrilmiş, dört köşesi püsküllü kabarık bir yer minderine oturmuş, torunu yerine koyduğu küçük Hilâl'e yün patik örmekteydi. Selim ise, tahta oymalı antika bir salıncaklı koltuğa gömülmüş, ağzında fildişi bir pipo olduğu hâlde gazete okumaktaydı. Bir ara Hilâl'in gülücük seslerini, telefonun madeni sesi bastırdı. Telefonun çalmasıyla Selim, aniden heyecanla yerinden fırladı... Koştu ve ahizeyi kaparcasına kulağına götürdü.

Selim'in bu haline Dadı da, Feyzâ da bir mana verememişlerdi. Bir an « Bu da nesi?» gibilerinden birbirlerine bakıştılar. Selim, karşısındaki adamla daima rumuzlu konuşmaya son derece dikkat ediyordu... Karşısındaki adama yine anlaşılmıyacak şekilde üst üste emirler verdi. Sonra aldığı bir haberden sevinçle gözleri parlıyarak:

- Yaşşayın, yaşşayın çocuklar.. Bravo... Yarın saat dokuzda görüşürüz.

Diyerek telefonu kapadı ve keyifle yine salıncaklı koltuğuna oturdu. Feyzâ bayağı meraklanmıştı:

- Ne o, yine bir iş mi? Gözlerinin içi gülüyor.

Dedi. Selim adeta kabına sığamıyordu:

- Yeni bir iş ne demek? Bu sefer vurgunu tam vurduk.

- Senin şu işlerine bir türlü akıl erdiremiyorum, Selim. oturduğun yerden bir telefon, birkaç emir... Sonra kasaya akan yüzbinlerce, hatta milyonlarca para...

- Eee, küçük hanım, meşhur sözdür: İş bilenin, kılınç kuşananındır... Yoksa kucağına akan paracıklar seni sıkıyor mu, ha?

- Yoo.. öyle bir şey demek istemedim ama... Doğrusu merak ediyorum bu paraları nasıl kazandığını. Nedense bana hiç işlerinden bahsetmek istemiyorsun.

Selim sinirle piposunu kemirmeğe başladı. Sonra derince bir nefesle genzine çektiği dumanı burnundan üfürerek:

- Kadın kışmı erkeğin işine karışmaz Feyzâ, dedi. Senin nene gerek? Üzümü ye, bağını sorma.

Feyzâ, cevap vermeden gözlerini tekrar okuduğu magazinin sahifelerine dikti. ama okumasına imkan yoktu artık. Resimler, yazılar birbirine karışıyor, harfler sanki gözlerinin önünde raks ediyorlardı.

Genç kadın zaten uzun zamandır kocasının işlerinden şüpheleniyordu. Evet, gerçi Selim sık sık büyük ihalelere giriyor, büyük işler çeviriyordu ama, kazandığı muazzam meblağlar hiç de girdiği işin karşılığına benzemiyordu. Feyzâ, Selim'in bir takım karanlık ve gayri meşru işler çevirdiğinden şüphelenmiye başlamıştı. Fakat Selim öylesine sır küpüydü ki, işleri hakkında ondan en ufak bir şey öğrenmiye imkan yoktu...

* * *

Ertesi gece Feyzâ, yatak odasında, tek başına karyolasına uzanmış yatıyordu. Selim, bir müddettir eve gecenin geç saatlerinde, hatta çok zaman sabaha yakın saatlerde gelmekteydi. Şimdi de saat 1.30 du. Feyzâ, başucundaki gece lambasının kırmızımtırak loş ışığı altında, ellerini başının altına kenetlemiş, gözleri tavana dikilmiş vaziyette sırtüstü yatmaktaydı... Gözlerinden şakaklarına doğru ince şeritler halinde aralıksız gözyaşları sızmaktaydı. Evet, Feyzâ ağlıyordu...

O, böyle yatağında ne zaman yalnız kalırsa, bol bol gözyaşı döker, içli içli ağlardı hep... Fakat bu gece, içinde bambaşka bir his vardı. Sanki birisiyle konuşmaz, birisine açılmazsa çıldıracak gibi hissediyordu kendisini. ani bir kararla dışarıya doğru:

- Dadı!.. diye seslendi...

Bir müddet bekledi... Gelen giden olmadı... Öyle ya, Dadı şimdi kim bilir kaçıncı uykusundaydı? Fakat mutlaka, mutlaka uyanması lazımdı. Feyzâ, bu defa başucundaki zile üst üste bastı. Zil Dadının odasında derin akislerle çaldı, çaldı... Biraz sonra Dadı, uzun basma geceliğiyle ve uykulu gözlerle kapının önündeydi. Büyük bir merak ve heyecanla kapıyı tıklatarak sordu:

- Ne o Feyzâ?.. Bir şey mi var kızım?
- Gel içeri, dadıcığım, gel biraz...

Dadı, şaşkın bir vaziyette odanın kapısını açtı. Sonra hayretle:

- A... a!... Selim Bey gelmedi mi hala? dedi. Niye ağlıyorsun? Üzülme kızım, üzülme. Birazdan gelir...

- Gel otur yanıma, Dadıcığım.

- Geldim kızım, geldim... Oturdum işte... Söyle bakayım, derdin nedir, hı?..

Feyzâ, bir müddet dalgın vaziyette gözlerini yine tavanda gezdirmeye başladı. Sonra şakaklarına doğru sızan yaşları kurulayarak Dadıya baktı:

- Söyle Dadı, acaba beni hala seviyor mu?

- Aaa... Elbette, a kızım... Hiç sevmeseydi tutar da evlenir miydi seninle?

- Ben Selim'den bahsetmiyorum, Dadı. Bilâl'i söylüyorum... Bilâl beni hala seviyor mu acaba?

Dadı, beş senedir Feyzâ'nın ağzından Bilâl'in ismini ilk defa duyuyordu. Başını tatlı tatlı sallıyarak:

- Seni maskara seni... Demek bu saate kadar uykusuz kalışın ve akıttığın bunca yaş, Selim Bey'in geç kalışına üzüldüğünden filan değilmiş... Hoş zaten evlendin evleneli senin aklın fikrin hep Bilâl Bey'de ya.. Benim anlamadığımı mı zannediyorsun sen? Neyse... Fakat kuzum Feyzâ'm, işte tam arzu ettiğin gibi bir evlilik yaptın. Bol para, lüks mü lüks bir hayat... Balolar, çaylar, kokteyller, bir sürü tantanalı eğlenceler... Hasılı vur patlasın, çal oynasın... Her istediğini elde ettin işte... Üstelik sana bu hayatı temin eden ve tam senin istediğin gibi erkek arkadaşlarının yanında çakmağına davranarak senin cigaranı yakacak centilmen salon erkeği tipinde bir de kocan var... Daha hala o softa zihniyetli diye bahsettiğin delikanlıyı niye düşünüyorsun, anlamıyorum billahi...

- İğneli konuşma, dadıcığım... Anlamıyor musun, her şeye rağmen ben onu seviyorum... Aradan tam beş sene geçti. Bu zaman zarfında her anımda, her adım atışımda hep onu düşündüm... Ne var ki, fikrimi kurcalıyan meseleyi hala bir türlü çözümliyemedim... Beni sevdiği halde o basit mahalle kızını niye bana tercih etti? Niçin onunla evlendi?.. Biliyorum, yine bana: «Düşünürsen bulursun» diyeceksin. ama işte aradan beş sene geçti... Bu beş sene içinde hep «Neden? Niçin?» diye düşündüm, yordum kafamı... Lakin bir türlü mantıki bir sebep bulamadım. Dadı, ne olursun bildiklerini söyle... daha fazla hırpalama beni...

Dadı:

- Seni ne kadar hırpalasam azdır küçük şeytan... Ama madem ki, bu mesele seni hala bu derece üzüyor, bana. «Of Sıkıyorsun Dadı!» demeden dinliyeceğine, sözlerime değer vereceğine dair söz verirsen sana bu işin sırrını açıklarım...

Feyzâ heyecanla yatağın içinde doğruldu ve Dadısının ellerine sarıldı:

- Oh canım dadıcığım... Söz, inan ki söz... Seni hiç sıkılmadan sonuna kadar dinliyeceğim. Yeter ki, kurtar beni bu kabustan.

- Yoooo!.. Bu vakit; dünyada olmaz!... Sen aklını mı kaçırdın kızım? Hele bir sabah olsun... O vakit bol bol konuşuruz...

- Kuzum dadı, ne diyorsun sen? Biliyorsun, böyle sabaha yakın saatlerde eve döndüğü zaman, Selim, ertesi günü bütün gün evden dışarı adım atmaz. Yarın akşama da bir arkadaşına yemeğe davetliyiz. Bak, Selim nasıl olsa daha gelmedi... Kim bilir, yine ya dalavereli bir işin peşinde veya bir sokak kadınının kolları arasındadır. Sen anlat ne olur dadıcığım, haydi üzme beni...

Dadı, kalkmışken tekrar oturdu. Bir müddet durdu, sonra:

- Yine altından girdin, üstünden çıktın, beni ikna etmiye muvaffak oldun... Öyleyse dinle de öğren, bakalım...

Diyerek konuşmaya başladı:

- Senin en yanlış hareketin nedir, biliyor musun Feyzâ? Bilâl Beyin evlendiği o başı örtülü kızı, örtüsünden ötürü basit bir mahalle kızı olarak görmen. İşte bütün üzüntün buradan doğuyor senin. «Nasıl olur da benim gibi tahsilli, kültürlü ve güzel bir kıza, o mahalle kızını tercih eder?» diyorsun da başka bir şey demiyorsun...

- Yalan mı söylüyorum Dadı? Yoksa sende mi onu, benden daha üstün görmeye kalkacaksın?

- Elbette yavrum, elbette... Yalnız ben değil, aklı başında olan herkes bunu böyle görecektir.

- Teessüf ederim dadıcığım... Beni nasıl öyle cahil, besleme gibi bir kızla mukayese edebiliyorsun? Onun benden nesi fazla ve üstün, söyler misin?

- Şu geçici güzellik ve caziben hariç her şeyi yavrum, her şeyi senden üstün. En büyük üstünlüğü ise, sırtındaki pardesü, bacağındaki kalın çorap ve başındaki o alay ettiğin başörtüsü ile kıldığı beş vakit namazıdır...

Feyzâ elinde olmadan sinirli ve alaylı bir kahkaha attı:

- Ay!... İnsan bunlarla mı üstün oluyormuş? Ha... ha... ha...! İlahi Dadıcığım...

- Yoook... Alay edeceksen konuşmam bak. Ciddi ciddi dinleyeceğine söz verdiğini unutma.

- Peki peki alay etmiyeceğim, Dadıcığım. Zaten alay etmemiştim ki... Ama bir kadın niçin kapalı kıyafetiyle ve namazıyla diğer kadınlardan üstün olsun, buna aklım ermiyor Dadı... İş kalb temizliğinde değil midir? Benim kalbim temiz olduktan sonra onları yapmışım veya yapmamışım ne ehemmiyeti var? Kimse hakkında bir fenalık düşünmem, kimsenin bir şeyinde gözüm yoktur, fakire fukaraya sadaka veririm. daha ne olsun istiyorsun? Hem sonra Allah'ın bizim kıldığımız namaza mı ihtiyacı var?

- Sus, tövbe de... Haşa!... Ah gafil kafalı yavrucak ah!... Namaz Allah'ın emridir. Ve her Müslüman'ın üstüne farzdır. Haspamın kalbi temizmiş... Sen hangi kalb temizliğinden bahsediyorsun kızım? İmanlı, Müslüman bir genci yakışıklıdır, tahsillidir diye, bir de gönlünü kaptırdın diye elde etmek için bin bir dolap çeviren o fesat fıçısı kalbin midir temiz olan? Para ile kadın tutup, beş vakit namaz kıldığını, tam onun istediği gibi bir eş olacağını zavallı delikanlıya duyuran, Müslüman bir genci bin bir entrika ile baştan çıkarmaya çalışan şeytanet dolu kalbin midir temiz olan, söylesene?

- Ama Dadı...

- Aması maması yok bu işin kızım... Siz zaten hep böylesinizdir. Her türlü kötülüğü göz kırpmadan işler, sonra da Müslümanlığa gelince, «Benim kalbim temiz, sen kalbe bak» der, çıkarsınız işin içinden. Kalb temizliği, ancak Allah'ın emirlerini yerine getirmekle olur. Sen tut, seni yaratan Rabbini unut, seni yoktan var eden Hâlık'ına sırt dön, Müslüman olarak doğduğun halde, nüfusunda «İslâm» yazdığı halde, Hıristiyanlar, hatta dinsizler gibi yaşa, sonra da kalb temizliğiyle Müslüman geçinmeye kalk. Sorarım sana Feyzâ, Allah'ın emirlerine asi gelen, bu yüce, ilahi emirlere isyan bayrağını çeken bir kalb nasıl temiz olabilir?

Dadı sustu... Odada bir müddet derin bir sessizlik oldu... Feyzâ düşünceliydi... Nihayet:

- Haklısın, dadı, dedi... Sonra

- Peki ama Dadıcığım, öyle Müslümanlar da var ki, hem namaz kılarlar, hem oruç tutarlar, hatta pek çokları hacı-hoca olduğu halde her türlü kötülüğü işlerler... Bunların da kalbi temiz mi? Doğru mudur, bunların yaptıkları?

- Evladım, onlar gerçek Müslümanlığı anlamıyan ve hayatlarında da tam olarak yaşıyamıyan çok küçük bir azınlıktır.

- Ne küçüğü dadı? Görmüyor musun, gün aşırı gazetelerde falanca hoca şunu çaldı... filan hacı şunu yaptı, diye haberler çıkıyor...

Dadı hırsla, adeta dişlerinin arasından konuştu:

- Senin o okuduğun cinsten gazeteler, memleketimizde dinin kökünü kazımak istedikleri içindir ki, daima saf ve temiz Müslümanlara iftira atarak bilhassa hacıyı, hocayı, imamı, müftüyü halkın gözünden düşürmek isterler. Her hatırlayışımda gülesim geliyor: Bir tarihte bir müftünün keçisini çalmışlardı da o gazeteler, haberi, «Müftü, keçi çaldı» diye vermişlerdi.

Feyzâ, elinde olmadan bir hayli güldü... Sonra, esas aklını kurcalayan meseleyi sordu:

- Peki, Dadı, kadın için örtünmenin ne lüzumu var? Allah'ın bana vermiş olduğu güzellikleri niçin saklıyayım? Ben, herkes tarafından beğenilen bir kadın olmak isterim. Örtünürsem, ne kıymetim kalır?

Dadı da esasen böyle bir sual bekliyordu:

- İşte, asıl sormanı beklediğim sual buydu yavrum, dedi. Şimdi, beni iyi dinle ve sualime cevap ver: Çok kıymetli bir mücevher, niçin sağlam muhafazalar altında, hatta hususi kasalarda saklanır?

Feyzâ hiç düşünmeden cevap verdi:

- Kıymetli olduğu için tabii... Açıkta kalırsa çalınır veya başına herhangi bir şey gelebilir, herhangi bir tehlikeye maruz kalabilir, korkusuyla muhafaza edilir. Niçin sordun?

- Hakikati senin ağzından da işitmek için kızım... Yani görülüyor ki, kıymetli şeyler bir fenalık veya tehlike gelmemesi için saklanır, gizlenir... Peki, sorarım sana, kadın dünyanın en değerli, en kıymetli varlığı değil midir? İslamiyet, kadını en kıymetli bir mücevher olarak görür ve ona sonsuz bir değer verir kızım. Bu kadar kıymetli ve böyle cazip bir varlığı açıkta teşhir edersen, o da aynı açıkta kalan mücevherin akıbetine uğramaz mı? Demek kadının da bir mücevher gibi her türlü şer nazardan korunması için sağlam bir muhafazaya ihtiyacı vardır. İşte kadının en güzel muhafazası, onun örtüsüdür kızım. Dur, aklıma gelmişken, sana bir hadise anlatayım. Hem de olmuş ve gazetelere geçmiş bir hadise: Adamın biri, kolunda açık saçık hanımıyla Konya'da bir halıcı mağazasına girer. Niyetleri, güzel bir Bünyan halısı almaktır. Karı-koca, bir saate yakın bir zaman, çeşitli halılar çıkartıp bakarlar. Fakat bazı Bünyan halıları gösterilmesine rağmen tam istedikleri gibi bir halı yok... Tam dükkandan çıkacakları sırada, yazıhanenin arka kısmına, duvara asılmış çok güzel bir bünyan halısı görürler. Meğer adamın da karısının da arzu ettikleri halı buymuş... Adam, dükkan sahibine sormuş: «Beyefendi, demiş, şu halının ücreti nedir?» Dükkan sahibi: «Efendim, o satılık değildir, yazıhanemin süsüdür» diye cevap vermiş. Halıya mutlaka sahip olmak isteyen zengin adam, bu söze sinirlenmiş ve «Ne münasebet efendim?» diye bağırmış... «Teşhir edilen her mal satılıktır». Bunun üzerine dükkan sahibi gayet serinkanlı ve alaycı bir tarzda sormuş: «Beyefendi, yanınızdaki hanımın ücreti nedir?» Adam hiddetle: «Ne demek istiyorsunuz? O benim karımdır» diye kabarmış. Dükkan sahibi: «Mühim değil efendim, ücreti nedir diye sordum» demiş. «Biraz evvel, teşhir edilen her mal satılıktır demiştiniz de!...»

Feyzâ, Dadının bu anlattıkları karşısında yine kahkahalarla gülmeye başladı... Ama bu kahkahalar daha evvelki alaylı kahkahalara hiç benzemiyordu... Sonraları bu kahkahalar, gitgide sinirli bir gülüş şeklini almıya başladı... Bir yandan katıla katıla gülüyor, bir yandan da gözlerinden yanaklarına doğru yağmur gibi yaşlar boşanıyordu. Nihayet bu sinirli gülmeler sürekli bir ağlama haline döndü... Şimdi Feyzâ, sarsıla sarsıla hıçkıra hıçkıra ağlamaktaydı.

Dadı, Feyzâ'nın bu hali karşısında ne yapacağını şaşırmıştı. Birkaç kere:

- Feyzâ, yavrum... kendine gel kızım!

Dediyse de fayda vermedi Feyzâ devamlı ağlamaktaydı... dadı, ağlıya ağlıya sonraları açılır düşüncesiyle daha fazla üzerine düşmedi. Hakikaten de bir müddet sonra Feyzâ'nın hıçkırıkları seyrekleşmeye, genç kadın gitgide eski normal haline dönmeye başladı. Ağlaması tamamen kesildikten sonra Feyzâ'nın yaşlı kirpikleri birbirine kenetlendi. Dadı, bir müddet durduktan sonra, onun uyuduğuna hükmederek yerinden doğrulmak istedi, fakat Feyzâ uyumamıştı... Birden Dadının elini yakalıyarak, onu tekrar yerine oturttu... Ve gözlerini yavaşça aralıyarak Dadıya baktı:

- Dadıcığım, ben teşhir edilen satılık bir mal mıyım?...

Dadı, bu gece onu daha fazla hırpalamak istemiyordu:

- Vakit çok geç oldu kızım. Bak, sen de bir hayli yoruldun ve üzüldün... Bu mevzulara ilerde devam ederiz. Şimdi sakin sakin uyu... Selim Bey de neredeyse gelir...

Fakat Feyzâ, Dadıyı bırakmak niyetinde değildi... Her şeyi bu gece öğrenmek istiyordu... tekrar Dadının ellerine sarıldı:

- Selim'in canı cehenneme, Dadıcığım... O, benim hayatımın kabusu... Sen, şimdi onu bırak da, otur, benim sorduklarıma cevap ver. Söyle Dadı, ben teşhir edilen satılık bir mal mıyım?...

Dadı, bu gece Feyzâ'nın elinden kolay kolay kurtulamıyacağını anlamıştı. Üstelik böyle bir anı, bu gibi sualleri kaç senelerdir beklemişti o... demek her şeyin bir vakit ve saati vardı... Sakin sakin cevap verdi:

- Elbette satılık değilsin yavrum... Ama hakikat şu ki, beğendirmek için her tarafını açıp saçarak kendini, güzelim vücudunu elalemin binbir erkeğin gözleri önüne serip teşhir edersen satılık bir mal gibi olursun. Etrafında dolanan şu kocan olacak adamın arkadaşlarının sana nasıl yiyecek gibi baktıklarına bir dikkat etsen, bana sen de hak verirsin... Aç kalmış bir fukaranın, lokanta vitrininde teşhir edilen enfes yemeklere duyduğu iştiha ile bakıyor herifler sana... Hani haksız da değiller... Böyle şahane bir kadının teşhir edilen açık-saçık vücuduna her erkek, kedinin ciğere baktığı gibi bakar... İçinden de «Ah bir elime geçse» diye ne fesatlıklar geçirirler kim bilir?

Dadı, bayağı hırslanmıştı... Durdu, bir müddet nefes aldı, sonra:

- Evladım, dedi.. Örtünmek öyle sözle edebiyatı yapılacak bir mevzu da değildir. Bu doğrudan doğruya Allah'ın emridir. Bu, ilahi bir kanundur. Nüfusunda «İslâm» kaydı bulunan her Müslüman kız ve kadın, bu emre uymaya, bu kanuna riayet etmeye mecburdur, o kadar.

- Ama her halde bu emir, o zamanlar içindi Dadıcığım... Şimdi zaman değişti. Yirminci asırda yaşıyoruz. Elbette asrın icabına uyacağız.

- Vah benim pire akıllı kızım vah... İşin kaçamak taraflarını bulmayı ne de güzel beceriyorsun? Allah'ın emri eski zaman içinmiş... Şimdi zaman değişmiş. Miş, miş de, miş, miş... Bak şimdi, beni iyi dinle de bir daha böyle saçma sapan gülünç sözlerle cehaletini serme ortaya... Kur'ân'ı Kerim, ezeli ve ebedi bir kitaptır. Cenab-ı Hakk'ın Kur'ân-ı Kerimle bildirilen her emri, yalnız İslâm'ın zuhur ettiği ilk zamanlara mahsus değil, kıyamet kopuncaya kadar bütün Müslümanların riayet etmesi icabeden emirlerdir. Zaman ve mekan ne olursa olsun Allah'ın Kur'ânda buyurduğu emirler zerrece değişmez... Eğer senin dediğin gibi yirminci asırda böyle çıplak gezmek icabetseydi Cenab-ı Hak onuncu asırda kapalı giyinilecek, yirminci asırda zaman icabı açık giyinilecek ve otuzuncu asırda tamamen çıplak gezilecektir... Kıyafetler zamana göre ayarlanacaktır, derdi...

- Peki, Dadıcığım, Kur'ân-ı Kerim'de kadınların örtünmesi ile ilgili ayet var mı? Yoksa, bu sadece kadınlar arasında ötedenberi gelen bir adet, bir görenek midir?

- Yoook evladım... Örtünmek, Allah'ın emridir. Hem Kur'ân-ı Kerim'de örtünme ile ilgili sadece bir ayet değil, birkaç ayet-i kerime vardır. İstersen getireyim Kur'ân-ı, sana hem okuyayım, hem açıklayayım bunları.

Feyzâ'nın gözleri buğulanmıştı.. Avucunun içinde bulunan Dadının elini sevgiyle sıktı ve:

- Hayır, hayır, Dadıcığım, dedi. Sonra okursun bana bunları... Sana inanıyorum...

Bir müddet oda sustu, Dadı da... Feyzâ, şimdi derin düşünceler içindeydi. Nihayet, hakikatler karşısında mağlup düştüğünü hissediyordu. Aniden tekrar yatağın içinde doğruldu... dadının yüzüne acı acı derin bir ızdırap ve sitem ifadesiyle baktı. Sonra iğneli bir sesle sordu:

- Peki, dadı, bana bunları niçin daha evvel öğretmedin? Şimdi geçmiş, bilgisizliğimle alay ediyorsun... Ben senin elinde büyüdüm. Üzerimdeki emeğin, anneminkinden fazladır... Niçin, niçin bütün bunları bana küçükten beri öğretmedin?.. İster gücen, ister kırıl ama, şunu bil ki, bildiklerini söylemediğin için benim bugünkü halimin mes'ulü, sensin!...

Feyzâ, ağlıyordu... dadının da gözlerinden yaşlar boşanmaktaydı. derin bir iç çekerek konuşmaya başladı:

- Ah! Güzel Feyzâ'm benim... Nihayet yıllardır beni yiyip kemiren derdimi deştin şimdi... Anlatayım kızım, anlatayım hakikatı da öğren artık... Sen daha yedi yaşındaydın. Bir gün annenle babana, sana Kur'an öğretmek istediğimi söyledim. «Yavrucağız dinini, onun icaplarını öğrensin» dedim. Üzerime ikisi birden nasıl yürüdüler bilemezsin yavrum... «Kızımızın zihnini bu gibi köhne şeylerle mi dolduracaksın? O, zamanın icaplarına göre, hür zihinli, hür fikirli, medeni bir genç kız olarak yetişmelidir. Bir daha böyle bir laf duymıyacağız senden, anladın mı Dadı?» şeklinde bir takım sert sözlerle beni, sana dinini öğretmekten men'ettiler. Sen yetiştikçe her ağzımı açışta, aynı söz ve muamelelerle karşılaştım... Senin böyle dininden bîhaber, bomboş yetiştiğini gördükçe kalbim kıyım kıyım kıyılıyordu ama, elimden ne gelirdi? Şimdi anladın mı, bu güne kadar susuşumun sebebini yavrum?

Feyzâ, öğrendiği bu hakikat karşısında âdeta taş gibi kaskatı kesilmişti... Gözleri, bir noktada uzun müddet takıldı kaldı... Dalgın ve düşünceli bir halde sadece:

- Ya, demek öyle dadı? Benim dinsiz bir insan gibi yetişmemin müsebbibleri annem ve babam öyle mi? diyebildi...

Tam bu esnada odanın kapısı şiddetle ardına kadar açıldı ve eşikte Selim belirdi... Selim, feci şekilde sarhoştu... Yakası açılmış, kravatı çözülmüş, saçları darmadağınık bir vaziyetteydi... Birden sarhoş ağzıyla yayvan yayvan gürledi:

- Senin burada ne işin var; gecenin bu saatinde kocakarı?.. Çık bakalım dışarıya... Çabuk... Çabuk diyorum sana... Bas!...

Dadı şaşırmıştı... Yerinden kalkıp kapıya doğru yürüyordu ki, Feyzâ bir anda yerinden fırladığı gibi Dadıyı omuzlarından tutarak durduttu ve var gücüyle Selim'e haykırdı:

- Ne hakla benim Dadıma hakaret ediyorsun? Bu odayı terkedecek birisi varsa, o da sensin!

Selim birden yumuşadı... Yayvan yayvan gülerek Feyzâ'ya baktı:

- Haydiiii!... Feyzâ... Şakayı bırak şimdi... Çıkart şu kadını dışarı... Haydi!...

Dadı, Feyzâ'nın ellerinden sıyrılarak:

- Sen tatlı canını üzme kızım, dedi, görmüyor musun, adam sarhoş... O, çık demese, ben zaten gidecektim, yavrum... Haydi Allah rahatlık versin.

Dadı, Feyzâ'nın bir laf söylemesine fırsat bırakmadan, kapının ağzında duran Selim'i sıyırarak yanından çıktı... Dadı çıkınca Selim, yine sırıtkan bir gülüşle kapıyı örterek içeri girdi. Feyzâ, hala sinirden kaskatı kesilmiş bir şekilde ayakta durmaktaydı. Nihayet yarı hırs, yarı alay dolu bir sesle:

- Bu saate kadar neredeydiniz beyefendi? diye sordu.

Selim ağzı diline dolaşa dolaşa konuşuyordu:

- Şimdi sırası mı? Sabaha konuşuruz... Şimdi zıbarmaktan başka bir şey düşünmüyorum... Hık!... Anladın mı?

Dedi ve sadece ceketini çıkararak, gömlek ve pantolonu üzerinde olduğu halde kendini yüzükoyun yatağa attı. Feyzâ şasenin içinden pijamaları çıkararak:

- Zıbaracaksan zıbar ama, hiç değilse çıkart üstündekileri de, şu pijamaları giy!...

Dedi ama, Selim çoktan sızmıştı bile... Feyzâ bir müddet kocasının yüzünü nefretle inceledi. Sonra o da elektriği söndürüp Selim'den uzak durmaya gayret ederek yatağın öbür kenarına uzandı... ellerini her zamanki gibi başının altına kenetlemiş, gözlerini karanlıklar içinden tavana dikmişti yine... Uzun müddet öyle binbir düşünce içinde uykusuz yattı... Bir müddet sonra hisleri ve düşünceleri öylesine birbirine karıştı ki adeta zihni işlemez hale geldi... Ruhi bir keşmekeş içinde bir sağına bir soluna dönüyor, üzüntü ve ızdırap içinde çırpınıyordu... Bir ara kulaklarında Dadının sesi çınlamaya başladı... Sesler, dalga dalga büyüyor, derin akisler halinde odayı dolduruyordu:

«- Sorarım sana Feyzâ, Allah'ın emirlerini yerine getirmeyen, bu yüce emirlere karşı gelen bir kalb nasıl temiz olabilir?»

Bu sözler aralıksız olarak bir kaç kere çınladı, durdu, odanın içinde... Feyzâ, yatağının içinde hala bir o yana bir bu yana dönmekteydi... Adeta bir kabus içindeydi. Dadının sesi, bu defa daha keskin bir tonla, muntazam çekiç darbeleri gibi beynini dövmeye başladı:

«- Kalb temizliği ancak Allah'ın emirlerini yerine getirmekle olur!»

«- Namaz, Allah'ın emridir ve her Müslümana farzdır!..»

Feyzâ, beyninin zonkladığını kalbinin fena halde sıkıştığını hissediyordu. Derken birden kulaklarında anne ve babasının ağızdan çıkan sesleri çınlamaya başladı:

«- Kızımızın zihnini bu gibi köhne şeylerle mi dolduracaksın? O,. zamanın icablarına göre, hür zihinli, hür fikirli, modern bir genç kız olarak yetişmelidir!»

Feyzâ'nın gözyaşları yine şakaklarına doğru sızmaktaydı. Nihayet sesler bir müddet kesildi... Fakat Feyzâ hâlâ kesik kesik hıçkırmaktaydı... Pişmanlık ve nedamet duyguları, bütün benliğini sarmıştı... Zaman zaman hıçkırıklarının arasında «Allah'ım... Allah'ım!... Affet, ya Rabbim!...Affet!... Affet..» diye inliyor, gaflet içinde geçirdiği günlere ağlıyor, ağlıyordu... Fakat o ne? Bu defa, odayı birdenbire yanık ve içli bir ezan sesi dolduruvermişti. Bu ses... bu ses... evet bu ses Bilâl'in sesiydi. Feyzâ'nın hıçkırığı boğazında düğümlendi... Gözleri büyüdü, büyüdü... Nefesi kesilmiş bir halde ezanı dinlemiye başladı. Sonra âniden ellerini yüzüne kapadı ve:

- O!... O!... Bilâl... Bilâl'in sesi... Allah'ım!... Allah'ım!...

Diye hıçkırıklarla sarsılmaya başladı... Selim sanki ölüm uykusuna yatmıştı... Öylesine derin sızmıştı ki, Feyzâ'nın ağlayıp haykırışlarını duymuyordu bile... Ezan sesi hâlâ devam ediyor, Feyzâ'nın iliklerine kadar bütün benliğini sarıyordu. Feyzâ uykuda gezer insanlar gibi ne yaptığını bilmez bir halde yerinden fırladı... Odanın kapısını açtı ve çıplak ayakları ile koridorlardan koşarak Dadının kapısını açtı... Ezan sesi, bütün ulviyetiyle hâlâ devam etmekteydi... Feyzâ, içeriye girdi... derin bir uykuya dalmış olan Dadıyı sarsa sarsa uyandırdı:

- Kalk Dadı, kalk! Sabah ezanı okunuyor... Dadı, duymuyor musun?... Bilâl okuyor ezanı!...

Dadı, yatağının içinde oturmuş, gözlerinden yağmur gibi yaş boşalan, fakat yüzünde mes'ut bir ifadeyle ezanı dinleyen Feyzâ'ya şaşkın şaşkın bakmaktaydı... Nihayet kendini topladı. Aslında ezan filan okunduğu yoktu. Feyzâ'yı omuzlarından tutarak sarstı:

- Ne ezanı kızım?.. Çıldırdın mı sen?.. Bak saate: Daha sabah ezanına iki saat var!...

Feyzâ ağlıyarak direniyordu:

- Ama ezan okunuyor Dadıcığım... Bilâl okuyor hem ezanı, duymuyor musun?

Fesübhanellah... Kızım ezan filan okunduğu yok... Ben duymuyorum...

- Senin kulakların işitmez olmuş Dadı. Bak, hala okuyor işte... Dadım, canım Dadıcığım, yalvarırım haydi kalk, bana namaz kıldır.

Feyzâ, Dadının ellerine sarılmış, yaşlı kadının ellerini bir yandan öpmekte, bir yandan da hıçkırarak ağlayıp yalvarmaktaydı. Dadı, nihayet dayanamadı:

- Peki.. peki yavrum, dur ağlama... Bak beni de ağlattın işte...

Dedi ve ağlıyarak yatağından indi... Sırtına hırkasını giyerken bir yandan da tembih etmeyi ihmal etmiyordu:

- Sana gecenin bu saatinde namaz kılmasını bir şartla öğretirim: Her söylediğimi, her dediğimi üşenmeden yapacaksın, söz mü?

- Her söylediğini Dadıcığım, her söylediğini yapacağım. İnan ki, söz!...

Aradan bir saate yakın zaman geçmişti. Banyonun kapısı hafifçe aralandı ve Feyzâ, sırtında bornoz, saçları yaş olduğu halde yavaşça dışarıya doğru seslendi:

- Haydi giyeceklerimi getir, Dadı...

Dadı, zaten hemen koridorun başında hazırdı. Elindeki temiz çamaşırları içeriye uzattı...

Feyzâ, çamaşırlarını giyerken heyecandan tir tir titriyordu... dadının tarif ettiği gibi itinayla güzelce bir boy abdesti almıştı... Abdest aldıktan sonra kalbinin de, vücudunun da bir tüy gibi hafiflediğini hissetmişti.

Dadı, Feyzâ'ya namazda giymesi için kendi küçük tahta sandığından, ta gelinliğinden beri ihtimamla sakladığı kenarları sim kordonlu parlak mavi saten sabahlığını çıkarmıştı. Banyodan çıkarken mis gibi levanta çiçeği kokan sabahlığı Feyzânın üzerine giydirdi. Feyzâ sabahlığının eteklerini sürüye sürüye tekrar koridordan geçti ve adeta uçarak dadının odasına girdi. Saçlarından yere sular damlamaktaydı. Dadı, yine sandığından çıkarttığı sim tellerle işlenmiş mis kokulu bir namaz örtüsünü Feyzâ'nın başına örterken, dışardan hakikaten sabah ezanı okunmaya başlamıştı.

Demek tam sabah namazı vaktiydi. Dadının da, Feyzâ'nın da gözlerinden yaşlar akmıya başlamıştı yeniden Dadı geldi, Feyzâ'nın dizleri dibinde yere çöktü. Ve örtülerin içinde büsbütün güzelleşerek adeta bir melek görünüşüne sahip olan Feyzâ'yı kendine doğru çekerek sevgiyle alnından öptü, sonra:

- Feyzâm. Feyzâm benim. Nur kızım, melek kızım. Bilsen böyle ne kadar güzel oldun.

Diyerek sessiz sessiz ağlamakta olan genç kadını bir ana muhabbetiyle bağrına bastı. Dadı, yere yan yana iki seccade sermişti. Feyzâ'yı elinden tutarak:

- Haydi gel, kızım... Bak, seccadelerimiz bizi bekliyor. Ben ne yaparsam, sen de aynını yap. Daha sonra sana esaslı olarak öğretirim namazı... dedi.

Şimdi ikisi de yan yana eğiliyorlar, doğruluyorlar, huşu içinde namaz kılıyorlardı. Nihayet sıra duaya geldi. Feyzâ, ellerini yukarı kaldırıp avuçlarını semaya doğru açtığı zaman, o anda Allah'ın huzurunda bulunduğunu düşünerek şiddetle ürperdi...

Allah'a bu kadar yakın olmak... O'ndan el açarak bir şeyler istemek... O'nun huzurunda yalvarmak, yakarmak.. «Oh.. Ya Rabbim.. Saadetin bu kadarına layık mıyım ben?» diye düşünüyor, yüce Allah'tan günahları için af üstüne af diliyordu. Gözlerinden akan yaşları silmek bile aklına gelmiyordu. Duayı bitirir bitirmez, yanına oturan Dadının omuzuna koydu başını ve bitkin bir halde hıçkıra hıçkıra ağlamaya başladı yeniden, Hıçkırıkları arasında kesik kesik konuşmaktaydı...

- Neden Dadı, neden daha evvel bu ilahi zevkten mahrum kalmışım ben?

Dadı:

- Senin hidayetin, bu güne nasipmiş kızım, ne denir? dedi.. Haydi sil artık gözünün yaşını da, git uyu biraz. Bak, neredeyse şafak sökecek artık..

Feyzâ, kalbi tarif edilmez bir saadet ve huzur yüklü olarak bir çocuk itaatiyle kalktı, Dadının ıslak yanaklarını öperek, kapıya doğru yürüdü:

- Allah rahatlık versin Dadıcığım...
- Sana da yavrum.. sana da...

Ertesi akşam Selim, Feyzâ ve Dadı sofrada oturuyorlardı. Odada derin bir sessizlik hüküm sürmekteydi. Sessizliği ilk bozan Selim oldu:

- Senin neyin var Feyzâ? Sabahtan beri durgun, tuhaf bir halin var. Adeta uykuda gezer gibisin. Biraz sonra Vedat'larda bulunmamız lazım biliyorsun. Biraz neşeli olman lazım, değil mi ya?

Feyzâ soğuk bir sesle:

- Ben bu akşam Vedat Beylere gidemiyeceğim galiba Selim, dedi. Biraz başım ağrıyor..

- O da ne demek canım? Bir parça başın ağrıyor diye verilen sözden dönülür mü hiç?

- Sade başımın ağrısı değil Selim. Çocuk da geceleri durmuyormuş artık... Dadıyı pek fazla rahatsız ediyor. Sen git... Benim için özür dilersin...

- Hoppala.. Bu mazeret de nereden çıktı şimdi? Çocuk Dadıya alışkın... Dadı da onu seviyor... Bunlar, birer mazeret olamaz Feyzâ.. Birlikte gideceğimizi biliyorlar... Haydi, haydi, bırak kaprisi de giyin çabuk. Hem bu gece çok şık ve çok güzel olmalısın. Seni yeni arkadaşlarımla tanıştıracağım..

Feyzâ, hiç sesini çıkarmadı. Yemeğini yer yemez giyinmek için yatak odasına geçti... Aradan beş-on dakika geçmişti ki, giyinmiş olarak yatak odasının kapısını açtı..

Üzerine yakası ve kolu kapalı sade bir elbise giymişti... Saçlarını fırçayla dümdüz bir şekilde taramış, yüzüne de hiç makyaj yapmamıştı. Bu haliyle bir genç kız kadar sapsade bir görünüşü vardı. Dışarıya çıktı; Selim'e:

- Ben hazırım, dedi.

Selim, hayretle başını çevirdi ve:

- Nasıl olur? Diye sordu. Daha ben hazır değilim.

Genç adam, Feyzâ'yı hayret ve şaşkınlıkla tepeden tırnağa süzmekteydi. Nihayet:

- Daha ne makyajını yapmış, ne saçlarına bir şekil vermişsin. Niye hazırım diyorsun?

Feyzâ, ciddi ve sert bir sesle:

- Ben böyle gideceğim. Yani hazırım!..

Diyerek Dadıya seslendi:

- Dadı... Mantomu verir misin?

Dadı, mantoyu getirdi. Fakat Selim, hırsla Dadının elinden kaparak divanın üzerine fırlatıverdi mantoyu. Sonra da sinirli bir şekilde Feyzâ'ya dönerek adeta emreder gibi haykırdı:

- Şakayı bırak da geç içeri yüzünü boya. Üstüne de şöyle insan içine çıkılacak güzel bir şey giy. Delirdin mi sen?

Feyzâ gayet sakin:

- Bilakis, dedi.. Evvelceymiş o delilik... Şimdi aklım başıma geldi. Böyle gideceğim diyorum!... İşine gelirse!...

Selim, bir türlü Feyzâ'daki bu değişikliğe bir mana veremiyordu. Bu defa alttan almaya çalıştı:

- Feyzâ, neler saçmalıyorsun sen kuzum? Sana daha biraz evvel söyledim. Bu gece bilhassa çok şık ve güzel olman gerektiğini...

- Ben artık satılık bir vitrin eşyası gibi süslenip püslenip teşhir edilmek istemiyorum, Selim. Benim güzelliğim, yalnız sana ait olmalı... Ayrıca arkadaşlarına güzel görünmek, kendimi beğendirmek mecburiyetinde değilim!..

- Bu sözler de nereden çıktı durup dururken canım? Bu akşam olmuş sana olanlar. Geç haydi, bırak şimdi manasız sözleri de makyajını yap, saçlarını düzelt, üstüne de şu yeni diktirdiğin yeşil dekolte gece elbisesini giy de gel..

Feyzâ, içeri geçeceğine, yürüdü ve biraz ilerdeki bir koltuğa oturdu. Lakayt, fakat kararlı bir ifadeyle:

- Beni böyle götürürsen gelirim dedi. Aksi halde evde oturup, seninle gitmemeyi tercih ederim..

- Ya sabır. Sana olmuş bu gün olanlar dedim ya.. Feyzâcığım, anlamıyor musun? Bu halinle gelirsen beni arkadaşlarım içinde rezil edeceksin..

- İşine gelirse Selim. Ben böyle gelmek istiyorum.. Boynumu kessen başka türlü gelemem..

Selim, mücadelenin faide vermiyeceğini görerek sinirli sinirli ceketini giydi. Feyzâ, nihayet onu mağlup ettiğini anlamıştı. Dudaklarında belli etmemeye çalıştığı memnun bir gülümseme ile kalktı, divanın üzerindeki mantoyu alarak giydi...

Ve hiç konuşmadan kapıyı açarak birlikte çıktılar dışarıya. Fakat tam kapıdan çıkacağı sırada Feyzâ döndü, hayretle arkalarından bakakalan dadıya muzip bir ifadeyle «zafer benim» der gibi bir göz kırptı. Dadı, Feyzâ'nın bu kadar çabuk değiştiğine şaşırmış kalmıştı. Memnuniyetini ne şekilde ifade edeceğini bilemiyor, sadece arkalarından dua üstüne dua okuyordu...

* * *

Mimar Vedat Bey'in villası, hemen her gece İstanbul sosyetesiyle dolup taşardı. Bu gece Vedat Bey'in güzel kızının 18 yaşına basması dolayısıyle Vedat Bey kızı şerefine bir kokteyl tertiplemişti. Pembe mermer sütunlu büyük salon, kadın-erkek davetlilerle daha erken saatlerde dolmuştu..

Kadınların kimi yakası dekolte uzun tuvalet giymiş, kimi ise mikro-mini tabir edilen ve adeta bluz intibaını veren haddinden fazla kısacık etekli gece elbiseleri giymişti. Ellerindeki uzun saplı kadehleriyle küme küme toplanmış kadınlı erkekli gruplar, ayakta birbirleriyle şakalaşmaktaydılar..

İsmine sosyete denilen bu camianın içyüzü, mide bulandırıcı bir manzara arzetmekteydi. insanın, içyüzüne vakıf olduktan sonra «Dışardan baktım bir yeşil türbe, içine girdim estağfirullah tövbe» dememesine imkan yoktur bu sosyete denen nesneye. Sosyeteye mensup iki sınıf vardır. Birisi, manyaklık derecesinde bir nezaket budalalarıdır ki, bu sosyete tipi, kadın-erkek kim olursa olsun karşısındakine «Şeri, darling, canikom, cicikom» gibi sözlerle hitapta bulunurlar. Diğer sosyetik tipler ise, bunlar da Tophane serserilerinin, küfürbaz arabacıların konuşmalarını dahi gölgede bırakacak argo tabirler ve hatta galiz küfürlerle konuşurlar.

Vedat Bey'in şahane villasında bu gece işte bu iki sınıf bir araya gelmişti. Salonun en gözde yerine kurulmuş olan sahnede, taş devri insanlarını andıran, sırtlarında uzun tüylü postlar, ayaklarında kaba postallar, saçları enselerinden omuzlarına doğru karmakarışık bir halde sarkan, uzun favorili, acaib kılıklı gençlerden kurulu bir caz gurubu, yamyamların vahşi çığlıklarını andırır sesler çıkararak akıllarınca salona zevk ve neşe dolu bir hava katıyorlar. Ortadaki yumurta biçimindeki pist, bu çılgın müziğin ritmine uyarak çılgınca zıplayan, tepinen en son moda dansları yapan çiftlerle dolu...

Feyzâ, daha düne kadar kendisinin de içinde bulunduğu, çılgınca gülüp, eğlenip, dansettiği bu çılgın güruhu, oturduğu koltuktan ibretle ve nefretle seyretmekteydi. Halbuki daha düne kadar bu güruhun içinde bulunmaktan zevk alıyordu o.. Şimdiyse evet, bu suni, bu yapmacık, bu gösteriş ve riya dolu hayat, onu sıkıyordu işte. Selim, yarım saate yakın bir zamandır kendisini yalnız bırakmış, salonun öbür ucunda bulunan neşeli bir gurubun içine dahil olmuştu. Feyzâ, kalbinin demir bir mengene altında ezildiğini hissediyordu, âdeta... Nihayet daha fazla dayanamadı, yerinden kalkarak terasa açılan cam kapıya doğru yürüdü. Kimse farketmeden yavaşça kapıyı açtı ve dışarıya süzüldü..

Oh... dışardaki hava salondakinden ne kadar farklı, ne kadar saf ve berraktı. Temiz havayı bol bol ciğerlerine doldurdu. Bahçede bulunan çiçeklerin kokusu terasa kadar çıkıyor, Feyzâ'nın genzini tatlı tatlı gıcıklıyordu. Gökyüzündeki ay, bütün haşmetiyle parıldamakta, ortalığı gündüz gibi aydınlatmaktaydı..

Feyzâ, arkasından teras kapısının açıldığını ve dışarıya birinin çıktığını farketmemişti bile. Bu, Selim'in arkadaşlarından Murat'tı. Terasın parmaklıklarına dayanmış, gecenin güzelliğini seyre dalmış olan Feyzâ, elinde bir içki kadehi ile kendisine iyice yaklaşan genç adamı, hâlâ farketmemişti. Murat Feyzâ'nın tam arkasına gelince durdu ve âdeta fısıltı gibi bir sesle:

- Feyzâ Hanım, dedi..

Feyzâ, fena korkmuştu. Birden arkasına döndü... Karşısında elindeki içki kadehiyle kendisine gülümsemekte olan Murat'ı görünce ne söyliyeceğini şaşırdı. Fakat Murat zaten onun bir şey söylemesine meydan bırakmamıştı:

- Sizi korkuttum galiba Feyza Hanım,özür dilerim, dedi İçeride sıkıldınız her halde. Ama doğrusu Selim'in yerinde ben olsam,bu kadar güzel bir kadını değil yalnız bırakmak ,gölgesinden dahi ayrılmam onun. Üstelik böylesine güzel bir kadın!...

Feyzâ'nın ağzı diline dolaşmıştı :

- Şey... Murat Bey... Siz Selim'in en yakın arkadaşıydınız değil mi? dedi...

- Olabilir... Ama bu, size olan hislerimde hiç bir şeyi değiştirmez ki... Beni anlayın, ne olur? Sizi seviyorum Feyzâ Hanım...

- Bu sözleri evli bir kadına söylediğinizin farkında mısınız?

Murat, gayet pişkin bir tavırla:

- Evet, dedi. Farkındayım. Selim gibi bir erkekle evli bulunmak bahtsızlığına uğramış bir kadına hem de...

Feyzâ, bu küstah adamın yüzüne olanca hırsıyla tükürmemek için kendini zor tuttu ve güçlükle cevap verdi:

- Ya sizin gibi adi bir gönül avcısı, bir ayyaşla evli bulunmak bahtsızlığı daha mı az görünüyor size?

Murat, sarsılmıştı... İncinen gururunu tamir etmek üzere tam ağzını yeniden açmak üzereydi ki, terasın kapısı açıldı ve Selim, gülerek dışarı çıktı. Yanlarına yaklaşırken neşeyle:

- Dışarısı cidden harika. Ne romantik bir gece değil mi çocuklar? dedi..

Feyzâ'nın burun delikleri sinirden açılıp açılıp kapanıyordu. Selim'e doğru dönerek:

- Evet, bir erkeğin evli bir kadına ilân-ı aşk edebileceği kadar romantik bir gece!... Ama bu romantizm beni sıkmaya başladı artık, anlıyor musun? Beni eve götür Selim...

Selim, Feyzâ'nın omuzundaki şalı eliyle düzelterek:

- Daha geleli ne kadar oldu Feyzâ? dedi. Yine anormalliğe başladın sen...

- İster anormallik de ister delilik de.. Bu hava artık beni boğuyor Selim. Başım çok ağrıyor. Lütfen beni eve götür artık..

Murat, durumu idare etmek için:

- Feyza Hanımın sinirleri iyice zayıflamış Selim, dedi. Ne diyorsa onu yapsan, daha akıllıca hareket edersin...

Feyzâ dönüp, hırsla Murat'a baktı. Sonra hızlı adımlarla teras kapısından içeri girdi. Selim de bir şey anlıyamıyan, daha doğrusu anladığı halde anlamak işine gelmiyen bir halle ellerini iki yana açarak Feyzâ'nın arkasından salona girdi...

Alelacele Vedat Bey ve kızıyla vedalaşarak köşkten ayrıldılar...

Arabaya bindikleri zaman ikisinin de yüzünden düşen bin parça oluyordu sanki. Selim, burnundan soluyarak gaza bastı. Araba karanlıkların içinde sür'atle yol almaya başladı...

* * *

Feyzâ, geçirmiş olduğu o kâbuslu geceyi hayatının dönüm gecesi olarak kabul ediyordu. O geceden sonra hmen hemen bütün vaktini çeşitli dinî eserler okumakla geçirmekteydi. Kütüphanesinde ne kadar roman v.s. lüzumsuz kitap varsa, hepsini atmış, yerine yeni almış olduğu dinî eserleri, Faideli fikir kitaplarını Kur'an tefsirlerini, hadis kitaplarını ve lüzumlu ilmihallerini koymuştu...

Bir çok İslâmî mesleleri dadısından sorup öğreniyordu ama tabıı kültürlü bir insan için bu malumat, tatmin edici sayımazdı.. Dadı, nihayet oldukça cahil bir kadındı. Bunun için Feyzâ, tatminkâr bir bilgiye sahip olabilmek için, kâh ilmihal sahifelerini karıştırıyor, kâh kitaplarındaki hadislere müracaat ediyor ve kâh Kur'ân tefsirlerinin içine âdeta gömülüyordu...

Tefsirleri okuyup, kitapları karıştırdıkça bundan evvel gafletle geçirmiş olduğu senelere yanıyor âdeta bu geçen zamanı telâafi etmek istercesine İslâm hakkında daha çok şeyler öğrenmek için gece demiyor, gündüz demiyor, mütemadiyen eser okuyordu.

Bunların arasında en ziyade ilgisini çeken eser, hanımlarla ilgili küçük bir kitaptı. Bu kitabı kendisine, dini eserler almak için girdiği bir kitabevinde tezgahtar olarak çalışan nur yüzlü, temiz ve asil bir genç hediye olarak vermişti. Ücretini vermek için ne kadar direttiyse de genç, «Sizin gibi bir hanımın dini eserlere karşı merak duymasından duymuş olduğum memnuniyetten dolayı bu eser benim size bir hediyemdir. Lütfen kabul buyurun» diyerek para almamıştı. Tezgahtar gencin bu jesti, Feyzâ'yı bir cihetten memnun etmekle beraber, bir cihetten de yaralamıştı. Zira gencin «Sizin gibi bir hanım» derken, açık saçık kıyafetini ima ettiğini anlamıştı.. Ama gence gücenmedi, bilakis takdir etti. Açık saçık kıyafetinden dolayı kabahatli olan kendisiydi zira..

Eserin ilk sahifelerini adeta yutar gibi okudu. Gerçi lisanı biraz ağdalıydı. Eserde Arapça ve Farsça kelimeler sık sık geçmekteydi.

Ama yine de içindeki hakikatlerin parlaklığı ve üslubun güzelliği ile söylenilmek istenen her şey fevkalade anlaşılmaktaydı. Sonra yeni almış olduğu Osmanlıca-Türkçe lugat da bu mevzuda kendisine yardımcı olmaktaydı..

İşte şimdi de gözleri, aynı eserin aile hayatında erkek ve kadının davranışları ile alâkalı kısımlarında heyecanla gezinmekte... Esasen kendisine en ziyade lazım olan bahis de bu... Eserde aynen şunlar yazmaktaydı:

«Bahtiyardır o adam ki: Refika-i ebediyesini (ebedi hayat arkadaşını) kaybetmemek için saliha-dindar- zevcesini taklit eder, o da salih olur. Hem bahtiyardır, o kadın ki: Kocasını mütedeyyin-dindar- görür, ebedi dostunu ve arkadaşını kaybetmemek için o da tam mütedeyyin olur, saadet-i dünyeviyesi içinde saadet-i uhreviyesini kazanır..

Bedbahttır o adam ki, Sefahate girmiş zevcesine ittiba eder, uyar vaz geçirmeye çalışmaz, kendisi de iştirak eder. Bedbahttır o kadın ki: Zevcinin fıskına bakar, onu başka bir surette taklid eder. Veyl-yazıklar olsun- o zevce ve zevceye ki: Birbirini ateşe atmakta yardım eder. Yani: medeniyet fantaziyelerine birbirini teşvik ederler..

Hemşirelerim! Daire-i meşruadaki keyfle iktifa ediniz ve kanaat getiriniz. Sizin hanenizdeki masum evlatlarınızla masumane sohbet, yüzer sinemadan daha ziyade zevklidir. Hem Kat'iyyen biliniz ki: Bu hayat-ı dünyeviyede hakiki lezzet, iman dairesindedir. Ve imandadır. Ve amal-i salihanın her birisinde bir manevi lezet var. Ve dalalet ve sefahatte dahi gayet acı ve çirkin elemler bulunur».

Eseri bir müddet kapattı, düşünceye daldı. Okudukları arasında bir cümle zihnine takılıp kalmıştı... Kitabı tekrar açtı, o cümleyi tekrar okudu:

«- Bedbahttır o kadın ki: Zevcinin fıskına bakar, onu başka surette taklid eder»

Sanki kendisi için yazılmıştı bu cümle...

Öyle ya, şimdi kendisi bu durumda değil miydi? Kocası içkiyi, kumarı ve sefahat alemlerini seven, hatta yeri gelince dine, imana küfreden bir adamdı. Ve kendisi de yıllarca, içinde bulunduğu gaflet dolayısıyle kocasıyla aynı hayatı sürdürüp durmuştu...

Ama şimdi, şimdi her şey, evet her şey değişmişti. Kocasına uyduğu zamanlar hakikatlerden bihaber bulunuyordu. Ve bunun için aynı hayattan kendisi de büyük bir zevk duyuyordu. Şimdi ise öğrendiği hakikatler karşısında kocasının hayatına ayak uydurmasına artık imkan yoktu. Feyzâ, eserde belirtilen sefahat ve dalalette kocasını taklid eden bedbaht kadın mevkiine düşmekten şiddetle korkuyordu. Fakat bu işi nasıl halledecekti? Biliyordu ki, Selim, bu sefihane hayattan ölürdü de vazgeçmezdi. Bunun için Feyzâ'nın, ya Selim'den ayrılması veya birlikte yaşayabilmek için mutlaka o sefih hayata uyması lazımdı. Fakat kararlıydı. Boşanmak pahasına da olsa, artık günden güne iğrenmekte olduğu bu iğrenç hayata ayak uydurmayacaktı. Bu kararı verince derin bir nefes aldı... Ferahlamıştı...

Feyzâ, girişmiş olduğu bu nefis mücadelesi harbinin yanında her gün muntazaman Dadıdan Kur'ân dersi de almaktaydı. Kısa bir müddet içinde zekası sayesinde pek güzel sökmüştü Kur'ânı...

Bu sabah da yine Selim'i kapıdan uğurlar uğurlamaz doğruca banyoya koşup, abdestini aldı ve sabahlığını giyip, namaz öertüsünü takarak geldi, Dadının önüne diz çöküp, önünde açık duran Kur'an-ı Kerim'i heceliye heceliye okumaya başladı. Küçük Hilâl, yerde, halının üzerinde tatlı sesler çıkararak emeklemekteydi... Dadı, arasıra yanlışlarını düzeltmekle beraber Feyzâ'nın zeka ve kabiliyetine hayran kalmaktan kendini alamıyordu...

Bu esnada Feyzâ'nın okuyuşunu mutfaktan duyarak içi dolan emektar ahçıkadın Hatice içeri girdi.. Bir müddet bembeyaz örtüleri içinde Kur'ân okuyan Feyzâ'yı hayranlıkla seyretti; sonra kendini tutamadı ve:

- Ah benim tatlı hanımım, dedi. Daha evvel de güzeldin amma, namaz kılıp Kur'ân okumaya başladığından beri daha bir güzel oldun. Yüzüne bir nur geldi ki, görme..

Feyzâ «sadakallahül aziym» diyerek Kur'ândan başını kaldırdı.. Memnuniyetle gülerek:

- Sağol Hatice, dedi. Sahi becerebiliyor muyum biraz?

- Becerememek de ne demek hanımcığım? Maşallah bu gidişle yakında gürül gürül okuyacaksın Kur'anı. Ah ne mutlu, ne mutlu böyle genç yaşta.. Allah senden de razı olsun Dadı Hanım!..

Dadı, mütevazi bir şekilde başını yana eğerek:

- Bende ne var ki, Hatice? Allah onun içine de vermiş. Baksana Kur'anı sökmesi bir yana, Feyzâ şimdi örtünmeğe de karar verdi:

Hatice kadın heyecanlanmıştı:

- Sahi mi diyor, hanımım? Bir kaç ay içinde ne güzel öğrendin Müslümanlığı. Peki, Bey ne dedi buna?

- Daha beye söylemedim. Ama bey ne derse desin, Hatice... Ben kararımı verdim bir kere. Bu mevzuda bir çok eser de okudum. Kur'ân tefsirlerini tetkik ettim. Benim için artık Allah'ın emirleri, Beyin emirlerinden çok daha mukaddes ve üstündür...

- Allah senden razı olsun Hanımım. Hani bu bir kaç aydır kavgasız gürültüsüz bir günümüz geçmiyor da... Yine kavga edersiniz diye söylemiştim...

- Sen kendini üzme Hatice... Her şey Allah'ın dilediği gibi olur...

Hatice kadın mutfağa doğru yürürken bir yandan da tülbentiyle gözyaşlarını kurulamaktaydı. Feyzâ, kaldığı yerden devam etmek üzere yeniden başını önündeki Kur'ân-ı Kerim'e eğmişti ki, salonda telefonun zili acı acı çalmıya başladı. Feyzâ koştu, telefonu açtı ve duyduğu ses karşısında gözleri sevinçle parladı:

- Oh... Babacığım sen misin? Ama ne o? Niçin sesin öyle bitab, baba? Ne?.. İflas mı ettin? Doğru söyle, babacığım. Ama Selim'le beraber yürütüyordunuz o işi? Anlamadım. İflasına sebep Selim mi oldu? Şaka etmiyorsun ya babacığım? Demek kayınpederinin dahi gözünün yaşına bakmıyacak kadar hain ve alçakmış öyle mi? Yok, yok!.. Sen benim için üzülme, babacığım!.. Zaten son zamanlarda çekilmez oldu.. Tabii, tabii, sabrediyorum. Nihayet inceldiği yerde kopar... Olur, olur babacığım.. Yalvarırım beni habersiz bırakma. Anneme de selam söyle.. Kendinizi fazla üzüp hırpalamayın sakın. Allah ne takdir etmişse o tecelli edecektir.. Güle güle... güle güle babacığım..

Telefonu kapattı. Dudakları üzüntü ve sinirden alabildiğine büzülmüştü... Neredeyse ağlıyacaktı. Evet, babası iflas etmişti ve bu iflasın müsebbibi de kendi kocasıydı... Selim'e olan nefretinin kalbinde bir kat daha büyüdüğünü hissediyordu. Bir müddet salonun içinde ne yapacağını bilemez bir halde bir aşağı bir yukarı dolaştı... Sonra kendini büyük bir gayretle toplamaya çalışarak tekrar Dadının yanına geldi. Dadı da konuşulanları duymuştu. Feyzâ'yı daha fazla üzmemek için ağzını açıp, bir şey söylemedi. Feyzâ hiç konuşmadan yeniden Kur'ân-ı Kerimin başına diz çöktü ve kaldığı yerden okumaya devam etti..

O gün akşama kadar Feyzâ kendisini hiç bir şeyle avutamadı. Şimdi ailesi ne yapacaktı! Ellerinde ne var, ne yoksa tabii hepsi alınacaktı... dışarıdaki yağmur sesi büsbütün asabını bozmaktaydı. Sabahtan beri hiç dinmecesine yağan yağmur, şimdi büsbütün şiddetlenmişti. Salondaki şömineye bir kaç odun daha attı ve karşısındaki koltuğa gömülerek üzüntülü bir şekilde odunların yanışını seyretmiye, tatlı çıtırtılarını dinlemiye koyuldu. Bu vaziyette kimbilir ne kadar zaman geçmişti. Feyzâ ancak sokak kapısının dışardan anahtarla açılışıyla kendine gelebildi...

Gelen Selim'di... Selim, kendisini karşılamıya kimsenin gelmediğini görünce yine evde bir şey olduğunu anlamıştı... Işığı yanmakta olan salona doğru yürüdü... Feyzâ'nın asık bir çehreyle oturuşu neş'esini kaçırmıştı... Sordu:

- Yine ne var? Neden somurtup duruyorsun, öyle?

Feyzâ başını kaldırıp, Selim'e bakmadı bile, sadece:

- Hiiç... dedi. Biraz evvel babamla konuştum telefonla... İflas etmiş...

- Eee? Para mı istiyor yoksa?

Feyzâ adeta tükürür gibi:

- Senin gibi karaktersiz bir erkekle nasıl evlendim, hala hayret ediyorum, dedi. Babamın iflasının müsebbibi sen olduğun halde, utanmadan bir de hakaret ve alay ediyorsun değil mi?

- Ne alayı canım? Babanın kendi kabahati... Kafasını kullansaydı, bugünkü hale düşmezdi...

- Demek hala kendini suçsuz görüyorsun?

- Öff... Kes kızım... Uzattın artık..

Selim, hırsla oradan bir gazete alarak, Feyzâ'nın yanındaki koltuğa oturdu ve gazeteyi okumaya başladı. Bir müddet sonra, birden hatırlamışcasına başını kaldırdı ve hiç bir şey yokmuş gibi Feyzâ'ya döndü:

- Ha... hatırlamışken söyliyeyim. Pazar gecesi Şerafettin'ler, Vedat'lar ve Fikret'lerle birlikte Kulüp Reşat'a gideceğiz... Haberin olsun...

Feyzâ:

- Ne yazık ki, ben sizinle gelemiyeceğim, Selim, dedi...

Selim, küstah bir tavır takındı:

- Neden? Yoksa babanın iflasına matem mi tutacaksın?

- Yoo... düşünmedim bile... Hem bugün alan Allah, yarın vermesini de bilir. Bu bakımdan fazla üzülmüyorum bile... Benim gelemeyişimin sebebi daha başka.

- Neymiş bu sebepler?

- Ben artık Müslüman bir kadına yakışır bir şekilde mazbut bir kıyafete girmeye karar verdim Selim...

- Şuna, aklımı kaçırdım desen daha iyi olmaz mı?

- Sen nasıl kabul edersen öyle olsun... Ama bilirsin, ben bir şeye karar verdim mi, eğer o iş doğruysa ve mantığıma uygun gelirse mutlaka yaparım. Yani bunu da yapacağım!..

- Ya ben müsaade etmezsem?..

- Sen (haşa) Allah'dan üstün değilsin ya!

- Ne demek istiyorsun yani?

- Basit... Bu hususta seni dinlemem... Beni karın olarak görmek istiyorsan, ya bunu kabul eder, bana istediğim gibi mazbut bir hayat yaşatırsın, veya...

- Evet veya?

- Veya boşanırız!

Selim, fena halde bozulmuştu... Sakin görünmeye çalışarak:

- Ya, demek kararın bu kadar kat'i? dedi. Peki, daha bu yaşta nineler gibi örtünmene ne sebep var? Hele bir elli-altmış yaşına gel... O zaman istediğin gibi giyin... değil mi ya?...

Feyzâ omuz silkti:

- Yanlış bir felsefe seninki... değil elli-altmış yaşıma kadar, yarına kadar yaşıyacağıma dair bana bir teminat, bir senet verebilir misin? Hem Allah'ın bu örtünme emri yalnız yaşlı kadınlar için değildir. Hatta Cenab-ı Hak, Kur'ân- Kerim'de, yaşlı kadınların dışarıya çıkarken dış örtülerini örtmeseler dahi bir günaha girmiyeceklerini bildiriyor. demek ki örtünmek, 12-13 yaşından itibaren bütün genç kızlara ve kadınlaradır. Bu yaşlardan itibaren bütün kadınlar, eğer hakikaten Müslümanlarsa, örtünmeye mecburdurlar. Bu, Allah'ın emri... Üzerinde münakaşa edilmez!

Selim, aniden yerinden fırladı. Ellerini pantolonunun cebine koyarak Feyzâ'nın karşısına geçti:

- Kızım, ben seni şöyle ele-güne karşı yüzümü ağartasın diye modern, ileri görüşlü bir kız olarak aldım. Sen kalktın benim başıma hoca kesildin. Son zamanlarda, hani ağzından Allah, Bismillah kelimelerinden başka söz dökülmez oldu. Yoo... Ben böyle yobazlıklara gelemem, bak!...

Feyzâ artık boşanmıştı bir kerre... Bu yüzsüz ve imansız adama karşı daha fazla susamazdı. Sert bir sesle:

- Demek insan, Yaradanının emrini yerine getirince yobaz oluyor, öyle mi? Diye bağırdı. Bana bak Selim! Artık Hıristiyanlar gibi bir hayat yaşamak istemiyorum ben, anladın mı? Kaldı ki, biz onlar kadar bile olamıyoruz. Onlar hiç değilse pazar günleri kiliseye giderek Allah'a ibadet ederler. Bizler ki, Hak dinin mensupları olan Müslümanlarız. Sorarım sana; bizim hangi hareketimiz uyuyor Müslümanlığa? Abdest alırım, alay edersin... Namaz kılarım, alay edersin... Kur'ân okurum, yine alay edersin... Bu mu senin Müslümanlığın?

Selim bu gibi sözlerle yola gelecek cinsten bir insan değildi:

- Ben, şunu bunu bilmem Feyzâ, dedi. Yanımda yaşlı nineler veya hizmetçi kadınlar gibi giyinmiş bir kadın taşıyamam ben.

Feyzâ, bu defa alaylı bir sesle:

- Neden? Çünkü erkek arkadaşların, vücudumu açık saçık görmeyince «Selim'in karısı bir içim su! Ne enfes, ne güzel kadın!» diyerek, etrafımda pervane olmayacaklar da ondan, değil mi? Dedi. Benim bildiğim, erkek olan karısını kıskanmalı Selim! Kıskanan erkek de onu açık saçık teşhir etmek yerine, çirkin nazarlardan muhafaza etmek ister. Ben, bütün güzelliklerimle yalnız sana ait olmak sa istiyorum. Evet, yalnız senin karın olmak.. Tamam mı? Anlıyacağın, beni bütün gözlerden kıskanmanı istiyorum. Böyleyken sen beni gururla binbir kişinin gözüne, gönlüne peşkeş çekiyor ve iftiharla teşhir ediyorsun.

Selim gülerek cevap verdi:

- Unutma ki, güzele bakmak sevaptır.

- Ya o güzel bir erkeğin namusu olan karısı olursa?

- Bir şey değişmez... Eğer o kadın, hakikaten güzelse, helal olsun derim.

Feyzâ:

- Ne tuhaf? dedi. Hayvanlar bile dişilerini kıskanırlar halbuki!...

Bu söz, Selim'i bir anda yerinden hoplattı:

- Yani beni hayvan yerine mi koyuyorsun?

Feyzâ gayet sakin:

- Seni, ben değil, sen kendin koydun hayvan yerine; ben ne diyeyim? dedi...

Selim, öylesine köpürmüştü ki, bu söz üzerine kendine hakim olamadı ve Feyzâ'nın yüzüne şiddetli bir tokat attı. Feyzâ tokatın şiddetiyle bir an odanın ortasında sendeledi, sonra ellerini yüzüne kapıyarak boğazında düğümlenen hıçkırıkları bıraktı...

Selim evvela yumrukları hırsla sıkılmış bir vaziyette bir müddet sinirinin geçmesini bekledi... Sonra yüzünde şeytani ve hileli bir ifadeyle sanki yaptığına pişman olmuşçasına Feyzâ'ya yaklaştı ve elini genç kadının omuzuna koyarak yumuşak bir sesle:

- Affet Feyzâ, dedi. Elimde olmadı, inan. Kendimi kaybettim birden.

Feyzâ boşanmıştı bir kere... Sarsıla sarsıla ağlıyarak:

- Ah dedi. Keşke bana bir yerine yüz tokat vursan da, yeter ki, hatanı anlayabilsen.

Selim'in sesinde yine sahtelik vardı:

- Bak Feyzâ, dedi. Bu örtünme meselesini Pazar gecesinden sonra görüşürüz, ha?

- Hayır, hayır, Selim, gelemiyeceğim Pazar günü sizinle işte... Hem hiç... hiç bir zaman da gelmiyeceğim, anlıyor musun?

- Canım, niçin bu kadar inat ediyorsun, anlamıyorum... Sana ne dedim, Pazar gecesi gidelim... Sonra yine devam ederiz mevzuumuza... Haydi Feyzâcığım, sil gözlerinin yaşını da bırak inadı... O gün için mutlaka geleceğimize dair söz verdim. Gitmezsek Vallahi çok ayıp olur.

Feyzâ, çöktüğü koltuğa biraz daha gömülerek hıçkırıklar arasında çaresizlik içinde çırpınıyordu. Nihayet kararını verdi: Son bir defa daha gidecek, fakat bundan sonrakiler için direnecek, icabederse herşeyi göze alacaktı Selim'in «Ayıp olur» sözü üzerine dayanamayıp haykırdı:

- Ona ayıp, buna ayıp... Her seferinde bir şey çıkarıyorsun. Peki, bu sefer de geleceğim ama, beni kararımdan hiç bir kuvvet döndüremez. Bunu bil!...

Nihayet Pazar gecesi gelip çatmıştı...

Gece kulübünün salonu bu gece her zamankinden ziyade kalabalıktı... Herkesin yüzü heyecanla sahnede ateşli İspanyol dansları yapmakta olan bir İspanyol çiftine çevrilmişti... Müzik coşup, kastanyetlerin işleyişi hızlandıkça salon yüzlerce ağızdan çıkan «ole! ole!...» sesleriyle inliyordu adeta...

Salonun dip tarafında kalın kadife perdelerle ayrılmış ikinci bir bölüm bulunmaktaydı... Burası da aşağı yukarı eğlence salonuna yakın büyüklükteydi. tam orta yerde uzun büyük bir kumar masası bulunmaktaydı... Masanın etrafı, smokinli, kodaman tipli erkekler, son derece açık ve şatafatlı giyimli koket sosyete kadınlarıyla çevrilmişti.. Kadın ve erkek bütün yüzlerde çirkin bir hırs ve heyecan ifadesi okunmaktaydı. Ortada büyük paralar dönüyordu.

Selim, kumar masalarının kurdu olarak isim yaptığı için bugün de sosyetik kumarbazların gözleri Selim'in üstünden hiç ayrılmıyordu... Fakat Selim'e ne olduysa olmuştu bu akşam, hiç mi hiç kazanmıyor, mütemadiyen kaybediyordu. Heyecanlı ve sinirli bir halde ortaya yeni paralar sürüyor, fakat bütün kurnazlığını kullandığı ve bütün hilelerini sırasıyla tecrübe ettiği halde sürekli olarak üst üste kaybediyordu...

Kadife perdenin arkasından iç salondaki müzik ve kahkaha sesleri yükseliyor, masadaki kağıt tutan eller hızla işliyordu... Herkesin sinirleri son derece gergindi... Selim'in alnında iri ter taneleri birikmişti.

Feyzâ ise, biraz ötede bulunan geniş bir koltuğa oturmuş, kumar masasındakilerin yüzlerini teker teker incelemekteydi. Yüzünde yine en ufak bir makyaj izi yoktu... Üzerindeki elbise sade, mazbut ve zarifti... Sararan yüzü adeta hissiz ifadesizdi. Fakat içinde sanki fırtınalar, kasırgalar kopuyordu... daha dün denilebilecek kısa bir zaman öncesine kadar bu tiksinilecek insanların içinde nasıl bulunduğuna, bu gözü paradan ve hayvancasına eğlencelerden başka bir şey görmeyen haris, maddeci ve ruhsuz insanlardan nasıl zevk alabildiğine şaşıyordu şimdi. O böyle hisler içindeyken Selim'in her kaybedişinde onunla şakalaşan arkadaşı Muzaffer, Feyzâ'yı işaret ederek Selim'i dürttü ve:

- Azizim, dedi. Senin şansın bugün ters dönmüş anlaşılan... Ben senin yerinde olsaydım, bana uğur getirsin diye Feyzâ Hanımı da çağırırdım masaya...

Bu söz üzerine uzun çubuk ağızlıkla sigara içen, aşırı makyajlı, platin saçlı bir kadın olan ve «şen dul» diye adlandırılan Suzan, sandalyesini yan döndürerek Feyzâ'ya seslendi:

- A... Vallahi Feyzâcığım, sana ne oldu böyle anlamıyoruz. Şekerim masamızın uğuru sendin ayol!

Bankacı Hadi Beyin koket karısı Şermin ise, Feyzâya bakmaya tenezzül bile etmiyerek:

- Bırak Allahaşkına Suzan, dedi. Son zamanlarda Feyzâ, nedense hepimize üstten bakar oldu... Seni beni beğenmiyor baksana... Allah, Selim Beyciğime sabırlar versin... Büyü mü yapmışlar nedir kızcağıza?... Aaa!.. Okutmalı vallahi Selim Beyciğim, okutmalı bu kızı...

Feyzâ, konuşulanları duymamış gibi, hiç cevap vermedi. Şermin'in sözleri, masadakilerin kahkahayla gülüşmelerine yol açmıştı. Şimdi bütün gözler, alaylı bakışlarla, köşede koltuğa büzülmüş olan Feyzâ'ya dikilmişti... Esasen kaybetmenin hırsı içinde bulunan Selim, alay konusu olmanın tesiriyle büsbütün çılgına dönmüştü... Birden hırsla Feyzâ'ya seslendi:

- Feyzâ!.. Söylenilenleri duymuyor gibisin, Gelsene masaya!..

Feyzâ hiç istifini bozmadan gayet sakin:

- Ben burada çok rahatım... Aranıza girmekle size uğur yerine uğursuzluk getireceğimden şüpheniz olmasın, dedi...

Selim, bu söz üzerine daha ziyade köpürmüştü... İyice küstah ve sert bir tavırla emreder gibi bağırdı:

- Sana ne söyleniyorsa onu yap dedik! Orada öyle kukumav kuşları gibi oturup düşünmekle düştüğün ve beni de düşürdüğün durumu görmüyor musun? Kalk yukarı, şu boş iskemleye otur diyorum... Yoksa elimden bir kaza çıkacak, haberin olsun!..

Feyzâ kalktı, muti bir şekilde, fakat hissiz, bir robot gibi, denileni yaptı. Selim'in gösterdiği yere, «şen dul» Suzan'la, Vedat Beylerin kokteylinde kendisine ilan-ı aşk eden Murat'ın ortasına sessizce oturdu.

Ortada son derece gergin bir hava vardı. Selim:

- Al oyna!

Diyerek Feyzâ'nın önüne de iskambil kağıtlarını sürdü. Fakat Feyzâ, uzatılan kağıtlara sadece alaylı bir gülümseme ile bakmakla iktifa etti. Onun bu meydan okur şekildeki alaylı lakaydisi karşısında Selim yerinde duramıyacak kadar sinirlenmişti. Arkadaşlarının arasında bu derece mahcup düşmeyi bir türlü hazmedememekteydi. Fakat etrafındakilerin teskin edici sözleriyle yatışarak tekrar oyuna başladı.

Vakit ilerledikçe, oyun da hararetlenmiye başlamıştı... Kaybetme endişesi ve kazanma hırsı içinde kendi alemlerine dalmış olduklarından herkes Feyzâ'yı unutmuş, onu kendi iç dünyası ile başbaşa bırakmışlardı.

Feyzâ ise, yüzünde saklıyamadığı bir tiksinti ifadesi ile masada kumar oynıyan bu riyakar tavırlı muhteris insanları seyrediyor, kumarbazların herbirinin yüzünü ayrı ayrı inceliyordu... Ruhlarının, kalblerinin karanlığı, sanki yüzlerine vurmuştu bu insanların. Feyzâ, vakit ilerledikçe bu boğucu atmosfer içinde fenalaştığını hissediyordu... Bir müddet sonra başı dönmeye, gözleri kararmaya başladı... İçinde fırtınalar, boralar kopmaktaydı sanki...

Geldiğine geleceğine bin kere pişman olmuştu. Neden, neden sanki aldanıp da gelmişti? Benliği derin bir nedamet duygusu ile kavrulmaktaydı... Bir ara sanki gözlerinin önünde bir sahife açılır gibi oldu... Sahifede yalnız: «Bedbahttır o kadın ki; kocasının fıskına bakar, onu başka surette taklid eder». Cümlesi yazılıydı sanki... evet evet, işte şimdi kocasının fıskına ve sefahatine alet olmak ve ona uymakla o da bedbaht kadınlar zümresine dahil olmuştu...

Şimdi artık yalnız masa ve masanın üzerinde işleyen elleri görmekteydi... Daha sonra masanın üzerine atılan iskambil kağıtları, oradan oraya yığınla sürülen paralar ve tekrar teker teker oynayanların yüzünde gezindi gözleri... Gittikçe daha ziyade fenalaştığını hissediyor, fakat ağzını açıp kimseye bir şey söylemiyordu... Gözlerini hırs bürümüş kibar (!) kumarbazların masadaki heyecanlı konuşma ve münakaşaları ile iç salondan taşan müzik ve kahkahaların gürültüsü arasında Feyzâ, masada şiddetli bir ruhi buhran geçirmekteydi... Hayır, hayır!... O, artık böyle bir hayatın kadını olamazdı... Bu, ne insanca ve hele hele ne de İslâm'ca bir yaşayıştı... Peki, ne işi vardı onun böyle bir yerde?.. Niçin, evet niçin kabul etmiş, niçin gelmişti bu sefil yere Ya Rabbi?..

Yüzünde tahammül edilmez bir ızdırab izi vardı... Alnında iri ve soğuk ter damlacıkları birikmişti. Bayılacak mıydı, neydi? Bir ara müzik sesi kulaklarını adeta sağır edecekmişcesine yükseldi... Beyninin içi çın çın ötmekteydi sanki... Masadaki konuşmalar, heyecanlı sesler büyüdü... büyüdü... büyüdü... Feyzâ, çıldıracak gibiydi... Şiddetli bir asabi kriz geçirdiği belliydi. Nihayet beklenmedik bir şey oldu. Feyzâ, ani bir hareketle ayağa fırladı ve kendini bilmez bir şekilde:

- Hayır!... hayır!... İstemiyorum!... Tahammül edemiyorum artık. Bırakın beni... bırakın diyorum!... Dağıtın bunları!... görmek istemiyorum!... istemiyorum!...

Diye canhıraş bir feryadla haykırarak bir eliyle masanın üzerindeki oyun kağıtlarını ve paraları yere savurmaya, diğer eliyle de içki dolu kadehleri kapıp fırlatarak arkası arkasına kırmaya başladı... Evet Feyzâ, tipik bir sinir krizi geçirmekteydi...

Bir yandan bunları yaparken bir yandan da etrafın şaşkın bakışları arasında, orada bulunanların hepsine hitaben hıçkırıklarla sarsılarak isyanla bağırmaya devam ediyordu:

- Yeter!... yeter artık!... Nefret ediyorum hepinizden... Size de, bu hayata da lanet olsun!...

Birden bir karışıklık oldu masada. Bir çılgın gibi yerinden fırlıyan Selim'i, kimse zabtetmiye muvaffak olamamıştı. Masanın etrafını dolanarak bir çırpıda Feyzâ'nın yanına gelen Selim, Feyzâ'yı saçlarından tuttuğu gibi yandaki duvara doğru fırlattı. Sonra tekrar üzerine atılıp:

- Al sana! Al sana!... Kahbe karı!...

Diye bağırarak yüzüne gözüne birbiri ardına şiddetli tokatlar indirmeye başladı. Masa bir anda karışmıştı. Kadınlar yerlerinden fırlamışlar, Selim'in küfürler yağdırarak Feyzâ'yı dövmesi karşısında çığlık üzerine çığlık koparıyorlardı.

Nihayet şiddetli bir darbeyle Feyzâ yere, taş zemin üzerine yıkılıverdi... Selim bu defa da, onu tekmeleyerek dövmeye başlamıştı...Onun elinden Feyza'yı kimse kurtaramamaktaydı... Selim bir yandan tekmelerle Feyzâ'yı yerden yere yuvarlıyor, bir yandan da ağzından köpükler saçarak:

- Yeter... yeter ha?.. Asıl beni arkadaşlarım arasında rezil, kepaze ettiğin yeter, uğursuz kadın! Al işte!... Al işte!... İstediğin buydu, değil mi?.. Geber!..

Diye gürlemekteydi.. Nihayet yüzü gözü kan revan içinde kalmış, hıçkırıklarla sarsılan Feyzâ'yı saçlarından tutup yerlerde sürükliyerek sokağa açılan kapının yanına getirdi ve boş eliyle kapıyı açıp, pis ve galiz küfürler arasında «Defol! Defol!» diyerek tekmelerle dışarı fırlattı.. Sonra şiddetle yüzüne kapıyı kapıyarak içeriye, dehşet içinde kendisini seyreden arkadaşlarının yanına döndü.

Feyzâ, birkaç basamak mermer merdivenden yuvarlanmış, narin vücudu merdivenlerin dibinde karların içine upuzun serilmişti. Hıçkırıkları, bembeyaz karlarla örtülü gecenin sinesinde içli ve derin akisler bırakmaktaydı...

Şayet o sırada kulüpten çıkan genç bir Alman karıkoca onu orada görmeseydiler, kimbilir kaç saat böyle karların içinde kalacaktı... Alman çift, yarım yamalak Türkçeleriyle vaziyeti Feyzâ'dan öğrenince, durumunun çok fena olduğunu görerek onu evine bırakmaya karar verdiler. Yol boyunca genç kadın hiç konuşmuyor, dinmeyen hıçkırıklarla sarsılıyordu.

Feyzâ, sokaklarının başına gelince evinin kapısına kadar götürmek istemelerine rağmen Alman karı-kocaya teşekkürlerini bildirerek indi arabadan. Üzerinde mantosu da bulunmadığı için soğuk iliklerine kadar işliyor, karların içine gömülen ayakları, vücudunu güçlükle taşıyordu. Villanın bahçe kapısından içeri girince, artık büsbütün yürümesini kaybetmişti, bir sarhoş gibi yalpalıya yalpalıya kapının önüne gelebildi.

Villa, gecenin bu ilerlemiş saatinde derin bir sessizlik içindeydi... Üst üste basılan zilin acı sesi, gecenin karanlığını yırtarcasına devamlı olarak villanın içinde çınladı durdu. Nihayet dadı, uyku sersemliğiyle:

- Hayırdır inşallah... Hayırdır inşallah... Gecenin bu saatinde kim ola?

Diye söylenerek örtüsünü kaptı ve kapıya koştu... Fakat kapıyı açmasıyla ağzından acı bir çığlığın kopması bir oldu. Dadı, gördüğü manzara karşısında hayretten donakalmıştı...

Feyzâ, yüzünden gözünden kanlar sızarak saçları darmadağınık, duvara dayanmış, başı önüne düşük vaziyette elini hiç kaldırmamacasına zile basmaktaydı. Kapı açılır açılmaz, bir külçe gibi Dadının ayaklarının dibine yıkıldı. Bayılmıştı...

Dadı, şaşkınlıktan ne yapacağını şaşırmıştı. Sadece:

- Aman Allah'ım!... Feyzâm... Feyzâm, ne oldu sana, bir tanem?

Diye dizlerini döverek ağlayıp duruyordu. Nihayet biraz kendini toparlayınca sesi çıktığı kadar içeriye seslendi:

- Haticee!... Haticeee... Koş, çabuk, bana yardım et!...

Hatice, bir şey anlayamıyan bir halle uyku sersemliği içinde koşa koşa kapının yanına gelip de Feyzâ'yı taşlar üzerinde yığılmış bir vaziyette görünce, o da dehşetle bir çığlık attı. Ve ikisi birden ağlaşarak, Feyzâ'yı yerden kaldırıp kucaklıyarak içeri aldılar. Güçlükle bir koltuğa yerleştirip arkasını yastıklarla beslediler. Feyzâ'nın başı arkaya doğru düşmüştü. Burnundan ve patlayan dudağından ince şeritler halinde kan sızmaktaydı...

Dadı, göz yaşları arasında: «Vah yavrucak... Vah zavallı yavrucak»

Diye söylenerek alkolle ıslattığı pamukla Feyzâ'nın yüzündeki kanları sildi... Açılması, kendine gelmesi için kolonyalarla göğsüne ve bileklerine masajlar yapıp, yüzünü gözünü bol bol kolonya ile yıkadı. Ve üzerini battaniye ile örterek, karşıdaki pencerelerden birini açtı...

Kolonyanın tesiri ve havanın serinliğiyle Feyzâ nihayet bir müddet sonra kendine gelmiye başlamıştı... Genç kadının ağlıya ağlıya açılmakta olduğunu gören Dadı ile Hatice, ne olduğunu öğrenmek için yavaştan yavaşa:

- Söyle, kızım, ne oldu? Nasıl düştün bu hale Selim Bey nerede?

Diye sualler sorarak meraklarını gidermeye çalışmaktaydılar. Feyzâ, uzun müddet bu suallere cevap veremedi. Bütün dünyanın ağırlığını beynine oturtmuşlar gibi başının ağırlaştığını hissetmekteydi. Korkunç bir kabus yaşamıştı şu bir kaç saat içinde... Ve hala kabusun dehşet verici atmosferinden kurtaramamıştı kendisini... Artık ağlamıyordu da... Gözlerini yerdeki halının bir noktasına dikmiş, sabit nazarlarla o noktaya bakıyordu.

Fakat Dadının konuşması anlatması için ağlayıp yalvarmaları karşısında nihayet güçlükle kendini toparladı ve onlara, başından geçenleri yorgun bir sesle kısaca anlattı. Dadı, inanamıyordu bir türlü kulaklarına. Bir müddet hiç bir şey konuşmadılar. Sonra Dadı, sordu:

- Peki şimdi ne yapmak niyetindesin?

Feyzâ, Dadının bu sorusuna kat'i ve kararlı bir sesle cevap verdi:

- Derhal çocuğumu hazırla, dadı... Sen de çabucak giyin... Evi terkedeceğiz. Bir dakika daha durmak istemiyorum artık burada...

- Kızım deli misin sen? Böyle kavgalar olur karı koca arasında... Sabret biraz, zamanla belki o da hatasını anlar, düzeliverir.

- Sen ne diyorsun Dadı? Onunla artık değil bir gün geçirmek, yüzünü dahi görmek istemiyorum. Hemen... Hemen Dadı, o eve gelmeden çıkmalıyız bu evden, Sen ne diyorsam onu yap!... Çocuğu da hazırla, sen de hazırlan!.

- Peki, ama gecenin bu saatinde nereye gideceğiz, kızım?

- Yabancı yere değil, merak etme... Annemlerin yanına gideceğiz.

Feyzâ'nın ağzından bu söz çıkar çıkmaz Dadı da, Hatice kadın da bir ağızdan:

- Ne, annenlere mi?

Diye küçük bir çığlık kopardılar.

Feyzâ:

- Bunda şaşılacak ne var canım? Dedi. Annem ve babamdan başka kimim var ki, bu dünyada?

Dadı ve Hatice her ne kadar bir kadının koca evinden tekrar anne ve babasının yanına dönmesinin çok zor olduğunu ve bu hareketinin çeşitli sebeplerle mahzurlu olacağını belirterek onu bu hareketinden caydırmaya çalıştılarsa da Feyzâ'yı fikrinden vazgeçirmeye bir türlü muvaffak olamadılar. İki kadının kalması için devamlı ısrar ve yalvarmaları, Feyzâ'yı iyice sinirlendirmişti... Nihayet hırsla ayağa kalktı ve dağınık saçlarını eliyle düzelterek Dadıya:

- Ben, çocuğumu alıp gidiyorum. Canın buradan ayrılmak istemiyorsa, sen kalabilirsin Dadı... Sana söyledim, beni verdiğim karardan hiçbir kuvvet döndüremez.

Dedi ve kızını almak için içeriye doğru yürümeye başladı... Henüz bir kaç adım atmıştı ki, Dadı ağlıyarak önüne geçti ve:

- Dur kızım, dur, dedi.

Bütün gün senden köşe bucak sakladım gazeteyi... Acı haberi öğrenmiyesin diye... Ama artık saklıyacak tarafı kalmadı bu işin...

- Ne demek istiyorsun, Dadı? Açık konuş? Ne gazetesi, ne haberi?

Dadı, burnunu çeke çeke ağlamaktaydı:

- Daha yeni geçirmiş olduğun şu büyük sarsıntı üzerine söylemek istemezdim ama kızım, ama... Ah!... Nasıl söyliyeyim Allah'ım?..

- Allahaşkına konuş, Dadı... Nedir ağzında gevelediğin bakla?

- Şey... Yavrucuğum... Önce kendine hakim ol da, al oku şu gazeteyi!..

Dadı, hıçkırıklarla sarsılarak, sakladığı gazeteyi yerinden çıkarıp uzattı Feyzâ'ya. Feyzâ, gazeteyi elleri titreyerek aldı, fakat daha baş sahifesine göz atar-atmaz kalbine bir hançer saplanmışcasına acıyla gözleri iri iri açıldı.

Gazetenin baş sahifesinde büyük puntolarla şu manşet atılmıştı: «FECİ KAZA: BİR KAMYONLA BİR TAKSİ ÇARPIŞTI...» Manşetin altında İmpala marka otomobilin, tamamen parçalandığı ve üç kişilik ailenin derhal öldüğü haberi yer almakta, onun da altında Feyzâ'nın babası Necmeddin Beyin, annesi Emel Hanımın ve küçük kardeşi Teoman'ın resimleri bulunmaktaydı.

Feyzâ, gözleri hep öyle iri iri açılmış vaziyette ayakta bir heykel gibi duruyordu... Vücudu kaskatı kesilmişti... Gözünden bir damla bile yaş akmıyordu artık... Adeta katılıp kalmıştı... Ağzından güçlükle sadece bir tek kelime dökülebildi:

- Ölmüşler!...

Feyzâ'nın öyle ayakta taştan bir heykel gibi kaskatı kalması, Dadıyı da, Hatice'yi de fena halde korkutmuştu. Dadı, ağlıyarak geldi; Feyzâ'nın sabit nazarlarla baktığı gazeteyi elinden bir hamlede çekerek, kendine gelmesi için genç kadının yüzüne kuvvetlice iki tokat attı... İşte ancak Feyzâ'yı bu tokatlar kendine getirebilmişti... Birden Dadının göğsüne kapanarak hıçkırıklarla sarsılmaya başladı:

- Dadı!... Dadıcığım... Annem... babam... Teomanım... Ah! Gitmişler... Hepsi... hepsi ölmüşler Dadıcığım!.

Dadı, bir yandan Feyzâ'nın saçlarını okşuyor, bir yandan da ağlıyarak onu teselli edecek sözler söylüyordu.

Feyzâ, kendini tam olarak topladığında vakit sabaha yaklaşıyordu.. Nihayet ani bir kararla, saatlerce gömülüp oturduğu koltuktan kalkarak tekrar Dadıya döndü:

- Haydi hazırlan Dadı, gidiyoruz... Hilâl'i de hazırla çabuk...

Dadı, bu sefer büsbütün şaşırmıştı:

- Evladım, delirdin mi sen?... Hala mı gitmekten bahsediyorsun?

- Evet Dadıcığım... Burada artık bir saniye daha duramıyacağımı hissediyorum. Hem annemle babamın ve biricik kardeşimin son yolculuklarında üzerime düşen vazifeyi yerine getirmeliyim... Sonra...

- Evet sonra?

- Sonra da iflasından sonra babacığımın elinde kalan yegane mal olan ve bugün benim üzerine kalan apartman dairesine yerleşir, derhal bu uğursuz ve karaktersiz adamdan boşanma faaliyetine geçerim. Ne yapalım, kader böyle imiş, Dadıcığım... Kira vermeden oturur, temiz bir iş bulup çalışarak rızkımızı temin etmeye bakarım.

Dadı, gözyaşlarını silerek:

- Yani, yine Huzur Sokağı'na mı dönüyoruz...

- Evet, Dadı... Oraya dönüyoruz...

Hatice kadının ağlayıp sızlamaları ve yalvarmaları arasında Dadı, Feyzâ'ya asla söz geçiremiyeceğini anlayarak kalktı ve yine Feyzâ'nın arzusu üzerine bir küçük valizden başka birşey almamak şartıyla çabucak hazırlandı; küçük Hilâl'i de giydirdi ve tekrar salona döndü:

- Ne yaptın, yaptın: dediğini yürüttün yine kızım; haydi, ben hazırım...

Feyzâ, hiç cevap vermeden kalktı gardorobundan kalın bir manto alarak üzerine giydi... Başına da bir başörtü takarak Hilâl'i kucağına aldı... Dadı da elinde valizi ile hazırlandı. Fakat en mühim iş Hatice kadını teselli ve teskin edebilmekti. Saf ve temiz Anadolu kadını iki gözü iki çeşme durmamacasına ağlıyor ve Feyzâ'nın ellerine kapanarak:

- Gitmeyin ne olur, gitmeyin. Ben sizsiz ne yaparım hanımcığım? Duramam gayri artık burada diyordu...

DÖRDÜNCÜ BÖLÜM

Bir kaç ay sonra, küçük bir mahkeme salonunda beş sene müddetle devam eden müşterek bir evlilik hayatının son bağları da kopmak üzereydi.

Salonda oldukça büyük bir meraklı topluluğu vardı. Mahkeme heyetinin karşısındaki uzun sıranın ucunda Selim, bir ucunda ise Feyzâ bulunmaktaydı...

Kalabalığın ekserisini Selim'in sosyetik çevresi teşkil etmekteydi... Ve, herkesin, gözü büyük bir hayretle müşterek bir noktaya, Feyzâ'nın üzerine çevrilmişti... Feyzâ'nın üzerinde sade ve zarif bolca mevsimlik uzun bir pardesü bulunmaktaydı. Başı, bir tel saçını dahi göstermiyecek şekilde boyun çevresinde dolanarak zarif ve değişik bir biçimde bağlanmış, kibar desenli, güzel ve büyücek bir başörtüsü ile örtülüydü... Bacağında ise tenini göstermeyen kalın çoraplar vardı... Hasılı şu anda bir İslâm hanımefendisi hüviyetinde hakim huzurunda bulunan Feyzâ'nın eski hoppa, şımarık ve çıtkırıldım, sosyetik Feyzâ ile arasında dağlar kadar fark vardı...

Mahkemede bütün şahitler hazırdı... Hakim önce Selim"in şahitleri olan «şendul» Suzan'la, bir gece partisinde Feyzâ'ya ilan-ı aşk eden Selim'in en yakın arkadaşı Murat'ı dinledi... Sonra Feyzâ'nın şahitleri olan Dadı ile aşçı Hatice kadın dinlendi... Her iki tarafta, ailede şiddetli geçimsizlik olduğunu ileri sürüyordu.. Hakim son defa bir kere daha Selim ve Feyzâ'ya kati olarakk boşanmak isteyip istemediklerini sordu... Her ikisinin de derhal boşanmak istediklerini bildirmeleri üzerine Hâkim Selim'e hitaben:

- Kızınız küçük olduğu için kanunen anneye düşmektedir. Kızınız için ne kadar nafaka verebilirsiniz? Dedi...

Selim, yüzünde donuk bir ifadeyle cevap verdi:

- Annesini de, kızını da ömrüm boyu istediğim yok, sayın reis. Gördüğünüz gibi şiddetli geçimsizlikten anlaşarak ayrılıyoruz. Nafakaya gelince; kendilerine sorun. Arzu ettikleri miktarı vermeye hazırım. Hâkim bu defa Feyzâ'ya döndü:

- Eşinizin sözlerini işittiniz kızım, nafaka tayinini size bırakıyor; ne kadar nafaka taleb ediyorsunuz..?

Feyzâ, başı dimdik, vakar içinde, kesin ve sert bir lisanla:

- Çocuğumu haram yoldan kazanılmış bir parayla büyütmek istemediğimden, nafaka istemiyorum. Hâkim Bey!.. Dedi..

Hâkim, meslek hayatında ilk defa böyle bir boşanma davası ile karşılaşıyordu... Adam zengin olacak, ne kadar tayin edilirse edilsin istenilen nafakayı vermeye hazır olacak ve karısı bu paraları reddedecek!... Olur şey değildi doğrusu... Yaşlı Hâkim, şaşkın bir halde tekrar Feyzâ'ya hitab etti:

- Kızım, delilik yapma... Hissi hareket ettiğinin farkında mısın? Kızını yetiştirebilecek geniş imkanın var mı bari?

Feyzâ, yine vakarını muhafaza ederek cevap verdi:

- Hissi hareket etmiyorum Hâkim Bey. Kızımı kendim çalışıp büyüteceğim. Tekrar ediyorum: Nafaka istemiyorum efendim...

Artık her iki taraf için de söylenilecek bir söz kalmamıştı. Beş dakika sonra, Hâkimin bildirdiği kararla Selim ile Feyzâ resmen boşanmış oluyorlardı..

* * * *

Huzur sokağındaki yegane apartımanın ikinci kat zili uzun çaldı. Feyzâ, üzerine çabucak basma sabahlığını geçirip namaz örtüsünü taktı ve koşarak kapıyı açtı. Gelen, Huzur Sokağı'ndaki kedilerin sevgilisi olarak isim yapmış olan sayacı Hayri Dedeydi. Feyzâ, bu güleryüzlü ihtiyarı her görüşünde içinde ona karşı derin bir muhabbet duyuyordu. Kapının eşiğinde duran Hayri Dedeyi görünce:

- Oh... Siz miydiniz Hayri Dede?

Diyerek sevincini belirtti... Hayri Dede:

- Benim evladım, dedi... Bir isteğin var mı diye soracaktım...

- Çok teşekkür ederim Hayri Dedeciğim... Hiç bir ihtiyacım yok, Elhamdülillah... Çok teşekkür ederim.

Hayri Dede, babacan bir tavırla parmağını sallıyarak:

- Bak, eğer var da söylemiyorsan, günahım boynuna olsun. Sen artık dul ve yalnız bir kadınsın... Ne emredersen, yerine getirmek bizim boynumuzun borcudur, ha?..

- Sağol Hayri Dede... emir ne demek? Yalnız evvelce de rica ettiğim gibi, bana evde yapabileceğim temiz iyi bir iş temin edebilirseniz çok makbule geçecek...

- Sen onu hiç merak etme kızım... Bütün mahalleli, bu iş için seferber olduk... İnşaallah yakında tam istediğin gibi, gönülceğizine göre bir iş buluruz. Haydi bana müsaade kızım.

Feyzâ:

- Güle güle Hayri Dede... hakkını helal et!...

Diyerek yaşlı adamı uğurladı... Kapıyı kapatıp üzerinden sabahlığını henüz çıkartmıştı ki, kapının zili tekrar çaldı... Sabahlığını yeniden üstüne geçirip kapıyı açtı. Bu defa gelen, başı örtülü, yaşlı bir kadındı.. elinde üstü bez örtülü yuvarlak bir tepsi vardı. Feyzâ, elinde tepsiyle duran yaşlı kadına derin bir mahcubiyetle:

- Ah Hanife Teyzeciğim, dedi... Yine mi bu zahmet? Yalvarırım artık bir son verin şu yemek getirmeye...

Hanife Teyze bir yandan tepsiyi bırakmak için içeriye girerken bir yandan da Feyzâ'ya cevap yetiştiriyordu:

- Amma da ayıbettin be yavrum.. Şuracıkta hep beraber ana-evlad gibiyiz.. Bir kaç kap yemeğin sözü mü olur? Gücenirim vallahi... Hem bak, bir tarhana çorbası yaptım ki, ağzına layık.

Her zaman olduğu gibi bir kere daha gözleri yaşarmıştı Feyzâ'nın:

- Allah razı olsun Hanife Teyze, dedi... Zaten sizler de olmasaydınız, ben burada tek başıma ne yapardım? Eski evime yeniden döner dönmez, apartmandaki eski samimi dostlarımız hariç, bütün sokak sakinleri beni ne sıcak bir şefkatle bağrınıza bastınız. Size ne kadar minnettarım bilseniz...

Hanife Teyze sitemli sitemli Feyzâ'nın yüzüne baktı:

- Bir daha böyle konuştuğunu duyarsam, gücenirim, inan... Minnettarlık da ne demekmiş? Biz sadece vazifemizi yaptık yavrum. Müslüman, Müslümanın kardeşidir.

Her türlü ihtiyacına koşması gerekir. Apartmandakilere gelince: Seni böyle karşılarında, depdeğişik, ağır, mazbut, abdestli-namazlı, kapalı kıyafetli bir Müslüman hanımcığı görünce kan beyinlerine sıçradı elbette haspaların, kızım..

Feyzâ, içini çekerek başını eğdi ve:

- Bir zamanlar, ben de o haspalardandım ya, Hanife Teyze... dedi.

Hanife Teyze iki elini yana doğru açarak:

- Eeee... Allah onları da ıslah etsin, hakikatı gösterip, hidayetine eriştirsin yavrum, dedi. Hem ne dedim sana... Sen, onlarla, onların sana tepeden bakışlarıyla filan kendini üzeyim deme... Bak bütün sokak, hep bir elden seni nasıl memnun edelim diye çırpınıyoruz.. Zaten sokağımızın medar-ı iftiharı Bilâl Beyler buradan taşındıktan sonra, sokağın tadı tuzu kalmamıştı... Ama şimdi onun yerine seni gönderdi Allah bize...

Feyzâ, yaşlı kadının tatlı tatlı konuşması karşısında içinin bu kadına karşı bir kat daha sevgi ve muhabbetle dolduğunu hissetti... Tatlı tatlı gülümsiyerek içten gelen bir arzuyla Hanife Teyzenin boynuna sarıldı:

- Ah, ton ton Teyzeciğim benim. Bana annemin yokluğunu dahi hissettirmediniz burada, Dadım ve sizler olmasaydınız halim nice olurdu benim?

- Ha, sahi Dadım dedin de aklıma geldi. Dadı nasıl; hiç bir düzelme yok mu durumunda?

- Sorma Hanife Teyzeciğim, ayaklarına felç indi ineli hep öyle, bildiğin gibi, durgun ve sessiz... Eski neşesi, eski canlılığı kalmadı Dadıcığımın...

Hanife Teyze, bir yandan gitmek üzere daire kapısına doğru ilerlerken, bir yandan da Feyzâ'yı teselli etmeye çalışıyordu:

- Hiç merak etme kızım, zamanla düzelir inşallah. Neşesi de gelir yerine, canlılığı da... Ne dersin, Kader-i ilâhî işte... Önüne geçmek kimin haddi? Eh, haydi ben gideyim de, siz de yemekleri daha fazla soğutmadan yiyi verin.. Hadi Allahaısmarladık, kızım...

- Güle güle Hanife Teyzeciğim, ellerine sağlık. Ben, tepsiyi ve kapları sonra kapıcıyla gönderirim..

Feyzâ, dışarı çıkan yaşlı kadının arkasından kapıyı kapatıp döndü; masanın üzerinde duran tepsiye bir müddet baktı... Sonra yanaklarından süzülen iki damla yaşı, beyaz örtüsüyle kurularken içinden şöyle söylüyordu: «Allah'ım, meğer Müslümanlık ne güzel, ne ulvi şeymiş..»

Tepsinin üstündeki örtüyü kaldırdı. Beyaz çinko bir kasenin

içinden mis kokulu buharlar yükseliyordu. Diğer bir kapta da bol etli taze fasulye vardı.

Anne ve babasının evine döndüğü ilk günden itibaren Huzur Sokağı sakinleri, Feyzâ'yı öylesine büyük bir sevgiyle bağırlarına basmışlardı ki, Ona hizmet edebilmek Onu memnun edebilmek, yüzünü bir parça güldürebilmek için herkes birbiri ile fazilet yarışına girişiyordu adeta... Bu sevgi ve alaka, muhakkakki Feyzâ'nın kara kaşına ve gözüne değildi. Sokaklarından hoppa, züppe ve havai bir genç kız olarak gelin çıkan Feyzâ'nın yine aynı sokağa kocasından sırf kendisine İslâmî bir hayat yaşatmadığı için ayrılıp abdestinde namazında, örtülü, mazbut bir müslüman hanımı olarak dönüşü bu dindar ve muhafazakar insanlara çok tesir etmiş ve onu hakiki bir evlad, bir kardeş gibi bağırlarına basmışlardı...

Üstelik ayrıldığı kocasından tek kuruş dahi nafaka almadığı ve ölen anne ve babasından da oturduğu daire ve eşyalarından başka hiç bir mülk ve para kalmadığı halde, onun dışarda çalışmayı asla doğru bulmayıp sağladığı kazanç çok az da olsa evde çalışmayı tercih etmesi, sokak sakinlerini Feyzâ'ya bir kat daha hayran bırakmıştı..

İlk zamanlar Feyzâ bir iş buluncaya kadar evin eşyalarını satarak geçinmeyi düşünmüştü. Babasının iflasından bütün mal ve mülkleri haczedilmişti. Fakat babası, her zaman için tedbiri seven bir insandı. Bunun için her hangi bir maddi tehlikeye karşı apartman dairesini ve eşyalarını Feyzâ'nın üzerine yaptırmıştı. Feyzâ, babasının ne kadar isabetli hareket ettiğini şimdi çok iyi anlıyordu..

Eşyaların hepsi de nadide ve kıymetli şeylerdi... Feyzâ, uzun müddet iş bulamasa dahi, bu eşyaları sattığı takdirde rahatlıkla geçinebilirdi. Bu düşünceyle kıymetli bir halıyı satmak için bir kaç kere kapıdan geçen eskicileri çağırmıştı. Fakat fırsat düşkünü adamlar, çok düşük fiat veriyorlardı. Onun eskici çağırıp eşya gösterdiği, bir anda bütün sokakta duyulmuştu. Ve o andan itibaren de Feyzâ'nın evi dolup dolup boşalmıştı...

Sokak sakinlerinin Feyzâ'yı öyle bir protesto edişleri vardı ki.. İlle de ille Hayri Dede... Ağzından çıkanı kulağı duymuyordu adeta Hayri Dedenin..

- Yazıklar olsun kızım sana. Yazık, yazık. Biz de seni hakiki kızımız bilmiştik şuracıkta. Eşya satmak da ne demekmiş? Düpedüz hakaret bu bize; düşünmüyor musun hiç? Biz bu sokaktan eskici filan geçirtmeyiz kızım. Yani kimseye bir şey sattırmayız... İhtiyacın mı var bir şeye? İşte anan, baban, deden, kardeşlerin. Burası bir sokak değil, bir aile yuvasıdır kızım.

- Ama Hayri Dedeciğim, bu yardımlar nihayet üç gün olur, beş gün olur... Aylarca böyle devam edemez ki..

- Aması maması yok bu işin kızım.. İster aylarca, ister yıllarca.. Sen gönlüne göre bir iş buluncaya kadar geçimin, ihtiyacın, her şeyinin temini bizdendir. Bir daha öyle eskici filan çağırdığını duyarsam bozuşuruz bak...

- Hayri Dedeciğim, hiç değilse bir kısmını satayım. Size bu derece yük olmak istemiyorum..

Hayri Dede, alaycı alaycı güldü:

- Bak sen hele; yük olmakmış.. Kızım senin gibi paha biçilmez binlerce yük olsa, bizim gibilere yine zor gelmez. Hadi, hadi, sen işine bak. Kafanı da böyle lüzumsuz şeylere yorma... Bak bir daha söylüyorum: Bu evden satmak için iğne çıkarttığını duymayacağım.. Tamam mı?

- Peki, peki, Dedeciğim... Söz... İstersen söz verme. Bir halı satmıya kalktım, bütün sokak başıma dikildiniz. Nasıl öderim ben sizin hakkınızı bilmem ki?

- Kolayı var kızım, bir daha böyle lüzumsuz sözler almazsın ağzına, ödenir biter bu hak...

Bir kaç ay sonra Hayri Dedenin vasıtasıyla temiz bir iş bulunmuştu Feyzâ'ya. Gerçi ücreti şimdilik pek az sayılabilirdi ama, Feyzâ'nın canına şu bir kaç aylık işsizlik öylesine tak etmişti ki, o, bundan daha azına bile razıydı. İşi oldukça basitti. Makinede ipekli ve kışlık yünlü başörtülerin kenarlarını bastıracaktı. Hayri Dede malların getirip götürme meselesini de halletmişti. Malları aldığı toptancının yanında çalışan 13-14 yaşlarındaki bir çocuk, haftada 2 defa mal getirecek ve giderken de dikilen malları alacaktı...

Feyzâ, kısa zamanda işine alışmıştı. Malları tam zamanında teslim ettiği için patronu da kendisinden çok memnundu..

Zaman su gibi akmakta, seneler birbiri ardınca geçmekteydi. Hilâl beş yaşını doldurmuştu. Yaramaz, ele avuca sığmaz, tatlı mı tatlı, şeker mi şeker, sevimli ve çok güzel bir kız çocuğu olan Hilâl,

Huzur Sokağı'nın cıvıl cıvıl şakıyan bülbülüydü adeta... Altın renkli bukle bukle saçları, kaşlarına değen upuzun kirpikleri, hareli, yeşil gözleri ve kiraz gibi minicik dudakları ile kutu içindeki güzel taşbebeklerden farksızdı..

Feyzâ, biricik kızına belki hiç bir annenin duyamıyacağı kadar büyük bir sevgi, şefkat ve titiz bir alaka göstermekteydi. Bütün emeli, kızını tam bir İslâm ahlâkı ve terbiyesi dairesi içinde yetiştirmekti. Ailesi tarafından kendisine verilmiyen dini bilgileri, ilerde kendi durumuna düşmemesi için, o şimdi büyük bir titizlikle kızına öğretmeye çalışmaktaydı.

Feyzâ, çocuk yetiştirme mevzuunda, dini bilgiler ve İslâmî yaşayış bakımından çocukların çok küçük yaştan başlanarak yetiştirilmesi icabettiğini düşünmekteydi. Bunun için daha Hilâl konuşmaya başlar başlamaz ona öğrendiği bir kaç kelimenin arasında Allah kelamını da öğretmişti..

İki buçuk, üç yaşlarına geldiği zaman ise, ona İslâm'ın 5 şartını ezberletmişti. Çocuğun yaşına uygun küçük masallarla kızına, iyilik yapanların, iyi müslüman olanların Cennete gireceğini, kötülük yapanların ve Allah'ın emirlerine sırt dönenlerin ise Cehennem'de yanacaklarını anlatıyor ve küçük Hilâl de bunları büyük bir hayranlıkla dinliyordu. Hele aldığı şeyleri başkalarına satması görülecek şeydi. Bazen kapıda Hayri Dedeyle uzun uzun şakalaşırlardı. Hayri Dede, onun konuşmasına bayılırdı. Hilâl, Hayri Dedenin dizi üstüne oturur ve başlardı tatlı tatlı anlatmaya:

- Senin de cici Müslüman kısın vay mı? Ben anneçiğimin cici Müslüman kısıyım, ya... Ama bööle mini etek giyelsem, başöytü tatmassam, namasımı dılmassam, kaka Müslüman olulum. Sona Allah beni sevmes. Cennetine doymas. Beni ateşe atay...

Feyzâ, bazı müslüman ailelerin yaptığı gibi kızının yalnız dini bilgilerle yetişmesini istemiyordu. O, kızını daha küçücük yaşından başlıyarak İslâm'ın emirlerine riayete de alıştırmaktaydı. Hilâl'i çok güzel ve çok zevkli giydiriyordu. Her elbisesinin altına ya aynı kumaştan veya elbiseye uygun renkli bir başka kumaştan mutlaka güzel bir pantolon dikiyordu... Başörtüye de küçükten alışması için sokağa çıkarken başına muhakkak elbisesinin veya pantolonunun kumaşından kenarlarına ince fırfırlar veya küçük ponpon sütajlar geçirdiği minik bir eşarb bağlamaktaydı.

Hilâl'in böyle daha iki buçuk, üç yaşlarında kapalı kıyafetler giymesi apartmandakilerin nihayet aleni feveranına sebep olmuştu. Hatta bir gün Feyzâ, kızını elinden tutmuş, pazardan aldığı öteberilerle apartmanın merdivenlerinden çıkarken, o sırada dışarıya çıkmakta olan, kırmızı saçlarından dolayı kendisine alev Leylâ diye hitabedilen eski apartman komşusuyla karşılaşmış ve bu yüzden sonu tatlı biten bir münakaşaya girişmişti. O güne kadar bu kadın kendisiyle adeta küs gibiydi. tabii bu daha ziyade Feyzâ'ya kıyafetinden dolayı yüksekten bakmasından ileri geliyordu. O gün Feyzâ'nın yanında küçücük haliyle Hilâl'in de kapalı olduğunu görünce dayanamadı ve tam karşılarında durarak:

- Kuzum, artık sabrım kalmadı, Vallahi... Haydi seni bir derece anladım. Nereden bulaşmışsa bir yobazlık bulaşmış... Fakat şu küçücük yavrudan ne istersin?

Feyzâ hiddetle yüzüne karşı bağıran eski arkadaşına hafif bir tebessümle mukabele ederek:

- Kızımın kıyafetinin sizleri bu derece tedirgin ettiğini bilmiyordum Leylâcığım, dedi. Üstelik hiç de öyle antipatik bir kıyafeti yok...

Alev Leylâ hemen atıldı:

- Yoo.. öyle demek istemedim. Bilakis kıyafeti hepimizin çocuğuna taş çıkartacak kadar şık, zarif ve güzel. Doğrusu gıpta edilecek kadar zevkli giydiriyorsun kızını...

- Peki, o halde? Kızımın size batan nesi var?..

- Nesi olacak şekerim? Başörtüsüyle, şu bacağından hiç bir an çıkartmadığın pantolonu.. Bu kadarı da yobazlık doğrusu..

Feyzâ, yere bıraktığı fileyi tekrar alarak:

- Bu iş böyle merdiven üstünde halledilebilecek bir mesele değil Leylâcığım. Şayet burnunu biraz kırar da, tenezzül edip eskisi gibi oturmaya gelirsen bir gün, sana bunların esas sebeplerini uzun uzun izah etmeye çalışırım..

Alev Leylâ, merdivenleri inerken:

- Sen istemesen de geleceğim, merak etme. Zira şu esas sebepleri ben de pek merak ediyorum. Yarın akşam sendeyim, tamam mı?

Ertesi akşam Leylâ ile Feyzâ, karşı karşıya oturmuşlar, derin bir mevzuun içine dalmışlardı. Feyzâ'nın üzerinde açık pembe, zarif bir elbise vardı. Güzel dalgalı saçlarını, kenarları oyalı yine pembe renkte bir ipekli eşarpla örtmüştü. Feyzâ böyle örtülü haliyle de o başdöndürücü güzelliğinden hiç bir şey kaybetmemişti. Aksine fazladan olarak yüzüne nur gelmiş, saf, berrak, meleki bir simaya sahip olmuştu. Aradan sanki yıllar geçmemiş, Feyzâ bu haliyle yine o neşeli, hayat dolu, taptazecik genç kızdı sanki.

Hilâl'in de üzerinde çok şirin, dantelli bir kadife elbise vardı. Sarı ipek saçları bukle bukle alnına dökülmüştü.

Leylâ, eski arkadaşını ve kızını karşısında böyle hem kapalı, hem de son derece zevkli ve zarif kıyafetler içinde görünce hayretini gizliyememiş ve merakla sormuştu:

- Senin işine bir türlü akıl sır erdiremiyorum Feyzâcığım. Ayol daha dün asri ve modern bir kızdın. Bu günse sana ne oldu böyle?

Feyzâ:

- Bunu mu merak ediyorsun, izah edeyim, diye cevap verdi. Benim bütün gayretim, dinimin emrettiği şeyleri yerine getirmek, yasakladığı şeylerden ise kaçınmaktır. Dinimizce kadın, kendisini nikah düşmeyen baba, koca erkek kardeş, kayın peder, erkek ve kız kardeşlerinin oğulları, dayı, amca v.s. gibi Kur'an'da sayılan mahremlerinden başka diğer- bütün erkeklerden gizliyecektir. Örtünmek bize Yaradıcımızın kesin bir emridir Leylâcığım. İşte ben de bunun için örtünüyorum.

Feyzâ, arkadaşını ikna edebilmek için bu meseleyi uzun ve teferruatlı olarak anlatmak istiyordu. Bu düşünceyle kendisini büyük bir tecessüs ve merak içinde dinleyen Leylâ'ya Hilâl'i niçin böyle küçük yaştan kapalı olarak yetiştirdiğini anlatmaya başladı:

- Hilâl'i ele almazdan evvel, sana biraz kendimden bahsetmek isterim Leylâcığım. Biliyorsun, son derece liberal görüşlü bir ailenin el-bebek, gül-bebek edilmiş ve şımartılmış bir kızıyım ben. Küçük yaşımdan, evlenip de bu evden ayrılıncaya kadar geçen zaman içinde her istediğimi, her arzu ettiğimi ailem tereddütsüz yerine getirdi. İstediğim her şeye kolaylıkla malik olacak imkana sahiptim. Fakat, Din ve maneviyat hakkındaki bütün bilgilerden mahrumdum. Çok hareketli bir hayatın içinde olduğumdan, bendeki bu eksikliğin farkına varamıyordum tabii... Nihayet evlendim ve seneler geçti. Ve ben, seneler sonra bir vesile ile çok acı bir gerçeği öğrenmiş oldum. Meğer benim bir dinsizden, bir hristiyan madam ve matmazelinden farksız bir şekilde yetişmemin yegane müsebbibleri rahmetli annem ve babammış. Dadım, ben daha küçükken kendilerine, bana dini bilgiler verip Kur'ân okumayı öğretmek istediğini söylemiş. Fakat Allah taksiratlarını affetsin, annemle babam feci şekilde kızarak: «Kızımızın zihnini böyle saçma şeylerle doldurma» diye kadıncağızın gözünü öylesine korkutmuşlar, ondan sonra da bu hususta her ağız açışta öylesine katiyetle susturmuşlar ki, Dadıcığım, içi yanıp kavrulduğu halde bana dinim hakkında hiç bir şey öğretmemiş. Şayet mesut bir tesadüfle evliliğimden yıllar sonra bu dini hakikatlere kavuşmasa idim, bu gün hala öyle dinsiz insanların vurdumduymazlığı içinde yaşayıp gidecektim. Halbuki şimdi dinimin emirlerini yerine getirdiğim için ne kadar bahtiyarım bilemezsin....

Leylâ, hafifçe dudak büktü:

- Şekerim yani bunları öğrenip yapmazdan evvel, daha doğrusu örtünüp namaz kılmazdan evvel sanki müslüman değil miydin?

Feyzâ, büyük bir anlayışla cevap verdi:

- Öyle şey olur mu? Elbette müslümandım. ama bu gün pek çoklarının olduğu gibi müslümanlığım, yalnız nüfus kağıdının sahifeleri arasında gizliydi o zamanlar..

- A... a....a...a!... O da nasıl şeymiş?

- Nasıl olacak, Leylâcığım. Her Müslümanın nüfus kağıdında İslâm kaydı vardır... Ve buna göre nüfusunda İslâm kaydı olan her insan da tabiatıyla müslümandır. Ancak, insanın hal rahatlığı, vicdan huzuru ve alın akıl ile göğsünü gere gere «Müslümanım» diyebilmesi için, nüfusunda kaydı bulunan İslâm dininin yani müslümanlığın bütün şartlarını ve vecibelerini yerine getirmesi icabeder. Esasen «müslüman» demek, teslim olan demektir. Allah'a ve O'nun emirlerine teslim olan.. Fakat memleketimiz öyle bir hale getirilmiş ki, sevgili kardeşim, çeşitli iç ve dış tesirlerle halkımız bu gün iki, hatta üç kutuba ayrılmış durumdadır.. Bir kısmı, müslüman olduğu halde kendi dinine düşman olmuş, bütün dini emirleri reddedip Kur'âna, Peygamberimize ve haşa Allah'a küfreden dinsiz zındıklardır. Bunlar her fırsatta maneviyatla milletin tanıdığı bütün mukaddes mefhumlarla saygısızca alay eder ve ecdadlarının kemiklerini kabirlerinde sızlatacak her türlü çirkin hareket ve ahlaksızlığı mubah görüp bunları alenen irtikaptan kaçınmazlar. Diğer ikinci kısım müslümanlara gelince, bunlar da müslümanlığın hemen hiç bir icabını belki yerine getirmezler. Ancak Allah'a, Peygamberimize ve Kur'âna inanırlar, İslâm dininin yüceliğini kabul ederler, dini meselelere hürmetkardırlar... Ve İslâmın vecibelerini yerine getirmediklerinden dolayı içlerinde daimi bir huzursuzluk ve üzüntü duyarlar. Üçüncü kısma ayrılan müslümanlar ise, hareketleri, kıyafetleri hususi ve içtimai hayatlarındaki yaşayışlarında dinlerinin emirlerine riayet eder, İslâmın yasakladığı her şeyden şiddetle kaçınırlar ki, işte aslında hepsi de nüfus kağıdına göre müslüman sayılan bu üç zümrenin içinde göğsünü gere gere, alın akıyla «müslümanım» diyebilecek gerçek müslümanlar bunlardır.

Leylâ, Feyzâ'nın anlattıklarına içinden hak vermiyor değildi. Ancak hakiki bir müslüman gibi yaşamaya ve giyinmeye kalktığı takdirde, kendisine çok cazip gelen ve nefsinin hoşlandığı bugünkü renkli hayatını tamamen değiştirmek icabedeceğini düşünerek böyle bir riski göze alamayacağını hissediyordu. Fakat bu düşüncelerini arkadaşına açamadı. Ve işi te'vile dökmeye kalktı:

- Feyzâcığım, bütün söylediklerin doğru, hoş şeyler; lakin senin söylediğin hakiki müslümanlık geçmiş devirlere ait bir şeydi. Halbuki şimdi devir değişti.. Medeniyetin hızla geliştiği, insan oğlunun Ay'a ulaştığı bir devirde, müslümanlığın icaplarını yerine getirmeye imkan var mı?

Feyzâ, bu felsefeye gülerek cevap verdi:

- İlahi kardeşim, seni çok iyi anlıyorum. Zira daha önceleri ben de aynı gülünç felsefelerle durumumu te'vile kalkışır, hakikatlerin üzerine sünger çekmekle kendimi manevi mes'uliyetten kurtardığımı zannederdim. Böylece hakikatlerden kaçmakla, te'vil ve itirazlara sapmakla ancak kendimi aldattığımı, ne yazık ki, uzun seneler sonra anladım. Yegane temennim aynı hakikatlere, benim gibi maneviyattan mahrum yetiştirilmiş bütün genç kardeşlerimin de bir an evvel kavuşmaları ve dinimizin icaplarını yerine getirmenin müstesna lezzetini tadabilmeleridir. Şimdi gelelim sualinin cevabına: Bu hususta şu birkaç senedir, öyle çok kitap okudum ki... Bu kıymetli eserlerden öğrendiğim hakikatler, benim medeniyet ve İslâmiyet hakkındaki çürük felsefelerimi kökünden yıktı... Ve anladım ki, dinsiz bir medeniyet düşünmek, en büyük divaneliktir. Bu gün dünyanın en medeni ülkesi ünvanını kazanmış bulunan Amerika'lılar dahi, batıl bir dinin mensupları olmalarına rağmen, Allah'ın ismini pul ve paraların üzerine yazmak suretiyle dini her şeyin üstünde görmekte olduklarını bütün dünyaya açıkça ilan ve isbat etmektedirler. Kaldı ki, Ay'ı fethedecek kadar medeniyetin zirvesine ulaşmış olan Amerika ile diğer Avrupa milletlerinin mensup oldukları dinler, evvelce de belirttiğim gibi batıldır. Kitapları tahrif edilmiştir. Fakat ne acı bir hakikattir ki, onların batıl dinlerine vermiş oldukları ehemmiyetin belki milyonda birini, biz, hak dini olan kendi yüce dinimize, yani İslâmiyete, gösterememekteyiz. Ah Leylâcığım, bizler Müslüman olarak kendi dinimizi küçümser ve onu geçmiş devirlere ait bir nizam, bugünse medeniyetimize mani bir unsur olarak görüp dinimize sırt çevirirken, Garplıların İslâmiyet hakkındaki görüş ve düşüncelerini bilsen, eminim en az sen de benim kadar bu günkü gayr-i İslâmî yaşayışımız ve düşüncelerimizden hicab ve elem duyarsın..

- Anlamadım, yani İslâmiyeti Garplılar mı methediyor?

- Elbette Leylâcığım, bir kaçının bu husustaki sözleri gerçi ezberimde. Fakat daha ziyade emin olabilmen için sana büyük Batılı alim yazar ve tanınmış şahsiyetlerin İslâmiyet hakkında söylemiş oldukları sözleri ihtiva eden bir kitaptan bazı parçalar okuyayım istersen.

- Sahi çok memnun olurum. Biliyor musun ben böyle ciddi mevzularla meşgul olmayı seven bir insan değilim. Fakat bu akşamki konuşmaların beni öylesine memnun etti ki, anlatamam. Halbuki bu akşam benim niyetim seninle iyice bir çekişmekti. Sözüm ona sana biraz da nasihat edecek ve bu yoldan dönmeni, yeniden eski renkli hayatına dönüş yapmanı istiyecektim senden. Vaziyetin gidişine bakılırsa durum tam tersine oluyor gibi... Her neyse şekerim, sen okumana bak şimdi.. Zira adamakıllı meraklanmaya başladım.

- Bak buna memnun oldum işte. Bir insanda müsbete doğru bir merak başladı mı, onun sonunda mutlaka hayır vardır. İstersen kitabın rastgele bir yerini açayım. İşte, Fransız Müsteşriki Gaston Kar diyor ki:

«Yüz milyonlarca insanın dini olan Müslümanlık, dünyanın kıvamı olan bir dindir. Bu akli dinin menba'ı ve düsturu olan Kur'ân, cihan medeniyetinin istinad ettiği temelleri muhtevidir. O kadar ki, bu medeniyetin İslâmiyet tarafından neşrolunan esasların imtizacından vücud bulduğunu söyliyebiliriz.

Filhakika bu ali din, Avrupa'ya dünyanın imarına lazım olan en esaslı kaynakları temin etmiştir. İslamiyet, yer yüzünden kalkacak ve bu suretle hiç bir Müslüman kalmıyacak olursa yer yüzü cehenneme döner. Barışı devam ettirmeye imkan kalır mı? Hayır, buna imkan yoktur»

Bu da «Kur'ân ve Hazreti Muhammed» adlı mühim eserin yazarı tanınmış alim John Davenport'un yüce Kur'an'ımız hakkındaki sözleri:

«Kur'an-ı Kerim, Allah'a inanmayı, O'nun iradesine itaat etmeyi, iyilik ve hayırhahlığı, itidali, içkiden kaçınmayı, toleransı, din uğrunda ölenlere hususi bir hürmet beslemeyi emreder.»

Kur'an emirleri yalnız dini ve ahlaki vazifelere münhasır değildir. Giban der ki:

«Kur'an, Büyük Okyanus sahillerinden Ganj'a kadar yalnız ilahiyatın değil, medeni, cezai ahlakın anayasası addolunmakta, insanların bütün hal ve hareketlerini nizama koyan kanunlar, Allah'ın bozulup değişmesine imkan olmayan emirleriyle perçinleşmiş bulunmaktadır. Başka bir tabirle Kur'an, Müslümanların dini, içtimai, ticari, askeri, kazai kitabıdır. Kur'an, her şeyin, dini vazifeden günlük vazifeye, ruhun necat ve felahından bedenin sıhhatine, umumun hukukundan ferd hukukuna, ferdin menfaatinden toplumun menfaatine, dünya hayatının cezalarından, ahiret hayatının ceza ve taltifine kadar her şeyin nazımıdır».

Feyzâ, kitaptan başını kaldırdığında Leylâ'nın gözpınarlarında iki damla yaşın titreştiğini görünce, kitabı heyecanla sehpanın üzerine bırakıp koşarak arkadaşının boynuna sarıldı:

- Leylâcığım... Leylâcığım... Ağlıyorsun değil mi? Canım kardeşim, benim... Daha bunlar bir şey değil.. Hakikatlerin içine girdikçe insan, benliğini manevi bir cazibenin tesirinden kurtaramıyor. Sahi... sahi Leylâcığım, duygulanabiliyor musun, bir nebze olsun?..

Leylâ, duyduğu hakikatlerin güzelliğinden başka, Feyzâ'nın da kendisine gösterdiği bu derece kardeşane bir yakınlık ve anlayış karşısında öylesine büyük bir memnuniyet duymuştu ki, nihayet müşfik bir halle boynuna dolanan kollar arasında içinde biriken hıçkırıklarını daha fazla zabtedemedi. Ve başını Feyzâ'nın göğsüne dayıyarak:

- Of... Of.. Feyzâcığım... Beni mahvettin, dedi. İnan ki, zihnim alt-üst oldu... Bunca senelik hayatımı düşünerek kendimi neye benzettim, bilir misin?.. Deve kuşuna kardeşim.. Evet, hakikatleri görmemek için başını kuma sokmuş ahmak bir deve kuşuna benziyorum ben... Yalnız ben mi? Benim gibi olan dininden bihaber, bütün gafil Müslümanlar, bugün birer deve kuşundan farksız değiller midir?

Feyzâ, Leylâ'nın boynundan kollarını çözerek kalktı ve tekrar yerine, Leylâ'nın karşısındaki koltuğa oturdu. Bir müddet karşısında aşırı bir süs ve şatafat içinde oturan arkadaşının hıçkırıklarının dinmesini bekledi. Nihayet ağlaması oldukça seyrekleşince tatlı ve yumuşak bir sesle:

- Bedbahtlığımıza zavallılığımıza ne kadar ağlasak azdır Leylâcığım, dedi. Bizler, imansızlığın ve ahlaksızlığın muteber sayıldığı, tarihin yüz karası olarak addedilebilecek zulmetli bir devirde gözlerini dünyaya açmış cidden bahtsız bir nesiliz. Bizi, medeniyet ve ilericilik teraneleri altında dinsiz, maneviyatsız, bütün mukaddes değerlerimizi geriliktir diyerek hor görüp çiğneyen, benliğine sırt dönmüş bir nesil olarak yetiştirenlerden bu nesil bir gün elbette hesap soracaktır. Senin bu saf ve acı gözyaşların aslında bu neslin gözyaşlarıdır. Ah!... Bu hayatın, bu İslami hayatın tadını bir tadabilsen kardeşim...

- Yapamam, yapamam Feyzâcığım. Alışmışım bir kere bu hayata. Nasıl, nasıl dönebilirim ki?

- Karşında en güzel örnek benim işte.. Niçin yapamıyasın? İnsanın azmettikten sonra yapamıyacağı hiç bir şey, yenemiyeceği hiç bir kuvvet yoktur... değilmi ki, damarında Müslüman kanı var, elbette ve muhakkak yaparsın. Leyla, adeta uykuda sayıklar gibi cevap verdi:

- Doğru, insanın azmettikten sonra yapamıyacağı hiç bir şey yoktur, bu dünyada... Azmetmek... Lakin azmetmek için insanın kuvvetli bir iradeye sahip olması icabeder. Benim gibi zayıf iradeli bir insan, bu işi nasıl başarır bilmem ki?

- Kendine böyle kötü telkinlerde bulunma Leylâ... Sen, hiç de iradesiz bir insan değilsin. Unutma ki, bu apartımanda hepimiz müşküllerimizi sana danışır, senden akıl ister ve senin nasihatlerine göre hareket ederdik. Bu, senin hepimizden daha iradeli bir insan olduğunu göstermeye yetmez mi?

- Evet, evet ama, bu bambaşka bir şey. Çelik gibi bir irade isteyen bir iş bu... Ama yapacağım Feyzâ, daha doğrusu yapmıya gayret edeceğim. Sana bir teklifim var: Her gece bu saatlerde sana geleyim.. Bu mevzularda uzun uzun konuşalım. Okuduğun kitapları birlikte okuyalım. Öyle zannediyorum ki, bu takdirde zamanla kuvvetlenip dini emirlere riayette muvaffak olabileceğim.

- Memnuniyetle, canım kardeşim... Sen yeter ki, böyle bir şey iste benden. Gecelerim değil, bütün günlerim feda olsun sana. Sana bu hususta elimden gelen hiç bir yardımı esirgemiyeceğimden emin olabilirsin, Leylâ...

O günden sonra Leylâ, sözünde durarak her gece Feyzâ'ya iniyor ve gece geç saatlere kadar aşağıda kalıyordu. Feyzâ'dan öğrenmiş olduğu şeyler, onu günden güne değiştiriyor ve bu sayede Leylâ için hayat yaşanmaya, ama insanca yaşanmaya değer yepyeni bir şekil alıyordu. Bir müddet sonra namaza başlamıştı. Zamanla giyiminde de gözle görülür bir şekilde değişiklikler meydana gelmişti. Feyzâ'dan sonra Leylâ'da husule gelen bu değişiklik, apartmandakileri büsbütün şaşkına çevirmişti. İlk önce bazıları onu alaya almak istemişlerdi. Fakat Leylâ, Feyzâ gibi çekingen davranmamış, hepsine gereken cevapları yerli yerince vermişti. Apartmanın bütün dairelerini kapı kapı geçiyor ve Feyzâ'dan duymuş olduklarını, kitaplardan öğrenmiş bulundukların tatlı ve yumuşak ifadelerle diğer arkadaşlarına da anlatmaya, onları da içinde bulundukları gafletten uyandırmaya çalışıyordu. Önceleri arkadaşları onu da Feyzâ gibi alaya almak istemişlerdi. Fakat sonradan Leylâ'nın heyecanla, çok zaman da gözyaşları içinde anlatmış olduğu hakikatler, onları da sarmaya başladı. Ve aralarında karar verdiler: Leylâ ile birlikte her akşam onlar da Feyzâ'ya gelecekler, din mevzuunda merak etmiş oldukları ve zihinlerinde çöreklenen meseleleri soracaklar, tartışacaklar ve sözlerini mantıki buldukları takdirde bütünüyle olmasa dahi zamanla kısmen hareket, yaşayış ve kıyafetlerine bir çeki-düzen vereceklerdi. Apartmandaki genç kız ve hanımların bu kararından en ziyade Feyzâ memnun olmuştu. O, bu neticeyi Allah'ın bir lütfu olarak kabul ediyor ve bunu, İslâmî yaşayışını istihza ile karşılayıp kendisiyle alakayı kesen eski komşularının bu hareketlerine karşı gösterdiği sabrın bir mükafatı olarak görüyordu... Ve hanımlar Feyzâ'nın genç kızlık günlerinde olduğu gibi, hemen her akşam Feyzâ'ların dairesinde toplanmaktaydılar. Yalnız bir fark vardı ortada; o da evvelce çeşitli iskambil oyunlarının ve küçük kumarların oynandığı bu evde, bugün zaman zaman tartışmalı da geçse, saatlerce süren faideli dini sohbetlerin yapılmış olmasıydı...

Feyzâ'nın sözleri daima kuvvetli delillere dayandığı için, itiraz etmeye kimse cesaret ve teşebbüs edemiyordu. Bir kaç ay içinde Feyzâ, yalnız Huzur Sokağı sakinlerinin değil, bilaistisna apartmandakilerin de sevgi ve muhabbetle üzerine titredikleri kıymetli bir varlık haline gelivermişti...

Aradan seneler geçmesine rağmen Feyzâ, işini değiştirmemişti... Ücreti belki azdı ama, işin temizliği, iş sahiplerinin dürüst ve imanlı kimseler olması, götürüp getirme külfetinin kendisine ait olmayışı gibi sebeplerle başka bir iş aramaya lüzum görmemişti bu güne kadar.

Ne var ki, yükü bir hayli ağırdı... dadısı eskisi gibi ev işlerinde kendisine yardımcı olamıyordu artık... Ayaklarına felç indiğinden beridir o Feyzâ'ya değil, Feyzâ ona bakıyordu... Kendisine annesinden ziyade emeği geçen ve bu günkü hidayetine sebep olan bu yaşlı, cefakar kadının her ihtiyacını öz evladı gibi hiç zorsunmadan ve yüksünmeden görmekteydi Feyzâ... Bir yandan makinede iş yetiştirmek için gayret etmek, bir yandan Dadının bakımı ile meşgul olmak, bir yandan da ev işlerini yürütmek, sabahtan akşama kadar onu adamakıllı yıpratıyordu.

Üstelik beş yaşına basmış olan küçük Hilâl de afacan mı afacan, yaramaz mı yaramaz bir çocuk olmuştu... Fakat bütün maskaralıklarına rağmen Feyzâ'ya her türlü yorgunluğunu küçük ve tatlı yavrusu Hilâl unutturmaktaydı.

Yaramaz, her gün bir başka muziplikle, bir başka maskaralıkla bu üç kişilik çileli ve yalnız aileye renk, hareket ve neş'e bahşediyordu... Hatta Feyzâ, zaman zaman kızının bir hareketi veya sözü karşısında elindeki işini bırakır, dakikalarca gözünden yaş gelinceye kadar güler, neş'elenirdi...

O gün de yine Hilâl'in bin türlü maskaralıklarıyla gülmüş, eğlenmiş, diktiği malları toparlayıp yerleştirmeye dahi vakit bulamamıştı. Saate bakınca telaşla yerinden fırladı:

- Ooo!.. Vakit ne de çabuk geçmiş, dedi. Çocuk neredeyse malları almağa gelir. Şunları çabucak toparlayı vereyim bari...

Dikilmiş malları aceleyle toplayıp, büyükçe bir bavula yerleştirmeye henüz başlamıştı ki, kapının zili çaldı... Feyzâ, başını örtüp kapıyı açtı... Gelen 13-14 yaşlarında temizce yüzlü bir çocuktu:

- Tamam mı abla? Dedi...

- Bir dakika Osman, şunları da koyayım da... Şimdi getiriyorum...

Feyzâ, içeri dönerek alelacele geri kalan malları da bavula doldurup ağzını kapatarak kapıya geldi:

- Beklettim Osman, helal et... İşte al kardeşim, hazır mallar...

Osman, elinde getirdiği yeni malları içeri koyduktan sonra, cebinden çıkarttığı zarfı Feyzâ'ya uzattı:

- Patron haftalığınızı gönderdi abla... Selamı var... İşinizden çok memnun olduğunu, haftalığınızı arttırdığını söyledi.

- Sen de Mustafa Bey'e hürmetlerimi söyle... Çok teşekkür ettiğimi bildir, kardeşim...

- Allaha ısmarladık, abla...

- Güle güle Osman...

Feyzâ, kapıyı kapattıktan sonra elindeki zarfla bir müddet odanın ortasında dalgın ve hüzünlü durdu. Sonra Dadının meraklı bakışları arasında vaziyetini düzeltip zarfı açtı ve paraları saymaya başladı. Dadı:

- Ne kadar evladım? Diye sordu:

- Elli bin lira dadıcığım... Haftalığıma on bin lira zam yapılmış... Yani buna göre ayda yüzaltmış bin lira yerine ikiyüz bin lira geçecek elimize... Kırk bin lira fark.. fena sayılmaz değil mi Dadıcığım?

Bu sırada Dadının cevap vermesine fırsat dahi vermeden, yüzünü gözünü güzelce yıkamış, temizlemiş olan Hilâl, pırıl pırıl parlıyan taş bebek gibi güzel yüzünde açan bahar tomurcukları misali şipşirin bir gülüşle ayni çıkışında olduğu gibi, girişinde de yine «Tra lay lam.. tra lay lam..» diye cıvıldayarak odanın kapısında belirdi. Fakat annesinin elindeki bir tomar kağıt parayı görünce küçük bir çığlık atarak sevinçle Feyzâ'nın boynuna atıldı ve başladı yine o ardı arkası gelmez sual yağmuruna:

- Söyle bakalım, benim lokum anneciğim.. Bana bu paralarla ne alacaksın?

Feyzâ, gülerek cevap veriyordu:

- Lokum alacağım benim tatlı kızım...
- Ah benim çikolata anneciğim, bu paralarla bana ne alacaksın?
- Çikolata alacağım, benim dilbaz kızım..
- Peki... Benim bal anneciğim, bana bu paralarla ne alacaksın?...
- Koca bir kutu bal da alacağım, benim şımarık kızım...

Ve bu sual-cevaplar, daha böyle uzadı uzadı... Hilâl bu minval üzere sevdiği şeyleri bir bir sıralayıp durmakta, Feyzâ'da hiç bıkmadan bunları cevaplandırmaktaydı. Nihayet Hilâl, birden bire gücenmiş bir tarzda annesinin kucağından sıyrıldı ve dudaklarını büzerek:

- Hıh!... dedi... Her seferinde, her şey alacağım diyorsun ama ancak bi tane iki tane birşey alıyorsun...

Sonra minik kollarını kavuşturarak ayaklarının üzerinde bir kaç kere yaylandı:

- Ama sen, almazsan alma! ... Bekir Ağa, her akşam bana istediğim şeyleri getiriyor... Benim tatlı Bekir Ağacığım o, ya...

Feyzâ da, Dadı da onun bu tatlı sitayişlerine gülüşürlerken sokaktan çocukların o her akşam aşinası oldukları tatlı çığlık ve bağırışmaları duyuldu... Hilâl, seslere kulak kabarttı ve:

- İşte geliyor Bekir Ağam!...

Diye sevinçle bağırarak pencereye koştu. Sokakta çocuklar, Bekir ağanın elindekileri kapışmak için yarış ederlerken Hilâl de pencerenin camını vurarak çığlık çığlığa bağırıyordu:

- Hey!... Hepsini bitirmeyin... Benimkine dokunmayın sakın... karışmam ha!...

Biraz sonra kapının zili çaldı... Annesinin açmasına meydan bırakmadan bir ok gibi fırlayarak bir çırpıda açıvermişti yumurcak kız kapıyı... Bekir Ağa, bir elinde büyük bir kırmızı balon, bir elinde de güzel bir çikolata paketi ile kapıda çömelmiş vaziyette tatlı tatlı gülmekteydi... Hilâl'i karşısında görünce neşesi bir kat daha arttı. elindekileri uzatarak:

- Al bakalım gözümün nuru, dedi. Bak sana yarın daha neler getireceğim... Ama sen, bana hele bir kere daha sayıver bakayım; İslâmın şartları nelerdir?

Hilâl elindeki balonla çikolatayı, tutması için tekrar Bekir Ağaya vererek alışkın bir edayla beş parmağını açıp teker teker saymaya başladı:

- Bir, namaz kılmak... İki, Oruç tutmak... Üç, Zekat vermek... Dört, Hacc'a gitmek... Beş, Kelime-i Şahadet getirmek... Tamam mı? Annem bana daha çok şeyler öğretecek ya.. Haydi ver artık benim cicilerimi...

O sırada Hilâl'in arkasında beliren Feyzâ, Bekir Ağaya:

- Her akşam bu zahmetlerinle bizi çok mahcub ediyorsun Bekir Ağa, dedi...

Çocukların göz bebeği, iyi kalbli, tok gözlü Bekir Ağa her zamanki kalenderliğiyle:

- Yok be yenge, dedi. Asıl her akşam bu sözlerinle sen beni rahatsız ediyorsun. Bir söz vardır: «Kırk yıllık Kani, olur mu yani?» derler halk arasında. Benim bunca yıllık huyumu sen mi değiştireceksin? Sen tatlı canını boşa üzme yenge!...

- Ama Hilâl, iyice şımarmaya başladı.

- Ne kadar şımarsa da helal olsun be yenge. Bu gün koca koca adamlar bile dinlerinin icaplarını nah şu minik yavru kadar bilemiyor, ne dersin? Senin çocuğun bu gidişle cemiyetin yüz akı olacak İnşâallah, bunu iyi bil! Haydi Allah'a emanet olun...

- Siz de Bekir Ağa, güle güle...

Hilâl, annesinin kapıyı kapatmasına fırsat vermeden Bekir Ağanın ceketine yapıştı:

- Sen annemin sözlerine bakma Bekir Ağacığım. Yarın bana kağıt helva getir, olur mu?

Feyzâ, bir yandan Hilâl'i içeriye çekmiye uğraşırken, bir yandan da:

- Ah... ah... küçük yaramaz seni... Gir bakayım içeri alacağın olsun senin...

Diye söylenmekteydi. Merdivenleri inmekte olan Bekir ağanın yüzünde ise, ancak dünyadaki en büyük, en erişilmez saadete nail olmuş olanların yüzünde görülebilecek mesut bir gülümseme vardı.

Ertesi günü Feyzâ, her hafta yaptığı gibi, haftalık yiyeceklerini temin etmek üzere dışarı çıkmıştı... Evde kendisini bekliyen işinin başına bir an evvel oturabilmek için acele acele dükkanların birinden çıkıp birine giriyordu.. Alacaklarının listesini evde hazırladığı için bir saat sürmeden alış verişi bitmişti.

Eli kolu paketlerle dolu olduğu halde acele adımlarla eve dönerken birden kalabalığın arasında, gazete satan bir çocuğun heyecanlı sesi ile irkildi ve durakladı. Gazeteci çocuk avaz avaz bağırmaktaydı:

- Yazıyooor! Silah kaçakçılarını yazıyor!... Çete reisi Selim Taner'in yakalanışını yazıyooor!...

Feyzâ bir an kalbinin duracak gibi olduğunu hissetti..

Heyecanla:

- Gazeteci... gazeteci!... Ver bir tane!...

Diye seslenerek cüzdanından sinirden parmakları titreyerek para çıkarıp çocuğa uzattı. Aldığı gazeteyi koltuğunun altına sıkıştırdığı gibi adımlarını sıklaştırarak eve doğru yöneldi.

Dairelerinin kapısını anahtarla açıp içeri girer girmez:

- Dadı, Dadıcığım!... Neredesin?..

Diye ağlamaklı bir sesle içeriye doğru seslendi... Dadı, tekerlekli sandalyesini süre süre heyecanla hole girdi:

- Ne oldu yavrum? Buradayım.. Niye öyle heyecanlısın?
- Yalvarırım sual sorma Dadı... Hilâl nerede?
- İçerde, odasında kızım.

Feyzâ, derin bir «oh» çekerek, elindekileri masaya bırakıp, gazeteyi alarak Dadının karşısındaki bir koltuğa gömüldü. Gazete ikiye katlanmış vaziyetteydi... Üst kısmında büyük punto harflerle«AZILI SİLAH KAÇAKÇILARI NİHAYET ELE GEÇTİ.» yazılıydı... Manşetin hemen altında Selim'in büyük boy bir resmi bulunmaktaydı. Resmin altında ise yine iri harflerle: «Çete reisi Selim Taner, polisin büyük gayreti ile nihayet yakalandı» ibaresi yazılıydı...

Feyzâ, bir müddet elindeki gazeteye boş ve dalgın gözlerle baktı... baktı... Dadı iyice sinirlenmişti:

- Kızım, okusana ben de anlıyayım ne var? dedi. Meraktan çatlıyacağım.

Feyzâ:

- Dinle öyleyse Dadıcığım...

Diyerek yüksek sesle haberi okumaya başladı...

«Uzun zamandan beri polisin bütün gayretlerine rağmen bir türlü ele geçiremediği silah kaçakçıları, nihayet dün yakalanmış ve tevkif edilerek cezaevine gönderilmişlerdir.

Çete reisi yüksek inşaat mühendisi Selim Taner ise yurd dışına kaçmak için uçağa binmek üzere iken emniyet mensupları tarafından tutuklanarak cezaevine, arkadaşlarının yanına gönderilmiştir.

İstanbul sosyetesinde büyük isim yapmış olan Selim Taner'in, bundan evvel de bazı kirli ve karanlık işlerle meşgul olduğu yapılan tahkikat neticesinde anlaşılmıştır. Suçluların davasına yakında başlanacaktır.»

Feyzâ, dalgın dalgın:

- İşte böyle Dadıcığım, dedi. Bir zamanlar kocam olan adamın iç yüzü... Ondan vaktinde ayrıldığımdan dolayı meğer ne büyük isabet etmişim. Yoksa kimbilir benim de akibetim ne olacaktı?..

Dadı da hayretler içinde kalmıştı:

- Allah Allah!... dedi... aradan şunca zaman geçti, demek hala akıllanıp uslanmadı ha? Eeeh, kızım üzme tatlı canını... Ne derler: «Su testisi su yolunda kırılır»

Dadı, böyle konuşa dururken Feyzâ da haberin diğer tafsilat kısmını okumak üzere gazeteyi boylu boyunca açtı. Fakat o ne?... Feyzâ'nın ağzından birden insiyaki bir şekilde küçük bir hayret çığlığı yükseldi:

- Aman Allah'ım!... O!... İnanki, o Dadı...

- O dediğin kim kızım?

- Bilâl, dadı... İnan ki, Bilâl... Bilâl'in resmi de var gazetede...

Hakikaten de, gazetenin alt kısmında Bilâl'in evvelkinden daha olgunlaşmış bir halle uçaktan inerken çekilmiş bir resmi vardı. Feyzâ'nın elleri titriyor, gözleri kararıyordu. Dadı, heyecanla sordu:

- Peki onun ne işi var gazetede yavrum? Hadi çabuk okusana...

Feyzâ, bir müddet yutkundu... Boğazı kupkuru olmuştu.. Nihayet haberi heyecanla okumaya başladı. «BİLAL YALÇIN İSTANBUL'DA» başlığının altında gazetede şunlar yazılıydı:

«- Memleketimizin tanınmış iş adamlarından ve büyük zenginlerimizden Yüksek Kimya Mühendisi Bilâl Yalçın, büyük ve geniş damarlı, kıymetli bir gümüş madeni keşfetmiştir. ilgililer haberi sevinçle karşılamış ve bu madenin memleketimiz iktisadiyatı için büyük bir önem taşıdığını belirtmişlerdir.

Aynı zamanda geniş çapta hayırseverliği ile de tanınan kıymetli iş adamımız Bilâl Yalçın, şehrimizde Anadolu'dan yüksek tahsil için yeni gelmiş fakir üniversite talebelerinin barınmalarını sağlıyacak büyük ve konforlu bir yurt binası kurmak gayesiyle ilgililerle temasa geçmek üzere dün uçakla İstanbul'a gelmiştir.

Resimde hayırsever zengin Bilâl Yalçın, Yeşilköy havaalanında uçaktan inerken görülmektedir.»

Feyzâ'nın gazete tutan elleri, kucağına düştü... Bir anda birbirine zıd iki haber, zihnini allak bullak etmişti... Fakat şu anda biraz evvelki hiddet ve üzüntüsünden eser bile kalmamış, yüzüne tatlı bir pembelik yayılmıştı... Heyecanlıydı... Kalbi deli gibi çarpıyordu. Dudaklarında sevinç ve heyecanını dile getiren bir tebessüm belirmişti. Gözlerini kaldırdı, Dadıya baktı:

- Biliyor musun Dadı, dedi... Ne kadar heyecanlıyım?

Dadının gözleri yaşarmıştı... Başındaki tülbentin ucuyla yanaklarına doğru kayan yaşları kurularken kesik kesik cevap verdi:

- Anlamaz olur muyum yavrum? Biz de gençtik bir zamanlar... Şimdi söyle bakayım bana... Onu hala seviyorsun değil mi?..

- Hayır, Dadı... Bu, sevgiden başka bir şey... ama çok başka bir şey. Onu bugün sevmekten ziyade takdir ediyorum... Ne mükemmel bir insan... Ne temiz bir Müslüman... Onun kılmış olduğu namazı ve dinine olan bağlılığını hafife aldığım, alaya kalktığım günleri zaman zaman hatırladıkça kendimden nasıl utanıyorum bilsen... Fakat Allah'a ibadetteki lezzet ve saadetten, o kadar habersizdim ki, o zamanlar... Hem sana bir itirafta bulunayım mı Dadıcığım: İlk zamanlar onun karısını deliler gibi kıskanıyordum. Ama şimdi artık bu kıskançlığın zerresi dahi yok kalbimde... Evet kıskanmıyorum artık onun hanımını, Dadıcığım... Ve diyorum ki o, Bilâl gibi bir erkeğe sahip olduğundan dolayı belki dünyanın en bahtiyar kadınıdır.

Dadı, coştukça, anlattıkça yanakları pembeleşen Feyzâ'yı hayran hayran seyretmekteydi... Hele örtüsünün içinde büsbütün melekleşen yüzünü seyretmeye doyamıyordu. Aniden ağzından şu sözler dökülüverdi:

- Bilâl Bey, seni şimdi bu halinde, yani böyle kapalı halinle bir görse Feyzâ'm, gözlerine inanmaz, emin ol!... Kim bilir... Belki ne bileyim!... Ne de olsa ilk aşkısın değil mi ya?

Feyzâ'nın yüzündeki o tatlı tebessüm bir anda yok olmuştu. Kulaklarına inanamıyordu. Gözleri hiddetten çakmak çakmak dadıya baktı:

- Sen neler geveliyorsun dadı? «Kimbilir, belki de» ne demek?

Ağzındaki baklayı çıkarsana, kuzum sen... Yani Bilal beni böyle tam istediği gibi kapalı bir kıyafette görüp, İslâmi bir hayat yaşadığımı öğrenirse, karısını bırakıp beni alır öyle mi? Dadıcığım, sen bendeki değişikliğin derecesini daha tam manasıyla anlıyamamışsın meğer. Ben Bilâl vasıtasıyla mecazi aşktan hakiki aşka kavuştum, Dadıcığım. Yani Bilâl'in aşkı bana Allah aşkını buldurdu.. Bugünkü Allah'a olan iman ve aşkımı ben, evvel Allaha, sonra Bilâl'e borçluyum. Rabbim onu her türlü kötülüklerden korusun. Yuvasında hanımı ile iyi geçimler versin...

- Amin yavrum, amin... Söylediğime söyliyeceğime pişman ettin beni. Eh, gittikçe yaşlanıyorum tabii. Ne de olsa senin gibi aydınlık düşünemem kızım. Sen şimdi duymamış ol bunu da, merak ettim onu söyle: Bilâl Bey İstanbul'da değil mi ki, gazete İstanbul'a geldi diye yazıyor?..

- Her halde değil ki, öyle yazıyor, Dadı... Yıllar geçti tabii. Kimbilir şimdi hangi memlekettedir? Her neyse.. Ben yokken Hilâl ne yaptı?

- Bir saat kadar beraber Kur'ân'a çalıştık kızım. Biraz evvel de odasına girdi. Senin aldığın o resimli kitapları renkli kalemlerle boyuyor. Maşallah görsen. Kur'an'ı pek güzel söküyor. Sesi de güzel mi güzel yavrucağın.

Hilâl'den söz açılınca Feyzâ'nın dünyası değişirdi bir anda. Gözleri sevinçle parlıyarak:

- Sahi güzel okuyor, değil mi, Dadı? Âh!.. Allahım!.. Sen ümitlerimi boşa çıkartma. Bütün çalışmalarım, bütün didinmelerim hep onun mazbut, iyi ahlaklı, maneviyata bağlı, kültürlü ve nezih bir genç kız olarak yetişmesi içindir, Dadıcığım. İstiyorum ki, İslâmî kıyafeti, yaşayışı ve kültürü ile cemiyete örnek ve ibret olsun... Allah, emeklerimi zayi etmesin, inşaallah...

- Amin kızım... Göreceksin bak, Hilâl senin istediğinden de ala, her bakımdan mükemmel bir genç kız olarak yetişecek inşaallah.

- İnşaallah. Dadıcığım. Allah sapıttırmasın..

Feyzâ, yorgun argın yığıldığı koltuktan doğrularak saatine baktı... Vakit ne de çabuk geçivermişti... Gazeteyi tekrar eline aldı... Bilâl'in resmine bir kere daha, ama uzun uzun düşünceli baktı ve sonra katlıyarak kütüphanenin üzerine koydu.

Daha ocağın üzerine yemek koyacaktı... Üstelik ertesi günün mallarını mutlak yetiştirmesi icabediyordu... Pàrdesüsünü çıkararak mutfağa doğru yürüdü...

* * *

Aradan bir hafta kadar geçmişti.

Feyzâ, her zamanki gibi diktiği malları bavula yerleştirdi... Hayret!... Malların teslim saati gelip geçtiği halde Osman görünürlerde yoktu... Halbuki bu malların mutlaka bu güne yetişmesi için mal sahibi Hacı Mustafa Bey, haber gönderip ricada bulunmuştu. Feyzâ, bir müddet daha bekledi... Saatler geçiyor, Osmandan haber çıkmıyordu bir türlü...

Feyzâ, iyiden iyiye meraklanmıya ve huzursuzlanmıya başlamıştı. Mal fazla olmasına rağmen bütün gece oturmuş, uykusuz kalmış, sabaha kadar malları bitirmişti... Dadı da merakından tekerlekli iskemlesini pencerenin önüne çekmiş, yolu gözlemekteydi. Feyzâ:

- Allah Allah... Nerede kaldı bu çocuk? Şimdiye kadar çoktan gelmesi lazımdı, dedi.

Dadı, her zaman olduğu gibi onu teskin etmiye çalışmaktaydı:

- Belki hasta filan olmuştur kızım, dedi. Dur bakayım, hele biraz daha bekle de, gelmezse sen götürüverirsin..

- Kendim götürmeyi hiç arzu etmiyorum, Dadı. Elimde bavulla o handan içeri girmek nedense pek ağrıma gidiyor. Zenginlik ve lükse alışmış bir kimse için meğer çalışmak ne kadar zormuş. Sakın halimden şikayet sanma bu sözleri. Ne derler. «Düşmez, kalkmaz bir Allah»dır... Çok şükür nafakamı namusumla temin ediyor kimseye muhtaç olmuyorum.

- Allah bu günümüzü aratmasın, kızım... Çok şükür alnının teriyle para kazanıyorsun. Bavulu eline alıp dükkana gitmek de hiç ağırına gitmesin. Hacı Mustafa Bey, halden anlıyan bir adam... Mükemmel bir müslüman.. Hiç çekinme. Kaç senedir işini yapıyorsun. Ancak bir iki sefer böyle aksaklık oldu da sen götürdün malları. Yoksa neme lazım, ne yapıp yapıp birini gönderip seni darda koymuyor...

Dadı, bir an durdu, sonra çekinerek sordu:

- Ha.. şey... Bu gün hafta sonuydu hem, değil mi? Yani haftalığı da alman lazım...

- Ah Dadıcığım, ah... ömürsün sen... O mesele aklımın ucundan bile geçmedi benim. Hem bilmez misin ki, kendileri verseler de dükkana gittiğim zaman elime para almam ben. ama merak etme, elimizdeki para pazartesiye kadar idare eder bizi. Her neyse, ben ocaktaki yemeğe bakayım. Sen de yolu iyi gözle. Belki bir aksilik olup gecikmiştir çocuk...

Toptancıların bulunduğu «Çarşılı Han» ın sokağı... Tertemiz kıyafetli, genç ve yakışıklı bir adam, köşeyi kıvrılıp, sakin adımlarla Çarşılı Hana doğru ilerlemekteydi. Handan içeri girdi ve merdivenleri ağır ağır çıkarak birinci katta bulunan büyücek bir toptancı mağazasının kapısına doğru ilerledi. Daha dükkanın kapısında belirmişti ki, içerden tezgah başındaki bembeyaz sakallı, nur yüzlü bir ihtiyar sevinçle adeta yerinden fırladı...

- O... Bakın hele şu yiğide... Ah benim arslan oğlum. Hoş geldin... Safalar getirdin Bilâl Bey oğlum!... Gel hele, gel, gir içeri, durma öyle kapıda...

Evet temiz kıyafetli bu yakışıklı genç adam, Bilâl'in ta kendisiydi. Hacı Mustafa Bey, tezgahı dolandı geldi ve bir anda yaşlı adamla Bilâl, bir baba-oğul kucaklaşması gibi hasretle kucaklaştılar... Sarmaş dolaş oldular.. Bilâl:

- Niye öyle şaşırdın birden Hacı Amca? Yoksa beni, baba dostunu unutacak kadar hayırsız mı sandın?

Diyerek pardesüsünü çıkarıp tezgahın üzerine koydu. Bu sitem, Hacı Mustafa Bey'i bayağı üzmüştü:

- Amma yaptın be evlad, dedi. Ben o kadar nankör müyüm? Allah razı olsun, hemen her İstanbul'a gelişinde tenezzül eder de, bu fakiri sevindirirsin... Gel, gel... haydi otur bakayım şöyle... Hatır gönülden önce çay, kahve, ne istersin söyle bakiyim... Ha, ha, sahi bak, her seferinde de unuturum işte.. Dokunurdu sana onlar değil mi?...

Hacı Bey dışarıya doğru seslendi:

- Hey oğlum.. kahveci! Buraya bir ayran... Yok yok, iki ayran getir. Çabuk tarafından evlad! Öyle ya küçük beyimiz eskiden beri ayran hastasıdır.

- Bırak ayranı filan da, işler nasıl gidiyor Hacı Amcacığım?...

- Elhamdülillah iyi gidiyor Bilâlciğim. Allah'ın verdiğine şükredip geçiniyoruz işte... Seninki nasıl diyeceğim ama, lüzum yok, nasılsa gazeteden haberini aldık. Doğrusu bütün kalbimle tebrik ederim. Allah muvaffak eylesin oğlum... Bana rahmetli babanın çalışkanlık ve yüksek ahlakını hatırlatıyorsun da, seninle göğsüm kabarıyor inan. Hah işte ayranlar da geldi. Al bakalım, şu senin, şu da benim.. İç de ömrün uzasın...

Hacı Mustafa Bey, tezgahın başında oturmuş, gözleri sevinçten pırıl pırıl, Bilâl'le sohbet etmekteydi. Bilâl'in sırtı kapıya dönüktü. Tam bu sırada her zamanki zarif ve İslâmî kıyafetiyle kapıdan elinde bavul olduğu halde Feyzâ girdi... Karşıda oturduğu için, Feyzâ'nın girişini Hacı Bey görmüştü. Feyzâ:

- Kusura bakmayın Hacı Amcacığım, biraz geciktim ama, bu vakte kadar çocuğu bekledim. Gelmeyince ben getirdim.

Bilâl, aşinası olduğu bu ses üzerine büyük bir hızla arkasına döndü... Ve hayretle gözlerine inanamaz bir halde elinde bavul, içeri girmekte olan Feyzâ'ya baktı. Bir anda göz göze geldiler. Feyzâ da hiç ummadığı bir anda ve yine hiç ummadığı bir yerde karşısında Bilâl'i görünce yerinde adeta çivilenmiş gibi kala kalmıştı...

Hacı Bey, bu hale hiç bir mana verememişti. Ortadaki gerginliği gidermek için, elinde bavul, kaskatı kapı eşiğinde duran Feyzâ'ya cevap verdi:

- Vah vah! Sana pek çok zahmet oldu be kızım. Osman bugün dükkana da gelmedi. Hasta mıdır, nedir? Helal et yavrum, yoruldun.

Feyzâ, güç halle kendini toparladı. Bavulu getirip tezgahın üzerine bıraktı. Ve Hacı Mustafa Beyin evvelce hazırlamış olduğu, içinde haftalığı bulunan zarfı, yaşlı adamın ısrarla vermek istemesine rağmen:

- Yarın Osman'la gönderirsiniz. Allaha ısmarladık efendim...

Diyerek aceleyle, adeta kaçar gibi mağazanın kapısına doğru yürüdü. Tam çıkmak üzereydi ki, Bilâl bir ok gibi yerinden fırladı ve heyecanlı bir sesle:

- Feyzâ Hanım!...

Diye seslenerek Feyzâ'nın yolunu kesti...

Feyzâ, bu hiç beklenmedik hareket karşısında heyecandan bayılacak gibi olmuştu... Fakat insanüstü bir kuvvet ve gayretle kendini yeniden topladı... Heyecanını belli etmemek için tırnaklarını bütün kuvvetiyle avuçlarının içine gömüyordu. Sakin görünmeye çalışarak ciddi ve sert bir ifadeyle:

- Yanlışınız var beyefendi... Benzetmiş olacaksınız!

Dedi ve hızlı adımlarla arkasına bakmadan mağazadan çıkıp, uzaklaştı...

Bilâl, öylece olduğu yerde şaşkın ve hayret içinde kalakalmıştı... Hacı Mustafa Bey yanına geldi:

- Ne oldun evlad? Tanıyor muydun yoksa tazeyi?..

Bilâl cevap vermedi... Dünyası başına yıkılmıştı sanki... Yavaş yavaş dönerek, tekrar yerine oturdu. Dirseğini tezgaha dayıyarak başını elleri arasına aldı... Şuuru altüst olmuştu bir kere. Başını yavaş yavaş kaldırarak, yüksek sesle kendi kendine adeta sayıklar gibi konuşmaya başladı:

- Hayır, hayır!... Yanılmış olamam!... İmkanı yok!.. Bu ses!... Bu gözler!...

Sonra birden perişan bir halde Hacı Mustafa Beye döndü ve sordu:

- Hacı Baba... Söyle, kim bu kadın?.. İsmi ne?.. Niçin buraya bavulla geldi?..

O koskoca vakur insan, şimdi sanki bir çocuk gibi oluvermişti.. Birden Hacı Beyin ellerine sarıldı:

- Yalvarırım Hacı Baba... Cevap ver, anlat...

- Dur oğlum, dur!... Anlatayım ama, ismiyle hitabettiğine göre demek sen de tanıyorsun.

Bilâl, bir kat daha heyecanlanmıştı:

- Yani ismi Feyzâ mı, Hacı Baba?

- Evet evladım, ta kendisi... Feyzâ Hanım!.. Nerden tanıyorsun?

- Sadece ismini biliyorum, Hacı Baba... Kim? Neyin nesi? Niçin buraya geliyor? Bunları, hatta hayatı hakkında ne kadar bildiklerin varsa hepsini bana izah et!... Sebebini sonra söylerim Hacı Baba...

- Peki evladım, peki... anladığıma göre senin için çok mühim.. Öyleyse dur, sana baştan itibaren anlatayım: Hani şu eskiden, talebelik sıralarında oturduğunuz Huzur Sokağındaki Hayri Efendi var ya?..

- Yani sayacı Hayri Dede... Eee?

- İşte birkaç sene evveldi... Dur bakayım.. Beş sene var, aşağı yukarı... O geldi bana. Evde yaptıracak işim olup olmadığın, fakir ve genç bir dulcağızın çalışmaya ihtiyacı olduğunu söyledi. Kadının mazbut filan da olduğunu öğrenince hiç tereddüt etmeden verdim tabii iş.. O gün bu gündür, maşallah hiç aksatmadan verdiğim malları dikip gönderiyor.. Sonradan hatuncağızın hazin hikayesini Hayri Efendiden öğrendim...

Bilâl'in heyecandan boğazı kurumuştu... Her şeyi bir anda çabucak öğrenmek istiyordu. Sesi titriyerek:

- Çabuk anlatıver şunu kuzum amcacığım.. dedi... Neymiş?... Nasılmış Feyzâ Hanımın hayat hikayesi?

- Dur oğlum, dur... Fesübhanallah! Anlatıyorum işte, dinle.. Efendim, Feyzâ Hanım, o sokağa geldiğinde çok asri, açık bir kızmış... Sonra zengin bir mühendisle evlenmiş ve ayrılmış sizin sokaktan... Velakin o mühendis olacak adam, zirzobun biriymiş. Bunlar, hemen her gece o salon senin, bu kulüp benim, danslarda, balolarda dolaşırlarmış önceleri... Fakat sonradan ne olmuş, nasıl olmuşsa, bir hikmet-i İlâhi, Feyzâ Hanım bu hayattan nefret etmeğe başlamış...Gün geçtikçe içinde İslamiyete karşı bir sevgi, bu asri mi ne zıkkımsa işte o hayata karşı nefret hisleri çoğalmış. Nihayet namaz kılmaya ve Kur'an okumaya başlamış...Artık gece kulüplerine, o danslara filan da gitmek istemiyormuş... ama kocası zındık mı zındık!.. Ailede bir kavga, bir geçimsizlik başlamış. Üstelik adamın bazı karanlık işleri de varmış galiba. Anlıyacağın, uzun lafın kısası, biri Allah'ın nurlu yoluna girmiş, öteki şeytanın murdar yoluna... Hasılı anlaşamamışlar... Bir gece Feyzâ Hanım, yine kocasının zorla götürdüğü bir gece kulübünde, kumar masasının başında fena bir sinir krizi geçirmiş ve herkesin yüzüne karşı avazı çıktığı kadar: «Hepinizden nefret ediyorum... Bu hayata lanet olsun!» diye bağırmış. Bunun üzerine, kocası olacak o namussuz herif de, kadıncağızı tekme tokat, yüzünü gözünü kan revan içinde bırakıncaya kadar döverek, kulüp kapısından dışarıya karlar içine fırlatıp atmış... İşte o günden sonra Feyzâ Hanım, evini terketmiş. Kocasından da bir celsede boşanıvermiş.. Ve işte böyle kapalı giyinmeye ve hakiki bir Müslüman hanımı gibi yaşamaya başlamış.

Bilâl işittiklerine inanamıyordu bir türlü... Gayri ihtiyari derin bir iç çekti:

- Yaa... Demek böyle Hacı Amcacığım, dedi... Peki şimdi nerde oturuyor, adresini biliyor musun?..

Yine sizin o eski sokaktaki apartımanda oturuyormuş. Annesini, babasını ve kardeşini bir trafik kazasında kaybetmiş.. Tabii daire, Feyzâ Hanımın üzerine kalmış, anlıyacağın tazecik hayatta yapayalnız kalmış... Yaşlı bir Dadısı varmış. Onun da ayaklarına felç inince hayat yükü büsbütün omuzlarına binmiş. Neyse ki, kadıncağızın kira mira derdi yok... Rızkını da işte böyle evinde hanım hanımcık oturup çalışarak temin ediyor, kızına ve felçli dadısına bakıyor.

Bilâl artık öğrenmek istediklerinin hepsini fazlasıyla öğrenmiş bulunuyordu:

- Çok teşekkür ederim Hacı amca... Şimdi artık onu bulmaya gitmeliyim.. Seninle sonra görüşürüz... Allaha ısmarladık...

Diyerek kalkmaya davrandı. Fakat Hacı Mustafa Bey, sert bir hareketle onun omuzuna vurarak yeniden yerine oturmaya mecbur etti... Sesi de sertleşmişti... Hakimane bir ses tonuyla:

- Evlad, dedi... Söz böyle mi verilir?... İşte ben sana bütün bildiklerimi anlattım. Hani sen de bana bu halinin sebebini anlatacaktın? Onun yeri yurdu belli nasılsa... otur şöyle de anlat şu meselenin sırrını bakayım? Bak yüzün de limon gibi sarardı... Biz gün görmüş insanız evlad... Sen daha leb demeden ben, leblebiyi anladım... Çıkart şu ağzındaki baklayı bakayım. Bu kadını seviyorsun değil mi?

Bilâl, ne söyliyeceğini şaşırmıştı... Çaresiz tekrar oturdu... Artık işin kaçınılacak tarafı kalmamıştı. Hacı Mustafa Bey, hayatında gönül sırrını bilen rahmetli annesinden başka yegane insan olacaktı... Heyecanından titreyen sesiyle anlatmaya başladı:

- Evet Hacı Amcacığım... senden saklamıya çalışmıyacağım... O, benim, daha fakülte sıralarında iken sevdiğim, ama bütün kalbimle sevdiğim kızdı... Fakat açık ve serbest bir kız olduğu için ilerde hayatımı alt üst eder düşüncesiyle onunla evlenmedim...

- Peki o da seni seviyor muydu?

- Evet, Hacı Amça... seviyordu... Hem eminim, benim onu sevdiğimden daha büyük, daha şiddetli bir aşkla seviyordu beni...

- Çok yanlış davranmışsın sen be evladım... Seven insan, sevdiği için her şeye katlanır, razı olur. Belki o da, sen ona evlenme teklif etseydin, senin şartlarını kabul eder, namaz kılar, kapanırdı...

- Hakikati bilsen, böyle düşünmezdin Hacı amca... Evet, Feyzâ Hanım beni seviyordu... Lakin sadece beni.. Anlıyorsun değil mi? Aslında evlendikten sonra değil, kendisi namaz kılmak, örtünmek, bana bile namazı terkettireceğini ve açılıp saçılacağını söyleyip duruyormuş. Böyle bir tehlikeyi bile bile göze alabilir miyim ben? Şu geçici dünyada ne kadar seversem seveyim, bir faniye duyulan aşk ve sevgi uğruna koskoca, ebedi bir hayatı yani ahiret hayatımı mahvetmek, elbette divanelikten başka bir şey değildir... Karım, yanımda açık-saçık gezecek, bütün erkekler onun vücudunu ve güzelliklerini iştahlı nazarlarla seyredecekler ve ben de onun yanında bir koca olarak bulunacağım. Bu nasıl erkekliktir, sorarım sana Hacı amcacığım? Doğrusu karısını kızını açık saçık gezdirip vücutlarını teşhir ettiren erkeklere şaşıyorum. Bunlarda erkeklik duygusu kalmamış, inan... Her neyse... işte bu düşüncelerle nihayet ben, Bursa'daki büyük halamın torunu olan bizim rahmetli hanımla evlendim. Feyzâ Hanım da, işte o bahsettiğin mühendisle... Yalnız, hayret ediyorum... Halbuki o mühendis tam onun istediği gibi, erkek arkadaşlarının arasında karısının sigarasını yakmak için çakmağına davranan centilmen (!) bir salon erkeğiydi... Ve Feyzâ Hanıma arzu ettiği lüks ve eğlenceli hayatı fazlasıyle vermişti. Hal böyle iken Feyzâ, nasıl oldu da İslâmiyete bu derece bağlandı, dini uğruna kocasını terkedecek kadar büyük bir İslâmî şuura sahip oldu ve böyle hakiki bir Müslüman hanımefendi kıyafetine girerek kapandı?... Hayret! Aklım almıyor bir türlü... Hasılı şimdi onu mutlaka bulmalıyım Hacı Amca... İşte sen de her şeyi öğrendin...

- Peki bulup ne yapacaksın evladım?..

Bilâl, gözlerinde tatlı pırıltılar dolaşarak, yine titremesine mani olamadığı heyecanlı bir sesle:

- Kendisiyle evleneceğim Hacı Amca... Eşimi kaybettikten sonra biliyorsun bunca yıldır bir daha evlenmedim... Zira Feyzâ, her şeye rağmen kalbime bütünüyle sahip olan yegane kadındı... Bu bakımdan kimseyle evlenemezdim... ama şimdi kararım kat'i. Allah'ın izniyle onunla evleneceğim.. Yıllar önce kurmuş olduğum hayaller, nihayet çok şükür hakikat olacak... Hayatımı onunla birleştirdiğim takdirde hem onu bu sıkıntılı ve muztar durumdan kurtarmış olurum, hem de yıllar sonra da olsa en saf duygularla birbiri için çarpan iki kalbin, hiç değilse bundan böyle birleşmesini sağlarım... Böylece temeli İslâmî esaslar üzerine kurulmuş sağlam bir yuvada, her ikimiz de mus'ud ve bahtiyar oluruz, inşaallah... Şimdi tamam mı Hacı Amcacığım?.. Haydi artık, bana müsaade...

Hacı Bey yine kızmıştı:

- Dur be evladım... Otuz beşe merdiven dayamışsın ama seni gören, henüz on sekizinde toy bir çocuk sanır... Biliyor musun, bugüne kadar seni hiç böyle yerinde duramaz bir halde görmedim ben... Evet, aşk, gözü kör edermiş, bilirim amma velakin biraz da bu işin istişaresini, muhakemesini yapalım evladım... Değil mi ya?

- Bunun artık istişarelik, muhakemelik bir tarafı kaldı mı, Hacı Amca?..

- Kaldı ya oğlum, kaldı... Bak hele otur da biraz güngörmüş bir büyük sözü dinle...

Bilâl, hakikaten yerinde duramaz bir haldeydi. Saadetinden yere göğe sığamıyor, heyecanını zabdetmiye muvaffak olamıyordu bir türlü... Tek emeli, derhal gidip, Feyzâ'yı bulmak ve ona evlenme teklif etmekti.. Fakat Hacı Mustafa Beyin sözleri onu ister istemez bir kere daha yerine mıhladı... Bu güngörmüş yaşlı zatın fikirlerine hürmet göstermesi icabediyordu... Yeniden yerine otururken:

- Affedersin Hacı Amcacığım, kabalık ettiğimin farkındayım.. Fakat halimi mazur görürsünüz herhalde, dedi...

Hacı Bey gülerek onun sırtını sıvazladı ve babacan bir ifadeyle:

- Otur evlad, otur... Dedik ya, aşkın gözü kördür... Sağı solu farketmez. Şimdi söyle bakayım bana. Farzedelim ki, gittin ve onu buldun. Ne olacak yani?..

- Nasıl ne olacak Hacı Amca?.. Söyledim ya, her ikimizin hayatı da değişecek. Evleneceğim onunla...

- Evladım, ani kararlar bizi ekseri yanıltır. Salim kafa ile düşünüp ondan sonra hareket tarzını tesbit etmen daha doğru olur benim kanaatimce. Kadıncağızın seni görünce nasıl hiç tanımamazlıktan geldiğini görmedin mi? Üstelik, hem de sert bir ifadeyle «Yanlışınız var efendim Birisine benzettiniz!» diyerek kendini de tanıtmayı istemediğini farketmedin mi?..

Bilâl, beynine bir balyoz yemiş gibi sersemlemişti... Öyle ya, o işin hiç bu taraflarını düşünmemişti.. Birden omuzları çöktü, ümitleri yıkılır gibi oldu!..

- Peki, niye böyle davrandı dersin, Hacı Baba?..

- Ne bileyim oğlum?.. Kadın kalbi, kadın aklı. Kimbilir bir düşündüğü vardı tazeciğin.

Bilâl, bir müddet ciddi düşünceler içine gömüldü, kaldı. Sonra yavaş yavaş başını kaldırarak gözlerini dalgın bir ifadeyle Hacı Beyin küçük siyah gözlerine daldırdı:

- Feyzâ'nın bu hareketi cidden çok hayret verici Hacı Amca.. Onu böyle davranmıya sevkeden saik ne olabilir ki?... Olsa olsa diyorum, kendisini sevdiğim halde bir başka kızla evlenmemi bir izzet-i nefis meselesi haline getirmiş olabilir... Belki de benden bunun hıncını alıyor böylece... Ama böyle de olsa, onu ikna edip, bu sıkıntılı hayattan kurtarmalıyım. Üstelik değil mi ki, her ne sebeple olursa olsun. Feyzâ da nihayet hidayete erdi ve bu hak yola gönül verdi; onun bana kırılmış olan kalbini yeniden kazanmak için hayatımı verebilirim...

- Doğru söylüyorsun evlad... Böyle pür kıymet bir kadına ne yapsan, hatta onu dünyanın hazinelerine garketsen yine azdır.. Ancak, dediğim gibi aceleci olma. Dedim ya, kadının yeri belli, yurdu belli... Sen şimdi hiç gitmeye filan kalkma. Hele şöyle bir, aradan üç dört gün zaman geçsin... O da, belki bu müddet zarfında yaptığının yanlış bir hareket olduğunu düşünür, pişman olur... O zaman gidersin... Aksi halde, ikinci bir defa bozulmayı göze alman lazım... Sen, en iyisi dediğim gibi şimdi hiç o taraflara uğrama... Nasılsa İstanbul'da bir müddet kalacaksın, değil mi?..

- Hayır, Hacı Amca, kalmıyacaktım ama, şimdi durum değişti...

- O halde mesele yok.

Bilâl, Hacı Beyin fikrini makul bulmuştu. Nihayet Hacı Beyi memnun edecek kararını açıkladı:

- Değil mi ki, sen benim büyüğümsün, sözünü dinlemek elbette üzerime borçtur, Hacı Amca, dedi. Sözlerini dinliyeceğim ve benim için beklemek çok güç de olsa, bir kaç gün bekliyeceğim...

* * *

Feyzâ, apartman merdivenlerini soluk soluğa çıktı.. Heyecan ve sinirden titreyen parmaklarıyla anahtarı çıkarıp, daire kapısını açtı.. İçeri girdiğinde Dadıyı tekerlekli koltuğunda, Hilâl'i de holdeki divanın üzerinde uyumuş buldu...

Sessizce manto ve eşarbını çıkarıp astı... Sonra o da kendisini holdeki divanlardan birinin üzerine attı... Kalbi, deli deli çarpıyordu... Boğazında düğümlenen hıçkırıklar, boşanmak için bir yol arıyordu adeta. Feyzâ, ağlamamak için kendini bütün sıkmasına ve dudaklarını kanatırcasına ısırmasına rağmen, nihayet içinden coşup çağlayan hıçkırıklarına mani olamadı...

Dadıyı ve Hilâl'i uyandırmamak için elindeki mendille ağzını kapıyor, hıçkırıklarını boğmaya çalışıyordu...

Tek kelime ile perişandı Feyzâ... Bütün benliğiyle alt üst olmuştu... Karmakarışık hisler içinde uzun zaman sessiz sessiz ağladı. Gözyaşları sıcaktı. Ve aka aka yastığın üzerinde küçük bir göl meydana getirmişti... Feyzâ, gözyaşlarının hayatında kendisine bu derece büyük bir ızdırapla beraber, böylesine derin bir haz verdiğini hatırlamıyordu... Mes'ut muydu, bedbaht mıydı?.. Bunu da kestirememekteydi bir türlü... Sadece bir tek şey alakadar ediyordu şimdi onu. Evet, yıllarca aşkların en temizi, sevgilerin en büyüğüyle sevdiği adamı görmüştü... Onunla karşı karşıya gelmişti. Ve onun ağzından buram buram sevgi dolu bir sesle kendi adını işitmişti...

Feyzâ yanaklarından süzülen yaşları mendiliyle kurulayarak yavaşça ayağa kalktı ve insiyaki bir hareketle pencereye doğru yürüdü... Eli, gayri ihtiyari genç kızlık günlerinde olduğu gibi hafifçe tül perdeyi araladı. Yaşlı gözleri karşıdaki o aşinası olduğu eski, küçük ahşap eve takıldı... Karşı evin perdeleri sıkı sıkıya kapalıydı...

Gözlerinin önünde, birden on sene evvelki hatıralar canlanmıya başlamıştı... On sene evvel de bu pencerelerin perdeleri böyle sıkı sıkı kapalı dururdu... Yalnız bu günkü düz bordo keten perdelerin yerinde o zamanlar yıkana yıkana yıpranmış, kenarları kanaviçe işlemeli, esmer, Amerikan bez perdeler vardı. Ve bu perdeler, zaman zaman bu gün kendisinin yaptığı gibi böyle ürkek ve çekingen bir şekilde aralanır ve oradan ciddi yüzlü bir erkek başı uzanırdı.

Feyzâ birden içinin alev alev yandığını hissetti... Perdeyi aniden kapatarak tekrar içeriye doğru döndü. Fakat henüz iki adım atmıştı ki, başının fena halde döndüğünü hissetti... Kendini güçlükle yanıbaşındaki koltuğa attı.

İçindeki yangın hararetlenmiş ve bütün benliğini sarmıştı... Şimdi sanki varlığının her zerresi tutuşuyordu...

Bu, bir pişmanlık ve nedamet nöbetinden başka bir şey değildi aslında... Filhakika Feyzâ'nın hıçkırıkları arasında, dudaklarından şu sözler dökülmekteydi:

- Allahım!... Allah'ım! Niçin saçma bir kapris uğruna hayatımı, istikbalimi mahvettim?... Eğer bu günkü halim ve İslâmî yaşayışım on sene evvel olsa idi sevdiğim ve tarafından sevildiğimi bildiğim erkeği de kaybetmiyecektim... Ama şimdi... çok, çok geç artık.

Kocasından ayrıldığından bu yana Feyzâ'nın sinir krizlerinden eser kalmamıştı... Fakat bu gün, Bilâl'le karşı karşıya gelişi ve Bilâl'in arkasından koşup kendisine ismi ile hitap edişi ile genç kadın yeniden alt üst olmuştu. Ellerini yüzüne kapamış, hıçkıra hıçkıra, katılırcasına ağlıyordu... Artık ne Dadıyı, ne de Hilâl'i düşünecek hali kalmamıştı...

Feyzâ'nın bu yüksek sesle ağlayışı ile gözlerini açan Dadı, uyku sersemliğiyle önce hiçbir şey anlamadan bir müddet Feyzâ'ya öyle baktı, durdu... Sonra şaşkın şaşkın tekerlekli iskemlesini eli ile süre süre Feyzâ'nın yanına geldi... Onu kendine getirmek için yüzünü hafif hafif tokatlamıya başladı:

- Feyzâ!.. Feyzâ!.. kızım!... Ne oldu sana söylesene yavrucuğum?.. Allah, Allah... Kim ne yapmış olabilir ki?..

Feyzâ'nın cevap vermeden sürekli olarak ağlayışı Dadıyı büsbütün telaşa vermişti...

Tekerlekli arabasını sürerek ortadaki masanın üzerinden su dolu sürahiyi aldı ve tekrar Feyzâ'nın yanına geldi... Yüzüne, boynuna hafif su serpti, bileklerini oğmaya başladı... Bir yandan da hala söyleniyordu:

- Kızım, canım kızım... Haydi, konuş bakayım, biraz.. Ay meraktan çatlıyacağım inan... Sana ne yaptılar?...

Yoksa yoksa başına bir felaket filan mı geldi?

Feyzâ, ancak katıla katıla ağlayıp içini boşalttıktan sonra biraz açılabilmişti... Dadı, onun bu halini çok iyi bilirdi... Onun için kendine geldikten sonra pek üzerine varmadı... Bütün merakına rağmen sesini sedasını kısarak onun kendiliğinden konuşmasını bekledi... Fakat bu sefer galiba kendiliğinden konuşacağı yoktu Feyzâ'nın... Nihayet dayanamadı ve sordu:

- Yavrum, anlatmıyacak mısın Dadına, ne olduğunu? Bak işte açıldın biraz. Hadi üzme beni de, anlat niçin böyle ağladığını? Mustafa Bey işine filan mı son verdi yoksa?

Feyzâ, güçlükle gözlerini aralıyarak mecalsiz bir sesle cevap verdi:

- Yok dadıcığım, üzülme... öyle bir şey yok...

- Ya peki... nedir bu gözyaşlarının sebebi?

- Onu gördüm, Dadı... Bilâl'i... Hacı Mustafa Beyin dükkanındaydı...

- A... a!... Ne arıyormuş o dükkanda o?...

- Bilmiyorum, Dadıcığım.. Kimbilir?..

- Kızım yanlışın filan olmasın?.. Belki o değildir de, benzetmişsindir... emin misin, o olduğuna?

- Emin misin, ne demek, Dadıcığım?.. Seslendi bana... Hem de ismimle!...

- Eee?... Sonra?... Dur hele meraktan öleceğim... Sonra ne oldu?...

- Hiiç!... Sert bir şekilde yüzüne bakarak: «Yanlışınız var beyefendi, benzetmiş olacaksınız!» dedim ve arkama bakmadan hızla oradan uzaklaştım.

- Kızım sen aklını mı kaçırdın Allah aşkına?.. İnsan sevdiği adama böyle muamele eder mi hiç?..

Feyzâ'nın gözleri yeniden dolmuştu:

- Etmez Dadıcığım, etmez tabii... Ben de biliyorum, ama.. Bunu, bile bile yaptım işte bu kabalığı... Hem de ona öyle sert bir şekilde çıkışırken içim nasıl alev alev yandı bir bilsen...

- Peki, niçin böyle davrandın ona yavrum?

- Mecburdum Dadıcığım... Ne olursun, anla beni biraz.. Mecburdum buna.. Görsen, bana «Feyzâ Hanım!» diye seslenirken sesi nasıl heyecanlı, nasıl sevgi doluydu.. Her neyse, şimdi bunları bırakalım da Dadıcığım, sana verdiğim kararı açıklıyayım.

- Hayırdır inşallah kızım, ne kararı bu?

Feyzâ, kat'i ve kesin bir ifadeyle, kararını tek cümleyle bildirdi:

- Buradan derhal taşınacağız, Dadı!...

Dadı, bir anda şok olmuştu adeta... İnanamaz bir halle Feyzâ'nın yüzüne baktı:

- Şaka etmiyorsun ya kızım?..

Fakat Feyzâ'nın yüzünde şakayı andıran en ufak bir iz dahi yoktu. Yüz hatları, her kati karar verdiği zaman olduğu gibi gergin ve ciddiydi. Aynı sakin ifadeyle dadıya cevap verdi:

- Hayır, Dadı... Şaka filan değil... Söylediğim gibi, burayı derhal terketmemiz gerekiyor.

- Kızım, aklını başına al.. iyi ama, niye terkedeceksin burayı?.. Burası senin kendi evin... Bir Bilâl Beyi gördün diye yerini yurdunu terketmenin alemi var mı?..

Feyzâ, yaşlı kadını fazla üzmemek için onu iyice ikna etmek istiyordu... dadının direndiğini görünce ellerine sarıldı ve:

- Ah Dadı, ne diyorsun bana.. Beni karşısında görür görmez yüzü bir sonbahar yaprağı gibi sarardı. Damarlarındaki bütün kan çekildi vücudundan adeta... Hele, hele o «Feyzâ Hanım!» deyişindeki sıcak ifade?.. Beni hala aynı aşkla sevdiğinin delilidir bu Dadı! Bu seste, her türlü deliliği yapabilecek bir ahenk vardı... Biliyorum ki, bugün, yarın olmasa bile, üç beş gün sonra gelip bizi bulacaktır.

- Eh ne yapalım yavrum, gelip bizi bulacak diye, rahat yerimizden olacak değiliz ya?...

- Dadıcığım, anlamıyor musun? O bugün Türkiye çapında isim ve şöhret yapmış bir insan... Nereye gitse, gazeteciler onun peşini pek kolay bırakmazlar.. Evli bir erkek olarak, dul bir kadının peşinde koşturmasının aleyhinde ne büyük yaygaralara sebebiyet vereceğini ve memleket çapındaki prestijinin nasıl sarsılacağını düşünebilir misin? Yoksa onun beni arayıp bulmasından başka hiç bir korkum yok... Gelir de benimle konuşmak isterse, elbette gereken cevabı vermesini bilirim kendisine.. Ama dediğim gibi, Bilâl'in bu hareketi, hem aile saadetini sarsacak hem de şöhretini lekeliyecektir... Anlıyacağın, evvelce de söylediğim gibi, yuva bozan bir kadın durumunda olmayı asla kendime yakıştıramam. Dadıcığım...

Dadı, bir müddet bir şey söylemedi.

Feyzâ, bu yaşlı kadının elinde büyümüştü. Dadı, onun her kahrını, her çilesini çekmiş, her derdinin ortağı olmuştu.. Feyzâ da onu öz annesinden çok severdi.. Buna rağmen verdiği herhangi bir karardan onu Dadı bile döndüremezdi. Bu, Feyzâ'nın yegane kötü huyu idi... Ama Dadı, bu sefer pek kolay kolay ikna olacağa benzemiyordu. Diretecekti.. Sonuna kadar direnecek, kar etmediği takdirde mecburen yine küçük hanımın arzusuna boyun eğecekti. Şimdi lafı uzatmaya bakmalı ve onun sinirinin yatışmasını temin etmeliydi... O anda aklına gelen bir şey, gözlerini parlattı ve genç kadına bakarak:

- Hiç düşündün mü Feyzâ, dedi... Belki bu adam, eşinden ayrılmıştır... Olur ya...

Feyzâ, sadece acı-acı gülümsedi... Sonra başını iki yana sallıyarak:

- Hayır Dadıcığım, dedi... Böyle bir şey olamaz... Çünkü onun karısı her bakımdan Bilâl'e layık bir kadındı... Çok iyi eminim ki, Bilâl, onu sevmese bile, yuvasında mes'uttur... Her ikisi de birbirine uygun, birbirinin dengi insanlardı... Bu bakımdan ayrılmaları için bir sebep yoktu... Ama şimdi var, Dadı. Beni bu İslâmî kıyafette görmesi, Bilâl'e en umulmayacak hareketleri yaptırabilir... Korkuyorum.. Onun yuvasının ağız tadını bozmaktan, şerefini haleldar etmekten korkuyorum...

- Niçin şerefini haleldar edecekmişsin kızım?... Farzedelim ki, geldi, seni buldu ve her şeye rağmen seninle evlenmek istediğini bildirdi... Kabul etmiyecek misin yani?...

- Dadıcığım, bekar veya dul bir erkek olduğunu bilsem, Bilâl'den gelen böyle bir teklifi saadetten uçarcasına kabul ederim. ama bugün onun halen evli olup olmadığını dahi araştırmaya vaktim yok... Hanımından ayrılmış olması ise, çok zayıf bir ihtimal. Herhangi bir dedikoduya meydan vermemek için fedakarlık yapmaya, izimizi kaybetmiye mecburuz dadı... Hem de bir an evvel.

- Dur, dur, kızım... Yine başlama, gitme sözü etmeye, Allah'ını seversen... Gel otur yanıma da, sakin sakin konuşalım biraz şöyle... Ama öyle birden alevlenmek, parlamak yok, tamam mı?... Ben sana bazı şeyler soracağım, sen de bana akıllı uslu cevap vereceksin... Böyle olursa anlaşılırız seninle ancak...

Feyzâ, bir yandan Dadının yanındaki koltuğa otururken, bir yandan da gizleyemediği hayreti ile sordu:

- Hayırdır inşaallah... Beni ahret sualine mi tutacaksın yoksa?

dedi... Sor bakalım Dadıcığım...

Dadı, önce derin bir nefes aldı, sonra ciddi bir ifadeyle konuşmaya başladı:

- Bak kızım, Allah'a binlerce hamd ve senâ olsun ki, sana hidayet devletini bahşetti... Eh, bu halinle sen, bugün değil beni, okuduğun o koca koca dini eserler ve tefsirlerle nice alim geçinen kimseleri dahi İslâmiyet mevzuunda cebinden çıkarırsın. Şimdi söyle bakiyim bana; Bilâl Bey seni ikinci hanımı olarak alamaz mı?..

Feyzâ, yaşlı Dadısının böyle saf görünüşlü suallerini cevaplandırmaya bayılırdı... Ne hayret verici tecelliydi ki, bir zamanlar din mevzuunda sorduğu suallere karşı kendisine uzun uzun malumat vererek hidayetini kolaylaştıran bu yaşlı ve iyi kalbli kadına, şimdi kendisi ayni mevzularda, fakat tabiatiyle daha derin ve sıhhatli olarak izahat vermekteydi...

O, bunları düşünürken Dadı da kendisinden merakla sualinin cevabını bekliyordu. Feyzâ:

- Dadıcığım, dedi... Bırak ki, ben öyle bir şeyi düşünmüyorum, fakat düşünsem, Bilâl Bey de böyle bir teklifte bulunsa dahi, bugün için böyle bir şeyin olmasına çeşitli sebepler mânidir.

- Ne gibi sebepler mesela?..

- Anlatıyordum, fırsat vermedin ki... Dadıcığım, her şeyden evvel, bu günkü cemiyetimiz artık eskiden olduğu gibi Kur'ân'ın vaz'ettiği kanunlarla değil, İsviçre kanunlarını esas alan lâik kanunlarla idare edilmektedir. Cenab-ı Hakkın birden fazla kadınla evlenebilecekleri hakkındaki bu müsaadesi, bizim bugünkü kanunlarımıza göre suç sayılmaktadır. Yani anlıyacağın, Allah'ın ruhsatına istinaden nikâhı altında iki kadın bulunan erkeğin ikinci karısı, bu gün gerek kanunlarımızca ve gerekse içinde yaşadığımız İslâm'dan uzaklaşmış cemiyet nazarında gayri meşru addedilmektedir. Ben, belki buna katlanabilirim. Fakat, Bilâl'in memleketteki ve iş sahasındaki durumu böyle bir şeyi kaldıracak gibi değildir. Bu, meselenin birinci cephesi... Değil mi, ki, bu mevzuun içine girdik, öyleyse tamamlamadan bırakmıyalım, değil mi Dadıcığım?..

Dadı, Feyzâ'nın konuştukça açıldığına ve o ilk anın sersemletici tesirinden yavaş yavaş kurtulduğuna için için sevinmekteydi. Mevzuu bu derece derine götürmesi de hep bunun içindi... Fakat bir yandan da bu mevzuda bilmediklerini de öğrendiği için memnun oluyordu, tabii... Genç kadının yüzüne derin bir sevgi ve şefkatle baktı ve:

- Sen anlattıkça, benim içime ferahlık geliyor kızım, dedi... Bu işin olamıyacağına dair birinci sebebi anladım... Söyle bakalım çeşitli dediğin öbür maniler nedir?

- Meseleyi baştan alırsak, manilerin hepsi kendiliğinden meydana çıkacaktır... Biliyorsun, bir erkeğin, birden fazla evlenmesine «Teaddüd-ü zevcat» denilir. Ne var ki, bu mevzu günümüzde çok yanlış bir şekilde mütalaa edilmekte ve bir çokları işin aslını bilmeden teaddüd-ü zevcât hakkında ileri-geri konuşmaktadır. Ben bu mevzuu derinlemesine tetkik ettim ve bu hususta selahiyetli alimlerin çeşitli eserlerini okudum. Meselenin hülasa olarak aslı şu, Dadıcığım:

Cenab-ı Hak, Kur'an-ı Kerim'de Nisa suresinin 3 üncü ayetinde şöyle buyuruyor: «Eğer yetim kızlar hakkında (adaleti yerine getiremiyeceğinizden) korkarsanız, sizin için helal olan (diğer) kadınlardan ikişer, üçer, dörder olmak üzere nikah edin. Şayet (bu suretle de) adalet yapamıyacağınızdan endişe ederseniz, o zaman bir (tane ile), yahut malik olduğunuz cariye (ile iktifa edin) Bu (tek zevce veya cariye) sizin Hakdan eğrilip sapmamanıza daha yakındır.»

Şimdi bu ayet üzerinde biraz duralım. Cenab-ı Hak, yetim kızlar hakkında adaletin yerine getirilemiyeceğinden korkulduğu takdirde diğer kadınlardan dörde kadar nikah edilebileceğini bildiriyor. Cahiliye devrinde erkekler, vesayetleri altındaki yetim kızlarla, mallarına göz dikerek evlenirlerdi, Dadıcığım... Hatta bir kaç yetim kızla bile evlenenler vardı. Yetimler, kimsesiz oldukları için, kocaları gerek mehirde, gerek evlendikten sonra kendilerine türlü türlü haksızlıklar ve eziyetler yaparlardı. Hatta miraslarına konmak için ölmelerini isteyecek kadar alçalanlar bile vardı. İslâm dininin zuhurundan sonra Cenab-ı Hak, bu ayet-i kerimede, kimsesiz yetim kızlara haksızlık etme hususunda kendisine güvenmiyenlere, kimsesiz olmadıkları için öyle bir haksızlık yapmaktan çekinecekleri diğer kadınlarla evlenmelerini emretmiş, bu suretle aynı zamanda yetimlerin hak ve hukuku da korunmuş olmaktadır...

Feyzâ konuşmakla, anlatmakla kendini hafifleteceğini hissetmekteydi... Bu, onun için bir bakıma da deşarj olmak demekti... Dadısının cevabından memnuniyet duyduğunu ifade eden bir tebessüm belirdi dudaklarında:

- Sen de olmasaydın benim yanımda, ben ne yapardım Dadıcığım? Dedi... Neyse şimdi gelelim taaddüt-ü zevcat mevzuundaki ayetin taşıdığı manaya: İslâmdan evvel, erkeklerin evleneceği kadın sayısına bir sınır konulmamıştı. Bu bakımdan bir adamın on tane, hatta daha çok karısı bulunabilirdi... İslâm'ın zuhurundan sonra ise işte bu ayet-i kerime ile erkekler için nikah edebilecekleri kadınların sayısı, Cenab-ı Hak tarafından azami dörde indirilince, Müslümanlığı kabul eden erkekler, bu ayete uyarak, mecburen dördün üstünde bulunan kadınları terkettiler... Yani Rabbı'mız aslında, bir erkeğin nikahında olan kadın sayısını birden dörde yükseltmiş değil, aksine 10-15 kadından azami dörde indirmiş oluyor. Kadınlar arasındaki «adalet» ise, yedirme, giydirme, barındırma erkeklik vazifeleri vesaire gibi hususlarda tam bir eşitlik gözetmek manasındadır. İki üç veya dört kadın arasında bu eşitlik temin edilemeyince ki bunun temini hemen hemen imkansızdır bir kadın ile yetinmek dinimizce zaruridir. Ayetteki: «Bu (bir tek zevce) sizin hakdan eğrilip sapmamanıza daha yakındır.» kaydı da esas kaidenin adalet kaidesinin bir tek kadın ile evlenmekten ibaret olduğunun en açık bir delili sayılır. Dadıcığım, taaddüd-ü zevcat (birden fazla kadınla evlenmek), İslâm düşmanlarının bu gün dillerine doladıkları gibi esas kaide değil, bir şazdır, yani kaide harici olan bir şeydir. Düşünelim ki, bu ayet nazil olduğu sıralarda on ve daha ziyade kadına sahib adamlar vardı. Cenab-ı Hak bunu azami dörde indirmiş ve yalnız bu indirme ile kalmayıp bu birden fazla evliliği de aslında tatbiki çok güç bir «adalet» esasına dayamıştır. Bu suretle gittikçe nikah altında bulundurulan kadın sayısı azaltılmış ve Müslümanların büyük bir kısmı bir kadın ile iktifa etmeyi bir esas kaide olarak tanımıştır...

Erkek, ancak kadının, zevcelik vazifelerini yerine getirmemesi, bu vazifelere mani müzmin bir hastalığa yakalanması ve çocuk yapmaması gibi hallerde, bir de savaşta ölen erkeklerin dul kalan kadınlarını sıkıntıdan , kimsesizlikten ve kötü yola düşmekten korumak için bir ikinci hanım almak selahiyetine sahiptir.

Dadı, hala anlatılan mevzu içinde bir açık kapı aramakla meşguldü... Nihayet dayanamadı ve sordu:

- Peki kızım, ne biliyorsun, belki Bilâl Beyin de böyle bir durumu vardır...

- Şu anda tahminlerle iş görecek durumda değilim Dadı.. Yalnız ortada bilinen açık hakikatler var. Bilâl, tam kendisine uygun bir kadınla evlendi. İlk senelerde öğrendiğime göre, çocukları da varmış... Ortada ikinci defa evlenmesini icap ettirecek bir durum yok...

- Niye olmasın kızım, senin de kocan gerçi savaşta ölmüş filan değil, ama, yine de dulsun işte... Onun vazifesi, bir mü'min olarak, senin gibi bir kadını nikahı altına alması değil midir?

- Dadıcığım, keşke her dul kalan kadın, benim gibi kalsa... Allah'a şükür neyimiz eksik?.. Ev kendimizin, kira derdi yok... Üstelik çarşıya diktiğim mallardan da geçimimizi temin ediyorum. Evde çalıştığıma, dışarda erkeklerle haşır-neşir olmadığıma göre, ahlaken bir tehlikeye düşmem mevzu bahis değil... Çok iyi biliyorum ki, Bilâl benimle evlenmek istese bile, bunu her hangi bir şer'i kayda istinaden değil, benimle evlenmeyi, sırf sevdiği kadın oluşumdan dolayı yapacaktır ki, bu da işte en büyük haksızlıklardan, adaletsizliklerden biri olur... Yani anlıyacağın bu iş Allah rızası için olmaktan çıkar, nefsin arzusuna tabi olunur. Her neyse Dadıcığım, uzun lafın kısası, biz burada kendi kendimize gelin-güveyi olmaktayız. Bilâl'in ne düşündüğünü, niçin arkamdan öyle heyecanla seslendiğini bilmiyorum. Ama onun beni bulmak için mutlaka buraya geleceğini biliyorum... İçimde bir korku var, Dadıcığım... Onun şerefi, aile saadeti ve çeşitli dedikoduların sarsacağı meslek prestijini düşünüyorum... Belki bizim için pek zor olacak bu iş ama, ne olursa olsun fedakarlık yapmıya, burayı derhal terketmiye mecburuz!...

Dadı, her ne yaparsa yapsın Feyzâ'yı verdiği karardan kil payı olsun döndüremiyeceğini büyük bir katiyetle anlamıştı artık. Daha fazla üzerine düşmenin hiç iyi olmayacağını düşünerek mütevekkil bir tavırla başını yana eğdi:

- Peki, ne yapmayı, nasıl hareket etmeyi düşünüyorsun?

- Yol boyunca ben de hep bu mevzuu düşündüm, Dadıcığım. Ve şuna karar verdim: Hani ne zamandan beri daireyi kendisine satmam için ısrarda bulunan Kemal Bey var ya... İşte hemen ona telefon edip daireyi kendisine satmıya karar verdiğimi bildireceğim... Bir kaç gün içinde muameleleri tamamlanır. Bu arada, ilerde daha münasip bir yer bulmak üzere, şimdilik başımızı sokabileceğimiz bir ev bulur, derhal taşınırız...

- Yani böylece Bilâl Bey seni bulamıyacak, öyle mi? A kızım,

Hacı Mustafa Beyin yanındaki Osman, mal götürüp getirdiği için yeni adresi nasılsa öğrenecek... Bilâl Bey oradan temin edemez mi adresini?

- Hayır, Dadı... Taşındığım yeri ne Osman, ne Hacı Mustafa Bey, ne de Bilâl bilecek. İşten ayrılacağım... Ve yerimi hiç belli etmiyecek yeni bir iş bulmaya çalışacağım.

Dadı bir kere daha yıkılmıştı. Adeta inlercesine:

- Ne diyorsun kızım? Dedi... Evi elden çıkarttığın yetmiyormuş gibi, bir de işinden gücünden mi olacaksın? Kızım, ne olursun dinle beni, aklını başına al.

- Merak etme benim tatlı Dadıcığım, aklımı filan kaçırmış değilim... Yerimi, izimi belli edecek olduktan sonra, evi satmanın ne manası kalır? İnşaallah Cenab-ı Hak daha hayırlı bir rızk kapısı açar..

Dadı, tekrar boynunu büktü:

- İnşaallah kızım... Allah bu günümüzü aratmasın da... Eh artık madem ki, illa böyle olsun diyorsun, ne yapalım yavrum, olsun bari... Sen nasıl bilirsen, öyle hareket et.

Konuşma, bu minval üzere kimbilir ne kadar daha devam edecekti. Hilâl'in ağlıyarak uyanması üzerine mevzu, ister istemez kesildi...

* * *

Güzel bir mayıs sabahı idi. Havaya bahar çiçeklerinin latif kokusu yayılmıştı... Göz alabildiğine uzanan denizin meltemli havasını ciğerlerine dolduran Bilâl, oturduğu kayanın üzerinde maziyi, yıllar öncesini sanki yeniden yaşamaktaydı..

Bu kayalar... Bu sahil... Bu renk renk çakıl taşları... On sene önceki günler, bir film şeridi gibi akıp gitmekteydi gözlerinin önünden.

Sanki aradan on sene geçmemişti de, yeni yaşıyordu o unutulmaz günleri... Ve sanki öyle hissediyordu ki, o anda arkasından çakıl taşlarını şakırdata şakırdata yaklaşan ayak sesleri ile irkilecek ve başını arkaya çevirirse, on sene evvel bir akşam üstü olduğu gibi karşısında bütün haşmetli güzelliğiyle Feyzâ'yı bulacaktı...

Bu his, içine tuhaf bir ürperti verdi. İnsiyaki bir hakeketle başını arkaya çevirdi... Lakin heyhat!..

Büyük bir inkisar-ı hayalle, başını tekrar denize doğru çevirdi...

Bu kadar gülünç bir hayale kapıldığından dolayı kendini affedemiyordu bir türlü...

Öyle ya... Feyzâ artık on sene evvelki kafasına estiğince hareket eden, serbest ve havai Feyzâ değildi..

Bilâl'in de zihnini en ziyade kurcalıyan mevzu buydu işte.. Bu on sene zarfında nasıl olmuştu da, Feyzâ'da bu derece büyük değişiklikler hasıl olmuştu. O hoppa-zıppa zamane kızını, gerek kıyafet ve gerek hareketleriyle bu derece örnek bir İslâm Hanımefendisi olmaya sevkeden saik ne olabilirdi? Fakat bu sebep ve saik ne olursa olsun, neticeyi değiştiremezdi... Değil mi ki Feyzâ, bugün her haliyle İslâmî yaşıyan bir kadındı... Ve hele hele değil mi ki, kendisine İslâmî bir hayat yaşatmadığı için kocasından ayrılmayı göze alacak kadar İslâmi bir şuura sahipti... Bilâl için mühim olan hususlar bunlardı.

Bilâl, denizden esen serin rüzgarı ciğerlerine doldururken, 18 yaşındaki bir delikanlının heyecanı içerisinde hissediyordu kendisini... Nasıl heyecan duymasındı ki?.. On senedir, kalbinin mutena bir köşesinde kıymetli bir mücevher gibi sakladığı biricik temiz aşkı Feyzâ'sına kavuşacaktı bir kaç gün sonra... Ve bu kavuşma her ikisi için de yeni, yepyeni, saadet dolu bir hayatın başlangıcı olacaktı...

Bilâl, gözleri denizin derinliklerinde, şimdiden bu yeni hayatın projelerini kafasında tasarlıyor, Feyzâ'ya layık olduğu saadet ve rafahı temin edebilmek için neler yapmak icabettiğini enine boyuna düşünüp duruyordu...

Allah'ın kendisine büyük bir lütuf ve ihsanı olarak Bilâl, kısa bir zaman içinde, helal yoldan, büyük bir servet sahibi olmuş, memleketin tanınmış iş adamlarından biri durumuna yükselmişti... Geniş imkanları sayesinde istediği yerde, istediği hayatı temin edebilecek bir durumu vardı... Bu bakımdan şayet Feyzâ, İstanbul'da oturmayı tercih ederse, derhal iş yerini İzmir'den İstanbul'a nakledebilirdi...

«O zaman Boğaziçi'nde güzel bir yalı alır, yaz aylarını Boğaz'ın o muhteşem manzarası ve müstesna havası içinde geçirir, kışın da şehrin temiz bir semtinde konforlu ve güzel bir evde otururuz» diye düşünmekteydi Bilâl...

Düşünce zinciri böyle akıp giderken bir anda bu güzel ve tatlı hayallerini bölen bir başka düşünce ile kalbi yanmıya başladı...

Ya Feyzâ, evlenme teklifini reddedecek olursa?..

Bu aksi ihtimal, Bilâl'in bütün ümit ve hayallerini altüst etmiye kafi gelmişti... Olur muydu bu? Feyzâ yapar mıydı bunu?.. Bilâl'in izdivaç teklifini reddedebilir miydi, Feyzâ?..

Elinde olmadan başını avuçları arasına alarak yüksek sesle: «Hayır, hayır!.. Olamaz!» diye inledi. Sonra daha yavaş bir sesle kendi kendine konuşurcasına mırıldanmıya başladı:

«İmkanı yok... Feyzâ beni seviyor... Teklifimi reddetmesi için hiç bir sebep yok.. Hem niçin, niçin reddetsin?..»

Bilâl, bu birbirine zıd hisler içinde çırpınıp duruyordu ki, kulaklarında çınlayan bir ses, onu bir anda hakikatin gerçek yüzüyle karşı karşıya getirdi... Bu, Feyzâ'nın sesiydi:

«- Yanlışınız var beyefendi... Birisine benzetmiş olacaksınız!!!»

Bilâl, kayanın üzerinde taştan bir heykel gibi, sessiz ve hareketsiz... Düşünceleri darma dağınık.. Bir araya toplamıya, bir şeyler düşünmeye çalışıyor. Lakin imkansız... Bütün saf ve temiz ümitleri, duyguları hayalleri kırık cam parçaları gibi parça parça, ufam ufam olmuştu...

Feyzâ neden böyle hareket etmişti acaba? Üstelik niçin kendisine böyle sert ve haşin davranmıştı?

Zihninde kıvrılan bir yığın suale cevap bulması imkansızdı... İçinden koşa koşa o aşinası olduğu sokaklardan geçerek Huzur Sokağı'na gitmek ve Feyzâ'nın kapısına dayanıp bu niçin ve nedenlerin cevabını ondan istemek geliyordu... Git gide kuvvet bulan bu hissi, güçlükle yatıştırabildi. Hayır, hayır!.. Her şeyden önce çocukca ve hissi bu gibi hareket ve düşüncelerden sıyrılmalı, meseleyi salim bir kafa ile düşünmeye çalışmalıydı...

Bu kararı verdikten sonra biraz rahatladı ve çeşitli ihtimaller üzerinde düşünceye daldı. Acaba Feyzâ, Hacı Mustafa Beyden çekindiği için mi kendisini tanıtmaktan kaçınmıştı?.. Yoksa Bilâl'e karşı, çalışan bir kadın durumuna düştüğünü göstermek mi istememiş, bunu bir gurur meselesi mi yapmıştı?.. Veya Bilâl'in kendisiyle değil de, bir başka genç kızla evlenmesinden dolayı uğradığı inkisar-ı hayal mi onu böyle sert ve haşin davranmaya sevk etmişti?..

Bilâl, bu ihtimallerin her biri üzerinde ayrı ayrı duruyor, fakat bunların hiç birini de Feyzâ'nın sert davranışı ve kendini tanıtmak istemeyişi hususunda haklı bir sebep olarak göremiyordu.

Bu düşünceler arasında vakit öğleye yaklaşmış, berrak bir güneş, tam tepeden denizin sularını ışıl ışıl parlatmıştı. Bilâl, parmaklarını dalgalı saçlarının arasından geçirerek yavaş yavaş doğruldu... Tam oradan ayrılmak üzereydi ki, birden aklına gelen on sene evvelki bir hatıra, onu yeniden yerine mıhladı... İçinden Arşimed gibi «BULDUM» diye haykırmak geliyordu.

On sene evvel, bir gece yine bu deniz kıyısında, aynı kayanın üzerinde oturuyordu... Mehtap, bütün haşmetli güzelliğini denizin lacivert sularına sermişti... O sıralarda Feyzâ ile evlenip evlenmeme hususunda büyük bir kararsızlık kasırgası içinde bulunuyordu. Her gece, bu sahile iner isabetli bir karara varmak için saatlerce denizin mavi suları karşısında derin düşüncelere dalardı... Serin akşam rüzgarı, şefkatli bir el gibi saçlarını okşarken, arkasından duyduğu musiki nağmesi gibi latif bir sesle iliklerine kadar ürperdiğini hissetmişti:

- Bilâl Bey!

Bu tatlı, bu yumuşak hitab, birden kalbini yerinden hoplatmıya yetmiş ve Bilâl yerinden sıçrayarak sesin geldiği tarafa yürümüştü.

Evet, karşısında, parıldayan Ay'dan daha cazip güzelliğiyle Feyzâ duruyordu. Buraya nasıl gelmişti, onun burada olduğunu nasıl bilmişti, burası Bilâl'in meçhulüydü ama, mühim olan Feyzâ'nın o anda karşısında oluşuydu...

Neler söylememişti ki o akşam Feyzâ... «Birbirimizden saklamıyalım Bilâl Bey... İkimiz de birbirimizi seviyoruz. O halde niçin kendimize işkence edelim?» demişti.. Ve daha buna benzer bir sürü şeyler söylemişti...

Bilâl ise, bütün varlığıyla ve en güzel duygularla bağlandığı, sevdiği genç kızın bu sözlerine karşı ancak oldukça sert ve soğuk bir ifadeyle cevap vermişti...

«Gece vakti bir genç kızın, böyle tenha yerlerde tek başına bir erkekle başbaşa kalması, hiç doğru bir hareket olmasa gerek. Feyzâ Hanım» demişti, «Ben sizin mazbut bir genç kız olduğunuzu tahmin ediyordum. Meğer ne kadar yanılmışım. Sizin için en doğru hareket, burayı derhal terkedip, evinize dönmenizdir», demişti... Ve daha bunun gibi kırıcı ve incitici bir takım şeyler söylemişti...

O geceyi, bugün gibi hatırlıyordu... Feyzâ'nın yüzünün Ay ışığında büründüğü ifadeyi ömrü boyunca unutmasına imkan yoktu...

Sevdiği erkek tarafından bir çocuk gibi azarlanması ve hareketinin küçük görülüşü karşısında adeta büyük bir şok geçirmişti. Bu, hayatında izzeti nefsine indirilmiş belki en büyük bir darbeydi.

Bu darbenin tesiriyle, serin havada üşümemesi için uzattığı pardesüyü dahi elinin tersiyle bir kenara fırlatmış ve hıçkıra hıçkıra ağlıyarak arkasını dönüp koşa koşa oradan uzaklaşmış, karanlıklara karışmıştı...

On sene evvelki bu hatıra, bugün Bilâl için çok büyük bir ehemmiyet taşımaktaydı. Bilâl, Hacı Mustafa Beyin mağazasında Feyzâ'nın niçin kendisine o şekilde muamele ettiğini, şimdi çok iyi anlıyordu... Demek Feyzâ: «Yanlışınız var Beyefendi. Birisine benzetmiş olacaksınız» şeklindeki sert ve soğuk sözleriyle on sene evvelki izzet-i nefis darbesinin acısını çıkarmak istiyordu...

Bilâl, Feyzâ'nın kendisinden intikam almak isteyişini bir bakıma haklı buluyor, bir bakıma da genç kadına bu hareketi yakıştıramıyordu... Öyle ya, nihayet aradan yıllar geçmişti ve hepsinin mühimi, Feyzâ artık o eski havai genç kız değildi. Aradan geçen seneler onu hem yaş bakımından, hem de fikren olgunlaştırmıştı. O halde böyle küçük bir meseleyi lüzumsuz yere büyütmek doğru olmasa gerekti.

Fakat daha derin düşündükçe, her şeye rağmen onu haklı buluyor, her şeyden önce Feyzâ'nın bir kadın kalbi taşıdığını düşünerek önceki fikirlerinden vazgeçiyordu. Sevdiği erkek tarafından reddedilmek, hakarete maruz kalmak bir genç kız, bir kadın için muhakkak ki, en büyük darbe, en büyük yıkım sayılırdı.. Bunun için ne yapıp yapıp, Feyzâ'nın gönlünü almaya kırılan gururunu tamir etmiye çalışması lazımdı. Bu, kolay olmayacaktı muhakkak. Ama Bilâl kararlıydı... İcabederse bir kaç ay İstanbul'da kalacak, Feyzâ'yı yeniden kazanmıya çalışacaktı..

O günün hayaliyle kalbi heyecanla çarpmaya başladı... Ve dudaklarından gayri ihtiyari fısıltı halinde tek bir kelime döküldü:

- Feyzâ!...

Bilâl, ondan sonraki günlerini kah küçük bir kır kahvesinde, kah deniz kenarında, kah sabahtan akşama kadar otel odasında boş ve avere bir şekilde geçirdi. İstanbul'da yapması icabeden işlerle alakalanmak aklına bile gelmiyordu... Gecesi gündüzü, Feyzâ ile, Feyzâ'nın bugünkü masum hayaliyle doluydu. Bazen bütün gün otelden dışarı çıkmıyor, namaz vakitleri müstesna, yatakta sırtüstü yatıp akşama kadar gözleri tavana dikilmiş vaziyette düşünüyor, düşünüyordu...

Bir kır kahvesinde, kuru bir tahta iskemlenin üzerinde sabahtan akşam geç vakitlere kadar oturuyor, karşı karşıya geldikleri zaman Feyzâ'yla neler konuşacağını düşünüyor, karşılaşacakları anı hayal ederek tatlı hülyalar içine gömülüyordu.

Feyzâ'yı düşünmek, artık Bilâl için hava gibi, su gibi mübrem bir ihtiyaç halini almıştı. Feyzâ onun hayatına öylesine sağlam bir adımla girmişti ki, çıkmasına imkan ve ihtimal yoktu artık. O, Bilâl için müstesna bir varlıktı... Hayatının kadınıydı Feyzâ onun...

O günde saatlerce nereye gittiğini bilmeden yürüdü, yürüdü...

Canı bir türlü otele gitmek istemiyordu... Açıklık, havadar yerlerde sabaha kadar avare bir şekilde gezip dolaşmak istiyordu... Hava bir hayli serin olmasına rağmen Köprü'den Adalar vapuru için bir gidiş-dönüş bileti aldı... Vapurun üst katındaki güverteye çıktı. Güvertede kendisinden başka kimseler yoktu. Ayakta, kollarını küpeşteye dayayarak akşamın alaca karanlığında denizin koyu renkli sularını seyre daldı...

Uzun bir müddet sonra, kendisini dalmış olduğu düşüncelerden kalın bir erkek sesi sıyırdı:

- Hey beyim, bura son iskele... Uyuyon mu?

Döndü, arkasından seslenen kaba yapılı adama dalgın dalgın bir müddet baktı, sonra:

- Sen işine bak kardeşim, ben yine geldiğim yere döneceğim, dedi...

Adam, oldukça ukala bir şeydi... Arkasını dönüp giderken ters ters bağırdı:

- Allah Allah... Böylesini de ilkin gördüm... Tımarhanelik misin, nesin? Neye geldin, neye gidiyon?.. Pöh!..

Bilâl, hiç cevap vermeden adamın arkasından uzun uzun baktı... Sonra tekrar kollarını küpeşteye yaslıyarak kendi alemi içine gömüldü... Şimdi bütün düşüncesi, ertesi günü Feyzâ'ya gideceğiydi... Bunun tahayyülü dahi, ruhuna tatlı, garip ürpertiler veriyordu...

Bu tatlı hülya içinde Köprü'ye döndü... Temiz deniz havası, moralini de bir hayli düzeltmiş ve düşüncelerine salim bir istikamet vermişti... Evet, Feyzâ'ya ertesi günü mutlaka gitmeliydi... Daha fazla vakit geçirmek, doğru olmazdı...

Otele döndüğünde, vakit gece yarısına yaklaşıyordu... Abdestini aldı. Yatsıyı kıldı...Ve göz kapakları uykudan ağırlaşmış bir şekilde soyunup pijamalarını giyerek yatağına yattı... Yorgunluktan bitab düştüğü için, gözlerini yumar yummaz, derin bir uykuya daldı...

Sabah ezanı okunurken gözlerini açtığında, benliğini alt üst eden bir rüyanın tesiri altındaydı... Rüyasında, Feyzâ'yı görmüştü...

Feyzâ üzerinde tıpkı Seval'inki gibi uzun sade bir sabahlık, başında beyaz bir namaz örtüsü, kucağında ise çocuğu olduğu halde, kendisinden ürkercesine arka arka geriliyor ve iki parmağını ileriye doğru uzatarak, boynu bükük bir vaziyette kendisine:

- İki gün daha... İki gün daha sabredin...

Diye adeta yalvarıyordu...

Bilâl, yatağının içinde doğrulduğu zaman, Feyzâ'nın yalvaran sesi, hala kulaklarında çınlamaktaydı:

- İki gün daha... İki gün daha sabredin!...

Kalktı, pencerelerin kanatlarını açtı... İçeriye ezan sesi ile birlikte tertemiz, saf ve berrak bir sabah meltemi doldu... Rüyanın tesirinden kurtulmak için bir müddet ciğerlerine bu temiz havayı çekti. Sonra, banyoya geçerek abdest aldı ve büyük bir huşu içinde namaza durdu...

Alelacele giyindi ve kendini sokağa attı... Şimdi ne yapacaktı?... Daha doğrusu ne yapması icabediyordu? Zihni bir yığın düşünce ile karmakarışık bir vaziyetteydi...

Gördüğü rüya Bilâl'i yeniden alt üst etmişti. Gece yatarken, ertesi günü için Feyzâ'ya gitmek kararı katiydi.. Fakat bu rüya, onu bir kere daha gidip gitmeme mevzuunda tereddüte düşürmüştü. Evet, ne yapmalıydı? Gitmeli miydi, gitmemeli miydi?...

Bir kaç vasıta değiştirerek, kendini bir kere daha aşinası olduğu deniz kenarına attı.. Çakıl taşlarını çıtırdata çıtırdata, kendisine kollarını açmış gibi bekleyen büyük kaya parçasına doğru yürüdü... Denizin dalgaları kayayı ıslatmıştı... Buna rağmen Bilâl, sırtındaki pardesüyü çıkararak kayanın üzerine serdi ve her zamanki gibi denize dönük vaziyette oturdu...

Deniz bu gün söz dinlemez yaramaz bir çocuk gibi huysuz ve hırçındı... Koca koca dalgalar, bazen Bilâl'in ayaklarına kadar geliyor, ayakkabılarını ve pantolonunun paçalarını ıslatıyordu.

Sabaha karşı görmüş olduğu rüyanın sersemliği hala üzerindeydi... Zaman zaman denizin dalgaları arasında, kucağında çocuğuyla Feyzâ'nın hayali beliriyor, iki parmağını uzatıp, boynunu yana doğru bükerek:

- İki gün daha... İki gün daha sabredin!..

Diye yalvaran sesi kulaklarında çınlıyordu.

Acaba bu rüya neye delaletti?.. Feyzâ'nın iki günden kasdi ne olabilirdi?... Ne olursa olsun, diyerek gitmeye kalkmak, belki aksi bir neticeye yol açabilir, diye düşünerek iki gün daha sabredip beklemiye karar verdi...

Bu sırada arkasında duyduğu ayak sesleriyle kalbi deli deli çarpmıya başladı... İşte çakıl taşları birbirlerine tokuşuyor ve ayak sesleri, git gide arkasından yaklaşıyordu...

Bilâl, delice bir ümitle «Acaba Feyzâ olabilir mi?» diye düşündü bir an... Başını arkaya çevirip bakmıya korkuyordu... Arkasından Feyzâ'nın «Bilâl Bey!» diyen tatlı sesini duyacağından eminmiş gibi, kulağı kirişte bekliyordu...

Heyhat ki,karşısında duran, dilini dışarı sarkıtmış, sık sık soluyan kocaman bir Buldok köpeğiydi...

Köpek, kuyruğunu bir sağa bir sola hızlı hızlı sallıyor ve Bilâl'in yüzüne adeta yalvaran bir ifadeyle bakıyordu... Bilâl, köpeğin hiç de görünüşü gibi azılı bir şey olmadığını anlıyarak oturduğu kayanın üzerinden indi ve köpeğin karşısına geçti...

İşte ancak o anda köpeğin durumunu farkedebildi... Köpeğin üstü başı kan revan içindeydi... Arka bacaklarından biri fena halde parçalanmış, etlerinden aşağıya doğru kanlar süzülmekteydi.. Belliydi ki, başka köpeklerle arasında ciddi bir boğuşma geçmişti.

Bilâl o anda kendi derdini bir an için unutarak kendisinden yardım dilenmiye gelmiş olan köpekle meşgul olmaya başladı... Başını sallıyor, adeta kendisini tedavi etmesi için sessiz ricalarda bulunuyordu.

Bilâl, onu okşıya okşıya deniz kenarına kadar getirdi... Tuzlu deniz suyu ile kan sızan yaralarını yıkadı, temizledi... Daha sonra da, cebinde bulunan iki mendilden biriyle yaralı arka bacağını, diğeriyle de parçalanmış bulunan kulağını güzelce sardı...

Yaralı hayvan, kendisini büyük bir teslimiyetle Bilâl'in eline terk etmişti... Yaraları temizlenip sarılınca minnet duygusuyla Bilâl'in elini yalamak istedi ama, Bilâl buna mani oldu.

Sadakatli köpek, Bilâl oradan ayrılıncaya kadar, saatlerce ayakları dibinde bekledi... Bilâl kalkınca, o da kalktı... Ve Bilâl'i minnet dolu gözlerle bineceği vesaite kadar teşyi etti.

* * *

Aradan geçen bu iki gün, Bilâl'e iki yıl kadar uzun gelmişti... Bilâl sevginin, beklemenin ne demek olduğunu en ziyade bu iki gün içinde öğrenmişti...

Ama işte nihayet beklediği an gelmişti.. Huzur Sokağı'na girer girmez etraftan tanınma ihtimalinin kuvvetli olduğunu düşünerek Feyzâ'yı gece ziyaret etmeyi daha münasip bulmuştu...

O gece, havada insanın içine kasvet veren bir sıkıntı vardı... Bilâl'in ayakları, Huzur Sokağı'na yaklaştıkça sanki geri geri gitmek istercesine kısılıyordu... İçinde sebebini bilemediği bir çekingenlik uyanmıştı aniden... Halbuki daha iki saat evveline kadar, Huzur Sokağı'na adımlarının koşa koşa ilerliyeceğini ve bir çırpıda kendisini Feyzâ'nın karşısında bulacağını ümid ve hayal ediyordu.

Peki ya şimdi ne olmuştu?.. Bu an, günlerdir beklediği, hayal ettiği müstesna an değil miydi?..

Tam sokağın başlangıcı olan köşe başına gelince, başını yukarı doğru kaldırarak kabzımal Sedat Beylerin evinin üzerindeki sokak tabelasına baktı... Üzerinde «Huzur Sokağı» yazılı tabela, bir hayli eskimişti... Boğazına birden bir yumru tıkandı... Biraz sonra Feyzâ ile karşı karşıya olacağı aklına gelmeseydi, neredeyse ağlıyacaktı.. Kendine güçlükle çeki düzen vererek, yavaş yavaş ilerledi...

Sokak, ıssız ve sessizdi... Her evin kapısı kapalı, perdesi örtülüydü... Geceleri herkes evine çekilir, sokakta kimseler kalmazdı...

Hayri Dedenin tek katlı, minik evinin yanından geçerken: «Ah sevimli ihtiyar... Acaba hala hayatta mı?» diye düşündü... Sonra teker teker Bekir Ağanın, Marangoz Halil'in Simitçi Sadık'ın, Manav İbrahim'in evlerinin önünden geçti...

Adımlarını biraz daha sıklaştırdı... İşte nihayet vasıl olmak istediği kapının önündeydi. Apartmanın kapısına gelince, bir an durdu... Başını kaldırarak karşıdaki iki katlı, saçakları kapı üstleri oymalı, pencereleri pancurlu küçük bir konak yavrusunu andıran ahşap evi seyre koyuldu....

Evin üst katında ışıklar yanmaktaydı... Acaba kendi odasında şimdi kim oturuyordu?.. Gözlerini bu çok muazzez hatıralarla dolu küçük eski evden ayıramıyordu bir türlü... Sanki şu anda perdelerden biri aralanacak ve sevgili annesi, başının beyaz tülbentiyle, nur gibi parıldıyan ışıl ışıl güzel çehresiyle camda belirecek, o, insanın içine ferahlık ve neş'e veren gülümsemesiyle Bilâl'i sıcak ve müşfik gözlerle kucaklıyacaktı...

Rahmetli annesinin nurlu hayali, bir an gözlerinin önünde canlandı... Aynı anda, Bilâl'in dudaklarından yanık bir feryad gibi fısıltı halinde şu sözler döküldü:

- Annem!... Oğlunun saadeti için dua et!... Şu anda oğlun, her zamandan ziyade sana muhtaç...

Sonra birden arkasına dönerek, apartmanın kapısından içeriye daldı... Merdivenleri çıkarken, geniş omuzları yeniden kuvvetle gerilmiş, başı dikleşmişti. Şu anda, eski çekingenliğinden eser dahi kalmamıştı üzerinde... Azimli ve kuvvetliydi... Esasen Feyzâ'nın karşısında da böyle olması icabetmez miydi?..

Son bir kaç basamağı da ağır ağır çıktı... İşte nihayet Feyzâ'nın daire kapısı önündeydi. Heyecanından bir an kalbi duracak gibi oldu. Üzerinde Feyzâ'nın ismi yazılı olan şu zil, onu bir kaç saniye içinde hayatının biricik kadını sevgili Feyzâ'sıyla yüz yüze getirecekti...

Heyecanını yatıştırmak için bir an durdu... Elini, tahammülü güç gümbürtülerle çarpan kalbinin üzerine bastırdı... Ve bütün metanet ve cesaretini toplıyarak, parmağını zile dokundurdu...

Zil, sanki evin iç taraflarına doğru «Feyzââ!!!» diye seslenmekteydi... Bilâl: «Onun sesi bile ne kadar heyecanlı...» diye düşündü...

Fakat hayret... Bütün ruhuyla kulak kesilmesine rağmen, içerden, kapıya doğru yaklaşan en hafif bir ayak sesi bile işitilmiyordu...

Belki namaz kılıyordur, düşüncesiyle bir müddet bekledi... Sonra bir daha çaldı... Ses yine yok... Bir daha... Ve daha pek çok defalar... Fakat heyhat..

Peki ya Dadısı?

Hacı Mustafa Beyin söylediğine göre Dadının ayakları felçliydi... Ve evin içinde ancak tekerlekli iskemleyle dolaşabiliyordu... O halde Dadı hiç bir yere çıkamazdı... Hiç değilse onun evde olması icabetmez miydi?. Fakat Dadı evde bulunsaydı, mutlaka tekerlekli iskemlesiyle kapının önüne kadar gelerek «kim o?..» diyerek seslenirdi... Dadıdan da ufak bir ses çıkmadığına göre, acaba bu insanlara ne olmuştu?...

Apartıman içindekilerle temas etmek istemiyordu. En iyisi şayet hayattaysa sayacı Hayri Dededen sorup malumat almaktı.

Büyük bir şevk, cesaret ve ümitle çıktığı merdivenleri, ümitleri kırılmış, omuzları çökmüş, me'yus ve mükedder bir halde indi... Elektrik direğinden süzülen ölgün ışık altında, sokakta ilerlerken, sanki aniden Feyzâ'yla karşılaşacakmış gibi bir his içindeydi. Fakat Hayri Dedenin kapısına gelinceye kadar değil Feyzâ, tek bir fertle dahi karşılaşmadı...

Hayri Dedenin küçük evinin kapı eşiği, saçakları ve pencere içleri, her zaman olduğu gibi yine boy boy, renk renk çiçeklerle doluydu... İçerde hala ışık vardı. Kapıyı çaldı, bekledi...

İçerden çok iyi tanıdığı terlik sesleri gelmekteydi. Nihayet kapı, ince bir gıcırtıyla açıldı... Ve sevimli ihtiyar, gözlüklerini yanaklarının üzerine düşürmüş haliyle kapıda belirdi...

Hayri Dede, on sene içinde bir hayli çökmüştü. Evvelce gergin ve parlak olan yanakları kırışmış, yüzünün canlı rengi solmuş ve esasen beyaz olan saçları, büsbütün aklaşmış, adeta pamuk gibi olmuştu...

Karşısında duran Bilâl'i önce tanıyamadı... Gözlüklerinin üstünden bakarak:

- Buyur evlad, dedi... Kimi aradınız?..

Bilâl, büyük bir gayretle neşeli görünmeye çalışarak, elini dostça Hayri Dedenin omuzuna koydu:

- Aşkolsun Hayri Dede, ne çabuk unutuldum? Ben Bilâl!.. Hani şu...

Sözünü tamamlamıya kalmadı ki, Hayri Dede, sevinç ve hayretle haykırdı:

- Oooo!.. Evlad... Hangi rüzgarlar attı seni buraya yahu?... Gel içeri, gel... gözümün nuru... Hey Bilâl'im, hey!...

Hayri Dede, bütün yaşlanmasına rağmen, yine aynı Hayri Dedeydi... Aynı şakacı, aynı güler yüzlü, neşeli ve sevimli Hayri Dede...

Bilâl, kapının ağzında ayakkabılarını çözdü... Hayri Dedenin, sevinçten büsbütün titrekleşen eliyle uzattığı terlikleri giydi...

Yıllardır hasret kalmış bir dede-torun gibi birbirlerine sarıldılar Hayri Dede ağlıyordu.. Kaybettiği bir hazineye kavuşanların sevinç ve heyecanı ile buruşuk yanaklarından süzülen yaşları, elinin tersiyle sildi... Sonra, burnunu çeke çeke:

- Haydi evlad, haydi, dedi... Sen bana bakma... Gel girelim şu odaya da, oturup konuşalım biraz... Eh, ihtiyarlık işte... çocuktan farkı kalmıyor insanın.

İçinde bir tek divan bile bulunmayan fakirane, fakat tertemiz bir odaya girdiler... Yerlere serpiştirilmiş, yer minderleri, Bilâl'e bir daha maziyi yaşattı...

Fakat Bilâl, o anda ne maziyi, ne de istikbalini düşünecek halde değildi...

Hayri Dede, Bilâl'in üzüntülü halini hissettiği için neşeli hareket ve konuşmalarla ona üzüntüsünü unutturmak istiyordu... Önce bir müddet havadan sudan konuştular... Sonra Hayri Dede adeti vechile üst üste ibretli, fakat gülünç fıkralar anlatmıya başladı.

Fakat hissediyordu ki, Bilâl kendisini zoraki dinliyordu... Bu defa Hayri Dede, Bilâl'e üzüntüsünü unutturmak maksadiyle, işleri ve hususi hayatıyla ilgili çeşitli sualler sormaya başladı... Bilâl, ihtiyarın bu suallerini de kestirme ve kısa olarak cevaplandırmaktaydı. Bir an evvel sadede gelmek istediği belliydi. Nihayet bir söz arasında, çekingen bir ifadeyle:

- Hayri Dede, dedi... Senden bir şey soracaktım...

Hayri Dede:

- Sor evlad sor, dedi gülerek...

- Bir iş için Feyzâ Hanımı aramam icabetmişti de... Zillerini çaldım, evde yoklar. Halbuki, Dadısı felçli olduğu için toplu olarak bir yere gitmelerine imkan yok.... Acaba durumundan malumatın var mıydı?

- Şu sokağımızın nazar boncuğu apartmandaki Feyzâ mı? Ah evlad, ah!.. Onu ne sen sor, ne ben söyliyeyim. Onun için bütün sokak, perişan olduk. Daha düne kadar gelseydin, bulurdun Feyzâ'yı, ama...

- Neden?.. Yani şimdi artık bulamıyacak mıyım demek istiyorsun, Hayri Dede?

- Bulamazsın ya evlad, bulamazsın... onu artık ne sen bulabilirsin, ne de biz... Ne oldu kadıncağıza birden bire anlıyamadık.. Dün sabah bir de baktık ki, ne görelim?.. Apartmanın kapısına koskoca bir kamyon dayanmış, eşyalar taşınıyor... Merakla gittik, meğer taşınan Feyzâ değil mi? Sokak sanki fokur fokur kaynadı evlad..

Bilâl'in başı, fena halde dönmiye başlamıştı... Kendini güçlükle toplıyarak:

- Peki, taşınma sebebi neymiş, söylemedi mi? diye sordu...

- Hepimiz sebebini sorduk; ben de, o kadar ağzından laf almıya çalıştım... Ne mümkün? Hiç kimseye sebebini söylemiyor. «Sonra görüşürüz, sonra anlatırım» diyor, başka birşey demiyor. Söyliyemiyeceği çok mühim bir şeymiş... kaç kere taşındığı evin adresini sordum. «Şimdilik bazı sebeplerden dolayı veremiyeceğim Hayri Dede, ne olur bana gücenmeyin» diye üzgün ve ağlamaklı bir sesle cevap verdi her seferinde de... Fakat sokaktan ayrılırken hepimizle ayrı ayrı vedalaşıp «Sizlerin hakkını ömrüm boyunca ödiyemem, hakkınızı helal edin» diyerek, hanımlarla da sarmaş dolaş öyle bir hıçkırarak ağlayışı vardı ki, ciğerlerin parçalanırdı inan.

Bilâl, yıkılmış ve perişan bir vaziyette sadece:

- Hayret!...

Diyebildi o kadar... Feyzâ'nın böyle birden bire, hiç bir adres bırakmadan, adeta kaçar gibi evini değiştirmesinde ne gibi bir sebep olabilirdi?... Fakat şimdi, neden niçinden ziyade, onu nerede ve nasıl bulabileceği mühimdi. Bir ara hatırına gelen bir ihtimalle gözleri ümitle parladı ve:

- Hayri dede, Feyzâ Hanımın yerini öğrenmek yine de mümkün, dedi...

- Yok evladım, yok... Nereden bulacaksın?

- Evi boş duracak değil ya... Elbette birine kiraya verecek. Taşınan kiracıdan, adresini ve nerde oturduğunu öğrenebiliriz.

Hayri Dede, üzgün üzgün başını salladı:

- Çok geç evlad, çok geç... Feyzâ, onu da düşünmüş.

- Nasıl yani?

- Nasıl olacak? Bu sabah kalktık ki, bir de ne görelim?

Perdeleri çıkarılmış boş pencerelerin camları üzerinde kocaman bir «SATILMIŞTIR» ibaresi yazılı kağıt yapıştırılmamış mı?... Nasıl yaptı, nasıl becerdi?.. Kaşla göz arasında daireyi de satmış anlıyacağın... Oğlum, bu işin içinde bir sır var ama, anlıyamadık gitti. Görsen bütün sokak adeta matem içinde. Kocasından ayrılıp, örtülü, mazbut, ciddi ve dürüst bir kadın olarak tekrar bu sokağa döndüğünden beri, yıllarca hepimiz ailemizden biri olarak sevip bağrımıza basmıştık onu... Ama neye yarar? Bir bulduk, bir yitirdik işte.

Bilâl, oturduğu yerde ızdırapdan bir heykel kesilmişti sanki... Hayri Dedenin anlattıkları, onun son ümitlerini de söndürüvermişti birden... Son derece perişan bir halde, başını avuçları arasına aldı... artık hiç bir şey konuşacak, bir kelime daha sarfedecek hali kalmamıştı...

Esasen artık bütün konuşmalar değerini kaybetmişti... Feyzâ'yı kaybettikten sonra en güzel sözler dahi neye yarardı?..

Hayri Dede, gözlüklerinin üstünden, anlayışlı bir bakışla ona bakmaktaydı... Nihayet:

- Onu niçin aradığını biliyorum evlad, dedi...

Bilâl için artık saklanacak bir şey kalmamıştı... Bulutlanan gözlerini, yerdeki kilimden ayırmadan konuştu:

- Evet, anladığın gibi Hayri Dede... Onunla evlenmek, temiz bir yuva kurmak istiyorum.

Hayri Dede, samimi bir üzüntüyle, elini dizine vurdu:

- Bir kaç gün evveline kadar neredeydin be evlad? Taze için de ne iyi olurdu.. Namusuyla geçimini temin etmek için ne sıkıntılara katlanıyordu kızcağız... Nasib işte, ne denir?...

Hayri Dede, yaşaran gözlerini parmaklarının uçlarıyla kuruladı... Bir müddet ikisi de konuşmadı.. Bilâl için artık oradan ayrılmaktan başka yapacak bir iş yoktu...

Müsaade isteyerek kalktı.. Kapının orada ayakkabılârını giyerken parmakları titremekteydi. Hayri Dedeyle helalleşerek son bir defa sarmaş dolaş oldular.

Kapıdan çıkacağı sırada Bilâl:

- Bir tek ümidim kaldı Hayri Dede, dedi... O da Hacı Mustafa Beyin dükkanı... Senelerden beri oraya iş yaptığına göre, bilse bilse, Feyzâ'nın yeni adresini o bilir..

- Öyleyse hiç vakit kaybetme evlad... Yarın sabah git dükkana bakalım. Ne olur, ne olmaz?.. Ümit dünyası bu.. Bilâl, omuzları düşük, kapıdan çıktı. Dışarıda inceden inceye bir yağmur başlamıştı.

Otele döndüğü zaman yorgunluktan bitap düşmüştü. Temiz havada yürümek ihtiyacıyla her hangi bir vesaite binmemiş, arada epeyi mesafe bulunmasına rağmen, yağmur altında yürüyerek dönmeyi tercih etmişti...

Üzerindeki ıslak pardesüyü çıkarttı. Saçlarını havlu ile iyice kuruladı... Pijamalarını giyip abdest aldı ve yatsı namazını kılmak üzere kıbleye yöneldi...

Namaza durduğu zamanlar, zihnindeki bütün düşünceler, kalbindeki bütün acılar, bir anda eriyip yok olurlardı... Allah'ın huzurunda, yüce Yaradan'ın divanında el bağladığı andan itibaren, kendisini bam başka alemlerde, bambaşka iklimlerde buluverir, namazının sonuna kadar derin bir vecd ve engin bir huşu içinde dünya ile bütün alakasını keserdi...

Namazı bitirince, biraz olsun dinlenmek ümidiyle yatağına uzandı... Fakat heyhat!.. Ruhunda kopan fırtınanın şiddeti, buna mani oluyordu...

Zihninde düşüncelerin biri yanıp biri sönmekteydi... Feyzâ'nın böyle birden bire evini satıp bilinmeyen bir semte taşınmasının sebebi ne olabilirdi?. Bütün ısrarlarına rağmen komşularına evinin adresini niçin vermek istememişti?.. Yoksa Feyzâ, kendisinden mi kaçmıştı?.. Şayet öyleyse buna niçin lüzum görmüştü?..

Bilâl, Feyzâ'nın bu esrarengiz davranışına bir türlü mana veremiyordu..

Kalbini birden büyük bir pişmanlık duygusu kapladı. Niçin, niçin, biraz daha önce harekete geçmemişti?.. Feyzâ bu sabah taşındığına göre demek ki, dün gece gitseydi onu bulacaktı...

Derin bir iç çekerek, «Kader!» diye mırıldandı ama, kabahati kadere yükleyip aradan çekilmek de doğru olmuyordu... O anda Resulullah'ın çok güzel ve isabetli bir hadisi geldi aklına.. Bu hadisinde Resul-ü Ekrem, şöyle buyuruyordu: «Hayırlı işlerinizde acele edin. Ta ki, bir şer gelip ona mani olmasın» Ah, neden daha evvel aklına gelmemişti, bu hadis?.. İşte ancak bu sualden sonra, şu son bir kaç gündür üzerinde hasıl olan tuhaf ve garib halin farkına varabildi...

Evet hakikat meydandaydı.. Feyzâ'yı Mustafa Beyin dükkanında gördüğü günden beri, farkında olmadan maneviyatı zayıflamıştı...

Evvelce her mevzuda, her meselede rehberi Kur'an ayetleri ve Peygamber hadisleri olurdu. Onlara müracaat etmeden hemen hemen hiç bir işe kalkışmaz, hiç bir karar vermezdi...

Halbuki şu birkaç gündür, beş vakit namazın haricinde manevi olan hemen her şeyle alakasını kesmiş gibiydi... Kaç gündür, her gece okumak itiyadında olduğu Kur'an-ı Kerim'i bile eline alamaz olmuştu.

Yoksa?...

Yoksa Feyzâ'nın sevgisi onu maneviyatından alıkoyacak kadar büyük bir tehlike mi arz ediyordu, kendisi için? Bu düşünce ile kalbi titrerdi...

Ama hayır, o Feyzâ'yı sadece nefsani bir duyguyla sevmiyordu... Bâhusus bu günkü sevgisi, o talebelik sıralarındaki ilk gençlik çağlarında duymuş olduğu sevgiden, çok, pek çok ayrı bir mana ve mahiyet taşımaktaydı... Bilâl, Feyzâ'yı bu gün yalnız nefsi için değil, daha ziyade Allah için seviyordu. Hatta bu, sevgiden de öteye bir histi onun için... Gaflet ve dalaletin zirvesinden dönüş yaparak İslâm'a gönül bağladığı ve bu uğurda yuvasını dahi terkedecek kadar İslâmî bir şuura sahip bulunduğu için Feyzâ'ya karşı sonsuz bir saygı ve hürmet hissiyle doluydu şimdi Bilâl. Zira Feyzâ, bu günkü haliyle cidden takdire şayan ve ebedi hayat arkadaşı olmaya layık bir kadındı...

Fakat ne olursa olsun, mütemadiyen, onu düşünmekten, zihnini onunla meşgul etmekten, kaç gündür eline Kur'anı almak nasip olmamıştı işte bir türlü... İçinden: «Allah'ım, beni senden uzaklaştıracak sevgiyi kalbimden sök al... Beni sana bağlayacak, beni sana yaklaştıracak sevgiyi ver kalbime» diye dua ederek yerinden doğruldu; başına beyaz yün takkesini geçirdi, Kur'ân-ı Kerimi eline aldı ve kıbleye doğru bağdaş kurarak Kur'an okumaya başladı.

Okudukça içinin ferahladığını, zihninin açıldığını, kalbinin hafiflediğini hissediyordu. Bakara suresini baştan sonuna kadar okudu... Duasını yaptı ve Kur'anı tekrar aldığı yere koyarak, karyolasına uzandı... Ve kaç gecedir ilk defa, rahat, müsterih, sakin ve huzurlu bir uyku uyudu...

Okunan sabah ezanlarının ulvi sesleri arasında gözlerini açtığı zaman, kalbinde taptaze bir ümit duygusu belirmişti...

Bu gün Hacı Mustafa Beyin dükkanına gidecek ve Feyzâ'nın nereye taşındığını oradan öğrenecekti...

Havada kar soğuğu vardı... Bilâl, buz gibi sularla abdestini aldı, namazını kıldı... O, bahusus sabah namazlarında çok uzun dua ederdi... Bilirdi ki: «Duanız olmasa ne ehemmiyetiniz var?» diyen Cenab-ı Hak, herhangi bir sebep ve hikmete binaen bir takım dilek ve isteklerini yerine getirmese bile, dua eden ve dileyen kulunu çok sevmektedir...

Dua ve tesbihattan sonra, giyindi... Ve otelin merdivenlerini inerek sokağa çıktı. Caddeler ve sokaklar sessiz ve ıssızdı... Etrafta, erken saatlerde iş başı yapacak bir kaç kişinin ayak seslerinden başka ses duyulmuyordu...

Kepenklerini yeni açmakta olan bir sütçü dükkanından içeriye girdi... Otelde de kahvaltı edebilirdi ama, bu gün nedense canı otelde bir dakika dahi kalmayı istemiyordu...

Üst üste içtiği iki bardak sıcak süt, içini ısıtıvermişti... Yanıbaşında odunları çatırdayan sobanın sıcaklığıyla vücudu da ısınmaya başlamıştı...

Bu sabah erken saatte Çarşılı Han açık olmazdı, her halde... Pardesüsünün cebinde taşıdığı bir kitabı çıkartarak, rastgele bir yerini açtı ve okumaya başladı.

«Kur'an'ın tecellisiyle o rabıtalar kesildi, o hakikatler yıkıldı. Onlara bedel, yeni yeni neviler, hakikatler teşekkül etti...

Evet, Zaman-ı Cahiliyete bak. O zamanda bütün neviler milli rabıtalar üzerine teşekkül ettiği gibi, içtimai hakikatler de taassub-u kavmi üzerine bina edilmişti.

Kur'an'ın tecellisiyle o rabıtalar kesildi, o hakikatler tahrib edildi. Onlara bedel, dini rabıtalar üzerine yeni neviler ve hakikatler ihdas edildi.

Evet, Şems-i Kur'an'ın tuluu ile bazı kalbler, onun ziyasiyle tenevvür etti. Ve mü'minlerin nev'ini temyiz ve tayin eden bir hakikat-i nuraniye meydana geldi. Kezalik, o keskin ziya karşısında, mezbeleye benzeyen bazı pis kalbler de yanıp kömür oldular..»

Bilâl, bütün dert ve üzüntülerini okumakla gidermiye alışmış bir insandı. Bazıları, müzik ruhun gıdasıdır, derler. Bilâl için ise, ruhun gıdası okumaktı. Bunun için hemen her fırsatta, bilgisini artıracak, ilmini yükseltecek ve imanını kuvvetlendirecek eserler okur, boş geçen her anını, kendisi için bir kayıp sayardı..

Fakat İstanbul'da geçen şu bir kaç gün içinde, yanında bulunan kitapların tek sahifesini dahi açıp okuyamamıştı. Bunda bir derece haklı sayılabilirdi... Zira bu günler, hayatının dönüm noktası olacaktı.. Bir yuva kurmak, İslâmî bir aile ocağının temelini atmak üzere bulunduğu şu günlerde bazı itiyad ve prensiplerinden feragat etmek mecburiyetindeydi...

Saat 9'a yaklaşıyordu.. Kalktı, yediklerinin parasını ödedi ve caddedeki kalabalığın arasına karıştı...

Yarım saat sonra, «Çarşılı Han» da, Hacı Mustafa Beyin dükkanındaydı.. Hacı Beyle karşılıklı oturmuş konuşuyorlardı..

Hacı Mustafa Bey, Bilâl'in anlattıklarını dinleyince son derece üzülmüştü..

- Ah be oğlum, dedi. Böyle olacağını bilseydim mani olurmuydum hiç sana? Yaşlıyız, tecrübeliyiz diye akıl vermiye çalıştık sözde ama, meğer insanlar böyle de yanılabiliyormuş. Ben de çocuğu bu gün gönderdim de ondan öğrendim taşındıklarını. Ama sen merak etme. Nasıl olsa iş almak için bir kaç gün sonra yine gelecektir buraya...

Bilâl:

- Hiç zannetmem ya, bekliyelim bakalım, dedi...

Ertesi günü Bilâl, yine Çarşılı Han'daydı... Dükkana girer girmez, Hacı Bey, üzüntüsünü belli eder tarzda, omuzlarını yukarı doğru kaldırıp ellerini iki yana açarak:

- Yok be canım evladım, yok!.. Gelmedi, hala, dedi...

Bilâl, geceyi tamamen uykusuz geçirmişti. Sabaha kadar elinden Kur'an düşmemiş, bütün üzüntüsünü Kur'an okuyarak gidermeye çalışmıştı...

Mütevekkil bir edayla, bir sandalye çekerek oturdu. Sesi kırık ve mecalsizdi:

- Artık iş için de olsa buraya gelmiyeceğinden emindim... Ama, yine de bir ümitle geldim işte Hacı Amca, dedi...

Hacı Mustafa Beyin de Bilâl'den kalır yeri yoktu:

- Kendini bu kadar kaptırma be evladım. Bak kaç gündür perişansın. Günah değil mi? İnan, yüzünde renk kalmamış...

- Kader-i İlahi'nin tecellisi bu olduğuna göre üzülmek, dövünmek ne fayda verir Hacı Amca? Ben, bugün İzmir'e gidiyorum.

Sana Allaha ısmarladık demeye geldim.. Hakkını helal et!...

- Sen, helal et oğlum, sen helal et!... Senin bedbahtlığına istemeden de olsa sebep olduğum için, sen affetsen de ben kendimi asla affedemiyeceğim..

- O ne biçim söz Hacı amca? Allah murad etmedikten sonra, sen mani olmasaydın da, bu iş yine olamazdı; değil mi ya?..

- Öyle evlad, öyle ama, sen o gün Feyzâ Hanımın arkasından hemen evine gidiverseydin, onu mutlaka bulacaktın. Bu işler böyle olmayacaktı...Allah bize akıl vermiş, fikir vermiş. Sen, o aklı kullanma veya yanlış kullan, sonra da fena netice alınca, kalk buna «Allah'ın muradı» de... Bal gibi ahmaklıktı işte benimki... Bıraksana be adam, gidiversin dulcağızın ardından da, her ikisi de sıcak bir yuvaya kavuşsunlar...

- Ama Hacı Amca?...

- Yok, evlad yok. Beni teselliye kalkışma.. Teselliye muhtaç olan sensin. Şu yuva kurulsaydı, hem sen yıllardır süren bu bekarlık hayatından kurtulacak, üstelik öteden beri gönül bağladığın hanım hanımcık müslüman bir hanıma sahip olacaktın, hem de öz kızım gibi sevdiğim ve her bakımdan takdir ettiğim Feyzâ Hanım, dul yaşamaktan, kendi maişetini kendi temin etme sıkıntısından kurtulup sevdiği bir erkeğin nikahı altında bulunmak saadetine nail olacaktı. Ah yavrum, ah!... İnan ki, şu kalbim alev alev yanıyor... Ömrümün sonuna kadar bu acıyı, bu pişmanlık duygusunu kalbimden atamıyacağım...

Hacı Mustafa Bey, hakikaten büyük bir suçluluk ve pişmanlık duygusu altında eziliyordu. Konuşurken gözlerinden taşan yaşlar, sakalını ıslatıyordu...

Bilâl, kendisi teselliye muhtaçken, Hacı Mustafa Beyi bu suçluluk hissinden kurtarmak için bir iki saat ona dil döktü. Nihayet oldukça ikna edebildi...

Yaşlı adam, Bilâl'in kendi üzüntüsünü kalbine gömüp kendisini teselliye kalkışı karşısında ona bir kat daha takdir hisleriyle bağlanmıştı... Yerinden kalktı, bir babanın oğlunu kucaklayışı gibi sevgi ve muhabbetle Bilâl'i kucakladı ve:

- Senin gibi bir evlada sahip olmak için nelerimi feda etmezdim be oğlum, dedi...

Bilâl, zoraki bir neşeyle güldü:

- Aşkolsun Hacı amca, dedi... Bir de evlad, evlad der, durursun bana... Ben senin evladın değil miyim?...

- Orası öyle evlad... Sen benim öz yavrumdan da ilerisin bugün... Ama gönül isterdi ki... Her neyse, deşme derdimi şimdi... Söyle bakiyim, helallaştık değil mi?.

- Elbette Hacı Amca; siz de hakkınızı helal edin bana... Ve bu meseleleri artık unutun. Bilirsiniz «Kaderi tenkid eden, başını örse vurur.» Haydi Allahaısmarladık... Biraz daha kalırsam, uçağı kaçıracağım.

- Sağlıcakla git yavrum, haydi güle güle!... Allah her işinde yardımcın olsun...

Bilâl, Çarşılı Han'dan bütün ümitleri kırılmış vaziyette çıkar çıkmaz, bir taksi çevirdi... Evvela otele uğrayıp bavulunu alması icabediyordu... Fakat bu takdirde uçağı mutlaka kaçıracaktı. Her şeyde bir hayır vardır diyerek o gün gitmekten vaz geçti.

Esasen üzerinde günlerin yorgunluğu ve perişanlığı vardı... Feyzâ'yı hiç ummadığı anda ve hiç ummadığı bir fevkaladelikte bulmasıyla kaybetmesi bir olmuştu... Bu, küçümsenecek bir yıkım değildi...

Taksiye, otele çekmesini söyledi... Başı fena halde ağrıyor, vücudu alev alev yanıyordu sanki. Biraz yatıp istirahat etmekle, baş ağrısının geçeceğini, sinirlerinin yatışacağını hissediyordu...

Nitekim odasına girip, yatağına uzanır uzanmaz göz kapakları büyük bir yorgunlukla kapandı... Günlerdir ilk defa böyle derin bir uyku uyuyordu...

Bir müddet sonra kapının ısrarla çalınması üzerine güçlükle gözlerini açtı... «Kim o?» diye seslenmek istedi... Fakat ne mümkün? Ağzı dili, boğazına kadar kupkuruydu... Doğrulmak istedi... Lakin başını yastıktan oynatmak dahi mümkün değildi. Elini alnına götürdü. Alnı kızgın bir kor gibiydi...

Kapı şimdi daha hızlı çalıyordu. Bütün gücünü toplayarak güçlükle seslendi:

- Kim o?

- Benim açar mısınız?

Bu ince kadın sesi?... Bu ince kadın sesi?... Aman Allah'ım!... Olabilir miydi?...

Vücudu külçe gibi yatağa çakılmışken, çevik bir hareketle bir ok gibi yerinden fırladı... Alelacele pardesüsünü geçirdi pijamalarının üzerine ve heyecanla odanın kapısına koştu...

Kulpu çeviren eli, heyecandan titremekteydi... Kapıyı yavaşça araladı. Dışarda, kapının önünde, başı beyaz bir yün atkıyla örtülmüş genç bir kadın ve yanında 5 - 6 yaşlarında bir kız çocuğu durmaktaydı...

Birden başının döndüğünü, gözlerinin karardığını hissetti. Sanki ayaklarından boşluğa doğru çekiliyor, aşağılara doğru kayıyor, kayıyordu... Ağzından, kendisinin dahi, tanıyamadığı kısık ve boğuk bir sesle şu sayha döküldü:

- Feyzâ Hanım!...

Evet gelen, Feyzâ ile küçük kızı Hilâl'di... Neden gelmişlerdi, niçin gelmişlerdi, nasıl gelmişlerdi? Bilâl için mühim olan bunlar değildi. Mühim olan, o anda Feyzâ'nın karşısında bulunmasıydı...

Bütün metanetini toplıyarak kapıyı ardına kadar açtı... Adeta kekeliyerek:

- Buyurun!... Buyurun içeriye, dedi...

Feyzâ, tek kelime konuşmadan, kızının elinden tutarak sessizce içeriye süzüldü. Bilâl, kapıyı kapayıp döndüğünde, Feyzâ ile karşı karşıya geldi...

Bilâl, bir türlü gözlerine inanamıyordu. O anda kalbi durabilir, o anda ölebilirdi Bilâl. Feyzâ da ayakta taştan bir heykel gibi durmaktaydı. Gözleri yerde, önüne bakıyor, hiç konuşmuyordu...

Neden sonra Bilâl'in aklına, ona yer göstermek geldi... Feyzâ, çekingen bir tavırla, kızıyla beraber gösterilen yere oturdu...

Bilâl ise ortada şaşkın ve ne yapacağını, nasıl hareket edeceğini bilmez bir halde kalakalmıştı. Aslında yandaki banyo dairesine geçip üzerini değiştirmesi, pijamalarını çıkartıp elbiselerini giyinmesi icap ediyordu... ama Feyzâ'nın aniden çıkıp gelişi, onu kaybettiğini zannettiği bir anda karşısında buluşu, üzerinde öyle büyük bir şok tesiri uyandırmıştı ki, yerine getirilmesi icabeden bu gibi mühim şeyleri düşünemiyordu...

Ortadaki sessizliği ilk defa Feyzâ'nın titrek ve çekingen sesi bozdu... Gözlerini yerden kaldırmadan:

- Sizi rahatsız ettim, özür dilerim, dedi. Biliyorum buraya gelmem, her bakımdan mahzurluydu, fakat...

Sözünün arkasını getiremedi... Boğazına bir yumru tıkanmıştı sanki... Aynı anda gözlerinden fışkıran yaşlar, bir yağmur seli gibi yanaklarından aşağıya süzülmeye başladı... Ellerini yüzüne kapıyarak kesik hıçkırıklar arasında sözüne devam etti:

- Fakat mecburdum buna... Her ne pahasına olursa olsun sizi bulmam, sizinle konuşmam lazımdı... Belki beni, bu hareketimden dolayı, yıllar önce sahilde sizinle konuşmaya geldiğim geceki gibi azarlıyacak ve otelde kalan yalnız bir erkeğin odasına girmek cüretinde bulunduğum için, bu gün bana o geceden daha ağır hakaretlerde de bulunacaksınız. Dün olduğu gibi bu gün de haklı olan sizsiniz muhakkak. Fakat buna rağmen buraya, tarafınızdan kovulma ihtimalini dahi göze alarak geldim ben, Bilâl Bey...

Feyzâ, daha devam edecekti... Fakat Bilâl'deki gayri tabii hal karşısında sustu ve başını yerden kaldırarak, karşısında, ayakta duran Bilâl'e baktı...

Bilâl, kendisini dinlemiyor gibiydi... eliyle tutunmak için yanında bir yer arıyordu. Yüzünün bütün kanı çekilmiş, benzi sapsarı olmuştu... Esasen yataktan kalkarken fena halde hastaydı... Bu ani karşılaşma ve geçirdiği büyük heyecanla büsbütün fenalaşmıştı...

Güçlükle yandaki masaya doğru bir kaç adım attı. Düşecek gibi olduğu bir anda masanın kenarına tutundu... Başı fırıldak gibi dönüyordu, ayakta duracak hali yoktu...

Feyzâ, mendiliyle gözyaşlarını kurulayarak:

- Siz hastasınız, dedi...

Bilâl, kendini zorlıyarak, ilk defa konuştu:

- Zarar yok... Siz üzülmeyin. Lütfen devam edin anlatmanıza...

- Hayır, hayır!... Siz bu durumdayken ben nasıl konuşurum? Ayakta duramıyorsunuz... Neredeyse düşeceksiniz...

Bilâl, belki bu sözlere karşı direnebilirdi... Fakat direnmenin daha ziyade kendi aleyhine olacağını biliyordu... Zira, bir iki dakika daha ayakta dursa, şiddetli bir baygınlık geçireceği muhakkaktı...

Feyzâ'nın karşısında böyle bir duruma düşmek istemediğinden masaya tutuna tutuna yatağa doğru ilerledi...

Feyzâ, onun pardesüsünü çıkarıp, yatağa girişini görmemek için yüzünü çevirmişti. Onun yatağa yatıp yorganını üzerine çektiğine kanaat getirdikten sonra yüzünü döndürebildi... Sonra endişeli bir sesle:

- Siz çok hastasınız, dedi. Doktor çağırmak lazım. İzin verirseniz ben gidip getireyim...

Bu sözler, Bilâl'in beynine bir çekiç darbesi gibi inmekteydi... Ne olursa olsun, doktor çağırmak için dahi olsa, Feyzâ'nın oradan bir an için ayrılığına tahammülü yoktu artık... Sonra, ya gider de, geri gelmezse?... Onu tekrar bulmuşken kaybetmek korkusu ile bütün vücudu titredi... Göz kapaklarını zorlukla aralıyarak...

- Hayır, Feyzâ Hanım, dedi. Benim şifa bulmamı istiyorsanız, doktor çağırma fikrinden vazgeçin ve kaldığınız yerden konuşmanıza devam edin lütfen...

- Ama bu vaziyette beni dinliyemezsiniz...

- Bütün mevcudiyetimle sizi dinlediğimden emin olabilirsiniz...

Feyzâ, ısrar etmedi... Bilâl'in arzusu üzerine yeniden ve aynı üzgün sesle konuşmaya başladı:

- Evvela sizden, Hacı Mustafa Beyin mağazasındaki kaba hareketimden dolayı özür dilerim. Size niçin o şekilde muamele ettiğimi sonra izah ederim. Yalnız şu kadarını söyleyeyim ki, bu hareketimden dolayı günlerce uyuyamadım. Sonra felaketler birbirini takip etti. Dadım vefat etti. Aynı gün evimiz yandı. Ben ve kızım zor kurtulduk. Fakat aç ve bilaç kalmıştık. Her şeyi göze alarak bana yardım elini uzatması için Hacı Mustafa Beyin dükkanına gittim... Ben, sizin halen evli olduğunuzu zannediyordum. Hanımınızın yıllar önce vefat etmiş olduğunu ve sizin hala bekar bulunduğunuzu Hacı Bey söyledi. Ancak o zaman bana seslenişinizin gerçek sebebini anlıyabildim... Ve Hacı Amcanın sizi bulup, hatalı hareketimden dolayı af dilemem hususunda tavsiye ve ısrarları ile size geldim işte!... Bilmem beni anlıyabiliyor musunuz?...

Bilâl, tatlı bir musiki nağmesi gibi ruhuna yayılan bu özlediği sesi, gözleri kapalı, soluk almadan dinliyordu... Yine gözleri kapalı, halsiz ve kesik kesik cevap verdi:

- Sizi anlamam için, bütün bunları anlatmanıza lüzum yoktu, Feyzâ Hanım. Şu anda mühim olan bir tek şey var... Sizin burada olmanız... Bana dönmeniz, bana gelmeniz... Bunun dışında her şey, manasız ve sönük kalıyor...

- Size çektirdiğim acıdan dolayı beni affettiğinizi ağzınızdan duymak istiyorum, Bilâl Bey... Söyleyin lütfen, beni affedebilecek misiniz?...

- Affetmek?... Ne garib bir söz bu... Size kırılmak mümkün müdür; affetmemi istiyorsunuz!... Şimdi beni dinleyin. Görüyorsunuz şu anda çok hastayım... Ama bu halim, çok sürmez zannederim... İyileşir iyileşmez derhal nikah muamelelerine başlamak istiyorum... Düşünün Feyzâ Hanım, Allah'ın izni ile hayatımızı birleştirdiğimiz zaman siz ve ben, yalnız ebedi hayat arkadaşı değil, bir fikir, ideal ve dava arkadaşı da olacağız aynı zamanda... Öz evladımdan daha ziyade seveceğim kızınızı da, birlikte örnek bir İslâm terbiyesi ile yetiştirip annesinin bu günkü iffet, ahlak ve faziletine sahip kılarız, inşaallah... Ateşim gitgide yükseliyor... Bana va'd edin... Beni artık hiç bırakmıyacaksınız değil mi, Feyzâ Hanım?... Bu saadet hep böyle ebediyyen devam edecek, söz veriyorsunuz değil mi?

Bilâl, bu sözlerine hiç bir cevap alamadı... Kulaklarında yalnız Feyzâ'nın içli içli hıçkırık sesi çınlıyordu... Bilâl gözlerini açamıyordu bir türlü. Bir daha seslendi:

- Feyzâ Hanım, niçin cevap vermiyorsunuz?...

Şimdi kulağına çarpan hıçkırık sesleri de gitgide hafiflemekteydi... Bir müddet sonra bunlar da tamamen kesildi... Bilâl, delice bir arzuyla Feyzâ'nın sesini duymak için bir kere daha bütün gücüyle haykırdı:

- Feyzâ Hanım!!!...

Biraz bekledi... Odada en ufak bir ses ve hareket duyulmuyordu... Göz kapaklarına sanki demirden ağırlıklar konulmuştu... Açamıyordu bir türlü... Birden başucundaki telefonun zili, kulaklarını çınlatırcasına çalmıya başladı...

Son bir gayretle gözlerini açmıya çalıştı... Yavaş yavaş göz kapaklarını araladı ve Feyzâ'nın oturmuş olduğu koltuğa baktı... Koltuk boştu... Gözlerini yavaş yavaş odanın her yanına gezdirdi... Yoktu, Feyzâ odanın hiç bir yerinde yoktu!...

Kalbi hançerlenmiş gibi, büyük bir acıyla yatağın içinde kıvrandı... Feyzâ bir anda nereye gitmiş olabilirdi?

Telefon ısrarla çalmaya devam ediyordu. Yerinden doğrulmasına imkan yoktu. Vücudu ateş gibi yanıyordu... Zorlukla, kolunu yorganın altından çıkarttı ve telefona uzanarak, ahizeyi kaldırdı, kulağına götürdü... Mecalsiz bir sesle:

- Alo buyrun? dedi...

- Beyefendi, bendeniz otel müracaat memuruyum... Sizi bir kaç kere telefonla aradık, ses alamadık. Vakit bir hayli geç oldu... Acaba rahatsız mısınız? Gerçi yemek vakti geçti ama, arzu ederseniz, derhal servis yapalım...

Bilâl, cevap verecek halde değildi... Adamın söylediklerini hiç duymamış gibi bitkin bir sesle sordu:

- Biraz evvel odama çıkan ziyaretçi hanım ve çocuğunun nereye gittiğini biliyor musunuz?

Müracaattaki memur şaşırmıştı:

- Siz odanıza girdiğiniz andan itibaren odanıza sizden başka kimse çıkmadı beyefendi... Esasen bildiğiniz gibi, otelimizin prensibi itibariyle ziyaretçileri daima otelin misafir salonunda kabul ederiz.

- Fakat nasıl olur, biraz evvel benim odama bir genç hanımla bir çocuk geldiler... Sizden rica ediyorum. Diğer arkadaşlarınıza da sorunuz... Yanında küçük bir kız çocuğu, başında beyaz bir yün atkı bulunan bu hanımı giderken görmemişler mi?

- Hayır, beyefendi, katiyyen. Ben her an için burada, kapının yanındayım. Girip çıkanı mutlaka görürüm; böyle bir kimse, otelimize ne girdi, ne de çıktı. Beyefendi, şey... biraz rahatsızsınız... Acaba rüya görmüş olmayasınız?

- Rüya mı? Fakat nasıl olur? Şimdi, şimdi buradaydı daha!...

Bilâl, daha fazla konuşamadı... Elleri titreyerek ahizeyi yerine bıraktı... Tekrar gözlerini kapadı. Vücudu hummalı bir ateşle yanıyordu... Beyninin içinde sadece şu tek kelime, ard arda çınlamaktaydı: Rüya!... Rüya!... Rüya!...

Tekrar kendinden geçmişti...

Kendine gelip gözlerini açtığında, minarelerden yanık yanık ezan sesleri duyuluyordu... Kalkıp, abdest almak için gayret etti... Lakin kıpırdıyacak takadi dahi yoktu.

Telefonun ahizesini kaldırdı... Aynı anda müracaat memurunun sesi duyuldu:

- Buyurun efendim, emriniz?...

- Bana bir doktor çağırınız lütfen...

- Hay hay efendim, emredersiniz, derhal...

* * *

Aradan bir hafta geçmişti... Hastalığını 3 - 4 gün içinde atlatmıya muvaffak olan Bilâl, bu bir hafta içinde, geri kalan günleri adım adım İstanbul'u dolaşmakla geçirmişti...

Fakat koca İstanbul... Öyle bir kaç gün taban tepmekle, insan aradığını bulamazdı ki, bu baş döndürücü şehirde?... Yürürsün, yürürsün, bir 'de arkana dönüp bakarsın ki, bir arpa boyu yol gitmişsin...

İşte Bilâl'in hesabı da böyleydi... Saatlerce yol yürüdüğü oluyordu... Fakat bir de bakıyordu ki, daha bir semtin dörtte birini ya dolaşmış, ya dolaşmamış.

İyileşip, ayağa kalktığı günden beri Bilâl'de vazgeçilmez bir arzu belirmişti... Kararlıydı: Feyzâ'yı bulacaktı...

Ama nasıl bulacaktı?...

Bu koskoca şehirde, insan kendini kaybetmekten korkarken, kaybolmuş, izini kaybetmiş bir insanı arayıp bulmak, hemen hemen imkansız bir şeydi...

Fakat Bilâl kararlıydı... İcabederse aylarca İstanbul'da kalacak, onu bulacaktı... Bu uğurda her türlü fedakarlık ve cefayı göze almıştı bir kere.

Karıncaya sormuşlar:

- Ne yapıyorsun öyle harıl harıl?...

- Dağı kazıyorum.

- Dağı kazıp ne yapacaksın?...

- Bir tünel açacağım ve dağın arkasında bulunan Kabe-i Muazzamaya varacağım.

- Ama bu muazzam tüneli açmaya senin ömrün yetmez ki...

Karınca cevap vermiş:

- Olsun... Hiç değilse onun yolunda ölürüm, ya!...

Bilâl de böyle düşünüyordu işte... Belki Feyzâ'yı bulamıyacaktı... Belki ona kavuşmak nasib olmayacaktı... Fakat onun yolunda, onu bulmak için çırpınıp didinecekti hiç değilse...

Feyzâ nereye gitmiş olabilirdi ki? İstanbul'u adım adım dolaşarak aramakla onu bulmanın hemen hemen imkansız olduğunu ilk anda düşünen Bilâl, bu sırrı yine ancak Huzur Sokağı'nda çözebileceğini ve hiç değilse onun izini bulmaya yarıyacak bir delil elde edebileceğini ummuştu...

Bu ümitle iyileşip ayağa kalkar kalkmaz ilk iş olarak yine Huzur Sokağı'na gitmişti. Fakat bu defaki gidişi, evvelki gibi hiç kimseye görünmemek düşüncesi ile gecenin karanlığında değil, Huzur Sokağı'nın en hareketli zamanı olan akşama yakın bir saatte olmuştu.

Sokak sakinleri, onu daha sokağın başında gördükleri an büyük bir bayram sevincine kapılmışlardı. Gören görmiyene, duyan duymıyana biranda sevinçli haberi duyurmuş, bütün pencereler ve kapı önleri, sevgi ve dostluk duyguları ile gözleri yaşlı küçük büyük insanlarla dolmuştu bir anda...

Bilâl, Huzur Sokağı'na adımını atar atmaz, kendisini sıcak bir aile yuvasında hissetmişti. İşlerinden evlerine henüz dönmüş olan erkekler, gözyaşları arasında onu kucaklıyor, derin bir hasret ve muhabbetle bağırlarına basıyorlardı.

On sene evvel Bekir ağanın iş dönüşü dağıttığı çikolata, ciklet, elma şekeri ve balon gibi şeyleri sevinç çığlıklarıyla kapışan çocukların her biri, bugün yetişkin birer genç olmuşlardı. Genç kızlar, «Bilâl ağabey! Bilâl ağabey!..» diye heyecanla koşup Bilâl'in boynuna atılan, ellerine sarılıp öpen yaşıtları genç erkeklere gıbta ile bakıyorlardı. Bir zamanlar kendilerine hakiki bir ağabey sevgi ve muhabbeti gösteren bu iyi yürekli, engin gönüllü insanın ellerini minnetle öpmek ve ona karşı sevgi ve bağlılıklarını gösterebilmek, hepsinin de müşterek arzusuydu. Lakin onları bu temiz ve ulvi zevkten mahrum eden bazı mühim sebepler vardı bugün ortada. Herşeyden evvel, artık dünkü saçı okşanacak çocuklar değillerdi. Büyümüşler, serpilmişler ve her biri gelinlik çağında birer genç kız olmuşlardı. üstelik almış oldukları islâmî ahlak ve terbiye dolayısıyle bu çok sevdikleri ağabeylerini dahi, ancak tül perdelerin arkalarından görebilmekteydiler...

Bu durumu farkeden Bilâl, hemen hemen bütün dert ve üzüntülerini unutur gibi olmuştu... Demek aradan oldukça uzun yıllar geçmesine rağmen Huzur Sokağı, asil İslâmî veçhesini kaybetmemişti... Huzur Sokağı, babadan oğula intikal eden kıymetli bir yadigar gibi bütün hususiyetleriyle sakinleri tarafından ihtimamla muhafaza edilmiş aynı Huzur Sokağıydı...

Bilâl'in sevinç ve memnuniyetten gözleri yaşarmıştı... Etrafını çevreliyen dost halka içinden Bilâl'in bu duygu ve düşüncelerini hisseden ve öteden beri ince bir anlayışa sahip bulunan Kabzımal Sedat Bey, elini dostça genç adamın omuzuna vurarak:

- Ne düşündüğünü biliyorum dostum, dedi. Meraklanma, senin gidişinden bugüne kadar sokağımızda menfiye doğru en ufak bir değişme olmadığı gibi, Allah ömür verse de, yüz sene sonra bu sokağa gelsen, evvel Allah'ın izni ile bu sokağı yine böyle aynı fazilet ve aynı İslâmî karekteri içinde bulursun. Bu sokak inşallah şu bozulmuş, çürümüş, ahlaken ve manen tefessüh etmiş cemiyet ve memleket içinde, el değmemiş bir bakir kızın iffet ve saffeti ile hiç bir zaman ve devirde bozulmayacak ve asli hüviyetini kaybetmiyecektir...

Bilâl:

- İnşaallah, Sedat Bey Amca, inşaallah dediğin gibi olur, dedi. Ancak merak ettiğim bir husus var: Sokağımıza dikilen şu apartman sakinlerinin, aradan geçen bunca zaman zarfında yaşayış ve ahlak bakımından menfi cihette hiç bir tesirleri görülmedi mi?..

Bu sözün cevabını, sokak sakinleri arasından heyecanlı ve telaşlı konuşmalarıyla tanınmış Simitçi Sadık verdi. Sadık, ters çevrilmiş kasketi, kırmızı yanaklı, gürbüz ve sıhhatli yüzü ile kalabalığın içinden yüksek sesle Bilâl'e doğru seslendi:

- Sen gam yeme be abiciğim... O apartmanın bizi bozması şöyle dursun, bugün o apartman, bu sokağa irfan saçıyor.

Bilâl şaşırmıştı. Merakla sordu:

- Peki nasıl olur? Bu insanların hemen hepsi asri, züppe ve bizlere tepeden bakan, gururlu, kibirli kimselerdi benim hatırladığıma göre... Yoksa bugün içindekiler değişti mi?

Simitçi Sadık:

- Değişti ya abiciğim, değişti.

- Yani bugün apartımanda mümin ve mazbut kimseler mi oturuyor?

- Bir daire müstesna bütün apartıman beş vakit namazında, kadınları kızları örtülü, mazbut ailelerle dolu abiciğim...

Sözü Simitçi Sadık'ın ağzından tekrar Kabzımal Sedat Bey aldı:

- Sadık'ın sözleri seni yanıltmasın Bilâlciğim. Evet apartımandakiler değişti ama, bu değişme sadece manevi bir değişme. Yoksa şahıslar aynı bildiğin şahıslar.

Bilâl:

- Sözlerinizden hiç bir şey anlıyamıyorum dostlarım, dedi. Nasıl oldu bu iş?..

O gür sesiyle yine Simitçi Sadık atıldı ileriye:

- Anlıyacağın apartmana sihirli deynek dokundu abicim, sihirli deynek.

Öteden her zamanki tatlı gülüşüyle Bekir Ağa karıştı söze:

- Daha doğrusu apartmana bir iyilik ve hidayet meleği konuverdi evladım.

Bilâl heyecanlanmıştı. Fakat durumunu etrafındakilere belli etmemesi lazımdı. İşi şakaya dökmeye çalışarak:

- Kimmiş bu apartmandakilerin ve bütün sokağın kalbini fetheden melek? dedi.

Bu sual üzerine etrafını çevreliyen küçüklü büyüklü herkesten aynı cevap yükseldi:

- Feyzâ Hanım!.. Feyzâ Hanım!..

Bekir Ağa kendini tutamamıştı. Göz yaşları yağmur gibi yanaklarından yuvarlanmaktaydı. İçli bir sesle konuşmaya başladı:

- Ah Bilâl'im, ah!.. Burada olup da gözlerinle görecektin, senin zamanında, açık mı açık, asri mi asri, kendini beğenmiş bir genç kız olan Feyzâ Hanım, evlenip ayrıldıktan ve tekrar buraya baba evine döndükten sonra öyle bir hanım oldu ki, inan cümlemizin hanımlarına ve kızlarına taş çıkarttı. Hepsinden mühimi, Feyzâ Hanım ibadetteki üstünlüğü ve İslâmî kıyafetinin güzelliğiyle hanımlarımıza ve kızlarımıza örnek olduktan başka apartmandaki ailelerin hemen hepsini irşad etti. O sosyetik, züppe kadın ve kızların hepsi topu topu bir ay içinde nasıl örtündüler, nasıl dinlerine bağlı hanım hanımcık hatunlar oluverdiler bir bilsen...

Bilâl hayretle:

- Allah, Allah!.. Peki nasıl oldu bu iş? diye sordu.

- Nasıl olacak evladım; Feyzâ Hanım orasını bir ilim irfan mektebi haline getirmişti. Hemen her gece apartmandaki o hoppa zıppa kızlar ve kadınlar, Feyzâ Hanımın dairesinde toplanırlar, geç vakitlere kadar onun dini sohbet ve telkinlerini dinlerlerdi. Nihayet neticede birbirlerini göre göre hepside hayatlarını ve kıyafetlerini değiştirerek erkeklerine dahi tesir edecek duruma geldiler.

Bekir Ağa, sözünün burasında tekrar içli içli ağlamıya başladı:

- Fakat neye yarar oğlum, neye yarar, dedi... Hepimizin gönlüne taht kurduktan sonra izini dahi belli etmeden aniden terkediverdi bizleri... Reva mıdır bu yani, reva mıdır?..

Bekir Ağanın ağlıyarak yapmış olduğu bu serzeniş üzerine sokakta, Bilâl'in etrafını çevreliyen halka içinden ekserisi kendilerini tutamamış ve onlar da sevdiklerini kaybedenlerin hüznü içinde gözyaşı dökmüşlerdi.

Bilâl, durumunu belli etmeyerek ve soğukkanlı görünmeye gayret ederek sordu:

- Peki, giderken nereye taşındığını hiç birinize söylemedi mi?

Bu sualin cevabını da, sokağın en sessiz ve en ağır başlı siması olarak tanınan Marangoz Halil efendi verdi:

- Yok beyim, yok... Bütün sokak başına üşüştük, yalvardık, yakardık da, yine diyivermedi gideceği yeri... Mübarek kadıncağızın ağzından kerpetenle laf sökmek mümkün değil...

- Canım, siz de hanımlarınızın, kızlarınızın ağzını arasaydınız bir kere de... Öyle ya, ne de olsa onlarla hemcinsdir... Size söylemediğini, onlara sır olarak fısıldayıvermiştir belki...

- Biz de öyle demiştik ama, hiç de sandığımız gibi değilmiş beyim... Hepimiz yokladık kadınımızın, kızımızın ağzını ama, hiç birine söylememiş nereye gittiğini, niçin gittiğini... Bu işte bir sır var ya, çözemedik gitti...

Bilâl, artık öğreneceğini öğrenmişti... Fakat öğrendikleri, daha önce bildiklerine bir şey eklemiş değildi... artık çok iyi biliyordu, kiminle konuşursa konuşsun, bildiğinden daha değişik bir malumat edinemiyecekti.

İstanbul'a geleli 15 günü geçmişti. Fakat bu 15 gün içinde kendisine ait hiçbir işle meşgul olmamış, gerek iş mevzuunda ve gerekse fakir üniversiteli talebelerin barınması için yaptıracağı modern yurt binası hakkında görüşmesi icabeden kimselerle henüz temasa bile geçmemişti... Feyzâ'yı bulmak, onunla İslâmî bir yuva kurmak gayesi en ön planda gelmekteydi şimdi onun için.

Günlerden cumartesiydi. Bir kaç gündür Beşiktaş muhitini sokak sokak dolaşan Bilâl, aradığını orada da bulamamanın üzüntüsüyle yorgunluğunu gidermek için otele dönmek üzere ana caddeye çıktı. otobüs durağına doğru henüz bir kaç adım atmıştı ki, gözleri orda kaldırımdan karşıya, yani kendi bulunduğu kaldırıma doğru vesaitlerden dikkatle korunmaya çalışarak hızlı adımlarla ilerliyen ince, narin ve genç bir kadına takıldı kaldı.

Evet yanılmıyordu... Ve bu bir rüya da değildi... Vasıtaları kollıya kollıya kendi tarafına doğru gelen bu genç kadın, günlerdir bulmak ümidiyle uğruna taban teptiği Feyzâ'dan başkası değildi!..

Feyzâ'nın üzerinde, Bilâl'in onu Hacı Mustafa Beyin dükkanında ilk defa gördüğü aynı sade ve zarif İslâmî kıyafet vardı. O, Bilâl'in kendisini gördüğünden tamamen habersizdi.

Bilâl kalbi çarparak içinden: «İşte beklediğim an!.. Sana sonsuz hamd ve senalar olsun Rabbim!» diye geçirdi...

Bir iki saniye sonra Feyzâ, kendi bulunduğu kaldırıma geçecek ve Bilâl tekrar terslenmek ihtimalini dahi göze alarak onunla karşı karşıya gelecek ve ne yapıp yapıp Feyzâ'dan bu hareket ve davranışının sebeplerini öğrenmiye çalışacaktı.

İşte nitekim Feyzâ, 5 - 10 metre ilerisinde kaldırıma ayak basmıştı.

Bilâl, metanetini muhafaza etmiye çalışarak ağır ağır ona doğru yürümiye başladı.

Fakat ne aksilik... Feyzâ o anda önünde geçmekte olan bir dolmuşa:

- Aksaray...

Diye seslendi ve ayni anda şoförün başıyla yaptığı müsbet işaret üzerine taksiye atladı. Araba Feyzâ'yı alır almaz yeniden hareket ederek, sür'atle uzaklaşmıya başlamıştı.

Bilâl, bir an olduğu yerde kalakaldı. Sanki vücudu taşlaşmıştı. Fakat üzerindeki şaşkınlığı derhal yenmesi ve bir an önce harekete geçmesi lazımdı...

Ani bir hareketle yanından geçmekte olan boş bir taksiyi durdurdu ve çevik bir hareketle içine atlayıp heyecanlı bir sesle şoföre:

- Derhal çok çabuk hareket et. ilerde göstereceğim bir arabaya mutlaka yetişmemiz icabediyor. Parayı düşünme... Eğer söylediğim arabayı bulur, kaçırmadan takib edebilirsen seni tahmin edemiyeceğin kadar memnun ederim, dedi...

Şoför hiç cevap vermedi. Gaza bastı ve arabayı büyük maharetle kullanarak önündeki, sağındaki ve solundaki arabaları teker teker geçmeye başladı...

Bilâl, bütün dikkatiyle önündeki ve yanlarındaki arabaları kontrol etmekteydi. Feyzâ'nın bindiği arabanın yalnız rengini hatırlıyordu. Bu, kırmızı bir arabaydı. Yanından geçtiği her kırmızı arabanın içini gözleriyle dikkatle taramaktaydı.

Araba Dolmabahçe'yi, Kabataş'ı geçmiş Tophaneye doğru yaklaşmaktaydı. Tam önlerinde, üç araba ötelerinde yol almakta olan bir kırmızı araba, Bilâl'in kalbini bir anda sevinçle doldurmuştu. Şoföre:

- Gayret dostum, galiba aradığımızı bulduk, dedi.

Öndeki kırmızı araba, şimdi yolun sağ kanadından gidiyordu. Bilâl, aralarında bir kaç arabalık mesafe bulunduğu halde, arka kanapede oturan Feyzâ'yı başörtüsünden tanımıştı.

Her ihtimale göre cebinden not defterini çıkarttı ve kırmızı arabanın plaka numarasını kaydetti: «34 - AH - 318».

Şoför de kırmızı arabayı gözden kaybetmemek için büyük bir dikkat ve gayret sarfetmekteydi. Arada bir aralarındaki mesafe bir hayli açılıyor, bazen de arka arkaya yol aldıkları oluyordu.

Araba tam Tophane'ye gelmişti ki, trafik polisinin (dur) ve (geç) işaretleri, Bilâl'i bir kere daha Feyzâ'dan koparmaya ve ümit dünyasını bir kere daha paramparça etmeğe kafi bir sebep olmuştu. Trafik polisi Feyzâ'nın içinde bulunduğu araba da dahil olmak üzere, Bilâl'in bindiği araba sırasına kadar önde giden bütün arabalara (geç) işaretiyle yol vermiş, diğerlerini ise (dur) işaretiyle durdurmuştu. Bilâl:

- Hay aksi şeytan!..

Diye söylendi ve aynı anda şoföre:

- Cezadan korkma kardeşim, parayı ben vereceğim, bas gaza, dedi...

Esasen en önde bulunan araba bir ok gibi yerinden fırladı ve trafik polisinin ihtar düdüklerine aldırmadan karşı tarafa geçti. Fakat biraz sonra etrafları motorsikletli trafik polisleri tarafından sarılmıştı. Şoför, mecburen arabayı bir kenara çekerek durdurdu.

Durumu polislere Bilâl izah etti. Aceleci davranışıyla şoförü şaşırttığını ve meydana gelen bu üzücü durumdan kendisinin kabahatli olduğunu, ne kadar ceza gerekiyorsa, derhal ödiyeceğini belirterek, polislerden kendilerini fazla oyalamamalarını ve anlayış göstermelerini çok nazik bir ifadeyle rica etti.

Bilâl, polisler üzerinde hareket ve konuşmalarıyle iyi bir tesir uyandırmış olacaktı ki, fazla bir zorluk çıkartmadan ceza makbuzunu keser kesmez onları serbest bıraktılar...

Araba tekrar yola koyulmuştu ama, kırmızı araba çoktan uzaklaşıp gözden kaybolmuştu. Şoför:

- Artık yetişmemize imkan yok beyim, dedi. Aradan epeyi zaman geçti. Takibettiğimiz araba şimdi çoktan varacağı yere varmıştır.

Bilâl sakin ve mütevekkil olmaya çalışarak:

- Allah'dan ümit kesilmez dostum... O murad etmişse, biz nasıl olduğunu anlamadan karşımıza çıkarıverir arabayı. Yok eğer murad etmediyse işte böyle binbir mani ile burnumuzun ucundaki arabayı bir an içinde kaybettiriverir bizlere, dedi...

Bundan sonra bütün yol boyunca ikisi de konuşmadılar. Bilâl, yine tek tük gördüğü kırmızı arabalara dikkatle bakmaktaydı. Fakat bunların hiç birisi Feyzâ'yı taşıyan araba değildi...

Araba Aksaray'a doğru yaklaşırken Bilâl şoföre:

- İşte, dedi heyecanla. İşte orada. Arabayı sağa çek ve durdur...

Şoför, itaatle denileni yaptı. Bilâl, taksinin kapısını açtığı gibi dışarıya fırladı.

«34 - AH - 318» plakalı kırmızı araba, Aksaray dolmuş durağında sıraya girerek park etmişti. Bilâl, koşar adımlarla arabaya doğru ilerledi... Fakat heyhat!... Arabanın içi bomboştu..

Direksiyonun başında tabanca şeklindeki bir çakmakla sigarasını yakan şoföre sordu:

- Biraz evvel indirdiğiniz yolcular arasında kapalı kıyafetli genç bir kadın vardı. Acaba indikten sonra ne tarafa doğru gittiğinin farkında mısınız?...

Şoför kaba ve alaylı bir kahkaha savurdu:

- Öyle kapalı kadınlarla bizim ne alış verişimiz olur ki, ne yöne gittiğini bilelim be ağabey? Anlarım sorduğun yakası paçası açık bize göre parçalardan olsaydı neyse...

Bilâl, hiç cevap vermeden arabanın yanından uzaklaştı. Bindiği arabanın ücretini fazlasıyle ödiyerek, omuzları çökük bir halde kalabalığın arasına karıştı.

Yürüyor, fakat nereye gittiğini bilmeden, düşünmeden yürüyordu. Artık vücuduna hakim olan kafası değil, ayaklarıydı. Ayakları, kendisini nereye, hangi istikamete sürüklerse, vücudu o tarafa yöneliyordu.

Gece geç vakitlere kadar perişan bir vaziyette sokaklarda dolaştı. Sonra otele döndü. ancak yatsı namazını kılıp, yatağına yattığı zaman hadiseleri normal bir şekilde düşünüp değerlendirmeğe başlamıştı.

Aslında büyük bir divanelikten başka bir şey değildi bu yaptığı... Gece geç vakitlere kadar sokaklarda dolaşıp, kendini böylesine harab etmenin ne alemi vardı? Gündüz şoföre kader mevzuunda ders vermeye kalkışan kendisi değildi sanki.

O sözleri söyleyen kendisi olduğu halde, nasıl olmuştu da kendisini böyle derin bir ye'se ve ümitsizliğe kaptırabilmiş, gece yarılarına kadar sokaklarda yeni yetişen genç aşıklar gibi boş ve avare dolaşabilmişti?... Bu hareketi, bir nevi kaderi tenkid veya isyan manası taşımıyor muydu?..

Öyle ya, değil mi ki, kadere inanıyordu; o halde kaderin zorlanmıyacağını da bilmesi lazımdı...

Madem ki, her türlü imkanı kullandığı halde, birbiri ardınca önüne çıkan bin bir türlü mani ile Feyzâ'yı kaçırmış, gözden kaybetmişti; bu işte bir hikmet olduğunu düşünmesi ve tevekkülle kadere boyun eğmesi icab etmez miydi?

Bir çocuk gibi hıçkıra hıçkıra ağlamak geliyordu içinden... Gözleri tavana dikili vaziyette uzun bir müddet öylece kaskatı kaldı... Sonra yüzünde perişan bir ifadeyle adeta rüyadaymış gibi kendi kendine:

- Ne oldu bana böyle, bana ne oldu, Allah'ım?.. Diye mırıldandı...

Yüzü gitgide ızdırapla geriliyordu. İçindeki fırtınayı dindirebilmek için yine her zamanki gibi Rabbine sığındı:

- Allah'ım diyordu... Feyzâ'yı senin rızan dairesinde seviyor ve yine rızan dairesinde onunla mes'ut ve örnek İslâmî bir yuva kurmak istiyordum... Beni nefsimin kölesi yapma!... Beni nefsimin esiri etme!... Fakat korkuyorum, ya Rabbi, korkuyorum!... Nefsimin hilesinden, nefsimin şerrinden korkuyorum!.. En üstün aşk, Senin aşkındır... Senin aşkına gölge düşürecek aşkdan beni koru Rabbim!..

Kalbi biraz ferahlar gibi olmuştu. Hele o anda aklına gelen bir hadis-i şerif, üzüntüsünü bütün bütün yok edecek kadar içine su serpmişti. Peygamber Efendimiz bu hadisinde diyordu ki:

«Kim âşık olur, iffetini muhafaza eder ve aşkını gizleyerek ölürse, şehiddir.»

Bu, ne güzel bir müjdeydi...

Bilâl, mecbur kaldığından dolayı Hacı Mustafa Beyle Hayri Dedeye, Feyzâ hakkındaki temiz hislerinden, yani aşkından bahsettiği için, bu aşkla şehadet mertebesine ulaşamayacağını biliyordu... Şehadet gibi ulvi bir mertebe şöyle dursun, o şimdi aşkın, Cenab-ı Hak indinde sakil ve hakir görünmeyişi karşısında duymuş olduğu derin tehassüs ve sevincin tadını çıkarmak istiyordu...

Demek bir mü'mimin âşık olması ayıplanacak bir şey değlidi... üstelik gizli tutulduğu takdirde bu aşk; insanı şehadet gibi en yüce mertebeye de çıkartmaktaydı.

Sonra aklına bir başka hadis geldi... Bu hadisinde de Peygamber Efendimiz: «Dünya bir metadır. Dünya meta'ının hayırlısı da -salihaiyi kadındır» demekteydi.

Bütün üzüntülerini bir çırpıda unutarak, yatağından sıçradı... Pencerenin kanatlarını ardına kadar açarak, gecenin temiz havasını ciğerlerine doldurdu... Yüzünde biraz evvelkinin aksine mes'ut bir ifade vardı...

Evet, mes'uttu... Zira bu güne kadar Feyzâ'ya duymuş olduğu büyük aşktan ve onu bulmak için günlerdir derbeder bir şekilde sokak sokak dolaşmasından dolayı Cenâb-ı Hakk'a karşı, içinde gizli bir suçluluk hissi taşımaktayken ardı ardınca aklına gelen bu iki hadis-i şeriften sonra, bu suçluluk hissinden tamamen kurtulmuş, vicdani bir huzura kavuşmuştu.

Böylece çok iyi anlamıştı ki, Feyzâ'ya karşı duymuş olduğu bu temiz his, dinen de meşru kabul edilmekteydi... Ve bütün kalbiyle sevip ideal bir yuva kurmak için talip olduğu Feyzâ da, hadiste «iyi kadınlar» olarak bahsi geçen dünya meta'ının en hayırlısıydı...

Mehtaplı bir geceydi... Gökte ay, bütün haşmetiyle parıldamakta, yıldızlar gecenin siyahlığında simden nakışlar gibi ışıldamaktaydılar. Temiz havanın tesiriyle Bilâl şimdi, her şeyi ve bütün hareketlerini daha berrak bir şekilde tahlil edebiliyordu...

Evet, Feyzâ'ya karşı duymuş olduğu sevgi meşruydu... Bir yuva kurmak üzere onu bulmak için aramaya kalkışı da bir dereceye kadar makul addedilebilirdi...

Ancak, hatalı olduğu bir taraf varsa, O da, bu arama mevzuunda son derece ifrata varmıştı... Meselâ, bu işi çok daha emeksiz ve kolay bir yoldan yürütmesi mümkündü... Belki bir sokak arasında, belki bir köşe başında, bir pencerede, bir vesaitte rastlarım düşüncesiyle günlerini ve sıhhatini bir ümit uğruna heba etmesi doğru muydu? Hem bu sokaklarda avare dolaşmalar, şahsiyet ve haysiyetine de halel düşürmekteydi ki; Bilâl, şaşkınlık, üzüntü ve perişanlığından bunun dahi farkına varamamaktaydı...

Evet, bu işi daha olgun ve daha vekarlı bir şekilde halletmek mümkün olabilirdi...

Nasıl mı?...

Sokakları teker teker dolaşmaktansa, giderdi her semtin mahalle muhtarına ve bu 8 - 10 gün içinde mahalleye taşınan olup olmadığını sorup, öğrenebilirdi pekala..

Pencerenin yanından ayrılıp, tekrar yatağına uzandığı zaman, kat'i olarak kararını vermişti... Feyzâ'yı en çok bir hafta daha arıyacaktı... Ama bu arayışı evvelkinin aksine tam bir tevekkül ve Allah'a teslimiyet dairesinde olacaktı. Bir hafta zarfında onu bulamadığı takdirde, İstanbul'da yapacağı işlerle ilgili temaslarda bulunacak ve bütün işlerini hallettikten sonra İzmir'e dönecekti.

Hem orada, kendisini dört gözle bekliyen birisi vardı... Hayatını göz kırpmadan uğruna vakfedeceği kıymetli varlık...

Birden içi sevgi ve hasret duyguları ile dolup taştı: Oğlunun hayali gözlerinin önünde canlandı...

İşlerinin çokluğundan, kendisi hakkıyla meşgul olamadığı için, oğlunu yatılı bir kolleje vermek mecburiyetinde kalmıştı Bilâl... Gerçi haftada bir, baba-oğul beraber oluyorlardı ama, yine de bu, her ikisi için de tatmin edici olmuyordu tabii. üstelik sık sık vuku bulan iş seyahatleri, görüşmelerini daha da aksatıyordu...

Bilâl, oğlunun daha dördüncü sınıfta küçücük bir çocuk olmasına rağmen, büyük bir insan olgunluğu ve anlayışı göstermesini çok takdir etmekteydi... Çocuk, anadan öksüz olduğu halde, gerek kendisine, gerek çevresine karşı bir günden bir güne annesizliğini belli edecek en ufak bir harekette bulunmuş değildi...

Bilâl, oğlunun hislerini ancak, okuldan izinli olarak geldiği cumartesi geceleri, uyku esnasındaki sayıklamalarından anlıyabiliyordu... Biçare yavrucak, uykusunun içinde içli içli ağlıyarak konuşmaktaydı:

- Anneciğim... Anneciğim!... Niçin beni yalnız bırakıp gittin?..

Herkesin annesi var... Ama benim yok. N'olur, gel artık anneciğim... anneciğim!...

Bilâl'in kulaklarında bu sözler daha da büyür, büyür ve beyninde uğuldaya uğuldaya, sabaha kadar uyutmazdı onu...

Ama ne yapabilirdi ki? Oğlunun bu ızdırabını dindirebilmek için elinden ne gelirdi?..

Hatırı sayılır dostlarından bir çoğu, onu yeniden evlendirmek için büyük gayretler sarfetmişlerdi... Hatta zengin Müslümanların bazıları, açıktan açığa kendi kızlarını teklif etmişlerdi Bilâl'e... Fakat Bilâl, bu tekliflerin hepsini de çeşitli bahanelerle atlatıyor ve evlenme fikrine yanaşmıyordu bir türlü...

Esasen evlense, oğlu için, oğlunu anneli-babalı büyütmek için evlenecekti... Lakin çok iyi biliyordu ki, öz annenin yerini hiç bir kadın tutamazdı... Belki oğlu, üvey annesini sevebilir, hatta pek çok da sevebilirdi... Ama o, hiç bir zaman öz annesinin yerini tutamazdı...

Değilmi ki, evlense bile, oğlunun öz annesine karşı olan hasretini ve onun yokluğundan duyduğu ıstırabı dindiremiyecekti, o halde niçin evlensindi?.. Sonra üstelik, gelecek üvey annenin çocuğun yarasına tuz-biber ekip ekmiyeceği de malum değildi.

Ama şimdi durum bambaşkaydı. Şayet Feyzâ'yı bulur ve onunla bir yuva kurmaya muvaffak olursa, Feyzâ'nın, oğluna annesini aratmayacak bir eş olacağından emindi...

Bu düşünceler arasında yavaş yavaş göz kapakları kapandı... Tatlı ve derin bir uykuya dalmıştı...

* * *

İstanbul, her mevsimde ayrı bir güzelliğe sahiptir. Onun, soğuk karlar içinde bile sıcak, sımsıcak bir sevimliliği ve şirinliği vardır...

Bugün de her yanını bembeyaz karlar kaplamış güzel İstanbul'un... Bu haliyle İstanbul, beyaz gelinliği içinde tülden duvağını sürüyen nazlı bir gelin gibi güzel mi güzel, şirin mi şirin...

Bilâl, bir yolun noktalaşan kısmında solan ümitleriyle birlikte gözden kayboluyor, sonra yeniden filizlenen taptaze ümitlerle diğer bir yolun başlangıcında beliriveriyordu... Bu, istisnasız her sokak başında ve her sokağın sonunda (çıkışında) böyle oluyordu.

Fakat bu gün son gündü... Biraz sonra akşam olacaktı... Ve bu akşamla birlikte, Feyzâ'yı arayış müddeti de sona erecekti.

Evet, bir hafta sona ermişti.

Ama nasıl sona ermişti, nasıl geçmişti bu bir hafta, Bilâl bir türlü anlıyamamıştı bunu.

İşin en acı tarafı ise bu bir hafta zarfında göstermiş olduğu bütün gayretlere rağmen, Feyzâ'ya ait en küçük bir ip ucu dahi ele geçirememiş olmasıydı...

Kar lapa lapa yağmaktaydı. Artık o muhitte ne girmediği bakkal ve ne de dolaşmadığı bir sokak kalmıştı...

Belki derli toplu bir başka semt olsaydı, aradığını elde etme ihtimali mevcut olabilirdi. Ama Aksaray o kadar dağınık ve öyle acaib bir semtti ki, ne ucu var, ne de sonu denilse yeriydi. Bir tarafı Beyazıt'a, bir tarafı Saraçhaneye, bir tarafı Yenikapı'ya, bir tarafı Cerrahpaşa'ya, bir tarafı Haseki'ye, bir tarafı Samatya'ya bir tarafı Vatan ve Millet caddelerine uzanıyordu...

Feyzâ, bu yollardan birine sapmış olamaz mıydı? Ama bu yol hangisiydi;

Yürüye, yürüye Valide Caminin önüne kadar geldi. Kapının ağzında bir müddet içeri girip girmemek hususunda tereddüt etti. Bu muhitten artık bir an evvel uzaklaşmak istiyordu. Fakat biraz sonra nasılsa akşam ezanı okunacaktı. Üstelik yorgunluktan ayaklarında da yürüyecek mecal kalmamıştı...

Kararını verdi ve camiin karlı avlusundan geçerek ayakkabılarını çıkarıp içeriye girdi. İlerde mihrabın yan kısmında, yaşlı, sakallı bir adam diz çökmüş dua ediyordu. Bilâl, adamın yan tarafından biraz daha ilerleyip yaklaşınca, sevinçle ona doğru yürüdü.

Bu, Çarşılı Handaki Hacı Mustafa Beyden başkası değildi. Hacı Mustafa Bey, kendisinden öyle geçmişti ki, yanına yaklaşmakta olan Bilâl'i farketmedi bile. Gözlerinden akıp yanaklarından yuvarlanan yaşlar, kır sakallarının üzerinde titreşmekteydi. Sanki büyük bir günah işlemişti de, nedamet gözyaşları içinde affını dilemekteydi...

Neden sonra hemen yanıbaşında, ayakta durmuş, kendisini seyretmekte olan Bilâl'in mevcudiyetini hissedebildi. Bir müddet gözlerine inanmaz bir halde, genç adama baktı, baktı. Sonra Bilâl'in yavaş bir sesle:

- Esselamü aleyküm Hacı Amca, demesi üzerine yerinden doğruldu ve:

- Aleykümüsselam canım evladım; nerden çıktın böyle? Diyerek Bilâl'i kucakladı. Islak sakalları Bilâl'in yüzünü ıslatmıştı.

Beraberce camiin avlusuna çıktılar. Namaz vaktine daha bir müddet vakit olduğu için cami tenhaydı...

Hacı Mustafa Beyin sorgu sualine karşı Bilâl, olanları anlattı. Feyzâ'yı bu muhitte gördüğünden dolayı bir müddettir Aksaray'ın her tarafını adım adım dolaştığını bildirince, Hacı Mustafa Beyin gözyaşları yeniden çağlamaya başladı. Bilâl, yaşlı adamın omuzunu okşıyarak:

- Hislerini anlıyorum Hacı Amcacığım, lakin sana evvelce de söylediğim gibi bu mevzuu kendine dert edinmeye lüzum yok, dedi...

Mustafa Bey:

- Yok, evlat yok, diye cevap verdi. Vaziyet bildiğin gibi değil... Hani senden sonra geçen zaman içinde yaram biraz küllenir gibi olmuştu. Lakin bugün, daha biraz evvel şahit olduğum bir manzara beni yeniden alt üst etmeye kafi geldi.

- Hayırdır İnşallah Hacı Amca, yoksa Feyzâ dükkanına mı geldi?

- Dükkana mükkana gelmiş değil yavrum, biraz evvel yolda gördüm tazeyi... Elinde büyücek bir çantayla bir dolmuştan indi... Ben de arkasından inip yetişmek için davrandım ama, bizim arabanın şoförü, orada durmanın yasak olduğunu bildirerek gaza basınca, ötelerde inmek zorunda kaldım tabii... Her ne kadar geriye dönüp oraya buraya koştumsa da nafile... Kimbilir tazecik, hangi sokak arasına girip kayboldu gözden...

Fakat, Bilâl müsterihti... Hacı Beyin verdiği bu haber, kendisini oldukça heyecanlandırmakla beraber, bu ve bu gibi halleri, artık üzerinde durulmaması icabeden bir mevzu olarak kabul ettiğinden gülerek tekrar Hacı Beyin omuzunu sıvazladı:

- İlahi Hacı Amca, demek bunca gözyaşlarının sebebi buydu öyle mi?..

- Elbette yavrum, elbette buydu... Nasıl üzülmem oğlum, boş yere teselli edip durma beni... Hem yanlış tavsiye ve nasihatlerimle senin kuracağın yuvaya mani oldum... Hem Feyzâ Hanıma, yıllardır istifade ettiği rızık kapısını kapamış oldum... Hem de, kalbi senin için çarpan ve hala bütün kalbiyle seni sevmekte olan bir kadının, yanlış zan ve şüphe içinde senden kaçarak, dert ve ızdırap içinde yaşamasına sebep oldum... Bir Müslüman için bütün bunlar ne büyük bir vicdan azabı meselesidir. Bilmez misin oğlum, söyle şimdi, ben tövbeye gelip nedametle ağlamıyayım da kim ağlasın?

Bilâl, soğukkanlılığını bozmamaya gayret ederek:

- Şimdi senin için birer vicdan azabı olarak sıraladığın hususları tek tek ele alalım istersen Hacı Amca, ne dersin, dedi... Bir kere şu «Senin yuva kurmana mani oldum... şeklindeki sözü, bir daha tekrarlama rica ederim. Zira hatırlarsan bu mevzuda sana dükkanda oldukça uzun bir konferans vermiştim.

Aynı sözleri tekrarlamaya lüzum görmüyorum... Feyzâ'nın rızkına gelince, inanmış bir mü'min olarak bahusus bunu, bir üzüntü mevzuu yapmaman icabeder. Zira sen de çok iyi bilirsin ki, bir serçenin, bir karıncanın dahi rızkını düşünüp gönderen Hallak- Alem yüce Rabbimiz, üstelik kalbi iman nuru ile aydınlanmış mü'min bir kulunun da ihtiyacını görür ve rızkını temin eder. Gelelim son olarak söylediğin üçüncü meseleye: Bugün senin dilinin altında birşey var gibi geliyor bana Hacı Amca. Dükkana gelişlerimin hiç birinde Feyzâ'nın da kalbinin benim için çarptığından ve hala bütün kalbiyle beni sevdiğinden bahsetmemiştin bana. Bugün bu sözler neden icabetti? Kuzum Hacı Amca söyle nereden öğrendin Feyzâ'nın beni hala sevdiğini, yalvarırım gizleme...

Hacı Mustafa Bey, bir iki defa yutkunduktan sonra anlatmıya başladı:

- Dün dükkana, senin hala Hayri Dede diye hitap ettiğin, eski komşunuz sayacı Hayri Bey geldi oğlum... Oturduk, uzun uzun senin meselelerini konuştuk. Bana gelişinin sebebi neymiş, biliyor musun?

- Beni meraklandırdın doğrusu Hacı Amca... Neymiş sebebi?

- Dur, dur... acele etme, anlatıyorum işte... efendim malum, adamcağız, bir hayli yaşlandı artık. Yaşlılar her şeyi çabuk unutuyorlar... Dün, sabah namazı için camiye giderken birden aklına gelen bir şey onu doğru benim dükkanıma koşturmuş. İhtiyarcık, senin ve Feyzâ hanımın derdinden kaç gündür hasta gibiymiş zaten. Hele Feyzâ Hanımın Huzur Sokağı'nı terk edişi ona öyle dokunmuş ki, Onu öz evladım gibi seviyordum... Dünya - ahiret kızım yerine koymuştum» diye bir söylüyor, on ağlıyor zavallı. Sen ona her şeyi anlatmışsın. Ama sen anlatmadan evvel meğer o herşeyi zaten biliyormuş...

- Biliyor muymuş? Ama nasıl olur? Yoksa Feyzâ'mı söylemiş?

- Değil evladım, değil. Feyzâ Hanım değil... Onun sana olan temiz aşkını, Dadıdan ve Allah'tan başka bilen kimse yokmuş. Hayri Beye de Dadı anlatmış...

- Peki madem kalben hala bana bağlıymış da, neden beni görünce öyle haşin ve sert davrandı; niçin «Yanlışınız var... Birisine benzetmiş olacaksınız» diyerek ters yüzü dönüp gitti ve en mühimi, niçin evini dahi satıp izini belli etmiyecek şekilde benden kaçtı Hacı Amca? Seven bir insan olarak niçin lüzum gördü bunlara?

- Hah, işte ben de onu anlatacağım oğlum, sabret.. Dinle de bak, sen de benim gibi öğrenirsin bütün bunları niçin yaptığını hatuncağızın. Senin, Feyzâ Hanımla, bizim dükkanda karşılaştığın o malum gün Hayri Bey de bir ihtiyaçları olup olmadığını sormak için Feyzâ Hanımlara gitmiş. Tabii Feyzâ Hanım evde olmadığı için tekerlekli iskemlesini sürüye sürüye kapıyı Dadı Hanım açmış. İşte meğer o gün, Feyzâ Hanımın yokluğundan bilistifade iki ihtiyar, kapı ağzında bir hayli dertleşmişler... Söz senden açılınca Dadı Hanım, ağlamıya başlamış. Hayri Bey niçin ağladığını eşip deşince ne de olsa kadın kısmı işte, üstelik de bir hayli ihtiyar, başından sonuna kadar Feyzâ'nın sana karşı olan hislerini anlatmış. Meğer tazeciğin hidayetine de vesile senmişsin, ya oğlum...

- Ben miymişim? Ama nasıl olur, Hacı Amca?..

- Ne bileyim ben, bayağı olmuş işte evladım... Senin yüksek tahsilli münevver bir genç olarak üstelik kendisini sevdiğin halde tutup başı örtülü, kapalı bir kızla evlenişin ona öylesine dokunmuş ki, bütün evliliği boyunca kafasını bunun sebebini bulmak için yormuş taze...

Geceleri, sabahlara kadar bunu düşünür, «Niçin benim gibi bir kıza öyle başı örtülü bir mahalle kızını tercih etti?» diye ağlıyarak sabahlarmış. Nihayet halini Dadıya açmış. Dadıdan öğrendiği hakikatler günden güne ona öylesine tesir etmiye başlamış ki, kadıncağız, ancak ondan sonra, yaşadığı hayatın süfliliğini anlıyarak bu hayattan nefret etmiş. Esasen kocasıyla arasının açılmasına ve boşanmalarına sebep de, Feyzâ Hanımın, tam İslâmi bir hayat yaşamak istemesiymiş...

Hacı Bey, bir an durup nefes aldı, sonra cebinden saatini çıkarıp baktı ve anlatmasına devam etti:

- Daha on dakika var namaza. Cemaat gelmiye başlamadan usulca şu meselenin esas son bölümünü de bir çırpıda bitirivereyim bari evladım. Hayri Beyin sabah namazına giderken aklına gelen mevzu ise şuymuş: O gün yaşlı adam, Dadıyla konuşurken Dadı, ona masanın üzerinde duran, senin İstanbul'a gelişinle ilgili gazeteyi göstermiş ve Feyzâ'nın bu resmi görünce nasıl heyecanlandığını, sonra da Feyzâ ile aralarında geçen konuşmayı anlatmış. Dadı, laf arasında «Bilâl Bey seni bugünkü halinle görse, kimbilir ne kadar beğenir Feyzâcığım... Belki de... belki de... Ha, ne dersin?..» gibi manalı bir laf edecek olmuş. Bunun üzerine Feyzâ Hanım müthiş öfkelenmiş ve «Ne demek istiyorsun, Dadı? Ne kadar seversem seveyim, evli bir erkeğin his dünyasını alt-üst edip, aile hayatına halel düşürmektense ölmeyi tercih ederim» diye çıkışmış... Dadı, ne kadar «Kızım, belki şimdi evli değildir. Hanımından ayrılmıştır» filan dediyse de, «Hayır, onlar örnek bir müslüman aileydi. Hanımı ise tam ona göre ideal bir eşti. Ayrılmaları için hiç bir sebep yok. Hem hiç bir zaman belkilerle hareket etmek doğru değildir...» diyerek Dadının ağzına kilit vurmuş...

- Peki, bunun üzerine Hayri Dede söylememiş mi Dadıya benim şimdi evli olmadığımı, eşimin yıllar önce vefat ettiğini?

- İşte bütün mesele burda ya evladım. Görsen adamcağız nasıl dövünüp, nasıl ağlıyor. Onun da hani pişmanlık içinde göz yaşı dökmekte benden farkı yok. Efendim, o gün dadının anlattıkları kendisine o kadar dokunmuş ki, ihtiyarcığın sanki dili tutulmuş. üzüntüden ne söyliyeceğini şaşırmış. «Hay aksi şeytan, diyor... Nasıl da gaflete düşürdü beni? Bilâl evladımın bugün hala bekar olduğunu söylemiş olsaydım, hiç bunlar böyle olmıyacaktı. Nasıl, nasıl unuttum ya Rabbi?» diyor ve o da benim gibi bir türlü bu hatasından dolayı kendisini affedemiyor. Dün sabah camie giderken, Feyzâ'nın niye böyle durup dururken evini satıp kimseye adres bırakmadan kaçar gibi Huzur Sokağını terketmiş olabileceğini düşündüğü sırada, birden Feyzâ'nın Dadıya: «Evli bir erkeğin his dünyasını alt üst edip, aile hayatına halel düşürmektense ölmeyi tercih ederim» şeklinde söylemiş olduğu sözler hatırına gelmiş... İşte o zaman Hayri Bey anlamış ki, Feyzâ Hanım, sırf seni evli bildiği için o gün dükkanda sana öyle davranmış ve aile yuvanın selameti düşüncesiyle bunca sıkıntıya katlanarak evini satıp orayı terketmiş. İşte böyle oğlum. Anlıyacağın kadıncağız, senin saadetin uğruna kendi bedbahtlığını hazırlamış... Ne büyük feragat ve fazilet Allah'ım!... Fesübhanallah!...

Bilâl, bir müddet hiç konuşmadan, cami kapısının zarif oymalarına gözlerini daldırdı. Sonra gözlerini şadırvana doğru çevirerek yine dalgın dalgın konuştu:

- Evet, Fesübhanallah, Hacı Amcacığım. Ne büyük bir tevafuktur ki, sana gördüğümden bahsettiğim, ama anlatmadığım geçen akşamki rüyamda, bunları bana bizzat Feyzâ anlatmıştı. Rüyamda o da bana «Sizin hala evli olduğunuzu zannetmiştim... Onun için sizden kaçtım» diyordu...

- Velhasıl evladım, gerek senin, gerek Feyzâ Hanımın bedbahtlığında istemiyerek de olsa Hayri Beyle benim, yani biz iki ihtiyarın, çok büyük dahlimiz var. İnsan her adımında, her sözünde ölçülü olmalı gerçeği, hiç değilse bundan böyle bize ibret olmalı...

- Sen, ne dersen de, Amcacığım; kader kaleminin çizdiğini hiç bir kuvvet bozamaz... Bunda muhakkak ki, Cenab-ı Hakk'ın büyük bir hikmet ve muradı var. İmtihan için geldiğimiz şu geçici dünyada, Rabbimizin tabi tuttuğu imtihanı kazanmak o kadar kolay mıdır sanıyoruz?

- Orası öyle tabii, yavrum. Amenna... Ancak bu hakikatleri de öğrendikten sonra Feyzâ Hanımı aramaktan vazgeçmekte hala kararlı mısın? Onu ne yapıp yapıp arayıp bulmalısın evladım. Kimbilir dertli kadıncağız, yaşlı Dadısı ve yavrusu ile şimdi ne haldedir?..

- Hayır, onu aramaya devam etmiyeceğim. Hacı Amca... Kararım kat'i... Artık işlerimin başına döneceğim. Ben elimden gelen bütün imkanı kullandım... Günlerimi, hatta pek çok gecelerimi onu aramaya hasrettim. Nihayet onu buldum. Bir iki saniye sonra kendisiyle yüz yüze konuşabilecek iken gözlerimin önünden bir anda kaçırıverdim onu. Fakat anlattığım gibi peşini bırakmadım. Bir başka araba ile arkasından son süratle takip ettim. Ondan sonraki çıkan manileri hep biliyorsun. Buna rağmen Aksaray'a kadar geldim... Ve onu bindiği arabada bulamayınca, işte bu güne kadar bu semti adım adım, karış karış taradım. Fakat nafile... Sonra onu sen gördün. Ve senin de önüne çıkan maniler, onu bulmanı imkansızlaştırdı. Sen, bunlardan hiç bir netice çıkaramıyor musun Hacı Amca? Bu işte Rabb'imizin bir hikmeti, bir tasarrufu var muhakkak... Ben, şahsen vicdani bir huzur içinde hissediyorum kendimi. Her zaman söylediğim gibi bir kere daha söylemek isterim ki, kaderi zorlamak doğru değildir... Eğer onun da, benim de nasibimizde varsa, bu gün olmasa yarın, mutlaka Cenab-ı Hakk bizi karşılaştırır ve arzu ettiğimiz neticeye vasıl eder. Sen kendini daha fazla bu mesele için üzme Hacı Amcacığım. Hayri Dedeye de selam söyle, ömrünün ahirinde böyle şeyleri dert edinmesin kendisine... Hadiselerin zincirleme olarak hep aleyhte tezahür etmesinin, bizim aklımızı başımıza getirmeye yeter bir sebep olduğunu düşünelim de, Allah'a şekva yerine hamd ve senada bulunalım. Haydi, Hacı Amcacığım, at bu değersiz dünya düşüncelerini de, artık girelim camiye.. Bak, cemaat fazlalaşmaya başladı. Ezan da okunuyor...

Hacı Mustafa Bey, Bilâl'deki bu eşsiz irade ve imana hayran olmuştu. Tek kelime dahi söylemeden ağrıyan dizlerini oğuştura oğuştura yerinden doğruldu... Cemaat arasında yan yana imamın arkasına durdular.

Bilâl, ötedenberi namazı hep aynı vecd ve huşu içinde kılardı. Hayatının hangi safhasında olursa olsun en üzücü, en kahredici hadiseler akabinde dahi namazını hiç bir şey olmamışçasına derin bir vecd ve huşu içinde eda etmekteydi. O namaz hususunda, sırtındaki okun ancak namaza durduğu sırada çıkarılabildiği Hz. Ali'yi, kendisine örnek edinmişti. Namaz anlarında dünya ile olan bütün ilişkisini keser, kendisini yalnız Allah'a verir; yalnız O, yüce ezel ve ebed Sultanını düşünürdü...

Namazdan sonra Hacı Mustafa Beyin, akşam yemeğini birlikte yemeleri için eve daveti hususundaki bütün ısrarlarına rağmen, Bilâl kendisini mazur görmesini isteyerek bunu reddetti. Sarılıp, vedalaşarak cami kapısından ayrıldılar.

Dışarda yumuşak bir hava vardı. Yağan kar, günlerdir süregelen soğuğun şiddetini kırmış, şehre mutedil bir hava hakim olmuştu...

Lapa lapa yağan karlar, havada nazlı birer kelebek gibi uçuşuyor, insanın gönlüne bir çocuk neş'esi ve hazzı veriyordu. Ortalık karardığı halde, karın beyazlığı, her tarafı adeta gündüz gibi aydınlatmaktaydı...

Bilâl, elleri cebinde, kalın paltosunun yakasını kaldırmış olduğu halde, gece geç saatlere kadar tenha sokaklarda, geniş meydanlarda dolaştı durdu. Her bir adımda ayakları bileklerine kadar karlar içine gömülüyordu...

Bazen, büyük bir neş'e ve sevinç içinde ilk karın tadını çıkarmak için birbirleriyle kar topu oynayan sokak çocuklarını seyre koyuluyor, uzun bir müddet oradan ayrılamıyordu...

Geçtiği bir çok yerlerde büyükler bile kendilerini karın sevincine kaptırmışlar, kartopu oynamaktaydılar...

Kaldırımın kenarında bir köşe başını henüz dönmüştü ki, boyundan büyük bir kardan adamla burun buruna geldi... Önce sahiden korkup gerilemişti. Zira onu yapanlar, öylesine özenmişlerdi ki, bu, bir kardan adamdan ziyade, giyimi ve kuşamıyla iri yarı cüsseli sahici bir insanı andırıyordu. Üzerine eski, fakat büyük bir pardesü giydirilmiş, başına bir kasket geçirilmiş, boynuna uzun bir yün atkı dolanmış, gözlerine ise iri camlı siyah gözlükler takılmıştı... Burnundaki ileriye doğru uzanmış koca havuç olmasa, gecenin karanlığında, kimse onun bir kardan adam olduğuna ihtimal vermezdi.

Onun köşe başından dönerken kardan adamdan korkusu, içerlek bir kapı eşiğine gizlenmiş beş-on yumurcağı öylesine keyiflendirmişti ki, çocuklar dayak yemek korkusuyla tabana kuvvet kaçmayı dahi düşünemiyorlar, birisini korkutmanın verdiği zafer sevinciyle karlar içinde takla üzerine takla atıyorlardı...

Yaramaz afacanların bu hali, Bilâl'i de neş'elendirmişti. Öyle ki, o da bütün dert ve kederlerini karların üzerine fırlatmış, üzüntülerini unutmuşcasına, çocukların karşısına geçmiş, katıla katıla gülmekteydi... Kısa bir müddet sonra çocuklar ve Bilâl, samimi birer arkadaş gibi birbirlerine kaynaşmışlardı...

Bilâl, onlarla birlikte bir kapı eşiğinde oturdu. Hepsinin ayrı ayrı isimlerini, kaçıncı sınıfa gittiklerini, babalarının işlerini ve ailevi durumlarını sorduktan sonra onlara yaşlarına uygun ifadeyle imanın ve İslâm'ın şartlarını anlatmaya başladı...

Mevzu bir kere açılmıştı... Bilâl de coşmuş, anlatıyor, anlatıyor... O yaramaz çocukların her biri şimdi sanki birer melaike olmuşlardı...

Masum yavrucaklar...

Nasıl da iman hakikatlerine muhtaçtılar. Belliydi ki, dinledikleri bu hakikatleri, şimdiye kadar hiç kimse kendilerine anlatmamıştı.

Bilâl, ayrılırken çocukların her birine içinden gelen bir duyguyla beşer bin lira verdi... Teker teker hepsinin saçlarını şefkatle okşıyarak, biricik oğlunun hasretini dindirmek istercesine yine hepsini ayrı ayrı bağrına bastı... Çocuklar bir türlü ondan ayrılmak istemiyorlardı. Ama artık bir hayli geç olmuştu.

Bilâl, sokakta gözden kayboluncaya kadar küçük dostları arkasından el salladılar. Bilâl sokağın bitiminde köşeyi kıvrılırken arkasına dönüp baktığında, sokak lambasının ölgün ışığı altında minik minik eller, ardınca sallanmaktaydı...

Ayakları karların içine gömüle gömüle kendisini otele götürecek olan yollarda ilerlemiye başladı...

Lapa lapa yağan karlar, onu adeta bir kardan adama benzetmişti.

Bilâl, birden yıllar, yıllar öncesi bir günü hatırladı... O gün de böyle elleri cebinde, paltosunun yakası kalkık, lapa lapa yağan karlar altında sokak sokak dolaşmış dolaşmış, dolaşmıştı...

Ama o günkü Bilâl gençti, gencecikti. Karlı sokaklarda dolaşırken sevinç ve saadetini bütün aleme haykırmak için yanıp tutuşan bir genç adamdı o gün, o...

Evet, o gün... oğlunun doğum günü... Bilâl'in baba olduğu müstesna gün... Neş'e saadet, baş döndürücü bir sevinç ve arkasından şükürler, dualar, Allah'a hamd ve senalar... Ne güzel bir gündü, o gün...

Bilâl, kalbi ezik, başı önde, ayaklarıyla karları eşeliye eşeliye yürürken: «O gün ve bu gün... Aralarında ne de çok fark var!..» diye geçirdi içinden...

Gerçekten de öyleydi. On sene evvelki o pür saadet günü yaşıyan Bilâl'le, bu günkü yaralı ve bedbaht Bilâl arasında ne kadar çok farklar vardı!... O gün bir evlada sahip olmuştu... Bu gün ise, bütün kalbiyle sevdiği, hayatının kadınını, büyük bir ihtimalle bulmamasıya kaybetmişti...

Akşam namazından sonra, Feyzâ'yı artık düşünmemiye, onu artık aklından çıkarmıya dair kendi kendine kati söz vermişti halbuki...

Fakat ne mümkün?

Feyzâ'yı belki aklından çıkarmıya muvaffak olabilirdi bir zaman için... Nitekim akşamdan bu ana kadar geçirdiği zaman içinde buna kısmen de muvaffak olmuştu... Ve önüne çıkan oyalayıcı hadiseler de ona bu yolda yardım etmişti...

Lakin gönül ferman dinler miydi hiç?.. Evet, bir zaman için sevdiğini aklından çıkarabilirdi belki... Ama kalbinden, asla!...

Feyzâ'nın sevgisi gönlüne öylesine hakim olmuş, benliğine öylesine dal budak salmıştı ki, onu oradan çıkarmanın imkan ve ihtimali düşünülemezdi.

Acaba bir gün gelip birleşebilecekler miydi? Kimbilir?..

Allah'ın takdiri ne ise, o olacaktı şüphesiz.

Evet, evet... Bilâl, zaman zaman bocaladığı bu his fırtınalarından kurtulmak için, işte böyle hemen her zaman çareyi Allah'a ilticada bulur. Yüce Yaradan'ına sığınır. O'na sığınınca da bütün dert ve üzüntülerini bir anda unutuverirdi...

İşte o zaman gözleri önündeki her şey, nazarındaki dünyevi her kıymet, değerini kaybeder ve Bilâl, büyük bir istiğfar nöbeti içinde gözlerini aleme yumarak kalben coşar. «Her şeyin sahibi, her şeyin maliki ve her şeyin Halik'i, Sen'sin, Allah'ım!.. Seni buldum, Sana geldim, ulu dergahına yöneldim... Artık bütün dünyayı da kaybetsem gam yemem» diye ruhen yanıp kavrulurdu...

Nihayet kat'i karar verdi: Aklına ve kalbine hükmedemezse de, her türlü güçlüğü göze alarak iradesine hükmedecek, Feyzâ'yı düşünmemiye, zihnini onunla meşgul etmemeye gayret gösterecekti...

Aklına önce Yunus'un:

«Yaradılanı sevdim, Yaradan'dan ötürü» mısra'ı geldi... Sonra derin bir nefes aldı ve «Oh!...» dedi. İlk defa Rahatlamıştı...

Sokaklar yine ıpıssızdı...

Biraz ilerde, otelin kapısı belirmişti.. Birkaç dakika sonra sıcacık odasında olacak, nihayet bütün yorgunluklarının acısını çıkaracaktı.

Ve hayatının bir sahifesi de böylece dürülmüş, böylece kapanmış olacaktı... Otel'in kapısı önüne gelince bir an durdu... Feyzâ'ya ait bütün düşünceler, bu andan itibaren artık kendisini terketmeliydi ki, huzur içinde salim bir kafayla yarın ki güne çıkabilsindi...

Bunun için de her dert, her üzüntü, her elem ve her düşünce, bu otel kapısının dışında kalmalıydı... Bu da, yine her zamanki gibi, ancak Allah'a sığınmakla mümkündü...

Aniden, nasıl ve nereden geldiğini bilemedi; aklına bir İlâhiyatçı gencin «ALLAH'IM» başlıklı şu güzel mısraları takıldı:

Benim hakiki sevgilim,
Gerçeklerin hepsi Sen'de,
Ebedi aşk, sonsuz sevgi...
İyilerin hepsi Sen'de...
Bir kuluna tutulmuştum,
Geçici olmayanlar Sen'de.
Bu yolu doğru bulmuştum,
Doğruların hepsi Sen'de.
Her şeyinle tek, eşsizsin,
Rahmetlerin hepsi Sen'de.
Yoluna düştüm güzelin,
Güzellerin hepsi Sen'de...

Kalbi, sevgilerin en büyüğü ve en ilahisiyle dolu olarak karanlıkları arkasında bıraktı... Ve otelin kapısını açarak ışıklı salonun sonlarında gözden kayboldu...

BEŞİNCİ BÖLÜM

Modern bir ilkokul binasının, aydınlık ve ferah sınıflarından birinde genç bir öğretmen hanım, tatlı ve yumuşak bir sesle, okuttuğu 5 nci sınıf talebelerine, şöyle hitab ediyordu:

- Yavrularım, dersimiz din dersi olduğuna göre, isterseniz sizinle bu hususta sohbet edelim.. Ne dersiniz, ister misiniz?..

Çocuklar hep bir ağızdan bağrıştılar:

- İsteriz öğretmenim isteriz.

- Güzel... Peki, şimdi soracağım suale cevap verin bakayım... Biraz evvel tahtaya kaldırmış olduğum arkadaşınızın Din Dersi kitabından okuduklarına inandınız mı?

- Evet öğretmenim, inandık!..

Öğretmen sesini biraz daha tatlılaştırarak:

- Çocuklarım, dedi... Size, bir öğretmen nasihati olarak şunu söylemek isterim ki; hayatta her okuduğunuz kitaba inanmayın... Ve zannetmeyin ki, her okuduğunuz kitap doğru yazıyor... Hayır yavrularım... Kitapların kiminin yazdığı doğru, kiminin yazdığı yanlıştır.. Mesela, ders kitabı olarak okuduğunuz Tarih - Coğrafya, Yurt Bilgisi, Tabiat v.s. gibi ders kitapları doğru olduğu halde, Din Bilgisi adlı bu kitapta, maalesef yıllardır bize yanlış öğretilen bir sürü safsata vardır...

Çocuklardan biri ayağa kalktı ve sordu:

- Peki öğretmenim, yani şimdi Din Bilgisi kitabının yazdıklarına inanmayacak mıyız?..

Öğretmen hanım, ani bir çıkış yapmaktan sakınıyordu... Lastikli bir cevapla mukabele etti:

- Şimdi ben size bazı şeyler soracağım. Siz de bana cevap vereceksiniz. Böylece bu kitabın doğru mu, yanlış mı yazdığını siz kendi kendinize bulmuş olacaksınız...

Ve genç öğretmen hanım, zehirini yavaş yavaş zerketmiye çalışan zehirli bir yılan sinsiliği ile konuşmasına devam etti:

- Yavrularım, bu kitapta, Allah'ın varlığı ve her müslümanın Allah'ın varlığına inanması icabettiği yazıyor, değil mi?

- Evet öğretmenim!..

- Peki. Söyleyin bakiyim. Bu güne kadar içinizden hiç Allah'ı gören oldu mu?... Gören parmak kaldırsın.

- ....!

Sınıfta bütün çocuklar şaşkındır. Hiç kimse parmak kaldırmamaktadır. Kısa bir sessizliği müteakip, ince, narin, uzun siyah saçlı bir kız çocuğu ayağa kalktı ve cevap verdi:

- Ama öğretmenim, Allah görünmez ki.

Öğretmen, istediği cevabı almıştı.. Memnun, gülümsedi:

- Çocuklar, arkadaşınız Hilâl, Allah'ın görünmediğini söyledi.. Siz de aynı fikirde misiniz?

Çocuklar hep bir ağızdan:

- Evet efendim.. Allah hiç bir yerde görünmez.

- Güzel.. Peki, Allah'ın sesini duyan parmak kaldırsın.

- ....!

Yine aynı kız çocuğu ayağa kalktı. Öğretmen:

- Söyle Hilâl, dedi.

- Efendim, Allah'ın sesi de duyulmaz. O ne görünür, ne de bizimle konuşur.

- Siz de arkadaşınız Hilâl gibi mi düşünüyorsunuz çocuklar?

- Evet öğretmenim!...

- Yani Allah'ın ne kendisi görünür, ne de sesi duyulur, öyle mi?..

- Evet öğretmenim...

- Şimdi sualime cevap verin bakiyim: Görmediğiniz ve sesini duymadığınız bir şeye nasıl inanıyorsunuz?

- ....!

- Peki, bana iyi bakın ve cevap verin: Beni görebiliyormusunuz?

- Evet efendim.

- Sesimi duyabiliyor musunuz?

- Evet öğretmenim!

- Hep bir ağızdan bana seslenin bakiyim..

- Öğretmenim!.. Öğretmenim!..

- Bakın size cevap veriyorum: Efendim yavrularım, ne var?.. Şimdi bir de Allah'a seslenin bakiyim.

Çocuklar, gülüşerek hep bir ağızdan başlarını yukarı doğru kaldırarak seslendiler:

- Allah'ım!.. Allah'ım..

- ....!

Sonra sustular. Sınıfta hiç bir ses duyulmuyordu. Öğretmen hanım, muzaffer ve şeytani bir edayla:

- Gördünüz mü çocuklarım, Allah cevap vermiyor size, dedi.

Öğretmen hanım, Stalin Rusyasında tatbik edilen metodu andıran soru ve hareketleriyle çocukların zihinlerini bir anda allak bullak etmeyi yarı yarıya başarmış sayılırdı... Şimdi iş, çocukları kati olarak Allah'ın (Hâşâ) yok olduğuna ikna etmeye, onları bu zor inanılır fikre inandırmaya kalıyordu.

Sesini daima yumuşak ve tatlı tutmaya son derece gayret ettiği her halinden belliydi. Tekrar konuşmaya başladı:

- Benim can yavrularım... Size aile ve çevrenizde bazı fikirler son derece yanlış öğretiliyor. Mesela Allah fikri... Siz istikbalin aydın kafalı kişileri olacaksınız... Bunun için bazı köhne fikirleri kafanızdan atmanız lazım... Bakın, beni görüyorsunuz, Ama Allah'ı göremiyorsunuz. Bana seslendiğiniz zaman ben size cevap veriyorum. Allah'a seslendiniz, hiç bir cevap alamadınız. Beni gördüğünüze, sesimi duyduğunuza göre, demek ki ben varım. Halbuki gördünüz ki, Allah ne görünüyor, ne konuşuyor, ne de sesinize bir cevap veriyor... Peki o halde kendisini görmediğiniz, sesini duymadığınız bir şeye nasıl inanıyorsunuz?

Bütün çocuklar şaşkınlık içindeydi... Biraz evvelki ince, narin ve güzel kız çocuğu yeniden ayağa kalktı: Öğretmen:

- Söyle Hilâl, dedi...

Hilâl, kendinden emin bir halle:

- Öğretmenim, benim anladığıma göre siz, Allah yoktur, demek istiyorsunuz, değil mi?

- Evet Hilâl...

- Peki yeryüzündeki bütün bu dağları, taşları, gökleri, denizleri, ağaçları, ırmakları, hayvanları, insanları yaradan kimdir öğretmenim?

- Bütün bu senin saydıklarının hepsi tabiattır Hilâl..

- Peki tabiatı kim yarattı öğretmenim?

- Tabiat Ana yarattı yavrucuğum...

- Ya Tabiat Anayı yaratan kimdir?..

Öğretmen fena bozulmuştu... Verecek bir cevap bulamadı... Sert ve kaçamak bir dille:

- Tabiat, tabiattır işte... Yoksa beni sorguya mı çekmeye kalkacaksın?

- Hayır efendim, ama söylediklerinizle hepimiz de çok şaşırdık tabii.. Çünkü evlerimizde ailelerimiz bize Allah'ın var olduğunu ve ondan çok korkmamızı söylüyorlar.

- Evlatlarım bu söylediklerimi evinizde anlatmaya kalkmayın sakın... Ama şunu çok iyi bilin ki, size bu yanlış fikirleri öğretenler, geri kafalı, beyinleri örümcek kaplı cahil insanlardır...

Hilâl:

- Öğretmenim, benim babam yok, dedi... Ama annem Lise mezunu, çok kültürlü bir kadındır. Bana küçük yaşımdan beri her gün Allah'ın var olduğunu, kainatı ve kainat içindeki canlı cansız bütün varlıkları O'nun yarattığını annem söylüyor...

Hilâl'in bu sözleri diğer çocuklara da cesaret vermişti. Sınıfta mütemadiyen parmaklar kalkmaya ve kızlı erkekli çocuklar, arka arkaya bağrışmaya başladılar:

- Benim babam da mühendis efendim, o da öyle söylüyor...

- Benim babam doktor, annem eczacı öğretmenim. Cahil değiller... Onlar da öyle söylüyorlar!..

- Benim babam kimyager...

- Benim de mimar efendim... O da Allah'ın var olduğunu söylüyor...

Sınıf hararetlenmiş ve hareketlenmişti. Öğretmen, bu gidişle mağlub olacağını hissederek bağırdı:

- Durun, durun... Yetişir!.. Dinleyin beni. Ben anne ve babalarınıza cahil demek istemedim... Onlar kültürlü insanlar olabilirler... Fakat onların eski kafalı nineleri ve dedeleri de, işte böyle Hilâl'e küçücükten öğretildiği gibi aklı hiç bir şeye ermezken öğretmişlerdir bu yanlış fikirleri... Kendileri belki kültürlüdürler... Fakat küçükten, olmayan şeylere inanmışlardır. Halbuki yavrularım siz, istikbalin Türkiyesini kuracak olan bir nesilsiniz... Kafanızı böyle boş, lüzumsuz ve aslı olmayan şeylerle doldurmanız doğru değildir... Siz bana cevap verin: İnsan görmediği ve sesini duymadığı bir şeye inanabilir mi?.. Görünmeyen ve duyulmayan bir şey var olabilir mi?

Hilâl yeniden ayağa fırlamıştı:

- Olabilir efendim!..

Öğretmen, bu son derece çalışkan ve zeki talebesi karşısında zor duruma düşmekten çekiniyordu. Sert bir dille bağırarak:

- Müsaade almadan, parmak kaldırmadan konuşma terbiyesizliğine ne zamandan beri başladın? dedi.

Hilâl ağlamaklı bir sesle:

- Affedersiniz, öğretmenim... Biraz heyecanlanmıştım da, dedi...

- Peki söyle bakayım, sualimi nasıl izah edeceksin? Madem ki ille de inatla Allah vardır diyorsun, o halde bana onun var olduğunu isbat etmen lazım...

Hilâl, zeka fışkıran gözlerini öğretmeninin yılan gibi soğuk bakışlı gözlerine daldırdı ve:

- Yalnız bunun için, sizin de benim bazı suallerime cevap vermeniz lazım efendim, dedi.

- Peki, sor bakalım?..

- Öğretmenim, sizin aklınız, fikriniz ve ruhunuz var mı?

- Elbette var ne olacak?

- Yani bunların var olduğuna mutlaka inanıyorsunuz ve inanmazsanız, akılsız, fikirsiz ve ruhsuz bir insan olmanız icabettiğini biliyorsunuz değil mi?

- Gayet tabii....

- O halde lütfen öğretmenim, o var olan aklınızı, fikrinizi ve ruhunuzu görülen ve sesini duyacağımız bir şekilde çıkarıp şu masanın üzerine koyar mısınız?

Öğretmen hanım, bir an ne söyliyeceğini kestiremedi. Ne desindi, nasıl cevap versindi? Talebesinin sorduğu sual öyle dehşetliydi ki... Gayri ihtiyari içinden: « Bu kız şeytan mıdır, nedir?» diye geçirdi... Fakat kendini toparlaması kısa sürdü. Haşin bir tavırla:

- Farzet ki, aklımı, fikrimi ve ruhumu çıkarıp, dediğin gibi masanın üzerine koydum bu neyi ifade eder?..

- Pek çok şeyi öğretmenim. Şayet siz akıl, ruh ve fikrinizi madde halinde çıkarıp bize gösterebilirseniz, ben de size Allah'ı gösteririm.

Sınıfta, «öğretmen fena yakalandı» gibisinden kıkır kıkır gülüşmeler başlamıştı. Evet, öğretmen hanım cidden mağlub olmuştu... Fakat bunu bir türlü hazmedememekteydi... Yüzü gözü hırstan mosmor kesilmişti... Yumruklarını sıkıp, ayakkabısının topuğunu hızla döşemeye vurarak, kurtuluşu yüksek sesle bağırmakta buldu:

- Otur yerine utanmaz küstah!.. Bacak kadar boyuyla kalkmış beni sorguya çekiyor... Otur... otur dedim!...

Hilâl, ayakta taş gibi kalmıştı... Bu ummadığı ağır hakaretler karşısında adeta kekeliyerek:

- Ama öğretmenim, dedi... Sizden müsaade almıştım...

- Daha hala konuşuyor... Otur dedim sana, duymadın mı?.. Terbiyesiz!... Sizin adam olacağınız yok zaten... Bir şeyi insanın annesi-babası mı daha iyi bilir, yoksa öğretmeni mi? Madem anne ve babanızın söylediklerine daha çok inanıyorsunuz niçin okula geliyorsunuz?..

Sınıfta ses seda kesilmişti... Yalnız perişan bir halde yerine oturan Hilâ'in hıçkırıkları duyulmaktaydı. Öğretmen hala hırsını alamamış olacaktı ki, bir yandan titreyen parmaklarıyla not defterini açıyor, bir yandan da Hilâl'e hitaben bağırıyordu...

- Diğer derslerde bülbül gibi şakımak marifet değildir... Asıl bu derste anlattıklarımı aklına yerleştireceksin küçük hanım! Şimdi öğretmenine karşı gelmenin cezası olarak Din dersinden al 1 numara, otur aşağıya da aklın başına gelsin...

* * *

Hilâl, eve dönünce annesine hiç bir şeyden bahsetmedi... Sınıfta olanları anlatsa, annesinin çok üzüleceğini ve mutlaka okula gelip, öğretmenine çıkışacağını biliyordu.Bunun için bu meseleyi bir sır gibi küçük kalbine gömüp sakladı. Ancak geceleri sık sık sınıfta geçen bu hadiseyi düşünüyor, öğretmeninin nasıl bu derece dinsiz bir kimse olduğuna hayret ediyordu... Sonra da başından geçen bu hadiseyle annesinin uzun kış gecelerinde kendisine anlatmış olduğu tarihi hadiseler arasında bir bağ kuruyordu.

Mesela Bilâl-i Habeşi... O bir zenci köle iken, Peygamberimize inanmış ve Allah'a iman etmişti... Bunun üzerine Allah düşmanı kafirler, Allah'a inanmaktan vazgeçmesi için ona akla gelmez işkenceler yapmışlardı... Ama Hazret-i Bilâl gövdesi tonlarca ağırlığındaki taşlar altında pestil gibi ezilirken yine de bütün gücüyle: «Lâ ilahe illallah...» diye bağırmıştı...

Ya annesinin ağlıyarak anlatmış olduğu Hazret-i Sümeyye Hatunun da kafirler tarafından şehid oluşunun sebebi Allah'a inanması değil miydi?...

İşte bütün bunlar aklına gelince, bir kuş gibi hafiflediğini hissediyordu. Çünkü annesi anlatırken, Hilâl daima bu kahraman ve cesur insanlara hayranlık besler ve: «Ne kahraman insanlarmış» diyerek onlara karşı büyük bir gıbta hissi duyardı içinde...

O günden sonra Hilâl de kendisini bu kahraman ve cesur insanlara benzetmiye başlamıştı... Öyle ya, dinsiz öğretmenine karşı o da Allah'ın var olduğunu haykırmış ve isbat etmişti... Belki Hz. Bilâl ve Hz: Sümeyye kadar işkence çekmemişti ama, Allah'a inanmanın cezası olarak Din dersinden kırık not almış ve arkadaşları içinde bir sürü hakarete maruz kalmıştı. Ama bundan dolayı artık en ufak bir üzüntü duymuyordu içinde. Bilakis, küçük çapta da olsa, bu küçük yaşında Allah yolunda mücadeleye giriştiği ve bu mücadeleyi zaferle kazandığı için sevincine payan yoktu Hilâl'in...

Aradan bir ay kadar zaman geçmişti... Okulların kapanmasına iki ay vardı... Aynı genç öğretmen, elindeki cetveli masaya vurarak bağırıyordu:

- Susun... konuşmayın!... Bu gün son defa tekrar ediyorum... Söylediklerimi annenize babanıza güzelce anlatacaksınız. İçinizde söylediklerimi anlamıyan var mı?

- ....!

- Kalk bakayım Leyla, söylediklerimi aynen tekrarla.

- Peki öğretmenim.. 23 Nisan'da sınıfımız, Vatan Caddesindeki büyük törene katılacak... Bunun için hepimiz yeni formalar diktireceğiz. Erkeklerin kıyafeti gri kısa pantolon, lacivert ceket, kızların ise gri kısa etek lacivert ceket ve başımızda büyük kırmızı ponponlu kırmızı kasket olacak... Kumaşlar okuldan alınacak... Kıyafet paraları en geç Cumartesi gününe kadar getirilecek... Fakir ve zengin ayırımı yoktur... Bu kıyafeti herkes diktirmeye mecburdur.

- Aferin, otur Leylâ... Bir kere de arkadaşınızın ağzından duydunuz çocuklar.. Ben başka bir şey söylemiyeceğim. Hiç bir itiraz da kabul etmiyorum, anlaşıldı mı?...

Bu sırada sınıfın kapısı çalındı... Öğretmenin!

- Giriniz!

Cevabı üzerine açılan kapıdan içeriye zarif ve İslâmi bir kıyafet içinde bulunan Feyzâ girdi... Öğretmen hanım, canı sıkılmış bir halde Feyzâ'nın elini sıkarak:

- Hoş geldiniz, buyrun dedi.

Feyzâ:

- Sizinle Hilâl'in kıyafeti hakkında konuşmak istiyordum efendim, dedi...

Öğretmen, masanın üzerinde bir şeylerle meşgulmüş gibi görünerek kayıtsızca cevap verdi:

- Yani yeni diktirilecek formalardan mı bahsediyorsunuz?..

- Evet efendim, ancak...

- Kumaşlar, aşağıda kooperatifte satılıyor hanımefendi... Orada ölçü alacak adamımız var... Götürün Hilâl'i, ne kadar lazımsa parasını yatırıp, kestirin kumaşı...

- Teşekkür ederim efendim... Ancak, bir hususta fikrinizi almak istiyorum.

- Ne gibi?

- Kızımın anlattığına göre eteklik gri, ceket lacivert kumaştan olacakmış... Ben bir pantolonluk fazla kumaş almak istiyorum... Etekliğin altından giydireceğim pantolon lacivert kumaştan mı, yoksa griden mi olsun?... Siz hangisini münasip görürseniz, o rengi alacağım.

Öğretmen hanım birden başını hışımla yukarı kaldırdı ve:

- Pantolon da ne demek oluyor? Diye bağırdı Forma etek, ceket ve kasketten ibarettir. Kızınız bunu söylemedi mi size?..

- Söyledi hocahanım... Fakat biliyorsunuz ki Hilâl küçükten beri mazbut kıyafette yetişmiş bir kızdır. Elbise veya formasının altından yazın ince kışın kalın olmak üzere mutlaka bacağına pantolon giyer.

- Biliyorum Feyzâ hanım, biliyorum ve bundan dolayı, bu son derece zeki ve çalışkan çocuğa yazık ediyorsunuz diyorum... Gerçi pantolona asla müsaade etmiyeceğim ama, farzedelim ki Hilâl, törene etekliği altından pantolon giyerek katıldı... Kızınızın arkadaşları arasında ne büyük bir aşağılık duygusuna kapılacağını düşünebiliyor musunuz?

Feyzâ, öğretmenin bu sözüne cevap vermek için tam ağzını açmıştı ki, Hilâl ani bir hareketle ayağa kalkarak öğretmenine hitaben:

- Hayır öğretmenim, dedi... Ben, kapalı kıyafetimden dolayı hiç bir zaman arkadaşlarım arasında aşağılık duygusuna kapılmam... Bilakis, bacaklarımın örtülü oluşuyla iftihar ederim...

Bu meydan okuyuş, öğretmen hanımı fena halde sinirlendirmişti... Öfkeyle bağırdı:

- Sana geçen günkü ders kafi gelmedi galiba Hilâl... Otur yerine çabuk... Tek kelime dahi söylersen, tutar kulağından atarım dışarıya...

Sonra hışımla tekrar Feyzâ'ya döndü:

- Hanımefendi son sözüm budur. Pantolon dikilmiyecek... Ve etekler de son derece kısa olacak tamam mı?...

Feyzâ'nın karşılığı da sert olmuştu:

- O halde ben de kızıma forma diktirtmiyorum efendim!

- Ne demek diktirmiyorum?.. Mecbursunuz!.. İstisnasız herkes diktirecek formayı.

- Ya fakirler?...

- Fakir makir dinlemiyorum. Ne yapıp yapıp herkes yaptıracak formayı...

Feyzâ, öğretmenin konuşuşunu dinlerken, böylelerine nasıl öğretmenlik vazifesi verilebildiğine hayret ediyordu: Nihayet sakin görünmeye çalışarak, oldukça yavaş bir sesle:

- Hocahanım... Kızımın anlattığına göre sınıfınızda Rıza isminde bir çocuk varmış, dedi. Bir gün içinde hem annesini, hem babasını ve hem de kardeşlerini kaybetmiş.. Açıkta kalan zavallı yavrucağa, komşuları bakıyormuş... Şimdi söyleyin lütfen... Bu çocuktan nasıl istiyeceksiniz forma?

- Basbayağı efendim. Komşuları nasıl bakıyorlarsa, formasını da öyle yaptırsınlar.

- Doğrusu hayret etmemek elde değil... Hem okulların kapanmasına iki ay kala, talebelerden böyle masraflı bir forma istemek, doğrusu çok abes... Basma değil, pazen değil. İyi cins yünlü kumaş bu... Bir kıyafet, onbinlerce liraya mal oluyor... Nasıl olur fakir zengin ayırdetmeden herkesi bu masrafı yapmaya mecbur tutarsınız?...

Öğretmen, Feyzâ'nın sözünü kesti:

- Rica ederim hanımefendi... Bu hususta ne sizinle münakaşa edecek, ne de size izahat verecek durumda değilim... Bu formayı bütün talebelerin yapmaları mecburidir, o kadar!

Fakat Feyzâ, öğretmenden daha sinirliydi. Buna rağmen mutedil olmaya gayret ederek:

- Hayatta en ziyade sevmediğim şey, münakaşadır hoca hanım, dedi. Lakin bu gibi haksızlık ve adaletsizlikler karşısında insan, arzu ettiği gibi sakin olamıyor... Bunları da bir yana bırakalım... Size kendi durumumu izah edeyim... Biliyorsunuz, ben dul bir kadınım... Hilâl'i babasız olarak büyütüyorum. Üstelik evde bir de bakıma muhtaç yaşlı ve felçli dadım var... Bu üç kişilik aileyi tek başıma çarşıya iş yapmak suretiyle çalışarak, fakat kıt kanaat ve türlü güçlüklerle geçindirmek mecburiyetindeyim. Buna rağmen bu güç şartlar ve imkansızlıklar içinde dahi, formayı yaptırmayı kabul ettim. Hatta herkesin formasından daha pahalıya mal olacağını da bildiğim halde, fedakarlık göstererek bir pantolonluk fazla kumaş almak kararındaydım. Anlıyacağınız, bütün bu fedakarlıkları sizin kapris ismini verebileceğimiz arzunuzu yerine getirebilmek için göze aldım hocahanım. Ancak şunu iyi bilin ki, çıplak bacak ve kısacık eteklerle törene katılıp, okulun kapanma tarihine kadar aynı kıyafetle okula gidip gelmesine ben müsaade etsem, Hilâl'e bunu kabul ettiremeyeceksiniz.

Öğretmen, sanki söylenilenlerin hiçbirisini dinlememişti. Oturduğu yerden kalkarak:

- Uzun lafın kısası, siz şimdi formayı benim istediğim gibi pantolonsuz olarak diktiriyor musunuz, diktirmiyor musunuz? dedi.

- Diktirmediğim takdirde ne olacak, söyler misiniz lütfen?..

- Ne mi olacak? Çatır çatır sınıfta bırakırım yumurcağı... İmtihanda da perişan ederim. Anladınız mı?..

- Çocuğumu sizin gibi meslek ve mevkiini istismar eden bir öğretmende okutmaktansa okutmamayı tercih ederim hoca hanım! Allaha ısmarladık!...

Sınıfta en ufak bir ses yoktu... Öğretmen hanım, Feyzâ'nın çarpmış olduğu kapının arkasından bir müddet hırslı, fakat alaycı nazarlarla baktı.. Sonra Hilâl'e hitaben:

- Meğer ne de çok bilmiş annen varmış senin Hilâl? dedi... Mübarek sanki kurulmuş makine!..

Hilâl başı önünde, hiç sesini çıkartmıyordu. Fakat dokunulsa ağlıyacak gibi bir hali vardı. Arkadaşları, onun üzüntüsünün annesine yapılan hakaretlerden ileri geldiğini anlamışlardı... Hepsi de içlerinden: «Ah bir zil çalsa da, Hilâli teselli edebilsek...» diye geçiriyordu... Onu sınıfta sevmiyen bir tek kişi yoktu... Çalışkanlığı, güzelliği, terbiyesi ve nezaketi ile sınıfta, hatta okulda dahi en çok sevilen talebe, Hilâl'di. Hilâl'i okulda bir tek sevmiyen, kendi öğretmeniydi... Buna da sebep Hilâl'in dindar oluşuydu.

Öğretmen hanım tekrar yerine oturdu. Önündeki kağıtlarla bir müddet oyalandı.. Sonra, sanki biraz evvel bağırıp çağıran hiç o değilmiş gibi son derece tatlı ve yumuşak bir sesle yeniden Hilâl'e hitab etti:

- Hilâl yavrucuğum.. üzüntünü anlıyorum. Ama niçin sen üzülüyorsun? Bu işte senin kabahatin yok yavrucuğum. Bütün kabahat sana bu köhne fikirleri aşılayanlarda ve seni böyle geri fikirlerle yetiştirmek isteyenlerdedir. Halbuki sen bu okulun hem en çalışkan, hem de en zeki ve akıllı talebesisin. Hilâl. Ben seni seven bir öğretmen olarak senin bu yanlış fikirlerle, bu üstün zekanı körletmeni asla istemem 20 nci asır gibi bir medeniyet asrında tee... yüz yıllar gerisinin fikir ve kıyafetini senin gibi akıllı ve güzel bir kızın benimsemesi doğrusu insanı hayrete düşürüyor.

Öğretmen bu minval üzere sinsi telkinlerine uzun müddet devam etti. Yüzünde sahte bir tebessüm sesinde donuk ve kuru riya ifadesi vardı. Hilâl, öğretmenin konuşması müddetince, içi isyan duygularıyla dolup taştığı halde ağzını açıp tek kelime ile dahi hiç bir cevap vermedi ve hiçbir mukabelede de bulunmadı.

Fakat öğretmen sözlerinde nihayet öyle bir raddeye geldi ki artık Hilâl ağlamamak için kendini güç zabtediyordu. Onun yerinde bir başka çocuk olsa idi çoktan öğretmenin söylemiş olduğu bunca tatlı ve okşayıcı sözlerinin tesiri altında kalırdı. Fakat Hilâl'deki İslâmi şuur büyüklerde dahi ender rastlanacak kadar sağlamdı. Nitekim öğretmenin sözlerinin son kısmında sarf etmiş olduğu bir söz bu hakikati teyid etmekteydi. Bu söz Hilâl için bardağı taşıran son damla olmuştu.

Öğretmen ayni riyakar ifade ile:

- Sana yazık oluyor yavrucuğum, dedi. Sen bugün belki anlıyamıyorsun... Fakat bilmiş olki, ailen seni zehirliyor.

O ana kadar susmakta olan Hilâl, işte bu söz üzerine yayından fırlamış bir ok gibi yerinden doğrularak parmağını ileriye doğru uzatıp, var gücüyle öğretmenine haykırdı:

- Hayır Öğretmenim!... Beni ailem değil, en zararlı fikirlerle siz zehirliyorsunuz!

Ve, öğretmenin cevap vermesine meydan bırakmadan Hilâl, hıçkıra hıçkıra ağlıyarak kapıya doğru koştu ve kulpu çevirdiği gibi kendini sınıftan dışarı attı.

Hilâl, o günden sonra, tam bir hafta hasta yattı... Okuldan kaçıp, hıçkıra hıçkıra ağlıyarak eve geldiği zaman kendisini doğruca yatağa atmış ve yatışı o yatış olmuştu...

Ateşi sık sık 40'a kadar yükseliyor, mütemadiyen sayıklıyordu... Feyzâ, kızının hastalığına duymuş olduğu üzüntüyle bu bir hafta içinde adeta on yaş daha ihtiyarladığını hissediyordu. Hele Hilâl zaman zaman:

- Hayır, öğretmenim, beni ailem değil, siz zehirliyorsunuz... Ne olur... ne olur anneciğim, beni göndermeyin o okula... İstemiyorum... istemiyorum!...

Şeklindeki sayıklamaları karşısında bütün tahammül gücünü kaybediyor ve dadının teselli mahiyetindeki sözlerine rağmen bazen kızının başucunda saatlerce ağlıyordu...

Nihayet Hilâl, iyileşip ayağa kalktı... Fakat ne büyük hayrettir ki aradan geçen bu bir hafta zarfında ne okul idaresi, ne de öğretmen hanım, bir mektup veya talebe göndererek Hilâl'in niçin okula gelmediğini sorup araştırmadılar.

Buna rağmen Feyzâ, Hilâl'i hiç bir şey olmamış gibi okula gitmesi için günlerce iknaya çalıştı... Fakat bütün gayretleri beyhudeydi... Hassas yavrucak öylesine şiddetli yaralanmıştı ki, annesinin ellerine sarılıp öpüyor, seviyor; «Beni öldür, ama o okula gönderme anneciğim!...» diye çırpınıp ağlıyordu...

Belki Feyzâ, yine de ne yapar yapar onu ikna edebilirdi sonunda... Fakat tam o sıralarda dadının aniden hastalanışı buna mani oldu. Zaten bakıma muhtaç olan yaşlı kadın, bu ağır hastalıkla büsbütün çökmüş ve bakımı küçük bir çocuğun bakımından çok daha ağır hale gelmişti.

Feyzâ bir yandan yetiştirmesi icabeden malları harıl harıl makinede dikip hazırlıyor, bir yandan evin bütün işlerini muntazaman görüyor, bir yandan da artık en mübrem ihtiyacı için dahi yataktan kalkamıyan dadısının bitmez tükenmez hizmetine koşuyordu...

Genç yaşında zayıf omuzuna pek ağır yükler yüklenmişti... Evin hem erkeği, hem kadını olmak zannedildiğinden de zor bir meseleydi... Ama Feyzâ zar-zor demeden her şeye seve seve katlanmaktaydı...

Huzur Sokağı'ndan ayrılıp, bu bahçe içindeki tek katlı küçük ve mütevazi evi satın alarak, yerleştikten sonra Feyzâ'ya müteaddit evlenme teklifleri vaki olmuştu... Bunların hepsi de iyi ve varlıklı kimselerdi. Fakat Feyzâ bu taliplerin hiç birini kabul etmedi... Bir başkasıyla evlenmekle, Bilâl'in kalbindeki tertemiz sevgisine ve hatırasına leke düşüreceğini zannediyordu... Sonra Hilâl... Sevgili yavrusu... biricik kızı Hilâl ne olacaktı?. Ne kadar iyi bir kimse olursa olsun, Feyzâ kızını kat'iyen üvey baba elinde büyütmek istemiyordu...

Dadının iyileşeceği yerde gitgide hastalığının artması ve durumunun ağırlaşması, Hilâl'e bir senesini kaybettirmişti... Aslında hakkını arasa ve imtihanlara girse idi, sınıfını mutlaka geçer ve bütün kösteklemelere rağmen ilkokuldan iyi bir dereceyle mezun olabilirdi. Fakat teşebbüs etmediler, uğraşmadılar... Daha doğrusu ne teşebbüs etmeye ne de öyle uzun uğraşmalara vakitleri ve durumları müsait değildi...

Fakat Hilâl okumaya, Feyzâ da kızını okutmaya, bilgili ve tahsilli bir genç kız olarak yetiştirmeye azimli idiler...

Dadının hastalığı aylarca devam etti... Felç, ayaklarından sonra bütün vücudunu kaplamıştı. Abdestini güç halle teyemmümle alıyor, namazını yattığı yerde ima ile kılabiliyordu... Yatağının içinde o kadar erimiş bitmişti ki, 70 yaşında olduğu halde, en azından 85 inde gösteriyordu. Bilhassa son aylarda bakımı çok güçleşmişti... Tuvalete kalkamadığı için, Feyzâ sabah akşam demeden sürgüyle ihtiyacını gidermek mecburiyetinde kalıyordu..

Tabii dadı, bu duruma çok üzülüyor, yıllarca emek verip, hizmetinde bulunduğu bu vefakar insanın bu gün kendisine hem de en ağır şartlarla hizmet etmesi karşısında gözyaşlarını tutamıyor, mütemadiyen ağlıyordu...

Nihayet Temmuz ayının bunaltıcı sıcak bir gecesinde dadının durumu birden ciddileşti...

Feyzâ, makinede dikilecek malları bitirmiş, Kur'an okuyordu... Birden Hilâl'in sesiyle irkildi:

- Anneciğim... Anneciğim, bak... dadıcığıma birşeyler oluyor... Seni çağırıyor, çabuk anneciğim, çabuk!..

Feyzâ, Kur'anı kapattığı gibi heyecanla yerinden fırladı... Dadı, hala fısıltı gibi bir sesle:

- Feyzâ... Feyzâ!..

Diye sesleniyordu. Feyzâ, onun ellerini avuçları içine alıp öpmeye başladı:

- Ne var dadıcığım?.. Söyle bak, geldim işte.. yanındayım...

- Eğil, biraz daha bana eğil kızım... Duyuyor musun sesimi?... Sakın... sakın korkma emi?... Bak... dinle şimdi beni...

- Dinliyorum dadıcığım, heyecanlanma... yavaş yavaş konuş...

- Ama konuşamam ki yavrum... Sen ağlıyorsun!..

- Sen bana bakma dadıcığım... Bilirsin ben, sulu gözlünün biriyim...

- Feyzâ, benim vadem yetti artık kızım. Bana hakkını helal et...

- Sana benim ne hakkım olabilir ki dadıcığım?... Asıl sen helal etmelisin bana hakkını... Sen benim üzerimde belki annemden çok hak sahibisin... Ama kuzum, şimdi bu sözlerin sırası mı?

- Hem de tam sırası yavrucuğum... Bırak dilim dönerken konuşayım biraz... Hilâl... Hilâl nerede?...

- Burada, o da yanımda bak...

- Onu biraz öbür odaya gönder... Sana söyliyeceğim mühim bir şey var!...

- Peki dadıcığım... Hilâl, sen biraz yan odaya geçiver kızım, yine çağırırım ben seni...

Hilâl, sessizce ağlıyarak yan odaya geçti... Dadının göz panırları, yaşlarla dolmuştu...

Feyzâ yatağın ucuna usulca ilişerek, merak ve heyecanla dadının yüzüne baktı ve:

- Seni dinliyorum dadıcığım, dedi... Bayağı meraklandırdın beni...

- Sana şu son anlarımda, beni yıllarca vicdan azabı içinde yaşatan bir sırrımı açacağım... Evet, bu meseleyi yıllarca senden sakladım... ama şimdi söylemek istiyor ve senden af diliyorum...

- Estağfurullah dadıcığım...

- Evet... evet... Beni affetmelisin yavrum. Çünkü senin saadetine ben mani oldum... Yani bugünkü bedbahtlığının esas müsebbibi benim.

- Ne demek istiyorsun dadıcığım, sen...

- Sus!... Sus ve dinle yavrum: Birbirinizi çılgınca sevdiğiniz o gençlik çağlarında Bilâl beyin seninle evlenmesine ben mani olmuştum! Şimdi anlıyor musun niçin yıllardır vicdan azabı içinde kıvrındığımı?...

Feyzâ, elinde olmıyarak içini çekerek, hayretle ufak bir çığlık attı.

- Dadı!!!!...

Gözyaşları, dadının şakaklarından sızmaktaydı... Feyzâ'nın avucu içinde olan elini güçlükle kıpırdatarak:

- Evet yavrum, dedi... Seni öz evladı gibi seven, senin her zaman mes'ut olmanı isteyen ben, sana istemiyerek de olsa en büyük fenalığı yaptım. Ve Bilâl Bey seninle evlenmeye kararlı iken, buna ben mani oldum.

Feyza, bütün vücudundan buz gibi terler boşandığını hissediyordu... Olabilir miydi?... olabilir miydi bu?... Canı gibi sevdiği dadısı bunu yapabilir miydi? Bir türlü duyduklarına inanamıyordu... Titrek ve perişan bir sesle:

- Dadı, inanayım mı duyduklarıma?...

Diye inledi ve devam etti:

- Ama niçin, niçin mani oldun evlenmemize?... Anlat nolur dadıcığım... Nasıl oldu niçin yaptın bunu?...

- Dinle kızım... anlatacağım her şeyi... Gözlerim kapanmadan her şeyi bilmeni istiyorum. Hatırlıyor musun, hani bir gece bana ne yapıp yapıp Bilâl'i elde edeceğini, bunun için de önce ona namazlı abdestli, imanlı bir kız gibi görüneceğini, onu elde edip evlendikten sonra ise, dizginleri tam eline alıp, Bilâl beyi namazdan vazgeçirdiğin gibi, onu bir toplulukta sigaranı yakacak centilmen bir salon erkeği haline getireceğini söylemiştin?..

- Evet, Allah affetsin... Aynen söylemiştim bunları dadıcığım... Peki sonra?

- İşte senin bu sözlerin bana pek dokunmuştu yavrucuğum... Evet, seni hakiki bir evlad sevgisiyle seviyordum... Elimde yetişmiştin... Sevdiğin bir erkekle yuva kurmanı belki her şeyden çok isterdim. ama Allah'dan korkan mümin bir kadın olarak, tertemiz, imanlı, abdestli namazlı bir gencin de böyle bir tuzağa düşmesine vicdanım katiyyen razı olamazdı. Gerçi önceleri senin bu sözlerine pek ehemmiyet vermemiş, gelip geçici bir şeytanlık deyip geçmiştim. Ama sonraları biraz takip edince, durumun hiç de böyle olmadığını anladım... O kapıcı kadına verdiğin paralar, onu Bilâl beylerin evine gönderip, delikanlıya söylemesi için laf öğretmeler, hele hele gece vakti evden kaçıp, Bilâl beyin bulunduğu sahile gidip onu baştan çıkartmak istemeler... İşte bunların hepsi benim gözümü korkuttu... Senin sahile, Bilâl beyin yanına gidip de ağlıyarak eve döndüğün gecenin hemen ertesi günü, gecenin karanlığında ben de sahile gittim...

- Allahaşkına doğru mu söylüyorsun dadıcığım?...

- Elbette yavrum... Gittim ve senin Bilâl bey hakkındaki bütün planlarını ve bana söylemiş olduğun sözleri anlatarak: «Olmaya ki onun sözlerine ve hareketlerine kanasın. Kendini yakmak istemiyorsan, onu unut evladım...» dedim. Tabii çok şaşırdı, çok üzüldü ve kendisini düşünüp, ikaz ettiğim için bana çok minnettar kaldığını söyledi... İşte böyle yavrucuğum... Bilâl bey o günden sonra, senin aşkının galip gelme ihtimali ile korkarak, derhal bir başka kızla evlendi.... Tabii sen de ona inat olsun diye Selim'le... Şimdi anladın mı bugünkü bedbahtlığına benim nasıl sebep olduğumu?... Ah ne kadar, ne kadar pişmanlık çektim sonraları bilemezsin Feyzâ'm...

Dadının anlattıkları karşısında Feyzâ rahatlamıştı.

- Bilakis dadıcığım dedi... Sen Bilâl'in ve benim saadetimle oynamış değil, her ikimizi de büyük bir tehlikeden kurtarmış bir insansın, buna emin ol... Şayet o zamanlar Bilâl, hislerinin tesiriyle bana inanıp, benim gibi bir kızla evlenmeye kalksaydı, dünyanın belki en bedbaht insanı olacaktı... biliyorsun canım dadım, ben o zamanlar cin gibi, şeytan gibi hoppa mı hoppa bir zamane kızıydım...

- Olsun Feyzâ'm, belki evlenseydiniz diyorum, sen onu değil, o seni çeviriverirdi kendi yoluna? Sen de hem sevdiğin erkekle evlenmiş olur, hem de ta o zamanlardan Allah'ın yoluna girmiş olurdun.

- Orası hiç belli olmazdı dadıcığım... Bir de aksi ihtimali düşün... Ya Bilâl beni değil de, ben onu kendi yoluma çevirmeye muvaffak olsaydım? O zaman hem o yolundan çıkıp şeytanın yoluna sapmış olacaktı, hem de ben belki bu günkü İslâmi yaşayışa sahip olamıyacaktım... Her şeyde bir hayır vardır dadıcığım... Bilâl'in bana çektirdiği ızdırab olmasaydı, ben bugün böyle olabilir miydim? Demek her şey hikmet programı dahilindedir... Kader-i İlahiye teslim olmaktan daha güzel şey var mı şu dünyada?

Feyzâ, sözleriyle dadının gitgide sıkışan kalbine su serpmişti... Bütün ızdırabına rağmen yaşlı kadının dudaklarında mes'ut bir tebessüm belirmişti. Gözlerini yumdu, bir müddet hiçbir şey söylemedi. Sonra yavaş yavaş yaşlı kirpiklerini araladı ve çok hafif bir sesle:

- Sen bir meleksin Feyzâ, dedi. Senin ağzından bu sözleri duyduktan sonra artık rahatça ölebilirim... Biliyor musun yavrum, sanki göğsümün üstünden tonlarca ağırlıkta bir taş kalktı. İçimde kuş gibi bir hafiflik var... Hilâl'i çağır artık içerden... Doya doya son defa öpmek, koklamak istiyorum onu da...

- Ne kadar tuhaf konuşuyorsun dadıcığım. Son defa ne demek?... Kendi kendine kuruntular yapma öyle yalvarırım... İnşallah daha çok seneler yaşıyacaksın. benim saadetimi göremedin ama, Hilâl'imizin saadetine şahit olacaksın...

Dadının gözlerinden yine yaşlar dökülmeye başlamıştı... Feyzâ'yı fazla üzmemek için:

- İnşallah yavrum, inşallah, dedi. Ama yine de sen çağır Hilâl'i.... ikinizi de doya doya seyretmek, doya doya öpmek istiyorum.

Feyzâ, içeriye doğru seslendi:

- Hilâl... Hilâl, gel yavrum... Bak dadın seni görmek istiyor.

Hilâl odadan çıktı... İçerde sesiz sessiz ağlamış olacaktı ki, gözleri kıpkırmızı olmuş, göz kapakları şişmişti. Annesi dadıya farkettirmeden ona, «sakın ağlıyayım deme» gibisinden bir işaret yaptı. Hilâl geldi, tam dadının baş ucunda yere diz çöktü ve onun rengi çekilmiş yüzüne bakarak:

- Buyrun dadıcığım, geldim işte, dedi.

Dadının yüzü, biraz evvelkinin aksine, bir kaç dakika içinde pembeleşmiş ve güzelleşmişti. Bu haliyle adeta bir genç kız kadar taze ve güzeldi. Gözlerini güçlükle Hilâl'e doğru çevirdi ve:

- Biliyorsun ben doğrulamıyorum yavrum, dedi. Eğil... biraz sen eğil bana ki, o gül yüzünü öpeyim...

Hilâl, yanağını dadıya doğru uzatınca, her ikisinin gözyaşları birbirine karışıverdi... annesinin ikazına rağmen hassas çocuk, dayanamamış, ağlamıştı... Dadı, Hilâl'in ıslak yanaklarını öperken, onun taze yüzünü bir çiçek gibi içine çeke çeke kokluyordu... Hilâl'in hıçkırıkları sıklaşınca Feyzâ onu güçlükle dadının göğsünden ayırdı ve yatıp uyumasını tembih ederek, odasına gönderdi...

Şimdi odada dadı ile Feyzâ yalnızdı... Dadının birdenbire böyle bir gelinlik kız gibi güzelleşmesi, Feyzâ'ya biraz hayret, biraz da korku vermişti. Dadı, yine çok hafif sesle, genç kadının yüzüne bakarak:

- Sen de yaklaş Feyzâ'm, dedi... Seni de içime çeke çeke koklıyayım, öpeyim yavrum... Ama sakın Hilâl gibi ağlama sen de...

Feyzâ usulca eğildi, dadıyı yavaşça kucakladı ve beyaz tülbentinin altından kınalı saçlarını şefkatle okşamıya başladı... Dadı artık ağlamıyordu... Feyzâ da sakin ve mütevekkil görünüyordu... Dadının yüzünü gözünü öperken durmadan ondan helallik istiyordu... Nihayet dadı:

- Yeter yavrum, dedi... Senin şu tükettiğin nefes kadar hakkım olsa sende daha ne isterim ben? Üzerindeki bütün haklarım helal olsun... Zaten şu hastalıkla geçirdiğim seneler zarfında bana geçen hakkın, benim hakkımın yüz mislinden fazladır. Onun için üzülme... biz çoktan ödeştik... Benim için mühim olan, senin bana hakkını helal etmendir.

Feyzâ, dadının saçlarını okşamıya devam ederek cevap verdi:

- Eğer varsa, benim de sana bütün haklarım helal olsun canım dadıcığım... Haydi artık biraz istirahat edip dinlensen, ne dersin? Bir hayli konuştun ve yoruldun...

Dadı, denileni yaptı... Gözlerini yumdu... Fakat bir müddet sonra Feyzâ, uyuduğuna kanaat getirerek yerinden doğrulmak isteyince, yeniden açtı gözlerini ve duyulamıyacak kadar bir sesle:

- Feyzâ'm, bana Kur'an oku...

Feyzâ koşup, bıraktığı yerden Kur'anı aldı geldi ve dadının

başucuna oturarak yavaş sesle Kur'an okumaya başladı...

Aradan ne kadar zaman geçti, bilemiyordu. Saatlerdir dadının başında Kur'an okumaktaydı... Bir ara yaşlı kadının hafifçe dudaklarının kıpırdadığını farkederek, onun kendisinden birşey istediğini zannetti... Üzerine eğilip soracakken, dadının yeniden uyuduğunu görerek bundan vazgeçti...

Nihayet minarelerden sabah ezanı duyulmaya başlamıştı. Feyzâ, duasını bitirip, Kur'anı kapıyarak ayağa kalktı... Abdestini tazelemeden önce bir kere daha dadısının yüzünü seyretmek için yavaşça eğildi...

Fakat o ne?!!..

Dadının yüzü sarı - yeşil bir renge bürünmüştü. Gözleri kapalıydı... Dudaklarında mes'ut bir gülümseme vardı...

Feyzâ, yavaşça dadının eline aldı... Ve aynı anda vücudunu garib bir ürperme kapladı. Evet, artık avucunun içindeki el, bir ölünün eliydi. Soğuk, hissiz, rengi çekilmiş lastik gibi bir el...

* * *

Hilâl, annesinin yanında modern bir ilkokul binasının merdivenlerini çıkarken, heyecandan bir yaprak gibi titremekte idi. üzerinde gri kareli ince yünlü bir kumaştan elbise ve pantalonu takım zarif bir kıyafet vardı. Yolda onu annesiyle birlikte başı örtülü olarak gören herkes hayretler içinde kalıyordu.

Fakat başörtüsü, güzel bağlanış şekliyle ona o kadar yakışıyordu ki, ister istemez kıyafetiyle herkes üzerinde derin bir hayranlık uyandırıyordu Hilâl.

Nihayet geniş bir koridordan geçerek müdürün kapısı önüne geldiler. Feyzâ, kapıyı vurarak Hilâl'le beraber içeriye girdi... Tam karşısında geniş bir çalışma masasının başında, önündeki evraklarla meşgul olan müdür bey, 50-55 yaşları arasında gözlüklü, beyaz saçlı kibar görünüşlü bir insandı. Feyzâ içeri girince başını kaldırdı ve:

- Buyurun hanımefendi.

Diyerek oturması için yer gösterdi. Feyzâ, gösterilen koltuğa teşekkür edip oturduktan sonra:

- Kızımı okulunuzun 5. sınıfına kaydettirmek istiyorum efendim, dedi.

Müdür, yanaklarına doğru indirmiş olduğu gözlüklerinin üzerinden, annesinin yanında ayakta duran Hilâl'i tepeden tırnağa süzdü. Sonra yan tarafta bir zile bastı. İçeriye orta yaşlı son derece sevimli ve güleryüzlü bir hanım girdi.

- Buyurun müdür bey?

- 5 inci sınıfların kadrolarında boş yer var mı muavin hanım?

Muavin hanım, müdüre cevap vermeden önce gözlerini Feyzâ ile Hilâl'in üzerine çevirdi ve yarı hayret yarı takdir hisleriyle ikisini de tepeden tırnağa kadar süzdükten sonra Hilâl'e yaklaştı, yüzünde tatlı bir tebessümle çenesini okşayarak:

- Yoksa bu güzel bahar çiçeğini mi kaydedeceğiz? dedi. Vallahi hiç yerimiz yok ama, bu papatya gibi cici, çıtı-pıtı yavruyu alalım müdür bey.

Sonra Feyzâ'ya dönerek:

- Küçücükten hafız mı yetiştirdiniz hanım efendi. Dedi.

- Hayır efendim, kızım hafız değildir. Size bu zannı veren kıyafetine sebeb, doğrudan doğruya dinin emir ve prensiplerine kendisini küçük yaştan alıştırmak istememdir.

Muavin hanımın gözleri bir anda buğulanmıştı. Hüzünlü bir sesle:

- Ah.. ne olurdu bizi de büyüklerimiz böyle yetiştirseydi. Bugün biz de böyle sözde müslüman olmazdık herhalde.

Diyerek ani bir hareketle müdür beye döndü.

- Tamam Müdür Bey, küçüğü alabiliriz. Derhal kaydını yapalım, dedi.

Feyzâ'nın içi rahatlamıştı. Fakat söyliyecekleri vardı. Her ikisine hitapla:

- Anlayışınızdan ve fedakarlığınızdan dolayı teşekkür ederim efendim, dedi... Yalnız bu arada sizinle biraz kızımın durumu hakkında görüşmek istiyorum. Ki, bunları mutlaka peşinen söylemem icabeder.

Müdür, alaka ile:

- Buyrun, sizi dinliyoruz hanımefendi, dedi.

Feyzâ, yanıbaşındaki Hilâl'i işaret ederek söze başladı:

- Görüyorsunuz, kızımın kıyafeti İslâmidir, efendim. Yani diğer kız talebelerin kıyafetinden fazla olarak önlüğünün altında pantolonu ve bir de başörtüsü vardır. Ben çocuğumu bu kıyafetle okula göndermekteyim.

Müdür, şaşırmış bir vaziyette sordu:

- Nasıl yani, okulun içinde, sınıfında böyle başörtüsü ile mi oturacak?

- Hayır efendim. Okulun bahçe kapısına kadar böyle gelecek, okulda çıkaracak örtüsünü. Esasen henüz dinen başörtme çağında değildir. Fakat evvelce de arzettiğim gibi, ilerde örtünmek hususunda güçlük çekmemesini istediğim için onu böyle yetiştirdim.

Muavin hanım ileri atıldı:

- Canım okulda ve sınıfın içinde başını örtmedikten sonra, istediği gibi gidip gelsin okula, değil mi müdür bey?

- Elbette efendim... Çocuğun okul dışı kıyafeti bizi ilgilendirmez.

Müdür ve muavinin bu ümitverici sözleri üzerine Feyzâ geçen sene Hilâl'in okulda başından geçen ve okuldan ayrılmasına sebep olan hadiseyi anlattı. Her ikisi de hayret etmişti... Muavin hanım:

- Ama nasıl olur hanımefendi, dedi. Okulun mecburi forması olsa istenilen, anlarım... Fakir zengin herkes yapacaktır bunu... Fakat, hem de son sınıf olan 5 inci sınıfta üstelik okulun kapanmasına biriki ay kala ve böyle pahalı bir forma mecbur tutulamaz. Bilhassa bayramlar için arzu eden talebe hususi kıyafet diktirir, istemiyen diktirmez. Keşke diretse idiniz...

Feyzâ, üzüntüsünü örtmiye çalıştığı bir sesle:

- Anlattığım gibi, çok direttim muavin hanım, dedi. Fakat öğretmen hanımı ikna etmek mümkün olmadı... Üstelik, ben sınıftan çıktıktan sonra, kendi yavrumu benim aleyhime çevirmek için gayret sarfedip, olmadık şeyler telkin etmeye çalışıyor. Hasılı bu hareketler, kızımın bir sene kaybına sebep oldu... Benim, size bunları anlatmamdaki sebep, her şeyi peşinen konuşup, kızımın okulunuzda kıyafetinden dolayı bu ve benzeri hareketlere maruz bırakılmaması hakkında teminat almak içindir.

Müdür güldü:

- Desenize, sütten ağzınız yandı da, yoğurdu üfleyerek yemek istiyorsunuz...

Muavin hanım söze karıştı:

- Siz merak etmeyiniz hanımefendi, müsterih olunuz. Kızınız, elimizde emniyettedir, dedi.

Feyzâ müdür beye teşekkürlerini bildirdikten sonra, müdürün sözü üzerine muavin hanımla birlikte yan odaya geçerek, Hilâl'in kayıt muamelesini yaptırdı...

Okulun merdivenlerinden inerlerken, anne - kızın, her ikisinin de kalbi bir tüy kadar hafiflemişti sanki,

* * *

Okullar açılmış, Hilâl yeni okuluna başlamıştı...

Yeni öğretmeni 35-40 yaşları arasında güler yüzlü, tatlı sözlü, şirin ve sempatik bir kadındı..

Daha ilk görüşünde Hilâl'i çok sevmiş, hele onun güzelliği, inceliği, zerafet ve yüksek terbiyesinin yanında ince bir zekaya ve kuvvetli bir natıkaya sahip oluşu büsbütün hayret ve takdirini mucib olmuştu...

Hilâl, kısa zamanda kendisini sınıf arkadaşlarına da çok sevdirmişti. Hele bir kaç kız arkadaşı vardı ki, ders dışında, teneffüslerde onu bir an dahi yalnız bırakmıyorlardı.

- Sen namaz kılıyorsun, değil mi Hilâl?

- Tabii...

- Ama namazı yaşlı insanlar kılmaz mı?.. Mesela benim babaannemle dedem kılıyorlar ama, annemle babam «biz de yaşlanınca kılarız» diye kılmıyorlar namazı.

- Peki, siz hiç sordunuz mu babaannenizle, dedenize, namazı yaşlanınca mı kılmaya başlamışlar?...

- Benim babaannem de, dedem de daha yedi yaşlarındayken namaz kılmaya başlamışlar.

- Benim de...

- Benim anneannem de küçük yaşındanberi namaz kılıyormuş...

- Gördünüz mü, demek ki, annemizi, babamızı dünyaya getiren büyüklerimiz, namazı yaşlanınca kılarız dememişler, küçük yaşta başlamışlar namaza. Zaten dinimiz, çocukların 7 yaşında namaza başlamalarını emrediyor.

- Sen de 7 yaşında mı başladın namaza Hilâl?..

- Tabii... Bugüne kadar da hiç bırakmadan kıldım.
- Ah ne güzel... ne güzel... Sana ne mutlu Hilâl...

Teneffüslerde, arkadaşlarıyla yaptığı konuşmalar, bu minval üzere uzayıp giderdi.

* * *

Birgün din dersinde öğretmeni sordu:

- Çocuklar, bana içinizde Fatihâ suresini kim okuyacak?...

Sınıfta Hilâl'in parmağından başka havaya kalkan parmak görünmüyordu. Öğretmen ısrarla gözlerini talebelerin üzerinde gezdirdi ve tekrar sordu:

- Hilâl'den başka, Fatiha suresini bilen yok mu içinizde?...
- ....

Çocukların hepsi, suçlu bir ifadeyle başlarını önlerine eğmişlerdi. Susuyorlardı.

Hilâl ayağa kalktı:

- Öğretmenim, müsaade ederseniz ben okuyayım.
- Oku Hilâl. Oku da yüzleri kızarsın biraz arkadaşlarının.

Hilâl, «Eüzü Besmele» çekerek, makamlı olarak okudu Fatiha'yı. Güzel sesi, sınıfın içinde dalga dalga yükseldikçe, öğretmenin gözlerine yaşlar hücum ediyor, Hilâl'e karşı olan sevgisi bir kat daha artıyordu... Nihayet «Amin» diyerek sureyi bitirince:

- Aferin yavrum, senin gibi bir evlada sahip olan o anneye ne mutlu, oturabilirsin artık, dedi.

Ve hiç bir şey söylemeden, bir müddet elleri kavuşmuş vaziyette üzgün ve düşünceli, sınıfta bir aşağı bir yukarı gezindikten sonra, ağlamaklı, titrek bir sesle:

- Yazık... yazık, diye söylendi. Demek ki içinizde Hilâl'den başka annesinin, babasının ardından bir Fatiha okuyacak kimse yok öyle mi?... Siz nasıl müslümansınız peki çocuklar?.. Şunu iyi bilin ki, Hristiyan çocukları kendi dinlerini sizden daha iyi biliyorlar. Onlar kadar bile olamadınız, yazık!...

Hilâl, arkadaşlarının işitmiş olduğu azardan pek müteessir olmuştu... Ruhu bu azaba tahammül edemedi. Tekrar ayağa kalkarak:

- Öğretmenim, dedi... Bana kalırsa, sevgili arkadaşlarım bu işte suçlu değildirler. Esas suçlu olan, onlara hiç bir dini bilgi vermeyen anne ve babalarıdır. Şayet benim de annem, küçük yaşımda bunları öğretmeseydi, bugün ben de aynen bu başları önlerine eğik arkadaşlarımın durumunda olacaktım.

Hilâl'in bu sözleri çocukların kalbine ferahlık vermişti... Fakat içlerinde çok hisli ve hassas olanları utanç ve üzüntüden, gözyaşlarına mani olamamıştı... Birkaç kişi, sıraların üzerine kapanmış, hıçkırarak ağlamaktaydı...

* * *

Bir başka gün...

Öğretmen hanım:

- Hilâl yavrum, dedi... Yemek tatilinde öğle teneffüslerinde yemekten sonra seni hiç arkadaşlarının arasında göremiyorum. Neredesin, ne yapıyorsun o vakitler sen?..

Hilâl, her zamanki terbiyesi ve ince, nazlı güzelliğiyle ayağa kalkarak cevap verdi:

- Biliyorsunuz öğretmenim, tek tedrisatlı olduğu için derslerimiz sabahtan akşama kadar devam ediyor. Bu arada, evimiz biraz uzak olduğu için arkadaşlarımın bazıları gibi öğle tatilinde evime gidemiyorum. Yemeğimi burada yiyorum ve daha sonra aşağıda tuvalet çeşmelerinden abdest alıp öğle namazımı kılıyorum:

- Öğle tatillerinde namaz mı kılıyorsun sen?...

- Evet öğretmenim.

- Peki nerde kılıyorsun namazını?

- Okul hademesinin alt kattaki odasında efendim. Hademe teyzeciğim, bana müsaade ediyor. Ben de evden getirdiğim bir seccadeyi yayarak orada, hademenin odasında kılıyorum.

Öğretmen bir an duraladı... Alt üst olduğu yüzünden belliydi. Yutkunarak:

- Bak Hilâl, ben de namaz kılarım kızım, ama, öğle namazlarını mecburen kazaya bırakıyorum,.yatsıda kılıyorum. Sen de öyle yapsan daha doğru olur kızım...

Öğretmen hanım, aslında doğru söylemiyordu. Sınıfta kendisiyle ailece yakın dostluğu olanlar vardı... Bunlar öğretmenlerinin namaz kılmadığını çok iyi biliyorlardı. Dine saygısı vardı, dinini çok sever ve Ramazan ayında oruç tutardı, o kadar...

Hilâl, bu durumu bilmediği için, öğretmenin de kendisi gibi namaz kıldığına inanınca çok sevinmişti. Cevap verdi:

- Öğretmenim, yemeğimi yedikten sonra, namaz kılmak için vakit kalıyor. Kazaya bırakmaktansa, vaktinde kılmak daha iyidir düşüncesiyle bu artan vaktimi değerlendirmeye çalışıyorum...

- Yavrucuğum, ben sana niçin kılıyorsun demiyorum. Fakat arkadaşların açık havada oynarken, sen bu oyunlardan mahrum kalıyorsun diye üzülüyorum. Öyle ya, akranların gibi senin de hakkındır oynamak zıplamak.

- Beni düşünmenizden dolayı çok teşekkür ederim öğretmenim. Ama kalbiniz rahat olsun... Çünkü ben namaz kılmayı öyle çok seviyorum ki, inanın bir tek rekat namazıma dünyanın bütün güzel ve eğlenceli oyunlarını değişmem. Bunun için üzülmenize lüzum yok efendim.

Öğretmen hanım:

- Evet ama evladım, dedi... Kazaya bırakmak mümkünken neden kendini zora koyasın?. Sana daha evvel de söylediğim gibi ben de öğle namazını kazaya bırakıyorum.

- Efendim ben de, kazaya bırakmak değil, bırakmamak mümkünken niçin bir iki oyun için namazımı geçireyim, diye düşünmekteyim. Size gelince; siz de pekala kazaya bırakmıyabilirsiniz namazınızı... Bu söz belki benim haddim değildir ama öğretmenim, sizi çok seviyorum.. Allah'ın da çok sevmesini arzu ediyorum.

Bu sözler üzerine, öğretmen hanım lafı değiştirmek istedi:

- Sağol yavrum... Neyse, sen yine bildiğin gibi hareket et. Şimdi gelelim dersimize...

* * *

Ertesi gün, öğle tatilinde Hilâl, yine her günkü gibi annesinin küçük sefertasına hazırladığı kuru yiyecekleri yemiş, karnını doyurduktan sonra aşağıda abdestini alıp, hademe kadının mütevazi odasına gelmişti. Saf ve imanlı Anadolu kadını, türlü rezaletlerle dolu şu memlekette, böyle küçücük yaşta Allah'ını bilip, namaz kılan bir çocuk görmenin sevinciyle Hilâl'e bir anne muhabbeti besliyordu adeta. O gün de her zamanki gibi eli ayağına dolaşarak:

- Hoş geldin benim sultanım. Haydi gel, gel serivereyim seccadeni.

Diyerek, tahta kerevetinin altına sakladığı seccadeyi çıkarıp, kıbleye doğru serdi. Küçük basma parçalardan eklenerek yapılmış eski, fakat temiz bir bohçanın içinden dantelli, bahar gibi bir namaz örtüsü çıkararak:

- Haydi benim gözümün nuru, dedi Duruver Hak'kın divanına da, bu biçare, günahkar teyzen için de dua ediver... Senin gibi sübyanların duası Allah indinde makbuldür.

Hilâl, hademenin uzattığı namaz örtüsünü başına takarken, bir yandan da tatlı tatlı gülümsiyerek:

- Sana dua etmiyeceğim de kime edeceğim canım teyzem, dedi... Sen bana odanı açmasaydın, ben nerelerde namaz kılacaktım.

İmanlı kadın, Hilâl'in sırtını okşarken ağlıyordu:

- Ben sana odamı açmasaydım da, sende bu büyük akıl, bu iman olduktan sonra sen, okulun kömürlüğünde bilem kılardın namazcığını, benim gözümün nuru...

Hilâl, başka birşey söylemedi. Seccadesine doğru yürüdü. Tam namaza başlamak üzereydi ki, hemen kulağının arkasında kendisine hitap eden bir sesle irkildi.

Yüreği hoplayarak bir anda arkasına döndü baktı... Gelen öğretmeniydi.. Öğretmen hanımın kolları sıvalıydı.. elindeki mendiliyle ıslak kollarını ve yüzünü kurulumaktaydı. Tatlı bir sesle:

- Hilâl yavrum, benim yukarda acele işim var. Müsaade et, önce ben kılayım, sonra devam edersin sen namazına...

Hilâl, o an ne söyliyeceğini bilemedi. Gözlerine ve kulaklarına inanamıyordu. Başındaki örtüyü çıkartıp öğretmenine uzattı:

- Buyurun öğretmenim...

- Teşekkür ederim yavrum. Merak etme çabuk kılarım.

Birkaç saniye sonra, Hilâl'in öğretmeni, belki de hayatında ilk defa namaza durmuş bulunuyordu..

Hademe kadında gözlerine inanamıyordu bir türlü. Çünkü o da çok iyi bilirdi ki, Hilâl'in öğretmeni Sabahat hanım, imanlı fakat namazsız bir kadındı.

O günden sonra bu durum, her gün böyle devam etti... Öğretmeni, Hilâl'den önce namazını kılıp yukarı çıkıyor, Hilâl'de arkadan eda ediyordu namazını...

Bir gün, sınıflarından iki kız, bir erkek arkadaşı, Hilâl'in hademenin odasında namaz kılışını kapı aralığından gizlice seyretmişlerdi.

Hilâl, namazını bitirip, duasını yaptıktan sonra, tam seccadenin üzerinden kalkmak üzereydi ki, çocuklar gizlendikleri yerden çıkıp, odaya daldılar ve Hilâl'in karşısına dikildiler. Kızlardan biri:

- Hilâl, dedi. Bize de namaz kılmasını öğretir misin? Bak bu arkadaşlarım da çok istiyorlar. Ne olur kırma bizi.

Hilâl'in sevinçten dili tutulmuştu adeta... Heyecanlı bir sesle:

- Sahimi söylüyorsunuz çocuklar? dedi Alay etmiyorsunuz ya benimle?...

- Aaa.. a...a!.... Aşkolsun Hilâlciğim... Billahi alay filan değil.. Hem niye alay edeceğiz?. Sana hepimiz imreniyoruz. Ve biz de senin gibi olmak istiyoruz. Şimdi söyle öğreteceksin bize de namazı değil mi?

- Elbette... Tabii... Hem de çok sevinerek. Ah çocuklar ne iyi, desenize siz de başlıyacaksınız namaza? Ne güzel burada hep beraber kılarız.

Hilâl, o gün ve ondan sonraki birkaç gün içinde, arkadaşlarına namazın nasıl kılınacağını öğretmişti... Ayrıca evde ezberlemeleri için «Subhaneke» gibi, «İhlâs» suresi gibi kısa ve küçük sureleri ayrı ayrı kağıtlara yazarak onlara vermişti...

Çocuklardaki o şevk, o neşe görülecek şeydi doğrusu.. Hilâl'in yazdığı sureler, bir-iki gün içinde ezberlenmiş ve temiz kalbli hademe kadının odasında namaz kılan çocuk sayısı birden, dörde yükselmişti.

Daha sonraki günlerde bu sayı, gitgide artmaya başladı. Onların hep birlikte namaz kıldığını gören duyan, bilen diğer arkadaşları da küçük kalblerinde beliren büyük arzu ile üçer beşer hademenin odasında, arkadaşlarının safına katılmaktaydılar...

Kadıncağız, odasına giren bu çocuklardan değil rahatsız olmak, onların herbirini teker teker öperek, yaşlı gözlerle bağrına basmaktaydı.

Fakat bir aya kalmadı, hademenin odası namaz kılan çocukları içine almaz bir hale geliverdi.. Evet, bir ay içinde, sınıfın hemen hemen yarısı, namaza başlamıştı...

Ne var ki sayı çoğaldıkça, odada namaz kılmak imkansız bir hal alıyordu...

Hademe kadın her ne kadar:

- Ah benim gözümün nurları.. Can yavrularım.. Hayatım, ruhum, her şeyim size feda olsun...

Diyerek ne kadar temiz çarşafı ve battaniyesi varsa yerlere sermekte ise de, yerler bu küçük cemaate kafi gelmemekteydi.

Nihayet hademenin aklına parlak bir fikir geldi. iki kişilik karyolası ve pencerenin yanındaki divanı bomboş ne güne duruyordu?..

Hemen harekete geçti. onların da üstlerine temiz örtüler yaydı ve:

- Haydi benim minik müslümanlarım, isteyen burada kılsın namazı, dedi.

Çocuklar bu işe dünden razı olacaklar ki, bir anda ince minderli tahta divanın ve yayları gevşemiş geniş nikel karyolanın üzeri, sıvama doluverdi.

Manzara cidden görülmeye değerdi. Önde erkek çocuklar, arka saflarda kız talebeler olduğu halde Hakk'ın yüce divanında el bağlayıp diz çöken hınca hınç bir oda dolusu çocuğun namaz kılışı, gökteki melekleri dahi ağlattıracak ulvi bir tabloydu...

Hademe kadın, bu eşsiz tabloyu kapının eşiğinden yaşlı gözlerle seyrederken, bir yandan da ellerini açıp dualar ediyordu:

- Ey Rabbim!.. Bana bu günleri gösterdin ya, artık ölsem de gam yemem. Sana binlerce şükür Allahım.. Sen bu sübyanların her birinin defterine yüzer şehit sevabı yaz!.. diye...

Fakat bu saadetli günler, ne yazık ki uzun sürdürülmedi... Durumu haber alan okul idaresi şiddetli bir yasakla okulda namaz kılınmasına mani oldu...

Okulda aşırı kısalıktaki mini eteği, aşırı makyajı ve aşırı laubali, hafif hareketleri ile dikkati çeken yılan gibi soğuk bakışlı Ayten isimli sarışın bir kadın öğretmen vardı...

Ayten öğretmen, okula her gün değişik bir saç biçimi ve değişik bir kıyafetle gelirdi... Esasen okul saatlerinin dışında bütün saatleri kuaför ve terzilerde, poker partilerinde eğlence yerlerinde geçerdi Ayten öğretmenin.

İşte o uğursuz gün ne olmuşsa, bu uğursuz öğretmenin yüzünden olmuştu.

O gün, öğle tatilinde çocuklar gurup gurup okul bahçesinde çeşitli oyunlar oynamaktaydı. Bir ara Ayten öğretmen, okul binasından çıkarak bahçeye, çocukların arasına karıştı. Bir yandan yürüyor, bir yandan da çocuklara:

- İçinizde 5 - A'dan kimse var mı?... Diye soruyordu.

Nihayet arkadaşları ile top oynayan, yüzü gözü toz içinde bir erkek çocuğu:

- Ben varım efendim diye bağırdı.

- Sizin sınıftaki annesi terzi olan Kamuran'ı çabuk bul bana.

- Öğretmenim, Kamuran aşağıda namaz kılıyor.

Ayten öğretmen, bu sözle yüzüne kamçı yemiş gibi irkildi. Ateş saçan gözlerle çocuğun yakasına yapışarak:

- Ne dedin, ne dedin? diye haykırdı... O da ne demek oluyor öyle? Kamuran mı namaz kılıyor?

Çocuk korkmuş ve şaşırmıştı. Adeta kekeliyerek:

- Evet öğretmenim, dedi. Yalnız o değil, sınıfımızın yarısına yakın bir kısmı aşağıda hademe kadının odasında namaz kılıyorlar.

- Bak sen hele?... Ne zamandan beri devam ediyor bu durum?

- 10 gün kadar oluyor efendim. Arkadaşlarımızın çoğu, 10 gündür yemeklerini çabucak yiyip, aşağıya koşuyorlar ve abdest alıp, birlikte namaz kılıyorlar.

Ayten öğretmenin yüzünün o andaki aldığı hali görenler, onu kız ve erkek talebelerin aşağıda ahlaksızlık yaptıklarını, fena vaziyette bulunduklarını haber alan mazbut, ahlaklı ve muhafazakar bir öğretmen zannederlerdi muhakkak. Yüzü hiddetinden saçlarının dibine kadar kızarmıştı.

Bir pençe gibi kavradığı çocuğun yakasını hırsla bırakarak, koşar adımlarla okula doğru yürüdü. Alt kata giden merdivenleri koşa koşa indi. Sinirinden hızlı hızlı soluyarak loş koridorda ilerlemeye başladı.

İşte nihayet hademe kadının odasının kapısı önündeydi. Büyük bir ahlaksızlığı, suçüstü yakalamak isteyenlerin tavrı içinde bir hamlede kapının kulpunu çevirdiği gibi, kapıyı ardına kadar açtı...

Gördüğü manzara karşısında bir anda şuurunu kaybettiğini zannetti. Evet, doğruydu. Yerler, karyolanın üstü divanın üstü yan yana, arka arkaya namaza durmuş yirminin üstünde kız-erkek talebeyle doluydu. Gözleri yuvalarından fırlamış bir şekilde, tiz ve cırlak bir sesle:

- Sizi alçaklar!... Sizi namussuzlar!... Demek böyle ha?..

Diye haykırdı. Hilâl'den başka bütün çocuklar korkularından namazlarını bozmuşlar, arkalarına dönünce; ellerini beline dayamış, bir barut fıçısı gibi kapı eşiğinde duran Ayten öğretmenle yüz yüze gelmişlerdi.

Ayten öğretmen, hepsini ayrı ayrı ateş saçan gözlerle bir bir süzdü... Sonra gözleri hala hiçbir şey olmamış gibi namazına devam eden Hilâl'e takılarak, ona doğru ilerledi... Ve başı secdede olan Hilâl'i, ensesinden tuttuğu gibi:

- Sen sözlerimi duymadın mı bakiyim?

Diye hırsla arkaya doğru çekti... Ve Hilâl'in arka üstü düşmesine aldırmadan avaz avaz bağırıp çağırmaya devam etti:

- Söyleyin bakayım nedir sizin yaptığınız bu rezalet?

Bu suali, arkadaşları arasında hazırcevaplığı ve medeni cesareti ile tanınmış olan Hilâl cevaplandırdı:

- Namaz kılmak, efendim! Ne var ki, namaz kılmak bir rezalet değil: bir fazilettir.

Ayten öğretmen, böyle bir cevap hiç beklemediği için: sırtına şiş yemiş bir boğa gibi ileriye atıldı ve Hilâl'in uzun örgülü saçını yakaladığı gibi yüzüne bütün hırsıyla şiddetli bir tokat indirdi.

- Utanmaz küstah!... Ala akıl hocası olurmuşsun meğer sen.

Hilâl, ellerini yüzüne kapıyarak hıçkıra hıçkıra ağlamaya başlamıştı. Ayten öğretmen artık zincirinden boşalmış bir deliyi andırıyordu. Bir yandan bağırıp çağırıyor, bir yandan da sağa sola saldırarak, kız talebelerin başlarında bulunan namaz örtülerini çekiştire çekiştire başlarından topluyordu.

Nihayet sordu:

- Söyleyin çabuk bana... Bu işin elebaşısı kim? Söyleyin çabuk, yoksa hepinize haddinizi bildiririm şimdi.

Odanın içinde büyük bir sessizlik oldu. Kimse ağzını açıp tek kelime söylemiyordu. Bu dayanışma; bu işbirliği; Ayten öğretmeni büsbütün çileden çıkartmıştı. Sualine hiçbir cevap alamayınca, bu defa erkek çocuklarının tek tek kulaklarını çekmeye; uzun manikürlü tırnaklarıyla kanatırcasına kulak memelerini ezmeğe başladı. Bir yandan da dişlerinin arasından ıslık gibi sesle söylenip duruyordu:

- Söyleyin.. söyleyin diyorum size; cevap verin hain yumurcaklar... Kimin başının altından çıktı bu herze?....

Hilâl daha fazla bu duruma tahammül edemedi ve haykırdı:

- Lütfen arkadaşlarıma eziyeti bıkarınız efendim! Şayet sizce namaz kılmak bir herze ve bir suç ise, haşa o herzeye arkadaşlarımı teşvik eden suçlu benim!..

Gözlerinden akan yaşlar, yağmur gibi yanaklarından yuvarlanmaktaydı Hilâl'in... Koyu bir din düşmanı olduğunu artık açıkça belli eden öğretmen, bu itiraf karşısında tekrar Hilâl'in üzerine yürüdü. Ve arkadaşlarının korkulu, şaşkın bakışları arasında:

- Seni gidi küçük k........!

Diye çirkin küfürlerle evire çevire dövmiye başladı.. Hilâl'in kendi yüzlerinden dayak yeyişi karşısında, talebeler ağlaşıp yalvarmıya başladılar:

- Ne olur öğretmenim, bırakın arkadaşımızı...

- Onun hiçbir suçu yok inanın öğretmenim..

- Hayır, bizi o teşvik etmedi efendim, biz kendimiz ona yalvardık bize namaz öğretmesi için.

- Arkadaşımız bizi kurtarmak için suçu üzerine alıyor öğretmenim, ne olur dövmeyin, yeter!

Fakat Ayten öğretmenin gözü dönmüştü bir kere.. Talebelerin yalvarıp yakarmalarına aldırış dahi etmeden vuruyor, vuruyor, vuruyordu...

Bu ağlama ve feryatlara, koridorun dibindeki tuvaletleri temizlemekle meşgul olan hademe kadın da koşa koşa geldi. Öğretmenin Hilâl'i kıyasıya dövdüğünü görünce; kadıncağız neredeyse küçük dilini yutacaktı şaşkınlıktan.

- Aman, öğretmen hanım... Allah aşkına durun, insaf edin... Ne yaptı, ne kabahat etti bu yavrucaklar? Diye hayretle sordu.

Ayten öğretmen, karşısında hademeyi görünce, Hilâl'i bıraktı ve ona döndü. Hırsla adeta kekeliyerek:

- Sen.. sen, dedi.. Sen yok musun? Sen de vereceksin bunun hesabını elbet. Bu küçük yobazlara odanı açmanın cezası neymiş, görürsün sen.

Ve Ayten öğretmen, aynı hırsla burnundan soluyarak çıktı gitti...

* * *

Ders zili çalıp, sınıfa girdikten sonra Hilâl, bütün ders boyunca ağladı.

Vaziyeti gerek Ayten öğretmenden ve gerekse Hilâl ve arkadaşlarından öğrenen öğretmen hanımın ağzını bıçak açmıyordu... Nasıl açsındı ki, «yukarı tükürsen bıyık, aşağı tükürsen sakal» misali, bir yandan Ayten öğretmenden taraf çıkan okul idaresi, diğer yandan ise namaz kıldıklarından dolayı canı gibi sevip takdir ettiği talebeleri vardı...

En iyisi susmak olacaktı.. O da öyle yaptı.

* * *

Feyzâ o gün okuldan dönen sevgili kızının gözlerini ağlamaktan kızarmış ve şişmiş bir halde görünce büyük bir endişeye kapıldı.

Fakat ne olduğunu, niçin ağlamış olduğunu anlamak için bütün sıkıştırmalarına, olmayınca, tatlı tatlı sorup araştırmasına rağmen Hilâl'den olanları öğrenmek asla kabil olmamıştı.

Yavrucak, sanki hiç bir şey olmamış gibi dersinin başına oturdu ve harıl harıl verilen ödevleri yapmaya koyuldu.

Yalnız makinede dikiş diken Feyzâ'nın gözünden, Hilâl'in zaman zaman gözlerini sabit bir noktaya daldırıp uzun müddet öyle dalgın ve düşünceli duruşları kaçmıyordu.

Nihayet dayanamadı ve kalktı, dalgın dalgın kitabının üzerindeki resimleri seyreden kızının yanına gitti... Bir sandalye çekip, usulca yanına oturdu... Ve uzun örgülü saçlarını derin bir şefkatle okşamaya başladı. Sonra onu göğsüne çekip, sımsıkı bağrına bastı.

Annesinin bu müşfik hareketi, Hilâl'i öylesine duygulandırmıştı ki, artık ondan saklamıya çalıştığı gözyaşlarını daha fazla gizliyemiyeceğini hissetti... İçli kırık bir sesle hıçkırıyor, annesinin göğsü üzerinde sarsıla sarsıla, ağlıyordu şimdi...

Feyzâ sevgi dolu bir sesle:

- Söyle benim melek yavrum, söyle anacığım.. ne oldu bu gün sana? Kim ne yaptı kim getirdi seni bu hale? diye sordu.

Hilâl sanki annesinin bu sualini duymamıştı. Sığındığı müşfik kucakta yaralı bir kuş gibi çırpınıp, ağlıyor ve inlercesine haykırıyordu:

- Anneciğim, anneciğim!... Ne olursun bu memleketten gidelim biz.

Feyzâ güldü.

- Nereye yavrum nereye gidelim?

- Çok çok uzak memleketlere anneciğim. Öyle bir memlekete gidelim ki hiç kimse, kimseyi namaz kıldığından Allah'a inandığından dolayı ayıplamasın sövmesin ve dövmesin o memlekette...

Feyzâ'nın kalbine çelikten bir hançer saplanmıştı sanki o an. Hilâl'i biraz daha bastırdı göğsünün üstüne.

Feyzâ'nın bütün korkusu, bu baskı ve hakaretlerin, kızının ruhunda aksi tesir uyandırması idi. Nitekim olgun yaşlı insanlar dahi, çevrelerinden, amirlerinden görmüş oldukları hakaret, baskı ve alaylardan dolayı nice koca koca insanlar dahi dini vecibelerini terketmiyorlar mıydı?

Eliyle Hilâl'in çenesini tutup, yüzünü kendine doğru kaldırdı. Yaşlı gözlerinin içine endişeyle bakarak sordu:

- Peki şimdi ne yapmayı düşünüyorsun yavrum? Bana kalırsa, bundan sonra öğle namazlarını gece evde kaza edersin.

Hilâl'in gözleri birden çakmak çakmak oldu. Sitemli olduğu kadar celalli bir sesle:

- Bunu sen mi söylüyorsun anne? Dedi.. İmansız bir öğretmenin öğle namazıma mani olmasına tahammül gösterip, boyun eğeceğimi mi zannediyorsun yoksa?...

- Peki ne yaparsın ne yapabilirsin ki yavrucuğum? Görüyorsun herşey onların elinde.

- Her şey hiç de onların elinde değildir anneciğim. Elbet yapacaklarının yanında yapamıyacakları da vardır. Onlar benim öğle namazıma mı mani olmak istiyorlar?..

Ben belki okulda kılmam ama, mutlaka bir yerde kılarım namazımı...

- Evimiz okula bir hayli uzak... Onun için öğle tatilinde eve gelemezsin kızım. Peki başka nerede kılarsın?

- Okulumuza yakın bir sokak içinde küçük bir cami var. Ya oraya giderim veya başımın örtüsünden ve namaz kıldığımdan dolayı her gördüğü yerde beni kucaklayıp, bağrına basan bir hocaanne var. Ne zamandır yalvarıp duruyordu, «ne olur kızım, gel namazlarını bizde kıl.» diye. Ona gider orda kılarım anneciğim...

Feyzâ artık içinde biriken sevinç hıçkırıklarını tutamıyordu. Kızının İslâmi şuur derecesini ölçmek için bu sualleri sormuştu. Fakat ondan bu derece kuvvetli cevaplar alacağını ummamıştı.

Demek ki muvaffak olmuştu... Kızına sağlam bir iman aşısı verebilmişti. Ve bu gün Hilâl daha bu yaşında, Allah'a şükürler olsun ki tam istediği gibi hatta arzu ettiğinin de çok üstünde bir İslâmi şuura sahipti...

Göğsü iftihar duyguları ile dolu olduğu halde Hilâl'i yeniden büyük bir sevgiyle bağrına bastı... Ve göz yaşları arasında, ipek gibi saçlarını öpüp koklamıya başladı.. Bir yandan da kesik kesik mırıldanıyordu:

- Benim küçük mücahidem... Sen bu halini muhafaza ettikçe, hayatım sana kurban olsun biricik yavrum... Bu sözlerinle beni ne kadar sevindirdiğini bir bilsen... Korkma yavrucuğum korkma... Sen Allah'ın yolundan gidip, O'nun ipine sarıldığın müddetçe kimseden korkun olmasın.. Allah'ım seni her türlü kötülükten muhafaza etsin İnşaallah...

Anne kız, uzun bir müddet öyle, gözyaşları birbirine karışarak sarmaş dolaş kaldılar... Artık ikisi de konuşmuyordu... Fakat bu halleri, konuşmak istediklerinden de büyük bir mana taşımaktaydı.

* * *

İki gün sonra Feyzâ'ya okul Müdürlüğünden bir davetiye geldi.

Dâvetiyede: «Bir mühim mesele dolayısiyle, kızınız hakkında görüşmek üzere, yarın saat 10'da Okul Müdürlüğüne teşrifiniz rica olunur.» denilmekteydi.

Feyzâ, davetiyeyi Hilâl'e göstermedi...

Ertesi gün Hilâl'i okula yolcu ettikten bir müddet sonra giyinip, başını örttü ve verilen saatte okulun kapısı önünde bulundu.

Merdivenleri çıkarken son derece soğukkanlı görünmeye gayret ediyordu. Müdürün kapısı önüne gelince bir an durup, derin bir nefes aldı ve kapıyı vurdu.

Müdür Bey odada yalnızdı..

Önündeki işlere kendisini öylesine daldırmıştı ki, gelenin kim olduğunu anlamak için başını dahi kaldırmadı.

Feyzâ, yumuşak yeşil halının üzerinden ilerliyerek, müdür beyin tam önünde durdu ve:

- Beni çağırtmışsınız efendim, geldim... dedi.

Müdür, ancak o zaman yüzünü karşısındakine çevirdi ve gözlüklerinin üstünden Feyzâ'yı dalgın bir bakışla şöyle bir süzdükten sonra:

- Ha... Evet... evet. Sizi çağırtmıştım... Buyurun, oturun lütfen.

Diyerek, Feyzâ'ya yer gösterdi. Sonra sordu:

- Sizin kızınızın ismi Hilâl'di değil mi?

- Evet efendim...

- Doğrusu güzel bir isim. Fakat bayrağımızdaki hilâl ne kadar aydınlıksa kızınız Hilâl'in o derece karanlık bir iç alemi var hanım efendi...

Feyzâ, bu beklenmedik çirkin benzetiş ve hakaret karşısında adeta şok olmuştu:

- Anlıyamadım Müdür Bey, dedi... Hilâl'in mi fikri karanlık.

- Evet evet... Yumurcak, bacak kadar şey ama, boyu gibi bir boy daha varmış meğer yerin altında. Fakat doğrusunu söylemek icabederse, kabahatin bütününü onda bulamıyoruz. Esas suçlu, küçük yaşında ona böylesine gerici ve yobaz bir zihniyet aşılayandadır.

Feyzâ, soğukkanlılığını muhafaza etmeye çalışıyordu:

- Sizi bu derece değiştiren sebebi öğrenebilirmiyim beyefendi? Ne demek istediğinizi lütfen açık anlatınız. Sizin vazifeniz, durup dururken bir veliye hakaret etmek değil, kızımın bir suçu varsa, onu münasip bir lisanla bildirmektir. Söyleyin, kızımın suçu nedir?

- Bunu siz de biliyorsunuz... fakat bir de benden duyun. Kızınızın suçu, ilerici ve aydın bir okulda namaz kılmak ve arkadaşlarını da teşvik etmektir. Nasıl, sizce bu kadarı kafi değil mi?

- Demek siz namaz kılmayı bir suç olarak kabul ediyorsunuz beyefendi?

- 20 nci asır gibi bir medeniyet asrında, üstelik bir okul talebesinin namaz kılışı, elbette af edilmez bir suçtur. Biz çocuklarımızın zihinlerinden bu gibi modası geçmiş, ve köhne şeyleri silmeye gayret ederken, bir sınıfın yarısına yakın talebe, aydın fikirli nesiller yetiştiren bu binada namaz kılacaklar... Olacak şey mi bu sorarım size?

- Beyefendi siz müslüman mısınız?

- Elbette ne olacak?

Feyzâ müdürün suallerine cevap vermeden sormaya devam etti:

- O halde Allah'ın varlığına inanmanız icabeder, değil mi?

- E.. elbette...

- Peki, Kur'an da inanır mısınız beyefendi? Kur'an'ın Allah kelamı olduğuna ve içindeki emirlerin Cenab-ı Hakk'ın emirleri olduğuna da inanırmısınız?

- Canım ne demek istiyorsunuz, biz gavur muyuz? Elbette Kur'an'a da inanırız, Peygambere de... Yalnız...

- Müdür bey. İstirham ederim bir lahza düşünün. Düşünün ve ne derece bir fikri tezat içinde bulunduğunuzu kendiniz görün. Bu nasıl iştir ki, hem Kur'an-ı Kerim'e inandığınızı söylüyor, hem de Allah-ü Teâlâ'nın yüce emirleri olan Kur'an hükümlerini talebelerin zihinlerini bulandıran (haşa) geçmiş ve köhne şeyler olarak isimlendiriyorsunuz.

Müdür bir an ne diyeceğini bilemedi. Fena yakalanmıştı. Fakat büyük bir ustalıkla durumunu belli etmemeye çalışıyordu. Kuru kuru bir iki defa öksürdükten sonra.

- Hanımefendi dedi. Siz yanlış anlamış olacaksınız. Kur'an'a elbette inanırım. Ancak bu kitap insanların cehalet içinde bulunduğu medeni bir hayat vasatından uzak bulundukları bir devir için gönderilmiştir. Bu gün ise 20 nci asır insanları bilgi ve medeniyet bakımından son derece yükselmiş bulunmaktadırlar. İnsanoğlunun Ay'a ayak bastığı ileri ve medeni bir devirde artık bu emirler elbette geçerli değildir ve olamaz. Üstelik insanlığı geriye götürür.

Feyzâ kendine hakim olmak için büyük bir gayret sarfetmese neredeyse kalkıp kafirliğini alenen ifadeden çekinmeyen bu nursuz ve küstah adamın üzerine atılacaktı. Sinirden kasılmış parmaklarıyla çantasını sımsıkı kavrayarak soğuk ve nefret dolu bir sesle.

- Bu derece zıd fikirlerle sizinle anlaşmamıza ne yazık ki imkan yok efendim. Bunun için fikri münakaşayı bir yana bırakarak kızım hakkında görüşmek isterim sizinle.

Müdür:

«- Esasen, ben de sizi bunun için çağırmıştım» dedi. Öğretmeni, Hilâl'in derslerinden son derece memnun... Ayrıca kızınız için okulumuzun en zeki talebesi de desem yanlış olmaz.. Ne var ki bu derece zeki ve çalışkan bir talebenin böyle gerici fikir ve davranışlarla yetişmesinden büyük üzüntü duymaktayız... Ve biliyoruz ki, çocuğunuz sizin tesiriniz altında kaldığı için böyle yetişmiş bulunuyor. Bu bakımdan okul müdürü olarak sizden rica ediyorum. Çocuğunuzu bu yaşta gerici fikir ve görüşlerle zehirlemeyiniz.

Feyzâ, söylenenleri büyük bir metanetle dinliyordu. Aynı soğukkanlılığını muhafaza etmeye çalışarak:

- Söyliyecekleriniz bundan ibaret mi müdür bey? dedi.

- Evet, şimdilik bu kadar... Bundan sonrakiler ise, sizden alacağım cevabın mahiyetine bağlı...

- Pekala efendim. O halde lütfen dikkatle dinleyiniz. Evvela sözlerinizi başından itibaren şöyle bir tahlilden geçirmek icabedecek; Öğretmeninin, Hilâl'den çok memnun olduğunu, kızımın, okulun en zeki ve çalışkan talebesi olduğunu ifade etmeniz, peşinen söyliyeyim ki, bir anne olarak benim için hayatta duyabileceğim en büyük bir iftihar vesilesi olmuştur. Ancak kendimi hayretten kurtaramıyorum bir türlü müdür bey. Demek sizce zeki ve çalışkan bir talebenin, mutlaka dini vecibelere sırt çevirmiş olması şart...

- Hanımefendi, unutmayın ki, Atatürk Türkiye'sinde yaşıyoruz.

- Çok garib bir mütalâa... Sorarım size müdür bey, Atatürk Türkiyesi dinsizlik temelleri üzerine mi inşa edildi? Müslüman Türk Milletinin kendi dinine sırt çevirmesiyle mi yaşıyacak ve payidar olacaktır Atatürk Türkiyesi?.. Bâhusus sizin gibi yaşlı bir zatın ağzından bu kabil sözleri işitmek hayret ve esef veriyor doğrusu insana. Kızımın benim tesirim altında kalarak yetişmesi hususuna gelince, bu tahmininiz tamamen doğru olmakla beraber, şu hususu çok iyi bilmenizi isterim ki Hilâl, 12 yaşında bir çocuk olmasına rağmen en az 22 yaşındaki bir genç kızın olgunluğu ve mantığı ile iyi ile kötüyü, güzelle çirkini, doğru ile yanlışı birbirinden tefrik edecek kabiliyet ve yaratılışa sahiptir. Bu bakımdan körü körüne benim tesirim altında kalması düşünülemez. Kaldı ki, öyle olsa dahi bir annenin evladını okuldaki bilgi ve görgüsünün yanında dini ve milli bir terbiye ile yetiştirmesi ve bu hususta çocuğuna tesir etmesi kadar tabii ve faideli bir şey olamaz.

Feyzâ artık kendine hakim olamıyordu... Sesi titreyerek sözlerine devam etti:

- Beyefendi karşınızda cahil bir veli değil, lise mezunu kültürlü bir kadındır konuşan. Üstelik, evliliğimin beşinci senesine kadar maalesef sizin ileri sürdüğünüz son derece yanlış ve zavallı fikirlerin müdafii olmuş bir kadın. Evet müdür bey, 24 yaşıma kadar diğer bütün gençler gibi batılılaşmak, medenileşmek teraneleriyle uyutulup kandırılmış, hayatının en güzel çağlarını gaflet batakl ıkları içinde, delalet karanlıkları içinde geçirmiş bir insanım ben. Fakat Rabbime şükürler olsun ki, yuvarlanılmak istendiğim uçurumun dehşetini geç de olsa farkederek, kendimi ebedi bir felaket ve helaketten kurtarmaya muvaffak oldum. Lakin bütün hayatım boyunca, beni böyle kendi dinimden bihaber olarak yetiştiren anne ve babamı affedemedim. İşte bunun içindir ki, kızımın da ileride aynı ızdırapları tatmasını ve beni ebediyyen lanetle anmamasını arzu ederek, onu imanlı ve kültürlü bir insan olarak yetiştirmek istemekteyim... Bilmem söylemek istediklerimi anlatabildim mi?...

Feyzâ, her şeyi en güzel ve en anlaşılır şekilde ifade etmişti ama, maneviyat düşmanı materyalist fikirli müdür beyde bunu anlıyacak kabiliyet yoktu.. Hoş anlasa bile, dile gelen hakikatler işine gelmezdi zaten. Nitekim o sırada çalan telefona cevap verdikten sonra, sanki anlatılanların hiçbirini duymamış gibi, soğuk ve kesin bir ifadeyle:

- Hanımefendi, dedi... Uzun lafın kısası, kızınız evinde barkında ne çeşit hareket ederse etsin, fakat okulda ölçülü olmaya, okul prensiplerine uymaya mecburdur. Size son söz olarak söyliyeceğim şudur: Kızınız bundan böyle okulda namaz kılmayacaktır.. Ayrıca hiç bir suretle arkadaşlarına tesir ve telkinde bulunmayacaktır. Bu yasaklara riayet etmediği takdirde şiddetle cezalandırılacağını bilmenizi isterim. Şimdi gidebilirsiniz efendim.

Feyzâ, müdürün bu son sözleriyle alenen kovulduğunu anlamış, bu küstah adama bir kaç söz ile haddini bildirmek isteğiyle ağzını açmışken, böyle bir kimseyi kendisine muhatap kabul edemiyeceğini hissederek aniden ayağa kalktı ve müdürün yüzünde kamçı gibi şaklayan nefret dolu ıslık gibi bir sesle:

- Gidiyorum müdür bey, dedi... Siz çağırdınız geldim, siz kovuyorsunuz, şimdi de gidiyorum.. Ancak, şunu bir kere daha anlamış bulunuyorum ki, yetişen maneviyatsız, biçare nesillerin yegane müsebbibleri sizlersiniz. Ve bundan dolayı tarih sizi utançla anacak, sizden yetişen nesiller ise, istikbalde kavuştukları hakikat nurları karşısında da, sizi lanet ve nefretle yadedecektir.

Ve Feyzâ, müdürün ağzını açıp, tek kelime dahi cevap vermesine meydan vermeden hızla kapıya doğru yürüdü, kapıyı açtığı gibi, dışarıya fırladı... Aşağıya indiğinde çocuklar teneffüsteydi..

Gözleri bir müddet, koşup oynayan çocuklar arasında Hilâl'i aradı... Sonra onu gördü...

Hilâl, sırtını bahçedeki iri gövdeli ağaçlardan birine dayamış, üzgün ve mahzun bir ifadeyle başı önünde, dalgın dalgın ayağıyla yerdeki toprakları sağa-sola doğru eşmekteydi... Etrafında 3-4 kız arkadaşı vardı... Arkadaşlarından biri kolunu samimi bir sevgiyle Hilâl'in boynuna dolamış, belliydi ki, teselli mahiyetinde bir şeyler söylemekteydi...

Onlara görünmemeye çalışarak, uzaklaşmak üzereydi ki, biraz ileride Hilâl'in öğretmeninin bir talebeyle konuştuğunu görerek, durup bekledi... Çocuk yanından ayrılınca öğretmen hanımın uzaklaşmasına vakit bırakmadan yanına yaklaştı ve seslendi:

- Hoca hanım, bir dakikanızı istirham edeceğim, dedi.

Öğretmenin yüzü, Feyzâ'yı görünce bir tuhaf olmuştu... Feyzâ onun kulaklarına kadar kızardığını farketti... Fakat, daima güleryüzlülüğü ile tanınan öğretmen, derhal kendini toparladı ve:

- Buyrun hanımefendi, hoş geldiniz, dedi ve devamla; müdür beyle görüştünüz mü? Diye sordu...

- Evet efendim, görüştüm. Fakat itiraf edeyim ki, bir eğitim müessesesinin böyle bir şahsın amirliği altında bulunuşundan dolayı büyük bir esef içindeyim...

Bu hususta öğretmen hanımın da içinin yanık olduğu belliydi. Bunu, durumu icabı açıktan açığa söyleyemiyordu tabii... Yalnız etraftan duyulmamasına gayret ettiği bir sesle:

- Canım kardeşim, dedi... Hasan Ali Yücel gibi bir maneviyat düşmanının vaktiyle yetiştirmiş olduğu bir eğitim kadrosundan, Eğitim Enstitüleri adı altında bir ahlaksızlık ve dinsizlik yuvasından, bundan daha fevkalade şahıslar, idareciler ve öğreticiler yetişmesini ummak doğru olmasa gerek. Bunlar, yetişmiş oldukları zihniyet icabı mazur görülmesi icabeden ve ne yazık ki idare etmek mecburiyetinde olduğumuz kimselerdir.

Feyzâ dalgın ve düşünceli bir tavırla:

- Doğru, diye cevap verdi.. Hakikatleri acı da olsa görüp, kabul etmek mecburiyetindeyiz.

- Çok mu ağır konuştu sizinle?

- Mühim olan bu değil, hoca hanım... Ben, müdür beyden dinimizi ve dinimizin yüce emirlerini küçümseyerek hakir gören ve bu emirler mucibince yaşıyan insanları gerici, yobaz olarak tavsif eden böylesine mülhidane sözler işitmektense, inanın kızımın, şımarık ve pespaye bir öğretmenden yemiş olduğu şiddetli dayak misali sille tokat kapı dışarı edilmeyi tercih ederdim...

İnanamıyorum, doğrusu nüfusunda İslâm kaydı olan insanların, kendi dinlerine bu derece müfritane düşman olabileceğine inanamıyorum hoca hanım.

Öğretmen hanım, sevgiyle elini Feyzâ'nın omuzuna koydu:

- Öyle bir devirde yaşıyoruz ki, Feyzâ hanım, bugün hak sahibi mazlumların ahları ve eninleri semaları titretirken, zalimler baş köşelerde itibar görmekte... Bu itibarla ben şahsen, ne kadar haklı olursak olalım, hayatta geçirmiş olduğum ve halen de geçirmekte bulunduğum çeşitli hadiselere istinaden bu gibi kimselerle uğraşmanın faide yerine bize zarar getireceğine inanmaktayım.

Feyzâ:

- Her halde beni yanlış anlamış olacaksınız hoca hanım, dedi... Bu insanlarla uğraşmak diye bir düşüncem yok asla.. Fakat bu derece büyük haksızlıklar karşısında susmak zilletine de katlanamam...

- Sizi çok iyi anlıyorum Feyzâ Hanım.. Siz, yalnız çocuğu için çırpınan fedakar bir anne değil, aynı zamanda dini ve milli hisleri son derece kuvvetli hakiki bir müslümansınız. Yalnız sizi ve kızınız olan talebem Hilâl'i son derece sevdiğimden, sizlere gelecek her fenalıktan korkuyor ve çekiniyorum... Bunun için sizce kabulu ve tatbiki her ne kadar zor ise de rica ve istirham ediyorum... Hilâl, okullar tatil oluncaya kadar öğle namazlarını kazaya bıraksın... İnşaallah Cenab-ı Hak, bunun da ecrini fazlasıyla verir sizlere... Fakat çok rica ediyorum, talebem çok çalışkan... sınıfımızın değil okulumuzun medar-ı iftiharı örnek bir talebe. Düşmanlıkları daha ziyade üzerimize çekmiyelim.

- Anlıyorum Hoca hanım, siz merak etmeyin. Bu mesele burada

kapanmıştır. Anlayış ve hassasiyetinizden dolayı size ne kadar teşekkür etsem azdır. Kızımın sizin gibi bir öğretmenin koruyucu kanatları arasında bulunduğunu bilmek, bana ne büyük bir sevinç bahşediyor, bilemezsiniz.

Öğretmen hanımla ayak üstü biraz daha dertleştikten sonra Feyzâ, müsaade istiyerek ayrıldı ve icabeden küçük alışverişleri yaptıktan sonra eve döndü:

Anahtarla kapıyı açıp içeri girmek üzereydi ki, karşı evde oturan komşu hanım, heyecanlı fakat tuhaf ve manalı bir sesle:

- Feyzâ hanım, sizi bekleyen iki hanım misafiriniz var.. Yarım saattir bizdeler.. Sizi görmek istiyorlar, diye seslendi...

Feyzâ, hiç bir şey anlamamış gibi:

- Buyursunlar, teşrif etsinler efendim, kendilerini evinizde kabul ettiğinizden dolayı minnettarım, dedi.

Ve, alelacele içeriye girip, elindeki öteberileri mutfağa bırakarak, pardesüsünü çıkardı, misafirleri karşılamak üzere kapıya koştu..

Karşı komşunun evinden çıkan hanımlardan biri 65, hatta 70 yaşlarında ihtiyar ve topuklarına kadar uzanan pardesüsü ve başındaki siyah kreptemor başörtüsüyle tertemiz giyimli bir eski İstanbul hanımefendisiydi... Diğeri ise 45 yaşlarında şık giyimli, yarım başörtülü olgun bir hanım... Karşı komşu hanıma teşekkür ederek, kapının hemen biraz ilerisinde duran son model bir hususi arabaya doğru yürüyerek direksiyonda bekleyen şöföre bir şeyler söylediler ve kapıda kendilerini bekleyen Feyzâ'ya gülümseyerek, açık duran kapıdan içeriye girdiler.

Feyzâ, bu hiç tanımadığı insanların ziyaret sebebini derhal anlamıştı.. Nitekim, hatır-sual faslından sonra, hanımlar niyetlerini açıkladılar. Evet, doğrudan doğruya, resmen Feyzâ'yı istemeye gelmişlerdi.

Aile, İstanbul'un en tanınmış ve köklü ailelerinden biriydi... Feyzâ'ya talip olan şahıs ise Hariciye mütehassısı bir operatör doktormuş.

Feyzâ'yı bir müddet evvel yolda görmüş. Gerek mazbut İslami kıyafeti gerek olgun ve manalı güzelliği ve gerekse ciddi hanımefendi tavrı, doktor bey üzerinde çok müsbet bir tesir bırakmış...

Annesi hem ağlıyor, hem anlatıyordu:

- Bütün emelim, dünya gözü ile oğlumun mürüvetini görmekti yavrucuğum. Fakat ne gezer. 42 yaşına geldiği halde kendisini ikna edebilmek bir türlü mümkün olmadı... Aklına takmış bir kere evlenmeyeceğim diye... Kendisine ağlayıp yalvardığım zamanlar bana: «Anneciğim beni anlamıyorsunuz, bu güne kadar aradığım kadına rastlamadım... Şu bozuk cemiyet içinde rastlayacağımı pek ummuyorum... İnanın ki, karşıma idealime uygun bir kadın çıktığı takdirde bir an bile tereddüt etmiyecek ve sizi memnun edeceğim» der...

Sözü annesinin ağzından doktor beyin ablası aldı. Ve devam etti.

- Efendim, 4 yaş küçüğüm olan kardeşim çok sıkı prensipleri olan bir insandır. Kendisi, lise son sınıftan itibaren 5 vakit namazını kılmakta ve bütün dini vecibeleri dikkat ve titizlikle yerine getirmektedir. 5 sene müddetle Fransa'da kaldığı halde, bir vakit olsun namazını geçirmemiş. 2 sene evvel de Hac farizasını yerine getirdi... Kendisine göstermiş ve teklif etmiş olduğumuz bütün genç kızları reddetti! Annemin de belirttiği gibi o, idealindeki kadını arıyordu. Bu hanım hem dinimizin icabına göre mazbut ve kapalı giyinecek, namaz, oruç vs. gibi İslâmi emirleri şuuruna ererek yerine getirecek, hem de tahsilli, kültürlü ve görgülü bir kimse olacaktı... Başımı tamamen örtmediğim için ince çorap giydiğim için ablası olduğum halde sık sık benimle münakaşaya girişir ve beni tenkid eder. Hasılı kelam efendim, bir müddet evvel sizi tam arzu ettiği bir kıyafet ve asalet içinde yolda görür görmez, hiç tereddüt etmeden «İşte benim yıllardır aradığım kadın!» diyerek belli etmeden sizi takib etmeye başlamış.. Bahusus parmağınızda alyans bulunmayışı, cesaretini kuvvetlendirmiş ve evinizin civarında gerekli tahkikata girişmiş.

Aşağı yukarı hakkınızda hemen hemen her şeyi biliyor.. Teklifimi kabul ettiği takdirde kızını elbirliğiyle en güzel şekilde yetiştiririz. Bu bakımdan hiç endişeleri olmasın, diyor.

Doktorun ablası sözü bitirdiğinde Feyzâ, nasıl cevap vereceğini, bu asil ve kibar insanlara karşı ne şekilde davranacağını bilemez bir haldeydi... Onun bu düşünceli ve çekingen halini gören yaşlı hanım:

- Kızım, dedi... Bu gibi işlerde elbette bir anda karar verilmez... Bir hafta on gün... Düşün, taşın... Biz sabırla beklemiye çalışacağız... Cevabınız müsbet olursa bizleri nasıl sevindirip, ihya edeceğinizi bilemezsiniz.

Feyzâ mahcubiyetle, fakat büyük bir minnetle gülümsedi:

- Anlayışınızdan dolayı ne kadar teşekkür etsem azdır efendim, dedi. Malumualiniz bu gibi hayati meselelerde çabuk karar vermek oldukça zor... Fakat Doktor beye selam ve hürmetlerimi bildiriniz bazı sebeplere binaen cevabım menfi dahi olsa bu acizi hayat arkadaşlığına layık gördükleri için kendilerine şükranlarım sonsuz olacaktır.

Misafirleri ağırlamak üzere mutfakta ikram hazırlığına henüz geçmişti ki, okuldan Hilâl geldi...

Hilâl, bu tanımadığı insanlara karşı nedense, yaradılışının aksine çok kaba ve soğuk davranmıştı... Kızının bu hali Feyzâ'nın gözünden kaçmadı... Hilâl'i mutfağa çağırarak:

- Kızım, misafirlerin ellerini bile öpmedin... Ayıp değil mi?. Sonra seni terbiyeden mahrum yetişmiş bir kız zannederler... Geç bakayım, bir şey belli etmeden ellerini öp teyzelerinin ve hatırlarını sor... dedi.

Hilâl'in yüzü asıktı:

- Ne olur ısrar etme anneciğim, içimden gelmiyor dedi.

- Ne demek içimden gelmiyor, kızım?.. İnsan bilhassa, böyle yaşlı ve asil misafirlerine gayet nazik davranmalı ve hürmette kusur etmemelidir, değil mi ya?.. Benim sana verdiğim terbiye, bunu icabettirir.. Haydi geç içeri, dediğimi yap, sonra gel mutfakta bana yardım et.

Hilâl, mahzun bir şekilde başını önüne eğdi.. Hiç ses çıkarmadan arkasını dönerek içeri girdi.. Feyzâ onun isteksiz bir şekilde misafirlerin elini öptüğünü aralık duran kapıdan görmüştü. Sonra kızının, misafirlere hatır sorduğunu işitti... Fakat sesi adeta ağlamaklıydı Hilâl'in.

Feyzâ, acaba okulda yeni bir hadise mi geçti başından diye düşündü.. Aksi halde konuşmalarda bulunmadığı için, misafirlerin kendisini istemiye geldiklerini bilmesine imkan yoktu..

Biraz sonra Hilâl de annesiyle beraber içeriye misafirlere çay ve bisküvi taşımaktaydı. Ama ne kadar gayret ettiyse de, yüzündeki asık ifadeyi değiştirmeye muvaffak olamamıştı bir türlü...

Misafir hanımlar bir müddet daha oturduktan sonra müsaade istediler. Yaşlı hanım, çıkarken Feyzâ'nın elini tuttu ve samimi bir sesle:

- Yavrucuğum sabırsızlıkla cevabınızı bekliyeceğiz dedi. Oğlum Celil'in de bizim de yegane arzumuz, bu cevabın en kısa zamanda ve müsbet olmasıdır.. Bizi çok bekletmeyin evladım...

Feyzâ, elini avuçları içine hapseden ve adeta yalvarırcasına yüzüne bakan bu sevimli yaşlı hanımı daha fazla üzmemek için kestirmeden cevap verdi:

- Siz merak buyurmayınız, canım teyzeciğim bir haftaya kalmaz cevabımı mektupla bildiririm size..

- Yok yok evladım... Mektup çok resmi vasıta.. En iyisi bize bir gün verin... Altımızda araba olduktan sonra ne olacak, yine biz gelir, öğreniriz cevabınızı...

Feyzâ, bir an tereddüt etti. Ve:

- Gelecek Cumartesi günü sizce münasipse, buyurun o halde efendim..

- Sağ ol kızım, bil ki Cumartesi'yi iple çekeceğiz. Bütün temennim, kararınızla bizleri sevindirmenizdir. Haydi Allahaısmarladık yavrum.

- Güle güle efendim, saadetle.

* * *

Misafirler, kendilerini kapı önünde bekleyen arabaya binip gitmiş, nihayet anne-kız evde yalnız kalmışlardı.

Feyzâ akşam yemeğini hazırlamak için mutfakta çalışırken, Hilâl de ders kitaplarını masasının üzerine yaymış, fakat dakikalar geçtiği halde ne tek kelime okuyabilmiş ne de yazabilmişti.

Odaya girip çıktıkça Feyzâ'nın gözünden kızının bu hali kaçmamaktaydı. üstelik, farkettiği bir başka husus da, her içeri girişinde Hilal'in kendisini derin derin tetkik ettiği annesinin yüzünde ısrarla bir mana aradığıydı..

Feyzâ, ne zaman bir şey için ona seslense daima kestirme ve kırık bir sesle tek kelimelerle cevap almaktaydı.

Nihayet birlikte iki kişilik sofralarını kurdular ve akşam yemeğine karşılıklı oturdular... Feyzâ, zihni binbir düşünce ile dolu çorbasını yudumlarken Hilâl'in eline kaşık alıp, bir lokma bile bir şey yemediğini ve devamlı olarak kuşkulu nazarlarla yüzünü tetkik ettiğini farkederek sordu:

- Niçin yemiyorsun yavrum?.. Bak çorban soğudu.. Neyin var senin bugün, hasta mısın yoksa?..

Hayır, hasta değilim.
- O halde niçin öyle somurtup duruyorsun? İçsene çorbanı.
- Hayır içmiyeceğim.
- Niçin kızım?
- Hiç!.. Canım istemiyor...

Feyzâ, elindeki kaşığı bırakarak kızına dikkatle baktı. Hilâl neredeyse dokunulsa ağlıyacak bir haldeydi. Onun bu hali Feyzâ'ya çok dokunmuştu.

- Okulda müdür veya öğretmenlerinden birinin fena bir hareketine mi maruz kaldın yoksa yine Hilâl?
- Hayır, okulda hiç bir şey olmadı bu gün.
- Öyleyse bu durgunluğunun sebebi ne? Söyle bakalım anacığına yavrum, seni üzen bir şey mi var?...

Hilâl cevap vermedi... Başını eğmiş, susuyordu. Bir ara bir şey söylemek için ağzını açacak gibi oldu... Sonra tekrar dudaklarını ısırarak bundan vazgeçti...

Feyzâ'nın bütün ısrarlarına rağmen Hilâl o gece ağzına bir tek lokma koymadı.. Onun bu hali karşısında tabii Feyzâ'nın da iştahı kaçmıştı... Anne-kız, beraber kurdukları sofrayı hiç bir yiyeceğe dokunmadan yine beraber kaldırdılar...

Yemekten sonra her akşam olduğu gibi Feyzâ, çarşı işlerini yetiştirmek üzere makinesinin başına, Hilâl de dersine geçti... Fakat hassas kızın üzüntüsü öyle derin olmalıydı ki, saatler ilerlediği halde ne okuyabiliyor ve ne de öğretmeninin vermiş olduğu ödevleri yapabiliyordu.

Nihayet yatma zamanı gelince, her ikisi de birbirlerine hayırlı geceler dileyerek, yataklarına çekildiler..

Hilâl, buzlu camlı kapılarla ayrılmış bitişik odada yatmaktaydı... Feyzâ onun içerden kesik kesik, sessiz sessiz hıçkırdığını, duyarak kulak kabarttı. Allah Allah!... ne olmuştu birden bire bu çocuğa böyle? Yerinden doğrulup yan odaya, kızının yanına gitmek istedi ama, üzerine daha fazla düşmenin doğru olmayacağını düşünerek bundan vazgeçti... Bir kaç saat onun da gözüne uyku girmedi... Fakat bütün günün yorgunluk ve heyecanı ile göz kapakları bir müddet sonra kendiliğinden kapanmış, Feyzâ derin bir uykuya dalmıştı...

Uyuyalı ne kadar olmuştu, bilmiyordu. Saçlarının üzerinde iki küçük elin dolaştığını ve hemen yanıbaşında içli içli bir ağlayış sesi duyduğunu hissederek korkuyla gözlerini açtı.

Küçük gece lambasından odaya yayılan hafif ve loş kırmızı ışık altında, Hilâl yanıbaşına diz çökmüş, saçlarını okşıyarak ağlıyordu. Uzun beyaz geceliğinin içinde, omuzlarından aşağıya bir şelalenin çağlayışı gibi dalga dalga dökülen uzun ve gür kumral saçlarıyla bir peri kızı kadar güzeldi...

Annesinin gözlerini açıp, korku ve endişeyle kendisine baktığını görünce, onun yatağı içinde doğrulmasına dahi fırsat vermeden, yüzünü annesinin boynuna gömerek hıçkıra hıçkıra yüksek sesle ağlamağa başladı...

Feyzâ o anda bayılacak gibi olduğunu hissetmişti... Ne olmuştu bu çocuğa?... Kendini içten içe bu derece harabedişinin sebebi neydi?

Sormaya fırsat kalmadan Hilâl, başını annesinin omuzundan kaldırarak, yaş dolu gözlerini onun gözlerine daldırdı ve:

- Söyle anne... söyle, dedi... O adamla evlenmiyeceksin değil mi?

Mesele nihayet anlaşılmıştı. Feyzâ, bir anda kalbinin dağlandığını hissederek hayretle sordu:

- Demek geldiğinden beri seni üzen, içlendiren sebep buydu öyle mi? Peki söyle bakayım yavrum, sen nereden öğrendin bu meseleyi? Biz her şeyi sen gelmezden önce konuşup görüşmüştük. Yani senin duymana imkan yok.

- Okuldan dönerken, karşı komşunun oğlu söyledi.

- Hangi karşı komşunun oğlu kızım?

- Misafir hanımlar seni evde bulamayınca, Ahmet'lerin evinde beklemişler..

- Peki Ahmet nereden biliyor bu meseleyi?

- Bilirsin ya anneciğim, onun annesi çok dedikoducu bir kadın... Ağızlarını aramış misafirlerin... İşte seni istemiye geldiklerini söyledikleri zaman Ahmet de odadaymış, duymuş... Beni okuldan gelirken görünce, «Senin annen zengin bir doktorla evlenecek» diyerek anlattı her şeyi...

Hilâl, yeniden sarsıla sarsıla ağlamaya başlamıştı... Feyzâ, yattığı yerden elini uzatarak, analığının olanca şefkatiyle kızının ipek gibi saçlarını okşamaya başladı... Bir yandan da sesi titreyerek:

- Peki yavrum, bu mesele seni neden bu kadar üzdü, söyler misin? diye sordu.

Hilâl'in bu söze verdiği cevap çok manalıydı..

- Çünkü ben biricik anneciğimin yalnız bana ait olmasını istiyorum da ondan.

Ve annesinin gözlerinin içine bakarak devam etti:

- Söyle anne... Yalvarırım söyle... Evlenmiyeceksin o adamla, kabul etmiyeceksin teklifini değil mi?

Feyzâ'nın kararı esasen katiydi... Ölünceye kadar evlenmemeye and içmişti o... Fakat bu vesileyle kızını biraz tartmak istemekteydi. Sordu:

- Bir başkasıyla evlenirsem, seni ihmal mi edeceğimden korkuyorsun yoksa?... Bunu benden umar mısın Hilâl?...

Hilâl bu söze cevap vereceği yerde yaşlı gözlerle annesinin yüzüne hayretle, şaşkın şaşkın bakmaktaydı... Yüzünde feci bir sükutu hayale uğramışların perişan ifadesi okunmaktaydı. Dili dolanarak ve adeta kekeliyerek:

- Yani onunla evlenmek mi istiyorsun anne? dedi: Yoksa bu teklifi kabul edecek misin? Peki ben... ben...? Ben ne olacağım?...

Feyzâ, soğukkanlı görünmeye son derece gayret göstererek cevap verdi:

- Ben bu teklifi kabul edersem, senin için, daha doğrusu senin istikbalinin selameti için kabul edeceğim kızım... Bunda üzülecek ne var?...

- Benim istikbalim mi?... Yani benim için mi o adamla evleneceksin anne?...

- Yavrucuğum ağlama... sakin ol... Elbette senin iyiliğin için... Seni, çarşıya dikiş dikip para kazanarak bin bir türlü sıkıntı ve mahrumiyet içinde yetiştirmek bana çok acı geliyor. Halbuki bu doktor beyin teklifini kabul edersem, sana istediğim rahat hayatı temin edebileceğim. O zaman arkadaşlarının yanında ezilip büzülmekten kurtulacaksın, sen de başını dik tutabileceksin...

Şimdi Hilâl, daha şiddetle ağlıyordu:

- Anneciğim, canım anneciğim benim, diye hıçkırdı... Demek sen kızını bugüne kadar anlıyamamışsın... Ben durumumuzdan memnunum anneciğim. Bir günden bir güne ağzımdan şikayet işittin mi?

Ben zenginlik istemiyorum... Hayatımıza bir başkası girmeden yalnız seninle bareber olup, peynir ekmek yemek, bana en büyük zenginliklerden daha büyük rahatlık ve saadet verir... Hem nerden çıkarttın arkadaşlarımın yanında ezilip büzüldüğümü?... Benim başım Allahıma şükürler olsun her zaman için arkadaşlarımın yanında dimdiktir, bunu bilirsin anneciğim...

Sen, annelerin en iyisi, en fedakarısın... Kendini binbir türlü sıkıntılara ve mahrumiyetlere sokarak, kendin az ve ucuz giyindin, bana her şeyin en iyisini aldın... Arkadaşlarımın yanında mahcup düşmemek için gece yarılarına hatta bazan sabahlara kadar oturarak fazla mal dikerek her türlü okul masrafımı fazlasıyla karşıladın. Fakat belki yıllarca süren bu yorucu çalışmalar seni çok hırpaladı... Artık dinlenmek, rahat etmek senin de hakkın biliyorum ama anneciğim, sen evlenirsen inan ki yaşıyamam ben... Ne olur, yalvarırım anneciğim kabul etme bu teklifi... Göreceksin bak, biraz büyüyeyim, ben seni nasıl rahat ettireceğim...

Kızının hıçkıra hıçkıra ağlıyarak yanık bir feryad halinde söylediği bu sözlerin her biri Feyzâ'yı sanki ciğerinden vuruyordu. Fakat anaydı o!... Kızının, gözünün nuru, ciğerparesi biricik yavrusunun daha ziyade fuzuli yere acı çekmesine gönlü katlanabilirmiydi hiç?

Birden yatağının içinde doğrularak, kollarını Hilâl'in boynuna doladı ve onu hızla göğsünün üzerine çekerek, olanca kuvvetiyle bağrına bastı... İçi bir volkan gibi yanıyor, gözlerinden yağmur gibi boşalan yaşlar, Hilâl'in ipek saçlarını ıslatıyordu... inlercesine:

- Affet yavrum, anacığını affet, dedi. Haydi sil o güzel gözlerini de, at üzüntüyü gönlünden artık... Benim faziletli, kahraman kızım müsterih ol... Bütün söylediklerim, seni denemek, düşüncelerini öğrenmek içindi... Anladın mı şimdi? Haydi sus artık, ağlama...

Hilâl yaşlarla ıslanmış yüzünü, annesinin yüzüne doğru öyle bir hayret ve şaşkınlıkla kaldırdı ki, bu haliyle kulaklarına inanmadığı belliydi:

- Anneciğim, sahimi söylüyorsun? Dedi...Yani teklifini kabul etmiyecek misin o doktorun?..

- Benim melek yavrum, nasıl düşünebilirsin bunu? Benim hayatta yegane varlığım sensin... Senin için yaşıyor, senin için çalışıyor, senin için nefes alıyorum bu dünyada ben.

Feyzâ, Hilâl'in saçlarını okşayarak devam etti:

- Ben daha, doktor beyin annesi ve ablası meseleyi açıp, teklifte bulundukları an kararlıydım red cevabı vermeye yavrucuğum... Seni, henüz karakterine katiyetle vakıf olmadığım bir üvey babanın yanında boynu bükük yetiştirebileceğimi nasıl getirebilirsin aklına?

Bu sözler, sanki Hilâl'i yeniden dünyaya getirmişti. Sevinçliydi, mesuttu artık...

Cumartesi günü, doktor beyin annesi ve ablası, Feyzâ'nın münasip bir lisanla bildirdiği red cevabını alarak geri dönerlerken son derece üzgün ve perişan bir haldeydiler...

Koskoca yaşlı hanım, Feyzâ'yı ikna edebilmek için dakikalarca türlü diller dökmüş, hatta işi ağlıyarak yalvarma derecesine kadar vardırmıştı... Yaşlı kadın:

- İnanın yavrum, oğlum bu haberi alınca çok müteessir olacak, diyor ve devam ediyordu: Bir haftadır çekmiş olduğu azabı ve duyduğu heyecanın büyüklüğünü tahmin edemezsiniz. Şimdi bütün ümitleri yıkılacak yavrumun... Halbuki ne hayaller kurmuştu... Evladım bunca senedir hep sizin gibi imanlı ve kültürlü bir kadına tesadüf etmediği için evlenmedi... Şimdi de tam istediği arzu ettiği gibi birisini bulup evlenmeye karar verdi ama, ne yazık ki, bu defa da büyük bir hüsrana uğrayacak... Ah benim melek kızım, yalvarıyorum, rica ediyorum... Ne olur iyi düşünün, daha etraflı düşünün... Biz beklemesini ve sabretmesini biliriz... Yeter ki siz, bu işi böyle kati olarak kestirip atmayın birden... Bu cevabı götürürsem oğlum bedbaht olacak, anlıyorsunuz beni değil mi?..

Onları lüzumsuz yere oyalamanın ve boş yere ümit besletmenin doğru olmayacağını düşünerek her iki hanımın ısrar ve ricalarına rağmen kararının kati olduğunu ve hiç bir suretle değişmeyeceğini bildirmek lüzumunu hissetti.

Yaşlı kadın, yaşlı gözlerle kapıdan çıkarken, bir ana şefkati ile Feyzâ'yı yanaklarından öptü ve son derece samimi bir ifadeyle:

- Senin gibi bir gelinim olmasını ne kadar arzu ederdim bilir misin kızım?.. Ama kaderde ne yazılmışsa o oluyor. Gelinim olmasan da, seni hiç unutmayacağım yavrum. Çünkü seni daha ilk görüşümde öz kızım gibi sevdim, dedi...

Onlar gittikten sonra Feyzâ, kendisini yorgun bir halde divanın üzerine attı... Elleri başının altında kenetlenmiş, gözleri tavana dikili bir vaziyette arka üstü uzanmış ve derin düşünceler içine gömülüvermişti bir anda.

Üzerinden büyük bir yük kalkmış gibiydi. Ama dadısı hayatta olsaydı, kimbilir ne kadar üzülür, ne kadar dövünürdü bu hal karşısında... «Böyle büyük bir kısmeti bir daha nerden bulacaksın?.: Hiç kaçırılır mı böylesi?..» derdi de, başka bir şey demezdi.

Feyzâ bir anda yüreğini kızgın bir ateşin yaktığı cefasına rağmen, haline hamd ve şükür ediyordu her an. Bütün emeli, bütün düşüncesi, kızını İslâmi bir terbiye ve ahlâkla yetiştirebilmekti... Ve bunda - Allah'ın lütfu sayesinde - muvaffak da oluyordu. Hatta Hilâl yaradılış ve kabiliyeti itibariyle Feyzâ'nın istediğinden de mükemmel ve kuvvetli yetişiyordu.

Bilhassa iki yıldır üstüste öğretmenleriyle dini mevzularda yapmış olduğu çetin mücadele onun daha küçük yaşta, ilerde ne büyük bir mücahide olacağına delil sayılabilirdi:

Feyzâ bir anda yüreğini kızgın bir ateşin yaktığını hissetti... Elinde olmayarak, «Ah, ne olurdu, vaktiyle gaflette olmasaydım da Hilâl, Bilâl'le benim çocuğum olsaydı..» diye geçirdi içinden... Fakat o en büyük şans, ayağının dibine kadar geldiği halde, gaflet sarhoşluğuyla onun kıymetini idrak edememiş ve kendi eliyle tepmişti... Ve bunun acısını bu güne kadar çektiği gibi, bir ömür boyu da böyle çekecek, pişmanlık ve nedamet duyguları içinde ızdırapla kıvranacaktı.

Şimdi Bilâl, yuvasında kimbilir ne kadar mesuttu... Fakat Bilâl'den çok karısı mesut olmalıydı... Acaba bu talihli kadın Bilâl'in kadrini ve kıymetini hakkıyle bilebiliyor muydu? Onu layıkıyla mesud edebiliyor muydu?.

İçini ilk defa bir kıskançlık alevinin yaladığını hissetti. Evet, hidayetinden bu yana bunca sene hep böyle yalnız kaldığı, kendi düşünceleri ile başbaşa kaldığı halde, bir gün olsun kalbinden böyle bir his geçmemişti... Ama şimdi, ne olmuş nasıl olmuştu bilemiyordu... Bilâl'in hanımını bu dünyanın en şanslı ve bahtiyar kadınını delice bir hisle kıskanıvermişti işte... Bu duyguyu içinden atmak için ne kadar gayret sarfettiyse de, bunda muvaffak olamıyordu. Evet Feyzâ kıskanıyordu... Hem bütün ruhuyla, bütün mevcudiyetiyle delice bir hisle kıskanıyordu o kadını şimdi Feyzâ.

Bütün ruhu ve kalbiyle sevdiği ve bağlandığı erkeğe sahip olan kıskandığı bu kadının, yıllar önce hayata veda ettiğini ve bu gün yaşamadığını nereden bilsindi?

O daha hala Bilâl'in Hacerle evli olduğunu zannediyor ve bir başka ihtimali aklına dahi getirmiyordu. Bugün çekmekte olduğu sıkıntı ve üzüntülerin yegane sebebi de esasen, hep bu tek taraflı yanlış düşüncesi değil miydi?

Şayet Bilâl hakkında küçük çapta bir tahkikte bulunsaydı, kendisini ebediyyen mesud edecek hakikati Bilâl'in yıllardır tek başına ve üstelik kalbinin kendi sevgisiyle yanıp tutuşarak yaşadığını hemen öğrenebilecekti.

Fakat o, sabit bir fikirle Bilâl'in hala evli olduğunu düşündüğü içindir ki, değil onun hayatını öğrenmek için her hangi bir harekette bulunmak, sevdiği adamın haysiyet ve şahsiyetini olduğu kadar aile huzur ve saadetini de haleldar etmek endişesiyle daima ondan ve onunla ilgili olan her şeyden kaçınmaktaydı...

Bütün bunların yanında kendisini menedemediği yegane husus varsa o da Bilâl'i düşünmek, Bilâl'i kalbinden ve hayalhanesinden çıkarıp, uzaklaştıramamaktı... Çünkü ruhunun ve cisminin her zerresi, nakış nakış onun aşkı onun o tertemiz ve ulvi sevgisiyle dokunmuştu sanki.

Neredeyse Hilâl okuldan gelecekti.. Feyzâ, hala uzandığı divanda kalbini gittikçe artan bir şiddetle kemiren kıskançlık ızdırapları içinde kıvranıp duruyordu.. Gözlerinden süzülen gözyaşları şakaklarından aşağıya doğru kaymaktaydı... Alnı ateşler içinde yanıyor, şakakları şiddetle zonkluyordu.. Büyük bir savaştan çıkmış gibi yorgundu, bitkindi, halsizdi... Onu düşündüğü, hele böyle derinden düşündüğü her zaman böyle olurdu zaten.

Mendili ile gözyaşlarını kurularken, «acaba diye geçirdi içinden... O da beni hala seviyor mu?» Sonra hemen ardından Bilâl'in Hacı Mustafa beyin mağazasında kendisini gördüğü andaki durumu geldi hatırına... Başını döndürür döndürmez karşısında kendisini görünce, yüzünde beliren o ifadeyi ve sonra yerinden fırlayıp arkasından koşarak: «Feyzâ Hanım!» diye nasıl büyük bir heyecanla sendelediğini ömrü boyunca unutması mümkün müydü?

Zaten Bilâl'in o günkü davranışı değil miydi ki, kendisine evini barkını satıp işini ve eş dostunu terkettirmiş ve onu yeni bir hayat mücadelesine girişmeye mecbur bırakmıştı?...

Ama o, bunlardan memnundu.. Halinden bugüne kadar hiç şikayetçi olmamıştı... Çünkü sevdiği adamın iş selametini ve aile saadetini muhtemel bir tehlikeden kurtarmış, bu uğurda delice sevgisini dahi göz kırpmadan feda etmişti... O, her türlü ızdırabı çekmeye razıydı... Yeter ki Bilâl'e en ufak bir halel gelmesindi... Hatta, en şiddetli kıskançlık nöbetleri içinde kıvrandığı şu anda bile bir yandan Bilâl'in kendisini aynı büyük aşkla sevmesini deli gibi arzularken, bir yandan da tamamen buna zıd düşen bir hisle, aile saadeti namına onun karşısına aşkların en büyüğü ile bağlı olmasını, kendisini tamamen unutmuş olmasını dilemekteydi.

Bu, birbirine zıd his ve düşüncelerden ancak Hilâl'in okuldan dönüşü ile sıyırabildi kendini. Yerinden doğrulup, kapıyı açtığı zaman Hilâl, karşısında yüzüne mütecessis nazarlarla bakmaktaydı.

Feyzâ gözlerini ondan kaçırıp; içeriye mutfağa doğru yürüdü.. Fakat Hilâl merak içindeydi... Sabırsızdı... Bu gün geleceklerini bildiği doktor beyin anne ve ablasına annesinin verdiği cevabı ölesiye merak ediyordu.. Bütün gün okulda da bu merak içinde erimişti adeta...

Üzerinden önlüğünü çıkarıp, annesinin arkasından o da girdi mutfağa... Her günkü adetiydi... Okula giderken ve okul dönüşü mutlaka annesinin elini öperdi... Lakin bugün buna fırsat bırakmadan Feyzâ ters yüzü dönmüş mutfağa girmişti... Bu hal, küçük kızın kalbinde derin bir şüphe uyandırdı... Acaba kati olarak red cevabı vereceğini söylediği halde, annesi çok cazip vaadlerin tesiri ve karşısındakilerin ısrarlarına dayanamayıp doktor beyin teklifine «evet» mi demişti, şimdi kızının yüzüne bakmaya cesaret edemiyordu...

Böyle düşünen Hilâl, kalbi endişeyle çarparak annesinin yanına gitti... Feyzâ ağır ağır ve düşünceli bir halle akşam yemeği için salata hazırlamaktaydı... Hilâl, ürkek bir ceylan gibi ona sokularak:

- Anneciğim, bu gün elini vermiyecek misin bana? Dedi...

İşte Feyzâ'yı kendine getiren söz bu oldu... Birden kendini toparlayarak elindeki bıçağı bıraktı ve gülümsemeye çalışarak elini kızına uzattı:

- Oh... Canım yavrum benim.. Dalgınlığımdan farkında bile

değilim, dedi... Gel şimdi de ben seni doya doya öpeyim.

Ve anne kız, sevgiyle birbirlerine sarıldılar... Feyzâ kalbinin üzerinde heyecanla gümbürdeyen, bu küçücük kalbin atışlarını dinlerken, ızdırabla ürperdiğini hissetti... Yavrucak, bu meseleye karşı ne büyük bir hassasiyet göstermekteydi...

Nitekim, endişeli gözlerini annesinin gözlerine daldırdı ve çekinerek sordu:

- Bu gün yine o misafir hanımlar geldiler mi anne?

- Geldiler yavrum... Biraz evveline kadar buradaydılar.

- Şey... anneciğim... Ne cevap verdin?.. Kabul edmedin doktor beyin teklifini değil mi?

Feyzâ, sakin ve yumuşak bir sesle:

- Elbette yavrum, dedi... Hem bütün ısrar ve yalvarmalarına rağmen red cevabım değişmedi...

Hilâl, rahat bir nefes almıştı nihayet...

Fakat ya annesinin gözleri niçin böyle ağlamaktan kıpkırmızı olmuştu?

- Ama sen ağlamışsın anne, dedi... Hem çok ağlamışsın?

Feyzâ cevap vermedi...

Bu sükut, Hilâl'e çok manalı gelmişti... Biraz daha annesine sokularak.

- Söyle anne, dedi... Yoksa sonradan pişmanlık mı duydun? Eğer öyle ise, yalvarırım, daha önceki bütün yalvarmalarımı unut ve kabul et doktor beyin evlenme teklifini...

Feyzâ, bir yandan kızının örgülü saçlarını okşuyor, bir yandan da sessiz sessiz ağlıyordu... Fakat kızı hiç bir zaman bilmemeliydi bu göz yaşlarının hakiki sebebini. Belki ilerde, çok ilerde öğrenirdi hakikati... Ve o zaman anacığının ne için, kimin için gözyaşı döktüğünü anlardı.. Ama şimdi asla!

Hilâl, onun bu düşüncelerinden habersiz sabırsızlıkla bir cevap bekliyordu annesinden... Sualinin cevabını...

Feyzâ, ıslak yanaklarını mendili ile kuruladı ve zoraki, fakat tatlı bir tebessümle:

- Hilâlciğim, canım yavrum benim, dedi. Sana kaç defa söyledim sen böyle şeylere yorma kafanı diye? Fakat müsterih olman için sana cevap vereceğim. Hayır kızım doktorun teklifini reddettiğim için en küçük bir pişmanlık duygusu yok içimde... Bilakis bu işi tatlılıkla atlatabildiğim için bir kuş kadar hafif hissediyorum kendimi. Çünkü sana daha evvelden de söylediğim gibi doktorla evlenmek istemeyişimin sebebi senin ağlaman, üzülmen ve yalvarmaların değildir. Sen isteseydin de, ben arzu etmiyordum evlenmeyi... Benim gözyaşlarımın sebebi ise tamamen başka yavrum... Sen kendini bunun için üzme... Bu gözyaşları, benim hayatımın aşı ve katığı... Şimdi söz ver anacığına bakayım, bir daha zihnini bu gibi şeylere takmayacaksın ve düşünmeyeceksin böyle şeyler... Anlaştık mı?

- Benim canım... canım anneciğim... Sen annelerin içinde bir taneciksin... Söz veriyorum melek anneciğim söz... bir daha böyle sözlerle seni üzmeyecek ve zihnimi böyle şeylere takmıyacağım...

Hilâl kollarını annesinin boynuna dolamış bir yandan annesinin yanaklarını minnetle öpüyor, bir yandan da bir kuş gibi cıvıldıyordu.

* * *

Aradan bir aya yakın zaman geçmişti... Hilâl, okuluna muntazaman devam ediyor, derslerine görülmemiş bir gayret ve şevkle çalışıyordu...

Zaman zaman Ayten öğretmenin kin ve nefret dolu yılan gibi soğuk bakışlarının haricinde, artık ne namaz ile ne niyazı ile uğraşan vardı... Fakat biliyordu ki Hilâl namazını şayet yine okulda kılmaya devam etseydi durum asla böyle olmazdı...

Okul müdürünün annesine bildirmiş olduğu sert ve kati yasaktan sonra Hilâl, namazlarını okulun tam karşısındaki evde, kendisini hakiki bir torun muhabbetiyle seven Hacı Hanife teyzenin evinde kılmaktaydı...

Yalnız o mu?...

Ayten öğretmenin dayağı ve müdürün yasağından sonra korku ile namazı bırakan çocuklardan bir kısmı da Hanife teyzenin kapısını çalıyor ve bu yaşlı, mübarek hacı hanımın evinde öğle namazını yine sevgili arkadaşları Hilâl'le birlikte kılıyorlardı.

Hacı hanım, evinde saf saf namaza duran bu minik Müslüman yavrulara ne türlü ikramda bulunacağını bilemiyor, gözleri yaşararak durup durup: «Ah benim melek yavrularım... Sizler bu zamanda gökten inmiş birer Cennet hurisisiniz sanki...» diyerek onları tek tek bağrına basıyordu. Hanife teyze, hayatta hiç torun sahibi olamamış bir hanım olduğu için Hilâl'i ve arkadaşlarını birer öz torun olarak kabul ediyordu.

Okulla evleri arasında oldukça uzun bir mesafe olduğu için Hilâl'i okuldan almaya ekseri zamanlar Feyzâ geliyordu...

Yine böyle müsait günlerinden birinde, okul bahçesinde son ders zilinin çalmasını bekliyordu... Bahçenin karşı tarafında, kendisi gibi çocuklarını almıya gelmiş olan erkek ve kadın, 8 - 10 kişi daha vardı... Esasen her okula gelişinde aynı simalarla karşılaşırdı... Ve her zaman da, bu insanların ısrarlı bakışlarını üzerinde, kıyafetinde hissederdi...

İkisi müstesna, diğer veliler, Feyzâ'ya sevgi, hayranlık ve en ziyade gıbta hisleri ile bakmaktaydılar... Hatta içlerinden bir kaç hanım, Feyzâ ile samimi bir dostluk da kurmuşlardı... Bunlar açık, makyajlı asri kadınlar olmakla beraber Feyzâ'nın bu derece şahane bir güzellikle genç yaşında böyle kapalı, İslâmi bir kıyafet içinde oluşuna takdir ve hayranlık hisleriyle karışık derin bir hayret duymakta ve onun yanında iken kendilerinden utandıklarını samimi olarak itiraf etmekteydiler.

Müstesna olan iki kişiye gelince; bunların biri, saçlarını sık sık değişik renklerde boyatan, göz alıcı makyajıyla etrafın dikkatini çeken mini etekli genç bir kadın, diğeri ise ağzından pipoyu hiç eksik etmeyen dazlak kafalı 40 yaşlarında bir erkekti... Her ikisinin de Feyzâ'ya bakışları, sırtına şiş yemiş, kırmızı görmüş boğanın bakışından farksızdı...

Şayet Feyzâ, eski püskü mantosunun altından sarkan allı güllü bir basma yahut pazen elbise, ayaklarında postallar bulunan salkım saçak, düzensiz, intizamsız giyinmiş, süklüm püklüm pısırık bir kadın olsaydı, bu iki insanın ona karşı tepkileri bu şekilde olmayacak ve «Cahil bir Anadolu kadını veya basit bir mahalle kadını» diyerek en ufak bir infial duymayacaklardı...

Fakat, sık sık okul bahçesinde kendileri ile birlikte çocuğunu bekleyen bu genç kadın, sade ve zarif kıyafetiyle, şıklık ve zerafet bakımından bu günün en modern ve zevkli giyinen kadınlarından çok daha asil ve kibar görünmekteydi. İşte maneviyattan bihaber bu zavallı iki insanı en ziyade sinirlendiren ve huylandıran husus da buydu. Bu kadın bir kere çok genç ve yüzünde hiçbir makyaj olmadığı halde o sapsade yüzüyle insanı çarpacak güzelliğe sahipti... Sonra son derece mazbut, örtülü bir kıyafet içinde olduğu halde, çok zarif bir şekilde giyimini düzenlemişti... Hepsinden mühimi cahil, bilgisiz, süklüm püklüm bir kadın değil, aksine gerek ilk görünüşteki hali ve gerekse etrafındaki şahıslarla olan konuşmalarından anlaşıldığına göre kültürlü, bilgili, münevver bir hanımdı... Nasıl olurdu da, böyle bilgili, kültürlü ince zevkli, genç ve güzel bir kadın makyajlı, mini etekli olması icabederken böylesine dindar ve örtülü olabiliyordu?...

Feyzâ, kendi dinlerinin icablarından bihaber, üstelik mensub oldukları dinin emirlerine düşman olduklarını her halleriyle belli eden bu iki biçare insanın kendisi hakkındaki his ve fikirlerini yüzlerinden okuyordu ama, bunu kendisine asla dert edinmiyordu.. Onların karşısında öylesine rahat, öylesine asil ve öylesine vekarlı bir duruşu vardı ki, onun bu hali, karşısındaki hasımlarını bütün bütün çileden çıkartmaktaydı...

Nihayet zil çalmış, çocuklar ellerinde çantaları ile gülüşüp şakalaşarak sınıflardan boşalmaya başlamıştı...

Hilâl, annesini uzaktan farkederek sevinçle yanına koştu ve boynuna sarıldı... Bir yandan mantosunu giymeye çalışıyor, bir yandan da nefes nefese anlatıyordu:

- Anneciğim, bu gün sınıfa müfettiş geldi... Sorduğu bütün suallerin en doğru cevabını benden alınca, öğretmenime ne dese beğenirsin?...

- Ne dedi yavrucuğum?..

- Söyliyeceğim anneciğim... Ah.. nasıl heyecanlıyım bilsen... Müfettiş bey sırtımı okşayarak öğretmenime dedi ki: «Lütfen okul idaresi olarak bu çocuğun ailesine bir tebrik mektubu gönderin... Ve çocuklarının üstün bir zekaya sahip olduklarını bildirin!» Nasıl, müjdemi beğendin mi anneciğim?..

Feyzâ, kızının mantosunu giymesine yardım etmeye çalışırken, birden gözlerine sevinç yaşlarının doluştuğunu hissetti... Hilâl'i her zamanki gibi göğsüne doğru çekerek:

- Benim biricik evladım, dedi.. Sen yalnız üstün zekanla değil, üstün ahlakın, üstün terbiyen ve üstün imanınla da arkadaşlarının ve akranlarının içinde bir mücevher gibisin. Allah'ım seni her türlü kötülüklerden korusun...

Hilâl, hemen sözü değiştirerek elindeki puanlı eşarbı Feyzâ'ya uzattı:

- Sen daha güzel bağlıyorsun anneciğim... Başörtümü bugün de sen bağlar mısın?

Feyzâ, bahçe kapısının yanında kızının başını örterken, ancak ikinci sınıf talebesi olacak yaşta küçük bir kız talebe, yanlarına yaklaştı. Bir an, saçlarını tamamen örten başörtüsüyle bir nur gibi parlıyan Hilâl'in yüzüne baktı... Sonra Feyzâ'ya dönerek:

- Teyzeciğim, dedi. Bu abla niçin başını böyle örtüyor?

Feyzâ, sevgiyle küçük kızın çenesini okşıyarak cevap verdi:

- Müslüman kızı olduğun için yavrum.

- İyi ama, o daha çocuk? Sizin kadar olunca örtse başını olmaz mı?..

Feyzâ, tatlı tatlı gülerek:

- Olmaz yavrum, olmaz, dedi... Bizi yoktan var eden yüce Allah'ımız Kur'an'da, anne ve babalara çocuklarını 7 yaşında dinimizin emirlerine alıştırmalarını emrediyor. İşte bunun için namaza başladı, tam manasıyla değilse de başını örttü... Fakat Rabbimiz, kız çocuklarının örtülü olmasını emrettiğinden, o da şimdi başını tam Allah'ın emrettiği gibi örtüyor. Hem şimdiden örtünmeye alışmazsa, büyüyünce bir çok açık kız ve kadınlarımız gibi, o açık kıyafeti terketmek zor gelir kendisine değil mi yavrum?

Sapsarı uzun saçları, bir başak demeti gibi omuzlarından aşağı dökülmüş olan küçük kız, Feyzâ'nın anlattıklarını büyük bir dikkatle dinlemekteydi... Feyzâ, sözünü bitirince bir müddet hiçbir şey söylemedi... Sonra minnetle Feyzâ'ya bakarak:

- Çok teşekkür ederim teyzeciğim, dedi... Müsaade eder misiniz elinizi öpeyim?

Uzanan eli öperken, küçük kızın gözlerinde tuhaf bir ışıltı yanıp sönmüştü... Feyzâ, bu garip pırıltının sebebini ancak ertesi günü öğrenebildi.

Bir gün sonra, aynı saatte okulun bahçesinde Hilâl'in dersten çıkmasını bekliyordu... Zil çalıp, çocuklar ellerinde çantalarıyla sınıflardan boşalmaya başlayınca, gözleri biraz ilerde dün konuşmuş olduğu o meraklı, sarı saçlı güzel yüzlü küçük kıza ilişti... O, Feyzâ'yı görmemişti... Çocuklar arasından sıyrılarak bahçenin bir köşesinde elindeki çantayı yere bıraktı... Mine mavisi gözleriyle aynı renkte olan mavi mantosunu giydi... Sonra çantasını açarak, içinden yine mavi çiçekli, desenli bir baş örtü çıkartıp, tam manasıyla becerememekle beraber, başını örttü...

Tam çantasını alıp yürüyeceği sırada, hareketlerini büyük bir hayretle seyreden Feyzâ'yı gördü.. Gözleri sevinçle parlıyarak koşa koşa yanına geldi ve soluk soluğa:

- Teyzeciğim nasıl, şimdi ben de tam bir müslüman kızına benzedim mi?... Diye sordu...

Feyzâ hayretinden ne diyeceğini şaşırmıştı... Eğildi, eliyle küçük kızın çenesini tutarak, yüzünü kendisine doğru kaldırıp, bir an onun berrak mavi bir pınarı andıran saf ve temiz ifadeli gözlerine baktı... Konuşurken, sesinin titremesine mani olamıyordu:

- Canım yavrum, demek sen de Hilâl ablan gibi sağlam bir imanla yetişeceksin, dedi.. Senin ismin ne yavrum?

- Başak, efendim...

- Sana bu örtünün ne kadar yakıştığını bilsen Başak... Çok ama pek çok güzel olmuşsun böyle... İşte hakiki müslüman kızı böyle olur, müslüman Türk kızları küçük yaştan böyle yetişir yavrucuğum.

Başak'a dünyalar verilseydi, bu kadar memnun olmazdı... Sevinçten içi uçuyordu adeta... Gözlerinin içi gülerek sevincini izhar etti:

- Teşekkür ederim efendim, sizin beğendiğiniz gibi acaba Allah da beğenir mi beni böyle dersiniz?

Feyzâ, bu çıtı pıtı küçük kızdan pek hoşlanmıştı.

- Yüce Allah'ımız, kendi emirlerini yerine getiren kullarını hem çok sever, hem de çok beğenir Başak, dedi. Hele bu insan, küçük yaşta bir çocuk olursa...

O sırada Hilâl de sınıftan çıkmış, koşa koşa yanlarına gelmişti.. Başak'ın annesinin yanında başörtülü olarak durduğunu görünce sevinçle haykırdı:

- A... a... anneciğim, bu küçük kardeşimde benim gibi örtünmüş. Sen mi örttün onun başını anne?...

- Hayır kızım... Kardeşin Başak, kendi kendine karar vermiş örtünmeye...

Sonra tekrar Başak'a dönerek sordu:

- Annenin, babanın da haberi var mı başını örttüğünden Başak?...

- Hayır teyzeciğim... Annem de, babam da doktordurlar ve her ikisi de hastahanede çalıştıkları için, sabahleyin benden evvel evden çıkıyorlar. Bunun için onlar daha görmedi. Ama babaannem gördü, gözlerine inanamadı... Öyle sevindi, öyle sevindi ki... Çıkarken arkamdan ağlıyarak dualar okuyordu hep...

Hilâl dayanamayıp, Başak'ın boynuna sarıldı ve onun taze birer gül yaprağını andıran pembe yanaklarını öpmeye başladı:

- Ah benim biricik kardeşim, dedi... Desene bundan sonra koskoca okulda yalnız başıma kalmayacağım?

En ulvi hislerle birbirlerine sarılmış olan bu iki saf ve temiz kalbli yavru, bu asil hareketlerinden dolayı bir müddet sonra başlarına neler geleceğini, başlarında sevinç ve iftiharla taşıdıkları örtülerin kendilerine ne büyük çileler çektireceğini nereden bilebilir, nasıl tahmin edebilirlerdi?...

Günler geçiyor, Hilâl arkadaşları arasında fikir, kıyafet ve davranışları ile etrafına nurlar saçmaya devam ediyordu. Bilhassa bir kaç kız arkadaşı vardı ki, okul içinde Hilâl'in etrafında pervane gibi dolaşıyorlar, bir an ondan ayrılmıyorlardı...

Onlar teneffüs vakitlerini diğer arkadaşları gibi oynayıp zıplamakla geçirmiyor, oyunlara çok ender olarak katılıyorlardı.

Teneffüslerde bu altı - yedi arkadaş, kolkola girerler ve bahçede bir aşağı bir yukarı dolaşarak, Hilâl'den bir şeyler öğrenmeye çalışırlardı...

Nitekim, bu devamlı beraberliğin neticesi, kısa bir müddet sonra meyvelerini vermeye başladı...

Hilâl hiç birisine «örtünün, örtünmeniz şarttır» gibi sözlerle baskıda bulunmadığı halde, kendisini seven kız arkadaşları, kısa aralıklarla teker teker örtünmeye başladılar... 15 gün içinde Hilâl gibi başlarını örtmüşler, kısacık önlüklerinin altından görünen çıplak bacaklarına birer pantalon geçirmişlerdi.

Tabii bu, ancak okul dışında mümkün olabiliyordu... Pantolonu içerde rahatlıkla giyebiliyorlardı fakat, okul dahilinde yasak olduğu için başörtülerini yalnız okula giderken ve gelirken takabiliyorlardı başlarına.

Hilâl, arkadaşlarından her birinin örtünüp namaza başlayışı karşısında ayrı bir sevinç ve sürur duyuyor, okuldan çıkıp evin kapısından girer girmez Feyzâ'nın boynuna atılarak:

- Anneciğim... anneciğim... bu gün bir arkadaşım daha başını örttü... Eğer böyle giderse, sınıfımızda belki bir tek açık başlı kız talebe kalmayacak.

Diye büyük sevincini ifade etmeye çalışıyordu... Fakat Feyzâ'nın içinde mahiyetini çözemediği garib bir his vardı... Kızının, arkadaşları üzerindeki bu tesiri ve muvaffakiyeti onu ziyadesiyle memnun etmekle beraber yine de zaman zaman bu durumdan endişe duymuyor değildi... Nitekim sık sık Hilâl'e öğütte bulunmaktaydı:

- Bak kızım, diyordu... Biliyorsun, namaz meselesinden dolayı zaten okul idaresi tarafından şimşekleri üzerine çekmiş bulunuyorsun... Şimdi senin hemen her hareketinin göz hapsinde olduğundan şüphen olmasın... Geçen sene bu yüzden araya gitti... Bu sene, Allah'ın izniyle mutlaka 5 nci sınıfı bitirip mezun olmalısın... Zira senin de farkettiğin gibi, yaşın henüz 12 olduğu halde boyun birdenbire uzadı ve sen, yaşından daha fazla geliştin... Bu sene de bu gibi meseleler yüzünden seni kasden sınıfta bırakırlarsa bir dahaki seneye 13 yaşında koskoca bir kız olarak ilkokula nasıl devam edebilirsin?..

Hilâl, annesinin bu sözleri karşısında her seferinde ayrı bir üzüntü duymaktaydı... Bir keresinde, annesinin bu endişelerini şöyle cevaplandırmıştı.

- Anneciğim, bana dinimi sen öğrettin. Hakiki bir müslüman nasıl olur, senden öğrendim ben. Bana daima:

«Kızım, yalnız kendini düşünme, daima etrafındakilerle meşgul ol. Onların da doğru yolu bulmasına yardım et...» diye nasihat eden sendin. Böyle olduğu halde bu gün bir kaç arkadaşımın namaza başlayıp, başlarını örtmelerine vesile olmam seni bayağı üzmüşe benziyor... Sınıfta kalmam ihtimali, seni düşündürmemeli bile anneciğim... Sen her zaman demez miydin; «Her şeye kadir olan Allah'dır» diye?... O istemedikten sonra, kimse bir şey yapamaz. Ama eğer O böyle diliyorsa, ne diyebiliriz ki?...

- Kızım, yanlış anlama... Ben senin bu halinle iftihar ediyorum. Ancak bu hizmetlerini okulunu bitirdikten sonra yap, diyorum... Çünkü bu adamlar açıktan açığa dine ve dindarlara cephe almışlar, görüyorsun.

- Ama anneciğim, benim başka türlü olmama imkan yok ki... Arkadaşlarıma hiç bir gün kendiliğimden bir şey söylemedim... Ben sadece onların bana merakla sorduklarını cevaplandırdım. Söyle anne, yoksa bu da mı bir suç?...

Kızının vermiş olduğu bu cevaplar karşısında Feyzâ, adeta kendi kendinden utanmıştı. Allah'ım! Bu çocuk ne büyük bir iman, ne büyük bir şuur ve ne sarsılmaz bir irade ve cesaretle yetişiyordu...

Feyzâ, kızı ile aralarında geçen bu nevi konuşmalardan sonra daima «AĞAÇ YAŞKEN EĞİLİR» sözünü hatırlar ve bu güzel sözün doğruluğuna her gün biraz daha yürekten inanırdı.

* * *

15 gün sonra bu defa da Feyzâ, muavin hanımın odasında bulunuyordu...

Muavin hanımın masasına doğru ilerlerken,vücudunun bütün sinirleri bir yay gibi gerilmiş olduğu halde gayet sakin görünüyordu.

- Buyurun efendim, beni istemişsiniz...

Müdür Muavini, samimi ve candan bir hamleyle gülümseyerek yerinden doğruldu ve:

- Oh... Evet hanımefendiciğim.. Sizi bekliyordum, buyrun, dedi...

Feyzâ, gösterilen rahat meşin koltuğa otururken, heyecanını zerrece belli etmemek için büyük bir gayret sarfediyordu. Samimiyetle sorulan hal-hatıra cevap verdikten sonra:

- Muavin hanım, dedi... Tahmin edersiniz ki, şu anda büyük bir merak içindeyim... Acaba bu defaki çağırılış sebebim nedir?

Muavin hanımın yüzü bir anda mahzunlaşmıştı... Şaşkın ve üzgün bir şekilde bir an yutkundu... Ve sonra cevap verdi:

- Vallahi Feyzâ hanımcığım, ne söyliyeceğimi, söze nasıl başlıyacağımı, vaziyeti size nasıl izah edeceğimi bilemiyorum... Bu, bilhassa benim için çok müşkül bir iş... Bugüne kadar devam eden meslek hayatımda sizin kadar takdir ettiğim bir veli olmamıştır... Lakin...

- Evet lakin?...

Muavin hanım, gözünden gözlüklerini çıkararak, elindeki mendille bir müddet onu kurulamak ve temizlemek için oyalandı... Her haliyle müşkül bir durumda olduğu belli oluyordu... Fakat sorulan bu «lakin» in cevabını vermesi lazımdı... Müşkül de olsa bu, ona verilmiş bir vazifeydi zira...

Nitekim, gözlüklerini tekrar gözüne yerleştirerek Feyzâ'ya baktı ve konuşmasına devam etti:

- Evet Feyzâ hanımcığım, lakin bazı acı mecburiyetler beni bir vazifeli olarak, sizin gibi çok sevip takdir ettiğim bir insana üzücü ve şüphesiz ki İzzet-i nefis zedeleyici bir tebligatta bulunmaya memur kılmakta...

Feyzâ dayanamadı, sordu:

- Anlıyamadım, çalışkan ve üstün terbiyeli bir talebe velisine nasıl olur da üzücü ve izzet-i nefis zedeleyici bir tebligat yapılabilir muavin hanım?

- Bunu sormakta yerden göğe kadar haklısınız Feyzâ Hanım... Fakat bu haklı sualinize benim esasen pek müşkül olan bu vazifemi büsbütün ne derece güçleştirdiğinizi tahmin edebilir misiniz? Sizi daha ziyade merakta bırakmak istemiyorum... Bunun için size, müdür beyin şahsınızla alakalı bir emrini arzedeceğim.

- Buyrun dinliyorum efendim,

Muavin hanım, bir kere daha üzüntüyle yutkundu:

- Hanımefendiciğim, müdür bey sizin bundan böyle hiç bir suretle okul bahçesinden içeriye adım atmamanızı emretmiş bulunuyor... Bu emri tebliğ etmek ve bu yasak emrinin kati ve kesin olduğunu bildirmek görevini de bütün karşı direnmelerime rağmen bana verdiler.

Feyzâ'nın başı döndü, döndü, döndü...

Başına sanki koca bir balyoz yemişcesine beyni sarsıldı bir an.. Ayakta olsaydı, mutlaka olduğu yere yığılır kalırdı...

Fakat kendini toparlaması çok sürmedi... Bütün metanetini toplayarak, karşısında suçunun büyüklüğü altında ezilen bir insan tavrıyla koltuğa büzülmüş ve yerinde adeta küçüldükçe küçülmüş olan muavin hanıma baktı... Sesinin titremesine mani olamıyarak:

- Bu acaib, acaib olduğu kadar komik ve gayri mantıki emrin sebebini öğrenebilir miyim efendim dedi.

Muavin hanım:

- Feyzâ hanımcığım, dedi... Bu emrin sebebini öğrenmemeniz sizin için daha iyi olacak. Ben sizden rica etsem, merakınızı içinize gömün ve sebep sormadan, sizin için tahammülü hiç de kolay olmayacak bu emre riayet ediniz.

Feyzâ, muavin hanımın tamamiyle samimi olduğuna inanıyor ve onun içinde bulunduğu müşkül durumu anlıyordu:

- Peki hanımefendi dedi... Bu yasak emri veliler içinde yalnız benim için midir? Yani çocuklarını eve götürmek için bahçede bekleyen diğer veliler de bundan böyle bahçeye girmeyecekler mi?.. Yoksa evvelce de sorduğum gibi, okul bahçesine girmek, yalnız benim için mi yasak?

- Maalesef öyle Feyzâ hanım... Bu yasak emri yalnız sizin için... Diğer veliler için değişen bir şey yok... Onlar eskiden olduğu gibi bahçede çocuklarını bekliyebilecekler...

Feyzâ'nın kan tepesine çıkmıştı... Artık öfkesini yenecek hali de kalmamıştı... Israrlı bir ifadeyle ve sert bir sesle:

- Maalesef ricanızı yerine getiremiyeceğim muavin hanım, dedi... Böyle sapık bir yasak emrinin sebebini öğrenmek, takdir edersiniz ki, en tabii hakkımdır... Siz, benim üzüleceğimden lütfen endişe etmeyiniz. Ve tekrar rica ediyorum, söyleyiniz bu emrin sebebi nedir?... Diğer bütün velilere bahçeye girme serbestisi varken, benim bahçeye girmem hangi sebebe istinaden yasaklanıyor?

Muavin hanım, başını önüne eğerek adeta fısıltı gibi bir sesle cevap verdi:

- Başörtülü oluşunuzdan efendim.

Feyzâ'nın bütün kanı vücudundan çekilmişti sanki... Gözleri hayretten iri iri açılmıştı... Başı dönüyor, gözleri kararıyor ve kulaklarında muavin hanımın fısıltı halinde söylediği sözler gitgide yükselerek çınlıyor, çınlıyordu:

«- Başörtülü oluşunuzdan... Başörtülü oluşunuzdan... Başörtülü oluşunuzdan... Başörtülü oluşunuzdan... Başörtülü.....................»

Ses, yükseldikçe yükseliyor, odadaki bütün eşyalar fırıl fırıl dönüyordu sanki etrafında.

Feyzâ'nın hafif bir fenalık geçirdiğini gören muavin hanım, sesinde gizliyemediği bir hüzünle seslendi:

- Feyzâ hanım, rica ederim kendinize geliniz... Sakin olunuz lütfen... Hayatta bazen öyle acı ve katı gerçekler vardır ki, isteseniz de istemeseniz de gelir sizi bulur yakanıza yapışırlar.

Feyzâ, kulaklarına derinden derine gelen bu sözler üzerine büyük bir gayretle kendini topladı ve:

- Peşinen söylemiştim ya size. Benim üzüleceğimden endişe duymamanızı... Evet endişe etmeyiniz muavin hanım, İslâmiyetin muhafaza ve müdafaası için... Kadınlarının namusu, iffeti ve örtüsü için düşmanlarla asırlar boyu kıyasıya çarpışmış olan kahraman ecdadımızın, şehadet kanları ile sulayarak bize yadigar olarak bıraktıkları bu vatan topraklarında şehitler yatağı bir İslâm beldesinde dinin emirlerine riayet ettikleri için, başı örtülü, kalbi imanlı müslümanlar olarak Moskof mezalimine eş bir zulüm ve hakarete maruz tutulup, kendi öz diyarlarında, birer esir, birer üvey evlat muamelesi görmeye alışacağız çaresiz.

- Çok acı konuşuyorsunuz Feyzâ hanım.

- Evet, acı, lakin gerçektir konuştuklarım muavin hanım. Siz dememiş miydiniz biraz evvel, hayatta bazı acı ve katı gerçekler vardır.. Ve bu acı gerçekler siz isteseniz de, istemeseniz de gelir sizi bulur, yakanıza yapışır diye? İşte şu anda ben de, bu acı gerçeklerin en acısı ve en katısı ile karşı karşıya bulunuyorum. Dinine vatanına, milletine bağlı bir müslüman kadını olarak, kapalı-mazbut bir kıyafette bulunduğum, vücudumu açık saçık kıyafetlerle teşhir etmediğim için okul kapısından dışarıya kovulmak!.. Sorarım size, hayatta mana itibariyle karşılaşacak bundan daha acı ve daha zalim bir darbe olabilir mi?...

- ....

- Susuyorsunuz muavin hanım, susuyorsunuz. Çünkü içinde bulunduğunuz gayri İslâmi kıyafet ve hayat şartlarına rağmen siz de bir müslüman evladı, bir müslüman hanım olmak itibariyle biliyorum ki bu haksız muamele karşısında vicdanınız titremekte, azab ve ızdırap içinde kıvranmaktasınız..

Sizin bu susuşunuz tam bir teslimiyetle hakkın karşısında en güzel bir susuş olduğu gibi, ne yazık ki alçakca icra edilen bir haksızlığın karşısında da o haksızlığa boyun eğen susuştur. Bunu bana değil, belki kendi kendinize dahi itiraf edecek durumda değilsiniz muhakkak şu anda. Fakat kabul edin ki, gerçek olan budur ve bu gerçek de sizin evvelce bahsetmiş olduğunuz hayattaki bazı acı ve katı gerçeklerden biridir.

Muavin hanım, yıkılmış bir vaziyette, adeta inler gibi:

- Yalvarıyorum, benim vazifemi güçleştirmeyiniz Feyzâ hanım, dedi.

Feyzâ acı acı gülümseyerek cevap verdi:

- Peki, sizi sitemlerimle daha fazla rahatsız etmiyeceğim... Yalnız buna mukabil, size soracağım suale samimi ve doğru cevap vermenizi isteyeceğim.

- Buyrun... Ne gibi bir sual?...

- Müdür bey, bu emri hangi sebebe istinaden verdi?

- İzahı biraz müşkül ama anlatayım Feyzâ Hanımcığım... Efendim, müdür bey bu kararı sebepsiz yere ve kendi kendine vermiş değildir.

- Tuhaf... Peki ne sebeple ve kimler tarafından verilmiştir böyle gülünç bir karar?

- Geçen gün yapılan öğretmenler toplantısında öğrendim ben de meselenin esasını... Kısaca mevzu şu: Talebelerin çıkış saatinde bahçede çocuklarını bekleyen veliler, sizin mevcudiyetinizden rahatsız olmaktaymışlar...

Nihayet aralarında karar verip, vaziyeti müdür beye bildirmişler ve sizi şikayet etmişler...

Feyzâ, bu şikayetçilerin kimler olduğunu derhal anlamıştı. Bunlar, kendisini her görüşte kırmızı görmüş kızgın boğa gibi, üzerine saldıracak derecede hain bakışlı, dazlak kafalı o mahut adamla, bir pavyon kadınından farksız giyinişli sosyete bozuntusu kadından başkası değildi şüphesiz...

Esasen son sıralarda bir araya gelerek, kendisine dik dik bakıp, hararetli hararetli bir şeyler konuşuşlarından şüphelenmiye başlamış ve «bunun altından bir şeyler çıkacak gibi ya,, bakalım zaman ne gösterecek...» diyerek beklemiye başlamıştı...

Demek o bakışların ve o gizli konuşmaların neticesi buydu... Okul müdürüne şikayette ve tesirde bulunmak suretiyle, okuldan kovulmak!

Olur şey değildi bu... Ama olmuştu işte.

Muavin hanıma:

- Benim mevcudiyetim, bu şahısları acaba hangi cihetten rahatsız etmekteymiş, öğrenebilir miyim? Diye sordu.

- Evvelce de belirttiğim gibi, efendim, başörtülü oluşunuz, bu derece kapalı oluşunuz ve bu kıyafetinizle sık sık okul bahçesinde görünüşünüz, bu şahısların sinirlerine tesir etmekteymiş... Ben görüşmeler esnasında sonuna kadar sizi müdafaa ettim toplantıda... Ama ne yazık ki, gerek benim ve gerekse kızınızın öğretmeninin bütün çırpınma ve diretmeleri, çoğunluk menfi fikrin karşısında hiç bir şey ifade etmedi.

- Desenize şu koskoca okulda sizden ve kızımın öğretmeninden başka hakşinas kimse yokmuş.

- ....

- Ayrıca şu anda aklıma şöyle bir husus da geldi muavin hanım... Bahçede, benimle bekleyen veliler arasında iki tane daha örtülü hanım var... Dışarı çıkarılışımın sebebi örtülü olmam olduğuna göre, onların da benimle aynı muameleye tabi tutulması icabeder. Bu böyle olmuş mudur?

- Hayır efendim, şikayet yalnız sizin için varit...

- Sebep?

- Diğerleri niçin örtündüklerini dahi bilmeyen, görenek diye örtünmüş cahil kadınlarmış. Siz ise, açık hanımları imrendirecek ve güzel İslâmi kıyafetler içinde, üstelik tahsilli ve kültürlü bir hanımmışsınız. Dedim ya, sizi gördükçe rahatsız oluyorlarmış. Aramızda kalsın, fakat maalesef müdür bey de bu şahıslarla aynı fikirde. Sizin böyle gerici bir kimse olarak bahçede bulunmanız, bir çok talebeler için zararlı olabilirmiş... Hatta şimdiden etrafınızda size saygı duyan bazı kız talebeler varmış ki, bunlar yavaş yavaş sizin ve kızınızın dış kıyafetinin tesirinde kalmaya başlamışlar. Müdür bey «bu böyle giderse diyor, sene sonuna kadar belki bütün talebeler, gerici fikirlerle zehirlenebilir...» Ne yazık ki yanlış olmakla beraber, müdürün kanaati bu Feyzâ hanımcığım.

Feyzâ bu sözlerin kanını damarlarında dondurduğunu hissetti. Demek yalnız örtülü oluşundan değil aynı zamanda temiz ve kültürlü oluşundandı bu haksız muamele..

Zavallı muavin hanım, karşısında teessüründen ağlıyacak hale gelmişti... Bu ağır vazifenin yükü altında ezilmekteydi adeta... Gözlerini medet uman bir insanın haliyle Feyzâ'ya çevirmişti. Feyzâ bu yalvaran bakışları elbette mahzun edemezdi. Durdu... Yutkundu... Ve her zamanki vekarlı haliyle konuştu.

- Muavin hanım. Bu meselenin sizi ne derece üzdüğünü görüyorum. İnanın sizin şu müşkül durumunuz dolayısıyle bu iz'ansızca verilen emre riayet edeceğim. Yoksa arada siz olmasaydınız, bu emre verilecek cevabı, suratlarına çarpardım.

Muavin hanım Feyzâ'nın anlayış göstererek kendisini bu müşkül durumdan kurtarması karşısında gözlerinde titreşen yaşların taşmasına mani olamadı.

- Gösterdiğiniz anlayışa çok teşekkür ederim Feyzâ hanım. Beni çok güç bir vazifenin ağırlığından kurtardınız.

Feyzâ acı acı gülerek.

- Rica ederim. Benim yüzümden sizi ne derece hırpaladıklarını tahmin ediyorum. Daha fazlasına vicdanım el vermez.

Konuşmanın burasında odaya Ayten öğretmen girdi. Feyzâ'yı odada görünce yüzü birden rengini değiştirip saçlarının dibine kadar kıpkırmızı oldu. Hiddetinden adeta burnundan soluyordu. Hırsla Feyzâ'ya dönerek damdan düşer gibi haykırdı.

- Kızınızı bir daha başında örtüyle görmiyeceğim, aksi halde çok fena şeyler olur..

Feyzâ şaşkındı. Nasıl cesaret edebiliyordu da bu derece fütursuzca düşmanlığını ortaya atabiliyordu. Nasıl, nasıl oluyordu da başlarındaki örtüye böyle kuduz köpekler gibi ağızlarından salyalarını saçarak saldırıyordu? Nasıl, nasıl oluyordu da Rabbinin yüce emrine bu derece düşman olup, o yüce emri yerine getirenleri bu derece hor görüp, bütün kin ve nefretini böyle açıkça kusabiliyordu?

Bütün bu nasıllar birleşip Feyzâ'nın kulaklarında büyüdü.. Sonra bir kere daha gözlerinin önünde bütün eşyalar, oda, tavan, muavin hanım, Ayten öğretmen her şey her şey dönmeğe başladı. Daha sonra her şey durdu, duruldu. Feyzâ gözlerini Ayten öğretmene dikmiş öylece bakıyordu. Boğazından çıkan sesini kendisi de tanıyamadı:

- Kızımı her zaman başındaki örtüsüyle göreceğinize göre, ne gibi fena şeyler olacağını merak ettim doğrusu?

- Bu okulun yüz karasıdır o. Bacak kadar çocuğa baş örtü takmakta neymiş?

- Sualimin cevabı bu olmasa gerek. Size ne gibi fena şeylerin olacağını sormuştum.

- Olduğu zaman görürsünüz!

Feyzâ'nın sinirleri bir yay gibi gerilmişti. Bu iman ve ahlak fukarası kadına haddini bildirmeliydi artık. Soğukkanlılığını muhafaza etmeğe gayret ederek konuştu.

- Bir şey öğrenmek istiyorum Ayten hanım. Şu imtihan sıralarında mektebin bir takım hazırlıkları ve problemleri varken, neden kızımın örtüsü ile bu derece ilgileniyorsunuz? Bu aleni düşmanlığınıza sebep nedir?

Ayten öğretmen, o yılan ıslığını andıran sesiyle, kin ve nefretine menba olan sebebi, dişlerinin arasından haykırdı.

- Neden mi? Çünkü siz bir Nurcusunuz!...

Bu söz Feyzâ'nın kulaklarında bir bomba gibi patladı. Demek, demek bütün bu haller başlarındaki örtüden ziyade Nurcu zannedilmelerindendi. Ve bu peşin hükümlü insanların elinde okuyordu Hilâl. Bütün sinirleri boşalmıştı Feyzâ'nın, sesindeki titremeyi onlara belli etmemek için büyük gayret sarfediyordu.

- Nazarınızda örtülü ve dindar olmak Nurculuksa, evet biz Nurcuyuz. O halde Rabbini seven ve emirlerini yerine getiren herkes Nurcudur. Yarasa misali zulmette yaşıyanlar ancak o Nur'dan mahrum olurlar.

Feyzâ bu sözleri ayakta ve gayet vakur bir eda ile söylemişti. Onun bu vakur hali ve sert tavrı karşısında Ayten öğretmen verecek cevap dahi bulamamış, ancak basit bir tarzda arkasını Feyzâ'ya dönerek söylenmeğe başlamıştı.

- İyi vallahi. Okulu gerici yuvası haline getirdiler. Biraz daha meydanı boş bıraksak ellerinde tesbihlerle ayin yapacaklar nerdeyse. Tekke zannettiler okulu.

Feyzâ, bu hakikaten acınacak durumda olan imansız ve izansız mahluku kendine muhatap kabul edemezdi artık. Muavin hanıma dönerek:

- Müsaadenizle efendim... dedi ve odadan çıktı.

Yol boyunca kulakları uğuldayan ve şakakları zonklayan Feyzâ yürüyor muydu. Bastığı yeri görüyor muydu: Hayır, görmeden ve bilmeden insiyaki bir hareketle uçuyordu adeta, rüzgara kapılmış bir yaprak gibi..

Dar sokağı kıvrılarak, ana caddeye çıktı.. Geniş kaldırımlardaki kalabalık insan yığınlarının arasına karışınca başı daha şiddetle dönmeye başlamıştı...

Vesaitlerin gürültüsü, sanki kulağında bir gök gürültüsü gibi şiddetli akisler uyandırıyordu...

Bir müddet kendisini kalabalığın akıntısına kaptırdı. Neden sonra eve gidebilmek için mutlak karşı tarafa geçmesi icabettiğini anlıyarak, kaldırımdan indi ve kendini aniden caddenin ortasında, vesaitlerin arasında buldu. Ve aynı anda ortalığı acı bir fren sesi ve bir kadın feryadı kapladı...

Evet bir kaza olmuş ve bütün vesaitler durmuştu... Feyzâ caddenin ortasında, yerde kanlar içinde upuzun yatıyordu. Etraftaki koşuşmaları konuşmaları, trafik polisinin acı düdüklerini hiç bir şeyi, hiç bir şeyi duymuyordu..

Arabalarından ve vesaitlerinden inenler yerde yatan Feyzâ'nın etrafını çevirmişlerdi. Herkes bir şey söylüyordu. Kimi öldü, kimi bayıldı diyordu..

Bu sırada siyah, uzun bir hususî arabanın direksiyonunda bulunan orta yaşlı, uzun boylu ve iyi giyimli bir adam, arabasından inerek halkı yardı ve yerde yatan yaralı veya ölüyü görmek için öne geçti. Ve aynı anda, dudaklarından şu sözler döküldü...

- Aman Allahım!.. O!... Feyzâ Hanım!...

Feyzâ'yı, kendisine çarpan arabanın içine koymak, ve acele olarak hastahaneye kaldırmak için bir kaç kişiyle birlikte yere eğilmek üzere olan trafik polisi, orta yaşlı beyin ağzından dökülen sözler üzerine başını ona doğru kaldırdı ve sordu...

- Kendisini tanıyor musunuz beyefendi?..

Adam sadece:

- Evet polis bey, tanıyorum..

Dedi ve eğilerek, Feyzâ'nın bileğini eline aldı. Sonra derin bir nefes alarak adeta fısıltı gibi bir sesle:

- Oh... Çok şükür yaşıyor.

Diyerek, cebinden hüviyetini çıkarttı ve polise döndü:

- Polis bey, buyurun hüviyetimi.. Ben doktorum. Yaralıyı lütfen acele olarak benim arabaya alalım. Derhal hastahaneye kaldırılması icabediyor.

Doktor bey ve iki şahıs Feyzâ'yı hemen ikinci sırada bulunan arabaya bindirdiler.

Arabanın arka kanepesine boylu boyunca yatırdıktan sonra, hadiseye şahit olan iki kişi de öne, direksiyon başındaki doktorun yanına oturdular... Ve araba, yıldırım hızı ile ileriye fırladı...

10 dakika ya geçmiş, ya geçmemişti ki, geniş ve çiçekli bir bahçe içinde iki katlı, modern, temiz ve şirin bir hususi kliniğin önündeydiler...

Binanın kapısındaki beyaz tabelada iri siyah harflerle «CELİL EROĞLU KLİNİĞİ» ibaresi okunmaktaydı...

Evet, garib bir tecelliydi ki Feyzâ, bir müddet evvel kendisine evlenme teklifinde bulunan Operatör Doktorun elinde ve hususi kliniğinde bulunmaktaydı şu an...

Dr. Celil, arabadan iner inmez, içeriye acele sedye getirmelerini söyliyerek arka kapıyı açtı... Feyzâ, hala baygın bir vaziyetteydi... Getirilen sedyeye aktarılırken, genç hemşirelerden biri, gayri ihtiyari doktora bakarak:

- Ne kadar da güzel... Tıpkı bir melek gibi doktor bey, dedi...

Fakat Dr. Celil'in kulakları hiç bir sözü duyacak halde değildi o an... Bir yandan etrafa emirler yağdırıyor, bir yandan da klinikten içeriye doğru koşar adımlarla ilerliyordu.

Çok kısa bir müddet sonra, beyaz doktor gömleğini giymiş olduğu halde, ilk yardım odasında, Feyzâ'nın yatırıldığı ayaklı sedyenin başındaydı... Diğer doktorlar, asistanlar ve hemşireler de etrafını çevrelemişler, merakla onun hareketlerini takip ediyorlardı..

Muayene çok kısa sürmüştü.

Muayene neticesi, Dr. Celil bey, derin bir nefes aldı.. Mühimsenecek hiç bir şey yoktu çok şükür... Yalnız arabanın çarpması tesiriyle uzunca süren bir baygınlık hali vardı ki üzerinde, bunun da izalesi çok kolay ve basitti... Yüzüne ve yerlere akan kanlar ise, yine çarpışmanın, yere düşmenin tesiriyle burnundan bol miktarda boşanmış olan kandan başka bir şey değildi.

Doktor Bey, hemşirelere dönerek:

- Şimdi lütfen incitmeden, hastanın yüzündeki kanları temizleyin, dedi.

Kendisi de, ellerini yıkamak için lavobaya doğru yürüdü. İşini bitirip döndüğü zaman gördüğü manzara karşısında bir an durakladı...

Hemşireler, baygın yatan Feyzâ'nın başındaki örtüyü çıkarmışlar ve bir ipek yığınını andıran gümrah saçlarını açıkta bırakmışlardı.

Dr. Celil, bir an başının döndüğünü hissetti. Aman Allah'ım!... Bu ne büyüleyici bir cazibe ve güzellikti?..

Fakat bu hali çok kısa sürdü. Büyük bir güçlükle kendini toparladı ve ellerinde pamuklarla Feyzâ'nın yüzündeki kan lekelerini silmeye çalışan hemşirelere hırsla bağırdı:

- Hastanın başörtüsünü ne hakla çıkardınız?..

Hemşireler, hayretle Celil Beye baktılar. Onu hiç bu derece heyecanlı ve hiddetli görmemişlerdi. içlerinden birisi çekingen bir sesle:

- Kan lekelerini rahatlıkla temizlememiz için çıkartmamız icabetti efendim, dedi.

- Bu işi yapmanız için mutlaka örtüyü açmak şart mıydı?..

- Efendim, esasen başörtü de kana bulanmış. Yüzünden sızan kanlar, başörtüye akmış. Arkadaşımız, yıkamaya götürdü.

Hemşireler haklıydılar.. Üstelik bu insanlar, İslâmi şuurdan da mahrum bulunuyorlardı. Dr. Celil, belli etmeden arkasını hastaya döndü ve hemşirelere:

- O halde lütfen içerden temiz beyaz bir tülbent getirerek tekrar aynı şekilde hastanın başını örtünüz, dedi...

* * *

Feyzâ gözlerini açtığı zaman, kendisini duvarları bembeyaz boyalı zevk ve itinayla döşenmiş küçük, şirin bir odada bulunca, evvela rüya gördüğünü zannetti.

Fakat başını hafifçe yan tarafına çevirip de, başucunda oturan genç ve güzel hemşireyi görünce, bunun bir rüya olmadığını anladı.

Hemşire, hastanın gözlerini açtığını görünce:

- Geçmiş olsun efendim, dedi... Kendinizi nasıl hissediyorsunuz?

Feyzâ, bir anda büyük bir paniğe kapılmıştı. Ne olmuştu?.. Burada ne işi vardı.. Hiç bir şey hatırlamıyordu. Nihayet güçlükle:

- Ben neredeyim?.. Burada ne arıyorum?.. Lütfen... Lütfen izah ediniz!..

Diye inledi.

Hemşire ayağa kalkmış, sıcak bir tebessümle kendisine bakıyordu:

- Merak etmeyiniz hanımefendi; endişelenecek hiç bir şey yok, dedi.. Ufak bir kaza geçirdiniz ve mucize kabilinden mutlak bir ölümden kurtuldunuz. Şimdi emniyettesiniz. Burası, şehrimizin en temiz ve modern hususi kliniklerinden biridir.

Hemşire kız, hiç bir şey anlayamayan gözlerle kendisine bakan güzel hastasına doğru eğilerek, avucunun içiyle şöyle bir ateşini yokladı ve kapıya doğru yürüyerek:

- Sizi bir saniye yalnız bırakacağım, kendinize geldiğinizi doktor beye haber vermem lazım, dedi ve çıktı kapıdan.

Feyzâ'nın başı fena halde ağrıyordu.. Büyük bir gayretle zihnini toparlayıp olanları düşünmeye çalıştı...

Okul... Muavin hanım... Ayten öğretmenin hakaretleri... Sonra dar ve geniş sokaklar... Ve nihayet cadde..

Eve gidecekti... Karşıya geçecekti... Ve nitekim geçmek üzereydi de. Peki sonra?.. Sonra ne olmuştu?.. İşte bundan sonrasını hatırlayamıyordu bir türlü Feyzâ.

Hemşire «kaza» demişti... «Ölümden kurtuldunuz» demişti... Nasıl olmuştu bu?... Buraya nasıl gelmişti?.. Zihninde biriken sualle-rin cevabını bir an önce öğrenmek için sabırsızlanıyordu... Neredeyse yatağından fırlayıp, hemşirenin çıktığı kapıdan koridorlara koşacak ve önüne gelene bu sualleri soracaktı.

Fakat değil doğrulmaya, kolunu kıpırdatmaya dahi mecali yoktu...

Yerinden kalkamıyacağını hissedince, yüzü acı ile gerildi... Ve başı mütevekkil bir şekilde yana doğru eğildi.

Şimdi gözleri, hemşirenin biraz evvel çıkmış olduğu kapıda sabitleşmiş, kapı tokmağının çevrileceği anı beklemekteydi.

İşte tokmak, hafif bir gıcırtıyla yana dönmüş ve kapı açılmıştı... İçeriye beyaz doktor gömleğiyle Celil Bey girdi... Kapıyı örtüp, ağır adımlarla Feyzâ'ya doğru yaklaşarak, müşfik ve nazik bir sesle:

- Geçmiş olsun hanımefendi, dedi.

- Teşekkür ederim doktor bey...

Feyzâ, büyük bir merak içinde gitgide sabırsızlanıyordu. Doktor beyin tekrar konuşmasına fırsat vermeden sesi titreyerek:

- Yalvarırım doktor bey, dedi... Anlatınız bana... Meraktan öleceğim.. Ben niçin buradayım?.. Beni kim getirdi buraya?.. Hemşire hanımın söylediği kaza nedir?.. Bilmek, öğrenmek istiyorum.

Dr. Celil, biraz evvel hemşirenin kalktığı iskemleyi Feyzâ'nın karşısına çekerek oturdu... Evet, bu genç kadını dışarıda bir kere görmüş, onun idealindeki kadın olduğunu anlayarak derhal annesini ve ablasını gönderip talip olmuş ve red cevabı aldığı günden bu yana hep bu vakur,imanlı, genç ve güzel kadının hayaliyle yaşamış, yani onu sevmişti... Fakat bir gün gelip külleneceğini zannettiği bu büyük ve temiz sevgi, kader-i İlâhi'nin garib bir tecellisi olarak, onunla yeniden karşılaşıp bu derece yakınında bulunduktan ve üstelik onun en tatlı bir musiki nağmesini andıran, ruhlara ferahlık veren billur gibi sesini duyduktan sonra daha ziyade alevlenmişti. Kendisini olgun bir yaşta olmasına rağmen, yirmi yaşındaki aşık bir genç gibi hissetmekteydi...

Fakat bu hislerini karşısındakine asla hissettirmemesi icabediyordu... Zira Feyzâ henüz kendisini tanımıyordu ve kim olduğunu bilmiyordu.

Yalvaran ve bir an evvel cevap bekleyen gözlerle kendisine bakan Feyzâ'nın yüzüne bakmadan, güvendirici bir sesle konuştu:

- Müsterih olunuz hanımefendi, dedi geçirmiş olduğunuz kazaya bizzat şahit olmuş bir kimse olarak üzülmenize mahal yok.. Size arzu ettiğinizden fazlasını anlatarak merakınızı izaleye çalışacağım.

Feyzâ gayri ihtiyari başını doğrulttu...

- Nasıl geçirdiğim kazayı gördünüz mü siz?

- Evet hanımefendi, müsaade ederseniz anlatayım.. Her zamanki gibi hastahanedeki vazifeme gelmek üzere evden çıkmış, arabamla normal trafik seyri takip ediyordum.. Bir ara acı bir fren sesi ve bunu takiben bir anda yükselip bir anda kaybolan bir feryat, bir kadın sesi duyuldu... Trafik polisinin işaretiyle trafik durmuş ortalık bir anda karışmıştı... Ben derhal arabamı üçüncü sırada boş olan yere sürerek en ön sıraya geçtim ve arabadan inip kalabalığı yardım. Yerde yüzünüz kanlar içinde olduğu halde siz yatıyordunuz.. Nabzınızı yokladım baygındınız... Sonra trafik polisine doktor olduğumu söyliyerek sizi iki kişiyle birlikte arabama taşıdım. Ve doğru kendime ait bulunan bu kliniğe getirdim...

Feyzâ, minnetle doktora baktı:

- Desenize size hayatımı borçluyum doktor bey?.

Dr. Celil, tekrar gözlerini kaçırmaya gayret ederek:

- Yok... Hayır... Bana hiç bir şey borçlu değilsiniz hanımefendi, dedi ve ilave etti... Aslında çok ufak bir araba kazası geçirdiniz... Fakat şöförün bir saniye daha gecikmesiyle mutlak ölümünüze sebep olabilirdi. Bunun için dua ediniz... Sizi sıkı muayene ettim. Endişe edilecek hiç bir şeyiniz yok... Sadece sadme neticesi burnunuzdan oldukça fazla kan boşalmış... Bir de uzun bir baygınlık devresi geçirdiniz... Hepsi bu kadar.

Uzun bir baygınlık devresi... Uzun bir baygınlık devresi... Bu söz, Feyzâ'yı bir anda kendisine getirdi. Şimdi o bir çılgından farksızdı. Kalbi tahammül edilmez bir sancıyla sıkıştıkça sıkıştı... Nihayet kendini toplayarak boğuk bir sesle:

- Ben... Ben ne zamandan beri buradayım doktor bey?.. Saat kaç lütfen söyler misiniz?

- İstirham ederim kendinize hakim olunuz, hanımefendi... Heyecan sizin için şu anda zarardır...

- Ama söyleyin bana, ne kadar zamandır ben buradayım?... Şimdi saat kaç?... Mutlaka... Mutlaka bilmem lazım...

- Saat şu anda 21.00'i gösteriyor. Yani gecenin dokuzu... Bu hale göre siz, aşağı yukarı...

Feyzâ doktorun sözünü tamamlamasına fırsat vermedi... İnsanüstü bir kuvvetle yerinden fırlamak istedi... Bir yandan da ağlayarak:

- Hilâl'im!.. Hilâl'im... Yavrum benim!...

Diye haykırıyordu. Dr. Celil, ayağa kalkarak onun önüne geçti ve karyoladan inmesine mani olmaya çalıştı:

- Sakin olunuz Feyzâ hanım, izah edeceğim...

Fakat Feyzâ, söz dinliyecek gibi değildi. Ellerini yüzüne kapıyarak hıçkıra hıçkıra ağlamaya başladı:

- Zavallı.. Zavallı yavrum benim... Gecenin bu saatinde yapayalnız, ne haldedir kimbilir?. Yalvarıyorum doktor bey.. Allahaşkına bırakın beni... Elbiselerimi verin... Yavrucuğumun benden başka kimsesi yok... Kimbilir şimdi ne haldedir?...

Doktor, Feyzâ'nın söz dinlemediğini görünce,sert ve yüksek sesle bağırdı:

- Size sakin olunuz, dedim... Sakin olun ve beni dinleyin... Bir yere de kıpırdıyayım demeyin!...

Feyzâ, karşısındaki bu centilmen adamın birden bire değişen otoriter tavrı karşısında birden bire munis bir kedi gibi sakinleşivermişti... Şimdi onu, yüzünde beliren derin bir şaşkınlık ifadesiyle dinliyordu. Dr. Celil, genç kadının birden durgunlaştığını görünce, yeniden sesini alçaltarak devam etti:

- Kızınızı merak ederek, kendinizi üzmeyiniz. O, şu anda son derece emniyette ve size çok yakında bulunmaktadır.

- Ama nasıl olur?... Hilâl mi emniyette?... Ah... hiç bir şey anlamıyorum, lütfen açık konuşun doktor bey, yavrum nerede?...

- Haydi artık siliniz gözlerinizin yaşını da rahat bir nefes alarak tekrar arkanıza yaslanınız. Kızınız, şu anda burada, benim hususi odamda bulunuyor.

Feyzâ büsbütün şaşırmıştı:

- Ciddi mi söylüyorsunuz doktor bey, Hilâl şimdi burada mı?... Nasıl... nasıl geldi buraya?...

- Sizin pansuman ve tedavinizi bitirir bitirmez eve, anneme ve ablama telefon ettim. Kızınızı okuldan çıkış saatinde evinizin önünden alıp getirmelerini söyledim... Yumurcak önce inanmamış, biraz direnmiş gelmemek için ama, sonradan bizimkiler ikna edip, alıp getirmişler. Şimdi uslu uslu içerde sizinle görüşeceği anı bekliyor.

Feyzâ, hala işittiklerine inanamıyordu... Fakat doktorun son sözleri üzerine yüzüne kan gelmiye başladı. Karşısındaki doktor, artık ona güven veriyordu. Heyecanlı bir sesle.

- Onu şimdi görmem mümkün mü?... İstirham edeceğim doktor bey dedi.

- Tekrar yerinize yatıp, arkanıza yaslanmanız şartıyla derhal Feyzâ hanım.

Ve Dr. Celil bey, arkasını dönerek kapıya doğru yürüdü... O, kapıyı açıp dışarı çıkar çıkmaz, Feyzâ da, tekrar yatağına uzandı, üstüne örtüsünü çekip arkasına yaslandı...

Şimdi gözleri merak ve hayretle kapıya dikilmiş heyecanla Hilâl'in gelmesini bekliyordu... Bu arada hadiselerin şekli ve hızla gelişmesi karşısında doktorun Hilâl'i nereden tanıdığını, nasıl olupda buraya getirttiğini soracak, hatta düşünecek dahi vakit bulamamıştı.

Aradan henüz bir-iki dakika geçmişti ki, kapı tekrar açıldı ve Hilâl, ağlamaktan şişmiş, kızarmış gözlerle koşarak odaya girdi... Bir yandan karyolaya doğru koşuyor, bir yandan da ağlıyarak haykırıyordu:

- Anneciğim!... Anneciğim!...

Anne kız gözyaşları içinde birbirlerine sarılırken, Dr. Celil de, yanıda biri yaşlı, diğeri ise orta yaşlı iki hanımla karyolanın ayak ucunda bu dramatik manzarayı seyretmekteydi...

Feyzâ, gözyaşları arasında kızını göğsüne bastırarak, başını kaldırıp, minnetle doktora baktı. Kendisine teşekkür etmek için tam ağzını açacaktı ki, doktorun yanındaki iki hanımı gördü. Hanımları derhal tanımıştı.. Fakat onların ne işi olabilirdi burada?.. Sual dolu bakışlarla onlara bakarken Dr. Celil Bey:

- Feyzâ hanım, bilmem takdim etmeye lüzum var mı? Dedi. Annem ve ablam.

Feyzâ bütün hakikati o anda anladı. Artık kendisi için her şey aydınlığa çıkmıştı. Hayreti o derece fazlaydı ki konuşurken adeta kekeler gibiydi:

- Şey... Yani siz... Siz o halde Dr. Celil Eroğlu bey olacaksınız öyle değil mi?

Feyzâ'nın sualini, doktor beyin annesi cevaplandırdı:

- Evet yavrucuğum... Biz kullar istesek de istemesek de, Allah Teala dileyince karşılaştırıyor işte.. Bizler için bu karşılaşış hem acı bir tesadüf hem de Allah'ın büyük bir lütfu. Oğlum telefon edip haber verince inanın çok üzüldüm. Neyse sizi böyle sıhhatte görünce biraz içim rahatladı. Şimdi nasıl hissediyorsunuz kendinizi?

- Teşekkür ederim teyzeciğim.. Oh.. o kadar şaşkınım ki. İnanın ne diyeceğimi bilemiyorum. Hepinize çok teşekkür ederim. Hepinize o kadar eziyet verdim ki..

Odada garib bir gerginlik vardı.. Dr. Celil Bey, pencerenin önünde, ellerini kavuşturmuş, dışarıya bakıyordu... Hilâl ise, annesinin göğsünden başını kaldırmış, ağlamaktan kızarıp şişmiş gözlerini bir müddet endişeyle annesinin gözlerine dikiyor, onun yüzündeki ifadeyi tetkik ediyor, hemen sonra , gözlerini Dr. Celil'e ve annesiyle, ablasına çevirerek onları düşman nazarlarla süzüyordu.

Doktor beyin ablası da nezaketle «geçmiş olsun» diyerek hatır sordu ve iki kadın ziyaretine geleceklerini bildirerek ayrılmak istediler... Fakat giderlerken Hilâl'i de kendilerine götürmek istiyorlardı... ki, Hilâl'i buna ikna etmek imkansızdı... yaşlı kadın:

- Siz söyleyin Feyzâ hanım, çocuklar annelerini kırmak istemezler her halde, dedi. Bu gece kızınız bizde kalsın, yarın sabah hastahaneye getiririz...

Feyzâ bir an düşündü... Yani bu gece burada mı kalacaktı?... Evine dönmiyecek miydi... Hayır, hayır!... Buna imkan yoktu.. Hüviyeti anlaşıldığı andan beri ayakta, pencere önünde bir heykel sessizliğiyle arkası dönük duran Dr. Celil beye ilk defa, fakat çekingen bir sesle seslendi:

- Doktor bey... Benim bu geceyi hastahanede geçirmem şart mı?... Durumum fazla ağır olmadığına göre istirham ederim beni kızımla birlikte evime götürünüz...

Celil bey, ağır ağır arkasına döndü... Bir an söylenilenleri duymamış gibi bir Feyzâ'ya bir de kendisine kinle bakan kızına baktı... Yüzünde taşlaşmış bir ızdırap ifadesi vardı... Hisleri o derece belliydi ki, Feyzâ gayri ihtiyari başını önüne eğdi... Duruşu, suçlu bir insanın duruşundan farksızdı.

Dr. Celil yavaş yavaş ilerliyerek karyolanın ayak ucunda annesinin yanında durdu ve hislerini gizlemeye gayret ettiği bir sesle:

- Sizi burada istediğiniz hilafına tutmak istemem Feyzâ hanım dedi. Ancak geçirdiğiniz kazadan her ne kadar kolay kurtulmuş olsanız da, durumunuzun zannettiğiniz kadar fevkalade olmadığını söylemek mecburiyetindeyim, Vücudunuz esasen adamakıllı hırpalanmış. Bir de üstelik hazırlanmak, arabaya bindirmek ve indirmek gibi hareketlerle sarsılırsanız, kendinizi pek kolay kolay toparlıyamazsınız. Anlıyacağınız aslında bir kaç gün fakat en azından hiç olmazsa bu akşam emrinize tahsis edeceğim hemşirenin ihtimamı altında mutlak bir istirahate ihtiyacınız var.

Doktor haklıydı... Zira Feyzâ, vücudundaki ağrı ve sızıların gitgide arttığını ve tahammülü güç bir hal aldığını hissetmekteydi..

Bu vaziyette değil eve gitmesi, bir adım atması dahi mümkün değildi. Fakat böyle nazik ve kritik bir durumda burada kalması ne dereceye kadar doğru olacaktı?.

Dr. Celil Bey, Feyzâ'nın zihninden geçenleri okumuşçasına tekrar konuşmak lüzumunu duydu:

- Siz müsterih olunuz Feyzâ hanım, şayet düşünceniz kızınız ise, onu da burada, sizin odanızda yatırabiliriz. Ben, prensib itibariyle geceleri hastahanede bulunmam. Şimdi annem ve ablamla gideceğim. Yalnız size, devamlı hizmetinizde bulunması için bir hemşire tayin edeceğim.. Nasıl.. kabul mü?...

Bu sözlere en ziyade sevinen Hilâl olmuştu... Annesinden ayrılmıyacağını düşünerek içine su serpilmişti sanki. Feyzâ, kızının yüzünün güldüğünü görünce kararını verdi ve:

- Kabul, doktor bey, dedi... Bize göstermiş olduğunuz yakın alakaya minnettarım. Ayrıca vermiş olduğumuz bunca zahmetten dolayı da özür dilememe lütfen müsaade edin..

Dr. Celil, annesi ve ablasıyla birlikte iyi geceler dileyip, müsaade isteyerek odadan çıktı... Şimdi anne-kız odada yalnız kalmışlardı... Fakat Hilâl'in gözü, hala kapanan kapıdan ayrılmamıştı... Feyzâ, kızının bu derece kin ve nefret dolu bakışlarını ilk defa görüyordu. Bu bakışlarda aynı zamanda büyük bir kıskançlık ifadesini okumak da mümkündü...

Evet Hilâl kıskanıyordu.. Annesini, biricik annesini her şeyden ve herkesten kıskanıyordu... Onu elinden alacaklar, kendi sevgisini onun kalbinden koparıp çalacaklar diye ödü kopuyordu.. Kapıdan çıkan fazilet timsali bu iki kadına ve annesinin hayatını kurtaran bu asil ve vakur doktora karşı duymuş olduğu kin ve nefret hissi de buradan geliyordu işte.

Birden, gözlerini kapıdan ayırarak, annesine döndü ve onun muzdarip gözlerinin içine derinlemesine, adeta içini okumak istercesine bakarak sordu:

- Söyle anne, bu adamla evlenmiyeceksin değil mi? Verdiğin sözden dönmezsin değil mi sen anne?..

Feyzâ, kızının küçük elini avucunun içine aldı ve dalgın dalgın, bu ufak ve yumuşak eli okşayarak cevap verdi:

- Sen de bilirsin değil mi bunu yavrum?.. Anneler, evlatları için yaşarlar.

Hilâl, zeki bir kızdı... Bu sözdeki mana ve büyük müjde onu bir anda adeta göklere, bulutların üzerine çıkarmıştı.. Yüzündeki ters ifade ansızın kayboldu ve:

- Oh... Benim melek anneciğim... Sen annelerin en iyisi, en

güzelisin...

Diyerek sevinçle annesinin boynuna atıldı...

Bu sırada içeriye orta yaşlı, olgun bir hemşire hanım girdi... Hemşirenin arkasından iki hademe, tek kişilik bir somya getirerek, Feyzâ'nın karşısındaki duvarın yanına somyayı yerleştirdiler... Taşınan yatak, battaniye, çarşaf, yastık vesaire ile kısa bir zaman içinde Hilâl'in yatağı hazırlanmıştı...

Hademeler gittikten sonra hemşire hanım, doktorun talimatı üzerine Feyzâ'ya ilaçlarını verdi, iğnesini yaptı ve bir şey lazım olduğu takdirde, katiyyen yerinden kalkmamasını rica ederek, başucundaki zile basmasını söyleyip, iyi geceler diledi ve odadan ayrıldı.

Gecenin geç saatleri olmasına rağmen Feyzâ, bir türlü uyuyamıyordu. Yapılan iğneye ve verilen ilaçlara rağmen vücudunun ağrısı dinmemiş, bilakis gittikçe şiddetini arttırmıştı.. Ateşi de mütemadiyen yükselmekteydi. Bir ara zile basıp hemşireyi çağırmayı düşündü, fakat Hilâl'i uyandırmak endişesiyle vazgeçti.

Halbuki aynı saatlerde, yüzü duvara doğru dönük olan Hilâl de uyumamaktaydı.. Annesinin geçirdiği kaza, hassas kıza öylesine tesir etmişti ki, yavrucak adeta üzüntüsünden hasta olmuştu... Annesinin uyumakta olduğunu zannederek, uyandırmak endişesiyle o da öksürmekten dahi çekinmekteydi.. Nihayet sabaha yakın saatlerde göz kapakları ağırlaştı ve derin bir uykuya daldı.

Yan odada bulunan hemşire hanım ise, bütün bir gece Feyzâ'nın kendisini aramayışına hayret etmiş ve şöyle bir yoklamak için merakla odaya girmişti.

Önce Feyzâ'nın uyuduğunu zannetti... Fakat biraz dikkat edince, gece lambasının loş ışığı altında, genç kadının yüzünün ızdırapla buruştuğunu farketti... Derhal yanına geldi ve yavaşça fısıltı gibi bir sesle:

- Hanımefendi, bir ızdırabınız mı var?. Dedi...

Feyzâ, gözlerini açıp, baş ucunda hemşireyi görünce ilk anda şaşırdı... Ama sonra zor duyulacak hafif bir sesle, güçlükle fısıldadı:

- Her tarafım ağrıyor... Tahammül edemiyorum... İstirham ederim, bir şeyler yapınız...

Hemşire, derecesini ölçtü... 39.8... Tekrar ayaklarının ucuna basarak odadan çıktı ve yazıhaneden Dr. Celil'in telefon numarasını çevirdi... Doktor bey, telefonun başında, sanki onun çalacağı anı bekliyormuş gibi oturmaktaydı. Hemşire hanım heyecanlı bir sesle:

- Efendim, hastanın durumu hiç iyi değil. dedi. Ateş 39.8. İğne ve ilaçlar tesir etmedi... Emirlerinizi bekliyorum...

Dr. Celil Bey, tek kelimeyle cevap verdi:

- Geliyorum!

Aradan 10-15 dakika geçmemişti ki, Celil bey yanında hemşire hanım olduğu halde Feyzâ'nın başucundaydı... Feyzâ, öyle bitkin bir vaziyetteydi ki, elinde şırınga ile kendisine doğru eğilen Dr. Celil beyin yüzünü hayal meyal seçiyor, her şeyi kalın bir sis perdesi arkasından görüyordu...

Dr. Celil, elindeki şırıngayı, genç kadının kolundaki ince damara saplarken, sanki, bütün ruhunu, kalbini ve gönlünü de içindeki hislerle birlikte o damara zerketmekteydi..

Evet, şakaklarına kır düşmüş bu olgun ve yakışıklı adam, seviyordu... Hem bütün ömrünce kadınlara kapadığı, sevgiye kilitli tuttuğu kalbinin her zerresinde aşkların en büyüğünü ve en ulvisini duyarak, hissederek seviyordu karşısındaki bu meleksima kadını...

Feyzâ, damarına saplanan iğnenin acısıyla bir an hafifçe kıvrandı... Sonra bütün vücudu tatlı bir rehavetle gevşedi, uyuştu ve kısa bir müddet sonra da derin bir uykuya daldı.

Hemşire, tecrübeli ve anlayışlı bir kadındı... Gerek meslek ve gerekse hususi hayatında etrafındaki bütün kadınlara karşı son derece kırıcı ve sert bir erkek olan Celil beyin, bu genç kadına göstermiş olduğu ihtimam ve yakınlığın sebebini daha ilk anlarda sezmişti.. Evet, doktor bey aşıktı... Fakat bu aşk, hafife alınır cinsten bir aşk değil, doktor beyin olgunluğuna ve ciddiyetine uygun, olgun ve ciddi bir aşktı... Ve hiç şüphesiz ki böyle temiz bir aşk, her şeyden evvel saygı ve hürmete layıktı...

Dr. Celil, hemşirenin odadaki varlığını dahi unutmuştu. Feyzâ'nın başucundaki iskemlede karmakarışık hisler içinde derin düşüncelere dalmıştı...

Evlenme teklifine karşı Feyzâ'nın verdiği red cevabı, aylardır hayatını alt üst etmişti. Celil bey bu müddet zarfında o derece yıkılmış ve sarsılmıştı ki, üzüntü ve kederinden sanki on yaş daha ihtiyarlamıştı...

Peki şimdi ne olacaktı? Daha doğrusu ne olmalı, ne yapmalıydı?.. İlahi kader, en temiz hislerle sevdiği ve fakat tarafından reddedildiği bu mümtaz, bu saygıya layık muhterem kadını işte bir kere daha karşısına çıkarmıştı.

Acaba teklifini bir kere daha tekrarlasa, yine refüze edilir miydi?.. Hem sonra bu teklif, Feyzâ'nın o andaki aciz ve kritik durumunu bir nevi istismar olmaz mıydı?

Fakat genç kadın bu derece yakınındayken Allah'ın bir lütfu olan bu güzel fırsatı değerlendirmemesi de büyük bir akılsızlık değildi de neydi? Hayır hayır.. buna bir istismar gözüyle bakmak asla doğru değildi.. Öyle ya, onu bir daha nerede görecek, onunla karşı karşıya konuşabilmek, bütün samimiyetiyle hislerini ve kalbini ona açabilmek imkanını nerede ve nasıl bulabilecekti?. Esasen bu iş artık annesinin ve ablasının halledebileceği bir iş de değildi.. Şansını son bir defa kendisi deniyecek, Feyzâ ile karşı karşıya bizzat kendisi konuşup, teklifini tekrarlıyacaktı...

Birbirine zıd hislerden sonra vermiş olduğu bu karar Dr. Celil beyi bayağı ferahlatmıştı.. Şimdi tek mesele, Feyzâ ile yalnız olarak konuşma fırsatını elde etmekti...

Bu fırsatı en mükemmel şekliyle kendiliğinden zuhur etti...

Henüz sabah olmamıştı... Celil bey, ellerinin içine gömdüğü başını bir ara kaldırdığında, hemşire hanımın sandalyesinin boş olduğunu hayretle gördü... Etrafına bakındı, hemşire hanım odanın hiç bir tarafında yoktu... Yerinden ne zaman kalkmış ve odadan ne zaman çıkmıştı bu kadın?.. Dr. Celil Bey, ancak o zaman kendisini ne derece düşüncelerin tesirine kaptırdığını anlayabildi..

Bir ihtiyacı için dışarıya çıkmış olabileceğini düşünerek bir müddet bekledi.. Fakat hemşire hanım görünürlerde yoktu.. Olgun kadın sanki onun zihninden geçenleri anlamış, iç dünyasını okumuş gibi ortadan kaybolmuştu...

Celil bey içinden: «Fakat neye yarar?.. O kadar derin uyuyor ki... Onunla konuşamadıktan sonra?..» diye geçiriyordu ki, birden beklenmedik bir şey oldu.. Celil bey, kulağına çarpan meltem gibi hafif bir ses üzerine Feyzâ'ya baktı. Genç kadının gözleri kapalıydı.. Fakat dudakları hafif hafif kıpırdıyordu... Ne söylediğini işitmek için ona doğru biraz daha eğildi:

- Su... su... hemşire hanım.. lütfen... biraz su...

Hayır sayıklamıyordu Feyzâ... Kendisine gelmiş, su istiyordu. Celil bey, hemen yanıbaşındaki sürahiden bardağa su boşaltarak, tekrar yatağa doğru eğildi ve onun duyacağı bir sesle:

- Feyzâ hanım... Feyzâ hanım. Lütfen gözlerinizi açınız, diye seslendi. Yalnız yavaş yavaş, dinlene dinlene içmeniz lazım...

Feyzâ, gözlerini aralayıp da karşısında elinde bardakla Dr. Celil beyi görünce, önce rüya gördüğünü zannetti.. Fakat hayır, rüya filan değildi.. Dr. Celil bey, gerçekten su bardağı ile başucunda duruyor ve ona sesleniyordu.

Feyzâ şaşırdı, doğrulmak istedi, fakat Celil bey:

- Yok yok.. Öyle birdenbire doğrulmak olmaz. Yavaş yavaş.. Sakin olun lütfen...

Diyerek ona mani oldu... Genç kadın bir anlık uyku sersemliğinden sonra tamamen açılmıştı... etrafına bakındı... Hayret!... Odada Dr. Celil beyden başka kimse yoktu... Hilâl yatağında derin nefeslerle uyuyordu... Şaşkın ve birşey anlıyamayan gözlerle doktora bakarak, yavaş yavaş başını doğrulttu ve elini uzatıp, su bardağını onun elinden aldı, ağzına götürdü..

Bardağı geri verirken, hayret ve heyecandan elinin titremesine mani olamıyordu bir türlü. Fısıltı gibi bir sesle:

- Teşekkür ederim doktor bey, dedi...

- Bir şey değil Feyzâ hanım... Nasıl hissediyorsunuz kendinizi?.. Vücut ağrılarınız hala devam ediyor mu?..

Feyzâ gözlerini yumup, bir an kendini dinledi.. Herhangi bir yerinin ağrıması şöyle dursun; kendini bir kuş gibi hafif hissediyordu.. Tekrar gözlerini açıp cevap verdi...

- Şu anda o kadar iyi ve o kadar rahatım ki, izin verseniz derhal ayağa kalkıp evime gidebilirim doktor bey...

- Gece bir hayli ateşiniz vardı. Ve ağrılarınız çok şiddetliydi.. Hemşire hanım telefon ederek durumunuzu bildirince hemen arabaya atlayıp geldim.. Şu andaki rahatınız gece damardan zerkettiğim iğnenin tesiriyledir. Bu tesir bir iki saat daha sürebilir..

- Yani ağrılarım yeniden başlıyabilir mi?

- Muhtemel.. Fakat endişe etmeyin.. Size acı vermemek için

bütün gayretimizle çalışacağız...

Şimdi ikisi de susmuşlardı... Sanki ikisi de tek kelime söylemiye cesaret edemiyorlardı... Celil bey, yanıbaşındaki gece lambasının loş ışığı altında bir heykel gibi sessiz ve hareketsiz durmaktaydı... Feyzâ'nın ılık bir meltem gibi ruhunu saran sesi, zihnindeki bütün düşünceleri alt üst etmişti... Kafasında tasarlamış olduğu sözler, bir anda silinip gitmişti... Ona ne söyleyecekti... Teklifini nasıl tekrarlıyacaktı, hislerini nasıl açacaktı?

Feyzâ, odadaki bu derin sesizlikten korkmaya başlamıştı... Doktorun acı ve ızdırabla gerilmiş yüzünü görmemek için başını belli etmeden duvara doğru çevirdi. Aslında yanıbaşındaki adamın ne büyük bir his fırtınası içinde olduğunu çok iyi biliyor ve biraz sonra onun ağzından dökülecek olan sözleri, tahmin ediyordu...

Nitekim Celil beyin kararlı, fakat çekingen sesi, beklediği ve tahmin ettiği sözlerle kendisine hitap etmeye başlamıştı işte:

- Feyzâ hanım...

Feyzâ, heyecandan ölecek gibiydi... Başını çevirmeden:

- Buyurun efendim, dedi..

- Sizi şu durumunuzda, hasta yatağınızda ciddi meselelerle meşgul edip yormak istememekle beraber bahsin ehemmiyeti bakımından buna mecbur kalmış bulunuyorum. Sizinle hususi ve ciddi bir mevzuda konuşacağım. Bilmem sizin için bir mahzuru var mı?..

Feyzâ başını çevirmeye cesaret edemeden cevap verdi:

- Sizi dinliyorum doktor bey.

- Bana bu imkanı tanıdığınız için size müteşekkirim. Açacağım bahse yabancı sayılmazsınız.. Her ikimizin de bilmiş olduğumuz bir mevzu bu... Feyzâ hanım, ikinci defa hayat arkadaşlığı teklifinde bulunmazdan evvel, şayet sıkmazsam size biraz kendimden bahsetmek istiyorum.

- Estağfurullah, buyrun efendim.

Dr. Celil, gözlerini odanın en karanlık noktasına dikmiş anlatıyordu:

- Çocukluğum, gözlerimi dünyaya açtığım Konya'da, bin bir sıkıntı ve mahrumiyet içinde geçti... Bir müessese sahibi olan babam, birbirini kovalıyan şanssızlıklar dolayısıyle iflas etmiş ve bütün maddi varlığını kaybetmişti. Bir müddet sonra kederinden amansız bir hastalığa yakalanarak, kısa bir zaman içinde vefat etti... Doktorların babamı kurtarmak için ölesiye çırpınmaları ve maddi, manevi en olmayacak fedakarlıkları göze alışları, bende çocuk yaşımda doktor olma fikrini doğurmuştu... Bu fikir, zamanla sabit bir karar halini almaya başladı ve ben, bu azimle hayata atıldım. Babamın ölümünden sonra annem, ablam ve ben hayatta tutanaksız, yapayalnız kalmıştık... Bir katı kirada olan küçük bir evimizden başka elimizde bir şeyimiz yoktu. Yaşım küçük olmasına rağmen ailede tek erkek ben olduğum için evimizin geçimi ister istemez zayıf omuzlarıma yüklenmişti. Sabahleyin okula gidiyor, okuldan çıkınca akşama kadar da bir işte çalışıp para kazanıyordum... Buna rağmen okuyup, doktor olma azmim o kadar kuvvetliydi ki, her sene sınıfımı en üstün dereceyle geçiyor ve ismimi iftihar listelerinin başına geçiriyordum... Nihayet süratle geçen yıllardan sonra İstanbul'daki Tıp Fakültesinden mezun oldum... Aynı gün, üzerimde unutulmaz emeği bulunan Tıp Fakültesi profesörlerinden çok muhterem bir hocamı kaybettim... Hayatta yapayalnız beşvakit namazında bir adamdı... Her vakit, zengin olduğu halde kimsesiz oluşundan yakınır, dururdu... Ölümünden bir kaç saat evvel beni çağırtmış.. Gittiğimde son anlarını yaşadığı belliydi... Yanında noter ve bazı şahıslar vardı. Güçlükle imzaladığı bir kağıdı, noter vasıtasıyla bana uzattı. Ve okumama fırsat vermeden kendi ağzıyla bütün varlığını, bütün servetini bana bıraktığını, bütün arzusunun, hastaları şefkatle bağrına basacak büyük bir klinik açılması olduğunu ve bu hususta öz evladı gibi sevdiği bana güvendiğini söyledikten sonra yine ağzımı açıp bir söz söylememe fırsat kalmadan gözlerini kapadı ve ruhunu teslim etti.. Hayret ve şaşkınlığımı tahmin edersiniz tabii... Beni fakülte hayatımda koruyucu bir melek gibi koruyan iman ve ahlakımı yükselten bir insanı kaybetmiş ve aynı anda bir servet sahibi olmuştum. Hocam bana hitaben evvelce yazıp, hazırlamış olduğu mektubunda bu servete fazlasıyla hak kazandığımı, bu serveti, bir hocanın bağışı ve hediyesi olarak değil, Cenab-ı Hakk'ın kendisine layık, sağlam imanlı ve amelli bir kuluna sunmuş olduğu bir lütfu ve ihsanı olarak kabul etmem icabettiğini bildiriyordu.

Artık sevgili anneciğime ve ablacığıma rahat bir hayat hazırlamam mümkündü.. Onları geniş imkanlar içinde bırakarak, kendim Avrupa'ya staja gittim. Ve yıllar sonraki dönüşümü müteakip hocamın vasiyeti üzerine işte görmüş olduğunuz bu şirin kliniği açtım.

Dr. Celil Bey, sözlerinin burasında biraz durduktan sonra:

- Buraya kadar anlattıklarım, belki sizin için lüzumsuz şeyler olarak görülebilir, dedi.

Feyzâ, insiyaki bir hareketle başını yeniden doktora doğru çevirdi... Fakat cevap verirken, yine de yüzüne bakmıyordu. Gözleri, üzerini örten battaniyenin bir köşesinde olduğu halde:

- Bilakis, ibretli hayat hikayeniz beni çok duygulandırdı doktor bey, diye cevap verdi.

Celil Bey, yüzünde aynı ciddi ifadeyle derin bir nefes aldı ve:

- Alakanıza teşekkür ederim, dedi. Aslında size söylemek istediklerim, bunlar değildi... Ancak nedendir bilmem, kısa da olsa hayat hikayemi ilk olarak bir insana anlatmak ihtiyacını duydum.. Fakat benim size açmak istediğim ana mevzu ile alakalı olarak anlatacaklarım henüz dile gelmiş değil... Bu geceyi harcadığım takdirde sizinle bir daha böyle yakından ve yalnız olarak konuşabileceğimi zannetmiyorum Feyzâ hanım. Bunun için söyliyeceklerimin hepsini bu gece söylemeliyim.

Feyzâ, karşısındaki adamın fırtınalı bir ruh haleti içinde bulunduğunu anlıyor, bir yandan ona karşı kalbinde derin bir acıma ve merhamet hissi duyarken, diğer yandan da bu yalnızlıktan ürküyor, endişe ediyordu... Hemşire hanım, hala görünürlerde yoktu... Hilâl, derin nefeslerle uyumaya devam ediyordu...

Elinde olmadan bir an içten içe bir paniğe kapıldı. Fakat, her şeyden evvel bütün hareket ve konuşmalarıyla takdire layık bu doktor, insana güven ve itimad telkin ediyordu... Bu düşünceyle kalbi ferahlamıştı...

Celil bey, onun bu düşüncelerinden habersiz, gözleri odanın yine aynı karanlık noktasında, konuşmasına devam etti:

- Gerek çocukluğumdan itibaren devam eden tahsil hayatımda ve gerekse Avrupadaki staj senelerim zarfında bir gün, hatta bir vakit olsun namazımı, ibadetimi terketmedim... Bunun yanında gerek tahsil çağlarımda, gerek Avrupa'daki yıllarca süren ikametim sırasında ve gerekse kliniği açışımdan bu güne kadar geçen uzun seneler içinde, garip bir hisle hiç bir genç kız ve kadına alaka duymadım, daha doğrusu duyamadım, Feyzâ hanım... Bu belki ilk nazarda insana tuhaf bir şey olarak görünebilir.. Fakat izahı halinde, bana hak vereceğinizden eminim... Rahmetli babacığım, daha küçücük yaşlarımda bana öylesine kuvvetli ve sarsılmaz bir iman aşısı yapmış ki, vefatından sonra, hafız-ı Kur'an olan annemin de takviyesiyle bu aşı beni hiç bir harama, hiç bir gayri meşru'a el uzatmadan tam bir inanış ve saffet içinde ta üniversite sıralarına kadar getirdi.. Tıbbiye sıralarında oturduğun günden itibaren ise, maddi, manevi bu-günkü durumumu kendisine borçlu olduğum fakültenin en ziyade sevilen profesörü Cennetmekan hocam, benim ahlakım ve imanım üzerinde adeta ince bir nakış gibi işleyerek bana müslüman olmanın, ama gerçek manada müslüman olmanın haz ve lezzetini tattırdı... Tıbbıyedeki ilk senemde, rahmetli hocam, bir gün bana demişti ki: «Oğlum, yüce Peygamberimizin de buyurduğu gibi kadın dört şey için nikah edilir. 1 - Malı, 2 - Güzelliği, 3 - Soyu... 4 - Diyaneti, yani dini, Sen bu sonuncusuna itibar etmelisin: Dindar bir erkek, elbette dindar bir kadınla evlenmelidir. Aksi takdirde, dünyası da, ukbası da cehennem olur. Yalnız, seni evladı gibi seven bir hocan olarak sana tavsiyem; dindar da olsa, cahil bir kadınla evlenme... Dili, zevki, düşünce, fikir ve hareketi sana uymadığı, daha doğrusu senin seviyende, senin dengin olmadığı için dünyan zindan olur... İşte karşında sana bu öğüdü veren bu bahtsız hocan, dünyasını öyle bir cahille zindan etmiş bir kişidir... Yani karşında canlı bir örnek var... Sakın, sakın... Karşına kültürlü, hiç değilse fıtri kültürü, zevki, düşünce fikir ve hareketleri ile sana denk, dindar bir hanım çıkmadıkça evlenme... Zira, işte böyle hallerde bekarlık sultanlıktır.» Hocamın bu sözleri, sanki bu gün söylenmiş gibi ezberimdedir Feyzâ hanım... Ve bu sözler, benim izdivaç meselesinde hayat rotamı tayin eden birer kanundu adeta.

Yüksek tahsil çağlarından başlayıp, gençlik yıllarım müddetince ve bu güne kadar devam eden bekarlık hayatımda etrafımda, çevremde kültür ve ince zevk bakımlarından seviyeme uygun pek çok genç kıza tesadüf ettim... Fakat bunların hiç birisinin fikir, düşünce ve hareketleri, hele dine karşı tutum ve bağlılıkları arzu ettiğim evsaf ve seviyede değildi... Bunların her biri yıllarca tahsil yapmalarına rağmen, sağlam bir fikir ve düşünceden mahrum, içi bomboş, dışı süslü cansız ve ruhsuz birer taş bebekten farksızdı benim nazarımda.. Halbuki benim arzu ettiğim, ebedi bir hayat arkadaşı olarak idealimde yaşattığım kadın, yıllar önce hocamın tarif ettiği gibi, fikir ve düşünceleri benim fikir ve düşüncelerime uygun, kültürlü, mazbut ahlaklı, İslâmi kıyafeti ve dini inanışları ile İslâmi bilfiil, şuuruna ererek yaşayan her haliyle saygı ve hürmete layık asil ve mümtaz bir kadın, daha doğrusu gerçek ifadesiyle muhterem bir hanımefendiydi... Ve ben, evlenmeyi tamamen aklımdan çıkarttığım bir sırada ancak 42 yaşımda ilk defa böyle bir kadına, idealimdeki muhterem bir hanımefendiye rastladım... İdealimdeki bu kadın ve bu asil hanımefendi sizdiniz Feyzâ hanım...

Feyzâ, yüzünün alev alev yandığını hissediyordu. Adeta inler gibi:

- Rica ederim doktor bey, dedi...

- Sizi sözlerimle üzdüğümü biliyorum Feyzâ hanım.. Fakat düşününüz ki, bu an benim için hayatımın dönüm noktasıdır. Ve ben istiyorum ki aynı anlar, sizin de hayatınızın dönüm noktasını teşkil etsin... Size annemleri gönderip de, bir hafta sonra red cevabınızı öğrendiğim zaman, hayatımın belki en şiddetli darbesini yemiş bulunuyordum.. Sarsıntım o derece şiddetli olmuştu ki, aradan geçen şu birkaç ay içinde ne yaptığını bilmeyen, dünyaya küsmüş bir insan gibi yaşadım. Sizden merhamet dilenmiyorum Feyzâ hanım.. Fakat yalvarıyorum, rica ediyorum, hislerinizle değil, mantığınızla hareket ediniz. Belki sizi maziye bağlayan bir şahsın, hatırasına hürmet etmek fikri, bir mecburiyet halinde sizi izdivaç yapmaktan uzak tutuyor... Veya daha kuvvetli bir ihtimalle, genç yaşınızda bekar yaşama fedakarlığına, biricik kızınızın üvey baba himayesinde yetişmesine rıza göstermediğinizden katlanmaktasınız... Sebep her ne olursa olsun, sizin gibi genç ve en mükemmel hayata layık bir kadının, bahusus bu günkü bozuk cemiyette ve en zor şartlar altında, çalışıp, çarşı işleriyle kendini yıpratarak yalnız başına yaşaması ve çetin bir hayat mücadelesi içinde bulunması çok acı ve üzücüdür...

Feyzâ, Celil beyin sözünü burada keserek vekarla:

- Ben, durumumdan şikayetçi değilim doktor bey, dedi. Müsterih olunuz, her türlü meşakkate severek katlanıyorum.

- Beni yanlış anlamayınız Feyzâ hanım.. Ben size durumunuzdan hoşnut olmadığınızı söylemek istemedim. Fakat severek de olsa niçin meşakkat diyorum.. Düşününüz, görünüz ve anlayınız ki Feyzâ hanım, bugün karşınızda kalbi sizin için çarpan ve gayesi sizin en kıymetli varlığınız olan kızınızı mesut etmek olan, tertemiz duygularla size bağlı bir insan var... Ve bu insan, maddi manevi cihetlerden size ve kızınıza refah içinde aydınlık bir hayat vadediyor.... Kurulucak olan İslâmi bir yuvada, Allah'ın emirleri ve Peygamberin sünnetleri dairesinde sürdürülen bir yaşayışın aheng güzelliğini ve letafetini düşünebiliyor musunuz Feyzâ hanım?.. Kızınız hakkındaki endişelerinize gelince, şanı her şeyden yüce olan Allah'a yemin ederim ki, değil bir üvey evlad muamelesi göstermek, kızınızı kendi öz kızımdan daha ziyade sevecek, koruyacak ve ona bir öz babayı asla aratmıyacak, göreceksiniz kısa zamanda ona da kendimi Allah'ın izniyle sevdirmeye muvaffak olacağım. Size kabul etmenizi bütün kalbimle dileyerek ikinci bir defa daha izdivaç teklifinde bulunurken, bu teklif üzerinde ciddiyetle durmanızı, makul bir şekilde düşünmenizi rica ediyor ve sizi düşüncelerinizle başbaşa bırakıyorum Feyzâ hanım.

Dr. Celil bey, sözlerinin burasında ayağa kalktı ve kapıya doğru yürüdü. Feyzâ, onun loş odada kapıya doğru ilerleyen siluetine karmakarışık hisler içinde bakakalmıştı. Fakat tam kapıyı açacağı sırada, insiyaki bir hareketle ona seslendi:

- Doktor bey, bir dakika..

Celil bey, elini kapının kulpundan çekerek geri dönüp, sual dolu bakışlarla Feyzâ'ya baktı:

- Buyurun?

- Sizi bir takım ümitlerle oyalamak istemiyorum doktor bey. Bahusus sizin gibi en yüksek takdire şayan bir muhterem zata karşı mutlaka dürüst olmak isterim. Bunun için cevabını geciktirmeden, şu anda...

Dr. Celil bey, sinirli bir hareketle Feyzâ'nın sözünü kesti:

- Hayır! hayır! Düşününüz Feyzâ hanım. Hem çok iyi, uzun uzun ve derin derin düşünerek cevap veriniz bana.. Bana gelince, geçirdiğim türlü hayat tecrübeleri ile sabırlı olmayı öğrenmiş bir kimseyim, cevabınızı bekliyeceğim.

Dedi ve Feyzâ'nın başka bir söz söylemesine meydan bırakmadan tekrar döndü, «Allahaısmarladık» diyerek, odadan çıktı.

Feyzâ, kapanan kapının ardından bir müddet şaşkın ve üzgün

baktı. Kalbi deli deli çarpıyordu. Elini kalbinin üzerine bastırarak, heyecanını yatıştırmaya çalıştı..

Bu adamın karşısında bu derece heyecan duyuşunun sebebi neydi? Feyzâ, kendi kendine bu sualin cevabını bulmaya çalışıyordu..

Acaba onu seviyor muydu?...

Sevmek!..

Bu fikir zihninden geçer geçmez, acı bir perişaniyet içindeki ellerini yüzüne kapadı.

Sevmek!..

Buna imkan var mıydı?..

Hayatının erkeği olarak kalbine taht kuran Bilâl'den sonra bir başka erkeği sevmesine imkan var mıydı?..

Bilâl'i tanımazdan evvelki genç kızlık yıllarında yazmış olduğu bir şiir geldi aklına. Şiiri içinden terennüm etmeye başladı.. Hala unutmamıştı. Yazdığı gün gibi hatırındaydı bu küçük şiir:

KALBİM

Bir misafir odası benim küçücük kalbim,
Lakin her misafiri hemen kabul eylemez.
Biraz hırçın ve mağrur, bu esrarlı mabedin
Kapalı kapıları, her gelen pek giremez.
Öyle bir oda ki bu, hiç bir eşya yok, bomboş.
Yalnız bir köşesinde vuran küçük bir saat,
Kapıları kapalı, üstelik bir hayli loş
Bu kasvetli odaya verir bir parça hayat.
Bu misafir odası, bir misafir bekliyor.
Köşede duran saat vuruyor tik tak-tik tak.
Gelecek diye her an günlere gün ekliyor,
Öyle bir misafir ki, bir daha çıkmayacak!

Evet o zamanlar, bu şiiri kaleme aldığı o hareketli genç kızlık günlerinde etrafında fır fır dolanan gençlere rağmen kalbi henüz boştu.. Sımsıkı kapılarını açıp, içine buyur edeceği bu esrarlı odaya girebilecek erkeği ne büyük heyecanlarla bekliyordu o zamanlar.

Ne olmuştu... Nasıl olmuştu?..

Namaz kıldığı için «gerici ve yobaz» diye alay ettiği bir kenar mahalle çocuğuna çılgınca aşık olmuş ve onu bir anda kalbinin ta içinde buluvermişti.

Halbuki o kalbi elde etmek için çevresindeki erkekler ne hilelere başvuruyor, ne büyük emekler sarfediyorlardı... Üstelik bunların ekserisi de o zamanki ideallerine uygun, kendisine arzu ettiği modern ve hareketli hayatı yaşatacak yakışıklı zengin çocuklarıydı. Buna rağmen Feyzâ'nın hırçın ve mağrur kalbine girebilmeyi hiç biri başaramamıştı.

Nihayet günlere gün ekleyerek gelmesini beklediği o büyük misafir, bir gün aniden çıkagelmişti... Bu öyle bir misafirdi ki, yazmış olduğu şiirde de dile getirdiği gibi ömrü boyu bir daha kalbinden çıkmayacak kadar sevilmeye ve uğruna bir hayat harcanacak derecede hürmete layık mümtaz bir insan...

Bilâl'i görüp ona bütün kalbiyle bağlandıktan sonra eline kalemi yeniden almış ve o günkü hislerini bu defa «KALBİMİN PENCERESİ» isimli bir başka şiirle dile getirmişti. Feyzâ ruhunun tatlı çırpınışlarını bu şiirde şöyle ifade etmişti:

Sen kalbimin gönül penceresinden
Bütün sıcaklığınla süzüldün girdin.
Sabah Güneşi gibi aydınlık, berrak,
Girdin kalbime, iyice gör bak:
En temiz duyguyu aşılayan sensin
Sensin karanlık dünyamı aydınlatan
Baharda açan çiçekleri, öten kuşları
İlk defa sensin bana gösteren.
Sen, bütün berraklığınla kalbime dolan!
Karanlık olmadığını dünyanın
Sensin bana anlatan.
Sen o pencereden süzülüp giren
Sen bana yaşama arzusu veren
Seninle beraber bir şey daha süzüldü içime
Kalb penceremden..
Seni kaybetmenin korkusu doldu içime
Bir korku ki beni perişan eden
Bu korkuyu kalb penceremden sen fırlat
Yalnız seninle dolsun kalbim
Ve o pencereyi sen kapat!

Bilâl gerçi derin bir aşkla sevdiği halde kendisiyle evlenmemiş ve bir başka kızla yuva kurmuştu... Ama herşeye rağmen Feyzâ'nın kalbine öyle bir süzülmüş ve genç kızın bir esrarlı oda diye adlandırdığı bu küçük kalbin bütün kapı ve pencerelerini öylesine sımsıkı kapatıp onun içine yerleşmişti ki, Feyzâ'nın artık o içinden sürmelenmiş kapıları açıp onu dışarı atarak oraya bir başka kimseyi yerleştirmesine imkan yoktu..

Bu insan hatta, hayatta çok ender rastlanılacak tip, karakter, ahlak ve iman üstünlüğüne sahip bir erkek olan Dr. Celil bey de olsa.

Feyzâ'nın kalb yarası yeniden kanamış ruhunda zapdedilmez fırtınalar kopmaya başlamıştı. İçinden gayri ihtiyari sessiz ve acı bir feryat koptu:

«Ah Bilâl... ne olurdu... ne olurdu, sana sahip bulunan o bahtiyar kadının yerinde ben olsaydım!...»

Kalbindeki yangın gitgide büyüyor zaptedilmez fırtınalar ruhunu alt üst ediyordu...

Kendisini bu karmakarışık haletten yavaş fakat içli bir ses uyandırdı:

- Anne!...

Feyzâ ellerini yüzünden çekti; yan tarafta yatağının içinde kendisini seyreden kızına döndü:

Hilâl, tek dirseğinin üzerinde hafifçe doğrulmuş, endişeyle kendisine bakıyordu.

- Ağlıyor musun anne?...

Feyzâ, gülümsemeye çalışarak:

- Hayır yavrum ağlamıyorum dedi...

Fakat aynı anda gözleri, biraz evvel yüzüne kapattığı ellerine ilişti... Ellerinin üzeri sırılsıklamdı... Sonra tülbentinin ucunu yanağına götürdü. Yanağına temas eder etmez tülbent ıslanmıştı. Hiç farkına varmamıştı ama, demek ağlamıştı...

Hilâl'e ne cevap vereceğini düşünürken, Hilâl sordu:

- Anneciğim, doktor beyi çok seviyorsun değil mi?..

Feyzâ, bu beklenmedik sual karşısında şaşkına dönmüştü.. Hayret ve hiddetle iri iri açılmış gözlerini kızına çevirerek.

- O ne demek Hilâl?.. Dedi... Yaşına yakışmayan böyle bir soruyu bana nasıl sorabilirsin?..

- Şey... anneciğim.. ne olursun affet.. Ama ben senin niçin üzülüp, neden ağladığını çok iyi biliyorum.

- Hilâl!..

- Yalvarırım bana kızma anneciğim... Ben seni üzmek değil, seni üzüntüden kurtarmak istiyorum. Biraz evvel, doktor beyin seninle konuşmasının son kısımlarını istemeyerek duydum... Sana tekrar evlenme teklif etti...

Seni sevdiğini söyledi... İkimizi de rahat ve mesut bir hayata kavuşturacağını söyledi... Ve iyice düşündükten sonra cevap vermeni söyleyerek senin cevap vermene fırsat vermeden, çıktı gitti... Ancak o gittikten sonra, sen ellerini yüzüne kapıyarak çaresizlik içinde ağlamaya başladığın zaman senin de onu ne kadar sevdiğini anladım... Sana, doktor beyin ilk teklifinde söylediklerimi ve yalvarmalarımı unut ve ne olur anneciğim, onun teklifini kabul et!...

Feyzâ adeta inler gibi:

- Sen neler saçmalıyorsun Hilâl?. Dedi.

- Saçmalamıyorum anneciğim... Doktor bey seni, benden daha çok başka, hiç bir kimsenin sevemiyeceği kadar çok seviyor... Bu gün anladım ki, sen de onu çok seviyorsun... Ama ben istemediğim için, beni üzmemek düşüncesiyle bütün sevgine rağmen onun teklifini kabul etmiyorsun...

- Hilâl!... Bu sevmek sözü senin ağzına yakışmıyor.. Hem nerden çıkarıyorsun bunu... Doktor beye karşı böyle bir his beslemiyorum ben.

- Peki o halde niçin o gittikten sonra öyle içli içli ağladın?.. Sevmeyen bir insan, hiç böyle göz yaşı döker mi?.. Bak anneciğim, ne olursun.. Tekrar yalvarıyorum, onunla evlen... Hem doktor bey o kadar iyi bir insan ki.. Önceleri sana sahip olacağı için ona çok kızıyordum, hatta kendisinden nefret ediyordum. ama onu görüp tanıdıktan, hele uykumdan uyanıpda seninle konuşmasını dinledikten- sonra ona karşı hislerim değişti... Şimdi ben de onu çok seviyorum anne... Söyle, kabul edeceksin, değil mi?...

Feyzâ ne diyeceğini, ne cevap vereceğini bilemiyordu... Kızı, durumu son derece yanlış olarak anlamıştı.. Şimdi meseleyi ona nasıl anlatacak, nasıl izah edecekti?.. «Evet seviyorum ama, doktor beyi değil, bir başkasını» diye nasıl söyleyebilirdi kızına?...

Hilâl, annesinin dalgınlaştığını görünce, yatağından indi ve Feyzâ'nın yatağının kenarına ilişerek, başını onun göğsüne yasladı. Bir yandan da içli içli ağlıyarak konuşuyordu:

- Benim için bu kadar büyük fedakarlık yapmana imkanı yok dayanamam anneciğim... Benim için kendini artık üzme ve beni affet... Demek seni aylardır böyle içten içe üzdüm ben... Meğer ben ne kötü bir insanmışım... İnsan hiç annesinin saadetini istemez mi?... Canım... canım anneciğim benim.

Feyzâ, kızının göğsüne yaslanmış başını her zamankinden daha büyük bir sevgi ve şefkatle okşuyordu şimdi.. Onun da gözlerinden yaşlar akmaktaydı.. Kızına Dr. Celil beyin teklifini niçin kabul etmediğinin ve ağlamasının sebebini nasıl izah edeceğini düşünüyor, fakat hiç bir şey gelmiyordu aklına... Bilâl'den bahsetmesi imkansızdı.. Kızı henüz 12 yaşındaydı, bu doğru olmazdı...

Kızının başını, avuçları arasına alarak, hafifçe kendisinden uzaklaştırdı.. Sonra çenesini tutup, başını kaldırdı ve göz yaşlarıyla ıslanmış yüzünü kendine çevirerek şefkat yüklü bir sesle:

- Bak yavrum, dedi.. Bırak artık ağlamayı da, biraz beni dinle. Doktor beyin çıkışından sonra benim ağlayışımı çok yanlış manalandırdığın için her şeyi o ölçüyle değerlendirmeye kalkıyorsun... Fakat şunu bilki, doktor beyin ardından benim duyduğum üzüntü ve ağlayışım, asla senin anladığın manada değildi... Düşün ki, onu daha ilk defa görüyorum... Nasıl olur da, ilk defa gördüğüm bir insanı, senin söylediğin gibi, hem de derinden sevebilirim? Hayır yavrum.. Ben doktor beye sevgi değil, ancak takdir ve merhamet duyuyorum.. Çünkü kendisiyle evlenmeme asla imkan yok.

- Niçin anneciğim?.. Benim yüzümden, ben istemiyorum diye, beni üzmemek için beni üvey baba elinde yetiştirmemek için ona acıdığın ve takdir ettiğin halde evlenmiyorsun onunla değil mi?...

- Ah... Hilâl.. Anlamıyorsun beni yavrum... Değil. İnan ki söylediklerinin hiç biri değil... Onun teklifini kabul etmeyişimin sebebi yalnız seninle ilgili değil...

- Peki, başka ne sebep olabilir ki anneciğim?

- Bunu sana şimdi izah edemem yavrucuğum... Her şeyden evvel yaşın buna müsait değil... Belki bir gün gelir, öğrenirsin... Ama bil ki, bu teklifi kabul etmeyişimin çok, ama benim için pek çok mühim başka bir sebebi var.

Hilâl, bu sözler üzerine annesinin gözlerinin içine baktı... Bir müddet gözlerini onun gözlerinden ayırmadı... Sanki bu söylenmeyen sebebi Feyzâ'nın gözlerinin içinden okuyacakmış gibi, orda bir şeyler aradı durdu. Lakin o gözlerde derin bir elem ve ızdırab ifadesinden başka bir şey göremedi..

Annesinin kendisinden sakladığı ne gibi bir sırrı, bir üzüntüsü olabilirdi acaba.. Ah.. bir öğrenebilseydi bunu... Ama annesi bunun için daha yaşının küçük olduğunu söylemişti ve belki bir gün öğreneceksin, demişti. Demek ki belki büyüyünce öğrenebilirdi annesinin bu elemli sırrını.

Fakat biricik, fedakar annesinin gizli bir derdi olduğunu öğrenmek, küçük kızın hassas kalbini fena halde yaralamıştı. Şimdi annesini daha çok sevdiğini hissediyordu. Birden tekrar onun göğsüne yasladı başını ve:

- Söz veriyorum anneciğim, dedi.. Seni üzen bu sebebi hiç sormayacağım... Ama bu sebebi, senin bu büyük sırrını öğreneceğim günü nasıl büyük bir sabırsızlıkla bekliyeceğim, bilemezsin...

Aradan on gün geçmişti... Feyzâ hastahaneden çıkıp evde ihtimamlı bir kaç gün süren bir tedaviden sonra, tamamen iyileşerek ayağa kalkmıştı...

Anne kızın hayatı, aynı akış ve tempo ile devam etmekteydi... Sene sonu yaklaştıkça Hilâl derslerine daha ziyade düşmüş, gece gündüz demeden çalışıyor, çalışıyordu... Feyzâ ise, iş yaptığı müessesenin ücretine yaptığı zamdan sonra daha büyük bir hız ve şevkle çalışıyordu, makinesinin başında kendisini eskisinden daha canlı ve zinde hissediyordu...

Fakat aradan on gün gibi uzun bir müddet geçmesine rağmen, daha hala Dr. Celil beye bir cevap verebilmiş değildi.

Cevabını hastahaneden çıkmadan evvel Celil beye bildirmek için yaptığı bütün gayret ve teşebbüsler boşa gitmiş, Feyzâ bu hususta her ağız açışta doktor buna mani olmuş ve her seferinde:

- Şimdi değil Feyzâ hanım.. Bu gibi mevzular, öyle küçük meseleler gibi hakkında çabuk karar verilecek cinsten değildir.. Ciddi ve hayati mevzularda enine boyuna ve uzun zaman düşünmeden sıhhatli bir karara varmak imkansızdır. Ben sabredeceğim.. Lütfen uzun boylu düşünün ve ondan sonra bir cevap verin bana, demişti...

O gece Hilâl, şiddetli bir baş ağrısıyla, dersini dahi çalışmadan, erkenden yatmıştı...

Feyzâ, omuzundaki büyük yükün ağırlığına ve günlerdir çektiği şiddetli vicdan azabına artık daha fazla dayanamıyacağını düşünerek, Hilâl'in erken yatışından istifadeyle mektup bloknotunu aldı ve yazmaya başladı:

«Pek muhterem Celil beyefendi,

Bu gün, sıcak bir aile ocağını andıran şirin ve sevimli kliniğinizden ayrılışımın onuncu günü..

Bu on uzun gün içinde, tavsiyenize uyarak ikinci bir defa vaki olan izdivaç teklifiniz üzerinde uzun uzun düşündüm..

Size, yüksek imanı, örnek ahlakı, eşsiz fazileti, maddi ve manevi zenginliği ve asalet yüklü pırıl pırıl kalbiyle herkesten ziyade hayatta mesud olmaya layık olan sizin gibi her haliyle mükemmel ve muhterem bir zat-ı muhtereme, bu teklifinizle ilgili olarak vereceğim cevapta «Evet» demeyi ne kadar isterdim...

Şu an size son ve kati cevabımı bildirirken, «evet» yerine «Hayır!» ifadesini kullanmanın, benim için ne derece zor, müşkül bir iş ve ne büyük bir vicdani azab olduğunu bilmem tasavvur edebilir misiniz?.

Ancak şu hususu ehemmiyetle belirtmek isterim ki, bu menfi cevabım, ne kızımla ve ne de sizinle alakalı bir sebebe bağlı değildir. Bu, size hiç bir zaman izah edemiyeceğim, şahsımla alakalı hususi bir sebebe dayanmaktadır.

Sizin gibi mümtaz bir insan tarafından zevceliğe layık görülmemin, benim için büyük bir şeref olduğunu belirtirken, beni mazur görmenizi ve makul karşılamanızı temenni eder, benim için yapmış olduğunuz büyük fedakarlıklarınız için de ayrıca şükran ve minnet hislerimi bildiririm.

En büyük arzum, dünyada ve ukbada layık olduğunuz saadete nail olmanızdır.

Sonsuz hürmetlerimle.

FEYZA»

Biliyordu, Dr. Celil beyin bu mektupla dünyası yıkılacaktı... Ama ne yapabilirdi?.. Başka türlü hareket etmesine imkan yoktu... Cevabı geciktirmekle, onun heyecan ve ızdırabını daha ziyade arttırmış olacaktı...

Kağıdı alelacele katlayıp, zarfa koydu ve ertesi günü Hilâl'i okula bırakır bırakmaz, civardaki postahaneden mektubu attı. Böylece kendisi için uzun zamandır üzüntü mevzuu olan bu mesele de, hayatının unutulmaz safhalarından biri olarak kapanıp gitmişti...

* * *

Hilâl'in okuldan çıkış saati yaklaştıkça Feyzâ'nın her günkü heyecanı başlamıştı yine.

Ayten öğretmenle o günkü münakaşasından sonra ne okul idarecilerine ve ne de öğretmenlere itimadı kalmamıştı. Koskoca insan olduğu halde, kendisi bu derece büyük hakaretlere maruz kaldıktan sonra bu insafsız, izansız ve vicdansız kimseler o küçük yavruya neler yapmazlardı ki...

Evet, muavin hanıma okulun bahçesine bir daha girmiyeceğine dair önceleri söz vermişti.. Fakat Ayten öğretmenin o küstah ve şantajcı hakaretlerinden sonra, muavin hanıma vermiş olduğu sözü tutması imkansızdı. Her ne pahasına olursa olsun, her zamanki gibi kızını okuldan almaya gidecek ve diğer veliler gibi bahçede çıkış saatini bekliyecekti.

Kararlı bir vaziyette giyindi ve okula gitti.. Bahçe kapısından girerek okul binasının duvarlarından birine sırtını dayayıp beklemeye başladı.

Bahçede kendisinden başka ilerde durup, çocuklarını bekleyen iki hanımdan başka hiç kimse yoktu. Çıkış ziline daha 15 dakika vardı...

Feyzâ bir ara arka taraftan gelen bir ayak sesi ile başını çevirdi. Ve aynı anda elinde dosyalarla, bahçe yönüne bakan sınıflardan birine doğru yürüyen Ayten öğretmenle göz göze geldiler.

Ayten öğretmen, onu karşısında görünce, hiddetten çılgına dönmüştü. Gözlerinden şimşekler çakarak Feyzâ'ya kin ve nefretle baktı ve koşar adımlarla tekrar gerisin geriye dönüp, okul binasından içeriye daldı.

Aradan bir iki dakika geçmemişti ki, aynı kapıdan, yüzü hiddetten kıpkırmızı ve gözleri yuvalarından fırlayacakmış gibi bir ifadeyle müdür bey çıkıp, sinirli adımlarla Feyzâ'ya doğru yürümeye başladı.

Feyzâ, müdür beyin, kırmızı gören bir boğa hiddetiyle kendisine doğru yaklaştığını görünce, nahoş bir hadisenin patlak vereceğini tahmin etmişti...

Müdür, birkaç basamaklı merdiveni inerek, bahçeye çıktı ve tam Feyzâ'nın karşısına geçerek durdu... Feyzâ ile müdürün aralarında bir adımlık mesafe vardı.

Müdür, gözlerini nefretle kısarak, kin dolu bakışlarla Feyzâ'ya baktı ve hiddetten boğuklaşmış bir sesle:

- Size bu bahçeye bir daha girmemeniz ihtar edilmişti, diye gürledi.

Feyzâ, sinirlerinin son derece gerilmiş olmasına rağmen, gayet sakin bir ifadeyle:

- Evet müdür bey, dedi. Fakat, bu ihtara rağmen ben bilahare verdiğim sözün ne kadar gayri makul olduğunu düşünerek, yine girdim.

- Derhal dışarı çıkın.. Size tekrar ihtar ediyorum. Bir daha buraya girmiyeceksiniz!...

Feyzâ ses tonundaki sükûneti muhafaza etmeye çalışarak:

- Beyefendi, her ne kadar muavin hanımdan bu garib yasağın sebebini öğrendiysem de, bu sebep, benim için hiç de makul ve mantıki değildi. Bunun için müsaade ederseniz size sorayım. Bütün veliler, çocuklarını bahçede bekleme hakkına sahipken, okul idaresi tarafından benim için bahçeye girmeme kararı alınmasının içyüzü bir başka sebebe dayanmasa gerek.. Söyleyin müdür bey, bu garib ve gayri mantıki yasak kararın gerçek sebebi nedir?.. Neden bu haysiyet kırıcı muameleye yalnız ben tabi tutuluyorum?.. Evet, neden.. Niçin?..

Müdür beyin beklediği sual sanki buydu.

Başını uzatıp, Feyzâ'nın yüzüne yüzünü biraz daha yaklaştırarak, gözlerini bir kat daha kıstı ve yılan ıslığını andıran bir sesle cevap verdi:

- Neden mi?.. Niçin mi?.. Çünkü siz bir gericisiniz!..

Feyzâ, hayretle hafifçe irkilmekle beraber, istihza ile gülümsedi:

- Kendi sıfatımı öğrenmekten memnunluk duydum beyefendi.. O

halde demek oluyor ki, siz de bir ilericisiniz (!)...

- Evet... Evet... Evet... Ve ve sen, bir vatan hainisin!

Feyzâ'nın tebessümü dudaklarında donup kaldı. Hayretle mukabele ederken, sesinde yine aynı istihza ifadesi vardı.

- Oo!... Doğrusu bu da çok güzel... Başka beyefendi?...

Müdür bu defa, duvara iyice kıstırmış olduğu Feyzâ'nın yüzüne doğru işaret parmağını uzatarak bir müddet genç kadının yüzüne baktı ve birden ağzından köpükler saçarcasına haykırdı.

- Ve sen bir eşşeksin!

Feyzâ, bu hiç beklemediği kaba hitab karşısında adeta şok olmuştu... İnsiyaki bir hareketle elini hayretten açılmış ağzına götürdü. Ve sadece:

- Aaa.. a.. a..!..

Diye kekeliyebildi. Nasıl olabiliyordu da, böyle kültürlü, yaşlı başlı, kodaman ve aydın kişi olmakla övünen koskoca bir müdür bey, bir kadının karşısında bu derece adileşip, bu derece küçülebiliyor ve bir sokak çocuğu gibi kendisine bu tarzda hitabedebiliyordu?.. O, böyle eli ağzında hayretler içinde müdür beye bakarken, müdür bey, gözlerinden ateşler saçarak biraz daha ona yaklaştı ve devam etti...

- Evet eşşeksin. Hemde eşşek oğlu eşşeksin!..

Feyzâ, gözlerinin karardığını, başının döndüğünü hissetti. Suratına şiddetli bir kamçı yemişçesine irkildiği halde bu derece adi hakarete verecek bir cevap bulamıyordu.. Üstelik, gitgide kendisine yaklaşmakta olan müdürün yakınlığından kurtulmak için çaresiz bir şekilde iyice duvara yapışmıştı. O anda düşüp bayılabilirdi... Bunu hisseden müdür, nihayet son darbesini indirmek üzere dişlerinin arasından bir kadına yapılacak küfürlerin en adisini savurarak:

- Ve sen bir (Or.........) sun!

Feyzâ'nın gözleri önündeki her şey bir anda silindi... Başı döndü, döndü gözleri karardı ve aynı anda sesi, acı bir feryad halinde ortalığı çınlattı:

- Alçak.. alçak.. alçak adam!...

Ve başı birden acı bir sayha ile arkaya düştü... Genç kadın bundan sonrasını hatırlamıyordu...

Kendisine gelmiye başladığı zaman, kulağına derinden sesler gelmekteydi:

- Biraz daha kolonya lütfen..

- Yahu Ahmet!.. Geri dur.. görmüyor musun müslüman hanım.

- Ne yapayım ağabey, kadının hali fena.

- Koş yan mağazadaki tezgahtar kızı çağır. Gelsin, onun megul olması daha başkadır.

Feyzâ, bütün arzusuna rağmen göz kapaklarını kaldırıp etrafına bakamıyordu. Heyecanlı konuşmaları, koşuşmaları duyuyor, fakat ağzının içinde dilini oynatıp tek kelime söyleyemiyordu.

Biraz sonra yüzüne küçük ve yumuşak bir el, serin serin kolonya sürmeye ve bileklerini kolonya ile ovmaya başladı.. Feyzâ, yavaş yavaş kendini daha iyi hissediyordu.

Hafifçe gözlerini araladı. Karşısında elinde kolonya şişesiyle sarı saçlı, makyajlı bir genç kız duruyordu.. Onun etrafında da tanımadığı bir kaç erkek, merak ve endişeyle kendisine bakmaktaydılar..

Zihnini toparlamak istedi.. Fakat önce bir şey hatırlamadı.. Gözlerini açtığını görünce, etrafındakilerde hafif bir kaynaşma oldu. Boğazı kupkuru olduğu halde güçlükle konuşabildi:

- Ben neredeyim?.. Ne oldu bana?.. Siz kimsiniz?.. Lütfen, lütfen konuşun ne olur!..

Şişman ve yaşlı bir bey:

- Merak etmeyin kızım, dedi. Emin bir yerdesiniz. Burası bir züccaciye dükanıdır.

- Peki beni kim getirdi?.. Nasıl oldu da burada bulunuyorum?..

- Kimse getirmedi sizi yavrum.. Ben, mağazanın kapısında duruyordum. Karşıdaki okulun bahçe kapısından siz birden kendinizi bilmez bir halde hıçkıra hıçkıra ağlıyarak çıktınız. Ve koşa koşa, doğru bu dükkana girip oturduğunuz koltuğun üzerine yığılıp kaldınız. Şimdi müsaade edin de asıl biz size soralım. Size ne oldu böyle?.. Kim ne yaptı, anlatır mısınız?..

Feyzâ'nın yanaklarından tekrar yaşlar boşanmaya başlamıştı. Şimdi olanlar, bir film şeridi gibi gözlerinin önünde canlanmaktaydı...

«Sen gericisin!.. Ve sen, bir vatan hainisin!.. Ve sen bir eşşeksin!.. Ve hem eşşek oğlu eşşeksin!.. Ve sen bir (Or........ sun)..»

Müdür beyin iğrenç sesi, kulaklarında çınlamaya başladı... Ses gitgide büyüyor ve sanki mağazadan dışarılara taşıyordu. Feyzâ:

- Aman Allah'ım. Aman Allah'ım!.. Nasıl olur? Nasıl olur?

Diyerek ellerini yüzüne kapatıp, hıçkırarak ağlamıya başladı..

Etrafındaki insanlara da aldırmıyordu artık. Hem hadiseyi anlatsa, çok uzun sürerdi. Ve belki de kimse inanmazdı kendisine.

Nihayet biraz sakinleşince durumunu izah etmek için sadece:

- Sizi üzdüğüm ve merak içinde bıraktığım için çok özür dilerim efendim dedi.. Okul bahçesinde kızımı beklerken, birden fenalaştığımı hissettim. Sonrasını hatırlamıyorum.

Feyzâ, bir müddet daha oturduğu yerden kalkamadı.. Sonra güçlükle doğrularak ayağa kalktı ve müsaade istedi. Zira bir saatten fazla bir zamanı burada geçirmişti... Bu arada Hilâl, çoktan eve gitmiş olmalıydı ve hassas yavru, kimbilir merakından şimdi ne haldeydi?

Genç kadın, mağazadan çıkmak üzere kapıya doğru yürürken, bir kaç defa sendeledi.. Başı şiddetle dönüyordu.. Bir müddet kapının pervazına tutunarak, baş dönmesinin geçmesini bekledi..

Fakat yan mağazadan çağrılan tezgahtar kız, onun bu haline o derece üzülmüştü ki, yanına gelerek,

- Siz bu vaziyette imkanı yok yalnız başınıza eve gidemezsiniz... Eğer müsaade ederseniz, bir taksi tutayım ve sizi evinize kadar götüreyim, dedi...

Feyzâ, genç kıza sevgiyle baktı:

- Minnettar kalırım kardeşim! Dedi. (*)

(*) Romanımızın bu kısmında geçen bütün kaba söz ve çirkin küfürlerden dolayı okurlarımdan özür dilerim. Başından sonuna kadar, Hilâl'in başından geçen okul hadiseleri, hilafsız, mübalağasız ve aynen -kelimesi kelimesine- küçük kız kardeşim Çiğdem Şenler'in başından geçmiş, inanılması çok güç olan bu hadiseler, ne acı bir gerçektir ki bizzat tarafımızdan yaşanmıştır.

Hadiselerin pek çok şahitleri olduğu ve iş kanuni yola döküldüğü takdirde başta mahut müdür olmak üzere suçluların adalet önünde mutlaka cezalandırılacağını bilmemize rağmen, tarafımızdan maruz kalınan bu havsala kabul etmez hareket ve çirkin hakaretleri, sahipleri ile birlikte Mahkeme-i Kübra'ya bırakmış olup, Adil-i Mutlak olan Rabbimizin yüce adaletine sığındık. Haklarından Allah (C.C.) gelsin.

İzahtan da anlaşılacağı gibi, romanın baştan itibaren okul hadiselerinin son bulduğu kısma kadar Hilâl ve okulu ile alakalı kısımları, tekrar belirtmek isteriz ki, gerçek hayattan, bizzat kendi hayatımızdan, yaşanmış acı bir örnek olarak alınmıştır.

ŞULE YÜKSEL ŞENLER

Hilâl, pencereden kapının önünde duran taksiden bir kızın yardımıyla annesinin çıktığını görünce, deli gibi kapıya koştu.. Bir saatten beri sessiz sessiz akan gözyaşları, şimdi hıçkırık sesleri arasında yanaklarından yuvarlanmaktaydı:

- Anneciğim... Canım anneciğim... ne oldu sana?..

Feyzâ boynuna sarılıp hıçkıran kızını teskin edecek söz bulamıyordu. Bütün ısrarlara rağmen oturmayan ve aynı taksiyle işine geri dönen genç kızın gidişinden sonra, Feyzâ, uzandığı divandan, başından geçenleri, bir hayli hafifleterek anlattı kızına...

Hilâl hem ağlıyor, hem de yalvarıyordu:

- Ne olur anneciğim, gelme bir daha okula... Korkma, bana Al-lah'ımın izni ile hiç bir şey olmaz. Kimse bir şey yapamaz. Seni böyle üzmektense, inan ki okumayıp cahil kalmayı tercih ederim ben...

Feyzâ, cevap verecek halde değildi... Bir müddet öyle sessiz ve dalgın yattıktan sonra, gözleri yavaş yavaş kapandı ve uyuya kaldı...

Feyzâ, ertesi günü yine aynı saatte okulun bahçesindeydi... Herşeye rağmen, kızını bu hain,vicdansız insanların muhtemel şerlerinden korumak için gelmişti... Ve bundan sonra da gelmeye devam edecekti.. Her şeyi göze almıştı... İcabederse işi kanuni yola dökecek, hakkını arıyacak ve bu zalim, bu hak, hukuk adalet, vicdan tanımayan insanlara suçlarının cezasını çektirecekti..

Bizzat kendi ağızlarından öğrendiğine göre, sınıflarında Hilâl'i görerek başını örten bütün kız talebelerin velilerine baskı yapılıp, zor kullanmak suretiyle başlarını açtırmaya muvaffak olmuşlardı bu dinsiz imansız insanlar. Kızların aileleri de korkularından evlatlarının başlarını açmışlardı..

Fakat diş geçiremedikleri iki kişi vardı okulda. Bunlardan biri Hilâl, diğeri ise ikinci sınıfta, Ayten öğretmenin sınıfında bulunan 8 yaşındaki küçük kız talebe idi... Bu yavru, Ayten öğretmenden defalarca dayak yemesine ve ailesinin bütün zorlamalarına rağmen katiyen sınıfının dışında başını açmıyordu. İşte onları da korkutan ve ürküten, bu azim, bu irade ve bu yüksek imandı ya...

Nihayet zil çaldı ve çocuklar bir anda bahçeye sonra da bahçe kapısından sokağa fırladılar. Hilâl, karşısında annesini görünce, bembeyaz oldu.. Ağlamaklı bir sesle sordu:

- Niçin geldin anne?..

- Öyle icabediyordu da onun için yavrum. Haydi çabuk örtünü tak, gidelim... Bak, bahçede hemen hemen kimse kalmadı..

Hilâl, çantasını yere bırakıp, başını örttü ve annesiyle birlikte bahçe kapısına doğru yürüdü... Kapı dar olduğu için önden Feyzâ çıktı... Aynı anda, henüz içerde olan Hilâl'in yakasına, arkadan çelik gibi bir el yapıştı... Hilâl döndü baktı, bu Ayten öğretmendi...

Küçük kız, bir anda sapsarı kesildi... Ayten öğretmen gözlerinden kıvılcımlar saçarak, Hilâl'i tuttuğu gibi ileriye ta bahçe duvarının dibine fırlattı.. Küçük kız, korkudan bayılacak gibiydi.. Karşısında, kudurmuş gibi, çılgın gözlerle kendisine bakan ve üzerine doğru yürüyen canavar ruhlu bu kadın kendisinden ne istiyordu?..

Feyzâ, dışarı çıkıp, arkasından Hilâl'in gelmediğini farkedince, aniden tekrar gerisin geriye döndü... Fakat bahçe kapısından daha adımını atar atmaz, karşılaştığı manzara karşısında adeta bayılacak gibi oldu.

Ayten öğretmen iki eliyle Hilâl'in yakasına yapışmış, zincire vurulacak bir delinin azgınlığı içinde küçük kızın başını, bahçe duvarının eğri ve çıkıntılı taşlarına kıyasıya vuruyor, vuruyordu. Bir yandan da cırtlak bir sesle avazı çıktığı kadar bağırmaktaydı:

- Allah kahretsin seni!.. Allah kahretsin seni!.. Aç diyorum başını. Aç diyorum.. aç diyorum...

Hilâl ise, başının duvara şiddetle ve devamlı olarak çarpılmasına aldırmadan, o büyük can acısına rağmen Ayten öğretmenin bir hamlede açtığı başörtüsünü yeniden boynundan dolayarak örtmek için çırpınıyordu... Ayten öğretmen, onun bu hali karşısında büsbütün kudurmuştu.. Bu defa boğazından örtüsüne yapışmış çekiyor, fakat o çektikçe Hilâl örtüsüne sımsıkı sarılıyordu..

Feyzâ, koşarak yanlarına gitti. Hala kızının başörtüsünden tutmuş, başını duvara çarpan Ayten öğretmenin sağ koluna yapıştı ve:

- Hocanım, çocuğa bu şekilde vurmaya ve hırpalamaya ne hakkınız var?.. Dedi.

Ayten öğretmen, koluna yapışanın Feyzâ olduğunu görünce, tiksinti ifade eden sert bir silkinişle, kolunu onun elinden kurtardı ve aynı cırtlak sesle:

- Sen sus!... Terbiyesiz kadın!... Terbiyesiz kadın! Çekil karşımdan.. çekil diyorum! Bu çocuğu zehirleyen sensin! Utanmaz kadın!..

- Rica ederim hocanım. Lütfen haddinizi bilin. Çocuk bana aittir. Nasıl oluyor da kendi talebeniz olmadığı halde bu şekilde davranıyorsunuz?..

Ayten öğretmen, bu defa Feyzâ'nın üzerine doğru yürüdü.. Hırstan gözleri çakmak çakmaktı.

- Sus dedim sana... Sus diyorum!.. Hala konuşuyor, terbiyesiz kadın!.

Tam bu esnada dışardan bu bağırmaları duyan iki üniversiteli genç talebe merakla bahçe kapısından içeriye daldılar.. Ayten öğretmenin Feyzâ'ya saldırmak üzere olduğunu görünce, gençler insiyaki bir hareketle iki kadının arasına girdiler ve çiyan tipli öğretmene:

- Hanımefendi, sakin olunuz, dediler... Bu hiddetinizin sebebi nedir?

Ayten öğretmen, bu defa onlara döndü... Ağzından neredeyse köpükler saçılacaktı:

- Daha ne olsun efendim?.. Bacak kadar çocuğun başını örtüyor... Atatürk Türkiye'sinde böylesine gerilik olamaz!...

Gençler durumu anlamışlardı.. Suali soran genç, dudaklarında alaylı bir tebessümle:

- Demek Atatürk Türkiye'si, sizce dinsiz bir Türkiye öyle mi hanımefendi?.. Demek Atatürk Türkiye'sinde bir müslüman kızı veya hanımı, dininin emrine uyarak başını örtmiyecek?. Doğrusu çok komik!...

- Aa... a... a!... Üstüme iyilik sağlık.. Ayol siz, sözde üniversiteli olacaksınız yoksa sizde mi onlar gibi yobazsınız?

- Nazarlarınızı bitaraf olarak kendinize çevirirseniz, asıl yobazın kendiniz olduğunu görürsünüz sayın bayan. Zaten bu millet ne çekiyorsa, sizin gibi devrim yobazı imansızların elinden çekiyor ya!...

Ayten öğretmen, sinirinden bayılacak raddelere gelmişti... Artık konuşacak, söyliyecek söz bulamıyordu. Birden onlara arkasını dönüp, koşar adımlarla bahçe kapısından sokağa fırladı.

Hilâl, başını tutmuş, hıçkırıklarla sarsılıyordu. Feyzâ:

- Benim çileli, melek yavrum...

Diye kızını şefkatle bağrına bastı... Gençlerden biri:

- Geçmiş olsun efendim, dedi.. Atlattığınız tehlike, küçümsenecek gibi değil. Dinsizliği bir yana, canavar gibi bir kadın bu..

- Allah razı olsun kardeşlerim, dedi Feyzâ. Tam zamanında yetiştiniz. Sizin gibi imanlı gençlerimiz göğsümüzü iftiharla kabartıyor.

Ayten öğretmenle konuşan muzip genç güldü:

- İmanımız sizin göğsünüzü kabartırken, gördüğünüz gibi o cırtlak sesli, canavar kadın gibilerinin de aklını başından alıyor. Çılgına çeviriyor. Ama müsterih olunuz. Yakın bir gelecekte istikbal bizlerin, yani imanlılarındır.

Ertesi gün Feyzâ, Hilâl'i okula bıraktıktan sonra, bütün gününü çamaşır yıkamakla geçirmişti.. Yorgun ve bitkin bir vaziyette çamaşırları bahçeye asıp, Hilâl'i okuldan almak üzere giyinmek için henüz odaya girmişti ki, sokak kapısının zili üst üste ve ısrarla çalmaya başladı.. Feyzâ, kapıyı açtığında eşikte nefes nefese 10-11 yaşlarında bir erkek çocukla karşılaştı. Çocuk, elindeki yazılı küçük bir kağıda bakarak;

- Hilâl'lerin evi burası değil mi teyze? dedi.

- Evet yavrum, ben annesiyim... kim gönderdi seni buraya?

- Ben Hilâl'le aynı sınıftayım efendim. Öğretmenimiz adresinizi yazıp, beni size gönderdi. Sizi çok acele okula çağırıyor... Muavin hanımın odasında görüşecekmişsiniz.. Yalnız arka bahçe kapısından değil, okulun ön kapısından gelsin, dedi.

Feyzâ'nın zihni bir anda allak bullak olmuştu... Bir an içinde aklına bir sürü kötü ihtimal üşüştü ve gayri ihtiyari titrediğini hissetti. Yine ne vardı acaba?.. Güçlükle konuşarak:

- Peki yavrucuğum, dedi... Şimdi... şimdi mantomu giyip geliyorum.

Feyzâ, öğretmenin niçin kendisini ön kapıdan çağırttığını tahmin ediyordu. Çünkü kendisinin daima bahçe kapısından geldiğini bilen müdür ve Ayten öğretmen, her hangi bir nahoş hadiseye sebebiyet verebilirlerdi yine.

Okulun kapısına geldiği zaman yorgunluk ve heyecandan nefes nefeseydi. Muavin hanımın odasına çıkan merdivenleri ses çıkartmamıya gayret ederek çıktı. Feyzâ saatine baktı. Bu saatte talebeler son derslerinde olmalıydılar...

Muavin hanımın kapısını vurarak içeri girdi. Kadının gözleri, her zamanki gibi sevgi doluydu. Feyzâ'nın elini dostça sıkarak:

- Buyurun Feyzâ hanım, oturun, şöyle dedi...

- Teşekkür ederim efendim, öğretmen hanım yok mu?..

- Biraz evvel aşağıya indi... Derhal geleceğini söyledi... Şimdi gelir.

Nitekim, yavaşça açılan kapıdan, Hilâl'in öğretmeni girdi. Öğretmen hanım, samimi ve candan bir ifadeyle elini sıkarken, Feyzâ onun yüzüne büyük bir merak ve endişeyle bakıyordu.

Hayırdır inşaallah hocanım. Beni bu vakitte çağırttığınıza göre, ortada mühim bir şeyler olmalı. Beni fazla endişe ve merakta bırakmamanızı rica etsem?

Öğretmenin yüzünde derin bir üzüntü ve mahcubiyet ifadesi vardı. Güçlükle cevap verdi.

- Merak etmeyin Feyzâ hanım, dedi... Ortada her hangi bir yeni hadise yok.. Sizi bugün çağırışımın sebebi bambaşka.

- Ne gibi efendim?...

- İzah edeceğim Feyzâ hanım... Ancak daha önce, dün okuldan çıkarken başınızdan geçenler için size büyük geçmişler olsun, demek isterim. Hadiseyi uzaktan bir talebem görmüş. Bu sabah bana anlattı. Bu üzücü hadiseye gerek ben, gerekse okulda sizi benimle birlikte sevip takdir eden yegane insan olan muavin hanım, fazlasıyla üzüldük..

Feyzâ'nın gözleri dolmuştu. Gayri ihtiyari acı acı konuştu...

- Benim için göstermiş olduğunuz yakın ve samimi alakaya çok teşekkür ederim hoca hanım dedi.. Fakat ben bu hadiseyi inanın ki fazla mühimsemiyorum. Bir millet için en başta gelmesi icabeden dini; en geri plana atan ve hatta tamamen ona sırt çeviren, ona diş bileyen kimselerin makam ve söz sahibi oldukları bir cemiyette dinine bağlı kimselerin bu gibi muamelelere maruz kalması elbette tabii ve normaldir.. Bu bakımdan sizler de, kendinizi lüzumsuz yere üzmeyin.

Muavin hanım, da, öğretmen de susuyorlardı. Her ikisinin de başları acı bir mahcubiyetle önlerine düşmüştü.

Bu hususta ikisinin de verecek hiç bir cevap bulamadıkları belliydi.

Feyzâ mevzuu değiştirdi:

- Bu meseleyi unutalım lütfen, dedi... İstirham etsem, beni çağırışınızın sebebini çok merak ettiğimi tahmin edersiniz herhalde.

Öğretmen hanım, bir an gözlerini muavin hanıma çevirdi. Sanki imdat bekler gibi bir hali vardı:

- Muavin hanım, hanımefendiye meseleyi siz izah etseniz, dedi...

Muavin hanım, gözlerini öğretmenin gözlerinden kaçırarak:

- Siz mevzua daha iyi vakıfsınız hocanım, dedi... Buyurun siz anlatın...

Çaresiz kalan hocanım, söze nasıl başlıyacağını bilemiyordu bir türlü... Bir kaç kere yutkundu... Elindeki anahtarlığın zinciriyle bir müddet oynadı. Sonra merakla konuşmasını bekleyen Feyzâ'ya doğru başını kaldırarak, yumuşak ve adeta yalvaran bir sesle:

- Şey.. Feyzâ hanımcığım. Diyecektim ki, kızınızı okuldan alsanız.. İmtihanlar henüz başlamamışken bir başka okula nakletseniz...

Bu, Feyzâ'nın hiç beklemediği bir şeydi. Konuşurken, sesinden hayretini gizliyemiyordu:

- Anlamadım hocanım, bunu siz mi söylüyorsunuz?.

Peki ama niçin?..

- Bilirsiniz sizi ne kadar severim, Feyzâ hanım... İnanın bunu sizin ve en çalışkan talebem olan kızınızın iyiliği için söylüyorum. Sebebini siz benden daha iyi bilirsiniz bunun...

- Evet, sebebin ne olduğunu anlamak güç değil. Ama hocanım, siz de biliyorsunuz ki, böyle bir şeyi hatırınız için kabul etsem bile, buna imkan yok.. Zira okulların kapanmasına, imtihanların başlamasına bir ay kadar bile zaman yok..

- Biliyorum Feyzâ hanım, bu sizin için ve Hilâl için çok zor ve ağır bir şey olacak.. Fakat istirham ederim beni anlayın.. Çocuğu mutlaka okuldan almanız lazım...

Feyzâ, öğretmenin bu şekildeki ısrarına bir mana verememişti:

- Sözlerinizden bir şey anlıyamıyorum hocanım, dedi.. Yoksa benim bilmediğim yeni bir şey mi var?

- Ne yazık ki evet, canım kardeşim.. Sizi üzmek istemiyordum ama, ne yapayım ki, haklı olarak siz beni buna mecbur ettiniz. Yalnız istirham ediyorum, söyliyeceklerim, tamamen aramızda sır olarak kalsın... Aksi takdirde bu ifşaat, benim meslek hayatımın sonu olabilir..

Feyzâ heyecanla:

- Beni bayağı meraklandırıyorsunuz hocanım, dedi.. Lütfen nedir ifşa edeceğiniz şey, söyleyiniz. Sizi temin ederim ki, söyliyecekleriniz tamamen aramızda kalacaktır, emin ve müsterih olunuz.

Hocanım, sesini biraz daha alçaltarak:

- Efendim, dedi.. Dün müdür bey, bütün öğretmenleri bir araya toplayarak, olağanüstü bir toplantı yaptı...Fakat ne büyük hayrettir ki, yalnız öğretmenlerin bulunması icabeden bu toplantıda, dışardan, şu sizi başörtülü oluşunuzdan dolayı bahçeye girmemeniz için şikayette bulunan bir kadın ve bir erkek, iki veli de bulunmaktaydı... Bu olağanüstü gizli toplantının tek sebebi, kızınız Hilâl'di... Hepimiz oraya, kızınızın malum durumunu görüşmek üzere toplanmıştık. Bir hayli hararetli geçen bu toplantıyı size teferruatıyla anlatmıyacağım.. Yalnız alınan müthiş kararı açıklamakla yetineceğim.

- Buyrun, sizi dinliyorum efendim...

- Feyzâ hanım, ne kadar çalışırsa çalışsın ve ne kadar muvaffak olursa olsun, kızınız imtihanda geçirilmeyecek ve kati olarak sınıfta bırakılacak!

Feyzâ elinde olmadan acıyla, fakat aynı zamanda istihzayla güldü:

- Nasıl olur efendim?.. Her şeyden evvel, böyle bir şeye imkan yok.. Zira malumunuz olduğu gibi, imtihanlar test usulüyle yapılacak.. Her çocuğun eline test sualleri verildi.

Bu hale göre çalıştıktan sonra, kızımın sınıfta kalmasına asla imkan yok...

- Maalesef var Feyzâ hanım... Dün her şey en ince teferruatına kadar düşünüldü, tartışıldı ve en nihayet şekil kararlaştırıldı.

Yani?..

- Yani kızınız, test usulüyle değil, bir başka usulle imtihan edilecek.. Bütün talebeler arasında, son anda kızınız için ayrı bir sistem uygulanacak...

- Fakat... fakat bu bir cinayet hocanım!...

- Evet, canım kardeşim.. Hem de dünyada benzeri görülmemiş, duyulmamış bir cinayet.. Bir görmeliydiniz.. Gerek muavin hanım, gerek ben bu karar karşısında nasıl mücadele ettik, nasıl çırpındık.. Fakat heyhat!.. O kadar kişinin arasında iki kişinin sözünü kim dinler?.. Ekseriyet onlarda.. O iki velide neyin nesiyse, toplantıda en ziyade söz sahibi olan kişilerden sayılınca, takdir edersiniz ki, bizim bütün çırpınmalarımız boşa gitti. Bilmem anlatabildim mi Feyzâ hanım?..

Feyzâ, büyük şaşkınlığından ağzını açıp, artık tek kelime söyliyecek halde değildi.. Bu, kendisi için öyle bir şok olmuştu ki, bu güne kadar maruz kaldığı hiç bir darbe, kendisine bu derece tesir etmemişti...

Kendisini güçlükle topladı ve:

- Anladım... hem çok iyi.. fazlasıyla anladım hocanım, dedi...

Sonra yutkunarak devam etti.

- Peki, şimdi bu vaziyet karşısında benden ne yapmamı, nasıl hareket etmemi istiyorsunuz?

- Evvelce de söylediğim gibi, Hilâl'i daha fazla vakit geçirmeden derhal bir başka okula naklettiriniz, istirham ederim.

- Hocanım, böyle bir sözü söylemeye nasıl diliniz varıyor, anlamıyorum. Vakit geçirmeden ne demek?.. Sene sonu, üstelik imtihanlara bu kadar az bir müddet kala, çocuğumu bir başka okula nasıl nakledebilirim?..

- Ama ortada acı da olsa bir hakikat var Feyzâ hanım. Göz göre göre böylesine çalışkan bir talebenin sınıfta kalmasına gönlünüz razı olmaz zannederim...

Feyzâ başını vekarla doğrulttu ve:

- Müsterih olunuz hocanım, dedi.. Kızım Allah'ın izni ile sınıfta kalmıyacaktır!.. Bu derece adaletsiz ve gayri kanuni bir harekete tevessül edenler, kurdukları tuzağın içinde kendilerini bulurlar. Bu uğurda her şeyi göze alacağım hocanım.. İcabederse maarife şikayette bulunup, ayrıca müfettişler getirtir ve onların önünde tekrar imtihan taleb ederim.. Bu da bir netice vermezse, işi Meclis'e kadar aksettirmeyi göze almış bulunuyorum.

Öğretmen hanımla muavin hanım, Feyzâ'nın bu sözleri karşısında gayri ihtiyari göz göze geldiler.. Bu defa muavin hanım söze karıştı:

- Hanımefendi, dedi.. Doğrusu sizdeki azim ve iradeye hayran olmamak mümkün değil.. Sizi, hadiseler karşısındaki metanetinizden dolayı bütün kalbimle tebrik ediyorum. Siz, sene başında çocuğu kayıt için getirdiğinizde bize, yani müdür beyle bana, çocuğun geçen seneki örtüsünden dolayı okuldan ayrıldığını söylemiş, burada böyle bir harekete maruz kalmıyacağına dair bizden teminat ve söz almıştınız Halbuki bugün...

Feyzâ, muavin hanımın sözünü kesti:

- Evet bu gün, bu sözde durulmadığı gibi, akıl ve havsalanın alamıyacağı adilik ve entrikalar dönüyor ortada değil mi muavin hanım?.. Ancak şuna katiyetle inanınız ki, bu meselede size asla kırgın değilim... Zira bütün hadiseler, sizin insiyatifiniz haricinde gelişti... Gerek, sizin, gerekse öğretmen hanımın yakın alaka ve muhabbetiniz, her zaman için bana büyük bir destek oldu..

- Ama sizi bir türlü ikna etmeye muvaffak olamadık.. İnanın Feyzâ hanım, kızınız Hilâl'i en az sizin kadar seviyoruz.. Ve onun içindir ki yavrucağızın sınıfta kalarak büyük bir darbeye maruz kalmasını istemiyoruz.

- Allah'ın izni ile ben kızıma güveniyorum efendim. Sınıfta kalsa bile, bunun niçin ve hangi sebeple olduğunu bildiği için pek fazla üzülmiyeceğinden eminim. Sonra, dediğim gibi hakkımızı aramak için her türlü çareye başvuracağım..

Öğretmen hanım, saatine bakarak ayağa kalktı ve gülerek:

- Ooo!... Vakit de ne çabuk ilerlemiş.. Son ders olduğu için ben artık sınıfa inmeliyim Feyzâ hanım.. Yalnız gitmeden önce söylemek isterim ki, sizi çağırıp hakikatleri söylemekle, büyük bir vicdani mesuliyetten kurtulmuş bulunuyorum.. Gerçi ben üzerime düşen vazifeyi yaptım... Ancak Hilâl için duyduğum endişe, hala izale olmuş değil. Her neyse siz her şeyi en iyi şekliyle düşünen bir hanımsınız. İnşaallah hüsrana uğramazsınız.

- İnşaallah hocanım.. İlahi kaderi değiştirmek hiç birimizin haddi değildir. Şair boşuna dememiş: «Mevlam görelim neyler... Neylerse güzel eyler» diye...

- Doğru Feyzâ hanım, tevekkül ve sabır çok güzel bir şey. Bana müsaade. Biraz sonra bayrak merasimi var. Siz gidiyor musunuz, yoksa yine bekliyecek misiniz Hilâl'i?..

- Bekliyeceğim hocanım..

- Siz bilirsiniz.. Fakat çok rica ederim, dikkatli olun..

Allaha ısmarladık!

- Güle güle efendim.

Öğretmen hanım odadan çıkınca, Feyzâ da ayağa kalktı. Muavin hanıma dönerek:

- Müdür beyin veya avenesinin beni burada sizinle başbaşa görmeleri doğru olmaz muavin hanım, dedi... Ben de müsaadenizi rica edeyim... Size az da olsa benim yüzümden bir fenalık gelmesini istemem.

Muavin hanım, Feyzâ'nın bu asil jestinden çok duygulanmıştı. Aslında hakikaten Feyzâ'nın üstelik böyle kritik zamanda odasında bulunması, başına bir sürü iş açabilirdi. Minnetle genç kadına elini uzatırken:

- Çok ince düşüncelisiniz Feyzâ hanım, dedi... Bu adamlardan cidden her şey beklenir... Peki ama bu saatte siz nereye gideceksiniz?

Feyzâ saatine baktı:

- Zile 10 dakika var... Her zamanki gibi bahçede beklemekten başka çarem yok...

- Fakat ya başınıza yine her hangi bir şey gelirse?..

- Allah Kerimdir muavin hanım... Kızımın dün maruz kaldığı hali gözlerimle gördükten sonra, hayatım pahasına da olsa, bahçede onu beklemekten beni kimse alıkoyamaz...

- Doğru, haklısınız... Allah yardımcınız olsun Feyzâ hanım.

- Teşekkür ederim efendim, müsadenizle.

Feyzâ, merdivenlerden alt kata inerken, ortada arkası dönük, büyük akvaryumun camını silen hademe kadından başka kimse yoktu...

Bahçeye çıktığında, çocuklarını almaya gelmiş bütün velilerin gelmiş olduğunu gördü... Kendisini okul idaresine şikayet eden iki veli de oradaydı... Feyzâ'yı görünce, her zamanki gibi bir araya gelerek hain hain bakışlarla fısıldaşmaya başladılar...

Feyzâ, hiç kimseye aldırmadan yürüdü, bahçeye inen merdivenlerin en alt basamağında, bir sütuna arkasını dayıyarak zilin çalma anını beklemeye başladı...

İçinde garib bir eziklik, acı bir hüzün vardı... Sanki Moskof mezalimi altında inleyen esir bir Türk ilindeydi de, dini inanç ve kıyafetinden dolayı bu derece eziyet ve baskıya maruz kalmaktaydı...

O böyle derin düşünceler içindeyken, zilin gür sesi ile birlikte, sınıfların kapıları tek tek açılmaya ve talebeler, ellerinde çantalarıyla güle oynaya bahçeye çıkmaya başladılar...

Biraz sonra öğretmenlerin idaresinde bütün sınıflar, muntazam taburlar halinde İstiklal Marşı için hazır vaziyette dizilmişlerdi. Her taburun başında, o sınıfın öğretmeni vardı... Ayten öğretmen, biraz ilerde, sert hareketlerle çocukları sıraya sokuyordu..

Müdür bey henüz görünürlerde yoktu... Herkes onu ve bayrağı bekliyordu. Bu arada, okulun iç kapısından, bahçeye dokuz - on yaşlarında bir erkek talebe çıktı... Yürürken halinde belirli bir acaiblik vardı. Muzib bir ifadeyle yavaş yavaş yürüyüp tam Feyzâ'nın yaslandığı sütunun arkasına gelince durdu ve oraya gizlendi... Feyzâ bunu farketmemişti...

Nihayet müdür göründü. Arkasından bayrağı taşıyan çocuk da gelip, yerini aldı. Ve müzik öğretmenin işaretiyle hep bir ağızdan İstiklal Marşı söylenmeye başlandı.

Feyzâ, saygı ile olduğu yerden İstiklal Marşını dinlerken benliğini manevi bir havanın kapladığını hissediyordu... Hele: «Hakkıdır HAK'ka tapan milletimin istiklal!» mısra'ı ile kalbi acı ve buruk bir hisle burkuldu...

Evet istiklal, HAK'ka tapan bir milletin elbette hakkıydı... Lakin o milletin kaderini elinde bulunduran kimseler, HAK yerine HAKSIZLIĞA saparlarsa o millet için istiklal gülünç bir hayal değilmiydi?

İstiklal Marşı henüz bitmemişti ki, Feyzâ, bütün talebelerin, hatta öğretmenlerin bir anda gözlerini kendi üzerine çevirdiklerini hissetti... Kalbi heyecanla çarpmaya başlamıştı..

Ne olmuştu, ne yapmıştı da bir anda bütün gözler üzerine çevrilmişti?.. O tam böyle düşünürken, birden arkasından sert bir hareketle başörtüsü çekildi... Ve saçları apaçık meydanda kaldı. Feyzâ bir yandan şaşkın ve perişan bir halde omuzlarına doğru kayan eşarbını tutup, başını örtmeye çalışırken, bir yandan da bu işi kimin yaptığını öğrenmek için başını arkaya çevirdi, baktı.. Biraz evvel Feyzâ'nın hemen arkasındaki sütunun arkasına saklanan küçük erkek çocuk, afacan bir muziplikle tabana kuvvet kaçmaktaydı.

Bu komik manzara karşısında okulun bütün talebeleri, bir kısım veliler ve bazı öğretmenler kahkahalarla gülmeye başlamışlardı...

Feyzâ, o an orada çıldırabilirdi belki... Fakat bunu kimin yaptırmış olabileceğini çok iyi tahmin ettiğinden, bütün metanet ve iradesini toplayarak, son derece soğukkanlı bir tavırla ve büyük bir vekarla başörtüsünü eskisi gibi bağladı... Merdiveni inip, bahçe kapısına doğru yürümek üzereydi ki önünü Hilâl'in öğretmeni kesti... Kadıncağızın gözlerinde yaşlar titreşmekteydi... Feyzâ'nın ellerine sarılarak:

- Feyzâ hanım, her şey namına sizden nasıl özür dileyeceğimi bilemiyorum... Çok... pek çok üzgünüm, dedi.

Feyzâ, öğretmenin yaşlı gözlerine bakarak, titrek bir sesle cevap verdi:

- Ne özür dilemenize, ne de üzülmenize mahal yok hocanım. Ben, bütün bu olanlar karşısında sadece Rabbıma iltica ediyor ve her şeyi O'nun yüce adaletine havale ediyorum:. Akif tevekkeli söylememiş: «Ne gurbettir çöken İslâm'a, İslâm diyarında?..» diye.

O sırada yanlarına Hilâl de gelmişti... Hilâl, yavru bir kuş gibi annesinin koltuğu altına sığınmış, içli içli ağlıyordu... Öğretmen bu dramatik manzara karşısında daha fazla dayanamadı ve göz yaşları arasında:

- Müsaadenizle Feyzâ hanım..

Diyerek koşarcasına yanlarından ayrıldı..

Feyzâ, kızıyla birlikte okuldan çıkarken, bir grup talebe, hala arkalarından alaylı kahkahalarla gülüyordu...

Yol boyunca anne-kız, tek kelime konuşmadılar... Evde de aynı durum devam etti... Hilâl, dersinin başında olduğu halde çalışmıyordu... Gözleri, zaman zaman sabit bir noktaya dikiliyor, dakikalarca öyle, o vaziyette kalıyordu...

Feyzâ da evin içinde adeta cansız bir cenaze gibiydi.. Mutfağa girip çıkarken, sofra hazırlarken düşmemek için çok kere duvarlara, kapı pervazlarına tutunmak mecburiyetinde kalıyordu...

Akşam üzeri sofraya oturdukları zaman, ikisinin de içinden hiç bir şey yemek gelmiyordu... Birbirlerini üzmemek için kendilerini bütün zorlamalarına rağmen, yemekler tabağa konulduğu gibi sofradan kalktı.

Gece yatakta da değişen bir şey olmamıştı. Yan yana ayrı odalarda yatan anne-kızın gözlerine uyku girmiyordu bir türlü.

Feyzâ, zihninde çeşitli planlar tasarlıyor, bir takım hesaplar yapıyordu. Bu işi mutlaka halletmesi, ama en iyi ve isabetli şekilde halletmesi lazımdı. Birbirini kovalayan hadiseler sinirlerini o derece yıpratmış ruhunda öyle büyük yıkıntılar meydana getirmişti ki, olanlar karşısında artık tahammül gücü kalmamış, sabrı gitgide tükenmeye başlamıştı.

Artık ağlayamıyordu da... Ruhunda en şiddetli fırtınalar esiyor, dini inanç ve yaşayışından dolayı, öz yurdunda maruz kaldığı çirkin davranışlardan dolayı kalbinde açılan yaralar günden güne derinleşiyor, tahammül edilmez bir hal alıyordu.

Kapının hafif gıcırtısıyla başını yana çevirdi. Bembeyaz geceliği içinde, omuzlarından dökülen uzun ve gümrah saçlarıyla bir peri kızını andıran Hilâl, yavaş yavaş yatağına doğru gelmekteydi. Annesinin yanına gelince yatağın kenarına ilişti. Feyzâ endişeyle kızının yüzüne bakarak sordu:

- Ne oldu yavrum, Uyuyamadın mı?

Hilâl'in yanaklarından berrak yaşlar dökülüyordu. Dudakları büzülerek:

- Ben okula gitmek istemiyorum anne, dedi. Yalvarırım beni okula gönderme artık.

- Sen ne söylediğinin farkında mısın Hilâl? Niçin neden gitmek istemiyorsun okula bakayım?

- Ben okumak için, her türlü zorluğa katlanırım anneciğim, benim yüzümden senin bu türlü haksız muamelelere maruz kalmana ve üzülüp kendini harab etmene tahammül edemem.

Feyzâ yatağının içinde doğrulup şefkatle kızının saçlarını okşamaya başladı.

Ruhunda esen fırtınalar şiddetlenmişti, ama bunu biricik yavrusuna hissettirmemek için bütün ızdırabını içine gömerek en müşfik sesiyle konuştu.

- Benim canım yavrum. Sen niçin kendini böyle şeyler için üzüyor, zihnini bu meselelerle dolduruyorsun? Böyle meseleler senin okuma azmini kırmamalı değil mi ya? Bak yavrum, onların isteği zaten bu. Bizi türlü haksız muamelelerle yıldırıp kabuğumuza çektirmek istiyorlar. Kültürlü ve örtülü bir İslâm kızının yetişmesine mani olmak istiyorlar. Eğer sen, bana ve sana yapılan haksızlıklara tahammül edemediğin için tahsil hayatından vaz geçecek olursan, onlar muzaffeı olmazlar mı? Ve sen bir iki zındığa karşı mağlup olmuş olmaz mısın? Sonra en mühimi, «Senin yüzünden olan hadiseler için üzülüp kahrolduğumu» ve bunun için de okula gitmeyeceğini söylüyorsun. Evladım. Bu senin yapmak istediğin fedakarlık bir anneye düşer ancak. Bir annenin evladının istikbali için her türlü fedakarlığa katlanması kadar normal bir şey olabilir mi Hilâl, sorarım sana?

Hilâl annesinin haklı sözleri karşısında mahcup olmuştu. Fısıltı halinde:

- Haklısın anneciğim, dedi.

Feyzâ, Hilâl'i göğsüne doğru çekip sarıldı. Onun ıslak yanaklarından öperek:

- Haydi yavrum, öyleyse hemen git yat, zihnindeki her türlü düşünceyi de silk at. Göreyim seni, derslerinde her zamankinden ziyade muvaffak olmalısın İmtihanlara zaten çok az bir şey kaldı. Haydi Hilâl'im, canım yavrum benim iyi geceler dedi. Hilâl de annesinin yanaklarından öperek çaresiz tekrar odasına çekildi.

Yan yana iki odada iki kalb ayni hislerle çarpıyor, yan yana iki odada iki baş aynı şeyleri düşünüyor ve yan yana iki odada iki ayrı göz sessiz sessiz göz yaşı döküyor, sabaha uykusuz olarak çıkıyordu.

Gecenin ilerlemiş saatlerinde, göz kapakları kendiliğinden kapanmaya başlamıştı... Esasen kaç gecedir uykusuzdu...

Yüzünde, çektiği çilelerin izleri olduğu halde derin bir uykuya daldı...

Rüyasında bembeyaz bulutlar içinde uçuyordu Feyzâ... Sanki ruhu kanatlanmış, yükselmiş yükselmişti de, gök katlarında hızla yol alıyordu... Önce birinci, sonra ikinci, daha sonra üçüncü, dördüncü, beşinci, altıncı gök katına çıkmış ve nihayet, kendini bir anda gök yüzünün yedinci katında buluvermişti... Her tarafı bembeyaz bulutlarla kaplıydı... Birden önünde çok uzun ve geniş bir koridor belirdi... Koridordan içeriye daldı ve bulutların üzerinden koşarak, ilerlemeye başladı... Koridorun sağ ve solunda, kabineleri andıran sıra sıra kapısız bölmeler vardı... Koridorun yarısına kadar olan kısmında, her bir bölgenin içinde Peygamberler, yarısından sonraki bölmeler içinde ise, yüce sahabeler ve evliyaullah bulunuyordu..

Feyzâ, bölmelerin içindekilerin yüzlerini ve kim olduklarını seçemiyordu... Üzerinde, başından topuklarına kadar uzanan bembeyaz bir örtü vardı... Ve bulutlar üzerinde perişan bir vaziyette ağlıyarak, hıçkırıp feryat ederek çılgın gibi koşuyordu... Bir yandan da avazı çıktığı kadar haykırıyordu:

- Ya Ömer!.. Ya Ömer!. Neredesin?.. Koridorun yarısını, peygamberler bölgesini geçmiş, aynı haykırışlarla ve daha büyük bir hızla koşuyor koşuyordu...

Hançeresinden hep aynı feryat dökülüyor, sesi, koridorun içinde derin akisler halinde çınlıyordu:

- Ya Ömer.. Ya Ömer! Neredesin?...

Koşarken, başındaki büyük, beyaz namaz örtüsü tatlı tatlı dalgalanıyordu.. Nefesinin kesilip, takatinin tükendiği bir sırada, aniden O karşısına çıktı...

Evet, O'ydu.. Hazret-i Ömer'di karşısında beliren bu azametli, fakat o nisbette şefkatli duruşuyla nurdan bir heykel gibi duran mübarek zat...

Hz. Ömer, tepeden aşağı bembeyaz örtüler içindeydi. Feyzâ, kendisine yaklaşınca, onu şefkatle kucaklamak, bağrına basmak istercesine kollarını iki yana açtı... Feyzâ gözlerinden seller gibi yaşlar boşanarak koştu, koştu ve birden çılgın gibi kendisini Hz. Ömer'in ayakları dibine atarak, o mübarek zatın eteklerine sımsıkı sarılıp, sarsıla sarsıla ağlamaya başladı... Bir yandan da hala:

- Ya Ömer!.. Yâ Ömer!.. Diye inleyip feryad ediyordu...

Hz. Ömer, ayaklarının dibinde hıçkıra hıçkıra ağlayan Feyzâ'ya doğru eğildi.. Namaz örtüsünün üzerinden kendisine güven vermek ister gibi elini hafifçe gezdirdi.. Sonra Feyzâ'yı örtülerinden hafifçe tutarak ayağa kaldırdı...

Genç kadın uyandığı zaman, yatağın içinde vücudu hala içli hıçkırıklarla sarsılıyor ve ağzından aynı iniltiler dökülüyordu:

- Yâ Ömer... Yâ Ömer!...

Etraftan yanık sabah ezanları okunmaya başlamıştı... Feyzâ, uyanmış olmakla beraber, bir türlü görmüş olduğu bu manalı rüyanın tesirinden kendisini kurtaramıyordu. Sanki hala Hz.Ömer'in mübarek eli, kendisine güven verici bir şekilde şefkatle hafif hafif başının üzerinde gezinmekteydi...

Nihayet, büyük bir gayretle kendini toparlayarak doğruldu ve yatağından inip banyoya doğru yürüdü, abdestini aldı, tekrar odasına dönüp namaza durdu... Namazda bütün vücudu, cereyan çarpmışçasına titremekteydi.. Gözyaşları, iradesinin haricinde yanaklarından yuvarlanmakta, Allah'ın kelamı ile kıpırdayan dudaklarının yanlarından sızarak, beyaz örtüsünü ıslatmaktaydı...

Sıra duaya gelince, büyük bir huşu ve mahfiyyet içinde ellerini Rabbına doğru kaldırdı... Ve gözyaşları arasında O'na şöyle yalvardı:

«Ey yerleri ve gökleri, dağları ve denizleri ile bütün kainatın ve kainatta bulunan bütün mevcudatın sahibi Yüce Rabbım... Huzurunda diz çöktüm, el açtım, boyun büküp Sen'den rahmet, senden merhamet ve senden lütuf ve ihsan dilemeye geldim... Bu aciz kulunun dualarını dergahı izzetinde kabul eyle... Ve bu acize merhamet eyle... Ey her şeye kadir olan Rabb-ı Rahimim... Ey ezel ve ebed sultanı yüce Hâlık'ım... Senin dergahından daha büyük bir dergah yok ki, oraya varayım... Sen'in huzurundan daha yüce huzur yok ki, oraya durayım... Ve senin kapından daha yüce kapı yok ki onu çalayım... Çaresizim bitabım, aciz ve perişanım.. Ya Erhamerrahimin!... Sana sığındım, sana güvendim, sabır ve tevekkülle sana yöneldim. Beni şaşırtma... Beni yanlış yol ve hareketlere sapmaktan muhafaza eyle.. Şerden uzak, hayra yakın eyle Allah'ım...»

Duasını gözyaşları arasında henüz bitirmişti ki, yan odanın ışığı yandı.. Sonra oda kapısı gıcırdadı ve koridorda hafif terlik sesleri duyulmaya başladı... Hilâl, namaza kalkmış olacaktı.. Yavrucak her sabah böyle ezanlarla birlikte uyanır, sessizce abdestini alır, namazını odasında kılar ve namazdan sonra bir müddet daha yattıktan sonra okula gitmek üzere kalkıp hazırlanırdı...

Namaza başladığı günden beri Feyzâ, kızını bir kere dahi sabah namazı için uyandırdığını bilmiyordu. Hilâl sabah namazına her gün kendiliğinden kalkmayı adet edinmişti. Esasen bu çocuk, hiç bir emsaline benzemiyen çok üstün bir yaradılışa sahipti... Feyzâ, kendisine böyle her cihetçe kıymetli bir evlad bahşettiği için Cenab-ı Hakk'a şükür ve senalarda bulunarak, ışığı söndürüp, tekrar arka üstü yatağına uzandı..

Artık gözyaşları dinmiş, kalb fırtınaları durulmuştu. Gönlü, coşup coşup kabaran dalgalı bir denizin, fırtınadan sonraki durulmuş sakinliğine kavuşmuştu birden..

Evet Feyzâ, kısa bir zaman içinde değişivermişti.. Biraz evvel ağlayıp inleyen, feryad edip, çaresizlik içinde çırpınan genç kadının yerinde şimdi hislerinden ziyade mantığı ile hareket eden sakin ve huzurlu bir kadın vardı... Şüphesiz ki, onun bu hale gelişinde, görmüş olduğu rüyanın büyük tesiri vardı...

Feyzâ, gün ışıyıncaya kadar hep bu rüyanın manası üzerinde düşündü... Acaba rüyasında niçin başkasını değil de, yana yakıla Hazret-i Ömer'i aramıştı. Fakat bunun sebebini fazla düşünmeye lüzum yoktu. Zira biliyordu ki, gerek kızı ve gerek kendisi dinlerinin icabettirdiği şekilde hareket ettiklerinden dolayı, günden güne şiddetini arttıran bir haksızlık tufanı ile karşı karşıyaydılar. Hz. Ömer ise, adaletiyle ismini İslâm tarihinin altın sahifelerine geçirmiş ve bütün cihanın hayranlığını kazanmış adalet sembolu bir halife idi...

Kahvaltıyı hazırlamak için yatağından kalktığı zaman, müsbetliğine inandığı bir takım kararlar almış bulunuyordu...

Nitekim Hilâl'i okula bıraktıktan sonra, bu kararlarını gerçekleştirmeğe başladı.

Hareketleri sakin ve ölçülüydü. Merdivenleri çıkıp, Muavin hanımın odasına doğru yürüdü. Aynı anda Müdürün de oda kapısı açılmış ve dışarıya, elinde bir takım kağıtlarla Ayten öğretmen çıkmıştı... Fakat aceleyle arkasını dönüp uzaklaştığından Feyzâ'yı göremedi.

Feyzâ, kapıyı vurdu, içeri girdi... Muavin hanım karşısında onu görünce, memnun bir gülümsemeyle yerinden kalktı ve:

- Ooo!... Hoş geldiniz Feyzâ hanım, dedi. Buyrun, oturun efendim...

- Teşekkür ederim muavin hanım, oturmayacağım...

- Niçin?.. Bir emriniz mi vardı?..

- Estağfurullah... Kızımı okuldan almaya geldim.. Öğretmeninin söylediği gibi bir başka okula nakledeceğim...

Muavin hanımın yüzü bir anda kıpkırmızı olmuştu... Yanaklarının alev alev yandığı belliydi.. Hafifçe yutkundu, sonra:

- İnanın ne söyliyeceğimi bilemiyorum, Feyzâ hanım, dedi.. Bu, muhakkak ki sizin için pek zor bir şey olacak.. Fakat katiyetle söyliyebilirim ki, çok isabetli bir harekette bulunursunuz kızınızı bir başka yere nakletmekle... Zira biraz evvel Müdür beyin odasında işittiğim sözler karşısında emin olun kalbim sizler için yandı.. Ayten öğretmenle, dindar oluşunuzdan dolayı size son derece düşman olan bir başka öğretmen de Müdür beyin odasındaydılar.. Fikir bakımından anlaşan ve tam bir sacayak teşkil eden bu üç insan, konuşmalarından kati olarak anladığıma göre, kızınızı mutlak sınıfta bırakacaklar... Ayrıca sizin için de bazı çirkin komplolar hazırladıklarına bizzat kulaklarımla şahit oldum... Allah sizi inandırsın canım kardeşim, kendi insanlığımdan utandım.

Feyzâ, acı acı tebessüm etti ve:

- Demek öyle, dedi... Demek hala babasız - yetim bir çocukla ve kimsesiz dul bir kadınla uğraşmakta devam ediyorlar... Bu durumdan yalnız siz değil, bütün insanlık utansa yeridir muavin hanım. Siz kendinizi üzmeyin... Kızımı okuldan almakla hem sizi ve öğretmen hanımı bizim için çektiğiniz üzüntü ve vicdan azabından kurtaracağım, hem de müdür ve Ayten öğretmen olmak üzere örtülerimize ve dini inançlarımıza düşman olan diğer öğretmenlerin ve o iki velinin sevinçlerini kursaklarında bırakıp, onlara, bizi ezme, bize cevretme ve nihayet kızımı sınıfta bırakmak suretiyle kızıma ve bana darbe indirme zevkini tattırmayacağım.

- Peki, Hilâl'i hangi okula kaydettireceksiniz?..

- Henüz herhangi bir okul tesbit etmiş değilim ama, ne yapıp yapıp bir tanesine yerleştirmeye çalışacağım...

Muavin hanım, bir an düşündü, sonra:

- Gerçi müdürünün durumunu pek iyi bilmiyorum ama, size biraz uzak olmasına rağmen, imtihanlarında aynen bizim test usulünü tatbik eden bir okulda, benim, beşinci sınıfı okutan çok yakın bir öğretmen arkadaşım var, dedi.. Kendisi sizin gibi dinine son derece bağlı bir hanımdır... Gerek kız ve gerek erkek bütün talebelerine, önlükleri altından uzun pantolonlar giydirir. Muhakkak ki sizi ve Hilâl'i çok sevecektir.. Benim selamımı söyleyin, formalitede zorluk çıkartıldığı takdirde sizinle yakından alakadar olur.

- Çok teşekkür ederim, muavin hanım... O halde artık Hilâl'i çağırtsak da vakit kaybetmeden müracaatta bulunsam...

- Evet, evet, derhal harekete geçmeniz lazım.. Zira imtihanlara yirmi üç gün gibi çok kısa bir müddet kaldı... Allah yavrucuğun yardımcısı olsun.

Yanındaki zile bastı.. Biraz sonra hademe kadın gelmişti. Muavin hanım Hilâl'i ve öğretmenini yukarı çağırmasını söyledi.. Kadın çıkınca:

- Hep ayakta durdunuz Feyzâ hanım, dedi... Buyrun biraz oturun... Şey... yüzünüze söylemek belki doğru değil ama, sizi kısa bir zaman içinde bir hayli zayıflamış gördüm. Muhakkak ki bunun sebebi, bizlerin size çektirmiş olduğumuz üzüntü ve acılardır...

Feyzâ, meşin koltuğa otururken:

- Yo hayır, diye cevap verdi. Benim üzüntüm yalnız okulla alakalı değil, muavin hanım.. Biliyorsunuz dul bir kadınım.. Dadım da sizlere ömür vefat ettikten sonra hayatta kızımla yapayalnız kaldım.. Geçimimizi, ancak çarşıya makinede mal dikerek temin edebiliyorum ki, bu da tahmin edersiniz ki, büyük bir yük... Üstelik Hilâl de çok hassas. En ufak üzücü bir şey, onu adeta hasta ediyor... Kendi üzüntülerim bir yana, bu hassas ve içli yavruyu idare etmek o kadar güç ki...

Bu esnada Hilâl, öğretmeniyle birlikte içeri girdi... Karşısında annesini görünce, rengi bembeyaz oldu... Yine mühim bir şey olduğunu zannederek, bayılacak gibi olmuştu küçük kız... Fakat muavin hanımın müşfik sesi, endişelerini bir anda yok etti.

- Gel yavrucuğum, korkma... Seni çağırışımızın sebebini annen söylesin sana...

Feyzâ, öğretmen hanımla selamlaşıp kucaklaştıktan sonra, Hilâl'i elinden tutarak, yanına oturttu ve saçlarını okşayarak:

- Yavrucuğum, dedi. Biliyorum, cereyan eden hadiselere, en az sen de benim kadar üzülüyorsun. Bunun için karar verdim, seni bugün başka bir okula kaydettireceğim.

Hilâl'in rengi, bir anda yerine geldi... Demek artık bu okuldan ve bu üzüntülerden kendisi de, annesi de kurtulacaktı.. Fakat ya öğretmeni?.. Ondan nasıl ayrılacaktı?.. Onu o kadar çok seviyordu ki.. Birden gözlerine yaş hücum etti..

Öğretmen de aynı duygular içindeydi... O da Hilâl'in okul değiştireceğine, talebesi namına çok sevinmişti ama aynı zamanda da sevdiği ve takdir ettiği talebesinin ayrılışı, kalbini acı acı sızlatmıştı... Gözlerini Hilâl'in gözlerinden kaçırarak mendiliyle göz pınarlarında titreşen yaşları kuruladı...

Hilâl'in okulundan ve öğretmeninden ayrılışı çok hazin olmuştu... Çantasını almak ve arkadaşlarıyla vedalaşmak için öğretmeniyle birlikte sınıfa girdiklerinde, sevgili öğretmeni sessiz sessiz ağlıyordu... Arkadaşları Hilâl'in etrafını çevirmişler, boynuna sarılarak hıçkıra hıçkıra ağlamaktaydılar.

Değil sınıfın, bütün okulun en sevilen ve çalışkan talebesine, nasıl oluyordu da, namazından ve örtüsünden dolayı böyle haksız muameleler reva görülebiliyordu?...

Küçük zihinlerde çeşit çeşit sualler uyanıyor ve fakat kimsenin elinden bir şey yapmak gelmiyordu...

Hilâl, arkadaşları ve öğretmeniyle sarmaş dolaş ağlıyarak vedalaşıp, sınıftan ayrıldıktan sonra, bahçe kapısında kendisini bekliyen annesine doğru yürürken arkasından hala arkadaşlarının içli hıçkırıkları duyulmaktaydı...

* * *

Muavin hanımın tavsiye ettiği okulun önüne geldikleri zaman, anne-kız, ikisi de oldukça heyecanlıydılar... Hilâl sordu:

- Anneciğim, içeri girerken başörtümü açacak mıyım?

- Hayır yavrum. Müdürün seni böyle bu kıyafetle görmesi ve kabul etmesi lazım.. ki, sonradan başımıza iş açılmasın... Kaydolduktan sonra, yine eskisi gibi, okul dışında örtüp, okula girerken açarsın...

- Peki anneciğim. İnşaallah iyi ve imanlı, anlayışlı bir müdüre rastlarız.

Feyzâ, kızının sözüne cevap verecek takati kendisinde bulamamıştı... O derece yorgun ve hastaydı ki, neredeyse bulunduğu yere yığılıp kalacaktı... Halbuki öğlene kadar pek bir şeyi yoktu... Fakat şimdi nedense vücudunu şiddetli bir ateş kaplamış, başı fena halde ağrıyor ve dönüyordu.

Semtleri uygun düşmediğinden, Fatih semtinde bulunan okula nakil yaptırabimek için, mutlaka Fatih semtinde oturan bir ahbabının adresini göstererek, ikamet almak icabediyordu... Feyzâ bir arkadaşı vasıtasıyla o işi de başardıktan sonra, ikametgah alıp, okula gelmişti.

Müdür, odasında yalnızdı. Şişman göbekli pers suratlı bir adamdı... Feyzâ ikametgahı uzatıp kızının naklini yaptırmak istediğini söyleyince, hayretle başını kaldırdı ve:

- Hoppala... dedi. Kuzum senenin sonunda nakil olur mu hiç?.. Şurada imtihanlara kaç gün kaldı ki?..

- Müdür bey, mücbir sebep olmasaydı, böyle olmasını ben de istemezdim...

- Peki peki... Bir sebebi olmasa, elbette bu işe kalkmazdınız... Her neyse. Çocuk nerde?.

Feyzâ, Hilâl'i göstererek:

- İşte, yanımda efendim, dedi...

Müdür, inanamayan gözlerle Hilâl'e öyle bir bakışla baktı ki, küçük kızın kalbi adeta yerinden sökülecek gibi oldu... Adam hiddetle bağırdı:

- Bu mu?.. Peki, bu ne böyle başındaki?..

- Eşarp efendim.

- Bu okula böyle mi gelecek yani?..

- Bahçenin kapısına kadar, evet efendim...

- Ben böyle talebe okutmam okulumda!

- Müdür bey, çocuk, bahçenin kapısına kadar bu kıyafetle gelecek... İçerde elbet eşarp kullanmıyacak... Kaldı ki, okulun dışındaki kıyafet, sizi ilgilendirmez.

Müdür bey hiddetle bağırdı:

- Ne demek ilgilendirmez? Okul talimatnamesi gereğince bu kıyafetle okula girmek yasaktır!

Feyzâ, ateşi bir hayli yükselmiş olmasına rağmen sakin görünmeye çalışıyordu. Bu gibi insanlara hadlerini bildirmemek, onları daha azgın ve daha şımarık yapıyordu cemiyette... Bunun için kızının bu okulda yapamıyacağını bildiği halde sonuna kadar mücadele etmeye karar verdi ve cevap olarak:

- Öyle mi beyefendi? Dedi... Ya okul talimatnamesine en az sizin kadar vakıf olduğumu söylersem? Evet müdür bey, bir talebe veya öğretmenin okul içinde açık başla bulunmasını şart koşan ve örtülü olarak bulunmasını yasaklayan bir madde yoktur talimatnamede (*)

(*) Hadisenin geçtiği tarihlerde hakikaten okul yönetmeliklerinde böyle bir madde yoktu. Fakat bazı öğretmen hanımların İslâmi kıyafetleri ile derse girişleri karşısında yönetmeliğe yeni bir madde eklenerek, öğretmenlerin okul dahilinde başlarının açık olacağı bildirildi.

- Nasıl yok?. Pekala var.

- O halde müdür bey, lütfen bahsettiğiniz talimatnameyi gösterir misiniz bana?

Müdür şaşırmıştı. Böyle bir taleble karşılaşacağını tahmin etmiyordu:

- Ne münasebet canım, dedi... Sözüme itimat etmiyor musunuz?

- Olmayan bir maddeyi, işinize öyle geldiğinden dolayı var gibi göstermek isteyen bir kimsenin sözlerine nasıl itimad edebilirim?.. Müdür bey, sonra şu var: Böyle bir maddenin bir an için mevcut olduğunu kabul etsek dahi, bu talimat ancak, talebenin okul içindeki örtüsüne karışabilir.. Yoksa okul dışındaki kıyafetine asla!

Müdür belli etmek istemiyordu ama, bayağı mahcub olmuştu... Lafı değiştirerek:

- Peki ama, siz neden şekil üzerinde bu kadar duruyorsunuz?..

Sonra sesini perde perde yükselterek, kaba bir ses tonuyla devam etti:

- Sen kalbe bak kızım, kalbe... İslâmiyet şekle önem vermez. Her şeyden evvel insanın kalbi temiz olmalı değil mi ya?..

- Yanılıyorsunuz müdür bey. Hakiki bir müslümanın kalbi zaten temiz hem tertemizdir... Çünkü o, kendisini yaratan, yoktan var eden Rabbine nankörlük etmeyip, yüce yaradan'ın emirlerine riayetle, ona layık kul olmaya gayret ediyor.. Şekle gelince Cenab-ı Hak, Kur'an-ı Kerim'de muhtelif ayetlerle, kadın ve kızların bu şekil içinde olmalarını yani örtünmelerini emrediyor.

- Haydi canım.. Kur'an-da öyle bir ayet yok.

Feyzâ, karşısındakinin zavallılığına bir yandan da acıyordu:

- Müdür bey, dedi.. İnkara gidiyorsunuz. Kur'an-ı Kerim'deki bir harfi inkar eden, tamamını inkar etmiş olur ki, dolayısiyle kafir olur. Siz ise koskoca ayetleri inkar etmeye cüret ediyorsunuz.

- Yoo.. ben inkar etmiyorum.. Yanlış anlamayın.. Ben çok güzel Arapça bilirim. Kur'an'ı başından sonuna kadar okudum, böyle bir ayete rastlamadım. Onun için sizin şekle önem vermenize şaştım. Hanımefendi, bakın.. Böyle bir ayet olsa bile, yirminci asır gibi bir zamanda, bunun hükmü kalmamıştır artık. İnsanın kalbi temiz olduktan sonra her şey boştur... Mesela dini emir ve yasaklara riayet etmemekle beraber benim kalbim öylesine temizdir ki..

.... Ve müdür bey devam ediyordu:

- Kimsenin hakkında bir kötülük düşünmem, kimseyi küçük görmem, düşkünlere yardım ederim, kimsenin hakkına göz dikmem.

Müdür daha da devam edecekti. Fakat Feyzâ'nın ateşi çok yükselmişti. Ayakta duracak hali yoktu. Ama bütün gücünü toplıyarak dudaklarında beliren alaylı bir ifadeyle gayri ihtiyari :

- Aman müdür bey, doğrusu çok marifetli bir kalbiniz varmış, dedi. Peki tertemiz dediğiniz kalbinizi hangi deterjanla temizlediniz, lütfen formülünü verir misiniz?. Belki saydığınız bu yüksek vasıflara biz de sahip olur, sizin gibi gerçek (!) bir müslüman oluruz.

Feyzâ, müdürün cevap vermesine meydan bırakmadan devam etti... Sesi, birden sertleşmişti.

- Müdür bey, dedi.. Kimsenin hakkında kötü düşünmediğiniz kimseyi küçük görmediğiniz, kimsenin hakkına göz dikmediğinizi söylemenize rağmen ne gülünç bir hakikat ki, bu vasıfları sayarak öğünen bir kimse olduğunuz halde kızımın, üstelik okul dışındaki örtüsüne dahi müdahale ederek, bu vaziyette okulunuzda okutamıyacağınızı söyliyen sizdiniz.. talimatnamede bulunmayan bir maddeyi, var olarak gösterip, yalan söylemeye tevessül eden sizdiniz. Sizi, bizi ve bütün alemi yoktan var eden yüce Rabbimizin Kur'an-ı Kerim'deki açık ayetlerini inkara cür'et eden sizdiniz.. Ve yine inanmadığınız halde «olsa bile» diyerek o yüce ayetleri, yirminci asırda hükümsüz sayan ve tenakuzdan tenakuza yuvarlanan sizdiniz.

Feyzâ'nın gözleri ateş saçıyordu şimdi.. Müdür, onun bu derece hiddetlendiğini görünce, dondu kaldı adeta... Ağzını açıp, tek kelime söyliyemedi... Feyzâ, sözlerini bitirir bitirmez, masanın üzerinden biraz evvel bıraktığı ikametgahı hırsla aldı ve avucunda buruştururken, son söz olarak:

- İşte müdür bey, dedi.. Kalbinin temiz olduğunu ve dolayısıyla en iyi müslüman olduğunu iddia eden ve fakat kendi yaradanını, yüce rabbini, ulu Hâlık'ını tanımaktan dahi aciz bulunan bir münkirin ellerine emanet edecek kızım yok benim.. Varın siz yine kalbinizin temizliğiyle övüne ve avuna durun!

Ve, Hilâl'i omuzlarından tutarak, arkasına dönüp bakmadan odadan dışarı çıktı... Müdür bey arkalarından öyle bakakalmıştı...

Temiz havaya çıktıkları zaman Hilâl, annesinin elinin ateş gibi yandığını görerek, onun yüzüne baktı... Ve aynı anda gözleri korkuyla açıldı... Annesinin rengi mosmor olmuş, yanaklarından yaşlar süzülmekteydi. Birden, sokakta önüne geçerek, onun önünü kesti ve durdurdu... Sonra endişeyle:

- Anneciğim, neyin var? Dedi.. Sen hastasın.. Ne olur hemen evimize gidelim...

- Hiç... hiç bir şeyim yok kızım... Sen endişelenme. Şimdi geçer..

Hilâl'i eve bırakarak, kendisi bir kaç ev ötede oturan bir komşusuna geçti... Bu aile, sokaklarında kendisinden başka İslâmi hayatı yaşıyan yegane mümin aileydi... Onlar, bu civarın yerlileriydi... Belki civar okullarının durumunu iyi bilirler, kendisine tavsiyede bulunurlardı... Evin hanımı 50-55 yaşlarında bir hafız hanımdı... Oğullarından biri bir kaç senedir arka sokaktaki okulda öğretmenlik yapmaktaydı..

Hafız hanım Feyzâ'yı karşısında böyle bitkin bir vaziyette görünce bayağı telaşlanmış, sonra bunun sebebini öğrenince ağlayarak onun boynuna sarılıp:

- Ah benim çileli kızım.. demek böyle gencecik halinle, o zayıf omuzların, böyle ağır yüklerle dolu....

Diyerek yüzünden gözünden öpmeye başlamıştı Feyzâ'yı.. Feyzâ ona geliş sebebini izah etti ve nihayet:

- İşte böyle teyzeciğim. dedi... Bu hale göre benim derhal kızımı kaydettireceğim bir okula ihtiyacım var. Acaba sizin veya oğlunuzun tavsiye edeceği bir okul varmıydı diye soracaktım...

Hafize hanım bir müddet düşündü, sonra acı acı güldü:

- Ah kızım... öyle bir yarayı deşiyorsun ki, ne desem bilmem... Bu gün memleketimizde okul çok... etrafımız okul dolu... Ama doğdum doğalı bu mahalledeyim, fakat eski günler müstesna, uzun yıllardır bu okulların başında doğru dürüst, imanlı-namazlı bir müdürün yaşadığına şahit olmadım, kızım... Bir kaç kere böyle imanlı müdür ve öğretmenler geldiyse de, kısa bir müddet sonra tayinleri çıkartılarak buradan uzaklaştırıldılar.

- Peki, oğlunuzun öğretmen olduğu okul nasıl?. Daha doğrusu okulun müdürünün fikriyatı ne merkezde?..

- Yavrucuğum, ne diyeyim bilmem ki.. Müdür bey, aslında çok

iyi bir insan. Nazik, kibar ve terbiyeli.. Ama fikir bakımından maazallah... Bu senin anlattıkların, imansızlık bakımından onun yanında hiç kalır.

Elleri boş, omuzları çökük, başı önünde eve döndüğünde akşam olmak üzereydi... Hilâl sofrayı kurmuş, mutfakta salata hazırlamaktaydı...

Feyzâ, yanına gelince gözlerinin kızarıklığından onun ağlamış olduğunu anladı... Çenesini hafifçe tutarak başını yukarıya doğru kaldırdı ve:

- Sen ağlamışsın Hilâl, dedi...

Hilâl, gözlerini annesinin gözlerinden kaçırmaya çalışarak:

- Hayır anneciğim, dedi...Salata için biraz soğan doğramıştım da... Onun için yaşardı gözlerim...

- Ooo... farkında mısın, bana yalan söylemekle kabahatinin katmerleştiğinin?. Hani hayatta daima doğruyu söylemek şiarımız olacaktı?..

Hilâl bu sözler üzerine büyük bir utanç ve nedametle annesinin boynuna sarıldı... Boğazına düğümlenen hıçkırıkları koyuvermişti artık. Sarsıla sarsıla ağlıyarak:

- Affet beni anneciğim, ne olursun affet, seni üzmek istememiştim.. onun için yalan söyledim.. ne olur, affettiğini söyle anneciğim, diye inlemekteydi.

Feyzâ, her zamanki gibi onun ipek saçlarını okşıyarak:

- Biliyorsun, Allah'ın yasak kıldığı şeyi yaptığından dolayı, kuldan af dilemek olmaz yavrum, dedi... Sen Allah'a tövbe et, O'na yalvar ve bilki en büyük bağışlayıcı O'dur... Haydi bakiyim, sil artık gözlerinin yaşını da, sofraya oturalım...

- Peki anneciğim şimdi...

Anne-kız yemek müddetinde hiç konuşmadılar...

Yemekten sonra Feyzâ, işinin başına oturdu.

Elindeki malların, mutlaka yarına yetişmesi lazımdı. Hem malları almaya gelecek çocuk aynı zamanda haftalığını da getirecekti.

Bütün vücudu ağrılar içinde bulunmasına rağmen Feyzâ, o gece geç saatlere kadar makinenin başından kalkmadı.. Yaşamak için kazanmaya, kazanmak için mutlaka çalışmaya ihtiyaç vardı.. Feyzâ bütün zorlukları yenerek bunu başarıyordu işte... Böyle bozulmuş bir cemiyet içinde bir kadın için evinin hem kadını, hem erkeği olmak kolay bir iş değildi.

Malları iş çantasının içine itina ile yerleştirdikten sonra ışığı söndürüp yattı... Fakat genç kadının ateşi yeniden yükselmişti... Tekrar kalkıp kuvvetli bir antibiyotik aldı...

Uykusuz bir gecenin sabahında yatağından kalkarken en az üç gün devamlı yatacak bir hastanın durumundaydı... Lakin bilhassa şu en kritik günlerde, yatakta geçirecek vakti yoktu.

Hilâl, sofrada annesinin yüzünü güldürmek için muziplikler yapmaktaydı... Kah aklına gelen komik fıkraları birbiri ardınca anlatıyor, kah sınıflarındaki tombul Hasan'ın yemek yiyişini taklid ederek, kahkahalarla gülüyordu... Feyzâ kızının kendi üzüntüsünü dağıtmak için harcadığı gayretlerin sahte bir neşeden ibaret olduğunu pekala anlıyordu ama, bunu Hilâl'e belli etmiyor, hiç hali olmamasına rağmen, o da kızıyla beraber gülüp, yalancıktan neşeleniyordu...

Yemekten sonra gelen çocuğa malları teslim edip, haftalığını alır almaz, giyinip alışveriş için dışarıya çıktı... Filesini lüzumlu sebze ve meyvelerle doldurduktan sonra her zaman alış veriş ettiği kasaba girdi... Kasap Mehmed mahallenin en temiz, en dürüst tanınan insanıydı... Feyzâ'ya her zaman derin hürmet besler etlerin en iyisini daima «yetim hakkıdır» diyerek ona ayırırdı... Feyzâ'yı görünce yüzü gülmüştü kasap Mehmed'in:

- Yenge dedi... inan sen gelmeseydin, ben gelecektim sana... Dün gece bizim hanımla beraber hafız hanımlardaydık. Hanıma o anlatmış sizin okul durumunu... ah be yengem... niye bana daha evvel söylemezsin bunu...?

- Söyleseydim ne değişecekti Mehmed bey?..

- Öyle deme yenge... Çok şey değişecekti inan... Her neyse, yine de vakit geçmiş sayılmaz... Bak yenge benim tanıdığım çok muhterem bir doktor bey var... Kendisi hacıdır... Bir kere laf arasında bana, tanıdığı çok imanlı bir müdürden bahsetmiş, uzun uzun methini yapmıştı.

Feyzâ, kalbinin birden bir tüy kadar hafiflediğini hissetti. Heyecanını belli etmemeye çalışarak sordu:

- Peki, bu doktor beyin bize yardımı dokunamaz mı Mehmed bey?

- Ne demek?. Elbette dokunacak Allah'ın izniyle yenge hanım.. Hafız teyze senin durumunu anlatınca, sabaha kadar gözümü uyku tutmadı... Sabah olur olmaz, daha dükkanı açmadan doğru doktor beyin evine gidip, adamı yatağından kaldırdım ve meseleyi anlattım. Çok üzüldü ve senin için «hemen bana gelsin kendisini müdür olan yakın arkadaşıma göndereyim» dedi..

Feyzâ artık heyecanını saklıyamıyordu:

- Sahi mi söylüyorsunuz? Yani şimdi doktor bey beni bekliyor mu?

- Elbette yenge, dedim ya sen gelmeseydin, ben gelecektim sana... Şimdi hiç vakit kaybetmeden kızı al, vereceğim şu adrese git... Burası doktorun muayenehanesidir...

Feyzâ, adresi aldıktan sonra teşekkür edip çıkarken, tekrar döndü ve:

- Sizden bir fedakarlık daha rica edeceğim Mehmed Bey dedi... Bir mazereti yoksa, hanımınız da benimle gelebilir mi doktor beye?

Kasap Mehmed'in birdenbire gözleri dolmuştu:

- Ah be yengem... Sen hatunlar içinde bir tanesin inan... Hangi kadın senin kadar ince düşünür bu zamanda... Sen meraklanma... Kızı hazırla, ben de yukarıya hanıma haber veririm, hatta anamı da yanınıza katarak gönderirim sizi...

- Sağolun Mehmed bey. Bu iyiliğinizi ömrüm boyunca unutmıyacağım...

Ve Feyzâ, elindeki yüke rağmen, adeta uçar adımlarla bir solukta eve geldi... Hilâl, taşlığı siliyordu. Annesini eli kolu dolu olarak görünce, onu yüklerinden kurtarmak için koştu. Fakat Feyzâ, elindekileri kapının yanıbaşına bırakarak Hilâl'i kucakladı:

- Canım yavrum.. güzel Hilâl'im benim... Çabuk elini yüzünü yıka ve giyin, gidiyoruz:

- Gidiyor muyuz? Nereye anneciğim?

- Seni bugün okula yazdıracağım kızım.

Hilâl, annesinden uzaklaşarak, arkasını döndü ve:

- Hayır anneciğim, dedi. Ben okumak istemiyorum. Daha doğrusu beni okutmak uğruna senin türlü hakaretlere maruz kalmana ve hastalanmana tahammül edemiyorum artık... Ne olursun, vaz geç beni okutmaktan anneciğim.

- Sana ne diyorsam, onu yap Hilâl! Dedi... Çabuk hazırlan gidiyoruz..

Hilâl, tek kelime söylemedi... Giyinirken yanaklarından inci gibi yaşlar süzülüyordu. Son olarak, her zaman olduğu gibi alnının hizasından örtüp, boynunun etrafından dolayarak bağladığı eşarbını da takarak, kendisini ayakta, kapının yanında bekliyen annesinin yanına geldi. Feyzâ, kızını ne derece yaraladığının ancak onu karşısında kıpkırmızı gördüğü zaman anlamıştı...

Onu bu defa, derin bir sevgi ve şefkatle bağrına bastı ve:

- Üzülme yavrum, dedi... Artık senin de, benim de göz yaşlarımız inşaallah son bulacak... Heyecan ve sevincimden ne yapacağımı bilemediğim için sana öyle bağırdım... Haydi, gül bakiyim artık...

Hilâl, annesinin ne demek istediğini anlıyamadığı halde, onu üzmemek için güçlükle gülümsemeye çalıştı.

Kapıyı kapatıp, dışarı çıktıkları zaman Hilâl, annesinin adımlarına ayak uydurmakta güçlük çekiyordu. Onu bu güne kadar hiç böyle sevinçli görmemişti...

Kasap Mehmed'in dükkanının önüne geldikleri zaman, iki kadın da hazır, onları beklemekteydi... Onları da alıp, yürüyerek caddeye çıktılar. Doktor bey Kıztaşı'nda oturuyordu.. Hemen Fatih'e giden bir dolmuşa atlıyarak, Kıztaşı'nda, yolun ağzında indiler.

Muayenehaneye geldikleri zaman, doktor bey içerde, bir hastayı muayene etmekle meşguldü... Dışarıda, bekleme salonunda da bir kaç hasta, sıra beklemekteydi. Onlar da oturup, beklemiye başladılar.. İçeri mis gibi gül suyu kokuyordu... Duvarlarda yaldız harflerle ayetler yazılı, geniş çerçeveli levhalar asılıydı. Sehpaların üzerinde, diğer doktorların bekleme odalarında bulunan açık saçık resimli mecmualar yoktu. Bunların yerine, içinde ahlaki yazılar bulunan mukaddesatçı mecmualar göze çarpıyordu. Biraz sonra, yaşlı hademe kadın, onların da eline gül suyu serpti... Bu doktorun, hastalarına ikramıydı.. Böylece doktorun tam ve hakiki bir hacı olduğu meydana çıkıyordu. Öyle ya, diğerlerinin alkollü kolonyası varsa, müslüman bir doktorun da, insanın içine ferahlık veren mis kokulu gül suyu olması tabiiydi... Feyzâ içinin huzurla dolduğunu hissetti...

Biraz sonra doktorun hanımı geldi aşağıya. O da eşiyle birlikte hacı olmuş, gencecik ve kültürlü bir hanımdı.. Şık, sade ve zarif bir şekilde giyinmiş ve tıpkı Feyzâ gibi örtünmüştü... Doktorun hanımı, Feyzâ ile çok güzel anlaşmıştı... Kocası, sabahleyin meseleyi kendisine anlattığı için, her şeyi biliyordu...

Hasta dışarı çıkınca, diğer hastalardan müsaade istiyerek birlikte içeri girdiler.. Doktor bey, asil, kibar ve son derece olgun bir insandı.. Yüzünde imanın verdiği bir nur vardı.. Kendilerini büyük bir hürmet ve nezaketle karşıladı...

Karı - koca ikisi de Hilâl'i çok sevmişlerdi. Hele ondaki bu büyük azim, sarsılmaz iman ve İslâmi şuur, her ikisinin de gözlerini gayri ihtiyari yaşartmıştı.

Doktor bey:

- Bu çocuk, her ne pahasına olursa olsun, mezun olmalıdır hanımefendi, dedi. Bu aynı zamanda bir İslâmi izzet meselesidir. Zira bilirsiniz ki, inanmış bir müslüman için ehemmiyetli olan, izzet-i nefis değil, izzet-i İslâmiye'dir. Bilmem anlatabiliyor muyum?.

- Anlıyorum efendim.. Esasen benim de bu iş üzerinde bu derece ısrarla durmam bu sebeptendir.

Doktor bey, yazıhanesinin başına geçti.. Bir telefon numarası çevirdi.. Ve konuşmaya başladı:

- Vedat beyciğim, sabahleyin size bahsettiğim muhterem hemşiremiz buradalar... Evet, geldiler... Durumlarını daha teferruatlı olarak bir kağıda yazıp, kendileriyle size göndereceğim... Hemen mi gelsinler?.. Peki... Allah razı olsun kardeşim..

Sonra Feyzâ'ya dönerek:

- Müdür bey sizi bekliyor, dedi. Yazacağım mektubu kendisine verirsiniz.. Sizinle çok yakından alakadar olacağına ve üzüntülerinize son vereceğine eminim..

Doktor bey, mektubu yazarken, doktorun genç hanımıyla Feyzâ da tatlı bir sohbete dalmışlardı.. Feyzâ, gerek kültür, gerek iman ve gerekse İslâmi kıyafet ve yaşayış bakımından kendisine benzeyen, her hususta anlaşabileceği böyle bir arkadaşa sahip olduğu için son derece memnundu..

Doktor bey, yazısını bitirip kağıdı zarfın içine koyarken onların bu halinden duymuş olduğu memnuniyeti de gizliyemiyordu:

- Bakıyorum iyi anlaştınız, dedi ve ilave etti: Dünyada iman birliği kadar güzel şey var mı?.. O iman değil mi ki, birbirini hiç tanımayan insanları, yine birbirlerine öz kardeşten daha yakın ediyor? İnşaallah bundan sonra sık sık görüşürsünüz.

Sonra ayağa kalkarak, Feyzâ'ya doğru yürüdü ve elindeki mektubu uzattı:

- Buyrun hanımefendi, bu mektubu bizzat müdür beyin eline vereceksiniz.. Yalnız mümkün olduğu kadar çabuk hareket etmeniz, çocuğun menfaati icabıdır. Cenab-Hak yardımcınız olsun.

Feyzâ, minnet duygusunu nasıl ifade edeceğini bilemiyordu.. Esasen doktor da onun teşekkür etmesine fırsat bırakmamaktaydı.. Tekrar görüşmek üzere vedalaşarak ayrıldılar.

Caddeye çıktıkları zaman kasap Mehmed'in yaşlı annesi:

- Kızım, herhalde bizim işimiz burda bitti, değil mi? dedi.. Gördüğün gibi doktor bey, emniyetli adamdır. Ama sen, kuşkunda haklısın.. Bir doktorun muayenehanesine yalnız başına gitmen doğru olmazdı elbet. Sen bizi vesaite bindir, gayri biz gerisini biliriz..

Feyzâ, her iki kadına da tekrar tekrar teşekkür ederek dediklerini yaptı.. onları dolmuşa bindirdikten sonra, kendisi de Hilâl'le beraber aksi istikamete yöneldi.

Okulun önüne geldikleri zaman, her ikisinin de heyecanı yüzlerinden okunuyordu.. Feyzâ, içi yanarak, bütün mevcudiyetiyle gözlerini yumup, içinden Cenab-ı Hakka yalvardı: «Ya Rabbim!.. Sana sığınıyor ve yalnız sana güveniyorum. Sen yüzümüze bak, sen merhamet et ve sen hayırlar ihsan eyle.. Bizi mahzun etme Allah'ım!..»

Kirpiklerinin arasından gayri ihtiyari iki damla yaş süzüldü.. Ve yanaklarından aşağıya yuvarlandı.. Genç kadın, derhal kendini toplayarak, mendiliyle gözlerini kuruladı. Hilâl, bunu farketmiş, göz ucuyla annesinin hareketlerini takip ediyordu.. Yavrucağın yüreği bir kuş gibi çırpınıyordu..

Ya bu defa da kötü bir durumla karşılaşırlarsa?. Ya canından daha çok sevdiği biricik anneciği yine fenalık geçirir, hastalığı şiddetlenirse?.

Feyzâ, kızının bu düşüncelerinden habersiz, müdürün kapısını vurdu ve «giriniz!» sözü üzerine kapıyı açarak içeriye girdi.

Odada yedi - sekiz kişi vardı.. Hepsinin de müdürle halledilecek işleri olduğu belliydi. Feyzâ, bu durum karşısında öne geçip mektubu vermenin doğru olmayacağını düşündü. Esasen önündeki insanlardan, müdürün yüzünü görmeye imkan yoktu..

Fakat müdür bey, içeri girenin kim olduğunu anlamak için oturduğu masadan ayağa kalktı. Feyzâ'yı görünce soğuk bir sesle sordu:

- Buyrun, ne istediniz?.

- Kızımın naklini yaptıracaktım efendim..

Müdür bey, bu defa pers bir suratla ve sert bir ses tonuyla:

- O halde siz bekleyin bakalım biraz, dedi. Şimdi işim başımdan aşkın...

Feyzâ, daha ilk anda sükut-u hayale uğramıştı.. Bu muydu imanlı müdür?. Halbuki doktor bey kendisinden ne kadar sitayişle bahsetmişti. Peki şimdi ne olacaktı?. Adamın tavrı, daha ilk başta niyetini belli etmişti. Feyzâ, avucunun içinde tuttuğu Hilâl'in elinin de buz gibi olduğunu hissetti.. Eğilip yüzüne baktı, yavrucağın yüzü bembeyaz olmuştu.. Elini hafifçe sıktı, ve ona kuvvet, metanet vermek için eğilerek yavaş sesle:

- Korkma yavrum, Allah yardımcımızdır.. diye fısıldadı...

Müdür, kısa kısa aralıklarla etrafındakilerin işlerini tek tek bitirip, gönderiyordu. Sonradan gelmek isteyenleri ise, öğleden sonra gelmelerini söyleyerek kabul etmemekteydi. Nihayet, içerde kalan son kişinin de işini tamamladı.. Odada şimdi Feyzâ ve Hilâl'den başka kimse kalmamıştı.

Müdür, mütebessim bir çehreyle onlara bakarak, yerinden doğruldu ve biraz evvelkinin tam aksine son derece nazik bir ifadeyle:

- Buyrun, şu koltuğa oturun hanımefendi, dedi. Önce sizden çok özür dilerim.. Fakat o şekilde hareket etmeye mecburdum.. Her neyse, inşaallah bundan sonra bunu telafi etmeye çalışırız..

Feyzâ, derin bir nefes almıştı.. Hilâl'in de yüzüne bir anda kan gelmişti.. Genç kadın, çantasından doktorun mektubunu çıkararak, ona doğru uzattı:

- Buyrun efendim, Doktor Hacı Kamil beyefendinin ve muhterem zevceleri Hacı Fatma hanımın selamları var, hürmetlerini bildiriyorlar.. Doktor bey, mektuptan size telefonda bahsetmişti herhalde.

- Evet evet.. Çok teşekkür ederim..

Ve müdür bey, müsaade isteyerek, doktorun mektubunu başından sonuna kadar okudu.. Bitirdikten sonra, uzunca bir müddet konuşmadı.. Gözleri hala mektubun üzerinde dalgın dalgın dolaşmaktaydı.. Sonra yavaş yavaş başını kaldırıp, önünde bir fazilet abidesi gibi duran bu asil ve çileli anne ile kızına baktı.. Üzüntüsü sesinden belli olmaktaydı:

- Bu kadar çileyi Allah-ü Teâlâ ancak sevdiği kullarına ihsan eder Feyzâ hanım, dedi.. Kızınız henüz imtihana girmeden, siz ikiniz birden imtihanların en çetinine maruz kalmışsınız. Nasib olsaydı da, bunların hiç birini çekmeden çocuğunuz bu okula düşseydi.. Fakat ne denir?. Kader-i İlâhi.. Verdiğiniz imtihan ile Allah katında ecriniz ve mertebeniz yükselmiş oldu böylece.

Feyzâ umuyordu ama, karşısındaki müdürün bu derece ihlaslı ve takvalı bir kimse olabileceğini doğrusu ummuyordu...

Müdür, masasının üzerinden bir kağıt çekerek, bir şeyler yazdı ve kağıdı Feyzâ'ya uzattı:

- Buyrun Feyzâ hanım, dedi.. Kağıda yazdığım adres, benim yakın bir akrabamın ikametidir. Şimdi derhal bu adrese gidin, evin hanımına durumu izah edin. Esasen ben de kağıdın arkasına malumat bakımından icbedeni yazdım kısaca.. Birlikte mahalle muhtarına gidip, bu adres üzerinden bir ikametgah çıkartın ve öğleden sonra gelin, derhal kaydı yapalım..

Feyzâ, kağıdı alırken, ellerinin titremesine mani olamıyordu.. Müdürün yüzünde de derin bir ızdırab ifadesi vardı.. Bir başkası, bu halin manasını pek anlıyamazdı.. Ama müdür, Feyzâ'nın ellerinin niçin titrediğini, Feyzâ da müdürün yüzündeki ızdırab ifadesinin gerçek sebebini çok iyi bilmekteydiler.. Evet, bütün işleri hile ve entrika üzerine kurulmuş vicdansız ve adaletsiz kişiler, nihayet bu tertemiz, imanlı müslümanları dahi küçük çapta da olsa bir hileye mecbur bırakmışlardı..

İşte, Feyzâ'nın elleri bunun için titriyor ve müdürün yüzündeki elem ve ızdırab çizgileri bunun için gidgide derinleşiyordu.

Feyzâ, hiç bir şey söylemeden kağıdı alıp, çantasına koydu.. Müdürün sesi, tekrar sertleşmişti:

- Gidebilirsiniz!

Feyzâ, onu anlıyordu.. Kapıya doğru yürüdü ve yine tek kelime konuşmadan kapıyı açıp, kızıyla birlikte dışarıya çıktı.. Okulun bahçesinden geçerken, annesinin yine ağladığını gören Hilâl, başını kaldırıp, hayret ifade eden bir sesle sordu:

- Anneciğim, neden ağlıyorsun?. Ama bu müdür çok iyiydi.. Öbürleri gibi seni üzecek bir şey söylemedi, hakaret etmedi ki...

Hilâl, zeki bir kız olmasına rağmen, yaşı henüz bu gibi incelikleri kavrıyacak vasatta değildi.. Bunun için Feyzâ, gözyaşlarını mendiliyle iyice kurulayarak sadece:

- Biliyorum yavrum, dedi.. Ağlanacak hiç bir şey yok aslında.. Üstelik müdür bey de umduğumuzdan da iyi bir insan..

- Peki öyleyse niçin ağladın?.

- Sen bana bakma kızım... Zaman zaman içim doluyor işte.. Son zamanlarda sinirlerim zayıf düştü herhalde.

Hilâl'in kalbi rahatlamıştı. Hele biraz sonra annesi kendisiyle neşeli neşeli konuşmaya başlayınca, sevincinden kanatlanıp uçacaktı neredeyse.

Feyzâ, 1 saat içinde müdürün söylediklerini yapmış, okula dönmüştü.

Kayıt muamelesi de beş - on dakika içinde tamamlanıvermişti. Feyzâ, aylardır ruhunun ilk defa durgun ve sakin bir deniz gibi huzur içinde olduğunu farkediyor ve kendisine yardımını esirgemediği için Rabbına dualar dualar ediyordu.

Bütün formaliteler yerine geldikten sonra müdür bey de derin bir nefes almıştı... Yerinden kalkarak Hilâl'in yanına gitti... Ve minnetle kendisine bakan küçük kızın çenesini tutup başını hafifçe yukarı kaldırarak:

- Haydi büyük geçmiş olsun bakalım küçük hanım dedi.. Elhamdülillah her şey istediğimiz gibi oldu... Şimdi bütün gayret sana düşüyor, değil mi yavrum?..

Hilâl annesininkine benzeyen haleli güzel gözlerini minnet yüklü bir bakışla bu babacan adama çevirdi ve:

- Evet efendim, dedi... Yani demek istiyorsunuz ki, muvaffak olmam için çok çalışmam lazım. Ben zaten çok çalışkan bir talebeyim ama şimdi sizin ve annemin göstermiş olduğunuz gayretleri boşa çıkarmamak için daha da çok çalışacağım.

Müdür bey, küçük kızdaki ince zekaya ve kuvvetli natıkaya hayret etmişti.. Fakat yaradılış itibariyle hislerini pek kolay açığa vuran bir adam değildi... Çevresinde gördüğü iğrençliklerin ruhunda hasıl ettiği tiksinti hissi onu böyle sert ve hırçın görünüşlü bir kimse yapmıştı... Bunun için çok hoşuna gittiği halde Hilâl'in bu sözlerine sadece bir iki kestirme söz ile cevap verdi ve Feyzâ'ya dönerek:

- Hanımefendi, dedi... Daha fazla vakit geçirmeden çocuğu sınıfa yerleştirsek fena olmaz. Yalnız malumunuz hoca hanıma karşı mümkün mertebe durumu iyi idare etmek icabediyor.. Gerçi kendisi çok iyi bir hanımdır ama yine de belli olmaz... Şurada zaten imtihana kaç gün var ki? Bakarsınız son anda yine can sıkıcı şeyler zuhur edebilir.. Onun için onun antipatisini celbetmekten ziyade sempatisini kazanmak şart. Ben şimdi sizi kendisine göndereceğim. Artık siz gereken şekilde davranırsınız.

Sonra yanındaki zillerden birine bastı... Birkaç saniye geçmişti ki, yaşlı bir hademe kadın kapıyı açtı ve:

- Buyurun müdür bey? Dedi...

- Bak Hanife Hanım... Hanımefendiyle kızını aşağıya 5 A öğretmeni Safiye hocaya götür ve küçük hanımın yeni naklolduğunu benim gönderdiğimi söyle... Sonra bana gel, vereceğim başka işler var...

- Başüstüne müdür bey... Buyurun hanımefendi.

Feyzâ en samimi teşekkürlerini bildirerek ayağa kalkarken, Hilâl de müdür beyin yanına gidip, hürmetle onun elini öptü ve çıktılar.

Hilâl'in sınıfı alt katta, koridorun en dibindeki sınıftı... Kapıyı çaldıkları zaman, talebeler dersteydiler... Hamede kadın, onları kapının önünde bırakıp içeri girdi... Müdür beyin söylediklerini naklederek, tekrar alelacele gerisin geriye çıkıp gitti.

Safiye hocahanım 50 yaşına yaklaşmış yaşlı görünen bir kadındı... Kapının önüne çıkıp Feyzâ ile Hilâl'i görünce hayretle sormaktan kendini alamadı...

- Kuzum siz hangi akıla hizmet ettiniz de tam sene sonu yavrucağın okulunu değiştirdiniz?. Bunun her halde çok mühim bir sebebi olsa gerek...

Feyzâ İslâmi yaşayışa adım attığı günden bu yana hayatının ilk yalanını söylerken, bütün vücudunu yakıcı bir ter kapladığını hissetti. Sesi titreyerek:

- Ümmetimiz değişti hoca hanım dedi. Bu tarafa yeni taşındık.

Fakat öğretmen, ikna olacak gibi değildi:

- Ne olursa olsun hanımefendi, dedi.. Şunun şurasında imtihanlara kaç gün kaldı... 20 gün kadar bir fedakarlıkta bulunabilirdiniz pekala..

- Hocanım, eski okul bir hayli uzakta..

- Olsun efendim, pekala kendiniz götürüp getirebilirdiniz. Hem sonra çocuk için sene sonu bu nakil çok sarsıcı ve yıkıcı olur.. Bu müddet zarfında ne öğretmenine, ne arkadaşlarına ve ne de derslerine intibak edemez yavrucak.. Hem sonra, imtihan usulünde değişiklik de olabilir. Eski okulundaki imtihan şekli nasıldı?

- Test usulüydü efendim.

Safiye hocanım, üzgün üzgün başını salladı.

- Ah hanımefendi ah.. dedi.. Gördünüz mü?. Çocuk, aylardır elindeki imtihan suallerine göre hazırlanmıştır. Halbuki burada usul tamamen değişiktir. Ayrıca okunulan kitaplar da diğerlerinden farklıdır.. Yavrunuz imkanı yok imtihanda geçemez. İnanın yüzde doksan dokuz sınıfta kalır çocuk.

Feyzâ, göz pınarlarına doluşan yaşları güç zaptediyordu. Adeta yalvarır gibi:

- İstirham ederim hocanım, bir de siz ümitsizliğe düşürmeyin beni..

Safiye hocanım, güngörmüş, tecrübeli bir kadındı. Elini dostça Feyzâ'nın omuzuna koyarak:

- Söyleyin bakayım bana, dedi... Bu çocuğu okulundan alışınızın gerçek sebebi ev değişikliği değil, öyle değil mi?.

Feyzâ, hiç beklemediği bu sual karşısında hiç bir şey söyliyemedi.. Sadece göz pinarlarında titreşen yaşlar, yanaklarından boşanmaktaydı. Safiye hocanım bu defa müşfik bir sesle:

- Sükut ikrardan gelir, derler.. Şimdi sizden bir istirhamım var. Beni bir öz abla olarak bilecek ve bana hakikati söyliyeceksiniz. İmtihanlara 20 gün kala, kızınızı bir başka okula nakledişinizin esas sebebi nedir?...

Feyzâ, gerçek sebebi söylediği takdirde, başörtüsünden dolayı, kızının burada da bazı haksızlıklara maruz kalabileceğini bildiği halde, öyle bir raddeye gelmiş bulunuyordu ki, her şeye rağmen ve bütün olacakları göze alarak başını dimdik doğrulttu. Gözleri adeta kıvılcımlar saçıyordu. Vakur bir ses tonuyla cevap verdi:

- Madem ki inanmadınız ve ısrarla sordunuz o halde dinleyin hocahanım: Kızımı, sene sonu alıştığı okuldan alışımın yegane sebebi, başörtülü oluşudur.

- Başörtülü oluşu mu?.

- Evet hocanım..

- Peki, başörtüyü sınıfta mı takıyordu kızınız?

- Hayır, okul bahçesinin dışında.. Yani sokakta.

.... Ve Feyzâ, öğretmenin ısrarı üzerine, meseleyi hülasa olarak anlattı.. Kadın hayretler içinde kalmıştı:

- Fakat nasıl olur hanımefendi?. Her şeyden evvel bu, talimat dışı, yani kanun dışı bir hareket olduğu gibi, insaf, iz'an ve insanlık dışı bir harekettir de.... Talebenin okul dışı kıyafetine okul hiç bir zaman karışamaz. Üstelik burası, bir Moskof ili değildir.. Bir müslüman ülkesinde, dinini seven ve tatbik etmek isteyen bir müslümanın İslâmi kıyafet ve yaşayışını baskı altında tutmak istemek, en azından bir despotluktur.. Ne demek?.. Demokratik bir memlekette, herkes dilediği gibi giyinip yaşamakta serbesttir... Sizi çok iyi anlıyor, üzüntünüzün derinliğini biliyorum hanımefendi.

Safiye hocanım hiddet ve üzüntüden kızaran bir yüzle, derin bir nefes aldı, sonra elini tekrar aynı dost tavrıyla Feyzâ'nın omuzuna koyarak ağır ağır konuşmasına devam etti:

- Ne var ki hanımefendi, sizi anlamış olmak ve dertlerinizle dertlenmek, görülüyor ki neticeye hiç bir suretle tesir edememekte... Şimdi bizim için en mühim mesele, çocuğun şu andaki kritik ve müşkül durumudur. Ben sizden tekrar rica ediyorum.. Bunca zaman her şeye sabırla katlandığınıza göre, bir 20 gün daha sabredin ve çocuğu her ne pahasına olursa olsun, alışmış olduğu eski okuluna götürün tekrar...

- Fakat buna asla imkan yok hocanım...

- Öyle demeyin, niçin olmasın?.. Aksi halde sizi temin ederim ki, yavrucak burada sınıfta kalacak. Bu 20 gün içinde, bir hayli farklı olan tedrisat değişikliğine intibak etmesi ve imtihanda muvaffak olması cidden imkansız.

Feyzâ'nın yeniden başı dönmeye başlamıştı. Hocanıma hak veriyor, fakat kızını yeniden o okula göndermenin imkansızlığını da biliyordu. Sonra birden aklına gelmiş gibi:

- Hocanım dedi.. Size anlattıklarım arasında unutmuş olduğum bir nokta var ki, bunu bilmiş olsaydınız her halde bana hak verir ve niçin bu şekilde hareket ettiğimi anlardınız.. Kızım, her şeye rağmen o okulda kalacak olsaydı, orada da mutlaka sınıfta kalacaktı...

- Nasıl olur, nerden biliyorsunuz?.. Yoksa çalışkan bir talebe değil mi?..

- Aksine efendim... Sınıfın değil, okulun en çalışkan talebesidir kızım.

- O halde?..

- Meseleyi bilen ve içlerinde bulunan çok güvenilir bir şahıstan öğrenmiş bulunuyorum ki, okul idaresi, imtihanda kızım için ayrı bir sistem kullanacaklarmış. Ve karar vermişler, mutlaka yavrumu sınıfta bırakacaklarmış.

Safiye hocanım, şimdi Feyzâ'ya hayretle bakıyordu:

- Ama nasıl olur bu... bu bir cinayet... diye kekeledi...

Feyzâ, dudaklarında acı bir tebessümle cevap verdi:

- Evet, hem de inanılmayacak derecede korkunç planlı bir cinayet... İşte, kızımın bile bile böyle bir cinayete kurban gitmesine razı olamadığımdan onu buraya getirdim... Bilmem şimdi beni anlayabiliyor musunuz hocanım?.. Diyorum ki, kızımın sınıfta kalması mukadderse orada değil, burada kalsın... Biz kaderimize razıyız...

Safiye hocanım, dalgın gözlerle başını salladı:

- Anlıyorum, hem çok iyi anlıyorum artık sizi.

Dedi ve Hilâl'i omuzlarından tutarak yavaşça kendine doğru çekti... Sonra bir anne şefkatiyle onun saçlarını okşayarak:

- Şimdi bütün gayret sana düşüyor yavrucuğum, dedi.. İnşaallah yakın zamanda bana, arkadaşlarına ve derslerine alışırsın... Haydi gel, şimdi seni arkadaşlarının yanına götüreyim.

Feyzâ, bu alicenap kadına büyük bir sevgi ve muhabbet duygusuyla teşekkür ederek, çıkış saatinde Hilâl'i gelip almak üzere veda ederek ayrıldı...

Sanki tonlarca ağırlıktaki bir yükü indirmişti sırtından. Dışarı çıktığında inceden inceye yağmur çiselemekteydi.. Yüzüne vuran su tanecikleri, sevinç gözyaşlarıyla karışıyordu.

Hilâl'in çıkış saatine bir buçuk-iki saat kadar bir vakit vardı. Bu zaman zarfında eve gitmeye değmiyecekti... Bir ahbab veya arkadaşında vakit geçirmeyi de hiç mi hiç arzulamıyordu. Zira, bu değişik halet-i ruhiye içinde kimseyle konuşacak hali yoktu... Dışardaki serin hava ve ince yağmur o kadar güzeldi ki, saatlerce bu yağmurun altında yürüse, yorulmıyacağını hissediyordu...

Birden insiyaki bir hareketle, önünden geçmekte olan bir dolmuşa seslendi ve arka kısımda oturan iki yaşlı hanımın yanına bindi... Çok geçmeden aşinası olduğu semtin durağı önündeydi işte... Arabayı durdurtup' parayı ödedi ve kalbinde, sebebini bilmediği bir çarpıntı ile inerek, bir müddet öyle durakta hareketsiz kaldı.

Niçin gelmişti buraya? Yıllardır terkedip uğramadığı içini belli etmeden kaçtığı bu semtte işi neydi?.. Bunu kendisi de bilmiyordu... İçinde tuhaf, mahiyetini çözemediği bir his vardı sadece...

Şu karşı sokağa dalsa ve sağa doğru bir kaç sokak kıvrılsa, kendisini Huzur Sokağı'nda bulması mümkündü... Ama kendisinde bu cesareti bulamıyordu bir türlü. Halbuki eski dostlarını da öylesine özlemişti ki. Mesela sevimli Hayri dede ne yapıyordu acaba? Hala hayatta mıydı?... Sonra iyi kalbli Bekir ağa... Ve diğerleri... O iyilik, o insanlık timsali kimseler.. Bir kaç sene içinde bu insanların hepsini de ayrı ayrı sevmiş, hepsine ayrı ayrı muhabbet duymuştu Feyzâ.

Ya gözyaşları arasında hidayete eren apartman komşusu Alev, Leyla?. Ya bankacının iki kızı ve hanımı? Acaba hala örtünüyorlar, İslâmi kıyafet ve yaşayışlarını devam ettiriyorlar mıydı? Kimbilir, eski sokağına şöyle bir uğrasa, bütün bu dost ve can insanlar ne kadar sevinirler, ne derece memnun olurlardı?... Lakin tuhaf bir çekingenlikle, Feyzâ buna bir türlü cesaret edemiyordu.

Yağmur, inceden inceye yağmaya devam ediyordu... Feyzâ pardesüsünün yakasını kaldırarak karşı sokağa doğru yürüdü... Huzur Sokağı'na girmiyecekti... Ulaşmak istediği menzile arka sokaklardan da gidebilirdi... Fakat buralarda karşısına tanıdık bir kimse çıkacak diye ödü kopuyordu... Nitekim, tam bir köşeyi sıvrılmak üzereyken karşıdan gelen iki büklüm, sakallı ve bastonlu bir ihtiyarın bir taşa takılarak, yere düşüp kapaklandığını görerek koştuğunda, bunun Huzur Sokağındaki kedilerin ve insanların candan sevgilisi Hayri Dede olduğunu anladı... Hemen eğilip artık iyiden iyiye yaşlanmış bu pürnur ihtiyarı kollarından tutup, kaldırmak istedi. Hayri Dede,

Feyzâ'nın yardımıyla bir yandan doğrulmaya çalışırken, bir yandan da:

- Berhudar ol evladım... Ne dersin, ihtiyarlık işte... Allah insanı gören gözden mahrum etmesin...

Diye söyleniyordu... Feyzâ, ancak o zaman acı hakikati anlayıp Hayri dedenin yüzüne dikkat edebildi... evet, Hayri dede âmâ olmuştu... Gözleri görmüyordu... Feyzâ, kalbinin bütün acısıyla, bu babacan hayırsever ihtiyarın eline tekrar bastonunu tutuşturarak:

- Gideceğiniz yere kadar size yardım edebilir miyim dedeciğim?... Dedi...

Hayri dede iki elini bastonuna dayayarak cevap verdi:

- Yok evlad, yok.. Yolcu yolunda gerek... Bu benim yıllardır devam eden işimdir... Her gün bu yolları tepip, ciğerci dükkanına uzanmazsam, sonra benim miyav miyav etrafımda fır dönen yavrucaklarım ne yer?. Sen bana bakma evlad, bir kazadır oldu işte...

Sonra birden bir şey hatırlamış gibi durdu Hayri Dede.. Ve bir eliyle beyaz sakalını sıvazlıyarak:

- Hele dur bakayım kızım, sanki ben bu sesi bir yerlerden tanıyorum... Evet evet... Sanki ta kendisi...

Feyzâ'nın yüreği ansızın bir hop etti.. Acaba sesinden tanımış mıydı kendisini Hayri dede?

Merak ve heyecanla sordu:

- Ta kendisi, dediğiniz kim dedeciğim?.

- Ah... ah... Deşme yaramı evlad... Hayatım boyunca hiç evladım olmadı.. Allah bana son zamanlarda öz evladım gibi bağrıma bastığım bir kız evlad vermişti... Ben onu nasıl seversem, o da beni öyle severdi... Adı Feyzâ idi... Ama sonradan ne oldu, nasıl oldu bilmiyorum, birden izini yurdunu belli etmeden kayboldu ortadan... İşte ona benzettim senin sesini... O da böyle senin gibi iyi kalpli, güzel huylu bir genç hanımdı... Sesini duyunca, inan yüreğim cızz etti.. Ama nerdeee?.. Kimbilir şimdi o nerelerde, ne vaziyettedir?..

Hayri Dede, içli içli, dertli dertli konuşurken, Feyzâ da sessiz sessiz yanaklarından yuvarlanan gözyaşlarını mütemadiyen mendiliyle kuruluyordu... içinden, bir an için kendisini tanıtmak, «İşte ben, o Feyzâ'yım.» demek geldi.. Sonra kendini tuttu...

Hayri dede ise, yol üstünde de olsa, dertleşecek birini bulmanın memnuniyeti ile anlatıkça anlatıyordu:

- Yalnız o olsa yine iyi.. Bu çileli deden bir de erkek evlad kaybetti ki, onun acısını hiç sorma kızım... Onunla da aynı sokakta oturuyorduk... Elime doğmuştu kerata... Sonra büyüdü, koca delikanlı oldu... Fakülteyi bitirdikten kısa bir müddet sonra, sokağımızdan ayrılıp bizi terketti... İsmi Bilâl'di... Kendisi gibi sesi de, ilk İslâm müezzini Hazreti Bilâl gibi güzeldi... Anlayacağın, insanlar içinde huyuyla; ahlakıyla bir taneydi kızım, bir tane...

Feyzâ'nın yüreği, göğsünü delip fırlayacakmış gibi çarpmaktaydı... Hayri dede Bilâl'den bahsediyordu.. Yıllar sonra, onun ismini bir başkasının ağzından ilk defa duyuyordu.. Heyecanını sesinden belli etmemeye çalışarak:

- Sonra ne oldu dede?.. Bir daha hiç görmediniz mi Bilâl beyi? Diye sordu.

- Onu ne sen sor, ne ben söyleyeyim evlad... Keşke görmez olaydım.. Son olarak, yılını tam hatırlayamıyorum, bir kaç yıl evvel gelmişti.. Ha.. ha... hatırladım. Tam Feyzâ kızımın sokağımızdan taşındığı günün ertesi gecesi gelmişti... Memleketin sayılı zenginleri arasına girmiş, ama ne dersin ki bedbahttı yavrucuğum.. öyle perişan, öyle bitkindi ki geldiğinde..

- Neden?.. Yoksa büyük bir derdi mi vardı dede?.

- Hem de ne dert kızım... Bana ilk sorusu Feyzâ oldu... Onu nerede bulabileceğini sordu... Adres bırakmadan, izini belli etmeden, bir gün evvel meçhul bir şemte taşındığını söylediğim zaman, neredeyse koca adam, çocuk gibi hıçkıra hıçkıra ağlayacaktı..

Feyzâ, Hayri dedeye hususi gitse, belki bu kadarını öğrenemezdi... Demek tahmin ettiği gibi olmuştu. Bilâl kendisini aramıştı... Heyecan ve merakından elleri titremekteydi... Yüzünün rengi bir yaprak gibi sararıvermişti:

- Peki, Feyzâ hanımı arayış sebebi neymiş dedeciğim? dedi.

- Sevda kızım, sevda... Ama bu öyle bir sevda ki, ne Leyla ile Mecnununkine, ne Kerem ile Aslı'nınkine, ne de Ferhat ile Şirin'inkine benzer... Meğer benim her ikisini de birer öz evlad gibi sevip bağrıma bastığım bu iki yavru, Feyzâ ile Bilâl, birbirlerini çok önceden daha Bilâl'in talebelik ve bekarlık zamanlarından beri çılgınlar gibi severlermiş.

Hayri dede, görmeyen gözleri sabit bir noktaya dikilmiş olduğu halde sözlerine devam etti:

- Severlermiş ama, Feyzâ o zamanlar açık ve asri bir kız olduğu için Bilâl, onunla evlenmeye cesaret edememiş. O da gitti bir başka memleketten kız alarak evlendi ve buradan ayrıldı. Ama, son geldiği gece bana anlattı, Feyzâ'yı bütün hayatı boyunca unutmamış...

- Yani hanımıyla mes'ut olamamış mı?..

- Yook bak.. hanımı çok iyi bir kızmış doğrusu.. Bilâl'in gönlü Feyzâ'da olduğu için hanımını gerçi sevmiyormuş ama, ona karşı sevgiden de üstün bir saygı ve takdir hissi duymaktaymış... Ama ne çare, kadıncağız çok yaşamamış. İkinci çocuğunun doğumunda sizlere ömür, vefat etmiş...

Feyzâ'nın boğazına ansızın bir yumru tıkandı... Aman Allah'ım!.. olabilir miydi bu?.. Heyecanından kısıklaşan bir sesle sordu:

- Sahi mi söylüyorsunuz dede, Bilâl beyin hanımı vefat mı etmiş?..

- Evet yavrum, ya!... Sen de meraklandın değil mi?.. Eeeh... dinle bak kızım, bu hayat hikayesinin asıl acı olan tarafı bundan sonra... Bilâl, bir kaç sene evvel İstanbul'a geldiğinde, bir dükkanda Feyzâ'ya tesadüf etmiş... Fakat bir türlü de gözlerine inanamamış... Çünkü Feyzâ, artık eski açık saçık Feyzâ değil, tam Bilâl'in arzu ettiği gibi örtülü bir müslüman hanım kıyafetindeymiş... Her neyse uzatmayayım, Feyzâ'nın hayatını tahkik etmiş. Onun evlendikten sonra hidayete erdiğini, kendisine islami bir hayat yaşatmadığı için kocasından ayrıldığını, halen kızıyla birlikte zor hayat şartları altında yaşadığını ve çarşıya iş yapmak suretiyle evde çalışarak hayatını kazandığını öğrenince ona evlenme teklif etmek için doğruca bizim sokaktaki evine gelmiş.. Gelmiş ki ne görsün?.. Feyzâ'nın evi bomboş değil mi?.. Onu nerede bulabileceğini sormak için bana geldi... Ah görsen kızım o arslan yapılı genç adam, Feyzâ'nın hiç bir iz bırakmadan ortadan kaybolduğunu öğrenince nasıl yıkıldı. Nasıl perişan oldu.. Sonra bir başka tanıdıktan öğrendim ki, Feyzâ'yı bulmak ümidiyle koca İstanbul'u adım adım dolaşmış, günlerce perişan olmuş.. Ama nafile... bulamamış tazeyi tabii.. Eeeh.. işte böyle kızım... Bir acı hikaye ki, ne sen sor, ne ben söyleyeyim daha fazlasını... Kendi derdimle, yol üstünde senin de başını şişirdim ya... Haydi artık bana müsaade... Hakkını helal et yavrum.. Allahaısmarladık.

Feyzâ, olduğu yerde taştan bir heykel gibi kalakalmıştı... Ağzından sadece iki kelime döküldü, o kadar:

- Güle güle dedeciğim...

Ne ileri, ne de geri tek adım atacak hali kalmamıştı... Hayri dedenin bastonundan çıkan monoton tak tak sesleri arkasında gitgide uzaklaşmaktaydı. Feyzâ, kulaklarının uğuldadığını, başının şiddetle döndüğünü hissederek, yan taraftaki bir evin duvarına yaslanıp, bir müddet bu halinin geçmesini bekledi... Sokak ortasında yığılıp kalmaktan korkuyordu...

Nihayet bir müddet sonra oldukça normale avdet ederek, kendini toparlamaya muvaffak olmuştu.. Evet, kulaklarının uğultusu, başının dönmesi kısmen geçmişti ama, kalbindeki fırtına, ruhundaki yangın gitgide büyüyüp, şiddetini arttırmaktaydı...

Yürümeye başladı.. Fakat bu, şuursuz bir yürüyüştü... Kendisi adımlarına değil, adımları kendisine hakimdi. Bir robot gibiydi adeta... Arka sokaklardan geçerek, yokuş aşağı inmeye başladı... Adımları yürümüyor, koşuyordu sanki.

Biraz evvel çiseleyen yağmur dinmiş, hava yeniden açmıştı.. Yağmur yemiş toprakların kokusu, insanın içine tatlı bir rahatlık ve huzur vermekteydi..

Yokuşun en sonuna geldiğini, ancak birden karşısında uçsuz bucaksız denizi gördüğü zaman anlayabildi... Halbuki bu yol ne kadar uzundu, çok iyi bilirdi o...

Deniz karşıdan bembeyaz köpüklü dalgalariyla, samimi bir dost gibi kendisini çağırmaktaydı sanki. Bir an durdu, karşısında alabildiğine uzanmış masmavi denizi dalgın gözlerle bir müddet seyretti... Sonra ona doğru yürümeye başladı... Adımları ürkek ve çekingendi.. Etrafta kimsecikler yoktu. Küçük çakıl taşları, ayaklarının altında şıkırdıyor, ayakkabılarının içi ıslak kumlarla doluyordu.

Sahil boyunca bir müddet ilerledi... Ayakları, bir mıknatısın cazibesine tutulmuş gibi ta karşıdan görünen iri bir kayaya doğru sürüklemekteydi kendisini... Evet bu o kayaydı... Hayatını dolduran erkeğin, hayatının ilk ve son aşkı olan Bilâl'in, çile ve ızdıraplarını üzerinde dindirmeye çalıştığı kayaydı bu...

Yaklaştıkça heyecanı ve ürkekliği artıyordu Feyzâ'nın. Bundan tam 17 sene evvel de böyle olmuştu... O zaman da yine böyle ürkek, çekingen ve heyecanlıydı... Ama o zaman, kayanın üstü böyle bomboş değildi... Hayatının erkeği vardı onun üzerinde... Ay ışığıyla aydınlanmış gecenin esrarlı loşluğunda kayanın üstünde denize karşı, hamuru ızdırapla yoğrulmuş bir heykel hareketsizliğiyle oturmaktaydı...

Feyzâ, bu tabloyu sanki bir gün önce görmüş gibi aynı canlılığıyla hatırlıyordu.. Halbuki aradan koskoca 17 sene geçmişti... Genç kadın ürperdi.. Nasıl geçmişti bu 17 yıl?. Sonra zihninden küçük bir hesap yaptı.. Evlendikten 5 sene sonra çocuğu olmuştu.. Hilâl şimdi 12 yaşında olduğuna göre, evet, aradan tam 17 yıl geçmişti... O zaman kendisi 18 yaşında taptaze, hayat dolu bir genç kızdı... Şimdi ise 17 senenin kahır, çile ve ızdıraplarla olgunlaştırdığı 35 yaşında olgun bir genç kadın...

Kaymamaya dikkat ederek insiyaki bir hareketle kayanın üzerine çıkıp oturdu. Çok evvellerden de olsa onun bulunduğu yerlerde bulunmak, onun oturduğu yerde oturmak, ızdırabını bir derece hafifletiyordu... Dirseklerini dizlerine, ellerini çenelerine dayıyarak, gözlerini denizin mavi derinliklerine daldırdı.. Ve ancak bundan sonra zihnini çatlatacak kadar karışık düşüncelerini sükunetle toparlayarak hadiseleri tahlil etmeye başladı...

Hayri dede, bir çırpıda neler söylememişti ki... Öğrenmek istediklerini, istediğinden çok fazlasıyla vermişti kendisine... Fakat Feyzâ için bunlardan en mühimi, Bilâl'in hanımının evlendikten bir kaç yıl sonra vefat etmiş olmasıydı.

Ah... ne olurdu bu hakikati o zamanlar, Bilâl'in kendisini Hacı Mustafa beyin dükkanında gördüğü zamanlar bilmiş olsaydı?.. O zaman her şey, ama her şey şüphesiz ki çok başka bir şekil alacaktı... Ve ne Bilâl, ne de kendisi bunca yıl birbirlerine hasret, birbirlerinin sevgisiyle dolu olarak elem ve ızdıraplar içinde böyle bedbaht olmayacaklardı...

Bunları düşünürken, bir anda dalgaların arasında yaşlı dadısının hayali canlandı.. Dadının derin çizgilerle buruşmuş yüzünde acı, bir sitem ifadesi vardı... Sanki lisan-ı haliyle: «Ben sana dememiş miydim kızım, kaçmakla delilik ediyorsun diye? Belki hanımından ayrılmıştır veya ayrılmaya mecbur olmuştur, şimdi bekardır belki, dememiş miydim? Sözümü dinletemedim... «Ben yuva bozan bir kadın olamam...

Bir başka kadını bedbaht ederek, kendim mesut bir hayat kuramam.» dedin, başka bir şey demedin... Ne olurdu, bir kere de büyük sözü dinleseydin?. İste bak.. söylediğim nasıl doğruymuş. Ayrılmamış ama, hanımı vefat etmiş... Niçin.. niçin ters düşünmekte ısrar ettin canım yavrum?.. demekteydi.

Bunu nasıl düşünmemişti o zamanlar?.. Mantıksız bir hareket affedilmez bir hata yüzünden hem kendisine kıymış, hem Bilâl'e kıymış ve iki hayatı da mahvetmişti..

Boğazında düğümlenen hıçkırıkları zaptedemiyordu artık. Birden ellerini yüzüne kapayarak hıçkıra hıçkıra ağlamaya başladı... Sahilde kimsecikler olmadığı için istediği gibi rahat ve serbest ağlayabiliyordu.. Yılların içinde biriktirdiği hıçkırıklardı bunlar. O, Hilâl'i düşündüğünden evde bile böyle rahatça ve sesli ağlayamıyordu... Sesi, dalgaların sesine karışıyor, vücudu isparmoz tutmuş gibi titriyor ve sarsılıyordu...

Evet, çocuklar gibi ağlıyordu Feyzâ... Zira yapmış olduğu çocukça hataya, çocuklar gibi ağlamaktan başka çare var mıydı?..

Ne kadar zaman orada öylece kaldı bilemiyordu. Hıçkırıkları gitgide yavaşlamaya başladı ve nihayet bir müddet sonra tamamen dindi.

Şimdi denizde durgunlaşmış ve sakinleşmişti... Sanki Feyzâ oraya geldiğinden beri, deniz de genç kadının ızdırabına onunla birlikte ağlayıp coşmuştu da, Feyzâ sakinleşince o da, duruluvermişti birden... Dümdüz, mavi bir atlas gibi yumuşak ve pürüzsüzdü.

Feyzâ birden Hilâl'i hatırladı.. Heyecanla saatine baktı ve bir sıçrayışta kayanın üzerinden inerek, tekrar koşar adımlarla geldiği yokuşu çıkmaya başladı.. Hilâl'in okuldan çıkışına tam beş dakika vardı. Nasıl olmuştu da saatin bu derece ilerlediğinin farkına varmamıştı. Beş dakikada okula yetişmek şöyle dursun, bu yokuşu zor çıkabilirdi..

Caddeye çıktığı zaman göğsü körük gibi hızla inip kalkmaktaydı.. Başı şiddetle dönmeye başlamış, ayaklarının dermanı kesilmişti. Bereket durakta fazla beklememişti de, bindiği dolmuş, kendisini yere yıkılma tehlikesinden kurtarmıştı.. Arabanın içinde bir elini kalbine bastırdı ve gözlerini yumarak başını yan cama dayadı.. İneceği yere geldiği zaman oldukça kendine gelebilmişti..

Hilâl, okulun dış kapısının önünde, başı örtülü, elinde çantasıyla beklemekteydi. Belliydi ki bütün okul dağılmıştı.. Karşıdan annesini görünce derin bir nefes aldı. İçinden de: «Çok şükür» Korktuğum gibi başına bir şey gelmemiş.» diye geçiriyordu.

* * *

Ertesi günü Feyzâ, Hilâl'i okulun kapısına kadar götürüp bıraktıktan sonra pazara uğrayıp, lüzumlu şeyleri alarak eve döndü.. İçinde hem garib bir eziklik, hem de tatlı bir huzur vardı..

Bir gün evvel Hayri dededen öğrenmiş olduğu hakikatlerin tesirinden hala kurtulamamıştı.. Bütün gece gözüne bir saniye uyku girmemiş ve Bilâl'in evlenmek için kendisini arayışı ve bulamayışı genç kadına çok dokunmuştu. Kalbindeki ezikliğin bundan başka sebebi olamazdı.. Diğer taraftan Hilâl'i nihayet arzu ettiği gibi bir okula yerleştirmeğe muvaffak olmuştu.. Bundan dolayı da derin bir huzur ve hatta sevinç duymaktaydı...

Bu düşüncelerle kasaptan aldığı gazete kağıdıyla sarılmış kıyma paketini açmak üzereydi ki, kağıdın üzerinde görmüş olduğu bir resim ve haber karşısında gözleri hayretle açıldı. Ellerinin titremesine mani olamıyordu...

Alelacele paketi açtı, kırışık gazete kağıdını eliyle düzeltti ve inanamıyan gözlerle gazetedeki resme bakmıya başladı.. Bu, evet oydu.. Hem ta kendisiydi, Bilâl'di bu resimdeki şakaklarına hafif kır düşmüş adam...

Onun, bir tesadüf eseri olarak ikinci defa gazetede resmini görüyordu.. Resim, dağlık bir mıntıkada çekilmişti.. Arka planda bir maden ocağı ve çalışan işçiler görülmekteydi. Bilâl'in üstü başı toz içindeydi.. Bacağında koyu renk bir iş pantolonu, ayaklarında dizlerine kadar uzanan çizmeler, sırtında iri kareli spor bir iş gömleği vardı..

Feyzâ resmi tetkik etmekten, haberi okumayı akıl dahi edememişti.. Neden sonra aklına geldi de, habere göz atabildi.. Satırları büyük bir heyecanla, su içercesine okuyup bitirince, gözleri mutfak penceresinden dışarılara, uzaklara doğru daldı gitti..

Demek Bilâl, Doğu'da bir maden işletiyordu... Onun nasıl olup da birden bire bu derece zengin olabildiğini şimdi çok iyi anlıyordu.. Cenab-ı Hak, onun dürüst ve gayretli çalışmalarının mükafatı olarak, ona sonsuz hazinelerinden büyük lütuf ve ihsanlarda bulunmuştu.. Ve şüphesiz ki Bilâl, buna herkesten fazla layıktı..

Gazetedeki yazı, bir haberden ziyade, Bilâl'le yapılmış bir röportaj mahiyetindeydi.. Bilhassa şu satırları Feyzâ tekrar tekrar, ezberlercesine okumaktan kendini alamıyordu:

«Bilâl bey, sizin bunca büyük işler yanısıra, beş vakit namazını eda eden dini bütün bir müslüman olduğunuzu işitmekteyiz.. Hatta işçilerinizden öğrendiğimize göre en mühim iş anlarında dahi namaz vakitleri taşların toprakların üzerine seccadenizi yayıp namaz kılıyormuşsunuz. 20 nci asır gibi hızlı ve hareketli bir asırda günde beş vakit namaz işlerinizi aksatmıyor mu?..

Bilâl bey, bizim bu sorumuzu bir başka soruyla cevaplandırdı:

«- Günde 3 öğün yemek işlerinizi aksatıyor mu?

Gülerek

«- Elbette hayır, diye cevap verdim.. O, aynı sempatik haliyle devam etti:

«- O halde?. Yemek yemek vücudumuzun nasıl maddi bakımdan gıda ihtiyacını temin ediyorsa, namaz kılmak da ruhumuzun manevi gıdasını temin etmektedir ki, namaz ayrıca yerlerin ve göklerin, bizlerin ve bütün mevcudatın yaratıcısı olan yüce Allah'ımıza karşı kaçınılmaz bir kulluk borcudur ve en başta bunun için kılınır. Diğer taraftan asrın ilerleyişini, namazın terki için sebep göstermek, materyalist bir zihniyetin mahsulünden başka bir şey değildir. Namaz kulun Allah'a karşı bir borcudur.. Nüfus kağıdında İSLAM kaydı bulunan zengin - fakir, cahil - münevver her müslüman hangi zaman ve mekanda bulunursa bulunsun, bu kulluk borcunu ödemekle mükelleftir.. Üstelik namazın işlerimizi aksatması şöyle dursun tam aksine bizzat müşahade etmekteyim ki namaz, insanın hayatını ve işlerini disiplinli bir intizama kavuşturmaktadır. Başkaca soracağınız bir şey var mı?..

«Vardı ama, dedim, sizin, bu konuşmalarınız karşısında hepsini unuttum. Neredeyse günahlarımdan tövbe edip, hemen namaza başlıyacağım, Bilâl bey..

Ben dar patikadan aşağı doğru inerken, memleketimizin tanınmış iş adamlarından yüksek Kimya Mühendisi Bilâl bey de, ikindi namazını eda etmek için seccadesini kıbleye doğru yöneltmekteydi...»

Feyzâ, elindeki gazete parçasından bu satırları okurken, kalbindeki pişmanlık hissi gitgide büyümekte, bütün benliğini sarmaktaydı.. Ah... Hangi akıla uymuştu da ondan bucak bucak kaçmıştı?. O, şimdi işte böyle bir iman kahramanının eşi olacaktı.. Ama ayağına kadar gelen kısmeti, yine kendi ayağıyla tepmişti.. Kimbilir şimdi bir başka kadın vardı belki de hayatında...

Bu düşünce, Feyzâ'nın bütün vücudunu ürpertmeye kafi gelmişti. Bilâl'in hayatında bir başka kadın.. Hayır hayır olamazdı böyle bir şey...

Ama niçin olmasındı?.. Bu zamanda Bilâl gibi bir erkeğin bekar olarak yaşaması kadar zor bir şey olamazdı.. Bilâl, gerçi hanımı vefat ettikten sonra yıllarca bekar yaşamıştı ama, Feyzâ'ya tesadüf edince, yeniden evlenmeye kalkmıştı... Ne var ki, hazin bir tecelli onları mesut bir yuva kurmaktan mahrum etmişti.. O günden bu yana aradan 7 sene geçmişti... Belki de Bilâl, bu zaman zarfında ikinci izdivacını yapmıştı...

Elindeki gazeteyi derin bir tecessüsle tekrar başından sonuna kadar okudu.. Onun halen evli veya bekar olduğuna dair en ufak bir imaya dahi rastlamadı.. İçindeki merak şimdi gitgide büyümekteydi..

Mutfakta soğan doğrarken, yemek yaparken, ortalığı süpürüp silerken hep bunu, Bilâl'in hala bekar olup olmadığını düşünüyordu... Nihayet işlerini bitirdi ve yorgunluğunu gidermek üzere, arka üstü divana uzandı... Ellerini, genç kızlık günlerinden kalma sabit bir alışkanlıkla başının altında kenetledi ve gözlerini tavana dikerek düşünmeye başladı..

Ama şimdi hisleri heyecandan uzak, sakin bir şekilde düşünüyordu.. Bilâl, evli veya bekar olmuş, bunu öğrenmekle eline ne geçecekti? Bekar olsaydı değişen ne olacaktı?.. O, kendisini evlenme teklif etmek için günlerce sokak sokak aramış, bulamamış, sonunda ümidini keserek istanbul'u terkedip Doğu bölgelerinde işinin başına dönmüştü. Feyzâ ise bu hakikati daha yeni öğrenmişti.. Lakin bundan ne çıkardı ki?.. Bekar olduğunu bilse bile, kendisinin Bilâl'i aramasına imkan var mıydı?..

O havai, ele avuca sığmaz genç kızlık günlerinde olsaydı bunu yapardı.. Hem mutlaka yapardı... Ama şimdi Feyzâ, o Feyzâ değildi artık... Her şeyden evvel, islâmi hüviyeti, kadınlık izzet ve gururu buna maniydi...

Yerinden doğrulurken, son ve kati kararını vermişti... Hayır, onu aramayacaktı... işi tamamen kadere bırakacaktı.. Kaderde bir kere daha karşılaşmaları mukadderse, biraraya gelmeleri mümkün olabilirdi... Ama bir kadın olarak onu araması ve kendiliğinden müracaatta bulunması imkansızdı...

Günler ilerleyip, imtihanlar yaklaştıkça Hilâl'in çalışma temposu da görülmemiş bir hızla ilerlemekteydi... Yavrucak adeta yemeden içmeden kesilmişti. Önceleri gece saat en geç onbirde yatarken, şimdi sırasında ikide, üçte yattığı oluyordu... Hatta bazı günler, sabaha kadar gözünü kırpmadan çalıştığı oluyordu.. Hem de nasıl?.. Ölgün bir mum ışığı altında.. Çünkü annesi, onun uykusuz kalmasına müsaade etmiyordu... Saat 12 - 1 oldu mu, hemen gelip odasının ışığını söndürüyordu... Hilâl, ancak annesinin uyuduğuna iyice kanaat getirdikten sonra usulca yatağından kalkıyor ve dolabındaki mumu çıkarıp yakarak, dersini çalışıyordu.

Hilâl, aslında küçücük yaşında hayatının belki en çetin mücadelesini vermekteydi.. Üzerinde, sınıfta kalacağını peşinen bilen ve bunu bizzat öğretmeninin ağzından işiten bir talebenin moral çöküntüsünden zerrece eser yoktu.. Bilakis, kalma ihtimali yüzde doksan sekiz olmasına rağmen o, ümitliydi, azimliydi ve hayret edilecek derecede gayretliydi...

Sınıfını geçmesi, hem mutlaka geçmesi lazımdı... Çalışmalarının haricinde,beş vakit namazında kendisini muvaffak etmesi için Cenab-ı Hakk'a gözyaşlarıyla yalvarmaktaydı... Annesi ona öyle bir ruh, öyle bir islâmi şuur aşılamıştı ki, Hilâl, imtihanda muvaffak olmayı sınıf geçip, ilkokulu bitirmek düşüncesiyle değil, başında taşıdığı örtünün izzeti için istiyor ve arzu ediyordu.. Sabahlara kadar mum ışığının altında ders çalıması, hep bunun içindi...

O, örtülü olanlara geri kafalı, hiç bir şeyden anlamaz tembel, miskin, yobaz ve softa gözü ile bakan ve örtülerinden dolayı onları hakir gören gafillere, 20 gün içinde görülmemiş bir muvaffakiyet kazanarak hakketmiş oldukları bir ibret dersi vermek istiyordu.. Daha doğrusu, örtünün Allah'a örtünme hususundaki emrini yerine getirmek üzere yalnız saçlarını örtüp gizlediğini, insanın zekasını örtüp gizlemediğini isbat etmeliydi...

Sonra annesi... Hayatı cefalarla geçmiş, çilekeş, fedakar ve vefakar biricik annesi.... Az mı koşmuş, azmı yorulmuş, az mı hakarete maruz kalmış, az mı elem ve ızdırap çekmiş, hastalanıp gözyaşları dökmüştü kendisini okutmak için... Hayatı boyunca çalışsa ve bütün ömrünü onun için harcasa, ona, o büyük kadına karşı olan minnet ve şükran borcunu ödemesine imkan yoktu... ama ne olursa olsun... Elinden geldiği kadar onu memnun etmeye ve yüzünü güldürmeye gayret etmeliydi... Bunun için de en evvel, sınıfını geçmesi, hem de mükemmel bir şekilde geçmesi icabediyordu...

Feyzâ, kızının bu ince hesaplarından, bu asil his ve duygularından habersizdi... Yalnız günden güne onun karşısında bir mum gibi eridiğini, gözle farkedilecek şekilde zayıfladığını görerek fena halde üzülüyordu... Ama onun gıdası için sarfettiği bütün gayretler boşa gitmekteydi... Canı hiç bir şey yemek istemiyordu.. Gözlerinin etrafı, mor bir halkayla çevrilmişti... Feyzâ, böyle giderse, kızının ileride telafisi mümkün olmayan bir hastalığa yakalanacağından korkmaktaydı...

Öğretmetmeni de Hilâl'deki bu değişikliği farketmişti... Günlük derslerindeki başarısı, sınıfın en çalışkan talebesinin dahi fevkine çıkmıştı... Bundan dolayı Safiye öğretmen, kısa zamanda Hilâl'i bütün talebelerinin üstünde bir sevgi ve muhabbetle sevmekteydi.

Nihayet imtihan günleri geldi çattı.

Feyzâ, sanki imtihana kendisi girecekmiş gibi heyecanlıydı... Kızını hayır dualarla imtihan kapısına kadar uğurluyor, sonra kendisi, Hilâl çıkıncaya kadar bahçede bekliyordu. Orada geçirdiği her bir dakika, kendisine bir yıl kadar uzun geliyordu... Dudakları her an duada, kıpır kıpır oynamaktaydı... Hilâl, imtihan kapısından çıkar çıkmaz doğru koşuyor ve ilk sual olarak:

- Canım yavrum, söyle nasıl geçti?.

Diye soruyordu. Feyzâ ne kadar heyecanlı ve endişeli ise, Hilâl o derece sakin ve mütevekkildi... Bu çocuğun yaşından büyük bir olgunluğu vardı... Annesinin suallerine sadece:

- İyi geçti anneciğim... Tabiî sonunu Allah bilir, diye cevaplandırmaktaydı.

Bütün imtihan müddetince Hilâl, kapalı bir kutuyu andırmaktaydı.. Annesinin bütün ısrarlarına rağmen, imtihanlardan teferruatlı olarak bahsetmiyor, hiç bir izahta bulunmuyor, suallere kısa ve kaçamak cevaplar vermekle yetiniyordu.

Onun bu hali Feyzâ'yı adamakıllı üzmekteydi. Acaba Hilâl, neden böyle davranmaktaydı?.. Yoksa imtihanlarda öğretmen hanımın önceden tahmin ettiği gibi muvaffak olamıyor muydu?.. İmtihanlardan çıkışında hiç bir sevinç emaresi göstermediğine göre, kim bilir belki de yavrucak hakikaten derslerini bilemiyor ve bunun için içlenip üzülüyordu... İmtihanların iyi geçtiğini söylemesi de, belki annesini üzmek istemediğindendi.

İmtihanlar bitmiş, diploma alma günü tesbit edilip, velilere duyurulmuştu... Fakat heyhat!.. Büyük bir aksilik olarak, o gün Feyzâ, belini dahi doğrultamayacak derecede hastalandığı için merasime gitmeleri mümkün olmamıştı.. Günlerin üzüntü ve heyecanı, zayıf bünyesini yeniden yatağa sermişti... Ateşinin zaman zaman kırka kadar yükseldiği oluyordu. Buna rağmen aklı fikri Hilâl'deydi.. Zavallı yavrucak, kimbilir merasime katılamadığı, diplomasını gününde alıp, neticeyi bir an evvel öğrenemediği için ne kadar üzülüyordu.

Kalkmak için kendini defalarca yokladı... Lakin her seferinde, başı bir külçe gibi yastığa çakıldı kaldı... Gözlerini ne zaman açsa Hilâl'i, köşe divanda büzülmüş, başında oyalı namaz örtüsüyle, elinde Kur'an okur halde görüyordu.. Bir ara dayanamadı ve güçlükle konuşarak:

- Hilâl yavrum, gidemediğimiz için üzgünsün değil mi evladım?. dedi..

Hilâl, gözlerini Kur'andan kaldırarak annesine baktı ve:

- Hayır anneciğim, dedi. Hatta inan buna memnun bile oldum. Sen beni düşünme... Benim yegane düşüncem ve üzüntüm, senin hastalığındır... Ne olur müsaade et de bir doktor çağıralım...

- Benimki gelip geçici bir haldir, bilirsin kızım... Doktorluk iş değil... Almış olduğum antibiyotikle iki güne kalmaz kalkarım inşaallah ayağa...

Buna rağmen, Feyzâ ancak bir hafta sonra sıhhatli olarak ayağa kalkabildi... Bu arada makinedeki işleri de olduğu gibi kalmış, malları almaya gelen çocuk, dikilecek yeni mal bırakıp, hiç, bir şey almadan eli boş geri dönmüştü.

Hastalığı müddetince Feyzâ, Hilâl'in sözleri üzerinde uzun uzun düşünmüş ve onun bu tarz hareketine esaslı bir mana verememişti...

Hilâl diploma töreninde bulunmadığından memnun olduğunu söylemişti. Bu, memnuniyet, olsa olsa diploma derecesinden endişe duyduğundan dolayıydı... Hassas yavru, demek ki, herkesin önünde, öğretmenlerinin, ve velilerin ve arkadaşlarının önünde mahçup düşmek istememişti.

O gün, sabahleyin erkenden kalkmış ve bir-iki saat içinde işlerini bitirmişti... Alelacele giyindi ve öğlene pişecek olan pilavın pirincini ayıklamakla meşgul olan Hilâl'in yanına gelerek, onu olanca şefkatiyle kucaklayıp, bağrına bastı ve:

- Bu gün Elhamdülilah iyiyim yavrum, okula, diplomanı almaya gidiyorum... Yarım saate kalmaz dönerim inşaallah, dedi...

Hilâl, her zamanki gibi sakindi... Yerinden kalkıp, annesini kapıya kadar uğurladı... Anne kız, bir kere daha kucaklaştılar ve Feyzâ, kapıdan rüzgür gibi çıktı gitti... Hilâl, bir müddet onun arkasından dalgın gözlerle baktı, sonra o da kapıyı örtüp, içeriye pirinç tepsisinin başına döndü.

Feyzâ, kapıdan ilk hızla rüzgar gibi çıkmıştı ama sonraları, ayakları okula yönelen sokakları çiğnedikçe, adımları geri geri gider olmuştu adeta... Üzerinde tuhaf bir çekingenlik, kalbinde tarifi imkansız bir eziklik, bir endişe vardı...

Okula gittiği zaman hademe taşları siliyordu... Müdür beyin yukarıda, okulun toplantı salonunda olduğunu ondan öğrendi... Acaba nefesi şu merdivenleri çıkıncaya kadar kendisine yetecek miydi?

En üst basamağı da çıktıktan sonra, elini şiddetle çarpan kalbinin üzerine bastırarak, bir an derin bir nefes aldı... Sonra geniş koridorlarda ilerlemeye başladı... Bir ara gözü, geniş camekanlı bir odaya takıldı. Yerlere inen camlardan, içerisini rahatça görmek mümkün oluyordu... İçerde, uzun bir masanın etrafında müdür ve okulun bütün öğretmenleri toplanmışlar, hararetli bir şekilde konuşuyorlardı.

Feyzâ, toplantı anında müdürü rahatsız etmenin doğru olmayacağını düşünerek, toplantının sonunu beklemek üzere oradan ayrılıp, ilerdeki banklara doğru henüz bir adım atmıştı ki, bu esnada tam karşıda oturan müdür bey, kendisini gördü...

Müdür aynı anda sandalyesini çekip, ayağa kalktı ve masanın etrafını dolanarak geldi, kapıyı açtı.. Onun kendisi için kalktığını görünce; Feyzâ da kapıya, ona doğru ilerledi... Tam kızının diplomasını almak üzere geldiğini söylemek için ağzını açacaktı ki, müdür bey asık bir yüz ve yüksek bed bir sesle:

- Hanımefendi, dedi. Sizin çocuğunuz...

Müdür bir an durdu, yutkundu...

Feyzâ, birden koskoca binanın başına yıkıldığını zannetti... İçinden: «Tamam, dedi... İşte acı hakikat.. Tam tahmin ettiğim gibi.. Muvaffak olamadı... Sınıfta kaldı...» diye geçirdi... Demek bütün emekler, çırpınmalar ve gayretler boşa gitmişti... Koskoca dünya başının etrafında döndü. Sonra müdür bey aynı ifadeyle devam etti:

- Evet, sizin çocuk bambaşka... görülmemiş bir çocuk efendim?.. O ne zeka.. o ne kafa, o ne görülmemiş gayret ve azim öyle hanımefendi?..

Feyzâ, kulaklarına inanamıyordu.. Önce müdür beyin ne demek istediğini tam olarak anlayamadı.. Müdür bey devam ediyordu:

- Efendim, dikkat buyurun... 20 gün gibi çok kısa bir zamanda okul değişikliği, öğretmen değişikliği, arkadaş değişikliği, ders kitaplarının değişikliği ve hepsinin mühimi, imtihan usulünün değişikliği... Bütün bunlara rağmen çocuğunuz bu 20 gün içindeki gayret ve çalışmalarıyla imtihanda okulumuzun en çalışkan talebesi oldu hanımefendi... Sizi temin ederim ki, bunca senelik meslek hayatımda, bu güne kadar ben sizin çocuğunuz gibi bir çocuğa rastlamadım. Sizi tebrik ederim, kızınızla ne kadar iftihar etseniz azdır...

Feyzâ, o derece şaşkına dönmüştü ki, sadece müdürün yüzüne ifadesiz gözlerle bakıyor, müdürün kendisiyle alay edip etmediğini anlamak istiyordu.

Fakat müdürün yüzünde hiç de öyle insanla alay edecek ifade yoktu... Bilakis, sözlerinde son derece ciddi ve samimiydi... Nitekim, müdürün sözlerini teyid edercesine, Safiye öğretmen de masadan kalktı ve elini uzatarak Feyzâ'yı, Hilâl'in muvaffakiyetinden dolayı tebrik etti...

Feyzâ, hala duyduklarına inanamıyordu.. Gözlerini hayret dolu bir ifadeyle, bir müdür beye, bir Safiye hocanıma çevirip duruyordu... Safiye hocanım, genç kadındaki bu hali farketmiş olacaktı ki, tam bir abla şefkatiyle, elini onun omuzuna koydu ve:

- Hislerinizi çok iyi anlıyorum Feyzâ hanım, dedi.. İnanın, şu anda ben de en az sizin kadar hayret içindeyim... Ve size daha önceden de söylediğim gibi, bir kere daha tekrar itiraf ederim ki, Hilâl'in bu imtihanda sınıf geçmesi imkansızdı..... Kaldı ki, bırakın sınıf geçmeyi, üstelik çalışkanlığı ve almış olduğu yüksek notlarla 20 gün gibi kısacık bir zaman içinde okulun en çalışkan talebesi olarak hepimize güzel bir sürpriz hazırladı.. Ah.. bir bilseniz diploma töreni günü Hilâl'i ve sizi gözlerim ne kadar aradı.. Yavrucak, o günün gurur verici lezzetini dahi tadamadı.. Tabii bir anne olarak, siz de...

Feyzâ, Safiye hocanıma, sadece dudağının ucunda kıvrılan manalı bir tebessümle cevap verdi... Söylemek istediği her şey, o tebessüm içinde gizliydi.

Biraz sonra, elinde rulo halindeki kırmızı kurdele ile bağlı diploma olduğu halde müdür ve Safiye hocanıma veda ederken Feyzâ:

- Yarım saate kalmaz, Hilâl'i elinizi öpmeye getireceğim, efendim... demekteydi...

Okulun merdivenlerini nasıl inmiş, kendisini sokağa nasıl atmıştı bilemiyordu sevincinden.. Okula gelirken adeta geri geri giden ayakları, şimdi eve dönerken kanatlı bir kuş gibi uçuyor, bütün dünyaya, herkese saadetini haykırmak istiyordu... Cenab-ı Hak, gece gündüz yapmış olduğu duaları nihayet kabul buyurmuştu işte.. O'na ne kadar şükretse ve hamd etse yine de azdı. Zira her şey O'nun lütfu ve O'nun rahmeti ile hasıl olmuştu...

Feyzâ, sevinç ve memnuniyetinin büyüklüğünden, bastığı yeri görmüyordu. Eve gelip, anahtarla sokak kapısını açtığı anda bile rüyada gezer gibiydi... Hilâl, tepsideki pirinçleri ayıklamış, eline aldığı bir kitapla uzandığı divanın üzerinde uyuya kalmıştı... Feyzâ, bir türlü onu uyandırmaya kıyamıyordu. Öyle tatlı, öyle derin uyuyordu ki... Feyzâ, bir müddet uyandırmadan onun yüzünü seyretti... Kızının yüzünde mes'ut, saf, temiz ve meleki bir ifade vardı... Feyzâ, onu seyrederken, bir yandan da içinden «Ne kadar da güzel yaratmışsın Ya Rabbim... Kimbilir büyüyünce büsbütün ne güzel olacak» diye geçiriyordu.

Sonra birden zihninden bu düşünceyi attı... Zira güzellik, insanı mesut etmeye kafi bir unsur değildi... Şayet öyle olsaydı, en başta kendisi mesut olurdu. Güzelliği dillere destan olmuştu da ne olmuştu sanki?.. Şımarık gururlu, kendini beğenmiş bir genç kız olarak yetişmiş ve bunun cezasını bütün hayatınca çekmişti...

İnsan, her şeyden evvel imanlı ve güzel ahlaklı olmalıydı... Bu iki güzel haslete sahip olan insan, fiziki yönden güzel olmasa da, kendisini mesut ve bahtiyar hissederdi şüphesiz..

Kızının yanakları üzerine düşmüş uzun ve kıvırcık kirpiklerini seyrederken, onun ilerde de aynı, hatta daha kuvvetli bir imana sahip bulunması, bu güzel ahlakının değişmemesi ve güzelliğiyle mağrur bir genç kız değil, mütevazi, sade ve mazbut bir genç kız olarak yetişmesi için Rabbına dua ve niyazda bulunmaktaydı..

Birden tekrar elindeki diplomayı hatırladı.. Kimbilir diplomasını en iyi dereceyle gördüğü zaman ne yapacak, nasıl sevinecekti yavrucak... Bunca cefadan sonra elbette sevinmek hakkıydı... Fakat Feyzâ, onu daha da çok memnun etmek istiyordu... Kızının bu muvaffakiyeti için onu mutlaka mükafatlandırmalıydı...

Karar verdi... uyanınca derhal giyindirip, önce okula müdür ve öğretmeninin elini öpmeye götürecek, sonra da elindeki bütün imkanı kullanarak çarşıdan ona en güzel ve en beğendiği kıyafetleri, istediği kitapları alacak ve daha sonra da, yanlarına hafız hanım teyzeyi de alarak, Boğazda güzel bir geziye çıkaracaktı kızını..

Elindeki diplomayı usulca Hilâl'in koynuna koydu. Ve ayıklanmış pirinçleri alarak, mutfağa yürüdü.

* * *

ALTINCI BÖLÜM

Gece bir sır örtüsü gibi bütün koyuluğunu şehrin üzerine sermişti.. Bardaktan boşanırcasına yağan yağmur altında bir genç kız nefes nefese koşuyordu...

Ara sokaklarda bulunan bütün evlerin ışıkları yanmaktaydı... Sokaklar ıssız ve sesizdi... Sokak lambalarının ölgün ışığı altında koşarak ilerleyen genç kız, yağan yağmuru umursamıyordu bile...

Bir sokak lambasının altında aydınlanan yüzünden anlaşıldığına göre 18 yaşlarında olmalıydı... Sırtında, koyu renk bir trençkot, ayaklarında kısa botlar vardı... Yağmurdan sırıl sıklam olmuş başörtüsü, bütün saçlarını örtecek şekilde bağlanmıştı.. Narin ve mevzun bir endama sahipti... Yüzünün cazibe ve güzelliği, en koyu karanlıklarda dahi kendini hissettirecek kadar müstesnaydı.

Fakat genç kız ağlıyordu... Hem hıçkıra hıçkıra, sarsıla sarsıla ağlıyordu. Gözlerinden fışkıran yaşlar, yanaklarında iri yağmur damlacıklarıyla birleşiyor, sonra onlarla birlikte yuvarlanıp gidiyordu...

Sokak köşelerinden kıvrıla kıvrıla büyük lambalarla ıpışıl aydınlanmış geniş bir caddeye çıktı.. Şimdi artık koşmuyordu... Yaşlı gözlerini yukarılara doğru kaldırmış, cadde üstünde sıralanmış büyük apartmanların kapı ve pencerelerine bakıyor, bir şeyler arıyordu.

Yüz metre kadar ilerlemişti ki, gözleri aradığını bulan bir ifadeyle büyük beyaz bir tabelaya takıldı kaldı... Tabelada iri siyah harflerle : «Dahiliye Mütehassısı Dr. NAZIM SOYER» yazılıydı...

Genç kız, ani bir hareketle geniş apartmanın kapısına doğru ilerledi... Alttan ikinci katın ziline parmağını bastı ve beklemeye başladı... Kalbi, yerinden fırlayacakmış gibi çarpıyordu... Kapı, otomatikle açılıncaya kadar geçen zaman, genç kıza yıllar gibi uzun gelmişti.

Açılan sokak kapısından rüzgar gibi içeri daldı... Merdivenleri koşa koşa, ikişer ikişer çıkıyordu.. Şimdi ağlaması daha da şiddetlenmişti... Hıçkırık sesleri apartmanın içinde derin akisler uyandırmaktaydı..

İkinci katın daire kapılarından biri açılmış, 45 - 50 yaşlarında görünen saçlarına kır düşmüş yakışıklı, olgun bir adam, merak ve tecessüsle başını dışarıya doğru uzatmıştı... Genç kızın ağlayarak yukarı çıktığını görünce endişeli bir sesle sordu:

- Buyurun kızım, kimi arıyorsunuz?.

Genç kız, titreyen bir sesle:

- Doktor beyi efendim... doktor beyi arıyordum, dedi..

- Doktor benim, neyiniz var?. Buyrun içeri...

Genç kız, artık ellerini yüzüne kapamış, vücudu hıçkırıklarla sarsıla sarsıla ağlamaktaydı. Bir yandan da yalvaran bir sesle:

- Annem, doktor bey... annemi kurtarın ne olur, diyordu.. Yalvarırım çabuk olun. Annem ölecek neredeyse... Kurtarın onu...

Genç kızın hali doktora dokunmuştu...

- Bir dakika, dedi... içerde misafirim var... Kendisinden müsaade isteyip, hemen geliyorum.. Yalnız siz ağlamayı bırakın artık bakayım... Bu gidişle annenizden önce sizi kurtarmaya çalışacağım...

Genç kız, hiç bir şey duyacak, dinleyecek durumda değildi... Hıçkırıklarının ardı arkası gelmiyordu... Doktor, daire kapısını aralık bırakıp, içeri girdi... Misafir odasında kahvesini yudumlamakta olan genç ve yakışıklı bir Türk subayı oturmaktaydı... Doktor Nazım içeriye girince, genç subay, elindeki fincanı sehpanın üzerine bırakarak merakla sordu:

- Ne o ağabey?.. Mühim bir durum mu var?..

- Öyle evladım.. Ağlaya ağlaya perişan olmuş bir genç kız... Annesinin durumu fenaymış galiba.. Son zamanlarda geceleri pek çıkmıyordum ama, kızcağızın hali çok dokundu bana...

- Beni hiç düşünme Nazım ağabey... Nasıl olsa birazdan kalkacaktım... Birlikte çıkarız...

Genç subay, kasketini alarak ayağa kalktı. Tam misafir odasının kapısı önüne gelmişlerdi ki, doktor:

- Sen de benimle beraber gelsen, iyi edersin Nusret, dedi... Belki kadıncağızın mühim bir durumu vardır... ne de olsa yardımın dokunur.

- Peki ağabey, o halde haydi bekletmeyelim kızı...

- Tamam... Sen ayakkabılarını giyedur, ben de içeriden çantamı alayım...

Nusret, antrede ayakkabılarını giyerken, aralık duran daire kapısından genç kızın hıçkırık seslerini duymaktaydı... Kalbi ezilerek kapıyı açtı...

Genç kız, elleriyle yüzünü kapattığı için, yüzünü görmek mümkün değildi. Fakat giyinişinden son derece mazbut ve nezih bir aile kızı olduğu anlaşılıyordu. Kızın çaresizliği ve perişanlığı Nusret'e öylesine dokunmuştu ki, elinde olmadan onu teselli etmek istedi:

- Ağlamayın kardeşim, her şeyin bir çaresi vardır. Ağlamakla hiç bir şey elimize geçmez ki...

Genç kız, birden ellerini yüzünden çekerek karşısındakine baktı. Karşısında duranın biraz evvelki doktor değil de, genç bir subay olduğunu görünce adeta kekelercesine:

- Ama ben doktor beyi aramıştım, siz kimsiniz? dedi...

Nusret, genç kızın meydana çıkan yaşlarla ıslanmış güzel yüzünü görünce, bir an elinde olmadan hafifçe sendeledi... Bu ne saf, bu ne masum bir güzellikti Ya Rabbi!...

Fakat kendisini çabuk topladı ve genç kızın sualini cevaplandırdı:

- Merak etmeyin... Ben doktor beyin aile dostuyum. Kendisi şimdi çıkıyor... Şayet sizce bir mahzur yoksa, ben de bareber geleceğim... Belki bir yardımım dokunur...

Genç kız, tekrar elllerini yüzüne kapayarak ağlamaya başladı:

- Bilmiyorum... Hiç bir şey bilmiyorum.. Annemin kurtulmasından başka bir şey düşünemiyorum şimdi..

O sırada Doktor Nazım Bey, elinde çantayla göründü... Üçü birlikte merdivenlerden indiler... Dr. Nazım, geniş kaldırımın üzerine parkettiği arabasına doğru önden yürüdü ve önce arka kapıyı açarak genç kıza:

- Siz böyle buyurun küçük hanım, dedi...

Sonra genç subayla ikisi öne geçtiler. Dr. Nazım arabayı çalıştırdı. Yol boyunca yağmur arabanın pencerelerini kamçılıyor durmamacasına yağıyordu. Genç kızın ağlayışı hala dinmemişti. Doktor sordu:

- Nerede oturuyorsunuz?..

- Yavuz sinemasının arka sokağında...

- Annenizin rahatsızlığı nedir?.

Genç kız içli ve titrek bir sesle cevap verdi.

- Bilmiyorum. Birden ateşi yükseldi... Yatağa yatırdım... Fakat sırtına saplanan sancılar o kadar tahammül edilmez bir haldeki, boğazı yırtılırcasına feryad ediyor... Birkaç gün, belki geçer diye bekledik ama, biraz evvel, birden çok fenalaştı... Ve bana: «Kızım, ben öleceğim galiba» dedi... Dışarıya nasıl fırladığımı, doktor bulmak için caddelerde nasıl koştuğumu bilmiyorum... Doktor bey söyleyin... ölmez değil mi?.. Annem ölmeyecek, değil mi?. Yoksa ben ne yaparım Allah'ım?..

Genç kızın hıçkırıkları yeniden şiddetlenmişti.. Doktor Nazım, yanında oturan Nusret'e şöyle bir yan gözle baktı... Onun da, genç kızın halinden büyük üzüntü duyduğu anlaşılıyordu... Sonra sakin ve yatıştırıcı bir sesle:

- Bu kadar telaşlanma yavrucuğum, dedi... Hele bir gidip muayene edelim; o zaman belli olur durumu... Kıyafetinizden, dinine bağlı bir genç kız olduğunuz anlaşılıyor... O halde Allah'ın her şeye kadir olduğunu bilmeniz icabeder. O'ndan ümit kesilir mi hiç? Yalnız size başka bir şey soracağız... Ailenizde doktor arıyacak başka bir kimse yok muydu?... Sizin gibi genç, güzel ve böyle mazbut bir genç kızın gece vakitleri sokaklarda dolaşması doğru mu ya?.. Babanız erkek kardeşiniz filan yokmu?.

Genç kız yine hıçkırarak:

- Yok... dedi... Benim kimsem yok... Hayatta biricik anneciğimden başka hiç kimsem yok benim doktor bey... Bir felçli dadıcığımız vardı bir zamanlar... Onu da kaybettik.. Bugün annemin benden, benimse annemden başka hiç kimsemiz yok... Şimdi anladınız mı gecenin bu saatinde niçin sokağa fırladığımı?..

Doktor Nazım, kızın yarasını deştiğini anlamıştı... Sorduğuna pişman olmuştu. Üzgün bir sesle:

- Özür dilerim, dedi... Sizi üzmek istememiştim... Sizin için elimden ne gelirse yapacağımdan emin olun yavrum...

Nusret hiç konuşmamakta, fakat yüzünden genç kızın hıçkırıklarından ve anlattıklarından büyük bir ızdırap duyduğu anlaşılmaktaydı...

Nihayet araba, evin bahçe kapısının önünde durdu... Genç kız arabanın kapısından aşağı atladığı gibi önden koşarak evin kapısını açtı... Sonra içeri dalarak doğru annesinin yattığı odaya girdi... Yatakta yatan kadın 40 yaşlarında göstermekteydi... Saçlarına yer yer kır düşmüş olduğu halde, güzellik ve cazibesi hala aynı letafetini muhafaza ediyordu... Duymuş olduğu ayak sesleri üzerine hafifçe gözlerini araladı ve dudaklarını güçlükle kıpırdatarak fısıltı gibi bir sesle:

- Hilâl, sen misin yavrum?.. Dedi ve tekrar kendini kaybetti...

Hilâl, erkekler daha içeri girmeden ilk iş olarak çabucak bir tülbentle, adeta baygın bir vaziyette olan annesinin başını örttü...

Bu esnada Dr. Nazım ile Nusret de içeri girmişlerdi. Hilâl annesinin yanına diz çöktü... Feyzâ'nın yüzü sap sarıydı... Alnında buz gibi iri ter tanecikleri birikmişti... Hilâl onu böyle ölü gibi bir benizle görünce daha çok heyecanlanmış ve vücudu bu defa daha şiddetli hıçkırıklarla sarsılmaya başlamıştı. Annesinin elini yavaşça tutarak:

- Anne!... Anneciğim aç gözlerini bak, doktor getirdim sana... Anne... Anneciğim.

Diye ağlıyarak diller dökmiye başladı... Doktor Nazım, Hilâl'in yanına gelerek genç kıza:

- Yooo!... Öyle ağlama yok bakalım dedi. Bu ağlamaların, hastanın morali üzerinde ne aksi tesiri olur, bilseniz... Sakin olun yavrucuğum... Hele bir muayene edeyim...

Hilâl ağzını mendili ile kapıyarak ayağa kalktı... Odanın bir köşesine büzülerek, hıçkırıklarını mendiliyle boğmaya çalışıyordu.

Dr. Nazım, önce Feyzâ'nın nabzını yokladı... Sonra endişeyle genç subayın yüzüne bakarak hafifçe mırıldandı:

- Yüksek ateş...

Muayene aletlerini çantasından çıkarırken de yine ona dönerek:

- İnşaallah tahmin ettiğim gibi değildir dedi... Sıkı bir muayeneden evvel bir şey söylemek imkansız...

Sonra Hilâl'e döndü:

- Bana biraz yardım eder misiniz yavrum?

Hilâl mendiliyle gözyaşlarını kurulayarak doktorun yanına geldi... Aletleri üzerine koyması için bir sehpa çekti ve:

- Size ne gibi bir faidem dokunabilir doktor bey? Dedi...

- Öyle mühim bir şey değil... Şimdi bana ya büyücek bir beyaz tülbent veya bir çarşaf getirin siz...

Hilâl koşarak odadan çıktı... Döndüğünde elinde temiz bir beyaz örtü vardı... Hilâl doktorun bu örtüyü ne yapacağını merak ederken doktor Nazım:

- Gelin yavrum annenizin geceliğini ve iç çamaşırlarını yukarı doğru sıyırdıktan sonra vücudunu bu örtüyle güzelce örtün bakayım.

Dedi ve kendisi oradan uzaklaşarak genç subayın yanına döndü... Hilâl başını ona doğru çevirdiğinde doktorun Nusret'le birlikte kendilerine arkalarına dönmüş olduğunu gördü.

Genç kız şimdi doktorun niçin bu örtüyü istemiş olduğunu çok iyi anlıyordu... Fakat bir yandan da hayretten kendini alamıyordu bir türlü... O erkek doktorun kadın hastaları soyarak muayene ettiklerini duymuştu hep... Annesi bunun için hastalıklarında daima kadın doktorlara muayene olmayı tercih ederdi... Ama bu gece müstesnaydı, Hilâl çaresiz kalmıştı... Artık 18 yaşında yetişkin bir genç kız olmasına rağmen bu güne kadar yalnız olarak adımını sokağa atmamıştı.. Bunun için kadın doktor bulmak düşüncesiyle daha uzaklara gitmesi imkansızdı.. Belki annesi kendisine kızacaktı ama elinden başka ne gelirdi ki...

Fakat Allah'a olan iman ve bağlılıklarının mükafatını vermişti sanki yüce yaradan onlara... Zira bu doktor hiç bir doktora benzemiyordu... Konuşmalarından da anlaşıldığına göre mazbut ahlaklı ve imanlı bir kimseye benziyordu.

Şimdi içi bu asil doktora karşı büyük bir güvenle dolmuştu... Artık ağlamıyordu da... Doktorun söylediklerini harfiyen yerine getirdi... Annesinin vücudu döndü ve:

- Tamam doktor bey dedi... Muayene edebilirsiniz.

Doktor Nâzım Feyzâ'ya doğru ilerlerken genç subayada eliyle işaret ederek: Sen de gelsen iyi olur Nusret'ciğim dedi.

- Nusret yakın bir arkadaşımın oğludur kızım dedi. Sakın subay üniformasına bakıp kendisini asker sanmayın... Kendisi halen yedeksubaylığının son ayı içinde bulunmakta olup önümüzdeki ay içinde terhis olacak ve esas mesleğine doktorluğa dönecektir. Yani anlayacağınız kendisiyle meslektaşız.

Hilâl mahcub olmuştu.. Sadece:

- İzahınıza teşekkür ederim doktor bey dedi ve o da onlarla birlikte

Feyzâ'nın yatağının yanına yaklaştı...

İlk muayeneyi Doktor Nazım yapmıştı... Sonra aletleri Nusret'e uzattı... Yüzünde genç kıza belli etmek istemediği hoşnutsuz bir ifade vardı... Nusret'in de muayenesi bitince iki meslekdaş bir an göz göze geldiler...

Onların bu bir anlık bakışmaları Hilâl'in gözünden kaçmamıştı... Gayri ihtiyari gözlerinden yeniden yaşlar boşanmaya başlamıştı... Hıçkırıklarını boğmaya çalıştığı bir sesle:

- Söyleyin doktor bey... Annem ölmiyecek değil mi? diye inledi...

Doktor Nazım eliyle yavaş konuşmasını işaret ederek, oda kapısına doğru yürüdü ve tam çıkacağı sırada Hilâl'e dönerek:

- Biraz benimle gelir misiniz?

Dedi ve bakışlarını genç subaya çevirdi:

- Sen de Nusretciğim, lütfen...

Üçü birlikte hole çıktılar.. Hilâl'in bütün vücudu bir yaprak gibi titremekteydi... Doktor Nazım, genç kızın üzüntüden bitab düştüğünü görerek:

- Sakin olun yavrum, dedi... Annenizin durumu şu anda cidden ağır... Şiddetli bir zatürrie geçirmekte... Fakat itinalı bir tedaviyle inşaallah yakın zamanda ayağa kalkar... Hastanın yanında konuşulacak şeyler değil bunlar... Bunun için sizi dışarıya çağırdım. Şu anda baygın vaziyette yatıyor ama, biraz sonra yeniden ızdırab içinde kıvranmaya başlayacaktır...

- Peki şimdi ne yapmamız lazım doktor bey?..

- Dediğim gibi durumu ağır... Derhal hastahaneye kaldırmamız icabedecek... Benim hususi kliniğim var... Annenizi orada hususi bir ihtimamla tedavi etmeye çalışacağım...

Hilâl'in gözleri bir an buğulanır gibi oldu... Titrek fakat vakur bir sesle:

- Ama doktor bey, dedi. Durumumuz hususi bir klinikte tedavi görmeye ve icabeden masrafları karşılamaya müsait değil... Evde veya devlet hastahanelerinden birinde tedavisi mümkün değil mi?.

- Mümkün olmasına mümkün elbette... Ama gereken ihtimam gösterilmediği takdirde annenizin hayatı tehlikeye girebilir... Hem size maddi hususu soran oldu mu yavrum?.. Tehlikede olan bir hayatı kurtarmak, çok zaman insan için dünyanın hazinelerine bedeldir... Hele bu insan, kalbi din kardeşleri için çarpan imanlı bir doktor olursa. Haydi yavrum, haydi sen şimdi bu gibi saçma düşünceleri kafandan at da geç içerde annen için hastahenede lüzumlu eşyaları hazırla. Şimdi vuracağımız iğne ile anneniz sabaha kadar sakin uyur... Biz, sabahleyin erkenden yine geleceğiz... Annenizi hazırlayın ki, hemen hastahaneye kaldırabilelim...

Ve doktor Nazım genç kızın cevabını beklemeden odaya doğru yürüdü. Çantasından teskin edici bir iğne ve şırınga aletlerini çıkardı. İğneyi yaptıktan sonra Hilâl'e üzülmemesini tavsiye ederek Nusretle birlikte arabasına binip ayrıldı...

Hilâl, kapı önünde onları uğurlarken, gözlerinden taşan minnet yaşları yanaklarını ıslatmaktaydı...

Ertesi sabah Feyzâ'yı kliniğe yatması için ikna etmek kolay olmadı... Ne doktor Nâzım'ın hastalığının ehemmiyeti hakkındaki malumatı ve klinikte hususi bir tedavi görmesi icabettiğini belirtmesi, ne Nusret'in aynı yolda ikna edici sözleri ve ne de Hilâl'in yalvarmaları genç kadına önceleri tesir etmemişti.

Fakat sırtına saplanan sancıların şiddeti ve zaman zaman fena halde yükselen ateşi, durumunun vehametini açıkça göstermekteydi... Hastahanede yatmanın lüzumuna gitgide kendisi de inanmaktaydı.. Lakin bu nasıl mümkün olacaktı?

Doktor Nazım, samimi bir dost, hatta bir kardeş tavrıyla ısrar etmekteydi.. Bir ara:

- Hanımefendi, siz zerrê kadar endişe etmeyin, dedi... Klinikte kendinizi öz evinizde gibi hissedeceksiniz.. Beni bir dost, hatta öz bir kardeş bilin ve lütfen lüzumsuz çekingenliği bırakın artık...

Feyzâ, bu samimi adama nihayet endişelerini açıklamaya karar vermişti.. Bir yandan ızdırap içinde kıvranırken, bir yandan da güçlükle konuşuyordu:

- Sağolun doktor bey dedi. Allah sizden razı olsun.. Yalnız size karşı açık olmak, içinde bulunduğumuz durumu belirtmek isterim. Bu gün için hususi bir klinikte tedavi olacak mali imkana sahip değiliz doktor bey... Bunun için...

- Lütfen devam etmeyin hanımefendi.. Aynı şeyleri dün de kızınızdan dinledim.. Fakat bilmenizi isterim ki, karşınızdaki insan, maddi kıymetlere ehemmiyet veren bir doktor değil, sıdk ile dinine bağlı bir mü'mine kardeşine, hastalığı anında yardım vazifesi ile görevli bir din kardeşinizdir. Kardeşler arasında ise, böyle maddi meseleler ehemmiyete haiz değildir... Şu anda hastalığınız ciddi ve hatta tehlikeli bir safhada... Klinikte, hususi bir ihtimam neticesi, inşaallah kısa bir zamanda eski sıhhatinize kavuşursunuz..

Feyzâ, doktorun sözlerini gözleri kapalı bir vaziyette dinliyordu.. Yumulu kirpiklerinin arasında titreşen yaşları göstermemek için, başını duvara doğru çevirdi.. Halinden duygulandığı ve ikna olduğu belliydi... Ama yine de zihnine takılan mühim bir nokta onu huzursuzlandırıyor, müsbet bir cevap vermesine mani oluyordu.

Nihayet bu iyilik timsali büyük insana, bu hususu da açıklamaya karar verdi..

- Benim için katlandığınız ve katlanmayı göze aldığınız her şey, her fedakarlık için size minnet borçluyum doktor bey... Lakin kızım.. kızım ne olacak.. Ben hastanede yatarsam o yalnız kalacak.. Öleceğimi bilsem kızımdan ayrılamam, kızımı yalnız bırakamam ben doktor bey..

Doktor Nazım genç kadının içinde bulunduğu halet-i ruhiyeyi çok iyi biliyordu... İçinden:

«Cemiyet böyle analara ne kadar muhtaç» diye geçirdi ve güven verici bir sesle:

- Size kızınızdan ayrı düşeceğinizi kim söyledi? Dedi.. Merak etmeyin, ben o hususu da düşündüm... içiniz rahat etmesi için izah edeyim. Size klinikte iki kişilik bir oda ayırttım. Orada kızınız da sizinle birlikte kalacak. Hastalığı atlatıncaya kadar benim misafirim olacaksınız anlıyacağınız.. Nasıl, şimdi başka bir itirazınız var mı artık?...

Feyzâ cevap vermedi... Boğazında düğümlenen hıçkırıklar cevap vermesine maniydi.. Her şeyin madde ile ölçüldüğü şu bozulmuş cemiyet içinde tek tük de olsa maddeden ziyade manaya ehemmiyet veren böyle yüksek ruhlu, yüksek ahlaklı insanlar da vardı demek...

Fakat genç kadının hayret ettiği bir şey vardı... Hilâl nasıl olmuştu da bu alicenap, müstesna insanları bulup getirmişti.. Yoksa bunlar, kendilerinin en müşkül anlarında imdada yetişen birer hızır mıydı neydi?..

* * *

Klinikte anne - kızın kaldığı oda, insana derin bir huzur verecek aydınlık ve genişliğe sahipti. Burası bir hastahane odasından ziyade konforlu bir evin, modern tarzda döşenmiş bir odasını andırıyordu.. Yerde düz, yeşil bir halı vardı... Duvarlardaki aplikler gece odaya renkli romantik bir görünüş veriyordu... Karyolalar ve yanlarındaki modern, zarif komidinler fildişi renkli formikadan yapılmıştı... Çarşaflar, yastık kılıfları ve pikeler tertemiz, bahar gibiydi... Ayrıca ziyaretçilerin oturmaları için yerdeki halıların renginde kauçuk minderli üç kübik koltuk koymayı da ihmal etmemişlerdi odaya...

Feyzâ, bu şipşirin, bu konforlu odada yatağında bir mum gibi halsiz yatmaktaydı... Izdırabı ancak sabah ve akşam vurulan uyuşturucu iğnelerle hafiflemekteydi...

Kliniğe geleli bir haftayı bulmuştu... Bu bir hafta içinde Hilâl üzüntüsünden gözle farkedilecek kadar zayıflamıştı.. Doktor Nazım'ın teselli verici bütün sözlerine rağmen, genç kız geceleri uyku uyuyamıyordu bir türlü.. İştahı da adamakıllı kesilmişti.. Önüne gelen her yemeği geri gönderiyor, elini hiç bir şeye sürmüyordu...

Onun bu halini farkeden Dr. Nazım, bir sabah kendisine bayağı çıkışmış ve oldukça sert konuşmuştu... Hilâl, doktorun sözlerine sadece:

- Elimde değil efendim, yiyemiyorum, diye cevap vermişti..

Doktor ise büsbütün hırslanarak:

- Ne demek canım yiyemiyorum?.. Annenizi kurtarmıya çalışırken, sizi mi vereceğiz toprağa? Dedi. Ben, itiraz tanımıyorum küçük hanım, bundan sonra gelen tepsinin, dolu olarak geri döndüğünü görmeyeceğim.. Şimdi vereceğim ilaçlar iştihanızı açacaktır.. Sonra uyku için de alışkanlık yapmayan şu ilacı alınız. Anlaştık mı?..

Hilâl, nedense bu babacan tavırlı adamın sözlerinden dışarı çıkamıyordu... Doktor Nazım'a karşı duymuş olduğu sevgi ve hürmeti bugüne kadar annesinden başka hiç kimseye karşı duymamıştı... Ve biliyordu ki, kendisine kızsa dahi, bu onun iyiliği içindi... Nitekim, o günden sonra ilaçlarının da tesiriyle biraz bir şeyler yemeğe başladı.. Artık bir kaç saat de olsa, geceleri de uyuyabiliyordu...

Ama annesinin ızdırablı inleyişlerini en ağır uykusunun içinde dahi olsa duyuyor ve uyanarak doğru, onun başı ucuna gidiyordu..

Feyzâ, kızının kendisi için bu derece üzülüp harap olmasına tahammül edemiyordu.. Onun, karşısında günden güne eridiğini görmek, genç kadını hasta yatağında büsbütün harab ediyordu... Hatta şimdi onu da yanına aldırttığına pişman olmuştu...

Keşke hiç ısrar etmeseydi kızının da beraber olması için... Göz görmeyince gönül katlanırdı... Kızı o zaman bu derece üzülmezdi...

Fakat hemen bu düşüncelerinin arkasından yanlış düşündüğünü idrak ediyordu... öyle ya kızını kime emanet edip bırakacaktı.. Evde yalnız kalsaydı üzüntü ve merakından büsbütün yemeden içmeden kesilir hasta olup yatağa düşerdi biricik kızı. üstelik 18 yaşına gelinceye kadar onu bir an dahi gözünün önünden ayırmamıştı.

Hilâl'in içinde bulunduğu haleti ruhiye ise bambaşkaydı... O, gece gündüz annesinin iyi olmasından başka bir şey düşünemiyordu... Karyolasının yan tarafına serdiği seccadesinin üzerinde bazen saatlerce dua ettiği oluyor, annesinin bir an evvel eski sıhhatine kavuşması için gözyaşlarıyla Rabbına yalvarıyor, yalvarıyordu...

O gün günlerden Cumartesiydi...

Dışarda bahar, bütün haşmetiyle hüküm sürmekteydi. Ağaçlar, pembe beyaz çiçeklerle donanmış, kışın duru, sakin halinden sonra baharın tatlı, kendine has âhengiyle ortaklık birden şenlenivermişti

Kliniğin beyaz geniş mermer merdivenlerinden, bir elinde valiz, diğer elinde pardesü olduğu halde temiz ve son derece zevkli giyinmiş uzun boylu bir genç, heyecanla çıkmaktaydı... ikinci kata gelince, sağdaki geniş koridora dönüp, âdeta uçarcasına en dipteki kapıya doğru yürümeye başladı. Nihayet ulaşmak istediği kapının önündeydi işte. Kapıyı vurdu ve girdi içeriye...

Masasının başında önündeki işlerle meşgul olan Dr. Nazım, onu görünce yerinden kalkarak, hayret ve sevinçle kollarını açtı:

- Ooo!.. Nusretciğim.. Neredesin yavrum, bir haftadır gözlerim yollarda kaldı... O ne o öyle?.. elindeki valiz canım.. Yoksa?..

Nusret, valizini yere bırakarak, neşeli ve saygılı bir şekilde Dr. Nazım'ın elini öptü ve:

- Sorma ağabey, izah edeceğim, dedi... Şaşırmaca yok ama.. Terhis oldum ben...

- Yok canım, nasıl olur? Hani daha bir ayın vardı?.

- Öyle ağabey, ama biliyorsun, bütün yedeksubaylığım

müddetince hakkım olan izinlerimi hiç kullanmamıştım ben... Bunun için iznimi de hasaba katarak, bir ay evvel terhis oldum.. Nasıl, memnun olmadın mı yoksa?..

- O da ne demek? Memnun olmaz olur muyum hiç? Hem de nasıl memnun olmak... Eh... o halde geçmiş olsun.. Söyle bakalım, şimdi ne yapmayı düşünüyorsun?..

- Şimdilik hiç bir düşüncem yok henüz.. Yalnız babamdan dün aldığım mektupta, sakın terhis olur olmaz etraflıca düşünmeden bir işe kalkışma. Hastahanede de kalacak olsan, muayehane de açmaya kalksan olmaya ki Nazım ağabeyinle istişare etmeden, onun fikrini almadan hareket edesin... Hakkımı helal etmem sana diyor...

Doktor Nazım'ın gözleri dolmuştu birden:

- Bana göstermiş olduğu teveccühten dolayı değil, şunu samimiyetle söyliyeyim ki oğlum, senin baban gibi müstesna yaradılışlı bir ikinci insana rastlamadım bunca yıllık ömrümde ben...

Beni cemiyete imanlı, yüksek ahlaklı, vatana ve millete faideli bir insan olarak yetiştirmek için hayatta tek başına sarfetmiş olduğu gayret ve fedakarlıkların büyüklüğü ifadeye sığmaz...

- Onun üzerimdeki hakkını nasıl ödiyeceğimi bilemiyorum Nazım ağabeyciğim... Düşün annem öldüğünden bu yana, küçücük yaşımdan beri benim hem annem, hem babam o oldu. Kendisini defalarca evlendirmek istedikleri halde, annemin vefatından sonra hiç kimseyle evlenmeyi kabul etmedi.. Bana öyle geliyor ki Nazım ağabey, babam annemi büyük bir aşkla seviyordu da onun için o ölünce hayatı boyunca bir başka kadınla evlenmedi... Siz ne dersiniz, doğru değil mi tahminim..

- Değil yavrum... mesele hiç senin bildiğin gibi değil...

Doktor Nazım, gözlerini ta uzaklara, derinlere daldırarak sözlerine devam etti:

- Artık koca delikanlısın. Üstelik bir doktorsun, yani münevver bir insansın Nusretciğim... O halde bilmende bir mahzur yok sayılır.. Dinle bak yavrum...

Baban, rahmetli annenle bir aşk izdivacı yapmamıştı... Evlilikleri müddetince de kalbinde ona karşı bir aşk, bir sevgi duymadı... Duymasına da imkan yoktu... Çünkü baban bir başka kadını seviyordu Nusretciğim...

Nusret'in gözleri hayretle açıldı:

- Nasıl, bir başka kadını mı?

- Evet yavrum... Annene karşı daima büyük bir saygı ve takdir hissi besledi... Fakat kalbini veremedi ona. Çünkü dediğim gibi, kalbi bir başkasına aitti...

- Peki, bu kadın kimdi, biliyor musunuz? Babam niçin onunla, yani sevdiği kadınla değil de, annemle evlenmiş?.

- İşin bu taraflarını bilmiyorum oğlum. Kadının kimliğini de bilmiyorum.. Yalnız, babanın bir kadını ümitsiz ve çılgınca bir aşkla sevdiğini biliyorum o kadar. Bunu da bizim Şükran'dan öğrendim... Rahmetli annenle bizim hanım, çok iyi görüşürlerdi... Bir dertleşme esnasında, babanın kalben bir başkasına bağlı olduğunu annen söylemiş Şükran'a... Ben, babanın ağzını bu hususta kaç kere aramak istedimse, hiç birinde onun ağzından bir laf almak mümkün olmadı...

Nusret dalgınlaşmıştı...

- Ya... demek öyle ağabey, dedi... Şimdi anlıyorum babamın niçin öyle hep hüzünlü görünüşünün ve bütün ısrarlara rağmen niçin tekrar evlenmek istemeyişinin sebebini. Zavallı babacığım...

Doktor Nazım gülerek, lafı değiştirmek istedi.

- Yok delikanlı... Babanın öyle zavallı denilecek tarafı yok... O bugün dünyanın en mesut en bahtiyar insanı sayılır... Senin gibi bir evlada sahip olmak, dünyanın bütün hazinelerine ve bütün kadınlarına bedeldir...

- Teveccüh gösteriyorsun Nazım ağabey. Fakat yanıldığın bir şey var. O da, sevilen, hele böylesine derin bir aşkla sevilen, bir kadının yerini hayatta hiç bir maddi değer ve hiç bir kimse tutamaz.

Doktor Nazım manalı manalı Nusret'in gözlerine batı ve:

- Ne o küçük bey, dedi.. Aşk ve sevgi hakkında adeta derin bir ihtisasın varmış gibi konuşuyorsun. Yoksa?

- Su-i zanda bulunuyorsun ağabey. Bilirsin, hayatım müddetince kadın ve kızlardan ateşten sakınır gibi kaçan bir insanım ben..

- Baban da öyleydi oğlum, baban da öyleydi. Fakültede etrafında fır dolanıp kendisine kur yapan bir sürü kız olduğu halde, bir tekine yüz vermezdi. Ama sonra ne oldu?.. Sevdi... hem de nasıl? Erişilmesi zor, pek zor ulvi ve yüce bir sevgiyle, hayatı müddetince sevdi... Bunun için öyle büyük konuşma...

Doktor Nazım dostça elini Nusret'in omuzuna koyarak mevzuu değiştirdi:

- Ee... her şey bir yana söyle bakalım, şimdi ne yapmayı düşünüyorsun?

- Hareket tarzım, söylediğim gibi sizin kıymetli tavsiyelerinize bağlı ağabey... Ancak, şayet münasip görürseniz, her hangi bir karara varmazdan önce, bir müddet burada sizin yanınızda kalmak istiyorum. Bu benim için hem bir istirahat, hem de kısa da olsa staj devresi olmuş olur. Bilmem nasıl karşılarsınız?

- Çok iyi olur derim yavrucuğum.. Biliyor musun, sen söylemeseydin, bunu ben teklif edecektim sana. Sanki zihnimden geçenleri okudun..

- O halde anlaştık değil mi ağabey? Çok teşekkür ederim.

Nusret bir an durdu halinden bir şey sormak istediği fakat çekindiği anlaşılıyordu.. Nihayet çekingen bir tavırla:

- Şey.. şeyi soracaktım ağabey.. Hani geçen akşam birlikte muayeneye gittiğimiz, ertesi günü de kliniğe yatırdığımız anne-kız hala burada mı?

Doktor Nazım, birden herşeyi anlamıştı. Nusret'in niçin valizini kaptığı gibi buraya koşuşunun ve bir müddet klinikte yanında kalmak ve çalışmak isteyişinin gerçek sebebini.. Fakat anladığını Nusret'e belli etmedi... Cevap verirken sesi son derece sakindi:

- Evet, evet, Feyzâ hanımla kızı Hilâl'i soruyorsun değil mi? dedi.. Buradalar hala Nusretciğim.. Yatalı bir hafta oldu ama, kadıncağızın durumu hala çok ağır.. Hem biliyor musun, gelişin çok iyi oldu. Benim bu sıralarda işlerim bir hayli fazla. Bunun için bu anne-kızla sen meşgul olursun... Bu insanlar, cidden en büyük takdire ve hürmete layık kimseler oğlum... Hani bu zamanda İslâm'ı böylesine şuurlu bir şekilde yaşıyan kadın ve kızlara ender rastlanır... Hatta rastlanmaz desem yeridir. Ne annesi, ne de kızını bugüne kadar ne ben, ne de bir başkası bir an olsun başları örtüsüz görmedik... O ne muhafaza o ne korunma, o ne yüksek iman, inan hayret ediyorum Nusret.

Nusret, Dr. Nazım'ın anlattıklarını büyük bir dikkatle dinliyordu.

- Bunu, daha ilk görüşümde ben de farketmiştim ağabey, dedi... Hatırlıyor musun o gece kız bizden evvel içeriye koşmuş ve annesinin açık başını tülbentle örtmüştü... Herhalde imanlı, muhafazakar bir soydan geliyorlar..

- Yok Nusret'ciğim, hiç zannettiğin gibi değil... Önceleri ben de senin gibi düşünmüştüm... Ama sonradan yanıldığımı anladım.. Hilâl hanım, bizim hemşire hanımlardan biriyle çok iyi anlaşıyor... Hayat hikayelerini ona anlatmış... Hilâl'in annesi, yani Feyzâ hanım, çok asri bir ailenin kızıymış... Bütün genç kızlığı, çaylarda, kokteyl partilerde, balolarda ve plajlarda geçmiş.. Sonra bir mühendisle evlenerek sosyeteye girmiş... Bu defa daha lüks ve debdebeli bir hayat içinde bulmuş kendini... Hilâl, işte bu evlilikten dünyaya gelmiş... Fakat bir müdet sonra Feyzâ hanımda büyük bir değişiklik meydana gelmiş... Bir yandan yaşlı dadısının telkinatı, diğer taraftan merak sardığı dini eserler sayesinde gerçek hakikati anlamış ve yaşadığı hayattan ikrah etmiş.. Ne var ki, Feyzâ hanımın hidayetinden sonra 5 vakit namaz kılışı ve örtünmek isteyişi imansız bir adam olan kocasını küplere bindirmiş... Bir gece, büyük bir topluluk içinde kadıncağızı sille - tekme feci şekilde döverek sokağa atmış... Kısa bir müddet sonra da karşılıklı boşanma talepleri üzerine bir celsede boşanmışlar...

Nusret iyice duygulanmıştı. Merakla:

- Eee.. Tabi kadın babasının evine dönmüştür değil mi?..

- Öyle olmasına öyle ama evladım, gel gör ki takdir-i İlâhi. Kadıncağız baba ocağına dönmüş ama, bu sıcak ocağın içi bomboş. Ne ana var, ne baba var, ne kardeş... Hepsi de bir trafik kazasında ölmüşler... Feyzâ hanıma, yalnız, biricik kızı ve yaşlı dadısıyla birlikte başlarını sokacakları bir ev kalmış...

- Peki, bakacak başka kimseleri yok muymuş?.. Geçimlerini nerden temin etmişler?

- Allah'dan başka güvenecek ve tutunacak kimseleri yokmuş evladım.. Kadın, mahkemede kocasının vermek istediği nafakayı dahi «Ben çocuğuma haram lokma yedirmem!» diyerek reddetmiş... Ne asalet değil mi?.. Geçimlerine gelince, aç duracak değiller ya. O şımartılmış, bütün hayatı müddetince lükse ve rahata alıştırılmış, Feyzâ hanım, düşmüş çarşı yollarına... Ve evinde çarşıya mal dikerek yıllar yılı namusuyla para kazanıp, evde terziliğe başlamış.. Anlıyacağın tam bir hayat dramı oğlum.

- Cidden öyle ağabey... Peki kızını, yani Hilâl hanımı okutabilmiş mi?. Kızın halinden derin bir kültüre sahip olduğu anlaşılıyor da.

- Kendilerini tanıdığım şu bir hafta zarfında benim de kanaatim aynı oldu Nusret... Hilâl, hakikaten derin bir kültüre sahip, kıymetli bir kız.. Ne var ki, ilk okuldan sonra annesi okula göndermemiş... Kızını tam bir, İslâm ahlakı ile yetiştirmek isteyen Feyzâ hanım, onu ilerde kendisi gibi zorluk ve ızdırap çekmemesi için daha küçük yaşta İslâmi kıyafete alıştırmak düşüncesiyle ilk okula bile başı örtülü olarak göndermiş... Fakat küçük kız, başörtüyü yalnız okul dışında, sokakta taktığı, okul içinde örtmediği halde, şu bizim malum sözde ilerici öğretmenlerden bazıları ve aynı zihniyetteki okul müdürü kızcağıza kan kusturmuşlar adeta. Beşinci sınıfta, ayrı ayrı okullarda iki sene anne - kızın, bu örtü meselesinden çekmedikleri kalmamış. Neticede Hilâl ilk okulu iftiharla bitirmiş ama, o okulu bitirinceye kadar annesi de sinir sahibi, hastalık sahibi olmuş.. Sonra anne-kız kafa kafaya verip düşünmüşler ve karar vermişler... Hilâl, orta okula gitmiyecek, evde çalışarak, orta okul imtihanlarını dışardan verip diploma alacak... Feyzâ hanım lise mezunu olduğu ve çok kuvvetli İngilizce bildiği için, bu hususta kızına büyük yardımı dokunmuş.. Nihayet geçen sene Hilâl, orta okul imtihanlarının tamamını vererek, pekiyi derece ile orta okul diploması almış.. Genç kız şimdi de harıl harıl çalışıp, lise imtihanına hazırlanmaktaymış... Yegane gayesi, ilerde imanlı bir kadın doktor olmakmış...

Nusret, doktor Nazım'ı dinlerken çok derinlere dalmıştı.. onun bu halini farkeden doktor, babacan bir tavırla elini bu imanlı gencin omuzuna koydu ve oldukça manalı:

- Ne o küçükbey?.. Pek uzaklara daldınız. Yoksa deminden beri boşa mı konuştuk? dedi.Nusret mahcub olmuştu:

- Yok ağabey, ne münasebet. Bütün anlattıklarını dikkatle dinledim.. Derinlere dalışım hayretimin büyüklüğünden olsa gerek.. Bravo doğrusu.. Bu zamanda bahusus şu bozuk cemiyet içinde böylesine fazilet sembolü kızların bulunacağına inanamıyorum bir türlü...

Doktor Nâzım, dudağının ucuyla gülümseyerek, Nusretin gözlerine baktı:

- Üstelik huri kızları kadar da saf ve güzel değil mi?..

Nusret, aniden bir kız gibi kızardı.. Elinde olmadan başını önüne eğdi ve sadece:

- Bilmem ağabey, dedi... Dikkat etmedim...

Halbuki doktor Nâzım, daha o ilk geceden Nusret'in kızı görünce bir tuhaf olduğunu ve onun güzelliği karşısında ne büyük bir heyecan duyduğunu görmüş ve bu iki imanlı ve birbirinden güzel genci daha o geceden birbirine yakıştırmıştı...

Yerinden kalkıp, tekrar yazıhanesinin başına geçerken:

- Şimdi senin istirahate ihtiyacın vardır değil mi delikanlı? Şöyle bir soyunup, dökünüp, güzel bir duş alıver de sonra yine görüşürüz seninle...

Diyerek yan taraftaki zile bastı... Kapıyı açan orta yaşlı hemşireye:

- Münevver hanım, dedi. Delikanlı yeni doktorlarımızdan olup, benim çok yakınımdır.. Kendisi bir müddet için klinikte vazife alacak ve bu müddet zarfında bizim misafirimiz olacak...

Hemşire hanım, güngörmüş bir kadına benziyordu... Makyajsız sade yüzü ve mazbut giyinişiyle iyi bir aile kadını olduğu anlaşılıyordu. Nusret'e bakarak hafifçe tebessüm etti:

- Memnun oldum efendim, kliniğimize şeref verdiniz... dedi....

Sonra tekrar doktor Nâzım'a dönerek sordu:

- Emirleriniz efendim?..

- Estağfurullah Münevver hanım.. Sizden ricam, misafirimize alt katta, bahçeye bakan güzel bir oda hazırlamanızdır...

- Derhal efendim... Yarım saate kalmaz, odayı hazırlatırım!... Şimdilik müsaadenizle...

Hemşire tam kapıyı kapıyacaktı ki, doktor Nâzım:

- Bir dakika Münevver hanım, dedi.. 27 numaralı odadaki hastanın son durumunu soracaktım... Nasıl vurulan iğne tesir etti mi biraz?

- Feyzâ hanım mı efendim... İğne oldukça tesir etmişti... Bir müddet rahat uyudu... Ancak şimdi yine ızdırabı şiddetlendi... Birden ateşi yükseldi yeniden... Mütemadiyen sayıklıyor...

- Yok canım?.. Allah Allah!... Peki Hilâl hanım ne yapıyor?

- Yavrucak, annesinin başucunda gece-gündüz içli içli yaş döküyor... Fakat bu gidişle onun durumu annesininkinden de fena olacak gibi doktor bey... Bir kaç gündür biraz bir şeyler yemeğe başlamıştı... Fakat bu gün ağzına bir lokma bir şey koymadı... Hep öyle bildiğiniz gibi elinde Kur'ân-ı, gözü hiç bir şeyi görmüyor...

Doktor Nâzım, düşünceli ve üzgün, başını önündeki kağıtlara eğdi ve:

- Teşekkür ederim Münevver hanım, dedi.. Gidebilirsiniz...

Hemşire, büyük bir saygı ile geri çekilip, dışarı çıkınca, başını kaldırıp Nusret'e baktı:

- İstersen birlikte inip bakalım hastanın durumuna ne dersin?

Sanki bu sözü bekliyormuş gibi Nusret'in yerinden kalkıp, kapıya doğru yürümesi bir oldu... Yürürken:

- Evet evet ağabey, diyordu... Gidip bir bakalım kadıncağıza...

Doktor Nâzım, 27 numaralı odanın kapısını vurup, kulpu çevirdi... İçeriye girdiklerinde Hilâl, annesinin baş ucuna çektiği bir koltukta, ayaklarını yukarı toplamış olduğu halde Kur'an okumaktaydı...

Karşısında birden doktor Nâzım'ı ve Nusret'i görünce çok hafif bir sesle «Sadakallahülazim» diyerek Kur'ân'ı kapadı ve yerinden doğrulup terliklerini giydi...

- Buyrun efendim, hoş geldiniz...

Derken, bir yandan da mendiliyle gözyaşlarından ıslanan yanaklarını kurulamaya çalışmaktaydı... üzerinde küçük çiçekli uzun bir basma sabahlık vardı... Başına, insanın içine ferahlık veren bembeyaz, bahar gibi, kenarları oyalı bir namaz örtüsü takmıştı...

Nusret, gayri ihtiyari içinden:

- Nâzım ağabeyin söylediği gibi... Bir huri kadar saf ve güzel, diye geçirdi.

Doktor Nâzım, kapıyı kapatırken genç kıza:

- Rahatsız olmayın yavrucuğum, dedi... Sonra yüzünü dönüp onunla karşı karşıya gelince hayretle:

- Ooo... Siz yine ağlamışsınız, dedi... Oldu mu ya bu?.. Hani bana söz vermiştiniz artık ağlamayacağınıza?

Hilâl, saygıyla yana çekilmiş, yaş kirpiklerini yere eğmişti... Onun cevap vermediğini gören Doktor Nâzım, birden hatırına gelmiş gibi:

- Ha, az kalsın unutuyordum söylemeyi, dedi...

Sonra Nusret'i işaretle:

- Hatırladınız bu delikanlıyı değil mi? diye sordu..

Hilâl, bir an gözlerini kaldırıp Nusret'e baktı, sonra kıpkırmızı olarak, utançla başını tekrar önüne eğdi ve hafif, çekingen bir sesle:

- Hatırladım doktor bey, dedi... O gece sizinle beraber gelen ağabey, dedi...

Genç kız, yavru bir ceylan gibi ürkek ve çekingendi... Nusret de, aslında neşeli bir mizaca sahip olduğu halde, genç kızın karşısında bir çocuk gibi çekingen olmuştu...

Doktor Nâzım, onların bu halini farketmekle beraber gayet tabii bir halle sözlerine devam etti:

- Bilmem bahsetmiş miydim?.. Kendisi doktordur... Yedek subaylığını vaktinden bir ay evvel bitirip, yanıma geldi.. Bir müddet burada kalacak ve benim işlerimin çokluğu dolayısıyla, annenizle yakından o ilgilenecek...

Sonra, yüzü duvara dönük olan Feyzâ'yı işaretle sordu:

- Nasıl?.. Durumunda hiç bir fark yok mu?

- Yok efendim... Biraz evvel çok ızdırabı vardı... Şimdi nisbeten daha iyi... On dakika önce hemşire hanım, ateş düşürücü bir iğne yaptı. Ama yine de sık sık sayıklıyor.

Doktor Nâzım, Feyzâ'nın yatağına doğru yürüdü. Feyzâ'nın başı, her zamanki gibi bembeyaz bir tülbentle örtülüydü.. Gözleri kapalıydı.. Yüzünde, insanı huşu içinde bırakan uhrevi bir mana, bir nur vardı... Kıpırdayan dudaklarının arasından hafifçe bir şeyler sayıkladığı belli oluyordu. Doktor Nâzım, kulağını yavaşça Feyzâ'nın ağzına doğru yaklaştırdı, bir an dinledi.. sonra acele etmesini işaret ederek eliyle Nusret'i çağırdı. Nusret de yatağa yaklaşıp, yatmakta olan Feyzâ'nın üzerine doğru yavaşça eğildi.. O da doktor Nâzım gibi, kulağını Feyzâ'nın ağzına yaklaştırdı, bir müddet dinledi... Feyzâ, kesik kesik konuşuyordu:

- Lâilahe illallah... Lâilâhe illallah... Hilâl. Hilâl'im. Yavrum benim... Sakın... sakın sevme hiç kimseyi sevme sakın... güvenme kimseye... Yok... hayır. hayır.. o avukat sana göre değil... Seni güzelliğin için istiyor... hayır... hayır yavrum sonra açacak seni... Sakın... sakın Hilâl'im... Lâilâhe illallah... Lâilâhe illallah...

Sonra her ikisi de doğruldular.. Bir an iki erkeğin bakışları karşılaştı... İkisi de bir tuhaf olmuşlardı... Bu asil kadına karşı duymuş oldukları takdir ve hayranlık hissi, şimdi bir kat daha fazlalaşmıştı...

- Annenizin bu durumu sakın sizi üzmesin yavrucuğum, dedi.. Görüyorsunuz ya, onun bütün düşüncesi sizsiniz.. En sevdiği varlığın başucunda bu derece büyük bir üzüntü içinde bulunduğunu bilmiş olsa, kadıncağız kahrından ölür. Sonra siz imanlı bir kızsınız evladım... Her şeyden önce, Allah'a tevekkül etmeniz ve böylesine kendinizi harab etmemeniz lazım değil mi ya?

Hilâl'in başı, hala önündeydi... Fakat doktorun sözleri ona iyice dokunmuştu... İslâmi şuurundan şüphe edilmesine asla razı olamazdı... Başını vekarla kaldırarak:

- Benim üzüntümün ve göz yaşlarımın sebebini yanlış anlamış olacaksınız doktor bey, dedi.. Ben üzülüyorsam ve göz yaşı döküyorsam bu halim, yüce Allah'ımıza tevekkülsüzlüğümden değil, bir evladın, annesinin ızdırabı karşısında aynı ızdırabı çeker gibi elem ve ızdırab duyması icabettiğini müdrik olduğumdandır. Zavallı anneciğim gece gündüz acılar içinde inleyip kıvranırken, her halde ben bu hali hissiz ve duygusuzcasına kayıtsız ve bigane karşılayacak değilim...

Doktor Nâzım, Hilâl'i teselli maksadıyla söylemiş olduğu sözlerden dolayı pişman olmuştu. Hilâl haklıydı. Annesi bir haftadır gözlerinin önünde adeta ecelle pençeleşiyordu.. Sonra... sonra şayet tevekkülü olmasaydı, bütün gününü Kur'an başında geçirir miydi hiç?..

Koltuklardan birine ilişirken, yumuşak bir sesle:

- Büyüklerin küçüklerden af dilemesi pek adet değildir ama, babanız yerinde olan bu patavatsız amcanız sizden özür dilese acaba onu affeder misiniz? Dedi...

Hilâl, doktorun bu büyüklüğü karşısında çok duygulanmıştı... Esasen boğazında düğümlenmiş olan hıçkırıklar, birden boşanıverdi... Bu faziletli, bu alicenap adama ne diyeceğini, nasıl cevap vereceğini bilemiyordu.:. Nihayet güçlükle:

- Estağfurullah efendim, dedi... Ortada özür dilenecek bir şey yok... Her şey küçük bir yanlış anlamadan ibaret...

O sırada Feyzâ, iğnenin tesiriyle biraz kendine gelmişti.. Hilâl'in hıçkırıklarını duyarak, başını onun tarafına çevirdi ve hasta, bitkin bir sesle sordu:

- Nen var, niçin ağlıyorsun Hilâl'im?

Hilâl, birden toparlandı ve:

_ Hiç... hiç bir şey yok anneciğim dedi.. Sana öyle geldi, ağlamıyorum..

- Peki, kim var yanında, kiminle konuşuyordun?..

Hilâl, annesinin yanına giderek, onun yanan ellerini sevgiyle avuçları içine aldı:

- Doktor bey buradalar anneciğim, bir de şey... hanı ilk gece doktor beyle beraber gelen ağabey gelmiş... Onlarla konuşuyordum...

Feyzâ, yerinden hafifçe doğrulmak için gayret sarfettiyse de, muvaffak olamadı, başı büyük bir halsizlikle tekrar yastığın üzerine düştü.

Bunu gören doktor Nâzım ve Nusret, birlikte hasta kadının başucuna geldiler... Feyzâ, Nusret'e bir müddet baktı baktı... ve birden hatırlamışçasına:

- Evet, hatırladım... dedi.

Sonra her ikisine hitaben kesik kesik devam etti.

- Her ikinizin de iyiliğini ömrüm oldukça unutmayacağım, dedi.. Allah sizi karşımıza çıkarmasaydı ne olurdu bizim halimiz?

Ve ağlamaya başladı... Göz yaşları iri yağmur tanecikleri gibi yanaklarından yuvarlanmaktaydı... Doktor Nâzım o her zamanki olgun, babacan haliyle:

- Olmadı, olmadı işte bu, dedi... Hani ne konuşmuştuk ilk akşam?. Mü'minler kardeştirler, dememiş miydik?.. Mü'minin derdiyle dertlenmiyen mü'min değildir dememiş miydik? Sonra siz benim manevi kızkardeşim sayılırsınız dememiş miydim?..

Elini Nusret'in omuzuna koyarak, devam etti:

- Nusret'e gelince.. O da sizin bir evladınız sayılır.. Kendisi imanlı bir gençtir.. Doktorluk stajını bitireli iki yıl oluyor... Sizinle bundan sonra sık sık meşgul olacak. Her ihtiyacınızı, her istediğinizi kendisine çekinmeden söyleyebilirsiniz. Görüyorsunuz ya mesele hiç te öyle sizin büyüttüğünüz gibi değil. Hem biliyorsunuz üzüntü ve kuruntu, hastalığınızın baş düşmanlarıdır.

- Biliyorum doktor bey, biliyorum ama elimde değil. Beni en ziyade üzen, kızımın durumu.

- Neden? Ne var kızınızın durumunda?.. İşte, tam arzu ettiğiniz gibi kızınız her an yanıbaşınızda.

Feyzâ, bir müddet konuşmadı. Yüzünden, ızdırabının şiddetli

olduğu anlaşılıyordu. Başını tekrar duvara doğru dönerken, zor duyulacak bir sesle fısıldadı:

- Haklısınız doktor bey, dedi. Halimden şikayet etmem büyük haksızlık olur... Yalnız yalvarırım, bir büyüğü olarak ona çok nasihat edin. Gözümü ne zaman açsam, elinde Kur'an gözü yaşlı görüyorum kendisini. Sonra çok da zayıfladı. Bir anne olarak, yavrumun karşımda günden güne eridiğini görmek çok acı geliyor bana...

Doktor Nâzım, Feyzâ'nın görmez tarafından gözlerini sitemle Hilâl'e çevirdi ve «ah... ah... görüyorsun ya!..» gibilerden başını iki yana sallamaya başladı. Sonra tekrar Feyzâ'ya dönerek:

- Siz Hilâl için hiç kendinizi üzmeyin Feyzâ hanım, dedi.. Maşallah iştahı yerinde... Gelen yemeklerin hepsini silip süpürüyor.

Tekrar sitemle gülerek Hilâl'e baktı... Genç kız başını önüne eğmiş, suçlu bir çocuk gibi kızarmıştı... O vakte kadar hiç konuşmayan Nusret Feyzâ'nın durumundan ve sözlerinden duygulanmış olacaktı ki doğrudan doğruya Hilâl'e hitaben:

- Görüyorsunuz ya, annenizin iyileşmesi, kendini bir an evvel toparlaması, daha ziyade size bağlı Hilâl hanım, dedi... Hayatta anne hasreti ile büyümüş ve her an bu hasretle yanmış bir insan olarak size tavsiyem, annenizin kıymetini bilmeniz, kendi üzüntü ve göz yaşlarınızla onu üzüp hırpalamamanızdır.. İnsan, o kıymetli varlığı bir kere kaybetti mi, bir daha onun yerini hiç bir şeyle dolduramıyor..

Ve, Hilâl'in cevap vermesine fırsat vermeden sordu:

- Söz veriyorsunuz değil mi?.. Artık göz yaşı akıtmayacak, annenizi üzmiyeceksiniz?..

Hilâl, sesi titreyerek:

- Benden çok fazla zor şey istemenize rağmen, söylediklerinizi yerine getirmeye gayret edeceğim efendim, dedi. Yalnız...

Evet yalnız?

- Acaba daha çok sürer mi annemin rahatsızlığı?.. Bu ızdırabı daha ne kadar devam eder dersiniz?..

Hilâl'in bu sualini doktor Nâzım cevaplandırdı:

- Merak etmeyin küçüğüm. dedi?. Bir kaç güne kalmaz, tedaviye aynı ihtimamla devam edildiği takdirde hastalığın bu şiddetli dönemi atlatılmış olunur.. Çok değil, birkaç gün daha sabır gerek.

Sonra Nusret'e dönerek:

- Senin odan hazırlanmıştır küçükbey, dedi.. Artık müsaade istesek de, biraz istirahat etsen, ne dersin?.

Nusret:

- Haklısınız ağabey, çıkalım artık.

Diyerek hafifçe Feyzâ'nın yatağına doğru eğildi ve:

- Müsaadenizle hanımefendi, dedi. İnşaallah burada kaldığım müdetçe sıhhate avdetiniz için bütün gayretimle çalışacağım...

Feyzâ, ızdırab içinde kıvranmasına rağmen, birden kalbinin hızlı hızlı çarptığını farketti..

«Bu ses... Bu ses... Allah'ım!...» diye için için söyleniyordu. Evet, ne kadar da benziyordu onun sesine... Sanki kulağının dibinde konuşan Bilâl'di..

Güçlükle başını çevirip, Nusret'e baktı.. Ve hemen kendini toparlıyarak:

- Güle güle evladım, dedi... İnşaallah kısa zamanda iyileşirim de, sizi fazla meşgul etmem.

Nusret, her zamanki nazik ve terbiyeli haliyle:

- Bizim için sizinle meşgul olmak bir şereftir hanımefendi, dedi. Siz bu hususu düşünmeyin... ancak bizim de temennimiz, hastalığı kısa zamanda yenmenizdir ki, bu da biliyorsunuz daha ziyade size bağlı bir husus.. Siz kızınıza, kızınız size üzüldüğünüz müddetçe, durumunuzda büyük bir değişiklik olması zayıf ihtimal..

- Haklısınız yavrum... Hilâl için üzülmem yersiz, biliyorum ama, analık işte.. ne dersiniz?..

Nusret, Hilâl'e de iyi günler dileyerek, doktor Nâzım beyle birlikte odadan ayrılırken, kulaklarında Feyzâ'nın son sözleri gitgide büyüyerek çınlamaktaydı:

«Analık işte!...» Bu sözdeki ince ve derin manayı, anasız yetişenden başkası pek bilemezdi... Koridorlarda sessizce ilerlerken, gözlerinin önünde, hatırlıyamadığı annesinin hayalini canlandırmak istedi. Fakat heyhat!.. Önünde, sisler içinde silik bir kaç şekilden başka birşey görünmüyordu..

Dalmış olduğu düşüncelerden, kendisini doktor Nâzım'ın sesi uyandırdı:

- İşte odan burası Nusretciğim, bak Münevver hanım da kapıyı açmış, eşikte kıymetli misafirimizi bekliyor.

Hakikaten de Münevver hemşire, elinde hiç kullanılmamış iyi cins bir havlu takım olduğu halde, kapının ağzında kendilerini beklemekteydi.. Nusret'le doktor Nâzım içeriye girerlerken kenara çekilerek Nusret'e:

- Buyurun efendim, dedi. Sizin için kliniğimizin en güzel ve şirin odasını hazırladım. İnşaallah rahat edersiniz..

Nusret, şöyle bir etrafına bakındıktan sonra Münevver hemşireye döndü ve:

- Burası cidden çok güzel hemşire hanım... O kadar güzel ki bu gidişle korkarım, geçici değil, daimi misafiriniz olacağım... dedi.

- Başımız üzerinde yeriniz var efendim, şeref verirsiniz..

Münevver hemşire elindekileri yerine bıraktıktan sonra dışarı çıkarken doktor Nâzım da iyi günler dileyerek ayrıldı.

Nusret nihayet odada, kendi kendiyle başbaşa kalmıştı.. Aslında onun gözüne şimdi ne odanın konforu, ne de pencereden görünen manzaranın güzelliği görünüyordu.. O şimdi yalnız, birkaç oda gerisinde bıraktığı anne-kızı düşünmekteydi.. Bu iki kadın kendisine niçin bu derece tesir etmişti? Hilâl'i gördüğü geceden bu yana geçen bu bir hafta zarfında zihni hep onlarla, hep bu asil ve yüksek ruhlu anne-kızla meşgul olup durmuştu...

Ayakta kollarını kavuşturmuş vaziyette daha öyle bir müddet kaldı... Gözleri pencereden çok uzaklara dalmıştı... Hisleri ve düşünceleri karmakarışıktı... Gözlerinin önünden elinde Kur'anıyla Hilâl'in gözleri yaşlı hali gitmiyordu bir türlü...

Uzun sabahlığının ve papatya gibi bembeyaz dantelalı örtüsünün içinde ne kadar da güzeldi... Hele o uzun kirpikli, ceylan bakışlı gözleri?.. Nusret birden başının döndüğünü hissetti... Genç kızı ilk görüşünde de böyle olmuştu o. O gece, yağmurdan sırılsıklam olmuş bir halde hıçkırıklarla sarsılırken, genç kız başını kaldırıp kendisine baktığı zaman da böyle bir tuhaf olmuş, kendisine dipsiz bir kuyunun derinliklerine düşer gibi hissetmişti...

Oradaki rahat koltuklardan birine adeta çökercesine oturdu... İnsiyaki bir hareketle başını elleri arasına aldı. Düşünmeye başladı... Zihninden bir yığın sual, kıvrım kıvrım bükülüp bir yumak haline gelmişti...

Neden, neden hep onu düşünüyordu?... Neden ondan başka bir şey düşünemez olmuştu... Hayatta hiç bir kadına, hiç bir genç kıza karşı bu derece yakın alaka duyduğunu hatırlamıyordu... Bunda, yalnız kendi yaradılışının değil, babasının telkinatının da rolü büyüktü şüphesiz...

Üniversiteye başladığı ilk gün, babası kendisini karşısına almış ve ona şunları söylemişti:

«Oğlum, liseyi bitirene kadar bütün tahsil döneminde senin ahlak ve terbiyen üzerinde ne büyük bir titizlikle durduğumu bilirsin... Geçen bu zaman zarfında, sana bir yandan mesul ve mükellef olduğun bütün vazifelerimi yerine getiren bir baba, diğer yandan seninle her türlü derdini paylaşan ve her türlü sevincine ortak olan samimi bir dost, candan bir arkadaş olmaya çalıştım. Bütün emeli, seni dinine, vatanına, milletine bağlı ve faideli imanlı bir Müslüman genç olarak yetiştirmekti... Bugüne kadarki gidişatınla yüzümü kara çıkarmadın... Bil'akis benim tahminlerimin de üzerinde bir mükemmeliyette yetiştin Allah senden razı olsun, seni bütün kalbimle tebrik ederim...

Ancak yavrum, üniversiteye başlangıç günü olan şu günden itibaren, bil ki önünde hayatının en çetin imtihan devresi açılmış bulunuyor... Üniversite, aslında bir ilim ocağıdır yavrum, lakin ne yazık ki, bizi içten yıkmak, çökertmek isteyen düşmanlarımız, en desisane planlarla bu gün milletin bu ilim ocaklarını da içten içe dejenere etmeye muvaffak olmuşlardır... Şimdi, evlatlarına yüksek tahsil gördürmek, onları iyi bir istikbale sahip kılmak isteyen anne babalar, ahlakları bozulacak, terbiyeleri namusları heder olacak, saf ve temiz fikirleri binbir türlü zararlı ideoloji ile kirletilecek diye evlatlarını fakülteye göndermekten adeta korkuyorlar...

Ne var ki, benim bu hususlarda senden yana elhamdülillah bir korkum yok yavrucuğum. Sen, bakıyorum hatta, iman kuvveti bakımından babanı bile geçtin. Bu bakımdan üniversitede etrafına faideli dahi olabilirsin... Benim korkuma gelince; fakülte, ne liseye, ne orta okula benzer oğlum.. Daha oraya adımını atar atmaz etrafının bir anda bir sürü genç kızla çevrildiğini göreceksin.

İşte nefsinle yapacağın en çetin mücadele o zaman başlayacaktır evladım... Bunların içinde öyle kızlar vardır ki, gözlerine kestirdiklerini, akla hayale gelmedik planlarla tuzaklarına düşürüp, kendilerine ram etmekte ustadırlar... Bir de, ister üniversite çevresinden, ister dışardan olsun gönlünü açık saçık kıza kaptırmamaya azami dikkat etmelisin...

Sonra bir ömür boyu bunun acısını çekersin... Dünyada ve ahirette mesut olmak istiyorsan, Allah'ın emri dışına çıkma evladım... Ve evlenmeye karar verdiğin zaman, yuva kuracağın kimseyi mutlak abdestli-namazlı, örtülü, dindar, imanlı bir genç kız olarak seçmelisin... Aksi takdirde hakkım sana helal olmaz, bilmiş ol...»

Babası böyle söylemişti işte... Nusret, dudaklarında hafif bir tebessümle pencereye doğru yürüdü, kanatların ikisini birden açtı ve çiçeklerin mestedici kokusuyla karışık temiz havayı ciğerlerine doldururken gözlerini uzaklara, çok uzaklara daldırdı... Sonra, kendisinden binlerce kilometre uzakta bulunan babası, hemen yanıbaşında kendisini duyacakmış gibi hafif bir sesle: «Gönlün serin olsun babacığım. dedi.. Bana verdiğin emekleri boşa çıkartmayacağım... Sana, senin daha tahayyül edemeyeceğin kadar mükemmel arzu ettiğinin çok üstünde kıymet ve hasletlere sahip bir gelin buldum...»

Dışardaki her şey kendisine gülüyor, saadetini kutluyordu sanki... Sanki çiçekler daha bir canlı çimenler daha yeşil, hava daha bir berrak, gökyüzünde yükselen güneş, daha bir aydınlık, daha bir parlaktı... Ya kalbinin vuruşu?.. Sanki tatlı bir musikiye refakat eden muntazam tempoların ahengi vardı bu kalb atışlarında...

Nusret, pencerenin önünden çekilerek kendini arka üstü yatağa attı. Elleri başının altına kenetlenmiş, gözleri tavandaki renkli avizede olduğu halde kendi kendine dahi itiraftan çekindiği şeyi, yine kendi kendine sordu «Neden.. neden böyleyim?.. Bu kalbimdeki çırpınışlar ne?.. Yoksa... yoksa seviyor muyum?..»

Sevmek...

Bu kelime onun için çok şey ifade ediyordu.. Bu söz ona yabancı sayılamazdı.. Hayatta üç kişiyi sevmişti o.. Bunlardan biri, yüzünü dahi hatırlayamadığı, fakat bütün hayatı müddetince olanca varlığıyla bağlı olduğu biricik rahmetli annesine karşı duymuş olduğu sevgiydi. İkincisi, kendisini küçücük yaşından beri, hem annelik hem babalık vazifelerini yerine getirerek binbir türlü emek ve ihtimamla yetiştiren ahlak ve iman sahibi kılan ve gördürdüğü tahsil ile bugün bir doktor olmasını sağlayan babasıydı...

Kalbinde köklü bir sevgi beslediği üçüncü şahıs ise, bütün tahsil müddetince, babasının yokluğunda kendisine her hususta yardımcı olan, ahlak ve iyi terbiyede kendisine nümune edindiği, İslâmi bilgi ve tecrübelerinden istifade ettiği ve hakiki bir dost, öz bir ağabey gibi sevdiği doktor Nâzım'dı...

Fakat kalbinde kıvılcımlanan bu yeni sevgi, daha bir başkaydı.. Ne anne, ne baba, ne de dost ve ağabey sevgisine benzemiyen bir başka türlü sevgiydi bu...

Ve işin tuhafı, Nusret'i derinden derine endişelendiriyor ve hatta korkutuyordu bu sevgi... Ona öyle geliyordu ki, kalbindeki bu kıvılcımlar, çok geçmeden alevlenecek ve bu sevgi, bütün benliğini bir yangın gibi saracaktı..

Fakat herşeye rağmen, durumunu Hilâl'e belli etmemesi lazımdı... Bu, şimdilik doğru olmazdı... Hem genç kız kendisine «ağabey» diye hitabetmişti... Onun hayalhanesini yıkmak itimadını kaybetmek istemiyordu...

Kendilerine açılabilmesi, izdivaç için müracaat edebilmesi için mutlaka annesinin iyileşmesini beklemesi şarttı... Acaba teklifini kabul ederler miydi?.. Gerçi yakışıklılığı, güzelliği, ahlakı, terbiyesi, mevkii ve yüksek imanından dolayı bir çok mü'min ve iyi aileler, kendiliklerinden kızlarını teklif etmişlerdi ona ama, Nusret bunların hiç birisini kabul etmemişti.. Onun niyeti, daha bir kaç yıl evlenmemekti...

Ama şimdi... Şimdi herşey ve bütün kararları değişmişti...

Bir insanda belki bir çok güzel hususiyetler ve meziyetler olabilirdi... Fakat bütün güzel hususiyet ve meziyetlerin bir insanda toplandığı pek enderdir... İşte Hilâl böyle bir kızdı... Cemiyetin bütün kirinden pasından arınmıştı da sanki bu dünyanın insanı değildi o... İnsan ona baktıkça, taze bir gül yaprağının üzerinde titreşen saf ve berrak bir şebnem tanesine benzetirdi onu... O kadar saf ve masum bir güzelliği vardı genç kızın...

Nusret, hayallerinin en tatlı noktasında, birden aklına gelen bir ihtimalle, yatağının içinde doğruldu... Öyle ya... bunu hiç düşünmemişti.... Hilâl ya sözlü veya nişanlıysa?.. Genç kızın ellerine hiç bakmamıştı... Fakat nişanlı olmasa dahi her hangi birisiyle sözlü olması mümkün değil miydi?

Aklına aniden Feyzâ'nın sayıklamaları geldi... Bir avukattan bahsediyordu hasta kadın... Acaba kimdi bu avukat?.. Ama hayır hayır... o olamazdı... Çünkü Feyzâ, «O avukat sana göre değil.. seni güzelliğin için istiyor... hayır, hayır yavrum... sonra açacak seni.» diye çırpınıyordu... Şu halde annesinin istemediği birisiydi bu avukat... Fakat Hilâl'i istediğine göre demek genç kız sözlü filan değildi... yani bekardı...

Nusret, gayri ihtiyari yürekten bir «oh» çekti... Bir kuş gibi hafiflemişti sanki...Fakat ne olursa olsun, acele etmesi lazımdı... Feyzâ iyileşir iyileşmez, derhal harekete geçmeliydi... Aksi takdirde kuşu kafesten uçurduktan sonra dövünmek hiç bir fayda vermiyecekti...

Ertesi sabah, sırtına doktor gömleğini geçiren Nusret'in ilk ziyaret ettiği yer, 27 numaralı odaydı...

Kapıyı vurarak içeri girdiği zaman görmüş olduğu manzara karşısında bir an ne yapacağını şaşırdı. Hilâl, yüzünde muztarib bir ifadeyle uyumakta olan Feyzâ'nın başucunda oturduğu koltukta başı öne düşmüş vaziyette uyuyakalmıştı...

Üzerinde yine aynı sabahlık ve başında kendisine o çok yakışan yine aynı dantelalı beyaz örtü vardı... Elindeki Kur'ân'ın sahifeleri açık kalmıştı... Genç kız, bu haliyle masallardaki peri kızlarını andırmaktaydı...

Nusret, bir müddet ne yapması, nasıl hareket etmesi icabettiğini düşündü Feyzâ'yı yoklaması ve durumunu kontrol etmesi lazımdı, ama, genç kızı uyandırmaya bir türlü kıyamıyordu... Gerek doktor Nâzım, gerek hemşire hanım, onun gece gündüz gözüne uyku girmediğini, uykusuzluktan vücudunun bitab düştüğünü söylemişlerdi kendisine. O halde kırk yılda bir uyumuşken, tedirgin etmek hiç doğru olmayacaktı.

Böyle düşünerek, gayet yavaş adımlarla ses çıkartmamaya gayret ederek gerisin geriye kapıya döndü... Tam kulpu çevirip açacağı sırada, birden ayağı kapının yanındaki iskemleye takıldı ve iskemle büyük bir gürültüyle yere yuvarlandı..

Genç kız, gürültü üzerine büyük bir korkuyla uyandı ve insiyaki bir hareketle ayağa fırladı... Karşısında Nusret'i görünce, şaşkınlıktan önce bir şey söyliyemedi... Nusret, eğilip yerdeki iskemleyi kaldırdıktan sonra genç kıza bakarak:

- Özür dilerim, istemeden sizi rahatsız ettim ve üstelik korkuttum da, dedi...

Hilâl'in yanakları birden al al olmuştu... gözlerini önüne eğerek mahcub bir ifadeyle konuştu:

- Özür dilemenize lüzum yok doktor bey, dedi... Nasılsa içim geçmiş bir an... Uyandırdığınız iyi oldu...

- Annenizin durumu nasıl?.. Geceyi iyi geçirmiştir inşaallah...

- Vurulan iğnelerin tesiriyle olacak, bu gece çok rahat uyudu... Sabah namazından sonra da benimle yarım saat kadar konuştu..

Feyzâ, öyle derin bir uykuya dalmıştı ki, Nusret:

- Kendisini yoklamam, durumunu kontrol etmem lazım ama, şimdi uyandırmak doğru olmıyacak, dedi... Ben yarım saat sonra tekrar gelirim. Bir isteğiniz, bir ihtiyacınız var mı?

- Hayır doktor bey, teşekkür ederim... Münevver hemşire hanım, sağolsun kendi kızı gibi yakın alaka gösteriyor bana ve her ihtiyacımı temin ediyor.

- Buna memnun oldum. O halde şimdilik müsaadenizle.

- Güle güle doktor bey.

Nusret çıkmak üzereyken tekrar döndü ve:

- Her hal-ü karda hatırınızda olsun. Ben, birkaç oda ilerinizde, 33 numaralı odada kalıyorum.. Temenni etmem ama mühim bir anda beni oradan arıyabilir veya aratabilirsiniz.

- Teşekkür ederim efendim...

Ve Nusret seri bir hareketle kapıyı açarak çıktı gitti.. Hilâl, göğsüne bastırdığı Kur'an'la, ayakta, kapanan kapının ardından bir müddet öyle kaldı. Sonra, elindeki Kur'anı dolabın üzerine koyarak, tekrar annesinin başucundaki koltuğa oturdu..

Kalbinin çarpışı neden böyle bir tuhaftı, anlıyamıyordu... Bu güne kadar kalbinin bu şekilde delice çarptığını hatırlamıyordu hiç...

Ne doktor Nâzım'ın karşısında, ne diğer erkeklerin karşısında böyle heyecana kapıldığı, kalbinin böyle süratle attığı vaki değildi.. Ama Nusret'le konuştuğu müddetçe ve hatta o ayrıldıktan sonra dahi fırlıyacakmış gibi çarpmaktaydı kalbi...

Hilâl, «bir kimseyi sevmek böyle mi olur acaba?» diye geçirdi içinden.. Ama sonra bu düşüncesinden utanarak kendi kendine kızdı... Hiç bir - iki görmeyle, insan sevebilir miydi? Olsa olsa, sandalyenin gürültüsünden korkarak uyandığı için kalbi bu derece hızlı çarpmaktaydı...

Öyle ya, fena halde korkmuştu.. Ve adeta sıçrayarak uyanmıştı...

Evet evet... Başka türlü olamazdı...

Aradan ne kadar zaman geçtiğini bilmiyordu... Oturduğu yerde, gözleri öyle bir noktaya takılmış, düşünüyor, düşünüyordu... Sonra birden toparlandı... evet kalbinin çarpıntısı sandalye gürültüsündendi... Fakat niye hep onu düşünüyordu?.. İsminden başka hakkında hiç bir şey bilmediği bu genç doktorun, diğer erkeklerden, diğer doktorlardan ne farkı vardı ki?

Belki o güne kadar görmüş olduğu erkeklerin içinde en terbiyeli en yakışıklı ve en güzel olanıydı... O kadar...

Ama bir insanın yalnız terbiyeli ve güzel olması, ideal olması için kafi miydi?...

Evet, bu genç doktor tahsilliydi, iyi bir istikbali vardı, güzeldi, yakışıklıydı, terbiyeliydi ama acaba imanlı bir kimse mi idi? Yoksa bütün bu güzel vasıflarının yanında, bu gün kendi dininin emirlerine, Kur'an'ın hükümlerine «haydi canım sen de» diyen ve aydın kişi olarak geçinen sözde ilerici sapık zihniyetli gençlerden miydi?..

Elinde olmadan yine onu düşünmeye durmuştu işte. Onu bu düşüncelerden sıyıran, annesinin sesi oldu. Feyzâ uyanmış, yüzünü Hilâl'e dönmüştü.

- Öyle derin derin ne düşünüyorsun yavrum? Diye sordu.

Hilâl, bir anda kulaklarına kadar kızardığını hissetti.. Birden gafil avlanmıştı... Ne söyleyeceğini şaşırdı...

- Şey... şey anneciğim... Yani hiç bir şey düşünmüyordum...

Sonra çabucak toparlandı... Şimdi kendisi için her şeyden mühim olan, annesinin durumuydu... Fakat hayret... Feyzâ'nın yüzünde en ufak bir ızdırab hissi yoktu... Yüzü gayet sakindi... Hatta Hilâl'e bakarken gözlerinin içi gülüyordu...

Hilâl, annesindeki bu değişiklik karşısında sevincinden herşeyi, her şeyi unutuvermişti bir anda. Sevinçli, fakat adeta inanamaz gözlerle:

- Anneciğim... Canım anneciğim, dedi... Rüya görmüyorum ya?..

Feyzâ, oldukça canlı bir sesle cevap verdi:

- Hayır yavrum, rüya değil. Elhamdülillah kendimi çok iyi hissediyorum... Bu gece çok güzel bir rüya gördüm. Ondan sonra kendimi bir kuş gibi hissediyorum...

- Nasıl bir rüya anneciğim?

Feyzâ, gözlerini kapadı ve şehadet parmağını dudağına götürerek yüzünde mesut bir ifadeyle hafifçe gülümseyerek:

- Sus!.. Dedi... Sakın sorma... Çok güzel... çok güzel bir rüya...

Hilâl üstelemedi... O zaten şimdi başka bir şey düşünecek durumda değildi... Annesinin durumu bir anda iyiye dönmüştü ya... Allah'tan başka ne istiyebilirdi?..

Birden boğazında düğümlenen hıçkırıklarla boşanıverdi... Evet ağlıyordu... Ama bu sefer merak, endişe ve üzüntüden değil, sevinç ve saadetinden ağlıyordu...

Feyzâ, onu teskin etmek istercesine:

- Hilâl.. Hilâl... Yavrum... Bırak ağlamayı, diyordu... Bak, önümüzde çok güzel günler var... Hayat bizim için inşaallah yeni baştan başlıyacak. Sil gözünün yaşını.. Gel... Sokul biraz yanıma...

Hilâl, yerinden kalkarak, yavaşça annesinin yatağına ilişti ve kollarını onun boynuna dolayarak, gözyaşlarını onun sinesinde dindirmeye çalıştı... Feyzâ da kızını her zaman yaptığı gibi olanca analık şefkatiyle bağrına basmış, sessiz sessiz ağlamaktaydı...

İşte Nusret, kapıyı vurup girdiğinde anne-kızı o vaziyette, birbirlerine sarılmış ağlarken buldu...

İlk anda vahim bir durum olduğunu zannetmişti... Hilâl'in annesine sarılmış vaziyette hıçkırarak ağlaması kendisini bayağı korkutmuştu... Endişeli bir sesle...

- Hilâl hanım, yoksa bir fevkaladelik mi var? diye sordu...

Onun içeri girişini Hilâl de, Feyzâ da farketmemişlerdi... Hilâl arkasında duyduğu sesle yerinden kalktı ve karşısında endişeli gözlerle cevap bekliyen Nusret'e kirpiklerinde titreşen yaşlarla sevinç içinde gülümseyerek:

- Evet doktor bey dedi... Tahmininiz doğru... Fevkaladelik var... Annem iyileşti... İşte bakın yatağının içinde kendi kendisine doğruluyor... Ağlamasına bakmayın siz... O de benim gibi sevincinden ağlıyor...

Nusret hayret dolu gözlerle kendisine gülümsemeye çalışan Feyzâ'ya bakarken:

- İnanın ne kulaklarıma ne de gözlerime inanamıyorum... Halbuki hemşire hanım dün gece çok ızdırap çektiğinizi söylemişti...

Feyzâ:

- Dün gece hakikaten çok fenaydım doktor bey... Ama sonra sabaha kadar gittikçe iyileştim... Şu anda kendimi öylesine hafif hissediyorum ki içimden ayağa kalkıp dolaşmak geliyor...

- Doğrusu bu çok sevindirici bir haber olduğu kadar şaşırtıcı bir durum da... Fakat sakın şimdilik öyle ayağa filan kalkmaya kalkışmayın... Ben durumunuzu doktor Nâzım beye bildireyim.. Zannederim yeniden muayeneniz icabedecek.

Sonra Hilâl'e dönerek:

- Siz de bu durumuna bakıp annenizi fazla konuşturmaya kalkmazsınız inşaallah Hilâl hanım dedi... Biliyorsunuz bu gibi durumlarda azami istirahat şart..

Aradan dört-beş gün geçmişti.. Bu müddet zarfında Feyzâ'nın sıhhati bir hayli düzelmişti... Zaman zaman yatağının içinde doğruluyor ara sıra da odanın içinde dolaşabiliyordu...

Doktor Nâzım Feyzâ'daki bu ani değişikliğe hayret etmekle beraber son derece seviniyordu... Bu asil kadına karşı içinde sonsuz bir hürmet duyuyordu... Feyzâ bu geçen zaman zarfında onun nazarında öz bir kızkardeş gibi değer kazanmıştı... Onun çekmiş olduğu dayanılmaz ızdırablardan nihayet kurtulmuş olması genç kadının hayatına şüphe ile baktığı bir sırada doktor Nâzım için büyük bir sürpriz olmuştu...

Hele Hilâl'in sevinç ve saadetine payan yoktu... Dolaştığı yerlere sanki basmıyor havalarda uçuyor gibiydi... Bir tek üzüntüsü doktorların annesine fazla konuşma müsaadesi vermemeleriydi... Bu yüzden annesiyle karşılıklı doya doya konuşmaktan henüz mahrumdu... Ama buna da sabretmesi icabettiğini biliyordu. Nasıl olsa bir gün gelecek yine her şey eskisi gibi olacaktı.

Şimdi onu konuşturmamak için başucunda kah Kur'an okuyor kah annesinin hoşlanacağı bir dini veya fikri eseri okuyor bazen de biricik anneciğini neşelendirmek için muzip ifadelerle aklına gelen komik fıkraları birbiri ardınca anlatıp Feyzâ'yı güldürüyordu...

Feyzâ ise bambaşka bir dünyada yaşıyordu sanki... Mes'uttu... Hem öylesine mes'uttu ki, saadetinden zaman zaman Hilâl'e göstermeden sessiz göz yaşı döktüğü bile oluyordu...

Nasıl mes'ut olmasındı ki?.. Yeniden hayata dönmüştü adeta...

Halbuki hastalığının o şiddetli anlarında hayattan hemen hemen ümidini kesmiş, yeniden sıhhate kavuşacağına, daha doğrusu yaşıyacağına dair (Allah'dan) başka hiç mi iç ümidi kalmamıştı...

Ama Allah'a inanmıştı, O'na güvenmişti, ümidini yalnız O'na, O Şafi-i Zülcelâl'e bağlamıştı ya... İşte O Rahman ve Rahim olan Rabbı Zülcelâl, her şeye kadir olduğunu kendisine hem de bir kaç saat içinde sıhhatini iade etmek suretiyle göstermişti... O'na ne kadar hamd ve şükür etse azdı...

Hastalığının şiddetli zamanlarında, kabuslu geçen gecelerini hatırladıkça hala ürperdiğini hissediyordu... Bu kabusların tek sebebi, Hilâl'di... Bütün acı ve ızdırabına rağmen aklı-fikri, kalbi ve gönlü hep onunla doluydu... Kendisi, bu hastalığın pençesinden kurtulamayıp, hayata gözlerini yumduğu takdirde biricik kızı ne olacaktı?.. Hayatta hiç, ama hiç kimseleri yoktu... Hilâl'in yanlarına sığınabileceği, hiç değilse bir tek akrabaları olsaydı, Feyzâ bu kadar düşünüp üzülmiyecekti... Fakat Feyzâ, o cihetten de şanssızdı... Çünkü ne anne tarafından teyze ve dayıları, ne de baba tarafından amca ve halaları yoktu... Üstelik annesi, babası ve kardeşi de bir trafik kazasında vefat etmiş, hayatta kendisine en büyük dayanak olan dadısı da hayata gözlerini yumunca, Feyzâ, kızıyla birlikte hayatta tek başına kalmıştı...

Kendisinin vefatıyla Hilâl'in düşeceği durumu düşündükçe deli gibi oluyor. Bu üzüntüler hastalığının büsbütün şiddetlenmesine sebep oluyordu...

Ya kalbini için için yakan o büyük pişmanlık hissi?.. Evet pişmandı Feyzâ... Hilâl'i o yüksek mimar gence vermediğine, bu imanlı gencin teklifini reddettiğine pişmandı şimdi... Tek başına olsaydı, böyle bir genç, bulunmaz bir talipti... Beş vakit namazında, imanlı ve şuurlu bir müslümandı... Hem manevi, hem de maddi zenginliğe sahipti... Üstelik dalyan yapılı, güzel ve yakışıklı bir gençti de...

Yattığı şirin hastahane odasının iç acıcı pembe duvarlarını seyrederken zihninde canlanan ve şekillenen bu hatıra, Feyzâ'nın gözlerini bir kere daha yaşartmıştı.

Evet pişmandı şimdi. Hem çok pişmandı o imanlı ve kültürlü genç mimara Hilâl'i vermediğine... Zira gitgide emin oluyordu ki o genç, annesinin bütün hile ve kurnazlıklarına karşı Hilâl'i hassasiyetle koruyacak bir güç ve karakterdeydi...

Ya sıhhati iyiye doğru bir dönüş yapmasaydı?.. Ya kefeni yırtmaya muvaffak olmasaydı? Evet o zaman, o zaman ne olacaktı Hilâl'i?

Ne oldu, nasıl oldu anlıyamamıştı, birden böğrüne keskin bir bıçak saplanışı gibi bir sancıyla yatağında kıvrıldı.. Gözleri büyümüş, nefes alamaz olmuştu...

O esnada yatsı namazını kılmakta olan Hilâl, annesinin yatağının içinde iki büklüm olduğunu hissederek namazını bozdu ve bir çılgın gibi anneciğinin üzerine atıldı. Onun, iri iri gözlerle adeta yalvarırcasına kendisine baktığını görünce kendini bir hamlede dışarı attı... Koridorlarda hiç kimse yoktu... Şaşkınlığından karyolanın başucundaki alarm zilini çalmayı dahi akıl edememişti. Hemşire çağırmak için bağırmak istedi... Fakat sesi bir hıçkırık halinde boğazında kaldı.

Neden sonra elinin bir kapı kulpunu çevirdiğini hissetti.

Sonra başını kaldırarak kapının üzerindeki numaraya baktı. Evet, herhalde yanılmıyordu... Dr. Nusret beyin odası burası olacaktı.

Kapıyı vurmayı akıl dahi etmeden ardına kadar açarken vücudu hıçkırıklarla sarsılmaktaydı... Gözleri bir an odada Nusret'i aradı... Fakat odada kimsecikler yoktu... Aynı coşkunlukla ağlıyarak tam gerisin geriye çıkmak üzereydi ki, karyolanın arkasından önce takkeli bir baş, sonra boylu boyunca secdeden ayağa kalkan Nusret'in vücudunu görerek bir iki adım ileri atıldı ve insiyaki bir hareketle:

- Doktor bey... doktor bey... yetişin, annem!..,

Diye hıçkırdı... Nusret'in, bu sözü selam verip namazı bozarak takkesini çıkarıp terliklerini giymesiyle genç kızın yanından yıldırım gibi geçerek koridora fırlaması bir olmuştu... Bir yandan da arkasında kalan Hilâl'e:

- Korkmayın. Gelin benimle... Fakat lütfen kendinize hakim olun... diye seslenmekte ve genç kıza cesaret vermekteydi...

Feyzâ'nın yanına geldiklerinde; onu yatağının içinde upuzun uzanmış, kolları mecalsiz bir şekilde yana düşük vaziyette buldular. Yüzünde boncuk boncuk terler birikmişti... Kapalı kirpiklerinin arasında yaşlar titreşmekteydi.

Karyolaya doğru yaklaşırken Hilâl yavaş bir sesle:

- Bıraktığımda iki büklüm kıvranıyordu, dedi.

Nusret, Feyzâ'nın nabzını tuttu... Bu temas üzerine gözlerini açan Feyzâ, yaşlı gözlerle gülümsemeye çalışarak Nusret'e ve heyecandan nefesi tutulmuşçasına kendisine bakan Hilâl'e baktı ve güç duyulan bir sesle:

- Yok bir şeyim Nusret bey dedi... Geçti... Ama çok sarstı beni... Ölüyorum sandım sanki o an...

Nusret neşeli görünmeye çalışarak:

- Durun canım, dedi.. Daha çok yaşıyacaksınız Allah'ın izniyle... Bu, mühimsenecek bir hal değildir... Gelip geçici bir refleks... Fakat biliyor musunuz, ne olduysa Hilâl hanıma oldu...

Hilâl ayakta, karyolanın başında taşlaşmış gibi duruyordu... Genç kız, geçirdiği korku ve heyecanın tesiriyle adeta katılmıştı... Ancak Feyzâ'nın:

- Hilâl... yavrum... niçin öyle duruyorsun? Gel bakayım yanıma.

Diyen sesiyle kendine gelebildi ve yeniden boşanan hıçkırıklarıyla annesinin karyolasının dibine çöküp başını onun göğsüne kapıyarak:

- Anneciğim... canım anneciğim benim... yalvarırım beni yalnız bırakma, diye sarsıla sarsıla ağlamaya başladı.

Hilâl'in bu içli hıçkırıklarını duymamak için bir an kulaklarını tıkamak geldi Nusret'in içinden... Yüzünde ızdırabını belli eden derin çizgilerle pencereye doğru yürüdü. Ve perdeyi açarak anne-kıza arkasını dönüp gözlerini gökyüzünde ışıldayan yıldızlara dikti..

Neden böyle alt üst olmuştu birden? Niçin kulaklarını tıkamak arzusunu bu derece şiddetle duymuştu?. Evet... evet... inkara lüzum yoktu... Hilâl'i böyle üzgün, mey'us ve gözü yaşlı görmek mahvediyordu onu...

Birden kalbinin dile geldiğini hissetti: «Ah!.. Onun güzel gözlerini güldürebilmek melek yüzünde tebessüm çiçeklerini açtırabilmek için nelerimi feda etmezdim ki!..»

Evet, konuşan kalbiydi... Öyleyse günlerdir kendi kendine sorduğu sual cevaplanmış sayılırdı... Seviyordu Hilâl'i. Hem bütün kalbiyle ve bir kaynak kadar saf, duru ve berrak bir sevgiyle...

Hilâl'in hıçkırıkları kesilmişti artık... Genç kız, annesinin tehlikeyi atlattığını ve huzura kavuştuğunu görerek sakinleşmişti...

Fakat Nusret hala arkası dönük, dimdik pencerenin önünde durmaktaydı... Yüzünü dönmekten, hislerinin anlaşılmasından korkuyordu. Bir müddet daha gökyüzünü seyrederek oyalandı, sonra perdeyi çekerek odanın ortasına doğru yürüdü...

Feyzâ şimdi tamamen açılmıştı... Yüzündeki terler ve gözlerindeki yaşlar da kaybolmuştu. Nusret'in karyolaya doğru yaklaştığını görünce:

- Oturmaz mısınız Nusret bey?.. Dedi. Gece vakti sizi rahatsız ettik, zahmet verdik kusurumuza bakmayın..

- Estağfurullah efendim.. Size zahmet olarak görünen, bizim için rahmettir... Kendinizi şimdi nasıl hissediyorsunuz?..

- Çok iyiyim... Müsaade etseniz, kalkıp dolaşabilecek kadar iyi hissediyorum kendimi..

- Yakında bu arzunuz da olacak inşaallah Feyzâ hanım... Ben oturmasam iyi olacak... Sizin ve bilhassa Hilâl hanımın bu heyecandan sonra istirahate ihtiyacınız olduğu şüphesiz... Hayırlı geceler efendim, müsaadenizle...

Nusret çıkarken: «- Güle güle efendim, hakkınızı helal edin.» diyerek kendisini kapıdan uğurlayan Hilâl'in ağlamaktan kızarmış iri ceylan gözlerinde derin bir minnet ifadesi gördü... Arkasından kapanan kapının çıkardığı tok ses, tatlı bir musiki nağmesi gibi kulağında yankılandı... Odasına girip, yeniden seccadesinin başına dururken, kalbi tatlı, fakat ulvi çırpınışlar içinde çarpmaktaydı...

Aynı anda Hilâl de yarıda bıraktığı namazını tamamlamak üzere seccadesinin başında bulunuyordu... Genç kız namazını bitirip seccadesini toplarken, annesinin sakin bir şekilde uyumuş olduğunu gördü ve ses çıkarmamaya gayret ederek, ayaklarının ucuna basa basa karyolasına yaklaştı... Üzerinden sabahlığını çıkartmadan battaniyenin üzerine arka üstü uzanıp, ellerini başının altına kenetliyerek gözlerini tavana dikti, düşünmeye başladı...

Fakat zihninde bir türlü çözemediği bir sual vardı... Niçin kendi kendiyle her baş başa kalışında hep onu, bir kaç oda ötesinde bulunan bu genç doktoru düşünüyordu?.

Zihni niçin daima hep onunla dolu, hep onunla meşguldü, niçin... niçin?...

Sonra ya bu kalbindeki garip çırpınışlar, kalbinin bu gayri muntazam, bu deli deli vuruşu?.. Onu her gördüğü zaman böyle oluyordu. Kalbinin hızla gümbürdemesine mani olamıyordu bir türlü...

Peki ama niçin başka bir erkeğin değil de, onun karşısında bu büyük heyecanı duyuyor, yüzünün alev alev yandığını hissediyordu? Bir kere daha kendi kendine sormaktan alamadı kendini: «Yoksa aşk dedikleri, sevgi dedikleri şey bu mu?.. Yoksa seviyor muyum onu?»

- Hilâl, ne düşünüyorsun yavrucuğum?...

Genç kız, hislerini tahlil etmeye fırsat bulamadan annesinin sesiyle düşünce ve hayal aleminden uyandı... O da Nusret'in yaptığı gibi hislerinin yüzünden anlaşılacağı endişesiyle başını annesine çevirmeden, gözleri yine tavana dikili olduğu halde cevap verdi:

- Hiç... hiç bir şey düşünmüyorum anneciğim... Şey... sen uyumuyor muydun?..

- Hayır yavrum... Sen farkında olmadan seni tetkik ediyordum... Söyle yavrum, bana açamadığın bir derdin, bir sıkıntın mı var?

- Hayır anneciğim, sana öyle geliyor...

Odada derin bir sessizlik oldu bir müddet... Sonra Feyzâ'nın ağır ağır konuşan ve mazinin derinliklerinden geliyormuşcasına içli ve dokunaklı sesi duyuldu:

- Bana genç kızlık günlerimi hatırlattın bu halinle biliyor musun?. Ben de böyle bir şeyi, yahut birisini düşünürken ellerim senin gibi başımın altında kenetli, arka üstü yatar ve gözlerimi uzun uzun, dalgın dalgın tavana dikerdim...

Bu sözler, Hilâl'in kulaklarında, ruhunda, kalbinde dalga dalga dalgalanırken, oda yeniden derin bir sessizliğe gömüldü.. Genç kız, annesinin sözlerine ne şekilde cevap vereceğini bilemiyordu... Yoksa annesi hislerini anlamış mıydı?.. Aynaya baksa yüzünün utançla kızardığını göreceğinden emindi... Şimdi yanakları, yüzü ve vücudu daha şiddetli bir şekilde, adeta alev alev yanıyordu...

Uzun bir müddet konuşmadan, öyle sessiz kaldılar. Hilâl elinde olmayan, mani olamadığı bir hisle yine onu düşünüyordu... Zihninde yine bir biri ardına sualler belirmeye başlamıştı...

Onu sevebilir miydi?.. Daha doğrusu, sevmesi doğru olur muydu?.. Daha henüz tam manasıyla tanımış sayılmazdı bu genci.. Görünüşte iyi, hem de çok iyi bir insana benziyordu ama, bu zamanın insanlarına güven olmazdı ki... Hem onu sevebilmesi için en mühim mesele en başta araştırılacak olan husus, bu genç doktorun imanlı ve İslâm'ı hakkıyla yaşıyan tam bir müslüman olup olmadığıydı ki, şayet bu hasletlere sahip değilse onun aşkından ölse, yine de böyle bir kimseyle evlenemezdi..

Gerçi doktor Nâzım bey ona Nusret'ten imanlı bir genç diye bahsetmişti ama, acaba bu imanın derecesi ne idi? Öyle ya, bugün imanlı olarak geçinen nice insan vardı ki, imanın ve İslâmın şartlarından dahi bihaber, gafilce bir hayat sürmekteydiler... Bunların çoğu hem imanlı olduklarından bahsederler, hem de her şeyin kalp temizliğinde bittiğini ileri sürerek gafletlerinin derinliğini belirtirlerdi.

Genç kız böyle birbirini tutmaz şüpheler içinde bocalayıp dururken birden gözlerinin önünde Nusret'in hayali canlandı.. Sanki gözlerinden bir perde kalkmıştı... Niçin.. niçin daha evvel düşünememiş, daha evvel hatırlıyamamıştı bunu da çeşitli tahminlerle kafasını yormuştu?... Evet evet emindi gördüğüne... Odasının kapısını açtığında Nusret namaz kılıyordu. Secdeden doğrulmuş, ayağa kalkmış, sonra onun sesiyle selam verip namazını bozmuştu... Başında beyaz bembeyaz da bir takke vardı. Demek namaz kılıyordu Nusret... Hilâl, kalbinin yerinden fırlıyacakmış gibi şiddetle çarptığını hissediyordu...

Yatağından bir çırpıda sıçrayıp, koşarak annesinin karyolasının yanına geldi. Ve Feyzâ'nın ellerine sarılarak büyük bir heyecanla, gözleri sevinçten ışıl ışıl:

- Anneciğim... anneciğim... Biliyor musun, Nusret bey namaz kılıyor... İnan ki gördüm anneciğim... Odasında namaz kılıyordu... diye sevinçle haykırdı...

Feyzâ, ellerini tutan kızının avuçlarını göğsüne bastırarak mesut bir ifadeyle gözlerini yumup, gülümsedi. «Sahi mi?» diye sorduğu takdirde aksi bir cevap alacakmış gibi hiç bir şey de sormadı, söylemedi... Yalnız avucunun içinde heyecandan titreyen elleri daha kuvvetlice göğsüne bastırarak bir an Hilâl'e baktı, sonra onun utançla önüne düşen başını kendine doğru çekip, titrek ve anlayışlı bir sesle mırıldandı:

- Yavrum benim!..

Bu iki kelime, her ikisi için de neler ifade etmiyordu ki... Her şey, her sır bu iki kelimenin içinde açığa çıkıyor, vuzuha kavuşuyordu.

Hilâl, başı annesinin göğsüne gömülü olduğu halde yarı utanç ve yarı saadet hisleriyle sessiz sessiz ağlarken Feyzâ da onun ipek gibi yumuşak uzun saçlarını derin bir şefkat ve sonsuz bir sevgiyle okşayıp, koklamaktaydı...

Aralarında sanki sessiz bir anlaşma doğmuştu... Hiç konuşmuyorlar, ikisi de hiç bir şey söylemiyorlardı ama her ikisi de biliyordu ki, bu manalı sükut, saatlerce konuşmaya bedeldi...

Belki on dakikaya yakın bir zaman, Hilâl'in başı kendisi, kendi saadeti için çarpan bu asil kalbin üzerinde kaldı... Başını kaldırdığında, annesinin gözlerine bakamıyordu bir türlü.. Ayağa kalkıp, tekrar karyolasına döndüğü sırada, arkasından Feyzâ'nın fısıltı gibi bir sesle:

- Biliyordum... Rüyamın hakikat olacağını biliyordum Rabbim!

dediğini işitmedi...

Feyzâ o akşam geçirdiği ani krizden sonra 15 gün daha klinikte yatmıştı...

Bu 15 gün, Nusret'i daha iyi anlamasına ve onu bütün veçheleriyle tanımasına sebep olmuştu...

Uzun boyu, asil ve vekarlı yüzüyle her genç kızın yüreğini hoplatacak kadar fiziki bir güzelliğe sahip olan bu yakışıklı gencin halindeki olgunluk ve hareketlerindeki ağırbaşlılık, ona apayrı bir şahsiyet kazandırmaktaydı...

Zaman zaman yapmış oldukları kısa dini sohbetler esnasında, Feyzâ onun ayni zamanda geniş bir İslâmi kültüre sahip olduğunu da anlamıştı.

Hele Nusret'in Hilâl'e karşı olan hislerini keşfettiği andaki saadet ve heyecanı ömrü boyunca unutmasına imkan yoktu. Evet, çeşitli hadiselerle anlamış, ancak hassas bir anneye vergi olan ince bir önsezi ile hissetmiş ve nihayet kati kanaat getirmişti ki, en az kızının sevgisi kadar Nusret de Hilâl'i seviyordu...

Ne var ki genç doktor, sevgisini açığa vurmaktan şiddetle kaçınıyor ve bu haliyle içten kaynayan durgun bir denizi andırıyordu.

Hilâl'e gelince; genç kız, annesinin hislerini anladığı günden beri daha bir çekingen, daha bir içine kapanık hal almıştı.. Nusret'le bir araya, karşı karşıya gelmemek için gösterdiği bütün gayretlere rağmen tesadüfler aksine onları birbirlerine daha çok yaklaştırıyor ve her yakınlaşma gençlerin hissi bağlarının bir kat daha sağlamlaşmasına sebep oluyordu.

Bu durum Feyzâ'nın olduğu kadar Doktor Nâzım beyin de gözünden kaçmamaktaydı. Babacan adam bu hususta zaman zaman Nusret'e takılmaktan zevk alıyordu. Ama Nusret, Hilâl'in durumunu düşünerek hislerini şimdilik saklamaya kararlı olduğundan, Dr. Nâzım'ın her takılışında, ona kırıldığını belli edercesine: «Aşkolsun ağabey, o benim bacım, kızkardeşim» diyerek sözü kestirip atıyordu...

O gün Doktor Nâzım, kliniğin üst katındaki odasında, çalışma masasının başında otururken, içeri Nusret girdi.. Dr. Nâzım, onu solgun bir yüzle karşısında görünce yine işi şakaya vurdu:

- Ooo!... Gel bakalım dertli aşık.. gel hele...

Nusret, oradaki koltuklardan birine otururken, kızgın ve sitemli bir sesle:

- Yine mi Nâzım ağabey?.. Dedi...

- Yok canım, yok kızma hemen.. Eh.. Anlat bakalım, ne var ne yok?.. Ben Ankara'da kaldığım bu üç gün içinde klinikte olağanüstü her hangi bir şey yok ya...

- Merak edilecek şekide hiç bir şey olmadı ağabey. Yalnız...

- Evet, yalnız?.. Niye durdun?..

- Şey.. Bilmem farkettiniz mi siz de, buraya geldiği günden bu yana Hilâl hanım çok zayıfladı ve süzüldü.

- Her halde bilirsin, böyle hallerde bir söz vardır: Kara sevda çekiyor derler.. Sakın rahatsızlığı bu olmasın?..

- Ağabey!...

- Yine mi kızmak?... Dur öyleyse bir söyleyeceğim daha var... dinle de kızacaksan öyle kız.

- Eğer yine bu yolda bir şey söyleyeceksen dinlemem ağabey...

- İster dinle, ister dinleme... Ben yine bildiğimi söylerim... Hilâl hanım kızım bir yana ya, peki senin yüzünün bu rengi, bu solgunluğu ne yavrum?.. Buna bal gibi kara sevda derler işte...

- Siz hep işin latife tarafındasınız.. Bense size danışayım da, kızcağıza bir kaç gıda ve kuvvet iğnesi vursak nasıl olur diye sorayım diyecektim...

Doktor Nâzım birden ciddileşmişti:

- Haklısın Nusretciğim, sen bana bakma dedi. Bir baba dostu, aynı zamanda seni bir özkardeş gibi seven bir ağabey olarak sana takılmak hoşuma gidiyor nedense... Yalnız karar verdim, bu gün seninle şöyle ciddi ciddi konuşmak istiyorum.

- Buyrun ağabey, hayrola?.. Mühim bir şey mi vardı?...

- Var ya elbet.. Yalnız söz ver, söyleyeceklerim karşısında yine bana her zamanki gibi bin dereden su getirmeyeceksin...

- Hangi mevzuda?...

- Hilâl mevzuunda?...

- Yine mi Hilâl hanım, ağabey?. İnanın...

- Dur yavrucuğum, dur... Evet yine onun hakkında ama bu defa söyleyeceklerim takılmak filan değil.. Ciddi konuşacağım seninle diyorum...

- Peki sizi dinliyorum öyleyse...

Dr. Nâzım, bir müddet kalbinin derinliklerini okumak istercesine Nusret'in gözleri içine baktı.. Fakat Nusret onun hislerini anlayacağından korkan bir halde gayri ihtiyari gözlerini yere indirmişti.

Dr. Nâzım ağır ağır konuşuyordu:

- Benim seni bir öz kardeş gibi sevdiğim gibi bilirim ki sen de beni bir öz ağabey olarak görür ve seversin Nusret... Yani demek istiyorum ki, iki kardeşin birbirleriyle en mahrem sırlarını dahi açıp dertleşmelerinden daha tabii bir şey yoktur. Söyle bana Hilâl hanıma karşı olan hislerin cidden bir kardeş, bir ağabey hissi mi yoksa?...

- ....

- Cevap vermiyorsun... Nasıl sükut ikrardan gelir desem doğru mu?... Nusretciğim, niçin bu derece çekiniyorsun hissiyatını açığa vurmayı anlıyamıyorum... Bundan daha tabii ne olabilir?. Gençsin... Her genç gibi sevmek senin de hakkın elbet. Üstelik sevdiğin kız, senin sevgine fazlasıyle layık bir mücevher olursa?...

Nusret gözlerini yerden kaldırıp, minnetle Dr. Nâzım'a baktı. Evet, bu mesele açılmalıydı artık.. Birisiyle konuşmağa öylesine ihtiyacı vardı ki. Nihayet koltuğunda oturuşunu biraz daha düzelterek:

- Öteden beri anlayışınızın hayranıyım Nâzım ağabey, dedi... Benimki garib bir sıkılganlık nedense... Kusuruma bakmayın. Bu, olsa olsa aramızdaki yaş farkından ileri gelmektedir. Fakat, madem ince bir anlayışla ve ısrarla siz açtınız bu meseleyi, o halde izah edeyim ağabeyciğim...

- Ha şöyle, anlat bakalım.. anlat ki benim de bazı fikirlerim var, onları söyliyeceğim.

- Sağolun ağabey... Evvela, Hilâl hanıma karşı olan hislerimin tahlilini benim de daha yeni yaptığımı söylemek isterim.. Kendisini gördüğüm günden beri tesiri altında kalmış, fakat bunun sadece mazbut ahlak ve kıyafetini takdir etmemden doğduğunu sanmıştım.. Fakat zaman geçtikçe, bu hislerin sadece bir takdir hissinden ibaret olmayıp, gitgide bütün benliğimi kaplayan bir başka mana, derin çok derin bir mana taşıdığını hissetmeye başladım... Artık Hilâl hanımdan başka bir şey düşünemez olmuştum.. Bunca yıllık tahsil ve cemiyet hayatımda sayısız genç kızla karşılaştığım halde nedense hiçirisi bana bu asil ve yüksek ruhlu genç kız kadar tesir etmemişti... Hatta itiraf ederim ki ağabey, çevremdeki genç kızlar, gerek kıyafetleri ve gerekse suni, yapmacık hareketleriyle benim kadın denen varlıktan adeta nefret etmeme ve ömür boyu bekar kalmak gibi bir fikr-i sabite sahip olmama sebep olmuşlardır inanın... İşte bende kadınlara karşı olan bu nefreti ve zihnimdeki fikr-i sabiti yıkan; ömrüm boyunca unutamıyacağım o gece, sizin kapınızda hıçkırıklarla sarsılarak «Annem!» diye inleyen o genç kız, yani Hilâl hanım oldu... Benim idealimde yaşattığım, fakat şu tefessüh etmiş cemiyet içinde hiçbir zaman bulamıyacağımı zannettiğim kadını kadın yapan bütün fazilet ve güzellikleri, şahsında toplamıştı Hilâl hanım.. Onu tanıdıkça, onun şahsiyetinin, müstesna ahlak, fazilet ve asaletinin bunların yanı sıra o emsalsiz güzelliğinin tesirinde kaldığımı ve bugün bu tesirin bütün varlığıma hakim olduğuna söylersem bu, ısrarla öğrenmek istediğiniz hissi durumumu size layıkıyla anlatmaya kafi gelir zannederim.

Dr. Nâzım, Nusret'i dudaklarında memnuniyetini belirten bir tebessümle dinlemişti konuşmaları müddetince.. Nihayet onun sustuğunu görünce:

- Sen anlatmasan da ben hissediyordum sendeki bu büyük değişikliliği Nusretciğim, dedi. Fakat ne yalan söyleyeyim, bu kadar zaman bir arada olduğumuz ve birbirimize karşı hakiki bir ağabey-kardeş durumunda bulunduğumuz halde bana açılmamanı affedemiyorum bir türlü... Kalbim oldukça kırıktı bu hususta sana karşı.. Neyse... Sen de haklısın bir bakıma.. Şimdi gelelim... Benim sana söylemek istediğim ana meseleye : Bu işin daha fazla uzaması her iki taraf içinde doğru olmayacak. Ben yanından tezi yok, dünürcü başı olarak, Feyzâ hanımdan kızı Hilâl'i Allah'ın emri, Peygamberimizin kavli ile sana istiyeceğim. Bu hususta hiç bir itiraz da istemiyorum. Bunu da peşinen böylece bilmiş ol.

Nusret, o derece heyecanlanmıştı ki, bir an ne diyeceğini şaşırdı. Sonra toparlanarak:

- Böyle bir şeye değil itiraz etmek, ellerinize sarılıp size olan minnet hissimi ifade etmek isterim Nâzım ağabey, dedi. Ancak , iki günden beridir zihnimi kurcalayan bir husus var. Acaba Hilâl hanımın bir başkasıyla her hangi bir bağı yok mu?.. Meselâ sözlü olabilir.. sonunda mahcub düşmeyelim.

- Hayır hayır.. müsterih ol. Bu hususta icabeden araştırmayı yaptım ben. Tabii el altından. Kızın hiç bir bağı yok.

- Peki, acaba Hilâl hanım bu teklifi nasıl karşılar?. Feyzâ hanımın bana karşı büyük bir takdir hissiyle dolu olduğunu müşahade ediyorum. Annenin kabul edeceğinden hemen hemen şüphem yok.. Fakat bütün gayretime rağmen, Hilâl hanımın bana karşı his ve düşüncelerini öğrenmeye muvaffak olamadım bir türlü. Her hareketi ölçülü ve saygılı.. yalnız zaman zaman karşımda kızardığını, gözlerini ters istikametlere kaçırdığını görerek ümide kapıldığım olmadı değil ağabey.. Fakat bu da, onun İslâmi ahlakından, erkekle bir arada bulunmanın verdiği sıkıntıdan olabilir, değil mi?..

Dr. Nâzım, Nusret'i çok iyi anlıyordu.. Genç doktor karşılıksız bir sevginin endişesi içindeydi. Onun yüreğini ferahlatmak için ta başından beri hissetiği durumu açıkladı:

- Bu hususta da hiç endişen olmasın Nusretciğim.. Ben her ikinizin durumunu da, ruhunuz dahi duymadan baştan beri takip ediyorum.. Sizler, daha değil birbirinize, henüz kendi kendinize dahi hislerinizi itiraf edemezken, ben ikinizin de birbirinizi gizli ve köklü bir aşkla sevdiğinizi anlamıştım. Aşkın gözü kördür derler. Siz birbirinizin gözlerindeki sevgi pırıltılarını göremezsiniz belki ama, müsaade et de, tecrübeli bir ağabey olarak bunu keşfetmek de bana düşsün. Her şey bir yana, bu hususta da müsterih ol Nusretciğim.. ve bil ki ceylan bakışlı Hilâl kızım da seni, en az senin onu sevdiğin kadar sevmektedir. Bana itimad et... Bu izdivaç her ikiniz için de çok iyi olacak.

Dr. Nâzım yanılmamıştı.. Zira onun bu sözleri Nusret'i hakikaten ferahlatmış ve sanki büyük ağır bir yükten kurtarmıştı... Demek ki endişeleri yersizdi. Sevdiği, uğrunda bir ömür vakfedeceği o hassas ve kıymetli varlık da kendisine karşı bigane değildi.. Bu derece büyük saadete kalbi tahammül edebilecek miydi?...

Birden aklına babası geldi:

- Ağabey, dedi.. Bana kalırsa Feyzâ hanıma durumu açmakta bu kadar acele etmeyelim. Biliyorsun, bu hususta danışacak bir annem yok ama, fikrine müracaat etmem ve mutlaka kendisinden müsaade almam icabeden babam var. Ona bir mektupla durumu anlatayım. Vaziyeti münasipse bir kaç günlüğüne gelsin ve gelinini o da görsün. Şayet gelmezse, hiç değilse fikrini öğrenip, müsaadesini almış olurum.. Ne dersin?

- Bunu senden önce benim düşünmem lazımdı.. Öyle ya.. babana danışmadan Hilâl'e talip olmak, bahusus senin gibi bir evlada yakışmaz.. Peki o halde... şimdi odana iner inmez işin bu olsun... Benden de selam yaz.

Nusret gitmek için ayağa kalkmak üzereydi ki, Dr. Nâzım birden aklına gelmişcesine:

- Dur gitme, otur biraz daha da sana vereceğim ikinci mühim havadisi dinle, dedi.

Nusret yerine otururken heyecanlıydı:

- Hayırdır inşaallah ağabey, meraklandırdın beni.

- Hayır ya, elbette hayır inşaallah.. Dün Ankara'da verilen bir ziyafette SEVAN İlaç Sanayiinin Ankara temsilcisi ile sohbet ederken, bana cazip bir teklifte bulundu. Bildiğin gibi merkezi İstanbul'da olan SEVAN İlaç Sanayii, İstanbul'daki müesseselerinin başına ehliyetli, dirayetli ve güvenilir bir mesul müdür aramaktaymış. Münasebetlerimiz dolayısıyla kliniğimize sık sık yaptıkları ziyaretlerde seni tam aradıkları vasıfları haiz bir kimse olarak görmüşler. Uzun lafın kısası, çok dolgun bir ücretle sana SEVAN İlaç Sanayiinin mesul müdürlüğünü teklif ediyorlar. Nasıl, oldukça memnuniyet verici bir iş değil mi?...

- Bilmem ki nasıl olur ağabey?.. Biliyorsun, Tıbbiyeden mezun olup, stajımı bitirir bitirmez askerliğimi yaptım. Gerçi henüz ne şekilde bir yol takip edeceğimi kendin de kati olarak tesbit etmiş değildim. Ama yine de doktorluk olarak hiç değilse bir müddet mesleğimi icra etmek isterdim

Nusret'le Dr. Nâzım'ın bu mevzuda konuşmaları bir saatten fazla sürmüştü. Nusret mesleğine âşık bir doktordu. Bunun için kendisini mesleğinden alıkoyocak bir işi ne kadar maddi menfaati olursa olsun kabul etmek istemiyordu. Bunca yıllık yorucu bir tahsil döneminden sonra kendisini bir müessesede, bir makam, bir masa başına hasretmek, oldukça ağır geliyordu ona. Dr. Nâzım'a cevap vermezden önce bir müddet derin derin düşündü.

Dr. Nâzım'ı dinledikçe, ona da hak vermeye başlamıştı. Doktorluk mesleği, her zaman için onun elinde altın bir bilezikti. İstediği zaman bir muayenehane açıp mesleğini icra edebilirdi. Ama bu gibi cazib bir teklifle de, insan hayatta pek ender karşılaşırdı. Üstelik kurmak üzere olduğu yeni yuvayı da düşünmek mecburiyetindeydi.

Evet, değil mi ki Nazım ağabeyisi bu hayırlı işi üzerine almıştı, kısa bir zaman sonra emindi ki, hayalleri gerçekleşecek ve Hilâl'e sahip olacaktı. Bunun için de devamlı ve dolgun bir gelire ihtiyacı olacağı şüphesizdi...

Gerçi babası, onu hiç bir zaman maddi sıkıntıya maruz bırakmamış, gönderdiği yüklü meblağlarla daima refah içinde yaşamasını temin etmişti ama, artık mesleğini eline almış bir insan olarak babasının yardımıyla geçinen bir erkek durumunda olmak, onun düşünemiyeceği ve hazmedemiyeceği bir şeydi. Evlenirken, gerek düğün masrafları ve gerekse yapacağı fedakarlıklar, bir babanın evladına olan vazifesi sayılırdı... Fakat bunun dışında eşine layık olduğu müreffeh hayatı temin etmek kendisine düşen bir vazifeydi. Bir muayenehane açmak, ismini duyurmak ve müşteri kazanmak zamana müteallik bir mesele olduğuna göre SEVAN İlaç Sanayiinin bu cazib teklifi karşısında tereddüt etmesi yersizdi.

Dr. Nâzım, kendisini kapıdan geçirirken, dudaklarında memnuniyetini ifade eden bir tebessümle:

- Kararınız kati değil mi küçükbey? Dedi? Ben şimdi derhal SEVAN'a telefon açıp, teklifi kabul ettiğini bildireceğim.

Nusret de memnun ve müsterihti artık:

- Sen bilirsin ağabey, dedi..

Sonra birden yüzü kızararak ve yutkunarak:

- Nâzım ağabey, dedi.. Nasıl söylesem bilmem ki?.. Rica etsem...

- Ne çekiniyorsun azizim?.. Çıkartsana şu dilinin altındaki baklayı... Unutma ki, karşında seninle mahrem sırlarını dahi paylaşacak bir ağabeyin var. Sıkılma da söyle haydi söylemek istediğini..

- Şey, diyecektim ki, telefonda işe başlama tarihini kati olarak kararlaştırmasanız. Feyzâ hanım taburcu olmadan buradan ayrılmak istemiyorum da..

- Seni kurnaz seni.. Şuna Hilâl hanım buradan ayrılmadan desen ya... Neyse neyse.. latife bir yana, zaten telefonda ben ancak senin teklifi kabul ettiğini bildireceğim. Daha doğrusu müjdeleyeceğim. Bilahare müessese sahipleri her hususu bizzat seninle görüşecekler.. Öyle de olması icab eder, değil mi ya?.. Ama şimdi sen böyle şeyleri düşünemiyecek bir durumda olduğun için mazur sayılırsın... Haydi bakalım koca bebek.. Muvaffakiyetler dileğiyle güle güle.

Nusret, Dr. Nâzım'ın sözleri karşısında büsbütün kızardı. Bu babacan baba dostuyla kucaklaşıp ayrılırken, sevgi denilen aşk denilen şeyin insanı ne durumlara düşürdüğünü düşünerek kendini biraz toparlaması icabettiğini hissetmekteydi. Fakat yine de merdivenlerden inerken, kalbinin sevinç ve heyecandan titremesine mani olamıyordu.

Odasına girip, açık penceresinin önüne geçtiği zaman dünyada ümit kadar güzel ve tatlı bir şeyin mevcut olmadığına bütün kalbiyle inanmıştı...

Evet, ümitliydi Nusret... Hilâl'e sahip olacağından. Onun ebedi hayat arkadaşı olarak kendisine eş olmayı kabul edeceğinden ümitliydi artık.

Bahçedeki güllerin üzerinde şakıyan kuşların cıvıltıları arasında Dr. Nâzım'ın sözlerini düşündükçe ruhu bir kuş kadar hafifliyordu sanki... «Müsterih ol Nusretciğim... ve bil ki, ceylan bakışlı Hilâl kızım da seni, en az senin onu sevdiğin kadar sevmektedir.» Biliyordu, çünkü çeşitli tecrübeleriyle sabitti ki, Nâzım ağabeyisi öyle pek kolay kolay yanılmazdı... O halde Hilâl'in de kendisine karşı olan hislerini yanlış anlaması hemen hemen imkansızdı.

Hilâl'i sevmek...

Bu huriler kadar güzel, imanlı ve mesture İslâm kızını sevmek, onu Allah'a bir kat daha yaklaştırıyordu.

Ya Hilâl tarafından sevilmek?

İşte bunu düşündükçe saadetin bu derecesine inanamıyor ve kendisine bir mükafat olarak ihsan ettiği bu saadeti daim etmesi için Rabbına için için yalvarıyor, yalvarıyordu...

Feyzâ, hastahaneden çıkalı henüz üç gün olmuştu. Gerçi daimi olarak ayağa kalkmış değildi ama, zaman zaman evin içinde yapmış olduğu kısa gezintiler dahi anne-kız için her seferinde adeta bir bayram sevincine vesile olmaktaydı...

Hilâl'in ayakları neredeyse yere basmıyordu... Annesinin sıhhi durumunun günden güne düzelişi karşısında öylesine sevinçli ve öylesine heyecanlıydı ki, bu neşe ve sevincini her vesileyle belli ediyor, onun bu hali Feyzâ'nın sıhhatine sıhhat katıyordu... Evin içinde şakrak bir bülbüldü Hilâl... Bir yandan cıvıl cıvıl annesine iç açıcı tatlı şeyler anlatırken, bir yandan da evin içinde fır dönüyor, uzun zamandan beri ihmale uğramış olan yuvalarının temizlik ve tertibine bakıyordu.

Feyzâ biricik kızının elinde tuzsuz perhiz yemeklerinin bile bambaşka bir lezzet kazandığını hissederek, yemeklerini büyük bir iştiha ile yemekteydi.

Yalnız Feyzâ'yı derin derin düşündüren ve endişeye sevkeden bir husus vardı ki, bu düşünce ve endişe eve geldiği günden beri uykularını kaçırır olmuştu... Bir kaç kere şahit olduğu bir durumdu bu: Bazen gündüzleri istirahat için gözlerini yumduğu zaman, Hilâl'in oturmuş olduğu divanda kendisinin uyuduğuna kanaat getirip başını ellerinin arasına alarak, derin derin düşüncelere daldığını, hatta bir kaç kere de sesiz sessiz, içli içli gözyaşı döktüğünü kısık kirpiklerinin arasında görüp seyretmek, onun ana yüreğini ateşten bir kor gibi dağlamaktaydı.

Feyzâ onun ne düşündüğünü, daha doğrusu kimi düşündüğünü ve ne için ağladığını, içlendiğini çok iyi biliyordu.

Klinikte geçirdikleri bir ay zaman içinde Hilâl, Nusret'in varlığına öylesine alışmış, bütün mevcudiyetiyle kalben bu genç ve imanlı doktora öylesine bağlanmıştı ki, annesinin sıhhate kavuşması gibi memnuniyet verici bir neticeyle de olsa klinikten ayrılmak, Nusret'den uzaklaşmak genç kızı için için bir hayli sarsmıştı...

Diğer taraftan Nusret de dayanılması güç heyecanlı günler

geçirmekteydi... Babasına yazmış olduğu mektubun cevabını hala alamamıştı... Gelecek cevabı öyle merak ediyordu ki... Çünkü bu cevap, onun hayatının dönüm noktası ile ilgiliydi...

Babasına Hilâl'i ve annesini, onların İslâmi şuurlarını ve yaşayışlarını öyle güzel ve uzun uzun anlatmıştı ki mektubunda, emindi ki babası ideallerine bu derece uygun bir gelin namzedi karşısında her hangi bir itirazda bulunmayacaktı. Hem mektubunda kendisini de çağırmıştı, gelip bizzat gelinini görsün ve Dr. Nâzım ağabeyle birlikte Hilâl'i annesinden istesin diye.. Şayet gelebilirse, mektupta yazmış olduklarının ne derece doğru olduğunu ve bu iki kişilik ailenin örnek İslâmi yaşayışlarını gözleriyle görür ve müsterih olurdu.

O gün de akşama yakın saatlere kadar postacının yolunu bekledi, durdu. Fakat heyhat!..

Acaba mektup eline ulaşmamış mıydı?.. Yoksa ne yapar yapar, babası hiç değilse kliniğe kendisine telefon açardı.. Babasının sabit bir yeri olsa, daha doğrusu yerinde bulunduğunu bilse, bu işi kendisi yapacaktı ama, biliyordu ki babası vazifesi icabı daimi olarak bir yerde durmuyor, ekseri vaktini dağlık bölgelerde maden ocaklarının başında geçiriyordu.

Nusret, ani bir kararla, alelacele giyindi... Gerçi Hilâl klinikten ayrılalı henüz 3 gün olmuştu ama, bu üç gün, sanki üç yıl gibi uzun gelmişti Nusret'e...

Vakit akşam olmasına rağmen aldırmadı... Ne olursa olsun gidecek ve bir bahaneyle hiç olmazsa kapıdan görecekti genç kızı...

Alaca karanlık içinde bahçe kapısını açıp içeri girmek üzereyken, Hilâl de bahçeye bakan pencerenin kalın perdesini çekmek üzere pencere önündeydi... Nusret'i bahçe kapısının eşiğinde, elinde bir buket beyaz karanfille görünce, küçük bir çığlık atmaktan kendisini alamadı.

- O... anneciğim... inan ki o geldi!...

Feyzâ, «O»nun kim olduğunu çok iyi bildiğinden, sadece:

- Koş kapıyı aç yavrum, bekletme doktor beyi, dedi.

Hilâl'in eli ayağına dolaşıyordu... Bir yandan üzerine basma sabahlığını geçirip, başörtüsünü takarken, diğer yandan da içinden; «Geldi nihayet geldi Allah'ım!» diyerek holdeki aynada kendisine çeki düzen vermekteydi...

Zilin çalması üzerine kapının tokmağını çeviren eli, hiç bir zaman bu kadar beceriksiz olmamıştı... Heyecandan bir yaprak gibi titriyordu genç kız...

... Ve işte nihayet kalbleri aynı temiz ve ulvi duyguyla çarpan iki genç, karşı karşıyaydılar. Hilâl, konuşurken sesini kendisi bile tanıyamamıştı... Sesi heyecandan boğuk ve kısık çıkmaktaydı:

- Buyrun doktor bey, hoş geldiniz.

- İçeri girmiyeceğim Hilâl hanım... Kapıdan annenizin hatırını ve sıhhatini sormak istemiştim sadece...

- Annem önce Allah'ın büyük lütfu, sonra sizlerin sayesinde iyileşti sayılır doktor bey... Biliyor musunuz, ara sıra yatağından kaldırıp, evin içinde kısa bir gezinti yaptırıyorum ona. Dolaşabildiğini gördükçe, adeta çocuklar gibi seviniyor... Tabii ben de...

- Sıhhati nasıl?.. Perhize devam ve riayet ediyor mu..

- Gayet tabii.. Belki hiç bir hasta perhize riayet ve kendine bakım hususunda annem kadar dikkatli ve azimli olamaz doktor bey. İştihasına gelince; gerçi klinikte de gelen yemeği pek geri göndermezdi ama, evine gelince, sıcak yuvamıza kavuşmanın sevinciyle olacak, iştihası büsbütün açıldı. Arzu ederseniz buyrun durumunu bizzat görün.

Nusret bir an ne cevap vereceğini düşündü... Vakit gündüz olsaydı, bu teklifi memnuniyetle kabul ederdi. Fakat bahusus akşam üstü tek başına erkeksiz bir eve girmek istemiyordu. Bu hem kendisi hem de Feyzâ ve Hilâl için doğru olmazdı. Hilâl de heyecanından düşünmeden yapmış olacaktı bu teklifi. Kolundaki saate bakarak:

- Acele yetişmem icabeden bir yer var. Hilâl hanım dedi... Bir başka gün ziyaretlerine geleceğim inşaallah... Feyzâ hanıma selam ve hürmetlerimi bildirin... İzahatinize bakılırsa, en geç bir hafta içinde anneniz sapasağlam ayağa kalkacağa benziyor... İnşaallah bir daha gelişimde, kendisini ayakta bulurum.. Şimdilik müsaadenizle Hilâl hanım.

- Ziyaretinize ve temennilerinize teşekkürler doktor bey... Güle güle efendim... Dr. Nâzım amcama da lütfen selamlarımı bildirin...

- Başüstüne... Sağlıcakla kalın.

Nusret, arkasına dönüp, bahçe kapısına doğru ilerlerken, heyecanının verdiği şaşkınlıkla elindeki çiçeği vermeyi dahi unutmuştu...

Birden farketti ve gerisin geriye dönüp, kapı aralığından bakarak kendisini gözleriyle uğurlayan Hilâl'e uzattı:

- Çiçek hastaya hayat verir, canlılık verir Hilâl hanım... Bunu lütfen annenizin yatakta rahatlıkla görebileceği bir yere koyun.

- Çok teşekkür ederim doktor bey... Zahmet etmişsiniz. Fakat annem sevinecek buna...

Feyzâ, Hilâl'in elindeki beyaz karanfilleri görünce hakikaten sevinmişti. Ama biliyordu ki, bu çiçekler aslında kendisine değil, Nusret'in kızına karşı duymuş olduğu temiz ve lekesiz sevginin bir izharı olarak Hilâl için alınmıştı... Kızının onları sevinçle özene bezene, koklaya koklaya vazoya yerleştirişini seyrederken: «Allahım! bu beyaz karanfiller kadar temiz yaradılışlı ve kalbli olan biricik Hilâl'imi mahzun etme. Onu, benim akıbetime düşürme. Birbirini seven bu iki genci, bir biri için çarpan bu iki genç kalbi birleştir Rabbim! Onların birleştiğini ve saadetlerini görmeden gözlerimi kapamak istemiyorum» diye dua etmekteydi içinden.

Nusret, yeni işine başlamış ve çok kısa bir zaman içinde işine ısınmıştı. Şimdi SEVAN İlaç Sanayiinin resmen Umum Mesul Müdürü bulunuyordu.

Ne varki, bu zevkli ve oyalayıcı iş dahi, kalbini için için kemiren üzüntü ve elemi yok etmeye yaramıyordu.

On güne yakın bir zaman geçtiği ve ikinci bir mektupla durumunu daha etraflı bir şekilde izah ettiği halde, her iki mektubuna da babasından cevap alamayışı, genç doktoru derin derin düşündürmekteydi...

İkinci mektubunda klinikten ayrıldığını ve SEVAN İlaç Sanayiinde Mesul Müdür olarak vazifeye başladığını bildirmiş, mektupları doğrudan yeni iş adresine postalamasını yazmıştı. Postacının geliş saatlerinde her gün büyük bir heyecana kapılıyor, fakat gelen mektupların arasında babasınınkini göremeyince üzüntü ve endişe ile derin düşüncelere dalıyordu...

Dr. Nâzım da her gün telefonla bir haber gelip gelmediğini sormaktyadı. O gün de telefonu açarken, içinden hayırlı bir cevap gelmiş olmasını temenni etmekteydi. Fakat Nusret'in kırık sesiyle karşılaşınca, ümidinin boşluğunu anladı ve gayri ihtiyari bu iki asil genç namına kalbi acıyla burkuldu.

Nusret telefonda:

- Ağabey, diyordu... Deli olacağım neredeyse... Babam, bu güne kadar hiç bir mektubumu böyle cevapsız bırakmış değildi.. Ne olabilir ki?

- Bunun için kendini fazla üzme Nusretciğim... Belki çok mühim işleri vardır.. Veya mühim bir mani çıkmıştır... Yoksa imkan yok, benim prensib sahibi arkadaşım, böylesine ihmalkarlıkta bulunmaz. Hem de üstelik böyle hayati bir bahiste...

- Nâzım ağabey, acaba diyorum, babam bu kararıma memnun olmadı mı?

- Daha neler, deli misin sen? Biricik oğlunun saadeti için çırpınan bir baba için nasıl düşünebilirsin bunu?. Hele gelininin tam istediği evsafta olduğunu öğrenir de memnuniyet duymaz mı hiç?..

- Ne bileyim, aklıma bir sürü ihtimaller geliyor... Yoksa babamın benim için düşündüğü aklına koyduğu bir başka kız mı var?..

- Canım öyle olsa, açık açık onu da yazar senin baban... Dur bakalım, telaş etme... Sabrın sonu selamettir derler... Kimbilir bunda da ne hikmet vardır?

- Doğru ağabey...

- Ha şöyle... Ben seni öteden beri her hadise karşısında son derece mütevekkil bir insan olarak görmeye alıştım da, bu aceleci, sabırsız halini yadırgamıştım nedense... Haydi Allah'a emanet ol Nusretciğim, yarın yine görüşürüz...

- Güle güle ağabey... Sağ ol... bana kuvvet verdin.

Nusret, henüz telefonu kapamıştı ki, postacı, elinde bir yığın iş mektubuyla kapıda göründü. Nusret'in kalbi gayri ihtiyari yeni bir ümitle çarpmağa başlamıştı.. Postacı müesseseyi ilgilendiren mektupları masanın üzerine bırakıp çıkarken, Nusret de titremesine mani olamadığı elleriyle mektupları karıştırmaya başlamıştı...

İçindeki bir his, sabırsızlıkla beklediği cevabın bu mektupların arasında olduğunu söylüyor ve Nusret, daha büyük bir heyecanla mektup zarflarını karıştırmaya koyuluyordu...

Ve işte... Nitekim, mektupların sonuncusu olarak elinde tuttuğu zarf, üzerindeki aşinası olduğu yazısıyla günlerdir ümit dolu bir heyecanla beklediği mektuptu...

Titreyen parmaklarıyla zarfı açtı... Ve okumaya başladı:

«Canım evladım,

Mektuplarının cevabını bu kadar geciktirdiğim için bilsen ne kadar üzgünüm. Elimde olmayan sebeplerle de olsa, bahusus hayati bir mevzuda seni merak, üzüntü, endişe ve heyecan içinde bekletmenin azabı içinde kıvranmaktayım.

İşimle ilgili olarak bazı temaslarda bulunmak üzere birkaç satırla sana dahi haber veremeden ani olarak İsviçre'ye gitmiştim... Niyetim bir kaç gün içinde dönmekti. Fakat temaslarım tahminimin aksine uzadı.

Mektupların ancak 15 günlük iş seyahatimin dönüşünde, yani sana şu satırları yazdığım sıralarda elime geçti. Hakkını helal et yavrum.

Nusretciğim,

Mektubumda ana mevzua geçmeden önce seni yeni işinin başında tebrik eder, muvaffakiyetler dilerim. Bu işin Nâzım'ın tavassutu ve bilhassa tasvibi ile oluşu beni zayidesiyle memnun etti.. Hayatta her işi üstün muvaffakiyetlerle başardığın gibi, henüz yabancısı olduğun bu işi de aynı muvaffakiyetle başaracağına eminim.

Gelelim esas mevzuumuza...

Nusret'im, medar-i iftiharım oğlum benim!...

Vermiş olduğun o büyük müjde yerine bana dünyaları bahşetmiş olsaydın, inan ki bu derece memnun ve bahtiyar edemezdin beni...

Bilir misin baban, hayatı çile ve ızdırablarla yoğrulmuş olan bu koca adam, o dünyalara bedel müjdeli satırları okurken nasıl sevinç gözyaşları döktü, nasıl çocuklar gibi ağladı Nusret'im?..

Şu anda yanında olmayı, seni bütün varlığımla bağrıma basıp, o ak alnından öperek tebrik ve takdir hislerimi belirtmeyi ne kadar isterdim...

Yavrum benim,

Şu dehşetli asırda, nefsini cazibedar her türlü heva ve hevesten uzak tutup, iman-ı tahkikiye ulaşmış senin gibi ender kıymetteki bir gençten, esasen başka türlü bir hareket beklenemezdi...

Nusretciğim, mektubunda müstakbel gelinimden bahsederken; küçük yaşta iken şiddetli geçimsizlik yüzünden anne ve babasının ayrılmış olduklarını, annesinin son derece şuurlu ve mazbut bir İslâm Hanımefendisi olduğunu gelinimin de yüksek bir İslâmi bilgi ve terbiyeyle yetişmiş, kültürlü, mazbut ahlaklı, örtülü, namazlı, üstelik harikulade güzel bir fiziğe sahip bulunduğunu belirtmekte ve bu izdivaç için benden müsaade isteyip, müsbet cevap verdiğim takdirde isteme ve söz kesme merasimlerinde bulunmam için derhal İstanbul'a hareket etmem icabettiğini yazmaktasın.

Sevgili oğlum, seni daha fazla merak ve heyecanda bırakmamak için evvela benden beklediğin mühim cevabı bildireyim: Ben bu ideal evliliğe hem öylesine derin iftihar duyguları ile «EVET!» diyorum ki, hayatının hiç bir döneminde ve hiç bir şeye bu derece içten evet dememiştir senin baban..

Şuna emin olmalısın ki Nusret, şu tefessüh etmiş cemiyet içinde böylesine yüksek kıymet ve hasletlere sahip böyle yüksek imanlı ve şuurlu bir genç kızla karşılaşman ve (İnşaallah) ona sahib olman, senin için dünyanın bütün güzelliklerine ve hazinelerine bedeldir. Bu şüphesiz ki Cenab-ı Hak'kın sana en büyük ve değerli bir bahşı, bir mükafatıdır.

Yavrucuğum,

Pek kıymetli gelinimi görmeyi ve bir babanın evladı için en mühim vazifelerinden biri olarak onu ailesinden annesinden bizzat istemeği ne kadar, ne kadar isterdim.

Lakin ne yazık ki, bazı mühim mecburiyetler beni bu büyük zevkten mahrum etmekte.. Seyahaten henüz dönmeme rağmen, dönüşte işimle alakalı olarak karşılaştığım bazı sürprizler dolayısıyla mutlaka tekrar derhal Avrupa'ya gitmem icabediyor. Ve zannederim, bu seyahatim, bir evvelkinden çok daha uzun, belki bir - iki, belki 3 - 4 ay sürecek.

Unutma ki, kalbim ve dualarım seninledir yavrum.. Bu mühim mevzuda Nâzım benim vekilim sayılır. İsteme ve söz kesme formalitelerini benim yerime ifa eder. Ben ayrıca ona da mektup yazacağım.

Sakın fedakarlık yapıp, her şeye rağmen beni beklemeye kalkma Nusret... Zira...

Evet aziz yavrum, zira senin de bildiğin gibi Peygamber-i Zişan Efendimiz'in «Hayırlı işlerinizde acele ediniz... Ki bir şer gelip ona mani olmasın.» şeklindeki hadisinde çok ince hikmetler ve bizim için alınacak ibretler vardır. Bahusus bu gibi hayati meselelerde bir gün değil, bir an dahi geçirmemek lazımdır...

Senin baban, bu hadis- şerife uygun hareket etmemenin cezasını bütün hayatı müddetince çekti, ve halen de çekmektedir evladım.

Senin yaşlarındayken ben de sevmiştim Nusret... Hem bu sevgi öylesine köklü bir sevgiydi ki, merhum annenle evli bulunduğumuz sıralarda dahi, itiraf ederim, kalbim o sevginin sahibesi için, yani ne acıdır ki merhum annenden başka bir kadın için çarpmakta idi.. Bu ümitsiz aşk, annenin vefatından sonra büsbütün alevlendi ve ulvi bir hal aldı.

Nihayet Allah'ın büyük bir lütuf olarak bahşettiği mesut bir tesadüf, yıllar sonra onu karşıma çıkardı... İslâmi tesettürü içinde büsbütün güzelleşmiş melek sima bir kadın... Hayatımın kadını... Ve yavrum seni Nusretim, öz annenden farksız bir sevgiyle, onu aratmayacak kadar derin bir şefkatle bağrına basacak olan fazilet timsali yegane anne namzedi idi o...

Lakin Resul-ü Ekrem'in «Hayırlı işlerinizde acele ediniz.» mealindeki yüksek ihtar ve ikazını hatırıma getirmeyip, bir büyüğümün düşünmeden söylediği sözlerine uyarak hatalı bir davranışla hayatımın en makul ve en güzel teşebbüsünü bir iki gün sonraya bırakışım; onu, sevdiğim ve hayatımın son anına kadar aziz hatırasıyla yaşıyacağım bu müstesna varlığı ebediyyen kaybetmeme sebep oldu...

Evet, bir-iki gün gecikme yavrum... İşte bunun içindir ki, hayatının en acı tecrübesiyle baban sana diyor ki; sakın beni bekleme ve Peygamberimizin (S.A.V.) hadisindeki hikmeti göz önünde bulundurarak bir şer gelip mani olmadan, vakit kaybetmeksizin, derhal harekete geç...

Bir zamanlar, bu mevzuda bir arkadaşıma söylediğim sözleri bir gün sana hayatta yegane ümit kaynağım olan biricik oğluma tekrarlarken nasıl heyecan duyuyorum bilsen. O arkadaşıma şöyle demiştim bir zamanlar:

- «Koş, durma!.. Çabuk harekete geç... Ve sana vuran piyangonun kıymetini bil!»

O, bu sözlerle harekete geçti... Ve bugün belki dünyanın en mesut insanlarından biridir... Senin de öyle olmanı istiyorum. Nusret, bil ki, benliğimi yakıp kavuran yılların acısını, ancak benim nail olamadığım saadetle senin nail olman dindirecektir.

Mektubumu uzattığımın farkındayım yavrucuğum, ama ne yapayım, elimde değil... müjdelediğin haberin sevinci ile öylesine doluyum ki, sana üç beş sahife değil, destanlar donatmak geliyor içimden...

İsteme, söz kesme ve nişan merasimlerinde bulunamayacağım için sakın bana gücenme emi? Seni ve şimdiden öz kızım gibi sevdiğim kıymetli gelinimi en mesut anlarınızda, inşaallah düğününüzde yan yana görme batiyarlığına erişeceğim...

Muhasebe memurumuz Hüsnü, Perşembe günü orada olacak. Sana dilediğin gibi rahat harcıyacağın miktarda gönderdiğim para ile icabeden formaliteleri vakit geçirmeden yerine getir.

Sonsuz saadetler temennisiyle seni Allah'ın (C.C.) birliğine emanet eder, gözlerinden öperim yavrum.»

Nusret, mektubu bir daha, bir daha okudu... Günlerdir gönlünü karartan kasvet, nihayet elinde tuttuğu şu bir kaç sahifelik mektupla bir anda silinmiş, kalbine aydınlık, ıpışıl bir güneş doğmuştu sanki...

Eli insiyaki bir hareketle yanındaki telefona uzandı. Kulağını okşayan o babacan ses, merakla:

- Hayrola Nusret?.. Diye sormaktaydı...

- Müjde ağabey, müjde! Biraz evvel aldım mektubu... Avrupa'daymış... yeni gelmiş...

- Peki ne diyor bizim meseleye?

Mektubu biraz sıksam, babamın sevinç gözyaşları önüme damlıyacak neredeyse ağabey... Ciddi söylüyorum, rakik kalbli babacığım, ağlıyarak yazmış mektubu... Gözyaşlarından ıslanan satırlar yer yer, dağılan mürekkeplerle okunmaz hale gelmiş...

- Demek teşebbüsünü müsbet karşılıyor?.. Peki ne zaman geliyor?

- Maalesef gelemiyor ağabey... Bir kaç ay sürecek yeni bir Avrupa seyahatine çıkması elzemmiş... Yerine seni vekil tayin ettiğini yazıyor. Bu hususta sana da bir mektup yazmış, bu gün-yarın alırsın... Hasılı anlıyacağın ağabey, bütün yük senin omuzlarında...

- Öyle yüke canlar feda Nusretciğim... Yalnız seninle oturup şöyle uzun uzun konuşmamız icabedecek.

- Tamam ağabey beni biraz sonra yanında bil öyleyse. Haydi Selamün Aleyküm...

- Kara sevdalım, bekliyorum..

* * *

Feyzâ o gün ilk defa üzerinden geceliğini çıkartmış, yatağını yorganını toplıyarak, saçına başına çeki düzen verip, üzerine günlük elbiselerinden birini geçirmişti...

Hilâl, imtihan hazırlıklarına yeniden hız verdiği için gece bir hayli geç yatmıştı... Bu yüzden sabah namazından sonra bir-iki saat daha uyumak için tekrar yatmıştı...

İşte Feyzâ, bütün bu hazırlıkları, Hilâl uyurken, sabahın erken saatlerinde yapmıştı... Gerçi Hilâl kalkıp da, onu böyle yatağını toplamış, giyinip ayakta dolanır vaziyette görünce bir hayli üzülüp, ağlamış, annesinin kendisini böyle birdenbire yormasını hiç doğru bulmamıştı ama, Feyzâ'nın bunlara aldırış ettiği yoktu...

Bu sabah, içinde garib bir his vardı... Bu his, onu yatağında duramaz hale getirmişti... Bir şeyler olacaktı bu gün.. Ama müsbet, güzel birşeyler... Bunun ne olduğunu bilememekle beraber, içi içine sığmıyor, kalbi neşe ve sevinçle dolup dolup taşıyordu...

Nitekim Feyzâ, hislerinde yanılmadığını öğleye yakın saatlerde anladı... Kapının zili üst üste uzun uzun çaldığı zaman, sabahlığını üzerine geçirip, başına namaz örtüsünü örterek bir genç kız heyecanıyla kapıya koşan o olmuştu...

Gelen 13 - 14 yaşlarında bir erkek çocuğuydu...

- Feyzâ hanım burada mı oturuyor efendim?..

- Evet yavrum, benim... Kimsiniz siz?

- Beni doktor Nâzım bey gönderdi... Ve bu kartı size vermemi söyledi...

Feyzâ, çocuğun elindeki kartı adeta kaparcasına aldı. Bu, Dr. Nâzım'ın hususi kartıydı... Kartın arkasında ise şu iki cümle yer almaktaydı:

«Öğleden sonra durumunuz müsaitse, hususi bir mevzu hakkında görüşmek üzere ziyaretinize gelmek istiyorum... Ancak, Hilâl hanımın bir müddet için yanımızda bulunmaması gerektiğinden, bunu temin etmenizi istirham edeceğim.

Selâm ve hürmetler»

Feyzâ, bir an başının döndüğünü, gözlerinin karardığını hissetti... Nihayet... nihayet ümit, hayal ve duaları gerçekleşiyordu işte...

Derhal içeriye geçip, kedi kartına elleri titreyerek, o da şu iki cümleyi yazdı:

«Teşrifiniz, bizi ihya edecektir... Beklediğimi bildirirken, bilmukabele selam ve hürmetlerimi arzederim efendim.»

Yine ellerinin titremesine mani olamadan kartı kapıda bekleyen çocuğa verdi.. Çocuk bahçe kapısından çıkıp gözden kaybolduğu halde Feyzâ hala orada, kapının önünde, başını açık duran kapının kenarına yaslamış durmaktaydı.. Arkası dönük olduğu halde, Hilâl onun ağlamakta olduğunu anlamış ve odasına girerek hiç bir şey sormamayı tercih etmişti...

Hilâl, Dr. Nâzım'a kahvesini verip, hal hatır sorarak odasına çekildikten sonra, düşünceli olduğu zamanlarda yaptığı gibi kendisini şirin basma örtülerle ve rengarenk küçük yastıklarla süslediği divanının üzerine attı... Arka üstü uzanarak, yine her düşünceli anında olduğu gibi ellerini başının altında kenetledi... Gözleri tavanın bir noktasına çivilenmişcesine düşünmeye başladı:

Annesi niçin ona, «ben haber vermeden, seni çağırmadan odandan çıkma yavrum...» demişti?.. Doktor Nâzım bey niçin gelmişti?... Niçin bugün her zamankinden daha resmi bir hali vardı?.. Sonra o elindeki kocaman çiçek buketi neyi ifade ediyordu?..

Dr. Nâzım, bekar veya dul bir adam olsaydı, onun da pek çokları gibi annesine talib olduğunu düşünecekti. Ama o evliydi... Ve öğrendiğine göre örtülü, mazbut bir hanıma sahipti... Fakat hanımının tebdil-i havaya olan ihtiyacı yüzünden, doktor bey onu bir kaç aylığına kendi memleketine, anne ve babasınını yanına göndermişti...

O halde Dr. Nâzım, bir başkası, mesela bekar bir arkadaşı için düşünmüş olacaktı annesini...

Hilâl, böyle birbirine uymaz tahmin ve tereddütler içinde kıvranarak, şuuraltında yatan gerçeği açığa çıkarmaktan adeta çekinmekte, korkmaktaydı... Aslında genç kız, elide buketle Dr. Nâzım'ı kapıda ilk gördüğü an, onun hal ve tavrından niçin gelmiş olduğunu, bu resmi ziyaretin sebebini ince bir hisle sezmişti... Ama korkuyordu... Yanılmaktan, ümidinin, hayallerinin bir balon gibi sönmesinden korkuyordu... Zaten deminden beri zihninde hep bunun için başka ihtimallere yer vermekteydi ya.

Diğer odada ise Feyzâ, üzerinde topuklarına kadar uzanan kahverengi yünlü kumaştan bir sabahlık, başında ise bej renk bir örtü olduğu halde Dr. Nâzım beyin karşısında, kalbi analık hislerinin en kuvvetlisiyle çarparak oturmakta, onun bir an evvel mevzuu açmasını beklemekteydi..

Sokak kapısı aralık, sokağa bakan pencerelerin tül perdeleri açıktı. Bir erkekle görüşmek mecburiyetinde olduğu zamanlar, her hangi bir su-i zanna sebebiyet vermemek ve İslâmi prensiblere uymak bakımından her zaman böyle yapardı Feyzâ... Evinde yeni yetişen bir genç kız vardı... Sonra kendisi de her ne kadar 40-41 yaşlarında ise de, şakaklarına düşen bir kaç beyaz tel bir yana, eski zerafet, güzellik ve cazibesinden hemen hemen hiç bir şey kaybetmediğinden hala yeni evli gencecik bir kadın görünüşündeydi... Bunun için çok dikkatli olması, çevrelerine karşı şüpheyi mucib en ufak bir hareketten dahi çekinmesi icab ediyordu.

Dr. Nâzım, önce Feyzâ'nın hatırını ve sıhhatini sordu.. Feyzâ'yı ayakta bulmak onu hem hayrete düşürmüş, hem de sevindirmişti...

Fakat doktorun üzerinde bu gün her zamankinden daha çekingen ve daha resmi bir hal vardı... Bu, Feyzâ'nın gözünden kaçmamıştı...

Nihayet Dr. Nâzım, yüzünde ciddi bir ifadeyle söze başlarken, sesinin heyecandan titremesine mani olamamıştı... Konuşmaları öz, fakat tesirliydi, ikna ediciydi...

Evvelâ Nusret'in Hilâl'e karşı olan temiz ve ulvi duygularından bahsetti... Bu asil gencin kızını ne derin ve köklü bir aşkla sevdiğini yakından müşahede ettiğini, onun bu güne kadar hiç bir kadına ve kıza karşı böyle yakın bir alaka duymadığını, bilakis, yakışıklılığı ve güzelliği dolayısiyle etrafının daima kadın ve kızlarla çevrili olduğu halde Nusret'in bunlardan nefret ettiğini anlattı..

Daha sonra Nusret'in, ahlak, karakter ve aile hayatını dile getirdi... Genç doktorun annesi, kendisi çok küçük yaştayken vefat etmiş, babası bu vefat üzerine ikinci bir defa evlenmemiş ve onu her bakımdan büyük bir ihtimamla yetiştirmişti. Nusret'in babası, iş sahasında tanınmış ve zengin bir adamdı... Fakat çok arzu etmesine rağmen biricik oğlunun böyle mühim ve hayati bir meselesini halletmek için İstanbul'a gelemiyeceğini ve bundan duyduğu üzüntüyü mektupla bildirmişti... Zira son derece mühim bir iş için mutlaka derhal Avrupa'ya hareket etmesi icabediyordu. Bu hayırlı iş için de Dr. Nâzım'ı vekil kılmış, müstakbel gelininin validesine selam ve hürmetlerinin iblağını istemişti. Müsbet cevap alındığı takdirde, kendisi Avrupa dönüşü düğünde bulunacak, evlatlarının saadetini görmekle büyük sevinç duyacaktı...

Dr. Nâzım, bütün bunları anlattıktan sonra derin bir nefes aldı ve:

- İşte böyle Feyzâ hanım... Uzun vaktinizi alıp, sizi hasta vaziyetinizde fazla rahatsız etmemek için fazla teferruata girişemedim gerçi... Fakat zannederim ki, sizin gibi olgun ve anlayışlı bir hanımefendi için bu anlattıklarım, her şeyi ifade edecektir... Şimdi isterseniz işin en mühim safhasına gelelim. Hayatımda pek çok gencin yuva sahibi olmasında mutavassıt olduğum halde, itiraf edeyim ki Feyzâ hanım, Nusret'le kızınız Hilâl hanım için giriştiğim bu hayırlı teşebbüs kadar hiç bir zaman sevinç ve heyecan duyduğumu hatırlamıyorum. Evet muhterem Feyzâ hanım yüce Allah'ımızın emri, Peygamber-i Zişan'ın kavli üzere, sizden kızınız Hilâl'i, kendi kardeşim, daha doğrusu, evladım gibi sevdiğim Nusret'e istiyorum.

Feyzâ o anda bayılabilirdi işte...

Başının döndüğünü, gözlerinin karardığını, odanın ve bütün eşyaların etrafında döndüğünü hissetti bir an... Ama kendini çabuk topladı...

Esasen beklemiyor muydu bu neticeyi?..

Hazırlıklı sayılmaz mıydı böyle bir güne?

Fakat yine de kendine hakim olamamış, birden heyecana kapılmış ve en tuhafı, bu heyecanını karşısındakine de belli etmişti işte... Ama şimdi o, bunların hiçbirini düşünmüyor hiç birine ehemmiyet vermiyordu...

Şu anda kendisi için ehemmiyetli olan yegane şey, Dr. Nâzım'ın ağzından çıkan o en son sözlerdi..

Dr. Nâzım, Feyzâ'nın renginin değiştiğini, cevabının geciktiğini görerek sormak lüzumunu hissetti;

- Susuyorsunuz Feyzâ hanım?.. Çekinmeyin lütfen... Bu hayati bir meseledir zira... Arzu ederseniz düşünün bir müddet.. Ve kararınız müsbet olduğu takdirde meseleyi bir de Hilâl hanıma açıp, fikrini alın isterseniz...

Feyzâ birden bir rüyadan silkinircesine:

- Yo... yo... hayır, dedi... Hilâl'e sormaya lüzum görmüyorum.

Ayrıca düşünmek için vakte de ihtiyaç hissetmiyorum doktor bey. Nusret bey hakkındaki kanaat ve intibalarım son derece müsbettir... Böyle imanlı, yüksek ve temiz ahlaklı bir genci damadım olarak görmek benim için ancak büyük bir bahtiyarlık ve şereftir.

Dr. Nâzım, sevinç ve ümitle gözleri parlıyarak:

- Yani?.. Dedi...

Feyzâ, o eşsiz asalet ve vekarlı haliyle başını hafifçe yukarı doğru kaldırarak:

- Yani demek istiyorum ki, doktor bey, dedi, kararım müsbettir... Ve talebinize «evet» diyor Nusret beyi bundan böyle ne doktorum ve hatta ne de damadım olarak değil, hakiki bir evladım olarak kabul ediyorum...

- Feyzâ hanım, bizi, bilhassa Nusret'i ihya ettiniz.. Seven kalbi bu dünyalara bedel müjdeli haberle kimbilir nasıl kuş gibi çırpınacak hafifleyecektir şimdi... Yalnız bir şey sormak istiyorum. Ama açık konuşun benimle... Hilâl hanıma niçin sorma lüzumunu hissetmiyorsunuz? Yoksa o de Nusret gibi...

- Evet doktor bey...

- İtirafınıza teşekkürler... Anlamıştım zaten ben Feyzâ hanım... Daha gençler, bu tertemiz sevgilerini kendi kendilerine dahi itiraftan çekindikleri sıralarda anlamıştım bu iki imanlı, asil gencin birbirlerini sevdiklerini.

Feyzâ, daha fazla tahammül edememişti... Birden boğazından yükselen hıçkırıklar ve gözlerinden coşkun bir ırmak gibi çağlayan yaşlar arasında ellerini yüzüne kapıyarak sarsıla sarsıla ağlamaya başladı...

Dr. Nâzım şaşırmıştı... Ne yapacağını en söyleyeceğini bilemiyordu... Nihayet ağzından şu sözler döküldü:

- Hislerinizi anlıyorum Feyzâ hanım. Ağlayın, ağlayın. Zira bunlar sevinç yaşlarıdır. Aktıkça ferahlatır..

O anda Feyzâ'nın sevinçten başka hangi hislerle ağladığını nereden bilsindi Dr. Nâzım?

Hilâl ancak Dr. Nâzım memnun ve müsterih bir kalple evden ayrıldıktan sonra odasından çıkmış ve annesinin yanına gelmişti...

Feyzâ kapıya arkasını dönmüştü, pencerenin önünde tülün arkasından dışarısını seyretmekteydi. Hilâl, yavaş ve çekingen adımlarla ilerleyip onun yanına gitti.. O da uzaklaşmakta olan taksinin arkasından, taksi gözden kayboluncaya kadar gözlerini ayırmadan baktı; baktı... Dr. Nâzım'ın arabası sokağı kıvrılınca Hilâl sordu..

- Niçin gelmiş doktor amca anne?

Feyzâ susuyordu... Hilâl merakla onun yüzüne doğru eğildi ve aynı anda:

- Sen ağlamışsın anne, dedi... Yalvarırım, ne oldu anlat bana..

Feyzâ, yanaklarından süzülen gözyaşlarını kurulamaya lüzum dahi görmeden döndü, hemen yanıbaşında merak dolu gözlerle kendisinden cevap bekleyen kızını omuzlarından tutarak onun güzel yüzünü bir an hayran hayran seyretti. Sonra birden bağrına basarak ipek saçlarını sevgiyle ve şefkatle okşamaya başladı. Bir yandan da sesi titreyerek, adeta bir hayal aleminde imişcesine konuşmaktaydı:

- Yavrum benim, Hilâl'im... biricik kızım... Oldu nihayet... Rüyalarım gerçek oldu... Artık ölsem de gam yemem.

Hilâl, birden başını annesinin göğsünden kaldırarak hayret dolu gözlerle, onun oluklarında yaşlar titreşen gözlerine baktı ve adeta inlercesine, sitemli bir sesle:

- Neler söylüyorsun sen anneciğim. Allah gecinden versin, dedi... Ama olan nedir?.. Meraktan çatlayacağım inan.

Feyzâ, gözleri çok uzaklara dalmış bir halde, cevap verdi:

- Söyliyeceğim yavrum, söyleyeceğim... Dr. Nâzım amcan buraya dünür olarak gelmiş... Seni Dr. Nusret beye istedi...

Hilâl'in yüzü birden kıp kırmızı kesildi. Genç kız, heyecanla karışık derin bir hicab duygusuyla başını önce önüne eğdi, sonra yüzünü daha ziyade saklamak ihtiyacıyla tekrar başını annesinin o sıcak, şefkatli sinesine gömdü. Bir müddet o vaziyette öylece kaldı... Şimdi anne kız hiç konuşmuyorlardı... Yalnız Feyzâ'nın eli, her zamanki gibi kızının gümrah ipek saçlarının üzerinde hafif hafif dolaşmaktaydı... Nihayet Hilâl, adeta fısıltı gibi bir sesle:

- Akşama yemek hazırlamam lazımdı, unutmuşum, diyerek bir sülün kıvraklığıyla usulca Feyzâ'nın elleri arasından kaydı ve açık duran oda kapısından dışarı süzüldü.

Feyzâ, bir müddet onun arkasından dalgın dalgın, ama sevgiyle, muhabbetle baktı, baktı... Sonra yanındaki basma kılıflı koltuğa oturarak düşünceleriyle başbaşa kaldı... Artık ağlamıyordu... Yalnız oturduğu yerde gözlerini yummuş dudaklarında mesut bir gülümseme ile saadetinin zevkini çıkarır gibiydi...

Evet, mesuttu Feyzâ, hem alabildiğine mesuttu... Nasıl mesut olmasındı ki? Birbirlerini seven iki kalb, kalbleri en temiz ve ulvi duygularla birbiri için çarpan iki insan bir araya gelecek, cemiyet; temel iman ve İslâm harcıyla atılmış, çatısı sevgi, muhabbet sadakât ve anlayış malzemeleriyle çatılmış örnek bir İslâm yuvası kazanacaktı...

Dualarını kabul ettiği için Rabbına ne kadar hamd ve senada bulunsa azdı... Hakikatleri anladığından, hidayete nail olduğu günden bu yana yıllardır bıkmadan, usanmadan daima ümit ve inançla kudreti her şeye yeten, rahmeti alemi kuşatan Cenab- Hak'ka el açmış ve: «Rabbim!... Benim çektiğim acıları kızıma gösterme... Benim düştüğüm akibete kızımı düşürme... Ben, kendi kafamın, kendi gafletimin cezasını çektim hayatım müddetince.. Bu gün inanıyorum ki sen, o geçmiş hata ve günahlarımın cezasını ebedi hayatta çektirmemek için dünyada iken bu imtihana tabi tuttun beni... İsyankar değilim... Verdiğine hamdediyor, suçumu kabul eyliyor ve buna müstehak olduğumu bilerek, sabırla bu büyük imtihandan yüz akıyla çıkmaya çalışıyorum... Ama kızım günahsızdır, masumdur... Onu küçük yaştan beri senin rızana yolunda olan imanlı bir erkek için çarparsa, o kalbi mahzun etme... Sen Hilâl'ime acı çektirme Rabbim!...» diye yalvarmış, yalvarmış, yalvarmıştı...

İşte bu içten duaları nihayet semeresini, meyvelerini vermiş, bu günkü müjdeli haberi sanki ona, yıllardır süre gelen acılarına ve sabrına karşılık bir büyük mükafat olarak ihsan etmişti... Evet fikir, ideal ve hayat görüşleri birbirine uyduğu, her ikisi de iman gibi bir cevhere sahip oldukları için ne Nusret Bilâl'in çektiği ızdırabı, ne de Hilâl, kendisinin çekmiş ve halen çekmekte olduğu acı ve kahredici elemi çekmiyecek, hissetmiyeceklerdi inşaallah!...

Feyzâ'nın Dr. Nâzım'a bir çırpıda «evet» deyişi de bir bakıma bu yüzdendi. Dr. Nâzım Nusret'in Hilâl'i ne büyük bir Ulvi bir aşkla sevdiğini ve babasından müsbet cevap bildiren mektup gelinceye kadar merak ve üzüntüden ne derece perişan olduğunu anlatırken, Feyzâ'nın o hassas anlayışlı ve rakik kalbi derinden derine sızlamış, bu asil gencin daha fazla heyecan, merak ve üzüntü çekmesine tahammül edemiyerek talebine derhal «evet» demişti...

Esasen işin İslâmi olan şekli de buydu... nice aileler tanırdı ki, damat namzedini beğendikleri ve kızlarını verme niyetinde oldukları halde bir yandan «kız tarafı naz tarafı» fikriyle, diğer yandan akıllarınca kendilerini ağır satmak ve üzerlerine düşülmesini temin etmek düşüncesiyle ağızlarından çıkacak olan «evet» cevabını geciktirdikçe geciktirir, damat namzedini bekletmekten, ona heyecan dolu günler geçirterek eza ve cefa çektirmekten adeta sadist bir zevk alırlardı bu insanlar... Damat namzedinin tereddüde sebep teşkil edecek hal ve durumları olduğu takdirde bu gerçi doğru bir harekettir, kız tarafı için bir müddet ve mühlete ihtiyaç vardır. Fakat böyle bir hal olmadığı takdirde evet cevabını uyulması çok zaruri bir formalite addederek geciktirmek yanlıştır, bu hareket bazen tek tarafın, bazen de iki tarafın aleyhine neticeler vermektedir. Tevekkeli dememişti Peygamber-i Zişan: «Hayırlı işlerinizde acele ediniz» diye?.. Bunda mutlaka derin ve ince hikmetler vardır.

Evet, bu ne doğru bir ihtardı...

«Hayırlı işlerinizde acele ediniz...»

Feyzâ elinde olmadan, vücudu ürpererek Bilâl'i hatırladı birden... Esasen hangi söz ve hadise vardı ki onu hatırlatmasın?.. Hayatı onunla dolu olarak geçmişti Feyzâ'nın... Ve bu gidişle, kabre kadar da onunla, onun temiz hatırası ve asil hayaliyle geçecekti şüphesiz...

Hayri Dedenin, son karşılaşmalarında anlattıkları geldi teker teker hatırına... Her şeyi anlatmıştı yaşlı adam... Bilâl'in, kendisini dükkanda gördüğü gün hemen evlenme teklifinde bulunmak üzere harekete geçmek istediğini, ama dükkan sahibi Hacı Mustafa beyin «hele bir kaç gün bekle, sinirleri yatışsın biraz kadının» diyerek ona mani olduğunu, bir kaç gün sonra Huzur Sokağına gelip de kendisinin iz ve adres bırakmadan sokaktan ayrıldığını öğrenince düştüğü perişaniyeti göz yaşlarıyla anlatmıştı sevimli ihtiyar...

Evet Bilâl, hayatının belki en hayırlı işine teşebbüs etmiş ve fakat «Hayırlı işlerinizde acele ediniz!» hadisinin zıddına hareket edip, bu teşebbüsünü bir kaç gün dahi olsa geciktirmekle, sevdiği kadını, hem en ulvi duygularla kendisini seven kadını kaybetmiş, seven iki kalbi hüsrana uğratmıştı...

Şimdi kimbilir nerelerdeydi?...

«Belki de evlenmişti» diye düşündü Feyzâ... Acaba mesut muydu?...

Fakat bir anda düşüncelerinden silkinip, gözlerini açtı. Bilâl'i düşünmenin sırası mıydı şimdi?.. O, hele bundan sonra kalbinin bir köşesinde gömülüp kalmalıydı artık... Bundan böyle benliğine hakim olan yegane düşünce, kızı ve sevgili damadı olmalıydı... Onların saadeti, onların huzuru, onların refahından başka bir şey düşünmemeliydi artık...

Bunda muvaffak olabilecek miydi? Bilâl'i artık hayatının adeta bir parçası haline gelen o iman ve asalet timsal insanı zihninden silebilecek, yıllardır avunduğu hatıralarını zaman zaman tahattür etmeden durabilecek miydi? Bu, kendisi için belki dünyanın en zor işiydi... Fakat ne kadar güç olursa olsun, başarmalıydı bu zor işi de... Çünkü artık yakında kayınvalide oluyordu... Bir müddet sonra da anneanne olmak vardı işin içinde..

Bu düşünce, Feyzâ'nın benliğinde tatlı bir ürperme meydana getirmişti.

Kayınvalide olmak.. Anneanne olmak!... Torununu şimdiden kucağında görür gibi oluyor, kalbi haz ile dolup taşıyordu.

Hilâl, elinde tabaklarla, sofrayı kurmak üzere odaya girdiğinde, o halâ oturduğu basma kılıflı koltuğun arkasına başını yaslamış, gözleri yumulu, dudaklarında o mesut tebessümü taşımaktaydı...

* * *

Her şey bir hafta gibi, göz açıp kapayıncaya kadar geçip giden kısa bir zaman içinde olup bitmişti..

Dr. Nazım'ın o günkü samimi isteme merasiminden iki gün sonra söz kesilmiş, söz kesiminin hemen arkasından da, bir kaç gün içinde iki gencin nişan yüzükleri takılmıştı.

Son derece sade ve mütevazi bir hava içinde geçen nişan merasiminde Dr. Nâzım ve Nusret'ten başka Dr. Nâzım'ın yaşlı halası da bulunmuş ve Hilâl'le Nusret'in yüzüklerini gözyaşları arasında hayır dualarla bu muhterem yaşlı hanım takmıştı parmaklarına.

Düğün, Nusret'in babasının Avrupadan dönüşünde yapılacaktı...

Bunun böyle olması, Feyzâ'nın da oldukça işine yaramıştı. Çünkü her ne kadar yıllardır kazancından arttırdığı paralarla kızının çehiz sandığına lazım olan şeyleri tamamlamaya çalıştıysa da, bu arzusunu hakkıyla yerine getirememişti Feyzâ... Gerçi sandıktaki eksikler pek mühim şeyler sayılmazdı ama yine de bunların temini için paraya ve vakite ihtiyaçları vardı...

Feyzâ, iyileşip, yeniden dikişe başlamasını dört gözle bekleyen müşterilerini düşünerek, hızlı bir şekilde işe başladığı takdirde bu bir kaç ay içinde kızının bütün eksik ve ihtiyaçlarını giderebileceğini hesaplamıştı ama, mesele hiç de düşündüğü ve hesapladığı gibi olmadı...

Nişan gecesi, yüzüklerin takımından sonra Hilâl'in pişirdiği kahveler içilmiş, düğünün nerede ve nasıl yapılacağı mevzuunda konuşmaktaydılar. Bir ara Nusret, Feyzâ'ya doğru eğilerek sordu:

- Anne, sizinle biraz hususi olarak görüşmek istiyorum, mümkün mü?

Feyzâ:

- Elbette evladım, ne zaman isterseniz, dedi.

- Teşekkür ederim, o hade yarın işimden çıkar çıkmaz geleceğim.

Feyzâ, ertesi günü adeta iple çekmişti... Damadının kendisiyle görüşmek istediği mevzu ne idi acaba? Zihnine takılan türlü ihtimallerle, gece geç saatlere kadar uyuyamıştı... Ertesi günü ise, saatler bir türlü geçmek bilmedi nedense...

Nihayet kapının önünde duran araba sesiyle içi biraz ferahlar gibi olmuştu. Nusret, kapının zilini çaldığında, Feyzâ da başından kayan örtüsünü düzelterek kapıya doğru koşmaktaydı.

Nusret, yüzünde saadetinin izlerini taşıyan bir tebessümle:

- Size zahmet olacak anneciğim, sizlere layık olmayan şu kıymetsiz şeylerden beni kurtarınız ki, ayakkabılarımı çıkarabileyim.

Diyerek önce elindeki paketleri uzattı Feyzâ'ya... Feyzâ şaşırmıştı:

- Ama evladım...

Diye itiraz edecek oldu, fakat Nusret buna fırsat vermedi. Alıngan bir sesle:

- Birde Nâzım ağabeyime bu acizi damat değil, bundan böyle bir öz evladınız olarak kabul ettiğinizi bildirmiştiniz, dedi...

Feyzâ için söyliyecek söz kalmamıştı.. Paketleri; holdeki masanın üzerine bırakarak, Nusret'in arkasından odaya girdi... Karşılıklı hal hatır sorma faslından sonra Nusret, samimi bir sesle görüşmek istediği mevzu açtı:

- Anneciğim, dedi... Siz daha klinikte iken, benim kliniğe yeni yerleştiğim günlerde Dr. Nâzım ağabey sizin hayatınızı ve halihazırdaki gecim durumunuzu anlatmıştı.

- Nasıl? Dr. Nâzım mı anlattı hayatımı size?.. Peki ama o nereden bilebilir benim hususi hayatımı?

- Hilâl'le çok iyi anlaşan bir hemşire hanımdan öğrenmiş galiba...

Feyzâ, bir an düşündü, sonra:

- A... evet, hatırladım, dedi. Söylemişti Hilâl bana, çok üzgün olduğu bir gün hemşire hanımla epeyi dertleşmişler demek oda...

- Evet, o da Nâzım ağabeye nakletmiş olacak ki, sizden bahsettiğimiz, daha doğrusu benim sizlere karşı duymuş olduğum yüksek takdir hislerimi kendisine ifade ettiğim bir gün, hemşireden öğrendiklerini öz olarak bana anlattı...

Feyzâ, dalgın dalgın gülümsedi:

- O halde kayınvalidenizin devr-i gafletteki durumunu da biliyorsunuz...

- Teferruatlı olmamakla beraber evet... Ancak bunun yanında, aynı kayınvalidemin, dininin icaplarını yerine getirmek uğruna eşinden dahi boşanmayı ve tek başına hayat mücadelesine atılmayı göze alacak kadar yüksek bir iman ve fazilet sahibi, hakiki bir İslâm hanımefendisi olduğunu da biliyorum.

Feyzâ, yaşaran gözlerini damadından kaçırarak önüne eğdi. Nusret'de konuşmasına devam ediyordu:

- Cemiyette ender rastlanan sizin gibi bir aileyle beni karşılaştıran Rabbime ne kadar şükür ve hamd etsem azdır anneciğim... Bu, muhakkak ki benim için bir lütf-u ilahidir... Ancak, Hilâl hanımla sözümüz kesildiği günden beri beni tedirgin ve huzursuz eden bir husus var ki, ziyaretimin gerçek sebebini işte bu husus teşkil ediyor.

Feyzâ meraklanmıştı:

- Hayırdır inşaallah evladım, dedi... Tedirginliğinize sebep olan bu husus nedir, öğrenebilir miyim?

- Sizin çalışmanız, anne...

- ....

- Susuyorsunuz... Bunun, bundan böyle doğru olmayacağını siz de takdir ediyorsunuz şüphesiz...

- Yo... hayır evladım, susuşum bu sebepten değil.. Diyecektim ki; çalışmaya, kazanmaya mecburum ben. Bahusus bundan sonra...

Nusret, kayınvalidesinin sözünü tamamlamasına fırsat vermedi:

- Yanılıyorsunuz anneciğim, bu güne kadar belki evet, mecburdunuz çalışmaya, geçiminizi temin etmeye.. Fakat bu günden sonra asla!

- Fakat yavrum...

- Rica ederim anneciğim, özür dilerim bu hususta sizi maalesef dinliyemiyeceğim... Beni hakiki bir evlat olarak bağrına bastığını söyleyen siz, eminim ki bir evladın annesine karşı olan vazifelerini de çok iyi bilirsiniz. Eli ekmek tutan bir evlad, annesinin çalışmasına, yorulmasına tahammül ve müsaade edemez.

Genç doktorun sesi, önceleri oldukça tok ve kesindi.. Şimdi ise konuşmasına yumuşak, sakin ve tatlı bir sesle devam etmekteydi:

- Dinleyin beni anneciğim... Siz yıllarca çalıştınız ve artık yoruldunuz... Şimdi ise damadınız olmam hasebiyle bütün geçim ve ihtiyacınızı temin etmek, bundan böyle bana düşer... Biliyorum diyeceksiniz ki, «daha henüz nişanlısınız, aranızda nikah kıyılmadan bu hareket yakışık almaz.» Ben işte bunları da düşünerek dini nikahımızın da derhal kıyılmasını arzu etmekteyim. Müsaade ederseniz yarın akşam kıyalım nikahı... Resmi nikahı ve düğünü de babamın dönüşünde yaparız.

Feyzâ, İslâmi esaslara uygun olarak, damadının kendilerine rahatça gidip gelmesi için dini nikah teklifini kabul etmekle beraber, maddi yardım teklifine bir türlü evet diyemiyordu.

Bu mevzu o gün, akşama yakın saatlere kadar sürdü. Nusret, kayınvalidesinin içinde bulunduğu halet-i ruhiyeyi çok iyi anladığından, onu ikna etmek için saatlerce dil dökmekten kaçınmadı. Ve neticede muvaffakda oldu.

Ertesi gece son derece sade bir merasimle ak sakallı, nur yüzlü bir imam tarafından iki gencin dini nikahları kıyıldı. O gece Hilâl, çiçekli uzun basma sabahlığı ve dantelli beyaz namaz örtüsü içinde hakikaten olanca saf ışıklarıyla gökte parıldayan hilalden farksız gibiydi... Nikahta yine Dr. Nâzım'la, yaşlı halası da hazır bulunmuşlardı.

Gecenin geç saatlerinde misafirlerini uğurlayan Feyzâ ile Hilâl, kapıyı örtüp içeri girdiklerinde, orta sehpanın üzerinde kapalı bir zarf görerek bir an hayretle birbirlerine bakıştılar. Sonra Feyzâ, ağır ağır yürüyerek titrek parmaklarla zarfı eline aldı. Zarfın üzerinde: «Muhterem anneciğim Feyzâ hanımefendiye» yazılıydı.

Feyzâ, aynı titrek parmaklarla zarfı açtı... Zarfın içinde on ve yirmi binliklerden bir deste kağıt para ile, Nusret'e ait arkası yazılı bir kart vardı. Feyzâ, yüksek sesle kartı okudu: «Anneciğim, bu kıymetsiz meblağ, şimdilik zaruri ufak tefek ihtiyaçlarınızı görmeniz içindir. Diğer mühim ihtiyaçlar için icabedeni ayrıca takdim edeceğim. Hürmetler.»

Anne-kız, bir kere daha göz göze geldiler. Fakat ikisi de ağzını açıp bir şey söylemedi... Daha doğrusu söyleyemedi. Zira her şey öylesine açıktı ki...

Karanlık olmasa, ışığın kıymeti, ayrılık olmasa vuslatın lezzeti, elem, ızdırab, gam ve keder olmasa saadetin o sarhoş edici güzelliği bilinebilir, duyulabilir, görülebilir miydi hiç?

İşte arkada bırakılan karanlık, kabuslu günlerden, elem, ızdırab, gam ve keder yüklü yıllardan sonra Feyzâ'da gözünün nuru biricik kızıyla birlikte özlediği, hasret ve iştiyakla beklediği aydınlık ve mesut günlere kavuşmuştu nihayet...

Evet mesut, hem alabildiğine mesuttu Feyzâ... Lakin saadetten tatlı tatlı çarpan kalbinin bir köşeciğinin içten içe, sinsi sinsi bir tuhaf şekilde sızladığını hissediyordu yine de... Kendine dahi itiraftan ürktüğü bir hisle, sanki bu saadeti de çok uzun sürmiyecekmiş, beklenmedik bir hadise ile kızının da, kendisinin de ümit dünyaları, koca bir binanın çöküşü gibi bir anda yıkılıverecekmiş gibi tuhaf bir duyguyla korkuya kapıldığı oluyordu zaman zaman... Ama böyle anlarda da Allah'a olan teslimiyet ve tevekkülü, her zaman olduğu gibi imdadına yetişen yegane amiller oluyor, dertli annenin istikbale ait şüphe, vehim ve korkularını kalbinden silip, atıyordu...

Günler ilerledikçe, anne-kızın çehiz hazırlıkları da hızlanıp ilerlemekteydi.. Son günlerde Hilâl'in elindeki çehizinin dışında itinayla işlediği bir kaç parça nakış vardı ki, bunlar maddi değerinden çok manevi değeri olan şeylerdi. Genç kız, daha görmeden, yalnız Doktor

Nâzım amcasının anlattığı kadarıyla son derece yüksek takdir ve hürmet hisleriyle sevip bağlandığı kayınbabasına hediye etmek üzere işlediği bu üç şeye göz nurunu ve olanca ruh inceliğini dökerek gece-gündüz zevkle çalışıyordu. Bunlar, yeşil düşes saten üzerine sarı sim sırmalarla işlenmiş bir takke ile, yine sarı sim sırmalarla ve yakut rengi taşlarla işlenmiş aynı yeşil saten düşesten bir seccade ve bir de Kur'an kılıfı idi... Hakkında takdire şayan çok şey dinlemişti ama, daha kayınpederinin ismini dahi bilmiyordu Hilâl. Bunu annesi de sormamış, daha doğrusu sormaya lüzum görmemişti. Anne-kız için mühim olan husus, sadece Nusret'in babasının da en az kendi kadar muhafazakar, imanlı ve yüksek seciyeli bir insan olmasıydı... Böyle muhterem bir insan için günler ve geceler dolusu dökülen göz nurları nasıl feda olmasındı ki... Hilâl, bu duygularla kayın pederine işlediği nakışlara o çok ince zevkli olan annesinin dahi yardım için el sürmesini istemiyor, manevi değeri yüksek olan bu üç parça eşyanın tamamen kendi göz nurunun mahsulü olmasını, kendi elinden çıkmasını arzuluyordu.

O gün yine zarif motiflerle müzeyyen seccadesi elinde, bir yandan istikbale ait tatlı hayaller kuruyor, diğer yandan ruhunun ince zevkini nakış nakış yeşil saten kumaş üzerine döküyordu... Feyzâ artık tamamen iyileşmişti... Hem öylesine iyileşmişti ki, içinde yaşadığı şu saadet günlerinde kendisini eskisinden, hatta ilk genç kızlık devresinin o cevval, hareketli, yerinde duramaz Feyzâ'sından çok daha zinde, sıhhatli ve çevik hissediyordu. Kızının rahatlıkla çehizini işleyip tamamlaması için ona ev işlerini tamamen yasaklamış, bütün işleri üzerine almıştı...

Şimdi de Hilâl, oturduğu yerde nakışını işlerken o da sokağa bakan pencereden dışarıya divan örtülerini silkelemekteydi. Birinci divan örtüsünden sonra tam ikincisini silkelemek üzereydi ki, gözleri sokaktan geçmekte olan yaşlıca bir kadına takıldı ve gayri ihtiyari aynı anda seslendi...

- Hatice teyze... Hatice teyze!...

Evet, rengi uçmuş, tüyleri dökülmüş mantosunun ve eski siyah başörtüsünün içinde dalgın ve üzgün bir şekilde ağır ağır yürüyen kadın, hakikaten Hatice Teyzenin ta kendisiydi... Feyzâ'nın o kabuslu evlilik yıllarında senelerce dadısıyla birlikte kendisine emeği geçmiş ahçı kadın Hatice teyzeydi bu... Kadın, kendi ismini duyar duymaz, sesin geldiği tarafa bakıp da açık pencere önünde duran Feyzâ'yı görünce ilk anda tanıyamadı onu ama, biraz yaklaşıp da o sevinç dolu güzel yüzü daha yakından görünce, gözlerine inanamamanın hayreti içinde haykırdı:

- Aman Allah'ım, rüya mı görüyorum, Feyzâ hanım... hanımım... sensin değil mi kızım?

Feyzâ bir rüzgar hızıyla koşup, kapıyı açtı... Hatice kadınla göz yaşları arasında sarmaş dolaş oluşlarını Hilâl yerinden hayretle seyrediyordu. Hilâl, bu kadını ömrü boyunca gördüğünü hiç hatırlamıyordu. Feyzâ da bunu bildiğinden çocuklar gibi sevinerek Hilâl'e seslendi:

- Hilâl, bak kim geldi... Kalk ayağa da öp teyzenin elini yavrum... Bu teyzenin, evliliğim müddetince bana, hiç birşeyi bilmez küçücük bir bebekken de sana çok emeği geçti...

Hatice teyze, elini öpen genç kızı tepeden aşağıya bir süzdükten sonra:

- Aman hanımım, dedi.. dünyada inanmam. Ayol bu sahiden benim elime doğan Hilâl mi?..

- Hilâl ya teyzesi... Senin o ufacıkken bıraktığın yaramaz Hilâl... Dünya devranı böyle...büyükler yaşlanıyor, küçükler büyüyor canım teyzem...

Feyzâ, Hatice kadının mantosunu alıp, camı kapattıktan sonra, maziden bir yaprak gibi savrulup önüne düşen yaşlı kadının karşısına geçip oturdu ve başladı heyecanla sorup soruşturmaya:

- Eeeh, anlat bakalım Hatice teyzem, hangi rüzgarlar attı seni bu sokağa, ne işin vardı buralarda senin?

Yaşlı kadın, ilk sevinç anı geçince dertli dertli içini çekti:

- Derdimi deşip de dertsiz başını ağrıtıp ne yapacaksın hanımım?

- Hayırdır inşaallah Hatice teyzem, derdini söylemeyen derman bulamaz. Hem o nasıl söz, müminin derdiyle dertlenmeyen mümin olabilir mi ki? Sence bir mahzuru yoksa anlat Allah aşkına...

- Anlatayım hanımım, anlatayım...

- Bana bir daha «hanımım» dememen şartı ile seni dinliyorum Hatice teyzem... Beni artık eski hanımın olarak değil de, bir öz kızın gibi bilerek anlat.

- Haklısın, benim altın yürekli yavrum, sağol... Öyle uzun

uzadıya anlatacak bir şeyim yok... Sadece işsiz kaldım... Çok uzun zamandır işsiz duruyorum. Çok perişan bir vaziyette kaldım. Evde bakmaya mecbur olduğum delikanlı sakat bir oğlum olmasa, tek başıma nasıl olsa yavan ekmek geçinir giderim... Lakin çalışamaz haldeki bir evlada bakma mecburiyeti belimi büküyor...

- Peki hiç bir iş bulamadın mı teyzeciğim?

- Bulamadım yavrum, bulamadım... Aylardır çalmadığım kapı kalmadı... Bu gün de, sizin arka sokakta oturan bir eski ahbaptan haber alacaktım, onun için geldim buralara... Kocasının patronu yeni evlenmiş, eve iş yapıp, yemek pişirecek becerikli bir kadın arıyormuş.. Tabii onlar da beni tavsiye etmişler... Fakat patron daha yaşımı sorar sormaz «bize gelmez, yaşlıdır» diyerek kabul etmemiş.

- Vah vah!.. Ama teyzeciğim, adam seni görseydi, eminim ki böyle düşünmezdi... Senden daha becerikli, senden daha güzel yemek pişiren kadını nereden bulacaklar? Üstelik yaşını da hiç göstermiyorsun sen... Ayrıldığımız günden bu yana o kadar az değişmişsin ki, bu kadar dertli ve üzüntülü olduğun halde hala dinç ve kuvvetlisin maşaallah.

- Nerde kızım, nerde... Yaşlandık yaşlanmasına ya, bu gün bir iş bulsam evvel Allah bu günkü değme gençleri cebimden çıkarırım lakin takdir, ne denir?

- Öyle teyzeciğim, tabii takdir-i İlâhi böyle. Onun için kendini fazla üzme... Bir sivrisineği, bir örümceği, bir küçük karıncayı dahi görüp, gözeten, rızkını veren Allah-ü Teâlâ, elbet senin gibi temiz bir kulunu da aç ve çıplak bırakmaz. Oğlun meselesi olmasa, sana «gel burada beraber oturalım, Mevlam ne verdiyse yer, birlikte geçinip gideriz» diyeceğim, fakat...

- Allah (C.C.) razı olsun kızım, bunu düşünmen dahi, yerine getirmiş kadar makbule geçti inan.. Dur bakalım hele gün doğmadan neler doğar...

Feyzâ, Hatice kadını o gün ısrarla öğle yemeğine alıkoydu. Yemekten sonra da bir iki saat oturup dertleştiler... Eski günlerin acı-tatlı hatıralarını ararken kah gülüyor, kah acı gözyaşları döküyorlardı. Hele dadının vefat haberi yaşlı kadını çok sarsmıştı..

Akşama yakın Hatice kadın ayrılırken, Feyzâ adeta yalvarırcasına:

- Ne olur Hatice teyzem, söz ver bana... Sık sık uğrayacaksın bu garib kızına değil mi?... İş bulduğunu da haber vermezsen, meraktan ölürüm inan...

- Sen söylemesen de ben seni hele bundan böyle bırakırmıyım hiç canım kızım? Elbette hem de sık sık geleceğim... Seni öteden beri öz evladım gibi sevdiğimi bilirsin...

Hatice teyze, hakikaten de sözünde durmuştu... Bir kaç günde, hiç olmazsa haftada bir defa mutlaka uğruyor, bir-iki saat dertleştikten sonra, sakat oğlunun ihtiyaçlarını görmek üzere küçük evceğizinin yolunu tutuyordu.

Her gelişinde Feyzâ heyecanla sorardı:

- Ne oldu Hatice teyzem, hayırlı haberlerin vardır inşaallah...

Onun cevap yerine boş avuçlarını çaresizlik içinde açarak, üzüntüyle boynunu büktüğünü görünce de:

- Hakkında hayırlısı canım teyzem, üzme kendini, «Mevlam görelim neyler, neylerse güzel eyler» değil mi? diyerek teselliye çalışırdı kadıncağızı...

Böyle günlerden birinde Hatice teyze yine kederli yüzüyle kapıda belirmişti.. Feyzâ onu her zamanki güler yüzü ve sıcak alakası ile karşılayıp içeri aldı... Hilâl de annesinin, hayatını anlattığı günden beri çok sevdiği bu yaşlı teyzenin elini öptükten sonra, izzet ve ikram için etrafında adeta fır dönmeye başladı...

Hatice teyze, bu defa Feyzâ'nın sormasına bırakmadan:

- Artık sen sormaktan, ben de «yok, bulamadım» demekten bıktık, değil mi kızım? Dedi ve ilave etti... Şu bir haftadır kaç kapıyı çalmadım, kaç kişi önünde el oğuşturup boyun bükmedim ki... Aaah, ne çare...Çaldığım her kapı, zalimce yüzüme çarpıldı tek tek... Bilirim Allah'dan ümit kesilmez, lakin Rabbim affetsin, benim ümid edecek halim kalmadı artık...

- Tövbe de Hatice teyzem, tövbe de... Bilirsin ki Cenab-ı Hak, sabırlarını denemek için en büyük sıkıntı, eziyet ve cefaları sevgili kullarına verirmiş.

Bu sözler üzerine yaşlı kadının, başörtüsünün ucunu gözlerine bastırarak içli içli göz yaşlarını bastırmaya çalışması, Feyzâ'ya da Hilâl'e de çok dokundu... Şimdi onlar da çaresizlik içinde çırpınan yaşlı kadınla birlikte ağlıyorlardı...

Feyzâ, Hatice teyzenin dizi dibine çökerek, onun ellerine sarıldı ve yine ağlıyarak sormaya başladı:

- Hiç mi bir umut kapısı yok bu baktığın yerlerde, hiç mi bir vicdan sahibi çıkmadı karşına canım teyzem söylesene?

- Var kızım var, çıktı karşıma böyle biri ama, ne yazık ki öyle söylediğin gibi vicdan sahibi biri değil, bekli dünyanın en insafsız ve vicdansız insanı... hemde çok iyi, çok rahat şartlarla üstelik kendisi iş teklifinde bulundu bana... ama...

- Aması ne?.. Kim bu bahsettiğin kimse?..

- Senin eski kocan olacak Selim denen o aşağılık herif!.. Anladın mı şimdi «ama...» nın manasını?..

Feyzâ birden bütün vücudunun taş gibi, kaskatı kesildiğini hissetti... Fakat kendini toparlaması çok sürmedi ve sordu:

- Selim mi sana iş teklifinde bulundu?

- Evet... Selim ya... Dün sokakta rastladım. Yılışık yılışık gelip yanıma sokulunca, kan beynime sıçradı. Döktüğü dilleri bir görsen şaşardın... Efendim, ne zamandır beni arıyormuş da bulamıyormuş. Beni gökte ararken yerde bulmuşmuş... Evin yemek de dahil bütün işlerini çevirebilecek, tecrübeli ve itimada şayan bir kadın arıyormuş ama böyle bir kimseyi bu zamanda bulmak mümkün değilmiş... Bir sürü mış-miş işte... Anlıyacağın, yana yakıla yanında çalışmam için bir yalvarışı var ki görme...

Feyzâ ciddiyetle;

- Eee, sen ne cevap verdin? dedi.

- Hiiç, ne cevap vereceğim, kabul etmedim tabii... Çok ısrar edincede «düşüneyim, ben sana telefon eder, bildiririm» diye atlattım başımdan.

- İlahi Hatice teyze, sen aklını mı kaçırdın? Niye kabul etmedin, böyle bir teklif kaçırılır mı hiç? Üstelik bilirsin Selim dolgun da para verir...

Hatice teyze, Feyzâ'nın yüzüne şöyle bir esefle baktı ve:

- Aklını kaçıran birisi varsa, o da ben değil, kusura bakma ya, herhalde sensin kızım. Senin şu perişanlığına sebep olan bir adamın mı hizmetinde bulunacağım ben? Yazıklar olsun sana... Ben daha sana yapılan o haksızlıklar karşısında, seni sokağa attıktan kısa bir müddet sonra daha o zamandan dayanamayıp da ayrılmıştım o çirkef herifin yanından... Şimdi tut sen...

- Ama Hatice teyze...

- Sus... sus... sus kızım, dinlemem artık seni... Açlıktan öleceğimi bilsem, dönmem o kapıya bir daha..

O gün akşamın alaca saatlerine kadar Feyzâ, yaşlı kadını Selim'in yanına girmesi için iknaya çalıştı... Mecburiyetler karşısında insanın nelere katlanabileceğini, verilecek yüksek meblağı ve rahatı başka hiç bir yerde bulamayacağını, yalnız kendisini değil, bakım ve rahat isteyen biricik sakat oğlunu da düşünmesi icabettiğini anlattı bir bir... Fakat nafile... Hatice teyzeyi biraz olsun yumuşatmak mümkün olmadı..

Aradan bir onbeş gün daha geçti... Bu arada Hatice teyze, bir kere olsun görünmemişti... Feyzâ, bir yandan merak ediyor, bir yandan da «belki de bir iş bulup yerleşmiştir de, onun için vakit bulup gelemiyordur.» diyerek teselli bulmaya çalışıyordu..

Fakat bu düşüncesinde yanıldığını, Hatice teyzeyi on beş gün sonra büsbütün sararıp solmuş bir yüzle, iyiden iyiye çökmüş yorgun, bitkin ifadeli gözlerle adeta bir sefalet tablosu halinde karşısında görünce anladı...

Yaşlı kadın daha mantosunu çıkartmadan, adeta çökercesine her zaman oturduğu divana oturdu... ve oturur oturmaz da ellerini yüzüne kapıyarak ağlamaya başladı.. Feyzâ tam ağzını açıp bir şeyler söyliyecekti ki, muztarib kadın ıslak ellerini yüzünden çekerek:

- Söyleme birşey, yorulma yavrum... dedi... neticede döndüm, dolaştım, yine senin sözüne geldim. Zira artık ne dizlerimde, ne de yüreğimde dayanacak takat kalmadı... En sonunda o ahlaksız, o düzenbaz herifin kapısına yüz sürmek varmış desene kaderde...

- Teyzeciğim, niçin böyle düşünüyorsun? Her şeyde bir hayır vardır mutlaka... Hem Selim, her ne kadar kötü karakterli pis ahlaklı bir insansa da, sen de çok iyi bilirsin ki, yanında çalışan kadınlara karşı nedense çok anlayışlı, merhametli ve dürüsttür. Bu bakımdan memnun ve müsterih olmalısın değil mi ya? Haydi artık gözyaşlarını sil de, söyle bakayım Selim'e telefon ettin mi?

- Etmedim kızım, daha haber vermedim. Bana biraz daha cesaret veresin diye önce sana geldim.

Feyzâ acı acı gülümsedi:

- Sağ ol teyzeciğim.. Hayatta ne tuhaf şeylerle karşılaşıyor insan... Kim derdi ki gün gelip de... her neyse... her neyse... Şimdi sen vakit geçirmeden verdiği numaraya telefon aç ve teklifini kabul ettiğini bildir... Yalnız sana iki şartım var... Yoksa, birazcık hakkım varsa helal etmem...

- Senin her sözün, benim için değerli bir emirdir... Söyle kızım, çekinme...

- Estağfirullah Hatice teyze. Birincisi; Selim'in yanına girdin diye, benden ayağını kesmiyeceksin. Yine böyle fırsat buldukça sık sık geleceksin... İkincisi ise; her ne suretle olursa olsun, senin benimle görüştüğünden Selim'in katiyetle haberi olmıyacak. Tamam mı?

- İlahi yavrum, düşündüğün bunlar mıydı? Üzme tatlı canını sen... Kuzum, sen Hatice teyzeni bu gibi hususları düşünemiyecek kadar safdil mi sanıyorsun?

- Kusura bakma canım teyzem ama...

- Anladım, anladım biricik yavrum, boşuna üzme kendini bunlar için. Eh... desene bize yol göründü, artık kalkayım da, Bismillah diyerek açayım şu telefonu bakalım. Duandan unutma yavrum, haydi Allahaısmarladık.

- Güle güle teyzeciğim, Rabbim hayırlarla karşılaştırsın... Beni haberdar et olmaz mı?

Feyzâ Hatice teyzenin gitgide küçülen silueti sokağın sonunda kayboluncaya kadar kapının ağzından ayrılamadı. Hatice teyzenin gitgide küçülen silueti sokağın sonunda kayboluncaya kadar yaşlı ve dalgın gözlerle onun ardından baktı, sonra derin bir iç geçirerek kapıyı kapatıp, içeriye kendi günlük hayatına döndü.

* * *

YEDİNCİ BÖLÜM

Gecenin ilerlemiş saatlerindeyiz...

İstanbul'un tenha semtlerinden birinde, bir ecza deposunun alt katında, yüzlerinde endişe ve korkunun izleri okunan iki adam, yavaş sesle heyecanlı heyecanlı konuşmaktadırlar. Bunlardan birisi, deponun gece bekçisidir. Diğeri ise, iri yapılı, atletik vücutlu gençten biri... Her ikisinin de avam olduğu konuşmalarından belli olduğu gibi, hallerinden de zekaları yalnız kötüye işleyen, karanlık işler çeviren cin gibi insanlar olduğu ilk bakışta anlaşılabilir...

- Ulan... parolayı aldığın halde niye geciktin ha? Kaçıncı uykudaydın ulan... Sana kaç kere böyle mühim gecelerde uyumak yasak diye söylemedik mi salak herif!.

Gece bekçisi, yavaş sesle de olsa iri yarı gencin kendisini yakasından sarsarak söylemiş olduğu bu sözleri, uyku sersemliğinin o tuhaf uyuşukluğu altında cevaplandıracak kuvvet bulamadı kendinde. Sadece kekeliyerek:

- Uyandık yahu... uyandık işte... Neyse... her şey tamam mı?

- Soruyor bir de.. Tamam mı ne demek, biraz daha oyalansak o zaman işimiz tamamdır, anladın mı? Haydi haydi durma, koyul işe hemen... sıva kollarını haydi...

Gece bekçisi, gencin «işimiz tamamdır» sözünden sonra tamamen ayılmış gibiydi.

Deponun ana giriş kapısı, üst katta ön cephede bulunuyordu. Bir kaç merdivenle inilen basık tavanlı, karanlık, genişçe bu yerin kapısı ise, binanın arka tarafındaki göz alabildiğine uzanan, yer yer ağaçların kümelendiği geniş bir ovaya açılmaktaydı.. İşte iki adam, binanın arka tarafındaki bu küçük demir kapıdan çıkarak karanlıkların içine daldılar. Ayın bulutlar arasına gömülü bulunduğu bir gece olduğu için, bu zifiri karanlıkta onları hiç kimsenin görmesine imkan yoktu. Esasen karanlık işlerin çoğu da bundan dolayı karanlıkta çevrilirdi. İnsanın kötü işlerinde vicdanının sesinden dahi kaçıp gizlenmesi için de en münasip yer karanlık değil midir?..

İki adam, ta ilerde, sekiz-on ağacın sık sık, adeta birbirine yapışık olduğu yere gelince her ihtimale karşı şöyle bir duraladılar ve geriye dönerek dikkatle etrafı gözleyip, dinlemeye başladılar... Fakat hayır... ortalıkta hiç bir ses, hiç bir hayat emaresi, kuşkulanacak hiç bir şey yoktu... Rahat bir nefes alarak adımlarını sıklaştırdılar..

Ağaçların arkasında farlarını söndürmüş küçük bir kamyonet duruyordu... Şoför mahallindeki adam, onları görünce, kapıyı usulca açıp, aşağı atladı. Sitemli bir ses ve argo bir ifade ile:

- Amma pısırık heriflersiniz be... Bekleye bekleye turşumuz çıktı burada... Bu kör edici karanlıkta foyayı çaktırmamak için cigara bile içemezsin üstelik... Öldünüz mü lan leş herifler?.. Diye çıkıştı...

İri yarı gencin kafası bütün bütün kızdı:

- Eeeh... çok dırlanma be, dedi... Bir de sana başlamıyayım şimdi.. Laf ebeliği yapacağına, çabuk sıva kollarını da yardım et biraz...

Çok geçmeden, üçüncü adamın yardımıyla sırtlarına yüklenilen çuvallarla iki adam geldikleri yolları geri çiğneyerek, mahzenin açık kapısından girdiler içeriye...

Omuzlarındaki yükü indirip, derin bir nefes aldıktan sonra, ikinci, üçüncü ve dördüncü seferi de yapıp, şoförü tekrar bekçilik vazifesile görevlendirerek, kendileri mahzenin küçük demir kapısından içeri girdiler ve kapıyı içerden sürmelediler.

Şimdi iri yarı, dinamik gencin elleri, otomatik bir makine hızı ile işliyordu. Vakit bir hayli ilerlemişti.. Gün ışımadan her şeyin yerli yerince hazır olması ve onun da tez elden buradan (kendi tabiriyle] tüymesi icabediyordu.

Üzerinde «SEVAN» ilaç firmasının etiketleri bulunan ve yetkili emniyet makamlarınca tahlil ve kontrolü yapıldıktan sonra damgalanıp imalathaneden depoya nakledilmiş olan büyük mukavva kutular, gencin maharetli elleri tarafından tek tek açılıyor, içindeki ilaç kutuları bir kenara boşaltılıyordu. Sonra boşalan büyük mukavva kutuların içine büyük çuvallar içinde mahzene taşınan ilaç kutuları büyük bir itinayla yerleştirilip, istif ediliyordu..

Aslında kutulara yerleştirilen ilaçların, görünüşte boşaltılan ilaçlardan hiç bir farkı yoktu.. İlacın kutusu, şişesi, hatta iki renkli kapsülleri dahi birbirinden ayırdedilmeyecek kadar aynıydı. Aynı olmayan bir tek şeyi varsa, o da kutulara yerleştirilen kapsüllerin içindeki toz idi: ESRAR!.

Evet ne hazindir ki, gayr-meşru kazanç yollarının en karlısı olarak bilinen ESRAR KAÇAKÇILIĞI, alınan bütün tedbirlere rağmen, memleketimizde hala kesin olarak önlenebilmiş değildir... Gizli imalathanelerde icra-i faaliyet gösteren çeşitli şebekeler, çeşitli hileli ve desiseli yollarla afyonu, yurt dahilinde ve haricinde fahiş fiatla satmakta ve bu yolda milyonlar kazanmaktadırlar...

İşte, şerefli bir ilaç firmasına ait olan deponun alt katında, gecenin ilerlemiş saatinde, heyecan ve korku içinde harıl harıl çalışan bu gece bekçisi ile, iri yarı, atletik vücutlu genç adam da «Esrar kaçakçılığı» yapan böyle büyük şebekeye mensup kimselerdi...

Deponun gece bekçisini ve nakliyat işindeki kamyon şoförünü de büyük meblağlar karşılığında elde etmeyi başarmış olan şebeke, şeytanın aklına dahi gelmeyecek bir desise ile esrarı ilaç kapsüllerinin içine yerleştirmekteydiler. Hiç bir şeyin belli olmaması için de gizli matbaalarda ilaç kutularının aynı, şişelerinin ve kapsüllerinin de aynı taklid ediliyor, en kuşkulu bir insanın dahi şüphesini celbetmiyecek tarzda her şey menfi yönden fevkalade ustalıkla organize ediliyordu..

* * *

SEVAN İlâç Fabrikası Mes'ul Müdürünün her zaman nezaketle vurulan ve içerden duyulan «giriniz» sözü ile açılan kapısını sert bir hareketle açan iki uzun boylu adam, nedense ne kapıyı vurmaya, ne de «giriniz» sözünü duymaya dahi lüzum hissetmeden odanın ortasına doğru yürüyüvermişlerdi...

Nusret makamında, her zamanki ciddiyetiyle oturmuş, önündeki tetkik edilip imzalanacak bir sürü kağıdın içine gömülüp kalmıştı... Kapıyı vurmadan odanın ortasına kadar kayıtsız bir ifadeyle yaklaşan iki adamı karşısında görünce, başını hayretle kağıtların arasından kaldırıp, bu iki meçhul şahsa sordu:

- Buyrun efendim kimi aradınız?

Adamlardan birisi, son derece soğukkanlı bir tavırla:

- Aradığımız şahıs, karşımızda duruyor Nusret Bey, dedi. Üzülerek bildirmek isterim ki, bizimle emniyete kadar yorulmak mecburiyetindesiniz

Ve adam, cebinden kartını çıkartıp gösterdi.. Bunlar, emniyetten iki sivil polisti... Nusret, bir şey anlayamamanın hayreti içinde bir an şaşkın şaşkın polislerin yüzüne baktı, sonra toparlanarak:

- Bir yanlışınız olmasın beyler, dedi... Polisi alakadar edecek her hangi bir işim olmadığından mazur görün, fakat hayret içindeyim... Emniyete çağrılış sebebini öğrenebilir miyim?

Fakat Nusret, emniyete çağrılış sebebini ne yazık ki ancak, iki sivil polis arasında, polis arabasıyla getirildiği emniyet binasında öğrenebildi.

Bir ihbar üzerine, şehir hatları arasında yol alan bir yük kamyonu, emniyet ekipleri tarafından yolu kesilerek aranmış ve SEVAN İlaç Firmasına ait kutulardan çıkan ilaçların, kapsullere doldurulmuş esrar olduğu anlaşılarak, kamyon söförü ve yanındaki üç adam derhal tevkif edilmişlerdi... Lakin bütün soruşturmalara rağmen bu adamları konuşturmak bir türlü mümkün olmuyordu...

Emniyet kuvvetleri, işi son derece hassasiyetle ele alarak, şebekeyi meydana çıkarmak için her türlü tedbiri almak mecburiyetindeydi.. Bunun için de en başta müessesenin mesul müdürünün göz hapsinde tutulması icabediyordu, hepsi bu kadar... Yani Nusret, ne olduğunu anlamaya fırsat bulamadan tevkif edilmişti...

Saatlerce süren ifadeler... Nezarette uykusuz geçen bir gece... Ve nihayet suçsuz ellere vurulan kelepçelerle mevkuf olarak girilen hapishane kapısı... Feryad feryad hürriyete çağrı yakılan soğuk dört duvarların arası... Hissiz, duygusuz, gaddar demir parmaklıklar...

Nusret, hiç bir şey düşünemiyordu... Daha doğrusu düşünme hassasını kaybetmişti sanki... Hiç... hiç bir şey anlamıyordu olanlardan... Nasıl olabilirdi, mümkün müydü böyle bir şey? Hayatının her safhası, anasının ak südü gibi saf ve lekesiz, tertemiz geçmiş bir insana, durup dururken nasıl böyle bir çirkef atabilirlerdi? Esrar kaçakçılığı ile itham! Bu ne korkunç şeydi Ya Rabbi!...

Yanına yaklaşıp, «geçmiş olsun» diyen mahkumların âlâkalarına dahi cevap verecek durumda değildi genç adam.. Onun düşündüğü, sadece istikbaliydi... Yakında evlenecekti... Bütün mevcudiyetini kaplayan derin bir aşkla bağlandığı biricik aşkına, sevgili Hilâl'ine pürüzsüz, mesut bir hayat hediye edecekti.. O buna fazlasıyla layıktı zira...

Peki ya şimdi? Şimdi ne olacaktı?.. En temiz duygularla tahakkukuna çalıştığı bütün emel ve tasavvurları, hem de böyle en çirkin, en iğrenç bir iftira ile nasıl bir anda alabora oluvermişti?..

İçinden ağlamak, haykırmak, üzerine kapanan demir kapıları yumruklamak, etrafındaki her şeyi vurup kırmak geliyordu.. Ama o bunların hiç birini yapmadı. Sadece başını iki elinin arasına alıp derin derin, uzun uzun düşüncelere daldı. Her şeyi iman gözü ile görmek adetinde bulunan bir insan için çırpınmak, bocalamak kadar abes bir şey olamazdı. Esasen haykırmak, feryad etmek neye yarardı ki? Takdir-i İlâhi'nin tecellisini bozmak, değiştirmek mümkün müydü? Kimbilir şer gibi görünen bu musibette ne hikmetler gizliydi... Hem böyle musibetler olmasa, hayat imtihanının bir manası kalır mıydı? Zeliha'nın iftirasıyla zindana atılan Hazret-i Yusuf, tam yedi sene bu büyük imtihana tabi tutulmamış mıydı? Fakat o, bu uzun müddete ve çektiği bütün zorlu çilelere rağmen Rabbine karşı büyük bir teslimiyet içinde sabretmesini bilmiş ve bu engin sabrın mükafatını geç de olsa görmüş, sonunda Mısır'a Sultan olmuştu.. Ve bu sultanlığı, sultanların Sultanı'na ram ve teslim olmakla kazanmıştı Hazret-i Yusuf..

Nusret, bunları düşündükçe ferahladığını, hafiflediğini hissediyor, bu beklenmedik müsibete karşı en güzel silahın sabır ve teslimiyet olacağını düşünerek, ruhunda esen şiddetli kasırgayı dindirmeye çalışıyordu. Nasıl olsa er geç, masumiyeti ortaya çıkacak ve geçici bir zaman için mahrum kaldığı hürriyetine yeniden kavuşacaktı. Çok geçmeden adaletin mutlaka yerini bulacağına bütün kalbiyle inanıyordu genç adam. Evet, değilmiki kendisi tamamiyle suçsuz ve masumdu, o halde ilahi adalet elbette lehine tecelli edecekti...

Ne var ki, bütün bu kendi kendine verdiği teselli ve güzel düşüncelerine rağmen, kalbini için için ezen ve eriten öyle bir üzüntü var ki içinde, bütün gayretine rağmen şuuraltına yerleşmiş, ruhuna ve kalbine çöreklenmiş olan bu üzüntüyü bir türlü söküp atmak mümkün olmuyordu: Acaba, kurban gitmiş olduğu bu alçakça iftiraya Hilâl inanacak mıydı?... İşte o zaman, her şey, ama herşey.. bütün emelleri, hayalleri ve temiz tasavvurları mahvolacak, bu ise Nusret için belki hayatının en büyük darbesi olacaktı... Hakikat aydınlanmadan, esas suçlular meydana çıkmadan masumiyetine nasıl inandırabilir, suçsuzluğunu ne ile isbat edebilirdi ki genç kıza?

Bir müddet için de olsa, nişanlısının hayatının biricik ümidi, gayesi haline gelen sevgili Hilâl'inin nazarında lekeli bir insan olmak... Aman Ya Rabbi!.. Hayır... hayır... tahammül edemezdi, katlanamazdı işkencenin böylesine.. Ama ne yapabilirdi ki?.. İşkencelerin en büyüğü, en şiddetlisi de olsa, tahammül etmekten, katlanmakta başka, elinde kendisini temize çıkaracak bir çare var mıydı?

Binbir türlü birbiriyle çarpışan his ve düşünceler arasında genç adam, uzandığı ranzada ve soğuk hapishane duvarları arasında huzursuz, uykusuz, kabuslu bir gece geçirdi...

Kiminin telepati, kiminin ise altıncı his dedikeri o garip duygu, o gün olanca tezahürüyle Hilâl'in benliğini sarıp kavurmaktaydı. Sebebini bilmediği, anlıyamadığı bir sıkıntı ile ruhunun bunaldığını, kalbinin daraldığını hissederek, Nusret'in tevkif edildiği geceyi büyük bir sıkıntı ve kabus içinde uykusuz geçiren genç kız, ertesi gün de bu nereden geldiğini bilmediği müthiş sıkıntıyı kalbinden söküp atamadı bir türlü.

O gün, düğün hazırlıkları ile ilgili olarak bazı lüzumlu şeyleri almak için anne kız çarşıya çıkmışlardı. Fakat dün geceden beri ruhuna kara bir kabus gibi çöken o huzursuzluk, bir türlü yakasını bırakmıyordu Hilâl'in... Ne vitrinlerdeki cazip eşyaları görüyor, ne annesinin beğenerek kendisine gösterdiği şeylerle ilgileniyor, ne de alınan şeylerin arzusuna, zevkine uygun olup olmadığına aldırış ediyordu... Sanki rüyada gezer gibiydi...

Bir müddet sonra Hilâl'in bu garib halini sezen Feyzâ, bütün meraklı ısrarlarına rağmen, ondaki bu halin gerçek sebebini öğrenemedi.. Analık hissiyle içinden; «Acaba, diyordu, benden sakladığı, bana söyliyemediği bir derdi, bir sırrı mı var kızımın... Onu hiç bir zaman bu kadar solgun ve bu kadar dalgın görmemişti..»

Fakat Hilâl, yemin etmeyi hiç sevmediği halde, annesinin durumuna ne kadar üzüldüğünü görerek en sonunda yemin etmeye mecbur kalmıştı... Annesinden gizlediği hiç bir sırrı, üzüntüsü yoktu genç kızın... Esasen olamazdı da... Bütün bir hayat boyu, annesine en candan dert ortağı, en yakın arkadaşı olmuştu onun... Bütün üzüntü, çile ve sevinçlerini yıllarca birlikte paylaşmışlardı anne-kız... En iyisi, kızının kalbini bir mengene gibi sıkan bu sebebsiz sıkıntıyı hayra yormak ve Allah'ın yüce takdirine sığınmaktı...

Sona kalan ehemmiyetsiz bir kaç küçük öteberiyi de alıp, Kapalı Çarşının Bayezid'e açılan kapısından elleri kolları paketlerle dolu olarak çıktılar... Henüz bir kaç adım atmışlardı ki, 13-14 yaşlarında gazeteci bir çocuğun elindeki gazeteyi sallayarak avaz avaz bağırmasıyla ikisi de aynı anda adeta oldukları yere çakılmış gibi birden duraladılar. Gazeteci çocuğun ince ve tiz sesi, havada perde perde yükselerek, kalabalığın kulaklarında yankılıyordu:

«Yazıyooor!.. SEVAN İlaç Fabrikası müdürünün esrar kaçakçılığından yakalandığını yazıyoooor!... Tevkif edilen esrar kaçakçısı müdürün emniyetteki fotoğraflarıyla, ilgi çekici haberini yazıyoor!..»

Gazeteci çocuğun elinde sallandırdığı gazetede, hakikaten büyük bir fotoğraf vardı... Ve, evet.. fotoğraftaki perişan yüzlü bu genç adam, Nusret'ten başkası değildi..

Hilâl, başının fena halde döndüğünü hissetti.. Aynı anda dizleri de dermansız bir şekilde titremeye başladı... Etrafında tutunacak bir yer aramak isterken, genç kızın vücudu birden boş bir çuval gibi caddeye, doğru yere yığıldı kaldı... Aynı anda ortalığı keskin ve acı bir çığlık kapladı:

Fakat Hilâl, annesinin canhıraş feryatlarını duymayacak kadar uzak bir alemdeydi... Genç kızın bayıldığını görenler etraftan koşuşarak yardıma geliyor, uğultulu kalabalıktan herkesten ayrı bir ses yükseliyordu:

- Fena düştü, tutun kaldırın yahu...

- Kaldırmak neye yarar, nereye götürüp yatıracaksın birader?

- Hanım hanım, ağlayıp çırpınma... Şimdi kendine gelir...

- Vah zavallı kadıncağız, ana yüreği kolay mı?..

- Ağabey... ağabey ben gördüm düşerken.. Gazetedeki o haberi duyar duymaz fenalaştı..

- Allah Allah.. Bir yakını mıydı acaba?..

- Beyler boş çeneyi bırakın da, kızcağızın çaresine bakalım...

Baksanıza, anasının hali de kızından fena!

- Doğru, bir taksi çağıralım... Haydi, durmayın..

Ve, yanaşan taksiye Hilâl'i ve annesini bindirdiler... Orta yaşlı bir karı-koca da onlarla beraber bindiler arabaya.. Arka kanepeye uzatılan Hilâl'in başını Feyzâ'yı dizlerinin üzerine yatırmış yüzünde acı bir ifadeyle baygın yatan kızı için kanlı gözyaşları döküyordu... Dertli annenin hıçkırıkları yol boyunca dinmek bilmedi.. Bir yandan kızının şiddetli baygınlığı, diğer yandan damadının yüz karası çirkin bir suç isnadı ile tevkif haberi Feyzâ'yı öylesine sarsmış ve perişan etmişti ki, kendine hakim olmaya gayret etmese, o da Hilâl gibi olduğu yere yığılıp kalacak durumdaydı.

Nihayet evlerinin önüne geldiler... Komşularının meraklı ve heyecanlı koşuşmaları arasında, hala baygın vaziyetteki Hilâl'i eve, içeriye alıp, bir divan üzerine yatırdılar. Üzerindeki manto ve eşarbını çıkardıktan sonra, kolonya koklatmak, bileklerini de kolonyayla oğmak suretiyle genç kızın ayılmasını temine çalıştılar. Nitekim, açılan pencerelerden gelen temiz hava ve kolonyanın tesiri ile Hilâl, yavaş yavaş kıpırdanmaya başladı.. Gözlerini açtığında başucunda sessiz sesiz ağlayan annesini gördü ilk anda... Daha sonra, endişeli gözlerle etrafını çevreliyen komşu hanımları farketti. Kurumuş boğazından nefes gibi çıkan hafif bir sesle annesine sordu:

- Niye ağlıyorsun anne?.. Ne oldu bana?..

- Oh... canım yavrum benim... Yok, hiç bir şeyin yok, merak etme. Biraz fenalaştın, hepsi o kadar. Ama şimdi iyisin ya... Mühim olan bu...

Komşular, Hilâl'in açıldığını görünce geçmiş olsun diyerek ayrılırlarken, genç kız zihnini toplamaya, olanları hatırlamaya çalışıyordu... Sonra birden kulaklarında tiz ve keskin bir ses çınlamaya başladı: «Yazıyooor!... SEVAN İlaç Fabrikası Müdürünün esrar kaçakçılığından yakalandığını yazıyooor!..

Birden beyninin karıncalandığını, damarlarındaki bütün kanın uyuşup çekildiğini hissetti genç kız... O sırada kapıdan komşuları uğurlayıp, yanına dönmekte olan annesine doğru ellerini uzatarak ve zabtedemediği göz yaşları arasında hıçkırarak haykırdı:

- Hem de... hem de esrar kaçakçılığından... Nasıl olur Allah'ım, nasıl olur?.. Söyle anne, konuş... Olabilir mi böyle bir şey?..

Feyzâ, büyük bir metanetle kendini toplıyarak kızının yanına geldi... Sakin bir şekilde onun kendisine doğru uzanan ellerini avuçlarının içine alarak:

- Sakin ol benim melek yavrucuğum, dedi... Ben şimdi Hacer hanımın oğlunu gönderdim. Haberi veren o gazeteyi alıp getirecek. Haberi iyice okur, ona göre hüküm veririz. Belki bir yanlışlık vardır, yanlış duymuş olabiliriz değil mi ya?

- Haberi, Yanlış duyabiliriz canım anneciğim, ama o büyük resim ? Nurettin ta kendisi idi... Ne de bitkin ve perişandı Allahım...

- Feyza başka cevap verecek takati bulamıyordu kendisinde: Hem ne diyebilirdi, ne cevap verebilirdi ki kızına.. O da görmüştü.. Resimdeki genç adam Nusret'ten başkası değildi.. Adeta aklı işlemez hale gelmişti.. Hilâl'in içli hıçkırıkları karşısında sanki onun da dili tutulmuştu.

Gazete gelene kadar ikisi de hiç bir şey konuşmadılar. Hilâl'in hıçkırıkları da gitgide hafiflemekteydi... Bir müddet sonra gözyaşları tamamen dinmiş, kalbinin deli deli atışları da normale dönmüştü.

Gazete gelip haberi okudukları zaman da bir müddet hiç bir şey konuşmadılar.. Bu hadise her ikisi için de öylesine beklenmedik bir şey, öylesine ani ve büyük bir darbe olmuştu ki..

Hilâl, yerdeki eski halının üzerine diz çökmüş, önüne yaydığı gazetede, Nusret'in emniyette çekilmiş bitkin ve perişan resmine dalmış gitmişti. İçinden bir biri ardı sıra, sual üzerine sual diziyordu kendi kendine: «Olabilir miydi?.. Bu kadar nezih ve temiz görünüşlü, son derece iyi ve dürüst bir kimse olarak tanıdığı bu insan, böylesine adi bir sahtekar olabilir miydi? Eğer öyle ise neden kafasına uygun, kendisine göre bir eş seçmemişti de, Allah yolunda, abdestli namazlı, dürüst ve masum bir kızın hayatını mahvetmeye kalkmıştı? Evet, nasıl kıymıştı kendisine?.. Şimdi ne olacaktı?.. Tertemiz duygularıyla beraber, bütün hayatı yıkılmıştı... Üstelik ne büyük, ne temiz hislerle, ne derin bir aşkla bağlanmıştı Nusret'e... Onun iki yüzlü bir sahtekar olabileceğini nereden aklına getirebilirdi?.. O kadar melek gibi bir görünüşü, insana öyle itimad telkin eden hali vardı ki genç adamın... Ah... ne olurdu bu sadece kabuslu bir rüya olsaydı... Rüyadan uyanınca, her şeyin eski halinde olduğunu görerek derin bir «oh» çekip rahata kavuşsaydı... Ama işte önündeki gazete, Nusret'in resimleriyle acı hakikatı yüzüne çarpmaktaydı.. Niçin yapmış olabilirdi bunu Nusret? Bir esrar şebekesiyle işbirliği etmeyi, dürüst ve şerefli bir şekilde çalışmaya nasıl tercih edebilmişti?»

Kendisini bu bir birini tutmaz düşüncelerden annesinin o her zamanki müşfik sesi uyandırdı:

- Hilâl, niçin öyle derinlere daldın yavrum? İnşaallah kötü şeyler düşünmüyorsundur Nusret hakkında...

Hilâl, gözlerini üzerine çivilediği resimden başını kaldırarak annesine döndü. Bir an gözgöze geldiler, sonra genç kız tekrar başını önüne eğdi ve hafif bir sesle:

- Böyle bir haber karşısında nasıl iyi düşünebilirim ki anneciğim, dedi. Her şey öylesine açık ki... Eğer esrar şebekesiyle ilgisi olmasa niçin onu tevkif etsinler?

- Ah benim tek taraflı düşünen saf kızım... Hayat öyle garib hadiselerle yüklüdür ve öyle şaşırtıcı olaylarla doludur ki... Sen henüz hayatının baharında olduğun için onu hakkıyla tanımamışsın. Nusret'in tevkif sebebine gelince, ben böyle bir şeye, yani onun esrar kaçakçılığıyla alakalı bir insan olabileceğine asla inanmıyorum. Zira, o yaradılış itibariyle bu gibi kirli işlere müsait olmayan cidden dürüst ve faziletli bir insan kızım. Hislerim beni yanıltmaz... Göreceksin bak, bu işin içinde bir bit yeniği var ama ne?.. Onu da zaman gösterecek bizlere...

- Sahi anne, Nusret'in masum olduğuna inanıyor musun?

- Dedim ya, hem de bütün kalbimle.. Ya yanlış bir zan veyahut büyük bir iftiranın kurbanıdır. Nusret şu anda... Ve kimbilir ne büyük üzüntü içinde kıvranmaktadır yavrum dünden beri...

Hilâl, ilk defa yüzü gülerek, derin bir nefes alabildi:

- Oh... anneciğim, ümit veren sözlerinle inan yüreğimi bir kuş gibi hafiflettin. Gazetenin haberine inanarak o kadar üzülmüştüm ki, bir anda bütün dünyanın başıma göçtüğünü zannettim. Ama şimdi müsterihim. Nusret'in böyle bir şey yapamıyacağını ilk anda düşünmeliydim esasen... Ama aklım başımdan gitmişti sanki... O, hakikaten o kadar temiz bir insan ki, altın çamura atılsa, nasıl değerinden kaybetmezse, o da her ne kadar çirkef yüklü iftiralara maruz bırakılsa, öylesine kirletilip lekelenemez.

Artık genç kızın dili çözülmüş, yüzü gülüyordu.. Yerdeki gazeteyi katlayıp, büfenin üzerine koydu ve gelip divana, annesinin yanına oturdu. Bir müddet yine bir şey konuşmadan önüne baktı. Nusret hakkında biraz önceki kötü düşünceleri için şimdi kendinden utanıyordu. Halbuki melek ruhlu annesi ne kadar iyimserdi... Bir an için olsun kalbinde kötü bir düşünceye sebeb vermemişti. Birden başını kaldırarak, onun yüzüne sevgi ve muhabbetle baktı. Sonra çekingen bir ifadeyle sordu:

- Anne, madem onun suçsuzluğuna bütün kalbimizle inanıyoruz, o halde onu o köhne yerlerden kurtarmak için hiç bir şey yapamaz mıyız? Biliyorsun, kayınbabam da burada değil. Nusret, tamamen yalnız ve eli kolu bağlı durumda. Bizden ve Dr. Nâzım amcadan başka kimsesi yok. Söyle anne, ona yardım edemez miyiz?..

- Demindenberi ben de aynı şeyleri düşünüyorum kızım ama, bu o kadar imkansız bir şey ki... Esrar şebekesinin hakiki elemanlarını polis dahi ele geçiremedikten sonra, biz hangi ipucuna dayanarak böyle bir işe girişebiliriz? En doğrusu sabırla neticeyi beklemek. Yalnız yarın cezaevine gidip, bizzat kendisiyle görüşmek yerinde olur diyorum. Hiç bir ipucu elde edemesem de, hiç değilse muhtaç olduğu teselliyi veririm kendisine.

Hilâl heyecanlanmıştı:

- Şey... Ben de seninle gelebilir miyim anne?..

- Tabii yavrum, elbette... Birlikte gideceğiz yarın...

Bu cevap, bütün dertlerini bir anda dindiren şifayap bir merhemdi sanki... Ve o gün, o gece bir türlü bitmek tükenmek bilmedi...

* * *

Cezaevi müdürü, Dr. Nâzım'ın okul arkadaşıydı. Nusret, çağrıldığı müdürün odasında karşısında kayınvalidesini, nişanlısını ve Nâzım ağabeysini görünce heyecanından bir müddet gösterilen yere oturamadı. Acaba ne düşünceyle gelmişlerdi buraya? Gazetedeki haberlerin doğruluğuna inanmışlardı da acı sözlerle teessüflerini bildirmeye mi gelmişlerdi yoksa? Hilâl'in yüzü, o gül pembesi yanakları da ne kadar solmuştu öyle... Acaba hakkında ne düşünüyordu?.. Bütün bunları bir an evvel öğrenebilmek için can atıyordu.

Fakat oturup da konuşmaya başladıkları zaman Nusret bütün

endişelerinde yanıldığını anladı. Konuştukça açılıyor ve bu üç dost, sevgili insanın teselli ve ümit verici sözleriyle iki gündür alt üst olan morali git gide düzeliyordu. Hele Hilâl'in:

- Allah doğrularla beraberdir Nusret bey.. Göreceksiniz çok kısa bir zamanda hakikat meydana çıkacak, esas suçluların bulunmasıyla masumiyetiniz anlaşılacaktır. Yeterki sabretmesini bilelim.

Şeklindeki sözleri genç adama adeta yeni bir hayat bahşetmişti... Nişanlısı, o herşeyini uğruna feda etmeye hazır olduğu kıymetli varlık kendisine inanıyor ve güveniyordu ya... Bütün cihan onu kötü tanısa umurunda dahi değiidi. Genç kızın yüzüne sevgi ve minnetle baktı:

- Ben vicdanıma ve Rabbıma karşı huzur içindeyim Hilâl... Hakikatin er-geç meydana çıkacağına da bütün kalbimle inanıyorum. Ancak şu anda bütün deliller aleyhimde... Mallarla birlikte yakalanan kamyon şöförü ve yanındaki iki adam, verdikleri yalan ifadede, büyük bir iftirayla suçu tamamen bana yüklüyorlar. Elebaşlarını ele vermemek için direktifleri benden aldıklarını ve şebekeyi benim idare ettiğimi söylemişler.

Doktor Nâzım, yine o babacan tavrı ile elini bir kaç kere Nusret'in omuzuna vurdu:

- Üzülme aslanım, gam yeme sen... Geceler gebedir denir... Tereyağından kıl çeker gibi bu işten kurtulacağına yüzde yüz eminim ben.

- Ah Nâzım ağabey.. Bu yüz karası lekeyi üzerimden atıp, hürriyetime kavuştuğum gün, fakir fukaraya dağıtmak üzere bir kurban keseceğim. Adağım olsun...

- Duruşma tarihi belli oldu mu?

- Henüz belli değil ağabey. Her halde bir kaç güne kadar öğreniriz. Böylesine çirkin bir isnadla hakim huzuruna çıkarılmak nasıl zoruma gidiyor bir bilseniz.

Feyzâ, yaşaran gözlerini damadına göstermemek için belli etmeden başını pencereye doğru çevirdi ve dışarıyı seyrediyormuş gibi bir müddet oyalandı. İçinden «Keşke gelmeseydik, dayanamıyorum Al-lah'ım» diye söyleniyor, damadının perişan halini gördükçe yüreğinin adeta alev alev yandığını hissediyordu.

Konuşmaları bir saate yaklaşmıştı.. Müdürün alicenaplığını suiistimal etmemek düşüncesiyle müsaade isteyip Nusret'le vedalaştılar. Onlar, kalblerini orada bırakarak cümle kapısından çıktıkları sırada, genç adam da gardiyanın refakatinde yeniden kimbilir ne kadar zaman kalacağı koğuşuna, demir parmaklıklar arkasına dönmüş bulunuyordu.

Uzanmak için ranzasına çıkacağı sırada dikkatini çeken bir şey oldu. Oldukça tenha olan koğuşları bu bir saat içinde sanki dolmuştu. Onun şaşkınlığını farkeden yan ranzadaki kabadayı tipli bıçaklamadan yatan genç bir mahkum, merakını gidermek için haberi yetiştirdi. Yavaş konuşmaya çalıştığı ama beceremediği argo lisanıyla:

- Sen idareye gittin, arkandan bunlar geldi aslanım, dedi. Tam on üç kişi birden annadın mı?.. Hepsi de genç genç... Süt kuzusu şeyler abi...

- Suçları neymiş peki?

- Ne bileyim, anlamadım. Kitap okumaktan dediler. Biz okuyup, adam olamadık... Netice mekanımız buralar oldu... Millet okumaya kalkar, bakarsın onun da mekanı burası... Dedim ya aklım kesmedi bu işi. En iyisi yat yerine, bak keyfine ha abi?...

- Kimbilir kardeşim, belki de okudukları kitaplar zararlı şeylerdir. Öğrenmeden hüküm vermek zor.

Nusret, yeni gelen gençlerin yanına giderek hepsiyle ayrı ayrı tokalaştı.

- Geçmiş olsun kardeşlerim, Allah kurtarsın.

- Sağolun efendim, zaten yegane kurtarıcımız O Kadir-i Mutlak değil mi?

Bu cevap Nusret'i şaşırtmıştı... Bu söz ancak kuvvetli iman ehlinin ağzına yakışırdı... Karşısında gurup halinde toplanmış olan bu gençleri şöyle bir süzdü. Yakalarındaki rozetlerden anlaşılacağı üzere hepsi de üniversite talebesiydi bunların. Kıyafetlerinin düzgünlüğünden hal ve hareketlerinden hepsinin de efendi kimseler olduğu anlaşılıyordu. Hele yüzleri öylesine nurluydu ki, Nusret bir an için kendi derdini unutup onlarla kaynaşmak istedi. Tam bir sual sormak için ağzını açmak üzereydi ki, gençlerden biri:

- Kusura bakmayın ağabey, dedi... Namazdan sonra yine görüşürüz. Nasıl olsa bir müddet buralıyız.. Haydi arkadaşlar, herkes abdestini almıştı değil mi?.. İkindi namazı geçiyor, haydi çabuk olun...

Gençler ranzadaki battaniyelerden kıbleye doğru yere sererek, başlarına takkelerini geçirip, hep birlikte cemaat halinde namaza durdular. Nusret ve koğuştaki bütün mahkumlar, bu manzara karşısında şaşırmışlardı. Nusret'le biraz evvel konuşan genç mahkum, ranzasından sarkarak Nusret'e seslendi:

- Heyt gözünü sevdiğimin ağabeysi be! Namaz kılıyorsun diye, aramızda sana «hoca» ismi takmıştık. Şu işe bak... koğuş baştan başa hoca doldu...

Nusret bir yandan:

- İyi ya kardeşim, daha ne istiyorsun, koğuş hoca değil, nur doldu nur...

Diyerek ona cevap yetiştirirken bir yandan da takkesini başına geçirerek imanlı gençlerin saflarına doğru ilerlemekteydi. Gençler, onu da takkeyle aralarında görünce çok memnun olmuşlardı. Büyük bir huşu içinde cemaatle namazlarını kıldılar.

Koğuştaki bütün mahkumlar, bu ulvi manzara karşısında seslerini kesmişler, hayran hayran onları seyretmekteydiler.

Gençler, battaniyeleri dürüp, tekrar yerlerine döndüklerinde mahkumlar birer ikişer etraflarını çevrelemeye ve sual üzerine sual yağdırmaya başladılar. İçlerinde yaşca en büyük olan ve isminin Hamdi olduğunu söyleyen esmer bir genç cevaplandırıyordu ekseri soruları.. Anlattıkları başta Nusret olmak üzere hepsini de hayretler içinde bırakacak mahiyetteydi:

- Biz herbirimiz ayrı bir branşta okuyan üniversiteli talebeleriz. Maneviyat ve ahlak bozukluğunun son hızla geliştiği memleketimizde imanlı atalarımıza layık evlatlar olarak vatana, millete ve dinimize faideli şekilde yetişmek gayesiyle kendimizi, derslerimizin yanı sıra imanı hakikatleri de okuyup, tetkik ederek yetiştirmek istiyoruz. Nitekim bu gayeyle haftada bir kaç gün aramızda toplanmakta, İslâmi ve imani hakikatleri neşreden eserleri okuyarak, bilgi ve imanımızı kuvvetlendirmeye çalışmaktayız. Dün gece de bizim evde biraraya gelmiş, birimiz kitap okuyor, diğerlerimiz dinliyorduk. Birden kapı şiddetle çalınmaya başladı. Kapıyı açtığımızda üç dört silahlı polisle, iki sivil memur içeri doluştular ve: « Kanun namına sizi tevkif ediyoruz. Toplanın, bizimle beraber emniyete geleceksiniz.» dediler. Hepimiz şaşırmıştık tabii. Ben sordum: «Peki ama bizim suçumuz ne?

Gördüğünüz gibi burada arkadaşlarla birlikte kitap okuyorduk.» Polislerden biri elimizdeki kitabı alıp, bazı sahifelerinden okumaya başladı. Sonra hayretle başını sallayarak.. «Allah Allah, dedi. Allah'dan, imandan, dinden bahseden kitaplar bunlar. Fakat mecburuz sizi götürmeye kardeşim. Çünkü hakkınızda ihbar var.» Biz, hiç bir korkumuz olmadığı için mütebessim çehrelerle polislerin peşine takıldık ve emniyete geldik. Bir sürü sorgudan sonra dün geceyi ve bu ana kadar geçen saatleri nezarethanede geçirdik.

Nusret, Hamdi'nin sözünü keserek:

- Peki, dedi. Bu okuduğunuz kitaplar kanunen yasaklanmış kitaplarmıydı ki sizi tevkif ettiler?

- Yok ağabeyciğim, katiyyen. Her ne kadar bazılarınca öyle gibi gösterilmek isteniyorsa da, okuduğumuz bu İslâmi eserler, yüzlerce mahkeme kararıyla üniversitelerde ders olarak okutulmaya layık faideli eserler olarak vasıflandırılmış bulunmakta.

Hamdi'nin bu izahı karşısında ortalığa derin bir sesizlik çöktü bir an.. Sonra mahkumlardan biri avazı çıktığı kadar bir şarkı söylemeye başladı:

- Adaletin bu mu dünya, adaletin bu mu dünya?..

Yanık sesli mahkuma uzun uzun baktıktan sonra Nusret:

- Evet kardeşim ya, dedi... Dünyanın adaleti budur işte... Gerçek adalet sahibi olan Allah-ü Tealâ ise her şeyi ve bütün adaletsizlikleri görücü ve bilicidir. Onun adaletine sığınmak kadar güzel bir şey tasavvur edemiyorum.

Konuşmalar bu minval üzere geç saatlere kadar devam etti. Belâlı diye tabir ettikleri en azgınları da dahil olmak üzere bütün mahkumlar bu yüzleri nurlu, kalbleri imanlı gençleri sevmişler ve onlara hürmet yarışına girmişlerdi adeta.

Nusret, Hamdi ve arkadaşlarıyla konuştukça onların hangi kitapları okuduklarını, bu imani eserlerin hangi eserler olduğunu anlamıştı. Evet, babasının gençliğinden beri okuyageldiği, kendisinin de aklının erdiği günden bu yana elinden düşürmediği ve baba-oğul her ikisini de tahkiki bir imana sahip kılan eserler, bu eserlerdi işte.. Okuyanları yüksek iman, ahlak, fazilet ve şeciye sahibi eden böylesine kıymetli eserleri okumak nasıl suç olabilir, yüzlerce mahkemenin beraat kararı verdiği ve faideli bulduğu bu kıymetli eserleri okuyanlar, büyük bir cürüm işlemişcesine adi suçlular gibi nasıl tevkif edilir, hapishane köşelerinde hangi hakla inletilirlerdi? Hayret ve binlerce esef!..

Bunu takibeden günlerde, hapishanede Nusret'in en büyük teselli kaynağı Hamdi ve arkadaşları olmuştu... Birlikte oturup kalkıyorlar, birlikte yeyip içiyorlar, birlikte namaz kılıyorlar ve vakitlerinin çoğunu memleketin ahlaki ve manevi durumu hakkındaki görüşlerini aksetiren sohbetlerle, çeşitli dini eserler okumakla değerlendiriyorlardı. Bir kaç gün ara ile diğer mahkumlardan birer - ikişer kişi aralarına katılıyor, dinledikleri hakikatler karşısında gafletten uyanarak, geçmiş hayatlarındaki günahlarına tövbe edip, namaza başlıyorlardı.

Nusret, yeni edindiği genç arkadaşları arasında nasıl geçtiğini anlıyamadığı on beş gün içinde bir kaç defa Dr. Nâzım'la, kayınvalidesi ve Hilâl'le görüşmüştü. Ziyaret günlerini ve saatlerini adeta iple çeken genç adam, manialı bir şekilde de olsa, çok sevdiği bu insanlarla ziyaret mahallinde karşı karşıya gelince sevinç ve heyecanından konuşacağı şeyleri dahi şaşırmaktaydı.

Ne varki, anne kızla, doktor Nâzım'ın durumları da onunkinden pek farklı sayılmazdı. On beş gündür ellerinden bir şey gelememenin üzüntü ve ızdırabı içinde kıvranan bu üç can insan, Nusret'in içerdeki hayatının rahatlığını kendi ağzından işitmeseler, şüphesiz büsbütün perişan olacaklardı. Hele onun, koğuşunda kafasına denk, imanlı gençlerle çok güzel ve çok faideli saatler geçirdiğini öğrenmekle hepsinin de yüreğine su serpilmişti.

Fakat içerdeki olsun, dışardaki olsun, her iki taraf şunu çok iyi biliyorlardı ki, dört duvar arasında geçen günler ne kadar cazip olsa da, dışarda hür ve açık bir alınla dolaşmak nimetine asla benzememekteydi. Alnındaki bu koca lekeden kurtulmak, ancak Nusret'in masumiyeti anlaşılarak buradan kurtulmasıyla mümkün olabilecekti.. Böyle bir kurtuluş ise kimbilir ne zaman ve ne şekilde tahakkuk edecekti. Şimdilik her iki taraf için de sabırla beklemekten başka yapacak iş yoktu.

Nusret, Hilâl'in bu on beş gün içinde farkedilir şekilde süzülüp zayıfladığını görerek içi burkuldu. Ne kadar belli etmek istemiyor ve kendisini telliye çalışıyorsa da genç kız, demek bu meseleye için için ciddi şekilde üzülmekteydi. Ah... ne olurdu onun yüzünü tekrar eski canlılığına, eski sıhhat ve rengine kavuşturacak imkana sahip olabilseydi. Şu anda hür olsaydı, bu uğurda canını dahi feda etmekte tereddüt etmezdi genç adam. Ama İlâhi takdir... Onu değiştirmek, onu yıkıp geçmek mümkün müydü?..

Nihayet mevkufiyetinin yirmi sekizinci günü mahkemenin ilk celse tarihini öğrenebilmesi kabil oldu. Dava on gün sonraki Çarşamba günü görülecekti.. Kendini kurtararak, temize çıkmasını sağlıyacak hiç bir delile sahip olmadığı için daha şimdiden garib ve büyük bir heyecan duymaya başlamıştı genç adam. Müfteriler her şeyi kendi lehlerine, onun aleyhine olacak tarzda öyle güzel hazırlamışlardı, ifadelerini bütün ısrar ve baskılara rağmen o kadar usta bir cambazlıkla vermişlerdi ki... Elebaşlarını meydana çıkardıkları takdirde, bu hareketlerinin cezasını hayatlarıyla ödiyeceklerini biliyor olmalıydılar adamlar. Fakat bütün bunların neticesi, olan Nusret'e olmuştu.. Durup dururken, ansızın bilmediği çetenin elebaşısı, idarecisi durumuna düşürülmek, ona pek ağır gelmekteydi.

Üzülmemek ve sabretmek hususundaki bütün gayretlerine rağmen, zaman zaman düşündükçe çıldıracak gibi oluyordu genç adam. Anasız, yetim olarak büyüdüğü halde, analı babalı, yetişmiş çocuklardan çok üstün bir terbiyeyle yetişip en uzun, en çileli tahsil hayatını, en yüksek derecelerle üstün muvaffakiyetlerle bitirip, koskoca bir «doktor» diplomasıyla hayata atılsın, büyük ve tanınmış bir firmanın en yüksek makamında vazife alıp, alnının akıyla, şeref ve haysiteyle dürüst ve ciddi şekilde çalışmaya başlasın da.. Sonunda ne olduğunu anlıyamadan, hem de böylesine çirkin, yüz kızartıcı bir isnad ve iftira ile, alnına çok zor sileceği koca ve yağlı bir kara sürülerek yaka paça hapishanelere atılsın.. Dünya evine girip, yuvasında mesut saatler geçireceği bir sırada yeri, hissiz ve duygusuz, sağır hapishane duvarlarının, soğuk demir parmaklıkların ardı olsun... Olacak şey miydi bu?. Ama istese de, istemese de olmuştu işte neticede... Bütün mesele bu hali olduranda idi... Bu ise kader-i İlâhiyeden başka bir şey değildi. O halde suçu ona mı yüklemeliydi? Hâşâ! Zira okuduğu imani eserler ona o dersi vermişti ki: «Kader-i İlâhi tenkid edilmez. Kaderi tenkid eden, başını örse vurur, kırar!»

Bu düşünce, bu hakikat eseri ihtar, her seferinde onun aklını başına getiren, en müessir ilaçtı bir nevi. Bu ihtarla dağınık, perişan düşünceleri bir araya topluyor sabır ve tevekkül silahlarına yeniden sarılıp, huzur ve sükuna yeniden kavuşuyordu genç adam.

O gün, her zamanki gibi yatsı namazlarını cemaatle kılmışlar, bir müddet çeşitli mevzularda sohbet ettikten sonra her biri kendi ranzasına çekilmiş, his ve düşünceleriyle baş başa kalmışlardı. Hapishanenin en hüzünlü saatleri de bu saatlerdi.. Her mahkum, dert ve ızdırablarıyla o saatlerde en çok başbaşa kalır, dertler ve ızdırablar en çok bu saatlerde depreşirdi.. En içli şiirlerin mırıldandığı, en hazin şarkı, türkü ve uzun havaların çalınıp yanık yanık söylendiği saatler de bu saatlerdi.

Nusret de diğerleri gibi, uzandığı ranzasında derin düşünceler içine dalıp gitmişti. Sesinin güzelliğiyle tanınan ve koğuşta «Bülbül Hasan» namıyla anılan kız kaçırmaktan hükümlü genç bir mahkum, sazının tellerini dertli dertli titreterek, hazin ve ağlamaklı sesiyle bir kapalı dünya türküsü tutturmuş, söylüyor inliyor, inliyor söylüyordu:

Mahpushane çeşmesi
Yandan akıyor yandan,
Mahpusluk bir şey değil,
Ayrılık var bir yandan.
Ben verem oldum yar, yar anam!

Koğuşta herkesten ayrı bir «ah!» ayrı bir «of!» sesi yükseliyor, derin derin iç çekmelerin ardından yaşaran gözler, ayrılık hasretinin acısıyla yüklü olduğu halde, kalın taş duvarları, iri demir kapıları delercesine uzaklara, çok uzaklara dalıp gidiyordu.

Diğer taraftan Feyzâ ile Hilâl, hayatlarının belki en sıkıntılı, en üzüntülü günlerini yaşamaktaydılar. Her ne kadar doktor Nâzım, onları sık sık yokluyor ve teselli ediyorsa da, Nusret'i kurtaracak en küçük bir ip ucunun polisce ele geçirilememiş olması, anne-kızı perişan ediyordu.

Feyzâ, geceleri yatağında yalnız kaldığı zamanlar sabahlara kadar düşünüyor, düşünüyor, damadını kurtarmak için elinden hiç bir şey gelememenin çaresizliği içinde çırpınıyordu Hele Hilâl'in günden güne eriyişi, solup sararışı, dertli anneyi büsbütün dertlendirmekte, seccadesinin üzerinde bazen saatlerce, kendilerini selamete çıkarması için Allah'a (C.C.) dualar etmekteydi Feyzâ.

Yoksa kızının kaderi de kendisininkine mi benziyecekti? Onun da mı seven kalbi hüsrana uğrıyacak, sevdiğiyle birleşmesi nasib olmayacakmıydı? Bunun düşüncesi dahi Feyzâ'yı ruhen alt üst etmeye yetiyordu. Dualarında ağlıyarak: «Allahım, diyordu.. Benim kavuşamadığım saadeti evladımdan esirgeme... Benim çektiğim çile ve ızdırabları masum yavruma, biricik kızıma çektirme... Feyzâ ile Bilâl'in akibetlerine düşürme onları Ya Rabbim!..»

Nihayet mahkeme gününe bir hafta kalmıştı.. Son hadde varan heyecanlarını bastırmak için anne-kız büyük gayret sarfediyorlar, üzüntü ve ızdırablarını birbirlerinden gizlemeye çalışırlarken yorgun düşüyorlardı.

Doktor Nâzım'dan sonra yegane dert ortakları Hatice teyzesiydi... Selim'in yanına girdikten sonra verdiği sözde durarak ayağını kesmeyip, ara sıra ziyaretlerine gelen yaşlı kadın, Feyzâ'ya dadısını aratmıyacak kadar yakınlık göstermekte, nasihat ve telkinleriyle ona yol gösterici olmaktaydı.

O gün, hiç bir zaman duymadığı şiddetle çalınan kapıyı heyecanla açan Feyzâ, karşısında soluk soluğa kalmış Hatice teyzeyi görünce şaşırdı. Kadın, buyur edilmeyi beklemeden, Feyzâ'nın yanından hızla geçip, kendini bir solukta içeriye divanın üzerine atıverdi. Feyzâ da, Hilâl de onun bu haline hayret etmişlerdi. Elini öpmek istediklerinde yaşlı kadın nefes nefese:

- Bırakın şimdi el öpme filan faslını da, beni dinleyin, dedi. Çok... ama çok mühim anlatacaklarım var.

Feyzâ, heyecan ve merakla onun yanına oturarak sordu:

- Hayırdır inşaallah Hatice teyzem. Neymiş o mühim olan?

- Mühim de söz mü kızım, mühim de söz mü? Büyük Mevlam nelere kadir değil ki.. Polis fertik fertik çetenin elebaşısını araya dursun... Onu ben buldum, ben anlıyor musun kızım?..

- Neler söylüyorsun sen Hatice teyze?

- Dur kızım, dur... öyle bakma.. Aklımı filan kaçırmadım vallahi... Hakikatten bahsediyorum. Masum Nusretciği yakan esrar şebekesinin hakiki elebaşısını buldum, inan mıyor musun?

- Öldüreceksin bizi meraktan teyzeciğim, ne olur anlat, kim bu söylediğin?

Hilâl de heyecanla yaşlı kadının önünde diz çökmüş, yalvarıyordu:

- Kuzum Hatice teyzem, sahi mi?.. Kim bu adam, nerede şimdi?..

Hatice teyze, bir an soluk aldıktan sonra, nefret ve öfkeyle kısılan gözlerini, Feyzâ'nın gözleri içine dikti:

- Kim bu adam, öyle mi?.. Kim olacak koca domuz, senin o sahtekar, adi kocan anladın mı şimdi?..

Hilâl, adeta katılmış, Feyzâ ağzından çıkan hayret dolu çığlığa mani olamamıştı:

- Ne diyorsun Hatice teyze?.. Yani Selim mi çetenin başkanı?

- Selim denen o alçak ya!.. Karısını kızını bedbaht ettiği yetişmiyormuş gibi, şimdi de insafsızca damadını yakacak.

- Peki bu çeteyle Selim'in alakası olduğunu sen nereden öğrendin?

- Rabbim nelere kadir değil, demedim mi sana kızım?.. Sen yeter ki O'nun yolunda ol.. dileğini O'ndan dile.. Bu sabah telefonla konuşurken kulağıma çarptı.. Onun ne düzenbaz herif olduğunu, ne karanlık işler çevirdiğini bildiğimden, yine onlardan biri diyerek, önce oralı olmadım, işime baktım. Fakat konuşma arasında bir kahkaha basıp da, karşısındakine; «Desene koskoca SEVAN firması müdürü Nusret bey, bizim yerimize hala kafeste ha?.. Doğrusu şu kamyon şöförü arap Naci ile, o iki fedai aslan iyi bir mükafat hakettiler. Hapiste her ihtiyaçları temin ediliyor değil mi?.. Gözünü seveyim Recai,iyi bakın arslanlarıma tamam mı?..» şeklinde konuşunca gözümü de kulağımı da dört açtım... Zaten Nusret'in ismini işitir işitmez ona görünmeden salona doğru seğirtivermiştim. Şöminenin büyük çıkıntısından beni görmesine imkan olmadığı için konuşulanları rahatlıkla dinledim. Hoş zaten benden çekindiği filan yok adamın. Eşkiya yüzlü arkadaşlarıyla hemen her işini rahatça yanımda konuşuyor.

Feyzâ, duydukları karşısında şaşkına dönmüştü.. Heyecandan onun da. Hilâl'in de bütün vücudu titremekteydi.. Bir müddet sessiz geçtikten sonra, gözleri pencereden çok ötelere dalıp gitmiş olduğu halde, ağır ağır mırıldandı. Sesinde büyük bik eziklik vardı:

- Aman Allah'ım, dedi.. Ne garib bir tecelli... Damadımı kurtarmam, eski kocamı, kızımın babasını ele vermekle mümkün ancak.

Bunları söylerken, yaşaran gözlerini Hilâl'e doğru çevirmişti. Fakat genç kız, annesinin gözlerindeki manadan onun ne demek istediğini anlamıştı. İşte o anda gözlerinde birikip duygulaşan kin ve nefret, çığlıklı bir nefes halinde dudaklarından döküldü:

- Hayır anne.. O benim babam değil... Benim babam, daha ben çok küçükken öldü... Bunu böyle bil ve ona göre hareket et!

Feyzâ, yanaklarından süzülen yaşları kurularken, Hatice teyze de genç kızın sözlerini tasdik ediyordu:

- Doğru söylüyor benim melek kızım. O şerefsiz sahtekar, senin için de, kızın için de öleli nice yıllar oluyor. Haydi, bırak şimdi ağlamayı da, ne yapacağız şimdi, onu düşünüp konuşalım. Benim vaktim az zira.

- Doğru Hatice teyzem, özür dilerim.. Birden çok şaşırdım da... Evet, elimize geçen bu güzel fırsattan istifade etmeliyiz. Bu bize yüce Mevlâ'nın büyük bir lütfu.. Görüyor musun canım teyzeciğim, bütün bunları, senin yeniden Selim'in yanına girmene borçluyuz.. Ya seni ikna edemeseydim de girmeseydin yanına, bunları öğrenebilir miydik?

- Eee... her şeyde bir hayır vardır, kızım.. Sizin de evladım Nusret'in de altın gibi kalbiniz varmış, Allah (C.C.) katında makbul kullarmışsınız ki, Ulu Rabbim «armut piş, ağzıma düş.» dercesine sıçanı hem de burnumuzun dibinde kapana kıstırma imkanını bahşetti bize.

- Peki Hatice teyze, mahkeme gününe çok az kaldı.. Polise veya mahkeme heyetine Selim'in esrar şebekesinin elebaşısı olduğunu neyle isbat edebiliriz ki? Elimizde iddiamızı doğrulayacak hiç bir delil yok. Senin sadece kulaktan duymuş oldukların, resmiyette hiç bir şey ifade etmez ki...

- Ben her zaman söylerim: «Görelim Mevlâm neyler, neylerse güzel eyler.» kızım. Bir yandan yüce Mevlâmıza tevekkül edip bekliyeceğiz, bir yandan da gözümüzü dört açıp, aklımızı kullanıp, elimizde delil olacak bir ipucu yakalamaya çalışacağız elbet. Bizim için en büyük nimet,benim size gelip gittiğimi, daha doğrusu yıllar sonra sizi bulup, sizlerle görüştüğümü Selim'in bilmemesi. Aksi takdirde işimiz harabdır. Çünkü yine telefondaki konuşmalarından anladığıma göre sizin hapishaneye gidip geldiğinizi ve Nusret'le görüştüğünüzü haber alan Selim, Nusret'in kızının nişanlısı olduğunu öğrenmiş. Vicdansız, canavar ruhlu adam, bunu öğrenmekle daha da keyifli. Recai midir nedir, o adama söylediğine göre bir taşla iki kuş vurmuş oluyormuş.

Yıllar sonra da olsa senden intikam almak için bu durum, bulunmaz bir tesadüf, bir nimetmiş haspam için.

Feyzâ'nın boğazı kurumuştu duydukları karşısında. Güçlükle yutkunarak:

- Ya... dedi, demek benden intikam almayı, öz kızının saadetinden üstün tutabiliyor. Bilirdim ama, onun bu derece adi ve alçak olduğunu bilemezdim. Bak Hatice teyze, öz kızına insaf etmeyene insaf edilmez.. Gözünü seveyim bir şeyler yap. Hiç hissettirmeden onu sıkı bir şekilde göz hapsinde bulundurmalısın. Kiminle ne konuşma yaparsa, en küçük nüansını kaçırmadan dinlemelisin.

Sonra birden aklına gelmişcesine bir an durdu ve gözleri parlayarak:

- Buldum teyzeciğim, buldum dedi. Bak dinle şimdi beni... Kızın için büyük bir fedakarlığa katlanmak icabedecek. Belki biraz tehlikeli de senin için... Bilmem göze alabilirmisin?

- Ağzında geveleme de, şöyle şunun ne olduğunu.. Senin için yapmıyacağım şey yoktur, kaç kere söyledim bunu. Bana gelince, ben ununu elemiş, eleğini duvara asmış bir kadınım. Bir ayağım da çukurda üstelik. Hayatta tek sakat evladımın sağlık ve sıhhatinden başka dileğim, beklediğim yok. Sen benim için gam yeme, çekinme söyle neyse düşündüğün.

- Ah... seni karşıma çıkaran Rabbim ne büyük. Allah (C.C.) ne muradın varsa versin, canım teyzem. Dinle öyleyse... Evde küçük bir ses alma cihazı, yani teyp filan var mı?

- Var, ne olacak?

- Güzel.. Ama ya Selim'e lazım olursa bu sıralarda?

- Merak etme.. İki tane teyp var evde.. Çok güzel, yeni bir teyp aldı Selim. Onu aldığından beri de eskisinin pabucu dama atıldı. Anlıyacağın onu artık kullanmıyor. Konuşmalarını teybe mi alacağım yoksa?.

- Evet Hatice teyze.. Hem yalnız eve gelenlerle yaptığı konuşmaları değil.

- Ya başka!

- Telefon konuşmalarını da alacaksın teybe. Başka odada yine paralel bir diğer telefon daha var değil mi?

- Var, yatak odasında, bir de salonda..

- İyi işte... Sen teybi her an ses almaya hazır vaziyette tutarsın. O salonda telefonla konuşurken, sen yatak odasındaki telefonu açıp, mikrofonu ahizeye tutar. O, konuşmaları alırsın. Yatak odasından konuşursa, sen de salondaki telefona geçersin, tamam mı?

- Hay aklınla bin yaşa sen kızım. Nasıl olsa yatak odasıyla salon arasındaki mesafe bir hayli uzak birbirine. İşim böylece daha kolaylaşmış oluyor. Ah... ne kadar sevindim bir bilsen.. Ne yapabilirim, bu insanları içinde bulundukları bu sıkıntıdan nasıl kurtarabilirim diye günlerdir düşünüyor, elimden bir şey gelememenin üzüntüsüyle bir türlü gözüme uyku girmiyordu. Mevlâm nihayet size yardım etmek imkanını çıkarttı önüme.

* * *

Aradan beş-altı gün geçmiş, mahkeme gününe dört beş gün kalmıştı. Feyzâ ile Hilâl dört gözle Hatice teyzenin yollarını gözetler olmuşlardı. Meseleyi bütün teferruatıyla doktor Nâzım'a da anlatmışlardı. Dr. Nâzım önce derhal durumu polise ihbar etmeyi düşünmüş, fakat Feyzâ'nın kati bir delil elde etmeden böyle bir harekete kalkışmanın âleyhte netice verebileceğini söylemesi üzerine ona hak vererek, sabredip beklemeyi o da uygun bulmuştu.

Nihayet, ana-kızın pencerede ümit ve sabırsızlıkla yol gözleyen gözleri aynı anda parladı. İşte, elinde sımsıkı kavradığı bir paketle Hatice teyze, adeta koşarcasına geliyordu. Hilâl, yerinden fırlıyarak rüzgar hızıyla kapıya koştu. Feyzâ'da arkasından kalbini bastıra bastıra gitti kapıya. Hatice teyze, onları elleri ayakları heyecanla titrer vaziyette kapı eşiğinde görünce gözleri dolu dolu oldu. Ama bir yandan da yüzü gülüyordu. Bir yandan ayakkabılarını çıkarıp içeri girmeye bakarken, bir yandan da elindeki paketi işaret etmekteydi:

- Bilin bakalım bu elimdeki ne?.. Hepimiz için dünya hazinelerine bedel bu paketin içindeki nesne anladınız mı?.. Haydi, şaşkın şaşkın bakıp durmayın öyle. Girin içeriye de müjdemi verin bakalım.

Anne-kız kulaklarına inanamıyorlardı.. Hatice teyzenin müjde dediği şey, günlerdir dualarla bekledikleri o kurtarıcı haber değil miydi? Odaya girdikleri zaman bu defa onlar el öpmeyi filan unuttular ve Hatice teyzenin elindekini kaparcasına alıp, titreyen parmaklarıyla paketin kağıtlarını açmaya başladılar. Yanılmamışlardı. Paketin içinden çıkan küçük ve pilli bir teypti.

Hatice teyze:

- Durun, durun dedi... Ben açayım da dinleyin... Allah bir insana yardım ederse, ancak bu kadar eder. Bir kaç gündür bir bahane uydurarak eve gitmiyor, geceleri de köşkte yatıyordum. Bizim oğlanı bir müddet için çok sevdiğim samimi bir komşuma emanet ettim. Nihayet dün gece geç saatte beklediğim fırsat geçti elime. Selim, gece yarısı kadınlı erkekli kalabalık bir gurupla bir eğlence yerinden dönmüştü besbelli.. Kendisine evine kadar refakat eden arkadaşlarına kapıdan veda ederek içeri girince, doğru yatak odasına gitti. Benden viski midir nedir, o zıkkımdan istedi. Sonra «iyi geceler» diyerek kapısını kapattı. Ben her an kulağım telefonda olduğu için, numaraların çevrildiğini duyar duymaz teybe bastım ve çalıştırdım. Sonra yavaşça ahizeyi kaldırıp, mikrofona tuttum. Gerisi teypte, açayım da dinleyin.

Feyzâ ve Hilâl, bu kadarını bile zor dinlemişlerdi. İkisi de meraktan tükenmişti. Nitekim Hilâl daha fazla dayanamadı:

- Çabuk, çabuk biricik teyzeciğim... Ah, öleceğim meraktan neredeyse.

Ve teyp çalışmaya, bant dönmeye başladı. Odayı dolduran Selim'in sesiyle, Feyzâ'nın sırtından buz gibi bir ter boşandı. Ses gayet net ve güzel geçmişti banta:

«- Alo?. Neco sen misin?.. İşler nasıl, yolunda mı?

«- Her şey tıkırında patron, merak etme.

«- Hiç bir parazit yok ya?.. Mallar hazırlanıyor mu?

«- Parazit yok olmasına yok ama patron, biliyorsun şu belalı aksilikten sonra polis işi çok sıkı tutuyor. Nerdeyse nefes alamıyacak durumdayız. Bu durumda faaliyet göstermek bana kalırsa delilik.

«- Ya ne olacak peki, pinekleyip duracak mıyız?

«- Nasılsa bu bir günlük iş patron. En iyisi paçayı ele vermemek için bir kaç gün bekliyelim diyorum. Bak parlak bir fikrim var.

«- Söyle Neco..

«- Nasılsa mahkeme gününe şurada üç-dört gün kaldı. O gün mahkeme olduğu için kimse, yani polis-molis bu işle uğraşmaz. Tam davanın görüleceği saatlerde, yani sabah saat on buçukla, öğleden sonra iki arasında biz de burada rahatlıkla işimizi hallederiz. Ha ne dersin?

«- Ne diyeceğim aslanım? Yuvarlak kafada sivri zeka... Şakayı bir yana bırak, isabetli bir düşünce Neco... Peki, yer meselesini ne yaptınız?

«- O da tamam patron. Orayı boşalttık... Bu yeni yer, tam bizim için biçilmiş kaftan. Üstelik tam istediğin gibi bodrum katı da...

«- Oh... oh ala... Ver şu adresi bana..

«- Kasımpaşa...

«- Dur dur, kağıt kalem çıkarayım yahu.. Ha.. evet, şimdi söyle bakalım.. Kasımpaşa?..

«- Gülveren sokak. Yetmişbeş taksim bir.. Tam köşede eczane var patron, eczanenin sokağı.

«- Tamam anladık.. Ben Çaramba günü sabah saat on dedi mi damlıyacağım oraya. Hiç bir aksaklık kabul etmem. Saat ikiye kadar da başınızdan ayrılmıyacağım haberiniz olsun. Topal Kadri'yle Mehmed'e de söyle, tam vaktinde bulunsunlar. Yoksa topunu yok ederim anladın mı?

«- Tamam patron. Başka bir emrin?..

«- Yok başka bir şey.. Recai kafestekileri iyi besliyor değil mi?

«- Sen merak etme dedik patron. Krallar gibi yaşıyorlar bizim fedailer. Söylediklerine göre kafesteki bay müdürün keyfi de pek yerindeymiş. Kaynanası ve nişanlısı ziyarete geldiğinde: «Allah doğrunun yardımcısıdır. Ben ümitliyim. Göreceksiniz, çok kısa zamanda adalet tecelli edecek ve kurtulacağım buradan.» deyip zırvalıyormuş.

«- Ha... ha... ha... haaa!... Hey gidi hayalperest damat bey hey!... Kur bakalım kurabildiğin kadar hayal. O kız sana yar olmayacak. Anası denen o musibet de kahrından çatlayıp, bana baş eğmemenin cezasını çekecek... İşte böyle Necocuğum, bizim kafesteki aslanlar değil mi ki ağızlarına kilit vurmuşlar, bizim başımız selamette demektir. Damat müdür bey de kurtuluş hayalleriyle avunadursun. Biz nasılsa malları elden çıkarır çıkarmaz, kapağı Avrupa'ya atacağız,değil mi? Haydi eyvallah, Çarşamba'ya görüşmek üzere oğlum»

«- Güle güle patron, iyi geceler.»

Banttaki konuşma burada bitiyordu. Dinlerlerken Feyzâ'nın da, Hilâl'in de yüzleri sapsarı olmuştu. Teybi kapattıktan sonra düşünceli düşünceli başını sallıyarak kendi kendine konuşurcasına:

- Ya... demek böyle Selim beyefendi, dedi... Sen belki şeytanı kavanoza sokacak kadar zeki ve kurnaz zannediyorsun kendini.. Onun için bu kadar güven duyuorsun. Fakat senden daha zeki ve akıllıların da olabileceğini düşünemiyorsun. Bunu ancak kafese nasıl kısıldığını gözlerimle gördükten sonra anlıyacaksın. Seni evlat katili, vicdansız sadist adam seni...

Hatice teyze, onun fenalaştığını görünce omuzundan tutarak sarsmaya başladı:

- Hey, kendine gel bakiyim, ne oluyorsun öyle? Ben sana bandı sevinesin diye getirdim, toparlan biraz da söyle bana... Şimdi ne yapmak niyetindesin?

Feyzâ, yaşlı kadının haklı ikazıyla kendine gelmişti. Minnet ve şükranla onun gözlerine bakarak konuştu:

- Sana bu büyük iyiliğini nasıl ödiyeceğim Hatice teyzem? Söylediğin gibi hakikaten bir hazine bu.. Hemen polise götürüp dinletsek diyorum ama, bu neye yarar ki? Konuşmalarına göre mahkeme gününden evvel her hangi bir faaliyetleri olmıyacak. Şu halde ancak mahkeme günü onları suç üstü yakalamak mümkün. Senden hiç bir şey şüphelenmedi değil mi?..

- Yok canım.. Beni o kadar işinde gücünde, hiç bir şey anlamaz bir kadın olarak görüyor ki, zerrece çekindiği filan yok..

- İyi, bu çok iyi işte...

- Neyse, bana müsaade kızım... Pazara diye bahaneyle çıkmıştım.. Gecikmiyeyim.. Yalnız sen her ihtimale karşı banttakileri bir başka teybe al da, bakarsın lazım olmaz olmaz da, ansızın olacağı tutar, isteyiverir teybi.. İyisi mi başımız sağlam olsun.

- Sen merak etme canım teyzem, ben bu gün bir başka banda aktarırım bunları. Yarın gel al.. Allah razı olsun, bir ömür boyu minnettar kalacağız sana.

Hatice teyzeyi geçirdikten sonra Feyzâ, teybi alarak kızıyla birlikte Doktor Nâzım'ın kliniğine gitti. Selim'in telefon konuşmasını ona da dinlettiler.. Babacan adam öylesine sevinçliydi ki, memnuniyetinden adeta kabına sığamıyordu:

- Nusret'im, altın kalbli yavrum benim, sabret, diyordu.. Çok değil bir kaç gün daha sabret... Ap ak alnınla bak nasıl kurtulacaksın bu işten...

Meseleyi mahkeme gününden evvel Nusret'e açmamaya karar verdiler. Ne olur ne olmaz,belki bir aksilik olur, diye düşünüyorlardı.

Boş bir odada, banttaki konuşmaları doktor Nâzım'ın teybiyle başka kasete çektiler. Hatice teyzeye teybini verecekler, bu teyp Feyzâ'da kalacaktı. Ayrıca nasıl hareket etmeleri icabettiğini de birlikte kararlaştırdılar: Feyzâ, hemen ertesi günü davayı görecek mahkeme heyetine bir dilekçe vererek, Nusret lehinde kendisinin ve Hatice teyzenin şahitlik yapmak istediklerini bildirecekti.

Ve, öyle de yaptı.

* * *

Nihayet beklenilen gün...

Feyzâ, Hilâl, doktor Nâzım ve Hatice teyze, mahkeme saatinden yarım saat evvel, daha saat onda gelmişlerdi adliyeye.

Gazeteler bir gün evvel, Nusret'in resimlerini yeniden basıp, haberini yenileyerek mahkemenin bugün olacağını bildirdiğinden, davanın görüleceği mahkeme kapısının önü, büyük bir meraklılar kitlesiyle doluydu. Birkaç gazeteci, en iyi resmi çekip, gazetelerine en iyi ve orjinal haberi vermek için birbirleriyle rekabet halinde, sık sık saatlerine bakarak sabırsızlanıyorlardı.

Feyzâ, Hilâl, Nazım bey ve Hatice teyzedeki heyecan da sonsuzdu. Kalın bir kağıda sayla sarılmış olan küçük teyp, Hatice teyzenin elinde duruyordu.

Saat on buçuk olmuş, beklenilen an gelmişti.. İşte Nusret de, elleri kelepçeli olduğu halde yanında kamyon şoförü ve diğer iki sanıkla karşıdan geniş adliye koridorundan silahlı jandarmalar arasında geliyordu. Başta Hilâl, Feyzâ ve yanlarındaki candan dostları olduğu halde bütün başlar bir anda o tarafa dönmüştü. Gazeteciler de harekete geçmiş, flaşların biri yanıp, biri sönmeye başlamıştı.

Nusret, sanki bir sanık değil de, mahkemeye müdafaaya giren bir avukat gibi başı dimdik, sakin ve vakur bir şekilde kapının önüne doğru ilerlemekteydi. Karşısında birden aşina çehreleri, Hilâl'i, kayınvalidesini ve Nâzım ağabeysini görünce elinde olmadan bir tuhaf oldu. O ana kadar dimdik olan başı gayri ihtiyari önüne düştü, duru gözleri bulanıverdi. Ne kadar kendinden emin olursa olsun ve bu sevgili insanlar kendisinin masumiyetine ne kadar inanırlarsa inansınlar, onların karşısında jandarmalar arasında, bir cani, bir hırsız, bir ırz düşmanı veya azılı bir gangster, bir casus gibi elleri kelepçeli bulunmak, birden çok ağır gelmişti genç adama. Kendini tutmasa, hislerine hakim olmasa neredeyse ağlıyacaktı.

Bu halet-i ruhiye içinde karşı karşıya geldiklerinde bir an hiç bir şey söyliyemediler birbirlerine. Sonra Nusret toparlandı ve Feyzâ'ya hitaben:

- Niçin geldiniz buraya anne? Dedi... Hilâl'i niçin getirdiniz? Bu halimi görmeye mi?

Feyzâ gözlerine hücum eden yaşları kalbine akıtarak:

- Gelmemiz icabettiği için buradayız yavrum, dedi. Haline gelince, haksız yere iftiraya uğramış şerefli bir insansın her halin mükemmeldir. Şunu bil ki, sen bizim nazarımızda her zaman aynı değerdeki eski Nusret'sin...

Bu anda beklenmedik bir şey oldu. Nusret'in gözleri aniden iri iri açılmış ve arkaları giriş kapısına dönük olan Feyzâ ve Hilâl'in omuzları arasından genç adam sabit nazarlarla karşıya doğru bakmaya, inanamayan gözlerle bakmaya başlamıştı. Sonra birden yüksek sesle ve heyecanla haykırdı:

- Baba... babacığım!...

Aynı anda bu haykırışa dolgun bir erkek sesi:

- Yavrum... Nusret'im benim!...

Diye cevap vermekteydi.

Feyzâ, Hilâl ve doktor Nâzım, bir anda arkalarına döndüler. Ve aynı anda Feyzâ'nın acı bir iniltiyi andıran hayret dolu sesi duyuldu koridorda:

- Bilâl!

Karşı karşıya geldiği kır saçlı adam da heyecanına hakim olamamıştı:

- Feyzâ!... Sen...

Herkes derin bir şaşkınlık, sonsuz bir merak içindeydi. Hilâl ve Nusret, bir an bunun manasını birbirlerinden sormak istercesine bakıştılar. Fakat ikisinin de gözlerinden, hiç bir şeyden haberi olmayanların durgun ve şaşkın ifadesinden başka bir şey okunmuyordu. Yalnız doktor Nâzım, meseleye derhal intikal etmiş gibiydi. Demek Bilâl'in, bu en can arkadaşının ömür boyu delicesine sevdiği o müstesna kadın Feyzâ'dan başkası değildi.

Feyzâ ile Bilâl, etraflarındakileri unutmuşcasına bir an adeta taşlaşmış gibi kaskatı karşı karşıya durdular, gözleri derin bir hayret ve şaşkınlıkla birbirine çivilenmişti adeta.

Nihayet Nusret dayanamadı ve sordu:

- Babamı önceden tanıyor muydunuz siz anne?..

Feyzâ, damadına doğru döndü... Tam ağzını açıp bir şeyler söyliyecekti ki, birden mübaşirin gür sesi kulaklarının dibinde çınladı:

- Nusret Yalçın... Naci Toprak, Selami, Gürbüz... Ahmet Kırmacı!...

Nusret, sualinin cevabını alamadan, zihni bir sürü birbirini tutmayan düşüncelerle yüklü olduğu halde yanındaki diğer sanıklar ve jandarmalarla mahkeme kapısından içeriye girdi. Dışardaki meraklılar ve gazeteciler de telaşla doluşmuşlardı içeriye. Şu anda konuşacakları zaman olmadığından, duruşmayı takip için onların da içeriye girmesi icabediyordu.

Doktor Nâzım, Nusret'in Feyzâ'ya «anne» diye hitabettiğini düşünen Bilâl'i kolundan çekerek:

- Haydi azizim, bırak şimdi şaşkınlığı da biz de girelim içeriye.. Kızım Hilâl, sen de haydi...

- Peki ya Feyzâ hanım?

Diye sordu Bilâl. Doktor Nâzım bir çırpıda onu da izah ediverdi:

- Feyzâ hanımefendinin, Hatice teyzesiyle birlikte şahitliği var, onun için o şimdi giremiyecek azizim.

Ve üçü birlikte girdiler içeriye...

Bilâl'in zihni karma karışıktı. Avrupa'da bulunduğundan, oğlunun tevkif haberini daha önceden haber almamıştı.. Dün, çıkan gazeteleri okuyan bir arkadaşı, hemen kendisine kötü haberi telefonla haber vermiş, o da çılgın gibi, ne yaptığını bilmez halde derhal uçağa atlayıp gelmişti mahkemede bulunmak ve oğlunu görmek için. Aklı, fikri, ruhu ve beyni zaten bu büyük darbeyle per perişandı.. Üstelik mahkeme koridorunda Feyzâ'yla karşılaşması büsbütün sersemletmişti onu. Sonra, oğlu ona «anne» demişti.. Demek oğlunun deli gibi severek kendisine eş olarak seçtiğini bildirdiği o müstesna genç kız, biricik aşkının, Feyzâ'nın kızıydı..

Feyzâ da çağrılacağı anı beklerken dışarda aynı şeyleri düşünmekteydi..

Nusret ona, ömür boyu temiz hayali ve berrak aşkı ile yaşadığı yegane aşkının, Bilâl'in oğluydu. Demek üzerine titreyerek yetiştirdiği biricik kızı, ilahi kaderin bir tecellisi olarak Bilâl'in oğlu ile evlenecekti... Ve düğün için aylardır Avrupa'dan dönmesi beklenilen baba, demek Bilâl'den başkası değildi.

Nusret ve Hilâl ise, son anda cereyan eden bu enteresan hadise, kendilerine son derece tesir ettiği ve şaşkınlıklarına sebep olduğu halde, bunların hiç birisini düşünecek halde değillerdi. Genç kız, dinleyici mahallinde mahkeme sefahatini pür dikkat ve heyecan, adeta nefes almadan takip ederken, Nusret de jandarmaların arasında, kendisini temize çıkaracak hiç bir delile sahip olamamanın üzüntü ve sıkıntısı içinde kıvranmakta, hele nişanlısının ve babasınının karşısında sanık mevkiinde elleri kelepçeli bulunmaktan büyük bir huzursuzluk duymaktaydı.

Nihayet hakimin bir sualine karşılık ancak şu kadar cevap vermekle yetindi:

- Muhterem Hakim bey. Ne yazık ki karşınızda suçsuzluğumu ispatlayacak ve gerçek suçlunun hüviyetini ortaya serecek hiç bir delilim ve şahidim yok. Şahidim yalnız her şeyi gören ve bilen Allah (C.C.) dır. Ben yalnız ve sadece O'na güveniyor, tahkikatin daha ciddi yürütülmesi neticesi, ilahi adaletin en kısa zamanda lehime tecelli edeceğine inanıyorum. Çünkü masumum. Masumun ahı ise yerde kalmaz efendim!...

Hakim, Nusret'in bu tesirli sözlerinden sonra diğer sanıklara sualler sordu. Hepsi de ağız birliği halinde eski ifadelerini savunuyorlar, direktifi Nusret'ten aldıklarını, her şeyi onun idare ettiğini, esrar şebekesinin başkanının Nusret olduğunu ısrarla ileri sürüyorlardı.

Nihayet hakimin gür sesi salonda çınladı.

- Şahit Feyzâ Tandoğan'ı çağırın!

Aynı anda mübaşirin sesi adliyenin koridorlarında yankılamaktaydı:

- Feyzâ Tandoğan... Şahit Feyzâ Tandoğan!

Feyzâ, içindeki fırtınalara rağmen son derece sakin görünmeyi başararak tanık mevkiine geçerken, Nusret'in hayret ve şaşkınlıktan beyni alt üst olmuştu. Beynindeki sual yağmurlarını dindirmeye imkan yoktu: «Annemin ne işi var o mevkide?.. Onun bu işle ne alakası olabilir? Yoksa sırf beni kurtarmak için tasarladığı bir planı mı var?» Daha fazlasını düşünmeye vakit yoktu. Hakimin formalite kabilinden sorularını müteakip Feyzâ konuşmaya başlamıştı.

Salonda herkes nefes almaktan çekinircesine onun bomba tesiri uyandıracak kadar mühim ve enteresan hakikatlerle dolu anlattıklarını dinliyordu.

Feyzâ, Hatice teyzeyi nasıl tanıdığını, onun yıllar sonra, eski kocası Selim'in yanına nasıl girdiğini, damadının esrar kaçakçılığı iftirasıyla tevkif edilişinden bir müddet sonra Selim'in yaptığı telefon konuşmalarına kulak misafiri olunca çetenin hakiki elebaşısının Selim olduğunu anlıyarak kendisine bunu haber verdiğini, daha sonra ellerinde kati delil olması için Selim'in kendisini tam manasıyla ele veren konuşmalarını teybe aldığını ve bu teybin, mahkemede dinlenilmek üzere halen dışarda, diğer şahit Hatice hanımda bulunduğunu söyledikten sora:

- Sayın Hakim, dedi. Hatice teyzeyi ve teybi dinleyeceksiniz elbette... Fakat sizden, bir dahaki celseye kalmasına imkan olmayan ve davayı derhal aydınlığa kavuşturacak olan mühim bir ricam var. Şu anda, üzerinde durduğumuz esrar şebekesinin başkanı durumundaki sabık kocam Selim Taner, şebekenin bütün fertleri ile, malum mallarla ilgili olarak icra-i faaliyettedir. Teypten öğrendiğimize göre, diğer günler takibatın sıkı olması dolayısıyle, mahkeme günü olan bu günü ve makemenin devam ettiği bu saatleri seçmiş bulunuyorlar. Sabah saat 10.30 dan, öğleden sonra 14.00 e kadar başlarında patronları Selim olduğu halde malları hazırlayacaklar. Bu büyük partiden sonra da Avrupa'ya kaçacaklar. Eğer mesuliyeti omuzlarınıza yüklenmeyi göze alarak, bu ele geçmez fırsatı kaçırmak istemezseniz derhal mahkeme kararıyla bir emniyet ekibi gönderip, onları bulundukları yerde suçüstü yakalamanızı istirham ediyorum. Şerefli bir masumun hayatı ve istikbali, yüksek mahkemenizin bu kararına bağlı zira...

Hakimler heyeti, Feyzâ'nın anlattıkları karşısında hayretler içinde kalmışlardı. Nusret de kulaklarına inanamıyordu. Hakimler yavaş sesle birbirleriyle konuşarak, tasvib mahiyetinde başlarını salladılar ve hakim, tekrar Feyzâ'ya dönerek kararını açıkladı:

- Hanımefendi, mahkememiz alışılmamış, olağanüstü bir meseleyle karşı karşıya bulunuyor. Fakat anlattıklarınız karşısında başka türlü hareket etmeye de imkan yok. Bir Naib tayin ederek, emniyet ekipleriyle birlikte derhal şebekenin bulunduğu yere gidilecek ve bu arada bir müddet celseye ara verilecek. Siz şimdi lütfen bize bu yerin adresini verin.

- Hassasiyetinize şükranlarımı arzederim sayın hakim. Adres ezberimde. Kasımpaşa... Gülve...................

Feyzâ kelimeyi tamamlıyamadı. Aynı anda iki el silah sesi duyuldu salonda... Ve Feyzâ, kanlar içinde yere yuvarlandı.

Dinleyiciler kısmının arka sıralarında, şebekenin duruşmayı takiple görevlendirilmiş eşkiya suratlı iki mensubu, havaya silah sıka sıka kalabalığı yararak kendilerini dışarıya atmışlardı. Bir an evvel adliye binasından çıkmalı ve tehlikeyi derhal patrona haber vermeli, baskını önlemeliydiler. Fakat bütün gayretlerine rağmen emellerine muvaffak olamadılar ve adliye içindeki emniyet kuvvetleri tarafından kıskıvrak yakalanarak zararsız hale getirildiler.

Feyzâ'nın acı bir sayha ile kanlar içinde yere yuvarlanması bir an salonu karıştırmıştı. Nusret jndarmaların mani olmasıyla bulunduğu yerden avazı çıktığı kadar:

- Anne!...

Diye haykırırken, Hilâl ve Bilâl aynı anda çılgın gibi koşarak yerde yatan Feyzâ'nın üzerine kapandılar:

- Anne!... Anneciğim!.. Annem benim!...

- Feyzâ!... Aman Allahım... Konuş Feyzâ... aç gözlerini!...

Hilâl'in canhıraş feryat ve hıçkırıklarını, Bilâl'in acı feryatlarını, olanlar karşısında gözleri dehşetle iri iri açılmış yaşlı hakimin gür sesi bastırdı:

- Susun yahu, durun biraz... Baksanıza kadın daha yaşıyor, nefes alıyor. Gözlerini de açtı üstelik. Açılın biraz bakayım başından...

Fakat Hilâl hiç bir şey duyacak, hiç bir laf dinleyecek halde değildi... Kapandığı annesinin göğsünden, onun zorlukla söylediği bir kaç sözü duymasa, vinçle dahi ayıramazlardı genç kızı. Feyzâ güçlükle:

- Kalk üzerimden Hilâl... Ağlama canım yavrum... Biraz sus da, şu adresin.. tamamını... vereyim.

Hilâl, hıçkırıklarını boğazında düğümleyerek kalktı annesinin üzerinden ve biraz kenara çekildi. Feyzâ, kendisini yerden kaldırıp, bir ambulansa koymak üzere dışarı çıkarmak isteyen vazifelileri katiyetle reddederek güçlükle dirseğinin üzerinde doğrulmaya gayret sarfedip, acı ve şefkatle kendisine bakan hakime döndü ve:

- Lütfen... yazmaya devam edin adresi hakim bey... Gülveren.......... sokak............ Numara............... yetmiş beş.........taksim.........bir.... Köşede.......ec...zane...var......Bodrum katta..... Çabuk...... ça......buk gidin....... ne olur............

Feyzâ tekrar acıyla yere kapaklandı. Hakim damadını kurtarmak için hayatını fedadan çekinmeyen bu fedakar kadına acımaktan çok takdir ve hayranlıkla bakarak:

- Haydi, şimdi derhal onu en yakın bir hastahane yahut kliniğe götürünüz. Vakit geçirmeyin, çünkü kan kaybediyor.

Feyzâ, üzerine uzanan kolların arasından son bir gayretle sıyrılarak tekrar hakime döndü ve yanaklarından yağmur gibi yuvarlanan yaşlar arasında yalvaran bir sesle:

- Rica ediyorum..... hakim bey..... Ne olur........ bırakın beni burda............ o canavar adamın........... yakalandığını........... ve damadımın.............. kelepçelerden kurtulup......... serbest bırakıldığını.......... gözlerimle.......... görmek............ isti........yorum.... Yalvarırım...........esirgemeyin..... bunu benden.......

Fakat bunun ne derece imkansız olduğunu bilen hakim, kararında ısrarla, bu çilekeş anneyi, yakınlarının ve sevdiklerinin kollarına teslim etti... Zaten Feyzâ'da yaralarının şiddetinden, kendini bilmez bir hale gelmiş, bayılmıştı...

Hilâl'in yeniden nöbet halini alan hıçkırıkları arasında, bütün gayretine rağmen gözyaşlarına hakim olamıyan Bilâl, perişan haldeki arkadaşı doktor Nazım'la birlikte, hayatının en kıymetli varlığını itinayla arabaya yerleştirdikten sonra, arabayı kullanan Nâzım'a:

- Çabuk azizim.. En yakın hastahane yahut kliniğe dedi... Senin klinik çok uzak düşer... Bu kan kaybı çok tehlikeli... Allah'ını seversen çabuk Nâzımcığım...

- Dur azizim, el'..ni ayağıma dolaştırma... Zaten kafam yerinde değil... Allah esirgesin, 'bir kaza yapmayalım da... Hastahane de mesafeli buraya... Tamam, tamam... Şurada hususi bir klinik olacaktı, oraya götürelim..

Kliniğin sahibi, saçları kırlaşmış, yüzü ızdırab çizgileriyle dolu, iri yapılı fakat yaşına rağmen çok yakışıklı, erkek güzeli bir doktordu.

Doktor Celil bey...

Evet, ne garib tesadüftü ki, Feyzâ hayatının son saatlerini, kendisini çılgın gibi, ama tertemiz bir aşkla seven iki erkek arasında geçirmekteydi.. Bunlardan biri; bütün hayatı boyunca kalbine ve manen bütün mevcudiyetine sahip olan, hayatta bütün varlığıyla sevdiği yegane insan Bilâl'di... Diğeri ise yıllar öncesi, yine buna benzer bir kaza sonucu tanıdığı, tek taraflı bir sevgiyle bütün mevcudiyetiyle tarafından sevildiği, kendisine ısrarla evlenme teklifinde bulunan doktor Celil beydi..

Celil bey, getirilen hastayı derhal ameliyathaneye aldı. Kendisi de hazırlanıp girdi içeriye... Hemşireler hastayı hazırlamış, kendisini bekliyorlardı. Celil bey yaklaştı... Fakat aynı anda gözleri, gördüğüne inanamamanın hayreti ile açılmış olduğu halde bir an olduğu yerde kala kaldı. «Aman Allahım... diyordu içinden.... Olabilir mi?... Fakat ta kendisi.... Feyzâ hanım...» Sonra elleri titreyerek ameliyat masasının başına geçti...

Dışarda Hilâl hala ağlıyor, ağlıyordu... Bilâl ise, doktor Nâzım'ın bütün teselli edici sözlerine rağmen yerinde oturamıyor, hastahane koridorlarında deliler gibi bir aşağı bir yukarı dolaşıp duruyordu...

Ona bir şey olursa ne yapardı?.. Hayır, hayır... Böyle bir şeyi aklına bile getirmek istemiyordu. Onu yıllar sonra da olsa bulduğu anda kaybetmek... Olamazdı böyle bir şey... olmamalıydı... O yaşıyacaktı.... Evlatlarının yanı sıra kendi saadetlerinin de lezzetini duyarak yaşıyacaktı...

Ameliyathanede geçen dakikalar da birer asır mıydı neydi? Kurşunlar hala çıkmamış mıydı acaba? Daha ne kadar sürecekti bu dayanılmaz işkence saatleri?.. Ah Allahım... Hele şu melek yüzlü genç kızın yürekler paralayan hıçkırıkları yok muydu?... Bu acı feryatları duymamak için kulaklarının sağır olmasını ne kadar arzu ederdi... O Feyzâ'sının kızıydı üstelik... Kendisinin de gelini. Bir ömür boyu sevgisiyle kalbini dağlayan sevdiği varlığın kızı, kendi oğlunun karısı olacaktı demek... Ama o bu mesut anı görebilecek miydi, yaşıyabilecek miydi?... Of!... Hayır... hayır!.... daha fazla düşünmek istemiyordu... Düşünmemeliydi hem...

* * *

Kasımpaşa Gülveren sokakta 75 numaralı yerin bodrum katı, bir savaş yerine dönmüştü adeta... Haber verecek kimseleri, emniyette hesap vermekle meşgul oldukları için Selim ve işbirlikcileri gafil avlanmalarına rağmen, ele geçmemek için çetin bir mücadele vermek zorunda kalmışlardı... Ama neticede kuvvetli emniyet ekibi sayesinde hepsi de teslim olmak mecburiyetinde kalmışlardı. Meydandaki mallar muhasara edilip zabıtlar tutulmuş, Selim ve arkadaşları yaka paça jiplere bindirilerek adliyeye getirilmişlerdi.

Celse yeniden açıldığında suçlular bir bir suçlarını itiraf etmişler, masumiyeti anlaşılan Nusret, kayınvalidesinin acil ve kritik durumu göz önüne alınarak mahkeme heyeti tarafından derhal serbest bırakılmıştı...

Hilâl'i ve Bilâl'i klinikte bırakarak Nusret'e koşan Nazım, tahliye olur olmaz onu kucaklayıp bağrına bastı ve arabasına attığı gibi doğruca kliniğe getirdi..

Baba-oğul sevgi, hasret, sevinç ve ızdırabın kaynaştığı coşkun hislerle kucaklaştılar... Sonra Nusret, ağlamaktan bitap düşmüş ve hala hıçkırıklarla sarsılan nişanlısına döndü:

- Hilâl, rica ederim kendine gel... Beni tebrik etmiyecek misin?... Bak ben kurtuldum... inşaallah annemiz de iyileşecek ve hep birlikte mesut olacağız. diye teselli etmek istedi genç kızı.

Bu sözler üzerine Hilâl, ümit ışıkları tamamen sönmüş yaşlı, güzel gözlerini ona doğru kaldırdı ve insanın iliklerine kadar işleyen içli, hıçkırıklı bir sesle:

- Hep birlikte mesut olamıyacağız Nusret, dedi. Daha doğrusu saadetimizi annem göremiyecek... Çünkü fazla yaşamıyacak annem, anlıyor musun, yaşamıyacak!..

- Neler söylüyorsun Hilâl, annen yaşıyacak ve inşaallah...

- Sus... yalvarırım konuşma... Yaşamıyacak annem diyorum, anlamıyor musun?.. Ameliyatı yapan doktor söyledi. Ümit yokmuş... Ancak, o da belki, bir kaç saat daha yaşıyabilirmiş...

Nusret, yüzünden bir anda bütün kanın çekildiğini hissetti. teker teker babasına, Nazım ağabeye ve doktor Celil beye döndü. Hepsinin de başları öne düşmüştü. İşte o anda acı gerçekle karşı karşıya olduğunu anladı ve şuursuz bir hareketle iki eliyle saçlarını kavradı.

Hıçkırık şeklini alan sesiyle sayıklar gibi haykırıp söyleniyordu:

- Olamaz, olamaz!... Yanlışın var doktor, o ölmiyecek... En güzel, en mesut günlerimizde bizi yalnız bırakmıyacak... Ah... Allahım... Nasıl dayanabilirim?... Benim için feda etti hayatını... Beni kurtarmak için kıydı güzel hayatına... Söyle baba, konuş... yaşıyacak değil mi?... Nazım ağabey... doktor bey... söyleyin kurtulacak, ölmiyecek değil mi?... Hilâl!.... Hilâl!... Cevap versene, doğru değil söylediklerin, yaşıyacak annem... bizimle yaşıyacak, hep beraber yaşayacağız değil mi? Konuşun. Söyleyin...... Cevap verin bana... Allahım... Allahım...

Nusret'in kriz şeklini alan bu durumu karşısında doktor Celil bey, bir nevi şoka uğramış olan genç adama teskin edici bir iğne yapmayı lüzumlu gördü ve bunun için ikna etmeye muvaffak oldu onu.

Bir saat kadar sonra Feyzâ'nın kendine geldiğini haber verdiler. Bu bir saat içinde Feyzâ'yla görüşebilmeleri için son derece sakin ve normal görünüşte olmaları icabeden doktorun tavsiyesi ve devamlı telkinleriyle, Hilâl de dahil olmak üzere hepsi de kendine gelmiş, farkedilir derecede açılmışlardı.

Nihayet en önde Hilâl, onun arkasında Bilâl'le Nusret, daha arkada da doktor Nazım'la doktor Celil bey, hep beraber Feyzâ'nın yattığı odadan içeri girdiler. Burası, Feyzâ'nın yıllar önce yattığı odaydı...

Feyzâ, onları yüzünde acı mı, tatlı mı belli olmayan hafif, buruk bir tebessümle karşıladı... Yüzü o kadar renksizdi ki, bu donuk beyazlık insanı korkutuyordu... Fakat ömrünün son demlerini yaşadığı bir sırada güzelliği şimdiye kadar genç kızlık yıllarında dahi olmadığı kadar öylesine büyülü, öylesine çarpıcıydı ki... Sanki bir insan değildi, bir melek yatıyordu yatağın içinde.. Bembeyaz çarşafların arasında bir zambak kadar zarif ve narindi...

Gözleriyle önce Hilâl'i okşadı... Onu, biricik yavrusunu bağrına basmak için yanıp tutuştuğu halde yerinden kıpırdıyamadı, kolunu dahi uzatamadı sevgili yavrusuna... Sadece gözleri ve dili konuşuyordu yavaş yavaş.

- Gel... Yaklaş anacığının yanına canım yavrum, dedi... Gözlerin kızarmış... Neden ağladın bu kadar?...

Hilâl'in cevabı, yine içli hıçkırıklar olmuştu.

- Ne olursun iyileş anneciğim, beni yalnız bırakma.

- Sen yalnız değilsin artık kızım... Bunun için müsterihim... Senin sahibin... hem öyle bir insanki... eminim, beni sana aratmaz...

Sonra Nusret'i buldu gözleri... O donuk gözlerde birden bire bir nur, bir ışık çaktı sanki... Yüzündeki tebessüm yayıldı, yayıldı... adeta bütün benliğini kapladı. Ona da Hilâl'in yanını işaret etti. Sonra nefes gibi, ama sevinci ahenginden okunan bir sesle:

- Oh!... Nihayet kurtulabildin, değil mi yavrum?.. O cani ruhlu adam ne oldu?... Yakalandı mı?...

- Yakalandı anneciğim, bir bir itiraf ettiler hepsi de suçlarını... Gördüğünüz gibi beni serbest bıraktılar. Ne var ki, keşke ben ömür boyu zindanda yatsaydım da siz bu hale düşmeseydiniz... Benim için kendinizi feda ettiniz... Nasıl ödeyebilirim ben bu hakkı?...

- Sus, daha fazla konuşma bu hususta... Ben, yapılması... icabedeni yaptım... Çok bir şey değil... Hakkımı ödemeye gelince, onu ancak kızımı mesut etmekle ödiyebilirsin... O, sana emanet bundan böyle... yavrum... Oh... Takadim azalıyor... Az zamanım kaldı... Sus Hilâl... Yavrum sus... Konuşurken söylemek istediklerimi söyliyeyim..

Gözleri doktor Nâzım beyi buldu bu defa... Bilâl'i en sona bırakmak istediği belliydi... Minnet yüklü bir sesle:

- Size çok şey borçluyum Nazım bey, dedi... Bizim için... yaptığınız fedakarlıkları, insanın... en yakın... akrabaları yapmazdı... Hakkınızı helâl edin... edin... bize...

Sonra, Nazım beyin yanında alnı acı ve ızdırabla buruşmuş, bir yüze takıldı gözleri... Bu yüzü tanıyordu ama nereden?... Nasıl oldu bilmiyordu, birden hatırladı ve içinde bir yerin derin derin sızladığını hissetti:

- Ne garib tesadüf... değil mi doktor bey?... Siz de... bana hakkınızı... helal... edebilecek misiniz... bilmem... Söyleyin doktorlarım... ikiniz de helal... ediyor musunuz... hakkınızı?...

Doktorların ikisi de, Feyzâ nazarlarındaki birbirlerinin durumunu bilmemekle beraber aynı anda cevap verdiler:

- Eğer varsa, helal olsun Feyzâ hanım...

Doktor Celil Bey, Feyzâ'nın artık son dakikaları içinde son gayretini kullanarak konuşmaya çalıştığını ve bitab düştüğünü görerek:

- Yeter bu kadar yorulduğunuz Feyzâ hanım... Artık dinlenseniz biraz...

Feyzâ acı acı güldü:

- Nasılsa biraz sonra... tamamen istirahate çekileceğim... doktor... bey... Hem... sözlerimin en mühimi... bundan sonra...

Gözlerini omuzları çökmüş, adeta ayakta ızdırabtan bir heykel haline gelmiş olan Bilâl'e çevirdi nihayet... Bir müddet hiçbir şey konuşmadan göz göze kaldılar... Bilâl, içinde eriyip, kaybolduğunu hissettiği bu gözlere biraz daha baksa tahammül edemiyeceğini, onun göğsüne kapanarak boğazında düğümlenmiş olan hıçkırıklarını salıvereceğini hissederek, gözlerini kaçırdı onun gözlerinden. Evet, sıra kendisine gelmişti nihayet... Bütün vücudunun elektrik akımına kapılmışcasına içten içe titrediğini hissetti. Sonra Feyzâ'nın o ılık, o ruha ferahlık verici sesiyle tekrar ona döndü:

- Dinle beni Bilâl... Burdaki herkes de...... dinlemeli sana söyliyeceklerimi... Çünkü biliyorum ki...... hepsi de... merak ediyordur... sana niçin.... Bilâl diye hitap ettiğimi... Ben hayata gözlerimi yumduktan..... sonra anlatırsın.... bunu onlara... Şimdi yaklaş biraz... ve söyliyeceklerime...... kulak ver.... Ben... genç kızlığımda... sana layık olamamanın... acısını... bütün bir ömür boyu... çektim Bilâl... O zamanlar sana layık... değildim. Sonradan oldum ama... iş işten geçti... Sen de... ben de... çok çektik... Evet, ben... sana layık olamadım... ama... sana... ve en az... senin kadar kıymetli olan oğluna... layık, pırlanta gibi... bir kız, oğlunu her cihetten... mesut edecek... bir gelin... yetiştirdim sana... Tam senin arzuladığın gibi... bir genç kız... Ahlâkı İslâm ahlakı... giyimi... İslâm'ın emri üzre... şuurlu... imanlı... ve kültürlü... Ona çok emek... verdim... Bir nakış gibi işledim... özendim.. tam bir İslâm kızı olarak... yetiştirdim... Baba oğul... ona iyi bakın... Yokluğumu hissettirmeyin... kıymetini bilin... Ve... bilin ki... benim kabrimde rahat olmam.. onun saadetine bağlı...

Hilâl daha fazla dayanamıyarak hıçkırıklarla haykırdı:

- Hayır anneciğim, hayır!... Ölmiyeceksin sen... Yaşıyacaksın yaşıyacaksın!...

Feyzâ'nın boğazına bir yumru tıkanmıştı sanki... Artık zorlukla nefes alıyordu... Hilâl'in feryatlarını da duymuyordu... Yüzü derin bir huzur içine bürünmüştü... Kendi kendine konuşuyor gibiydi:

- Ohh... Ebedi yolculuk... Ne güzel şey... Hazırlığı tamam

olan... Ahiret erzağını... toplamış olan için orası... ne güzel diyar... Hayatın türlü külfetlerinden terhis olmak... dünya meşakkatlerinden........ azad olmak... kabre iç huzuruyla varmak... ne doyumsuz... ne güzel şey... Herşey... her şey geçici... her şey fani... Baki olan yalnız O... O'na kavuşmak... Baki'de beka bulmak... ne güzel.......... ne güzel şey..........

Sonra birden sustu... Gözleri iri iri açılmış, sanki bütün gayretiyle derinden derine gelen bir şeyi dinliyor gibiydi... Nitekim, gözleri hep öyle açık vaziyette boşlukta olduğu halde tekrar sayıklar gibi konuşmaya başladı:

- Bilâl... Bilâl!... Bak... dinle... Duyuyor musun?... Senin sesin... «Huzur Sokağı»ndaki o küçük minareden mi okuyorsun o ezanı? Şimdi ordayız biz... değil mi Bilâl?... Huzur Sokağı'ndayız yine.. Oh!... Sesin ne güzel Bilâl... Ne güzel okuyorsun ezanı.......... Tıpkı Bilâl-i Habeşi...... gibi... Ruhuna akıyor... insanın..... ılık..... ılık... Neden sustun?... Niçin yarım bırak..tın ezanı?... Okusana... Bilâl!... Bilâl!... Sesini duymak istiyorum... EŞ... HEDÜ... EN LA....... İLAHE....... İLLALLAH......... VE....EŞHEDÜ.........ENNE........... MUHAM..... MEDEN...........RASULUL............LAH!...............

Feyzâ, son heceyi, güçlükle duyulacak şekilde tamamlamıştı... Esasen ne sayıklarcasına konuştuğu anlarda, ne de son nefesini verdiği anda Bilâl'in, Hilâl'in ve Nusret'in sözlerini ve hıçkırıklarını duymuyordu artık O...

Hilâl'in içler parçalarcasına:

- Anneciğim!... Anneciğim!...

Diyen feryat ve hıçkırıkları, derin bir sessizliğe gömülen odada duvardan duvara çarpıyor, fakat biraz evvel konuşan dudakları harekete geçiremiyordu bir türlü.

Evet Feyzâ, kızını emin ellere teslim etmenin huzuru içinde artık Bâki'de bekayı, bekada Bâki'yi bulma yolculuğuna çıkmış, sonsuzluğunun sırrına doğru yol alıyordu.

SON

Şule Yüksel Şenler

Uygarlığın Gözyaşları

264 s.

Müstehcen neşriyat vasıtasıyla ahlâksızlığın yaygınlaşmasına göz yumanlar; yazı ve konferanslarıyla halkı iyiye, doğruya, güzele yöneltmek gayesini taşıyan Şule Yüksel hakkında sayısız ihbar ve jurnallerde bulundular. Onu usandıracaklarını, bezdireceklerini, hapsedilmek endişesi ve mahkûmiyet korkusuyla dâvâsından vazgeçireceklerini sandılar.

Ama yanıldılar. O, büyük bir sabır ve metanetle mücadelesine devam etti ve etmektedir. Bu kitapta bir toplumun, bir ümmetin ızdırabını okuyacak, yaşadıklarınızı daha bir güzel kavrayacak, belki de gözyaşları dökeceksiniz...

Uygarlığın gözyaşlarını...